불안한 세상, 불온한 청춘

송희복 ● 문학평론이 주업이며, 영화평론이 부업이다. 1990년 조선일보 신춘문예 문학평론 부문에 당선됨으로써 비평적 글쓰기를 시작했다. 최근에 낸 저서로는 평론집 『호모 심비우스의 노래』(2017), 산문집 『우리가 햄릿이다』(2017), 시집 『첩첩의 겨울 산』(2017), 강의록 『윤동주를 위한 강의록』(2018), 시 해설집 『불꽃 같은 서정시』(2019) 등이 있다. 앞으로, 몇몇 편의 소설을 쓰기 위해, 노력을 기울이고 있다.

불안한 세상, 불온한 청춘

2019년 11월 11일 1판 1쇄 인쇄 / 2019년 11월 25일 1판 1쇄 발행

지은이 송희복 / 펴낸이 민성혜
펴낸곳 글과마음 / 출판등록 2018년 1월 29일 제2018-000039호
주소 (06151) 서울특별시 강남구 광평로 280, 1106호(수서동)
전화 02) 567-9730 / 팩스 02) 567-9733
전자우편 writingnmind@naver.com
편집 및 제작 북그라피

ISBN 979-11-964772-4-0 (03800)

이 도서의 국립중앙도서관 출판시도서목록(CIP)은 서지정보유통지원시스템 홈페이지
(http://seoji.nl.go.kr)와 국가자료공동목록시스템(http://www.nl.go.kr/kolisnet)에서
이용하실 수 있습니다. (CIP제어번호: CIP2019045651)

이 책은 경남문화예술진흥원의 문화예술보조금을 지원받아 발간되었습니다.

불안한 세상, 불온한 청춘

송희복 평론집

글과마음

내가 비평의 꽃이라고 할 수 있는 현장비평을 본격적으로 시작하게 된 시점은 1990년 조선일보 신춘문예에 문학평론으로 당선되면서부터 였다. 이때부터 8년 8개월이라는 결코 짧지 아니한 시기에, 나는 두 권 의 평론집을 이미 내기도 했었다. 물론 이 무렵에, 내 활동의 중심지는 서울이었다. 나는 1998년 8월 말까지 서울에서 살았다. 나는 서울의 가 난했던 시절을 결코 잊지 못한다. 열정이 있었어도 경험은 부족한 시절, 책을 읽고 글을 쓰지 않으면 세상에 아무것도 할 수 없다고 생각하던 시절, 어두움의 끝이 다하면 곧 밝아지리라고 늘 믿고 싶었던 그 시절 은, 마음의 상태가 밝지도 아니하고, 그렇다고 어둡지도 아니한 늘 흐릿 한 나날이었다.

세칭 아이엠에프 시대가 되어 다들 힘들게 살아가고 있었다. 문인들 의 원고료 수입도 급속히 줄어들고 있었다. 옛말에 의하면 궁하면 통한 다더니, 사회적인 삶의 소용돌이 속에서, 1998년 9월 초, 나는 국립대학 교 교수로 발령을 받고 경남 진주로 내려갔다. 그 이후에도 서울에 집을 두고 있었지만, 주된 거주지는 진주였다. 진주는 내 전환기적인 삶의 터 전이 되었다. 그러나 나는 이때부터 현장비평으로부터 멀어져 가기 시 작했다. 현장비평이란 게 인간관계와 매체를 중심으로 이루어지는 것이 보통이다. 그렇지 않아도 이런 배경이 거의 없었던 내가 지방으로 멀리 내려가니, 자연스레 현장비평으로부터 점점 멀어질 수밖에 없었다. 대 신에 나는 교수가 되면서 강단비평 쪽으로 점점 기울어지기도 하고, 영화와 문화 현상에 관한 문화비평적인 관심을 가져 보기도 하였다.

 나에게 있어서 2000년대는 몇몇 편의 비평적 글쓰기 외에 현장비평에서 사실상 온전히 멀어진 시기이다. 청탁의 소식은 거의 끊어진 상태였다. 비록 문예지는 아니지만 2010년에 발표한「뮤즈에게 있어서의 클리오의 의미—역사소설을 보는 새로운 관점」에서부터 현장비평을 다시 새롭게 시작할 수 있는 계기를 마련한 게 아니었나, 생각된다. 그리고 2015년 봄이 되었다. 진주에 살면서부터 만남의 기회가 잦았던 강희근 선배님의 권유에 따라, 나는 모 월간 문학지에 편집위원으로 활동하기 시작했다. 이때부터 내가 현장비평에 대한 감각을 회복하였다고 본다.

 이번 기회에 상목하는 내 평론집『불안한 세상, 불온한 청춘』은 전형적인 현장비평을 모은 책이다. 책의 구성은 모두 5부로 나누었다. 제1부 '소유와 결여'는 모든 담론이 결국은 먹고사는 문제로 귀일하는 게 아닌가 하는 생각에서 사회문화적인 주제비평으로 설정한 것이다. 제2부 '전환기의 쟁점'은 동시대 사람들의 관심을 이끌어낼 만한 논쟁적인 사안을 중심으로 비평가 자신의 담론을 구성한 것이다. 제3부 '작가작품론'은 대체로 2010년대 소설을 중심으로 한 문학의 현장을 분석한 것이다. 이 부분은 아닌 게 아니라 문학비평의 중심이요, 실제에 해당한다. 제4부 '영상과 노래의 사회학'은 문학비평의 한 변형 체계라고 할 수도 있는 이른바 문화연구의 시각에서 비평적 서술을 응용한 것이다. 제5부 '메타비평의 시선'은 원론과 서평의 형식을 통해 '왜 비평인가'를 성찰한 것이다. 이 전체를 살펴보면, 이번 평론집은 정치적 내지 이념적 편견을 가지지 아니하고 막대 저울처럼 평평한 시각에서 이른바 문학의 사회문화적인 상황과 맥락을 수용한 책이다.

이 책에는 모두 31편의 글들이 실려 있다. 이 중에서 29편은 2010년 대에 쓰인 글들이거니와, 대부분은 최근 5년간인 2010년대 중후반에 쓰인 글들이다. 여기에 실린 글 중에서 가장 오래된 글은 「여명의 저 언덕 : 우마니스타의 꿈」이다. 이 글은 1999년 11월 성신여자대학교 인문 과학연구소가 주관한 한 세미나에서 구두로 발표하기 위해 작성된 원 고였는데, 그 다음 달에 논문의 형식으로 활자화되었다. 세기말의 격렬 한 혼돈 속에서 미래의 삶과 문화 현상을 직관하고 예견한 이 글이 나 의 저서에 다시 실리게 되어 참으로 감개무량하기 이를 데 없다. 꼭 20 년 만의 일이다. 2004년에 문예지에 발표한 「민중의 시심(詩心)에 녹아 든 이미자의 노래」는 노래를 문학의 장으로 흡수해야 된다는 내 생각이 처음으로 반영된 글이다. 나는 평소에 대중가요뿐만 아니라 만화나 TV 드라마까지도 문학의 영역에서 다루어야 한다고 굳게 믿는다. 이 두 가 지의 글들이 2010년 이전에 발표된 글이라서 안 해도 될 말을, 나는 뱀 의 꼬리처럼 달았다.

본래 이 책의 제목을 '내 인생의 운수 좋은 날'로 삼으려 했다. 이 책 을 마무리하는 과정에서 우리 사회의 불공정과 불평등을 성찰할 수 있 는 사회적인 일이 일어났고, 우리 사회의 지배 구조와 소유의 혜택으로 부터 벗어난 대다수의 젊은이들을 고려하고 배려해야 한다는 인식이 알게 모르게 증폭되어갔다. 나 역시 이 땅의 지식인으로 살아오면서 이 런 사실을 그동안 간과해 오지 않았나 하는 바를 되돌아보지 않을 수 없었다. 그래서 작심해 바꾼 제목이 바로 이 제목, 즉 '불안한 세상, 불 온한 청춘'인 것이다. 문학의 본질은 이처럼 자아와 세계의 대립으로 표상되는 것이 아닐까? 사실상 지금 세상은 불안하고, 불안정적이다. 신자유주의적인 시장 질서, 차별적 시선, 테러리즘, 고령화와 저출산, 핵과 원전을 둘러싼 폐기 문제 등이 미래 사회의 불안 요소로 부상하고 있다. 세상이 불안하지 않아도 젊은이들이 고분고분하지 않는데, 세상이 불안하면 오죽이나 하겠나 싶다. 불온한 청춘을 좀 더 구체화하거나 심화하지 못한 것이 끝내 아쉽다.

평론집의 본디 제목에 '인생'이란 낱말이 개입된 것은 상당히 이례적인 일이다. 인생이라고 하는 말에 다양한 뜻의 스펙트럼이 형성된다. 여기에서 한 가지 사실을 굳이 밝히자면, 내가 비정규직 시간강사와 지방 대학의 교수로 오랫동안 살아온 것과, 또한 내 글쓰기가 문단과 독자의 관심을 어느 때든 받아 본 일이 없었던 사실과 무관치 않게, 이 책에 지식인으로서 문인으로서 주류 사회에 단 한 차례도 편입해 보지 못한 내 삶의 경험과 인생관이 반영되어 있었다. 결국 제목으로 폐기했지만 그 '인생'이란 낱말을 사용하다 보니 이제 나도 마침내 인생을 생각하는 나이에 이르렀구나, 하는 감회에 슬며시 젖어든다. 또한 앞으로 남은 인생은 어떻게 설계할 것인가 하는 생각이 꼬리에 꼬리를 물고 늘어진다.

내게 글쓰기에 관한 한 여러 가지로 하고 싶은 일들이 너무 많지만, 현실적으로는 3분의 1도 충족되지 않는다. 하고자 하는 마음이 있어도 할 수 없음의 현실은 나에게는 또 다른 현실이요, 능력과 체력의 한계이기도 하다. 충족되는 현실과 충족되지 않는 현실이 합한 총량은 언제나 같다. 충족되지 않은 현실의 빈 공간에는 무언가 새로운 것이 채워질 수 있을 것이다. 이런 점에서 볼 때, 글쓰기는 내 인생의 전부가 아니다.

끝으로, 자신의 그림을 책의 표지로 사용할 수 있도록 허락해준 오랜 벗 김완규 화백에게 감사의 뜻을 전한다.

2019년 9월 15일 아침에,
해운대에서 지은이 적다.

| 차 례 |

제1부 소유와 결여

소유의 리얼리즘, 결여의 사회현상

—영화 「돈」과 「기생충」에 관하여

1. 있고 없음에 대한 문제의 제기

이 글은 두 편의 영화에 대한 비평적인 에세이라고 할 수 있겠다. 군이 말하자면, 이 글은 문학비평이라고 할 수 없을 뿐더러, 또는 그렇다고 영화비평이라고 할 수도 없다. 그저, 세상 돌아가는 일에 대한 글쓰기로서의, 일종의 졸가리 없는 글이라고나 할까? 어쩌면 이 원고 속의 내 글은 구체적인 영화를 특정의 담론으로 삼은 소위 인상주의적인 문화비평인지도 모른다. 두루 아는 바와 같이, 영화의 스크린이야말로 세상을 비추어보는 거울이 아닌가? 사람의 모습과 삶의 현상을 드러내는 데는 영화가 거울 중에서도 아마 최적화된 거울이리라. 영화는 여러모로 상당히 문학적이지만 문학이 주지 못하는 별도의 감동이나 사회적인 리얼리티도 가지고 있다. 나는 이 글을 쓰면서 지금 우리나라 사람들이 살아가고 있는 낱낱의 모습, 또한 오늘날 사람들의 '모둠살이'가 담긴 영화적인 거울의 상, 비록 허구라고 해도 왜곡되지 않은 거울의 상을 바라보려고 한다.

지금으로부터 15년 전인 2004년 상반기에 좋은 영화들이 집중적으로 많이 상영되었다. 관객 동원의 양에 있어서는 「실미도」와 「태극기 휘날리며」가 천만 명 이상의 관객을 끌어모았다. 물론 이 사실이 우리 영화사의 부정적인 면에 있어서 이를테면 천만의 망집(妄執)에서 벗어나지 못한 것의 기원이 되고 있기도 하지만, 그해 상반기만 해도 이삼 백만 넘는 영화도 줄줄이 이어졌다. 이 6개월 동안 국내 영화 점유율도 64%에나 달했다. 이 같은 외형적인 수치뿐만 아니라, 작품성의 질적 수준에 있어서도 「올드보이」와 「사마리아」가 세계적인 영화제에 출품해 잇달아 수상함으로써 충분히 입증되기도 했다.

사상 최고의 행복을 누렸다고 해도 과언이 아닌 좋았던 시절이 귀한 손님처럼 모처럼 찾아왔다. 올해(2019) 상반기의 우리 영화는 질적으로나 양적으로 좋은 결과를 거두었다. 15년 전의 「올드보이」가 칸 영화제 심사위원상을 수상했듯이, 올해 「기생충」이 최우수작품상인 황금종려상을 수상한 것도 그 시절에 대한 뭔가의 기시감을 가져보기에 충분하다고 할 수 있겠다. 15년만에 누려보는 우리 영화의 호황이라고나 할까? 넓은 의미의 호사라고나 할까? 비교적 성공적이라고 할 수 있는 올해 상반기의 우리 영화 중에서도 내가 특히 주목한 것은 「돈」과 「기생충」이었다. 그도 그럴 것이, 이 두 영화는 소유와 결여라는 서로 다른 관점에서 우리 시대의 사회경제적인 문제의식을 각각 던지고 있다는 데 공통점을 가진 영화라고 할 수 있기 때문이다.

이 글은 돈과 사회에 관한 소재를 다루고 있다. 주지하는 것처럼, 시기적으로 가까운 현대사회일수록, 돈에 파생되는 일은 너무 많다. 돈이 있고 없음은 존재의 소유와 결여를 나타내는 핵심 지표가 된다. 돈 위에 군림하는 제왕 같은 자본가들이 있다면, 돈에 기생하는 벌레 같은 존재의 층도 형성되게 마련이다. 특히 오늘날의 한국인이 살아가고 있는 자본주의 사회는 돈이 부를 쌓고 분배하는 기능을 최대치로 떠맡고 있다. 그럼에도 불구하고, 근래에 세계적으로 형성된 신자유주의라는 시장질서 속에서 돈은 단순한 거래 수단과 교환 기능을 넘어서 자본의 축적과 관련된 사회상과 사회 계층을 조직화하는 고도의 기술임을 입증하기도 한다. 사람 사는 일들이 복잡해지면, 돈의 흐름과 쓰임새도 복잡해지고, 또 그만큼 인간관계의 그물망 역시 촘촘하게 얽히게 된다.

2. 영화「돈」과 삼각형 욕망의 구조

영화「돈」은 그동안 영화판에서 조감독으로 경력을 쌓아온 여성 감독 박누리의 데뷔작이다. 그는 원작 소설을 우연히 접하게 됨으로써 영화로의 텍스트 이동을 꿈꿔 왔다. 이 영화는 2017년에 완성되었지만 무슨 사연이 있었는지 잘 모르지만 2년간이나 표류한 끝에 올해 상반기 개봉했다. 관객 동원 수는 결코 불만족스럽다고 볼 수 없는 수준에 도달했다.

영화의 장소는 증권 회사가 몰려 있는 여의도다. 실제로 여의도는 하루에 몇 조원의 돈이 거래되는 곳이다. 영화의 시작은 한 평범한 청년이 여의도 증권 회사에 입사함으로써 시작한다. 주인공 일현은 돈도 없고, 백도 없고, 줄도 없는 청년이다. 집안의 사회적 지위도 고만고만하다. 부모가 복분자밭에서 일하는 보통 사람이다. 그래서 사내에선 그의 별명은 '복분자'로 통하기도 한다. 영화 속의 일현은 금융권의 젊은 증권 엘리트의 이미지와는 무관하다. 오히려 그의 입사 동기인 우성이 이런 이미지에 알맞은 캐릭터라고 할 수 있다. 일현이 주식 브로커로서 실적이 바닥인 일상을 영위하고 있어 오후 3시에 장이 마감할 즈음이면, 그에게는 늘 무력감이 찾아온다. 이런 그에게 반전이 생긴다. 주식이 거래되는 바닥의 전설적인 익명의 인물인 '번호표'이다. 그는 펀드매니저로서 일현에게 접근한다. 이때부터 번호표는 갑의 위치에, 일현은 을의 처지에 서게 된다. 일현은 번호표의 명령에 따라 움직인다. 그는 갑자기 돈맛을 알게 된다. 이때 금융계를 교란하는 자들을 집요하게 추적하는 수석검사 한지철이 등장한다. 사람들은 직업의식에 충실한 그를 두고 금융감독원의 '사냥개'라고 부른다.

영화의 스토리텔링은 이상의 세 사람인 복분자(일현), 번호표, 사냥개의 관계망을 통해 관객을 몰입하게 한다. 이 세 사람은 정보의 최전선에서 서로 손을 잡기도 하고, 때로 대립과 갈등을 일으키기도 한다. 캐릭터 관계를 이어주는 삼각형 구조는 독자들이 흔히 읽어온, 관객들이 흔히 보아온 갈등의 전형적이면서, 또 고전적인 구조라고 하겠다.

이 갈등의 삼각형 구조는 일반적으로 볼 때 영화의 스토리를 이끌어

영화 「돈」의 한 장면. 주식 브로커 일현과 펀드 매니저 번호표가 여의도 건물의 옥상에서 처음으로 만나고 있다. 욕망의 주체인 일현은 번호표란 중개자를 통해 욕망의 대상인 부자가 되려고 한다.

가는 동적인 요인이 되겠지만, 이 영화에서 간과할 수 없는 것은 욕망의 삼각형 구조라고 할 수 있을 것이다. 문화인류학적인 문예이론가였던 르네 지라르(R. Girard)가 자신이 저술한 『낭만적 거짓과 소설적 진실』이라는 책에서 제안한 독창적인 가설인 저 '욕망의 삼각형(Desir triangulaire)'은 도대체 무엇인가? 이것은 그가 현대소설의 주인공들이 가진 욕망의 그림자를 체계적이고 이론적으로 설명하는 데 사용한 용어이다. 그에 의하면 소설의 주인공들은 대상을 소유하고자 하는 욕망을 가진다. 주체가 대상을 직접적으로 욕망하는 것이 진정한 욕망이라면, 주체가 누군가의 중개자를 통해 대상을 간접적으로 욕망하게 되는 것을 가짜 욕망이라고 한다. 주체인 돈키호테에게 대상인 '이상적인 기사'가 되고자 하는 욕망을 가지고 있었지만 이 욕망은 직접적이거나 진정하거나 하지 못했다. 왜냐하면 그는 '아마디스'라는 전설적인 기사를 모방하고자 하는 욕망을 욕망하였기 때문이다. 산초여, 아마디스는 용감하고 사랑에 빠진 기사들의 북극(北極)이며, 별이며, 태양이다. 그리고 사랑과 기사도의 깃발 아래 싸우고 있는 우리는 모두 그를 모방해야 한다. 모든 욕망은 대상을 닮고자 하는 데서 시작하는 게 아닐까? 모방함으로써 욕망한다는 것의 사례는 어린이들의 경우에서도 흔히 볼 수 있지 않은가?

……소설에서 작중인물들은 돈키호테보다 더 소박하게 무엇인가를 모방한다. 여기에는 중개자가 없다. 오직 주체와 대상이 있을 뿐이다. 그런데 주인공의 열정을 불러일으킨 대상의 '본성'이 욕망을 설명하기에 충분하지 못할 때는 열정에 사로잡힌 주체로 관심을 바꾸게 된다. 그렇게 되어서 주체의 '심리'를 분석하게 되고 주체의 '자유'에 호소하게 된다. 하지만 그래봐야 욕망은 언제나 자연발생적이다. 즉 그 욕망을 묘사하기 위해서는 주체와 대상을 이어주는 간단한 직선 하나 그리기만 하면 된다.

그 직선은 돈키호테의 욕망에서도 나타난다. 그러나 이 직선은 본질적인 것이 아니다. 이 직선 위에 주체와 대상 쪽으로 동시에 선을 긋고 있는 중개자가 있다. 이 삼각관계를 표현하고 있는 공간적 비유는 분명히 삼각형이다.[1]

돈키호테의 이상적인 기사되기는 아마디스라는 중개자(mediateur)가 개입되어 끼어든 욕망의 한낱 그림자에 지나지 않는다. 이처럼 중개자를 통해서 갖게 된 욕망—이나, 혹은 영감—은 욕망의 삼각형 속에 구조화된다. 작고한 비평가 김치수는 르네 지라르의 『낭만적 거짓과 소설적 진실』을 번역하는 한 사람으로 참여한 후 국역판의 장문 해설을 썼다. 그는 여기에서 르네 지라르가 소설의 주인공이 지닌 욕망의 왜곡상은 자연발생적인 게 아니라 중개자에 의한 것이며, 시장경제 사회 속의 개인과 사회의 경제 구조 사이에는 구조적인 동질성이 있다는 사실을 밝혀내는 데 크게 기여했다고 설명한다.[2]

르네 지라르의 책에서 삼각형 욕망의 다른 예시를 찾는다면, 플로베르의 「보바리 부인」에서 사교계의 여왕이 되고자 하는 엠마 보바리의 욕망이 자연발생적인 것이 아니라 사춘기 때 읽은 3류 소설과 잡지에 나온 사교계의 여왕으로부터 암시를 받은 중개된 욕망에 지나지 않는다는 것. 또한 주체와 대상 사이에 끼어드는 이 욕망을 가리켜 간접화된 욕망이라고 말해지기도 한다. 내가 유심히 주목하고 있는 영화 「돈」에도 르네 지라르가 예시한 몇몇의 소설처럼 욕망의 삼각형이 구조화되어 있다. 이 영화의 주인공인 일현 역에는 신예 배우인 류준열이 출연하였다. 회심의 열연이 볼 만하다.

욕망의 주체인 일현은 '평범하게 살자는 나'가 된다. 이때의 나는 증권회사 사장이 시장을 한번 흔들어보자고 종용하더라도 쓸데없이 대가리

---

1 르네 지라르, 『낭만적 거짓과 소설적 진실』, 김치수 외 옮김, 한길사, 2017년, 41면.
2 김치수, 「르네 지라르의 삼각형의 욕망」, 르네 지라르, 같은 책, 24면, 참고.

굴리지 말고 시장과 현장이 시키는 대로 일을 현실에 맞게 수행하면서 공연히 오버 떨지 말고 자연스럽게 살던 대로 살자는 나다. 주인공의 직업관이 여기에 잘 반영되어 있다. 그러나 주인공의 욕망은 이러한 직업관을 넘어 동요한다. 정신분석학의 용어에 따르면, 이 같은 동요를 두고 '욕동'이라고 칭하기도 한다. 욕동은 다름이 아니라 '욕구를 발생시키는 긴장의 배후에 있다고 가정되는 힘'[3]을 대표적으로 표상하는 것이다. 나는 부자가 되고 싶었다. 한편 일현은 또 다른 일현이 되어 '부자가 되고 싶은 나'가 되려고 한다. 욕망의 대상인 또 다른 일현 말이다.

평범하게 살자는 나와 부자가 되고 싶은 나 사이에 또 하나의 존재 형식이 개입한다. 익명의 존재임을 나타내는 '번호표'이다. 이 번호표를 연기한 이는 유지태이다. 그는 15년 전의 영화 「올드보이」에서 매혹적인 악역의 연기로 깊은 인상을 남겼다. 15년 전의 유사한 연기 패턴에 대한 기시감은 세월이 오래 흘러 관객의 기억에서 사라졌을 거라고 보았다. 영화 「돈」에서 유지태는 매혹적이고 신비적인 조역이지만, 타인의 영혼마저 갉아먹는 듯한 악인의 역할을 유감없이 발휘하였다. 그가 연기한 번호표는 경쟁자와의 지적인 싸움에서 결코 지지 않으려고 하는 데서 자기 존재감을 확인하는 그런 캐릭터다. 다시 말하면, '돈에 대한 욕심보다 승리와 성취에 대한 욕망이 더 강한 사람'[4]이다.

르네 지라르에 의하면, 삼각형 욕망의 구조에도 두 가지 유형이 있다. 돈키호테와 엠마 보바리 등의 경우에서 보듯이, 주체와 중개자 사이에 경쟁 관계가 없는 경우를 두고 '외적 간접화'라고 한다. 반면에 영화 「돈」에서 주체와 중개자, 즉 일현과 번호표 사이에 경쟁 관계가 성립하는 경우를 가리켜 '내적 간접화'라고 한다.

---

3 장 라플랑슈 외 지음, 임진수 옮김, 『정신분석 사전』, 열린책들, 2005, 278면.
4 『씨네21』, 1197호, 2019, 3, 19, 21면.

어리버리한 사회 초년생인 일현이 주식과 증권이 거래되는 대규모 시장인 여의도에서 아등바등 살아남기 위해 펀드 매니저인 번호표에게 맹목적으로 의존한다. 욕망의 중개자인 번호표는 이 바닥의 신화적 존재이다. 이 말의 의미는 정신분석적으로 볼 때 '불확정적인 욕동'의 소유자라는 데 있다. 일현은 번호표의 이것을 욕망한다. 그에게 있어서의 번호표는 일종의 '워너비(wannabe)'다. 일현이 여의도 증권가의 워너비가 되기 위해 번호표를 추종한다는 것이다. 번호표는 여의도에서 이미 웬만큼 성공한 사람이기 때문이다. '누군가가 되고 싶다'라는 뜻의 영어 'want to be'를 연음으로 발음한 이 '워너비'라는 말은 모델이 되는 사람을 동경하는 사람, 예컨대 연예계 스타나 성공한 스포츠맨 등의 유명인을 동경하여 행동이나 복장 등을 그처럼 따라서 하는 사람들을 가리킨다. 1985년 여가수 마돈나를 열광하는 여자들을 가리켜 마돈나 워너비, 즉 '마돈나비(Madonnabe)'라는 말이 처음으로 사용되었다. 우리나라에선 이 말이 광범위하게 쓰인다. 강남 거주자가 되고 싶어 하는 사람들을 소위 '강남 워너비'라고 한다면, 영화에서 일현과 같이 번호표를 동경하는 경우를 두고 우리는 말하자면 '여의도 워너비'라고도 할 수 있다. 요컨대 워너비는 삼각형 욕망의 구조 안에서 그 매개된 현상을 가리킨다.

그런데 일현과 번호표는 서로가 서로를 이용하는 관계로 발전하면서 삐걱대기 시작한다. 일현은 이때부터 번호표에게 회의하면서 돈에 대한 근본적인 성찰을 시도하게 된다.

우리에게 돈이란 무엇일까? 사람들은 대개 돈에다 인생을 걸기도 한다. 돈을 싫어하는 사람도 과연 있을까? 이참에 인간에게 있어서의 돈의 의미에 관해 성찰해보자. 돈은 일반적인 존재의 형식을 대상화(objectification)하고 또 물화(reification)한 것이며, 이를 통해 사람과 사람, 사물과 사물 간에 상호 관계의 의미를 형성시킨다.

화폐경제의 출현 이전에도 돈은 세계의 축도였고, 교환이라는 현상을 통한 자기 확장의 지배 원리로 작용해 왔다. 최근에 번역된 펠릭스 마틴의 『돈』(문학동네, 2019)에 의하면, 태평양 오지의 한 외딴섬에서 구멍이 난 둥근 돌로 된, 아주 오래된 돈이 발굴되었다. 문명과 역사 이전의 사람들도 이처럼 돌에 신용을 부여하고, 그 신용에 의거해 물건을 사고팔았으며, 때로는 이 신용을 타인에게 양도하기도 했던 거다. 이 이른바 '돈돌'은 비록 무게도 나가고 투박하게 생겼지만, 오늘날의 관점에서 볼 때 완벽한 화폐 시스템 속에 포함되었던 셈이다.[5]

의인화된 교환 수단으로서 상인이 등장하면서부터 돈은 물화된 교환 기능을 적극적으로 가지게 된다. 이런 점에서 볼 때 돈은 경제의 움직임 속에 표현된 순수한 관계의 물화이다. 돈은 경제적 가치를 나타내는 지표이다. 게오르그의 『돈의 철학』이라는 책의 한 부분을, 나는 다음과 같이 요약해 보았다.

경제적 가치는 주관적 가치가 객관화된 것이다. 우리가 아직 소유하거나 향유하고 있지 못한 것을 욕망함으로써, 우리들은 욕망의 내용을 우리들의 외부로 표출한다. 가치는 대상이 주체로부터 분리될 때 주체에 대립적인 것으로 나타날 때, 다시 나타난다. 우리들은 소유물을 상실한 후에야 그것의 가치를 깨닫게 된다.[6]

주체와 대상이 분리되고 대립될 때 돈에 대한 욕망이 강해지고, 또 돈의 가치를 강렬하게 느끼게 된다. 주인공 일현이 번호표의 지시에 따라 돈맛을 알게 되면서 달콤한 유혹에 빠져 있을 때 금융감독원의 사냥개

---

5 조선일보, 2019. 9. 21, 참고.
6 게오르그, 『돈의 철학』, 안준섭 외, 한길사, 83~85면, 참고.

영화 「돈」의 홍보용 자료. 이 영화를 보면, 주식시장의 도박 경제에 대해 최근의 신조어로 사용되고 있는 소위 '카지노 자본주의'라는 표현을 떠올리게 한다. 시장경제의 각박한 경쟁 사회에서 벌어지는 속물주의의 민낯을 볼 수 있는 영화다.

라고 불리는 한지철이 불법의 돈냄새를 맡으면서 일현을 점차 조여오기 시작한다. 한편 일현은 번호표가 유혹한 돈맛의 늪에 빠진 주변 인물이 하나씩 죽어가는 것을 보면서 번호표가 자신의 워너비가 아님을 깨닫게 된다. 이 두 사람의 관계는 삼각형 욕망의 매개 관계, 워너비로서의 동화 관계, 악어와 악어새 공생 관계로 서로가 서로를 돕다가 끝내 환멸로 마감한다. 돈이 수단에서 목적으로 변질되는 가장 나쁜 사례가 두 사람의 관계를 악화시켰기 때문이다.

일현은 휴가 때 외국에서 만난 외국인 매니저와 함께 위기에 처한 직장 동료 우성의 아버지가 경영하는 회사를 위기로부터 구한다. 이때 번호표의 작전은 크게 실패한다. 일현은 그가 보낸 그림자의 칼을 맞고 비틀거린 채 지하철을 타고 어디론가 떠난다. 두 사람의 관계는 이와 같이 매개와 동화와 공생의 관계로부터 경쟁이 성립된 내적 간접화의 적대

관계로 치닫게 되었던 것이다.

소유물은 돈이 되어야 한다. 부동산이든 미술품이든 할 것 없이 우선 경제적인 가치를 지녀야 한다. 소유(돈)는 물질에 경제적인 가치를 부여함으로써 소유하는 자들의 욕망을 실현한다. 반면에 결여(가난)의 정신적 가치는 청빈이라는 덕목으로 마음의 깊이에 등록된다. 일반적으로 볼 때, 사람들에게 있어서 돈에 대한 현실적 욕망은 소유의 리얼리즘으로 실현된다.

사실은 말이지, 영화 「돈」의 이야기는 현실과 동떨어진 이야기다. 증권회사의 사원인 주식 브로커들은 개인의 실적보다는 팀워크로 협업하는 시스템으로 움직인다고 한다. 이 영화는 영화의 스토리에 임팩트를 주기 위해 실상과는 다른 스토리텔링을 도입한 것이라고 보면 되겠다.

그럼에도 불구하고, 원작 소설의 작가인 장현도는 소설 「돈」에 나오는 크고 작은 에피소드와 황당한 음모들도 '작가의 말'에서 모두 실화라고 말한다.[7] 소설과 영화의 스토리텔링이 어느 정도의 차이가 있는지 잘 살펴보지 않았지만, 소설과 영화의 내용이나 성격이 차이가 있게 마련이다. 소설의 결말에 이르러, 한지철이 조익현을 꾸짖는다. 이 조익현은 영화에서 (조)일현으로 변형된다. 이름이 변형된 것만큼이나, 그 꾸지람이 소설과 영화 간의 내용 및 성격을 다르게 나타내고 있다.

조익현 너. 이대로, 정말 이대로, 도망칠 수 있을 것이라 생각하나? 세상이 그렇게 단순한 줄 아나? 대한민국의 금융감독원이, 그리고 경찰들이 너희들 손아귀 안에서만 놀아날 거라고 생각해? 나는 숱하게 봐왔어, 네놈 같은 도망자들을

---

7 장현도, 『돈』, 새움출판사, 8면, 참고.

말이야! 대부분 지금의 너처럼 돈맛에 취해 모든 걸 버리고 해외로 사라지더군, 후후후, 그런데 재밌는 게 뭔지 알아? 누가 굳이 나설 필요도 없어. 그들은 마치 공식처럼, 하나같이 제 발로 파멸을 향해 걸어갔지. 모든 것이 사라질 때까지. 자신의 영혼마저 훨훨 타버려서 잿더미가 될 때까지 말이야! 아직 내 말이 무슨 뜻인지 이해가 안 가지? 하지만 너도 얼마 안 있어 곧 깨닫게 될 거야. 네가 쌓아온 그 돈이 거꾸로 널 집어삼키리라는 걸. 내 눈에는 보여. 머리를 쥐어뜯으며 후회하는 네 모습이, 멈추어야 했을 때 멈추지 못한 자신을 후회하는 모습이……[8]

원작 소설에 있어서의 조익현은 원작 소설가에 의해 갈 데까지 간 마성의 캐릭터로 그려져 있다. 뭐랄까, 끝내 개과천선하지 아니하는 악의 평범성, 악의 속물성이라고 말해지는 캐릭터라고나 할까? 이런 점에서 볼 때, 그는 소설 속의 주인공인 소위 문제적 개인이라고 하겠다.

하지만 영화에서는 좀 다르다.

영화 속의 변호표에게 악의 평범성과 속물성에 초점이 주어지고, 영화 속의 일현은 순진한 신입사원이 '대가리' 굴리는 주식 브로커가 되고 또다시 옳음의 세계로 회귀하는 변환의 구조를 보여주는 극중 인물이다. 소설의 익현에 비해 덜 하지만, 그렇기는 해도 영화의 일현 역시 불온한 청춘이기는 마찬가지다.

3. 영화 「기생충」과 희생의 메커니즘

봉준호 감독이 연출한 영화 「기생충」은 우리 영화 백년사를 기념하는

---

8 같은 책, 486면.

해에 세운 일종의 기념비이다. 먼저 해야 할 말이 있다. 이 영화는 복합적인 장르영화라고 하겠다. 이 영화의 장르는 종잡을 수 없을 만큼 뒤죽박죽이다. 가족드라마, 사회드라마, 범죄드라마 등의 하위 장르이기도 하고, 미스터리 · 공포 · 코미디의 요소도 힘이 있게 자리를 잡고 있다. 이 영화를 두고 제작진은 대체로 보아 전반기 1시간 정도는 블랙코미디로, 후반기 1시간은 스릴러로 각본을 구성했다고 한다. 칸 영화제 심사위원들의 성향이 서정적이고 철학적인 작가주의 영화를 선호한다는 점에서 볼 때, 이 영화가 최고의 상인 황금종려상, 즉 최우수작품상을 받은 것은 뜻밖이라고 본다.

봉준호 자신도 수상 직후에 가진 기자회견에서, 자신을 장르영화 감독이라고 말하면서 장르영화 팬이자 만드는(연출하는) 사람으로서 칸 영화제의 황금종려상을 받은 것이 기쁘고 놀랍다고 했다.[9] 한 신문은 '봉준호 이름이 곧 장르'[10]라는 표제를 선택한 바 있었는데, 이게 도대체 뭔 말인가. 그가 「기생충」에 이르기까지 특정의 장르에만 포섭되지 아니하고, 이 장르 저 장르를 기웃거리면서 경계를 넘나들었다는 얘기가 된다. 봉준호적인 장르의 시발점이 된 것은 주지하는 대로 「살인의 추억」(2003)이다. 이 영화는 실패담이다. 범죄드라마에 범인 잡는 데 실패한 얘기는 거의 없다. 여기서 영화는 왜 범인을 잡지 못했나를 묻지 않고, 왜 범인을 잡지 못한 시대였나를 묻는다.[11]

마찬가지다.

그는 영화 「기생충」에서 왜 사회의 불평등이 심화되어 가느냐 하는 사회학적인 물음을 제기하기보다는, 왜 심화된 불평등의 사회에서 사람이 살아갈 수밖에 없나를 성찰하는 존재론적인 물음을 던진다.

---

9 중앙일보, 2019, 5, 27, 참고.
10 같은 신문, 같은 면.
11 한겨레신문, 2019, 5, 27, 참고.

이 영화는 수상에 대한 큰 기대를 가지지 못했다. 한 예측 기사가 있었는데, 지난해 「어느 가족」으로 황금종려상을 받은 일본 감독이 봉준호와 같은 동아시아 출신인데다 가족 이야기를 담았다는 점에서 서로 겹치며 또 동아시아 영화를 잇달아 한 번 더 주기가 결코 쉽지 않다는 전망이 있었다. 하지만 칸 영화제는 불문율을 깨는 걸로 유명한 시상식이어서 일말의 기대를 가져보기도 했다.[12]

왜 영화의 제목이 기생충인가? 사실은 말장난 같은 거라고 본다. 부잣집에 기생하게 될 김 기사의 가족은 부모와 자녀로 구성되어 있다. 아버지의 이름이 기택이고, 자녀의 이름은 기우와 기정이다. 모두 기 자 돌림으로 되어 있다. 아내이면서 어머니의 이름은 충숙. 그래서 기생충인 거다. 3기1충의 기생충 가족에 대한 명명법은 이처럼 단순하다.

제목이 기생충인 것은 사회의 왜곡된 현상을 반영하는 과정에서 생성된 아이러니의 결과이다. 과거에 일벌레니 책벌레니 하는 말이 어느 정도 긍정적인 의미도 품고 있었던 게 사실이지만 근래 한자어 벌레 충(蟲) 자가 접미사로써 말 됨됨이를 이룩하면서 부정적인 요소가 강한 신조어로 부상하였다. 반사회적인 혐오 감정이 담긴 이 막말의 힘은 사실상 강하다. 저런 '맘충'들은 이 백화점에 안 왔으면 좋겠어. 소위 맘충이 몰지각한 엄마를 지칭하다가 요즘에 와서는 아이 키우는 젊은 여성을 싸잡아서 비하하는 막말로 상향 조정되었다. '급식충'들이 접속을 많이 해 게임서버가 느려졌다. 중고등학교에 다니는 청소년 가운데 마음에 내키지 않은 부류를 가리켜 이렇게 급식충이라고 한다. 그밖에도, 노인충, 일베충, 한남충 등의 막말들이 우리 사회의 저변에 기승을 부린다. 벌레 충 자의 사회적 반감은 심각한 배타성을 가진다. 가진 자들의 시각에서 보

12 매일경제, 2019. 5. 25, 참고.

면 영화 속의 기택네 가족은 부자인 임자몸(숙주)에 빌붙은 벌레들에 지나지 않는다.

나는 영화 「기생충」을 보고 난 이후에 일반적으로 잘 알려지지 않은 기생충 한 종류를 떠올렸다. A4 용지의 마침표보다 작은 '창형흡충'이라는 기생충. 이 녀석들은 소나 양의 간을 임자몸으로 삼는다. 녀석은 알들을 낳아 소와 양의 배설물을 통해 밖으로 내보낸다. 달팽이는 이 배설물을 특히 좋아한다. 그 알들은 달팽이의 포근하고도 안전한 창자 속에서 부화한다. 때가 되면 녀석들은 달팽이 허파로 몰려가 난리를 쳐서 재채기를 크게 유발한다. 이를 통해 밖으로 점점이 튀어나온 녀석들은 부지런한 개미들의 먹이가 된다. 개미들에게 먹힌 녀석들은 대부분 창자로 몰려가지만 일부 극소수는 개미의 뇌 속으로 들어가 개미를 조종한다. 개미는 시키는 대로 한다. 개미는 귀가하는 길에 해질녘의 풀잎에 몰려간다. 소나 양에게 먹히게 되기 위해서다. 일이 뜻대로 되지 않으면 개미를 다시 조종하여 집으로 돌아가게 한다. 또 그 다음 날에 먹히기를 시도한다. 개미를 희생시켜 귀향한 녀석들은 소와 양의 간에서 충분하게 영양분을 섭취한다. 미세한 창형흡충의 삶은 돌고 도는 불교적인 윤회의 삶과 같다.

놀랍지 않은가.

이 놀라운 일들은 현실이나 영화 속에서도 벌어지고 있다. 박근혜가 대통령에 취임하기 직전에 취임사 작성의 회의가 있었다. 공적이라기보다 사적인 성격이 짙었다. 공개된 일부 녹취록을 보면 기가 막힌다기보다 충격적이기 이를 데 없다. 말로 쉽게 설명이 되지 않는다. 곧 대통령이 될 사람이 사인(私人)에 지나지 않은 최순실에게 뭔가 약점이 잡힌 사람처럼 고분고분하고 쩔쩔매는 사실 말이다. 이때의 최순실은 박근혜라는 임자몸에 빌붙어 살면서도 이를 조종하는 창형흡충과 다를 바 없다. 영화의 이야기 전개도 비슷하다. 영화의 흐름을 대충 살펴보면, 기택의 네 명 가족은 박 사장 네 명 가족을 은밀히 조정하고 알게 모르게 농락해 가고 있다. 특히 아들 기우는 부잣집 여고생 딸을 사교육의 대상으로 간주하는 게 아니라 애정 관계의 대상으로 모색해 가면서 장차 결혼까지 꿈을 꾼다. 이런 점에서 그는 기생충인 주제꼴에 숙주 자체가 되려고 하는 아주 불온한 청춘이다.

이 기생충 가족은 지상의 햇빛도 반으로 차단되는 반지하의 음습한 공간에 거주한다. 와이파이도 되지 않는 곳. 어쩌다 쏟아지는 와이파이라도 잡히면 가족 구성원 서로가 축하해 마지않는다. 온 가족은 모두 신분을 속이면서 부잣집의 한 가정에 위장으로 취업한다.[13] 이 온 가족의 위장취업은 생계형 사기행각이요, 어설픈 협업이다. 이들은 자신들이 사문서를 위조하는 것도 범죄가 아니라고 생각하는 속물적인 자기편의자들이다. 온 가족 위장취업의 완성을 기하기 위해서는 기존의 가사도우미인 여성(문광)을 내쫓아내는 일밖에 없다. 이 여성의 복숭아 알레르기를 악용해 주인에게 결핵 있는 여자로 무고함으로써 기생하는 라이벌을 제거하는 데 성공한다. 하지만 사람들마다 냄새가 같다. 계층의 상승 이동을 성취하지 않으면 모두의 몸에서 없어지지 않을 그 반지하의 냄새다. 이 냄새 때문에 비극적인 결딴이 예고된다. 이 영화의 대사 중에서 '고추 is red' 등의 불편한 혼용어가 적지 않은데, 그 결딴은 영화 대사의 한 사례처럼 'everybody 끝장'인 거다. 이 말 한마디는 사회비평가 박권일이 「냄새는 불평등을 자연화한다」라는 제목의 칼럼에서 표현한 것처럼 영화 「기생충」이 끝내 '신분 사회의 혐오를 그린 가족 잔혹극'[14] 으로 귀결할 것 같은 예감을 관객에게 남긴다.

---

13 김 기사(기택)는 본디 중산층 가까운 계층이었다. 그러다 사업이 잘못되어 도시빈민층으로 몰락한 사람이다. 이에 비해 박 사장은 IT 업계의 신흥 부호이다. 두 사람의 가정은 기생충과 숙주의 관계를 맺는다. 일종의 자연스러운 사회계약이다.
14 한겨레신문, 2019. 6. 28.

주인집 가족이 여행을 떠난 날, 기택네의 기생충 가족은 그 화려한 거실에서 호화로운 술판을 벌이면서 난리를 친다. 모처럼 술에 취해 만족해하며 가족 간에 오가는 거친 언사들이 질펀하다. 못 가진 자들이 가진 자의 집을 잠시 소유하면서 대리만족하는 언어가 아이러닉하다.

……부잔데 착해가 아니라, 부자니까 착한 거지. 부자들이 원래 순진해. 꼬임이 없어. 또 부잣집 애들은 구김살이 없어. 돈이 다리미야. 쫙 펴주는.

영화 속의 대사를 제대로 잘 옮겼는지 모르지만, 기택의 아내인 충숙이 대체로 이런 말을 남겼다. 기생충 가족이 비록 목적도 수단도 나쁜 사기를 일삼은 반사회적 가족이라고 해도, 부자를 선망의 대상으로 보는 관점에는 아직 반사회적인 적대 감정이 움트지 않는다. 또 이러한 감정으로 나아갈 징후도 없다. 왜? 자신들을 도와주고 있으니까. 문제는 이 다음의 대반전을 통해, 그 동안 잠재되어온 사회적인 갈등 양상이 드러나기 시작한다. 여기에서, 봉준호는 이 가족들이 벌이는 이야기의 보편적인 재미 속에서 사회의 보편적인 문제의식을 이끌어낸다. 자유기고가 오수경이 쓴 기고문 「불편해도 괜찮아요」는 내가 읽은 영화 「기생충」 자료 중에서도 매우 인상적인 자료였다. 내용의 일부를 아래에 인용해 본다.

영화 「기생충」에서 가장 소름 돋았던 장면은 박 사장 저택 지하 밑에 또 다른 지하가 있다는 걸 알았을 때다. 마치 그곳에서 태어나 결혼도 거기서 한 것 같다는 문광·근세 부부의 소원은 소박했다. 그곳에서 살게만 해달라는 것. 그들의 등장으로 위기에 처한 기택 가족은 사투를 벌인다. 지상의 공간은 평온한데 지하는 서로를 혐오하는 '충(蟲)'들의 전쟁터가 된 것이다. 우리가 경험하는 계급은 자본가와 노동자, 상위 계급과 하위 계급으로 선명하게 구분되지 않는다. 오히려 계급은 아래로 내려갈수록 세분화되고, 서로에게 더 가혹해진다. 가난한 사람들끼리 경쟁하여 서로를 지하로 밀어버리고, 지상으로 통하는 문을 걸어 잠가야 나의 생존이 가능하다고 여긴다.[15]

기택 가족은 이 부자의 대저택 아래 아무도 모르는 깊은 지하 공간과 지하부부의 존재가 몰래 엄존하고 있다는 사실에 경악한다. 자유기고가 오수경은 가장 소름이 돋았던 장면(대목)이라고 했다. 자신들과 다른 또 다른 라이벌 기생충이 있다는 것을 알았기 때문이다. 본래 가사도우미였던 문광과, 지하의 깊은 곳에 숨겨놓은 남편 근세는 더 민중적인 조건에 처해진 존재이다. 이와 같은 사정은 문광과 충숙의 대화를 보면 잘 알 수 있다.

> 문광 : 불우이웃끼리 그러지 말아요.
> 충숙 : 난 불우이웃이 아니야.
> 문광 : 저는 불우예요. 집도 없고 돈도 없고 빚만 있어요.

문광은 애절하고, 충숙은 몰인정하다. 하지만 이런 관계는 금세 역전된다. 다른 가족 구성원인 반지하 가족이 지하 부부의 언행을 엿보다가 엿보는 대열이 와당탕 무너진 것이다. 반지하 가족의 입장에선 뜻밖의 사고다. 아버지, 괜찮으세요? 뭐? 아버지? 이것들 가족사기단이 아냐? 찍힌 동영상을 주인에게 보내겠다고 협박한다. 기택네의 결정적인 약점을 간파한 지하 부부는 애초의 애절함과 몰인정을 역전시킨다. 이때부터 두 가족은 치열하게 접전을 벌인다. 패자부활전 의식을 치르는 것 같

---

15 경향신문, 2019. 7. 6.

영화 「기생충」이 칸 영화제 최우수작품상(황금장려상)을 받았다. 감독 봉준호와 배우 송강호가 뜨겁게 포옹을 나누고 있다. 우리 영화사 백년의 기념비를 상징하는 모습이다. 우리 영화에 관한 한, 나는 가장 감동적인 장면이라고 생각한다.

다. 역전과 재역전이 거듭된다. 이 과정에서 폭력이 개입된다. 쪽수가 많은 기택네가 지하 부부를 제압한다.

　이 폭력의 과정은 원형적으로 볼 때 성스러운 일종의 '희생의 메커니즘'으로 설명될 수밖에 없다. 이 용어는 르네 지라르의 『폭력과 성스러움』에 수없이 되풀이된다. 표현에 따라서는 희생양 메커니즘, 희생물 메커니즘이라고도 한다. 그에 따르면, 희생의 메커니즘이란, 고대 그리스의 원형적인 관점에서 볼 때, 도시를 치유하기 위해서는 도시 전체를 오염시키는 불순한 존재를 색출하여 추방해야 하며[16], 희생양에게 가하는 폭력이 도시의 질서와 평화를 회복시킨다는 것을 목적으로 삼을수록 더욱 논리적인 것으로 보이게 된다.[17] 희생적 추방제의, 희생의 정화적 기능이라고나 할까?

영화 속에서 등장한 지하 속의 인물인 근세는 기택네 가족의 입장에서 볼 때, 오이디푸스처럼 외부로부터 들어온 죄인이 아니라, 내부 속에 웅크리며 잠재해온 불가사의한 악이다. 이 악이야말로 르네 지라르가 『폭력과 성스러움』에서 길게 설명하고 있는 이른바 '괴물 같은 짝패(double monstrueux)의 출현'이라고 할 수 있겠다.[18] 짝패가 왜 괴물 같고, 또 두려운가? 자신들의 못난 모습을 닮았기 때문이다. 짝패는 때로 자기 분신으로 변형해 나타나기도 하지만, 나를 닮았어도 멀리하고 싶은 경쟁자로 대체로 등장하곤 한다. 르네 지라르는 짝패에 관해 인상적인 경인구를 하나 남기기도 했다. 오래 기억하면서 마음에 새기고 싶은 문장이다.

짝패들은 언제나 괴물 같으며, 괴물들은 언제나 짝패화된다.[19]

기택네 가족은 (상대적으로는 자신들도 괴물들임에도 불구하고) 지하 부부가 괴물들이기에 그냥 둘 수가 없었다. 부자의 기생충이 되기 위해선 이들을 결코 동정할 수 없는 노릇이다. 그들이 지하 부부인 문광과 근세에게 만장일치적인 폭력을 가했다는 점에서, 희생제의적이라고 할

---

16 르네 지라르, 『폭력과 성스러움』, 김진석 외 옮김, 1993, 128면, 참고.
17 같은 책, 131~132면, 참고.
18 같은 책, 241~251면, 참고.
19 같은 책, 234면.

수 있다. 신성한 것으로 돌변하는 희생양 메커니즘 속에는 희생제의(rite-sacrificielle)가 놓여 있다. 이것은 폭력의 방향을 외부의 희생물에게로 향하게 한다는 말이다. 다시 말하면, 분쟁의 씨앗을 희생물에게로 집중시키고 폭력의 방향을 다른 데로 돌려버린다는 것이다.[20] 영화 속의 기택은 가족의 가장으로서 희생제의의 제사장 역할을 수행한다. 지하 부부는 희생양으로서의 제물, 제의의 희생물이 된다.

인간관계의 생생한 폭력은 '사물화하여(reifie)' 변형한다. 폭력이란 낱말 속에 모든 것이 포함된다. 폭력 속에 성스러움이 존재하고, 또 성스러운 것 속에 폭력이 존재하고 있다. 폭력의 작용과 성스러운 것의 작용은 같은 것이다.[21] 이때 성스러운 것의 폭력은 일종의 주물(呪物)이 된다. 즉, 희생의 메커니즘은 폭력과 성스러움의 일치로 귀결되는 것이다.[22] 못 가지고 사회적인 약자인 두 가족 사이에 가해진 폭력은 물화된 폭력이다. 성스러운 주물이 되었다는 얘기다. 주물은 숭배의 대상이 아니겠는가.

두 가족 사이의 상호 폭력은 살해의 희생제의로 악화된다. 냄새라는 후각의 감각은 상호간의 폭력 관계 속에서 비극적인 파국을 예고한다. 영화의 주인공인 송강호는 이 영화가 칸 영화제의 최고상을 수상한 직후에 가진 인터뷰에서 이렇게 말한 바가 있었다.

영화 속에 '냄새'나 '선'처럼 눈에 보이지 않는 요소들도 있잖아요. 영화의 재미도 한껏 느끼면서 우리가 사회 속에서 얼마나 우리를 가둬오고 있는지, 자

---

20 같은 책, 19면 참고.
21 같은 책, 390면, 참고.
22 르네 지라르는 프로이트의 『토템과 타부』야말로 문화 질서의 기초로서의 희생(물) 메커니즘에 관한 명제에 가장 가깝게 접근한 저서라고 높이 평가했지만, 토템숭배와 관련하여 협애한 가족 로망스에 빠짐으로써 원시종교적인 기원으로 회귀하는 희생양 메커니즘을 간과했다고 한다. 그에 의하면, 성(性)도 성(聖)스러운 폭력에 속한다. 어머니와 아들이 상피 붙는 성적인 금기도 희생제의다. 결혼에 의한 합법적인 모든 성은 희생제의적이라고 했다. 내가 아무리 읽어보아도 알쏭달쏭한 얘기처럼 들린다.

신을 되돌아보고 사회도 생각해보는 기회가 됐으면 좋겠습니다.[23]

영화 「기생충」에는 의미 있게 다가오는 비조형적인 요소 두 가지가 있다. 하나는 '선을 넘지 않는다.'이며, 다른 하나는 '냄새가 난다.'이다. 전자는 못 가진 자가 계층 상승의 역린을 감히 건드리지 않는다는 가진 자의 계층방어적인 본능을 나타낸 것이며, 후자는 기생충들이 숙주에 저항함으로써 모두 결딴이 난다는 징후를 미리 깔아놓은 것이다. 징후는 겉으로 드러나는 낌새이다. 보통은 병이나 천재지변처럼 나쁜 예감을 가질 때 사용하는 말이다.

어쨌든 냄새를 가리켜 저명한 심리학자인 데이비드 G. 마니어스는 기억과 감정을 촉발시키는 힘을 가지고 있으며, 기억을 되살리고 연합된 정서를 이끌어내는 데 있어서 위력이 대단하다고 말한 바 있었다.[24]

이 영화에서 나는 냄새는 뭐라고 표현할 수 없는, 행주를 삶는 것 같은, 지하철을 타면 스며오는 꿉꿉하고도 찝찝한 반지하의 냄새다. 가진 자가 못 가진 자를 혐오하는 역겨움의 감각이다. 못 가진 두 가족의 다툼이 차이의 소멸로 인해 사투를 벌였는데, 이 은근한 냄새는 가진 자와 못 가진 자의 차이를 한없이 증폭시킨다. 박 사장 가족이 좀 불쾌해하는 그 냄새는 반지하의 냄새에 지나지 않는데, 박 사장이 난장판이 된 가든파티 현장에서 맡은 지하의 냄새는 오죽이나 할까? 문광의 남편 근세가 만취하여 대형사고를 일으킨 후 누운 자리 밑에 깔린 자동차 열쇠에서 나는 지독한 지하의 냄새를, 박 사장은 끝내 참지 못한다. 이를 본 기택은 박 사장의 가슴팍에 순간적인 격분의 식칼을 내리찍는다. 계급투쟁의 상징(성)은 참혹한 영상의 이미지로 처리되고, 칼을 맞은 가진 자는 극적으로 동그라진다. 그 문제의 냄새는 가진 자의 배타(排他) 의식을 확

---

23 동아일보, 2019, 5, 29.
24 David G. Myers, 『마이어스의 심리학』, 신현정 외 옮김, 시그마프레스, 2009, 287면, 참고.

인시켜주고, 못 가진 자들의 연대 의식을 엮어주었다.

그러나 영화의 대사처럼 'everybody 끝장'이었다. 파국 이후에 연대하면 뭣하나? 세 가정은 공존과 연대를 이루지 못함으로써 비극으로 치달았다. 이 영화에서 관객들이 보려야 볼 수 없는 그 선과 냄새야말로 공존과 연대의 실패를 상징하는 말이 되고 말았다. 나는 세 가족끼리 서로 죽고 죽이는 칼부림을 보면서 계급적인 분노라는 극단의 정의 앞에, 죽는 자, 죽이는 자 할 것 없이 극단의 손상을 입게 된다는 사실을 볼 수 있다. 관객은 폭력의 공멸을 지켜볼 수가 있었다. 성스러운 폭력의 원형은 상스러운 폭력의 변형을 불러일으키게 되었던 거다.

가든파티의 축제의 장인 너른 마당이 광란의 현장이 되고 여기에서 자행된 살해의 희생제의가 끝나자 모든 게 평온해졌다. 박 사장의 대저택은 빈집이 되고, 살인자인 기택은 근세가 숨어 지내던 지하로 내려가 칩거하게 된다. 그는 지하에 방치된 문광의 시신을 거두어 마당의 숲에 수목장을 지내준다. 이것은 프로이트가 『토템과 타부』에서 말한 '적에 대한 타부'에 해당된다. 그가 사람이 사람을 죽일 때 금기시하는 원시 풍속이 있는데, 그 일련의 규정 가운데 하나가 '살해자의 속죄 행위와 정화(淨化)'라는 것이다. 티모아 섬에 남아 있던 풍속의 하나인, 적을 위한 위무 의례는 죽은 적들의 영혼을 달래기 위한 또 다른 희생제의가 곁들여진다는 것이다. 나는 너를 달래기 위해 여기 제물을 가져 왔노라.[25] 이 영화에서의 희생제의의 제물은 두말할 필요도 없이 수목장이다. 수목장은 그 원시적인 원형의 모티프에 다름 아닌 것이다.

영화는 아버지와 아들이 모스 부호로 소통하는 것으로 끝이 난다. 서로 간에 소통하는 언사는 때로 감동적이기도 하다. 그날 벌어진 일들은

---

25 지그문트 프로이트, 김종엽 옮김, 『토템과 타부』, 문예마당, 1995, 66~67면, 참고.

영화 「기생충」의 한 장면. 가진 자의 승용차 기사로 채용될 기택은 가족과 함께 반지하의 집에 웅크리듯이 산다. 아들과 딸이 와이파이를 잡는 데 여념이 없다. 이 장면은 우리 시대에 있어서 못 가진 자들의 결여의 사회현상을 잘 보여주고 있다.

꿈을 꾼 것 같기도 하고 아닌 것 같기도 하고⋯⋯지나간 모든 일은 순식간에 일어난 비몽사몽과 같다. 더욱이 인생에서 가장 중요한 일이 벌어졌을 때는 더욱 그렇다. 하지만 아들에게는 계획이 있었다. 아버지, 돈을 벌겠습니다. (그때) 계단에 오르십시오. 이처럼, 사회적인 문제의식을 협애한 가족 로맨스로 회귀한 것은 사태의 본질을 반드시 외면하였다고 볼 수 없다. 이 영화가 파멸적 비극보다 온정적 비극이기를 바라는 관객의 정서에 호응한 결과라고 보인다.

　아버지와 아들은 서로 다른 삶의 관점을 가진다. 아버지 기택은 '무계획이 최고의 계획이다.'라고 말한 바가 있었다. 미래를 위해 이런저런 계획을 해봤자 별로 소용이 없다는 현실의 답답함이 묻어난다. 한편 아버지는 마침내 아들에게 말한다. 아들아, 넌 계획이 있구나. 양극화된 격차 사회에서 돈을 번다는 것, 출세의 사다리를 오른다는 것은 계획이 없이 될 일이 아니지 않는가? 아들 기우의 바람과 기대는 현실적으로 이루어질 것인가? 이루어지지 않는다면, 계획은 곡두(헛것)에 지나지 않으리라. 아버지의 꿈같은 사건이 악몽이라면, 아들의 계획도 현실을 얻지 못할 때 곡두 같이 허망하게 되리라. 아버지의 비몽사몽은, 부자에게 새로운 동상이몽이 되리라. 이때 동상이몽의 상이 장소의 공존으로서의 상(床)이 아니어도, 생각의 방향으로서의 상(想)일 수도 있다. 현실을 극복하자는 의도를 가진 같은 생각에도 불구하고, 다른 꿈의 결과로 나타날 수도 있다는 거다.

클로즈 시퀀스의 환상담은 영화의 마무리를 장식하는 애매한 삽화이다. 그들이 무계획 가족이라면 그것은 하나의 곡두이다. 반면에 그들이 계획 가족이라면 눈부시게 성취된 현실이 아니겠나? 시인 심보선은 자신의 칼럼을 통해 영화 「기생충」의 기택네 가족이 계획 가족인 것에 방점을 찍는다.[26] 반면에 나는 그렇게 생각하지 않는다. 모호하고도 불안한 세상이 치밀한 계획만으로 명료하고 안정된 세상으로 쉽게 바꾸어질 것 같지는 않다. 현실은 견고하고, 또 강고하다. 기우는 신분상승의 욕망을 가진 성실한 청년으로 커갈까, 아니면 계획들마다 뒤죽박죽 얼크러진 채 환(幻)의 그림자만을 좇는 불온한 청춘으로 남게 될까? 이 물음은 관객의 마음속에 여운으로 남을 것 같다.

주지하듯이 영화 「기생충」은 일종의 벌레 이야기다. 하나, 화면에는 벌레 한 마리조차 딱히 보여주지 않는다. 예로부터 벌레를 소재로 삼은 텍스트는 쭉 있어 왔다. 오래된 소설 카프카 「변신」과 오래된 영화 김기영의 「충녀」에서 나는 전형의 예를 찾는다. 「변신」은 벌레가 된 주인공을 통해 현대인의 소외 의식을, 「충녀」는 벌레 같은 악녀(팜파탈)의 돌발과 치명의 집착을 보여준다. 모두가 현대사회의 가족 붕괴 현상과 맞닿

---

26 『씨네 21』, 제1223호, 2019. 9. 24, 96면, 참고.

아 있다. 모든 벌레 이야기는 절망이다. 무라카미 류는 자신의 소설, 즉 세기말에 쓴 세기말적인 소설인 「공생충」에서 이 희한한 벌레를 두고 '스스로 멸종을 프로그램한 인류의 새로운 희망'[27]이라고 말했지만 하나의 반어나 역설에 지나지 않는다. 모든 텍스트 속의 벌레가 가지는 상징성은 분명하다. 벌레 하면 뭐든지 간에 디스토피아적인 징후를 드러낸다. 그 징글맞고 불길하고 사악한 기운의 징후 말이다.

영화 「기생충」은 원작 없는 텍스트이지만 문학성이 높다. 이 사실은 한겨레신문의 기자 최재봉이 「벌레 생각」이라는 글에서 저간에 관련된 소설과 영화를 비교하는 대목에서 하나의 여운을 남긴다. 내가 당해 소설을 아직 읽지 못해 뭐라고 말은 못하겠지만 이 글을 읽는 독자들을 위하여 정보의 실마리를 제공할 수 있다.

> 백민석의 짧은 장편 「해피 아포칼립스!」는 봉준호 감독의 칸 황금종려상 수상 소식이 전해질 무렵에 나왔는데, 여러모로 영화 「기생충」과 함께 논할 만하다. 근미래의 서울을 배경 삼은 이 소설은 최상류층 거주지인 타운하우스 주민들과 낙오자들인 좀비족, 늑대인 간족, 뱀파이어족의 충돌을 그린다. (……) 「기생충」과 「해피 아포칼립스!」가 둘다 극적으로 마무리된다는 결말도 비슷하다. 인간 가족이 살기에도 지구는 좁아, 라고 백민석 소설 속 부자 인간이 말할 때, 그가 생각하는 인간의 범주에 하층민들은 포함되지 않는다.[28]

나는 영화 「기생충」이 내용의 진지함 못지않게 형식의 정교함을 중시하고 있다고 본다. 이 영화에 사회적인 개선의 쓰임새가 없지 않을 터이지만, 영화로서의 미학적인 의장인 만듦새도 뛰어나다. 반지하의 눈높이에 의한 쇼트의 창출은 사뭇 각별한 의의를 지닌다. 누구도 함부로 생각

---

27 무라카미 류, 『공생충』, 웅진닷컴, 2000, 71면.
28 한겨레신문, 2019. 6. 14.

해내지 못할 그만의 특유한 미장센이 아닐 수 없다.

빈부격차나 양극화를 드러내는 이미지의 수사학도 결코 평범하지 않다. 반지하와 대저택의 세트를 보라. 비가 억수 같이 쏟아진 여름날 밤, 저지대의 빈민촌을 지나서 있는 반지하의 집은 물에 흠씬 잠겼다. 비가 개인 후의 한낮에는 빛나는 햇살 아래 호화로운 가든파티가 열린다. 심화된 양극단의 사회현상을 균형감 있게 보여준다.

배우의 역할이 고르게 분산되어 있는 것도, 출연자 저마다의 역할을 골고루 세분한 것도 감독의 역량이라고 본다. 김 기사 기택의 역을 맡은 배우 송강호가 주인공임에도 불구하고 등장하는 점유율이 그다지 높지 않은 것도 이러한 사실에 기인한다.

4. 속물주의로 무장한 도구적 성찰

영화 「돈」과 「기생충」을 보면, 여기에 등장하는 인물이 속물들로 넘쳐난다는 생각을, 나는 금할 수가 없다. 속물에서 좀 벗어난 인물이 있다면, 「돈」의 수석검사인 한지철과 「기생충」의 지하 부부 정도이다. 속물은 근대의 산물이다. 역설적이게도 이 속물이 근대소설 형성과 발전에 끼친 영향은 적지 않다. 이 속물을 통해 근대소설이 점진적으로 완성되어갔던 거다. 근대소설에서 매우 흔하고 익숙하지만, 영화에서는 돈이 안 되는 캐릭터가 속물이다. 속물 중에는 잘 생긴, 또 매혹적인 이도 있을 것이다. (영화 속의 악녀 중에서 치명적인 매력의 여배우가 있듯이 말이다.) 아무리 잘생겼다고 해도 속물을 보기 위해 어두운 영화관에 잠입하기란 좀 흔쾌하지 못하기 때문일까. 요컨대 영화 속의 속물은 돈이 되지 않는다. 사회문화적인 정의 방식을 끌어들인다면, 속물은 한마디로 말해 자유 경쟁과 평등의 원리로 재구성되는 시민 사회에서 인정 투쟁

을 왜곡적인 방식으로 이해하고 실천하려고 한다.[29]

　속물은 속물주의(속물근성)의 주인공이다. 이 개념은 말하자면 자기애, 아첨떨기, 관능과 돈에의 집착, 권력추수적인 야망, 세속적인 성공에 대한 열망 등을 몰가치의 영역으로 쉽게 떨쳐내지 못하는 속물적인 사회 현상과 관련이 있다.

　나는 영화 「돈」을 보면서 지배와 피지배, 군림과 복종의 양대 구조를 만들어가는 주식시장의 도박 경제에 대해 최근의 신조어로 사용되고 있는 소위 '카지노 자본주의'라는 표현을 떠올리지 않을 수 없었다. 이 영화는 시장경제의 각박한 경쟁 사회에서 벌어지는 속물주의의 민낯을 볼 수 있게 한다. 주식이나 그 밖의 증권에 투자하는 사람들 모두가 속물이 아닌 것처럼, 속물이라고 해서 모두가 세속적인 성공에 온몸을 던지면서 인생을 거는 것은 아니지 않나? 왜 속물이 때로 비판의 대상이 되는가? 그 기준의 단초를, 앤서니 기든스가 적시한 이른바 '성찰성 (reflexivity)'에서 찾아야 할 성싶다. 이것은 상당히 가치를 내포하는 개념이다.[30] 성찰성은 일종의 자기 점검이 아니어선 안 된다.

　왜 속물이 문제인가? 그가 성찰성을 도구화하기 때문이다. 그는 성찰 자체를 성찰하지 않는다.[31] 이를 가리켜 '도구적 성찰성'이라고 말할 수 있다. 나는 이 용어를 사회학자 김홍중의 저서 『마음의 사회학』에서 따왔다. 내 식으로 거칠게 말한다면, 작은 부분이라도 제 탓으로 돌리지 않는 자기 성찰은 도구적 성찰성에 해당된다는 것이다.

　영화에서 일현은 부자가 되겠다는 대상을 욕망하는 게 아니라 이미 부자가 된 번호표라는 중개자의 욕망을 욕망할 따름이다. 욕망의 삼각

---

29 김홍중, 『마음의 사회학』, 문학동네, 2010, 83면, 참고.
30 이것은 자신의 신체, 정념, 욕망에 대한 지속적인 '모니터링'을 수행할 수 있는 인식과 실천의 능력이다. (앤서니 기든스, 『사회구성론』, 황명주 외 옮김, 자작아카데미, 1998, 48면, 참고.)
31 김홍중, 앞의 책, 95면, 참고.

형 구조에 놓인 인물로서, 그는 전형적인 속물이다. 그에게는 성찰의 조짐이 보이지만, 스스로를 관리하고 배려하고 육성하는 데는 이르지 못한다. 그는 번호표에게 평생 먹고 살 돈이 있으면서 왜 그리 욕망이 큰가, 하고 묻지만, 성찰 그 자체를 성찰하는 게 아니다. 성찰을 도구화함으로써 자신이 빠져나갈 탈출구를 마련한다. 지하철을 타고 어디론가 가버리는 것. 이것은 도구적 성찰성보다 낮은 수준의 도피적 성찰성이 아닌가, 한다.

반면에 번호표는 성찰을 사유할 수 있는 능력마저 결여된 인물이다. 침착하고 담담한 자동인형 같은 언어는, 우리가 접하기 쉬운 기기에서 기계적으로 되풀이되면서 들려오는 메시지와 같다. 그의 준수한 용모는 관객들로 하여금 악의 화신이라는 이미지보다 덕성이 결한 엽색(獵色) 인간과 같은 착각에 빠지게 한다. 이 악의 평범성, 속물성은 아이히만의 죽음의 과정에서 보여준 파시즘적 속물주의처럼 비친다.[32]

영화 「기생충」에서도 속물들은 판을 친다. 가지고 군림하는 자들에게 매너가 온몸에 배어있을 수 있지만, 박 사장의 상전 행세와 그 부인의 어설픈 영어는 말할 것도 없이 속물적이다. 이들은 한국 사회의 확고한 지배층으로 새롭게 부상해온, 그럼으로써 속물주의로 무장된 도구적 성찰의 주체들이다. 이즈음 흔히 말해지고 있는 '스카이 캐슬'에 갇힌 상징적인 의미의 최상위층도 여기에 해당한다. 김 기사 가족들 역시 사기취업, 사문서 위조, 마녀사냥적인 무고 등의 수법을 통해 자신들의 이익만을 추구하는 전형적인 속물 행각을 보인다. 이들에게도 진정한 자기성찰은 거의 보이지 않는다. 이 가족 구성원들은 사회적으로 최고경영자의 지위에 오른 박 사장과 그의 가족의 욕망을 욕망하는 게 아니라,

---

32 같은 책, 89~93면, 참고.

이들의 욕망이 투사된 스스로의 욕망에 마비되고 만다. 이처럼 성찰의 궁극적인 목적을 성찰하지 못하였기 때문에, 마침내 반지하의 냄새가 피 냄새를 부르고 말았다.

영화 「기생충」은 패자부활전의 비극이다. 즉, 패자끼리 싸웠지만 패자 중의 승자가 결국 부활하지 못하는 데서 오는 비극이다. 김 기사의 반지하 가족과 문광-근세의 지하 부부는 패자부활전을 벌이다가 사고를 치고 말았다. 주지하듯이, 역사는 아(我)와 비아(非我)의 투쟁이요, 정치는 적과 동지의 투쟁이다. 쉽게 말하면, 갑과 을의 투쟁이다. 그러나 패자부활전은 을과 을의 투쟁이다. 요즈음의 추세는 사회적인 약자들의 이해관계가 다양해지면서 갑과 을의 투쟁에서 을과 을의 투쟁으로 변형되어 간다. 안희정의 사건에서 성인지 감수성의 문제를 놓고 피해자(부인)와 피해자(비서)가 법정에서 공방전을 벌이는 게 대표적인 사례이다.

이처럼 을들의 각축전이 우리 사회에 빈번해져 가는 이유는 한국 사회의 압축 성장에 있다. 우리 사회가 패자부활전이, 예컨대 개천의 용들이 용납되지 않는 승자 독식의 사회이기 때문이다. 지하로부터의 계단 오르기, 출세의 사다리는 현실이 아닌 환상 속에서만 만들어가게 되는지도 모른다.

영화 「돈」과 「기생충」은 우리 시대에 있어서 소유의 리얼리즘과 결여의 사회현상을 각각 상대적으로 보여준 탁월한 텍스트인 게 사실이다. 그러나 갑과 을 간에, 을과 을 간에 공생과 연대를 모색하는 비전을 적절히 보여주는 데는 성공을 거두지 못했다. 이 비전을 시사하고 예견하는 사회를 두고 이른바 '공정 사회'라고 말할 수 있겠다. 최근에 법무부 장관인 조국의 사태를 놓고, 많은 사람들에게는 공정 사회에 대한 생각이 깊어졌다. 깊어졌다니? 심각해지고 심오해졌다는 말이다. 많고 적고 간에 승자가 무언가를 무조건 양보하고 패자가 승복의 덕목을 갖추는 것도 우리가 바라는 공정 사회의 미래상이다. 이 공정 사회란, 두 영화가 조명한 스크린의 저 너머에서, 우리가 앞으로 찾아야 할 사회가 아닌가 한다.

빈자(貧者)의 열정, 혹은 불온한 청춘

―신성일의 1960년대 영화

1. 영화배우에게, 문화연구의 우산을 씌우다

나는 이 연구를 통해 배우 신성일이 1960년대에 출연한 영화 가운데 동시대의 사회상과 시대적인 문맥을 잘 반영하고 있는 몇 가지 텍스트, 즉 이를테면 「맨발의 청춘」(1964)과 「초우」(1966)와 「휴일」(1968)을 각별히 주목하고자 한다. 이 영화들 속에서 신성일이 연행한 캐릭터는 시대의 아들인 가난한 청춘의 상징으로서, 화면 위의 이목구비는 뚜렷이 수려하지만 진흙탕 같은 삶의 현장에선 힘겹고 처절한 캐릭터로 떠올랐다.

이 세 편의 영화에서 주인공 역을 맡은 신성일은 한결같이 가난하면서, 매사에 열정적이며, 또한 사랑이나 돈, 이 두 가지가 적절히 혼재된 것을 얻기 위해 반(反)사회적인 일탈 행위도 서슴지 않은 청년으로 극중에 등장하고 있다. 목적을 위해 수단을 정당화하는, 그야말로 불온한 청춘이다.

불세출의 배우 신성일은 1960년, 신필름을 통해 혜성처럼 영화계에 등장했다. 영남의 명문 학교인 경북고등학교를 졸업한 후에 서울에서 대학진학을 목표로 공부하고 있던 자연인 강신영은 신상옥 감독의 눈에 띄게 되어 배우의 길을 걷게 되었다. (이 '배우의 길'에 관한 얘기는 본고의 마지막 부분에서 재론할 것이다.) 신필름이 배출한 으뜸의 별(스타) ……. 신상옥 감독의 이 예언적인 작명은 10년이 되지 않아 현실적으로 이루어졌다.

최근에 인문사회과학 분야에 소위 문화연구(cultural studies)의 바람이 거세게 불고 있다. 지난 시대의 학문적인 거대 담론이 지속성을 지니지 못하는 틈새를 통해 새로운 시점과 방법이 등장하게 된 것이다. 과거에는 상위에 놓인 삶의 양식이 문화로 간주되었는데, 최근에는 상하위를 막론하고 인간의 흔적이 남아 있는 것, 더욱이 사소하고도 쓰잘데없는 것조차 문화로 인정한다는 데서 문화연구의 정당성이 입지를 마련하게 된 것이다. 21세기의 벽두에 간행된 한 서책에 의하면, '사회적 규정성이 적다고 여겨지던 일상생활의 다양한 영역이 문화라는 말로 묶여 지칭되면서 문화연구가 본격적으로 부상하게 되'[1]었다는 것이다. 우리나라의 경우에는 최근 20년 정도에 문화연구가 학문의 방법론으로 크게 부상하고 있었지만, 영미권에서는 이미 20세기 말부터 이것이 뿌리를 내리고 입지를 넓혀가고 있었던 것으로 보인다.

……학문적 관심 밖에 놓여 있던 다양한 영역을 새롭게 연구 대상으로 부각시킨 점은 문화연구의 커다란 업적이라고 생각된다. 또한 모든 문화 행위를 더 큰 사회적 맥락 안에 두려 노력하고, 일상생활 속에서의 창조적 실천을 부각시키고, 문화가 갈등과 투쟁, 타협과 거래의 과정 속에 놓여 있다고 강조하는 것 등은 문화연구가 수행하는 매우 중요한 작업이다.[2]

---

1 영미문학연구회 엮음, 『영미문학의 길잡이 · 2』, 창작과비평사, 2001, 494~495면.

이 글은 한 개인적인 배우인 신성일에 관한 문화연구라기보다, 그가 출연한 1960년대 영화 가운데 세 편의 영화를 대상으로, 그의 연기자로서의 역할이 어떠한 시대적인 맥락 속에 이해되고 있으며, 사회적인 규정성을 담지하고 있는가를 주안으로 삼고 있는, 이른바 새로운 시각의 문화연구다. 어쨌든 이번 연구에서 내가 의도하는 바는 다름이 아니라 그에게 문화연구의 우산을 씌워 보자는 일이다.

신성일은 1960년대에 이미 많은 영화에 출연했지만, 특히 남녀 간의 사랑을 서사의 중심으로 삼은 소위 로맨스 영화에 관한 한 아무도 그를 따를 배우가 없었다. 그의 배우로서의 전성기는 「아낌없이 주련다」(1962)에서 「겨울여자」(1977)에 이르기까지 15년에 걸친 장기간이라고 할 수 있을 것 같다. 그와 함께 공연한 여배우도 이민자에서 장미희에 이르기까지 무수히 많은 미모의 연기자들, 소위 '만인의 연인'들, 시대의 연인들이었다. 그는 196, 70년대에 걸쳐 대중으로부터 가장 사랑을 받았던 국민적인 남자 배우였다.

그의 출세작은 「아낌없이 주련다」였다. 이 영화는 6·25의 피난처인 부산의 바닷가인 다대포를 배경으로 한 것이다. 레스토랑을 운영하는 전쟁미망인 이 여사와 피난 온 아르바이트 대학생인 하군의 이루어질 수 없는 사랑을 그린 영화다. 신성일은 신필름의, 월급을 받아온 전속 배우였지만, 이 영화의 촬영을 위해 신필름에서 스스로 물러나 배신자의 소리를 들으면서까지 애착을 보였다. 결과는 대성공이었다. 그는 이 영화로 인해 스타덤에 올랐다.

신성일은 훗날의 회고문집에서, 이 영화를 통해 연기자로의 '롤모델(role model)'을 앤서니 퍼킨스로 삼았다고 했다. 자신은 영화 속의 소위 롤모델 배우와 동일시하는 데 혼신의 힘을 모았다. 프랑수아즈 사강의

---

2 같은 책, 502면.

원작 소설인 「브람스를 좋아하세요」를 영화화한 「굿바이 어게인」은 그 당시에 일본어 제목인 「이수(離愁)」로 개봉되었다. 그는 「아낌없이 주련다」의 대본을 읽을 때 이 영화를 무려 일곱 차례나 반복해서 보았다고 한다. 잉그리트 버그만과 앤서니 퍼킨스의 연상연하 커플이 만들어낸 비련의 로맨스라는 점에서, 두 영화는 느낌이 서로 비슷했다.[3] 하지만 「아낌없이 주련다」는 이탈리아 영화 「격정의 계절」(발레리오 추를리니 : 1959)의 아류작인 듯한 느낌이 더 강하다. 이에 관해 앞으로 논의가 있어야 할 것 같다.

신성일이 1960년대에 출연한 주연급 영화는 거의 300편 가까이에 이른다. 이 시대에 그의 대표작으로는 이색적이고 몽환적인 색정극인 「춘몽」(1965), 비극적인 이별의 시정(詩情)이 돋보인 「만추」(1966), 문예영화의 전범인 「안개」(1967), 억압된 성 본능을 탐미적으로 묘파한 사극영화 「내시」(1968) 등을 손꼽을 수 있겠지만, 이들 영화가 시대사적인 인정(人情)과 세태와 의미를 적확하게 살려내는 데는 일정한 한계를 보이고 있는 것도 사실이라고 하겠다.

2. 맨발의 청춘 : 오래된 미래 유산의 현재성

1963년 신성일은 「청춘 교실」(연출 : 김수용)에 출연하여 호평을 받았다. 그 당시 젊은이들의 기성세대와 다른 애정관을 보여준 영화다. 그는 이 영화에 출연하기 위해 스포츠형 헤어스타일을 선보였다. 물론 이것은 일본 전후 세대의 상징인 태양족의 아이콘이면서 1960년대 일본 남성의

---

3 신성일, 『청춘은 맨발이다』, 문학세계사, 2011, 43~44면, 참고.

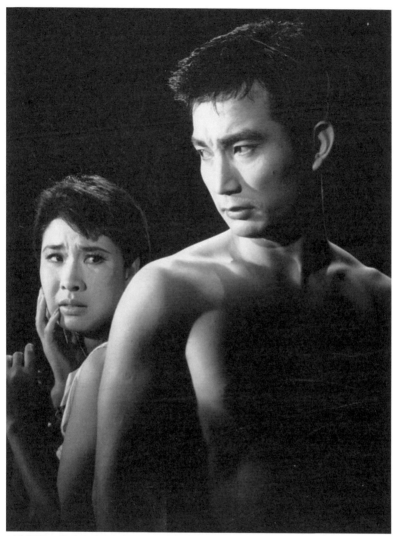

영화 「청춘 교실」의 한 장면. 1963, 4년 청춘 커플의 우상인 신성일과 엄앵란. 이들은 사생활에서도 연인과 부부로 발전했다. 호화로운 결혼식은 엄청난 화제를 몰고 왔다.

열광적인 워너비이기도 한 이시하라 유지로의 이미지를 재활용한 것이다. 당시에 탄생한 청춘 커플인 신성일-엄앵란은 대대적인 인기몰이의 여세를 몰아, 1964년 극동흥업주식회사에서 제작한 (1960년대의 대표적인 청춘 영화인) 「맨발의 청춘」(연출 : 김기덕)에까지 이어간다.

맨발의 청춘이란 은유 방식은 오늘날 '청년 백수'처럼 가난한 젊은이를 일깨우는 반성적 사유로 소통되고 공감되는 말이지만, 새로 시작한다는 주체적 삶의 결단이 전제되어 있다는 점에서 지금도 힘이 실려 있게 들리는 말이다.

이 영화는 신분적 배경이 확연히 다른 남녀 주인공의 비련을 묘파한 멜로드라마 유의 청춘 영화이다. 116분의 상영시간 속에 벌어지는 이 긴박한 사랑 이야기는 우리의 혼사장애형 결렬 모티프를 연상하게 한다. 연출자는 1960년대에 다양한 장르영화를 섭렵한 감독 김기덕이며, 출연자로는 신성일과 엄앵란이 주연을 맡았고, 또 트위스트 김과 이예춘과 윤일봉 등이 조역으로 가담하였다.

영화 속의 얘깃거리는 대체로 이렇다. 밑바닥 세계에서 살려면 죽음의 문턱을 무수히 드나들어야만 하는 주인공 두수(신성일 분)는 폭력 조직의 일원(똘마니)으로서 외국에서 밀수한 시계를 운반하러 가는 길에, 우연히 불량배들에게 위협을 당하는 여대생들인 요안나(엄앵란 분)와 그녀의 친구가 곤궁에 빠진 현장을 보게 된다. 그는 용기 있게 두 아가씨를 위험한 상황에서 구해준다. 이 일이 빌미가 되어 경찰에 잡힌 두수. 하지만 '저희들 때문에 혐의를 뒤집어쓰고……' 하는 피해 여학생들의 증언 덕에 풀려난다. 이것이 인연이 되어 두수와 요안나는 남녀 관계로 발전하기에 이른다. 그러나 두수는 걸핏하면 경범죄를 저지르며 사는 처지에서, 만날 쌈질만 하는 블루진 청년으로서, 천사와도 같은 상류층의 딸로 성장한 요안나를 보면서 쉽지 아니한 사랑의 괴로운 미래를 예감한다. 두 사람은 서로가 속한 사회적 층위의 이질적인 문화를 이해하고 이 문화의 격차를 해소하기 위해 노력한다. 클래식 음악과 트위스트 춤곡, 성경과 복싱 전문지……. 아무래도 두수는 주스를 마시면서 고전음악을 감상하고 자기 전에 성경을 읽는 요안나의 라이프스타일이 껄끄럽다. 음악회에 초대를 받은 청년 두수의 정장[4]이 어색하고 양식(洋食)의 매너가 익숙지 않다.

　어느 날, 두수는 요안나와 만나기로 한 약속장소에 나가지 못한다. 사기 사건에 휘말렸기 때문이다. 그는 사기 사건으로 교도소에 가게 되고, 몇 년이 지난 그들은 우연히 재회하지만, 두 사람 앞에 놓여 있는 현실적인 신분의 장벽은 여전히 높다. 또한, 두수는 밀수 사건에 개입함으로써 또 다시 감옥에 가게 될 위기에 처한다. 요안나의 어머니는 두 사람의 관계를 떼어놓기 위해 그녀를 아버지가 있는 미국으로 보내려 한다. 두 청춘은 이래저래 어려움에 처해 있다.

　두 사람은 하는 수 없이 집을 뛰쳐나온 뒤에 여행길에 오른다. 이 세상에서는 맺을 수 없는 인연이라고 생각하면서 시골의 창고 같은 곳, 외양간이나 마굿간처럼 허름한 그들만의 도피처에서, 마지막 밤을 함께 웃으면서 보내다가 약을 먹고 동반 자살하기에 이른다. 모든 게 있어 보이는 처녀와, 학력도 기술도 매너도 없는 가난한 청년은 더 이상 희망이 없었던 것이다. 그날따라 함박눈이 하얗게 내리는데 두수의 시체는 두 발을 드러낸 채 리어카에 실려 나가고, 반면에 요안나의 시체는 꽃으로 장식된 승용차에 실려 묘지로 향한다. 이 마지막 장면은 많은 관객들에게 오래오래 기억에 남아, 비감의 뇌리 속에 각인되어 있다.

　　두 남녀를 둘러싼 인물처리에서 서로 다른 신분을 표현하기 위해 아가리 역의 트위스트 김이 두수의 시체를 거적때기로 덮은 채 리어카에 싣고 가는 장면

---

4 두수의 나비넥타이와 연미복은 신분상승의 원망, 소원충족을 나타내는 표지이면서, 동시에 멜로드라마의 익숙한 코드이다.

과 요안나의 시체가 중형 승용차에 실려 가는 영화의 마지막 장면은 그러한 비극성을 단적으로 드러낸 명장면이다.[5]

두 남녀의 죽음 역시 '살아서'와 마찬가지로 형평성을 남기지 못했다. 이 사실은, 없고 못 배운 시대의 청춘들에게 깊은 사회학적인 공명을 불러일으키는 요인이 되었을 터이다. 두 남녀의 대조적인 장례 행렬. 죽어서도 '칭아'졌다. 여기에서 말하는 '칭아'는 무엇일까? 박경리의 대하소설 「토지」에서 보이는 경남 방언이다. 한자어로는 다름이 아닌 '층위(層位)'를 가리킨다. 따라서 '칭아지다'라는 말은 사회적이고 신분적인 차별 의식을 말하는 것이다.

영화 「맨발의 청춘」을 수용한 관객들의 반응은 예상을 넘어섰다. 개봉 첫날부터 광화문 조선일보사 옆 아카데미 극장에는 아침부터 입장권을 사려는 관객들의 행렬이 덕수궁 앞까지 장사진을 쳤다고 한다. 없고 못 배운 그 당시의 청춘들에게 무언가의 울림이랄지, 대리만족을 주었기 때문이리라. 이 영화가 스크린에 반영하고 있는 1964년의 서울, 혹은 대한민국의 상황은 지금의 미경험 세대는 전혀 알 길이 없다. 그때 전쟁이 남기고 간 상흔은 점차 극복되어 갔지만, 여전히 거리에는 가난하고 힘겨운 사람들로 가득 차 있었다. 많은 리얼리즘적인 영화가 그러하겠지만, 이 영화 역시 그때의 모습을 잘 보여주고 있다.

그렇다면, 우리는 2010년대 지금의 시각에서, 영화 「맨발의 청춘」에 나타난, 영화 속의 배경을 어떻게 보아야 할 것인가? 후진국 한국의 부잣집 저택, 독특한 공동주택, 대학 정문 앞의 풍경, 춤과 노래가 흘러나오는 1960년대식의 주점 이미지인 지하 바의 모습 등은 당시의 서울 모

---

5 이세기, 『죽기 전에 꼭 봐야 할 한국영화 1001』, 마로니에북스, 2011, 168면.

습이 덜 어수선하고 정적이라는 것을 느끼게 한다. 특히 서울의 밤거리 모습도 이색적이다. 당시의 촬영 기술로서는 밤거리 야외 촬영이 결코 쉽지가 않았을 텐데, 우리 영화의 테크놀로지가 한 걸음은 발전한 느낌을 주고 있다.

남산에서 내려다 본 카메라 앵글도 당시 서울 시내의 중심가를 하나의 기록적인 의미로 담아내고 있다. 그 시대의 서울은 매우 남루하고 무언가 부족하고 곤핍해 보이지만 요즈음의 관점에서 볼 때 미세먼지 하나 없는 청정한 도시 공동체처럼 생각된다. 이 영화 속의 서울의 거리는 소위 '오래된 미래'[6]요, 그래서 오늘날의 우리에게는 미래 유산이 된다.

또한 가난하고 배우지 못한 젊은 청춘도 인간답게 누군가를 사랑할 수 있다는 고귀한 정신을 이 영화는 가르쳐주고 있다. 이 사실이야말로 영화가 보여준 우리의 미래 유산이라고 할 수 있지 않을까? 오늘날의 젊은이들이 오래된 영화 「맨발의 청춘」을 다시 보는 현재성의 타당한 근거인 것이다.

영화 「맨발의 청춘」에는 새로운 청년 문화가 녹아 있다. 신성일의 스포츠형 헤어스타일을 처음으로 선보였고, 청바지를 입고 거리를 활보하는 장면도 그 이전에는 보기가 드물었다. 영화 제작의 과정에서 새로운 연출 시스템이 도입되었다고 할 수 있다. 「맨발의 청춘」은 촬영 기간 18일에 걸쳐 급조한 영화였다. 일정에 쫓기다 보니 김기덕 감독은 촬영이 중반을 넘겼을 때부터 실내에서 편집과 녹음을 일삼는 데 여념이 없었다고 한다. 현장에서 찍은 필름은 감독에게 잇달아 넘겨지고 있었다. 촬영 현장에는 조감독인 고영남과 출연진들이 서로 상의하면서

---

6 오래된 미래는 우리 시대의 빛나는 역설의 표현이다. 이 표현을 고안한 이는 스웨덴 출신의 여성 생태운동가 헬레나 노르베리-호지이다. 그녀는 혹서와 혹한이 반복되는 티베트 고원지대의 오지인 라다크에서 16년을 살았다. 그녀의 라다크 체험에 의하면, 티베트인들의 정신적인 지주인 불교가 먼 과거에 생겨 오래되었지만 늘 새로운 것이며, 또한 이것이 미래의 삶의 대안으로 자리하고 있다고 한다. 이것이 바로 오래된 미래의 의미이다.

영화를 만들다시피 했다. 젊은 배우들인 신성일·엄앵란·트위스트 김은 매 상황마다 아이디어와 순발력을 발휘했다. 특히 신성일은 액션의 현장 감독이나 다름이 없었다. 두수가 휘두르는 주먹에 맞아 연신 쓰러지는 후배 아가리의 장면은 신성일 자신이 주먹질 시늉을 해가면서 연출한 것이다. 신성일은 이때부터 연기나 연기 지도에 차츰 눈을 떠가고 있었다.

······첫 장면부터 검을 질겅질겅 씹고 있는, 발을 테이블에 걸치고 찻잔은 무릎 위에 얹은 반항적인 두수의 모습을 생각해보라. 나는 완전히 힘을 빼고 연기를 했다. 배우들이 판에 박은 연기를 하도록 지시하는 유현목, 김기영 감독의 영화 같았으면 그런 모습이 나오지 않는다.

배우의 역량을 최대한 끌어올린다는 지론을 가진 신상옥 감독 밑에서 연기 생활을 시작한 것이 나로서는 행운이었다. 액션에 능한 나는 이미 카메라 앵글을 꿰뚫고 있었고, 청춘 영화에서 어떤 연기를 해야 하는지 알고 있었다. 감독들이 나를 안심하고 쓸 수 있는 유일한 배우로 성장해갔다.[7]

이 영화는 젊은 연기자들이 합심하여 영화를 만들었다고 해도 지나친 말이 아니다. 감독이 대체적인 밑그림을 그렸다면, 이들은 거기에다 하나씩 채색을 해 나간 것이다. 열악한 영화적인 환경과 조건 속에서 선풍적인 인기몰이를 가능하게 한 청춘 영화 「맨발의 청춘」은 영화의 제목처럼 청춘의 시네아스트들이 열정을 가지고 일구어낸 맨발의 노작(勞作)이었던 셈이었다.

---

7 신성일, 앞의 책, 63면.

3. 영화에 있어서의 다문화적인 간(間)텍스트성

영화 「맨발의 청춘」은 1960년대 우리나라 대중문화의 형성과 전개에도 기여한 면들이 작지 않았다. 이 영화의 조역으로 활동한 김한섭의 트위스트 춤은 대중 속으로 깊숙이 파고들었다. 그는 춤에 관한 한 탁월한 특기를 가지고 있었는데 대중춤의 분야에 전문 춤꾼 못지않은 영향을 끼쳤다. 그는 이 영화를 통해 영화계에 입문하였고, 그는 예명 '트위스트 김'과 함께 춤추는 이미지를 대중의 뇌리에 각인하는 데 성공을 거두었다.

이 영화의 주제가 역시 대중가요의 흐름에 하나의 획을 뚜렷이 그어놓은 것으로 판단되고 있다. 노래는 두 박자 세 도막으로 이루어진 단조로 이루어져 있고 재즈 분위기의 색소폰 선율이 금속적인 질감의 비트에 맞추어 연주된다. 이 노래는 같은 해에 이미자가 부른 「동백아가씨」와 같은 '라시도미파'로 구성된 음계의 단조 트로트 가요와는 유다른 것이었다. 1950년대 후반에 시작하여 1960년대 초까지 이어온 손석우 유의 밝고 명랑한 스탠더드 팝을 계승하여, 다소 어둡고 무거운 분위기를 머금은 재즈 및 블루스의 이봉조 풍을 만들었다. 그 이후는 소위 화려하게 아름다운 비극성을 지닌 것으로 평가되는 길옥윤적인 트로트 탈각의 가요가 하나의 흐름을 형성했다. 단조 트로트의 일본적 감각과, 재즈와 스윙을 위시한 다양한 가요 양식의 미국적인 감각이 그 당시에 혼재되어 있었다. 영화 주제가로서 1964년을 장식한 두 노래인 「맨발의 청춘」과 「동백아가씨」는 대조적인 감각으로 공존하면서 동시대를 울렸다.

여하간에, 영화 주제가 「맨발의 청춘」은 당시 미8군에서 색소폰 주자로 활동하던 이봉조가 영화로 촬영된 화면인 「맨발의 청춘」의 필름을 보고 녹음실에서 색소폰으로 몇 번 '빠앙 빠앙' 불다가 완성한 즉흥적인 주제곡이었다. 이를 보고 신성일은 이봉조를 가리켜 천재라고 했다.[8]

또한 작사는 당대 최고의 작사가이었던 유호가 만들었다. 노랫말 1절 내용은 다음과 같다.

> 눈물도 한숨도 나 혼자 씹어 삼키며
> 밤거리의 뒷골목을 누비고 다녀도
> 사랑만은 단 하나에 목숨을 걸었다.
> 거리의 자식이라 욕하지 말라.
> 그대를 태양처럼 우러러보는
> 사나이 이 가슴을 알아줄 날 있으리라.

노랫말에서도 볼 수 있듯이, 신파 감수성 및 정조(情調)를 고양하는 그당시 트로트가 지닌 소극적이고 패배주의적인 내용이 아니다. 견고한세계가 가로막는 현실의 난관을 돌파하려는 자아의 의지가 강하게 드러나고 있다. 어려운 시대가 만든 청춘의 개척 정신을 엿볼 수 있는 가사다. 대중문화평론가인 이영미는 한 강의의 자리에서 이 노래를 두고 "거칠지만 순정적인 밤거리 뒷골목 남자 주인공을 화자로 삼아 슬픔을 절제한 도시적 감성을 드러냅니다. '눈물도 한숨도 나 혼자 씹어 삼키며', 이 구절을 들으면서 당시 얼마나 수많은 남자들이 가슴이 뛰었을까요?"[9]라는 소회를 밝힌 바 있었다. 나는 1980년대에 이 노래를 1960년대 학번의 선배들이 즐겨 부르는 모습을 보기도 했다. 중저음이 탁성인 가수최희준의 목소리는 가라앉는 듯하면서도 중후하고, 어두운 듯하면서도밝은, 무언가 딱히 알 수 없는 푸른 기상 같은 것이 느껴진다.

---

8 같은 책, 261면, 참고.
9 천정환 외 편저, 『문학사 이후의 문학사』, 푸른역사, 2013, 402면.

영화 「맨발의 청춘」의 원작은 일본의 영화 「진흙투성이의 순정(泥だらけの純情)」(나카히라 코우 : 1963)을 번안한 것이다. 일부에서 일본 영화에 대한 표절의 논란이 없었던 것은 아니었지만, 당시 보도에 따르면 원작자의 승인을 받은 것(「신·엄 콤비의 순애보 / 김기덕 감독 '맨발의 청춘'」, 서울신문, 1964. 3. 4.; 「정사로 끝맺은 애련 비극 / 맨발의 청춘」, 조선일보, 1964. 3. 10.)으로 되어 있다. 그러나 일본 영화 「진흙투성이의 순정」에서 남자 주인공의 다친 손가락을 여주인공이 붕대로 감아주는 장면, 남녀 주인공이 종이학을 접어 비교하며 웃는 장면 등이 거의 똑같이 등장했다는 지적이 있었다.[10]

영화 「진흙투성이의 순정」은 개봉과 동시에 일본 전역에서 열광적인 반응을 얻어낸 영화다. 불량배에게 봉변을 당하는 것으로부터 구해준 것을 계기로 서로 알게 된 외교관의 딸과 야쿠자의 이루어질 수 없는 사랑을 그렸다. 이 영화적 순애보는 일본적인 순정 멜로물의 전범이 되었다. 신분의 차이를 뛰어넘는 사랑을 가로막고 있는 조건이 가정과 조직이라는 점이 이 영화를 한국적으로 변용한 「맨발의 청춘」과 차이를 드러낸다. 일본의 것이 평면적이라면, 한국의 것은 입체적이다. 「맨발의 청춘」에서는 신분의 격차 못지않게 사회의 불만을 표출하고 있다. 두수가 조직의 후배인 아가리가 '송충이는 솔잎을 먹고 살아야 한다.' 는 조언에 분개해 린치를 가하는 장면이 바로 그것이다. 이런 내용은 원작에 없다.

주지하듯이, 1963, 4년은 한일 간의 국가적인 힘의 차이가 자못 컸다. 일본은 이 무렵에 올림픽을 준비하면서 세계인을 불러 축제의 장을 만들고 스스로 선진국임을 과시하려 하고 있었지만, 한국은 후진국의 늪으로부터 벗어나지 못하고 허덕이고 있었다. 이런 이유 때문에 영화 「맨

---

10 이세기, 앞의 책, 168면, 참고.

발의 청춘」속에 사회적인 불만과 분노가 개입되는 것은 어쩔 수 없는 일이었다. 이 두 영화를 두고 표절이니, 리메이크니 운운해도 정서적인 표출 방식은 확연히 다르다. 「진흙투성이의 순정」은 이야기가 전개되는 가운데 일본 고유의 색깔이 스며있고, 「맨발의 청춘」은 주제가의 내용을 보듯이 그 나름의 한국적인 정서가 꿈틀대고 있다.

이와 관련해서, 다만 아쉬운 점이 있다면 마지막 정사(情死) 장면의 일본적 수용이다. 남녀가 사랑을 이루지 못해 함께 죽는 것은 일본 에도 시대에 유행한 풍속이다. 일본에선 이를 '신주(心中)'라고 한다. 18세기에 일본에서 신주가 얼마나 유행했으면, 막부에서 신주금지령을 내려 단속하려 했을까? 지금도 일본인들은 남녀의 정사에 대해 막연한 동경과 신비감과 향수를 가지고 있다. 불륜의 남녀가 격정적인 섹스 도중에 청산가리를 탄 와인을 함께 나누어 마시며 삽입 상태로 하나의 몸이 된채 생을 마감하게 된다"는 일본 영화 「실낙원」(모리타 요시미츠 : 1997)의 열풍이 이를 웅변해주고 있다. 「맨발의 청춘」의 두 청춘 남녀가 동반 자살하지 않고 근대화된 사회를 기약하면서 일본으로의 밀항을 감행하는 등과 같이 적극적인 사랑의 도피 행각을 보여주었더라면 어땠을까 하는 생각이 적이 남는다.

번안작 「맨발의 청춘」은 원작 「진흙투성이의 순정」과 다른 미덕과 장처를 유감없이 발휘한 것으로 생각된다. 굴이 강을 건너면 탱자가 되듯이, 「맨발의 청춘」은 수용과 굴절의 재(再)맥락화에 성공을 거두었다. 영화를 통해 시대를 반영하고 사회의 모습을 보여준 것만으로도 현실주의 미학의 관점에서 볼 때 가치가 충분히 인정되는 것이다.

원작 「진흙투성이의 순정」이 「맨발의 청춘」에 비해 더 나은 점이 있다면, 극중 인물과 배우들의 연령적인 밸런스가 맞는다는 것. 두 작품의 극

---

11 전운혁, 『우리가 주목할 만한 일본 영화 100』, 삼진기획, 2000, 221면, 참고.

영화 「맨발의 청춘」의 광고 포스터. 일본 영화 「진흙투성이의 순정」을 모방한 것으로 잘 알려져 있지만, 정서의 질감, 문제의식의 제기에 있어선 서로 다르다.

중 인물의 나이는 대체로 보아서 20대 초반이다. 그런데 「맨발의 청춘」에 출연한 남녀 배우는 각각 27세와 28세로 20대 후반의 나이다. 이에 비해 「진흙투성이의 순정」에 출연한 여주인공은 당시에 18세로서 오히려 극중 나이보다 서너 살 아래였다. 그 여주인공은 훗날 일본의 국민 여배우로서 일세를 풍미하게 될 요시나가 사유리(吉永小百合)다. 그녀는 이미 「아침을 부르는 휘파람」(나마고마 치사토 : 1959)에 14세의 나이로 데 뷔하였다. 전후 민주주의를 향해 치닫는 일본 사회경제의 안정적 무드 속에서 신선미 넘치는 새로운 스타의 탄생이었다.[12] 그녀는 깜직한 하이 틴 스타로 출발해 영화 「진흙투성이의 순정」을 통해 대중의 우상이 되 었다. 일본적인 청순가련형의 원조라고 해야 할 것이다. 말하자면, 엄앵 란이 28세에 「맨발의 청춘」에 출연했다면, 요시나가 사유리는 18세에 「진흙투성이의 순정」에 출연했던 것이다.

나는 이 글을 쓰면서 1962년에 동문으로 입학한 한 원로 선배에게 영 화 「맨발의 청춘」이나 1964년의 시대상에 관해 기억에 남는 게 없느냐 고 전화로 다짜고짜 물어보았다. 원로 시인인 이 분은 평소에 영화에 대 한 관심이 별로 없어서 영화 「맨발의 청춘」을 본 기억은 없지만 그때의 시대상을 떠올리고 있었다. 한 문장으로 표현하자면 이렇다. 취직하기가 하늘의 별 따기였고, 서울의 거리가 지금보다 훨씬 추웠고, 사회적으로 는 뭔가 활기를 잃어서 마치 얼어붙은 것 같은 느낌을 주었다. 나는 1964년 서울의 소중한 기억을 떠올려준 선배에게 감사를 표하면서, 영 화 「맨발의 청춘」과 김승옥의 소설 「서울, 1964년 겨울」을 연결시켜 보 았다. 이 소설에도 그 당시의 서울 거리가 묘파되어 있다. 영화 속의 모 습은 선배의 기억과 별로 차이가 없어 보였다. 소설이 더욱 사실적이고

---

12 김형석, 『일본영화 길라잡이―구로사와 아키라에서 미야자키 하야오까지』, 문지사, 1999, 175 면, 참고.

그악스럽게 묘사되어 있다고나 할까.

　우리는 갑자기 목적지를 잊은 사람들처럼 사방을 두리번거리면서 느릿느릿 걸어갔다. 전봇대에 붙은 약 광고판 속에서 예쁜 여자가 춥지만 할 수 있느냐는 듯한 쓸쓸한 미소를 띠고 우리를 내려다보고 있었고, 어떤 빌딩의 옥상에서는 소주 광고의 네온사인이 열심히 명멸하고 있었고, 소주 광고 곁에서는 약 광고의 네온사인이 하마터면 잊어버릴 뻔했다는 듯이 황급히 꺼졌다간 다시 켜져서 오랫동안 빛나고 있었고, 이젠 완전히 얼어붙은 길 위에는 거지가 돌덩이처럼 여기저기 엎드려 있었고, 그 돌덩이 앞을 사람들이 힘껏 웅크리고 빠르게 지나가고 있었다.[13]

　영화 「맨발의 청춘」의 배경이기도 한 1964년 겨울의 서울 모습이다. 이때 자본주의의 꽃인 광고가 싹이 트고 있음을 본다. 반면에 밤거리에 거지(지금의 개념으로는 노숙자)들이 돌덩이처럼 엎드려 있었다. 1964년 겨울의 서울 거리가 보여준 빛과 그림자가 대조적으로 잘 드러나 있다. 영화는 순정이니 순애보니 하는 것 때문에 당시의 냉혹한 현실이 가려진 감이 있다.

　한 문학비평가는 소설 「서울, 1964년 겨울」을 두고 "아직 삶의 현실을 충분히 경험하지 못한 순결한 주인공들의 눈을 통해서 참된 인간 가치가 시간과 존재의 부조리한 현실 및 모순된 사회 환경에 의해 어떻게 파괴되고 상실되어 가는가를 감동적으로 부각시키고 있다."[14]라고 분석한 적이 있었다. 이 말은 영화 「맨발의 청춘」의 경우에도 그대로 적용되는 평가라고 생각된다.

13 김승옥, 『서울, 1964년 겨울 무진기행 외』, 하서출판사, 2008, 20~21면.
14 이태동, 「시대적 상황과 통과제의 경험」, 같은 책, 261면.

4. 초우 : 단맛과 쓴맛, 그리고 낭만적 아이러니

신세대 20대의 영화 연출가로 영화계에 혜성처럼 등장한 정진우는, 영화 밖의 사생활에선 거침없는 성정과 과격한 언행으로 구설수에 많이 올랐지만 영화 속으로 일단 들어가면 한국 영화사에서 가장 서정적인 주옥의 명편을 연출한, 약간은 작가주의적인 감독이었다. 그만큼 자신의 스타일을 가지고 있었던 것. 그는 동갑의 스타 신성일과 함께 의기를 투합해 의미 있는 청춘 영화를 만든다. 1966년의 대단한 성공작이었던 그해 장마철에 개봉된「초우」와 그해 초겨울에 개봉된「초연」이 바로 그것이었다.

이 중에서「초우」는 사회성이 강한 영화다.

이 영화를 두고 당시의 시각도 '좌절된 청춘을 넘으려고 발버둥 쳐도 현실의 두꺼운 벽은 끄덕도 않는다는 사회극적 테마'[15]에 초점을 두고 있었다. 영화 속의 인물은 철과 영희이다. 이들은 가장 평범한 이름의 청춘남녀이다. 당시의 초등학교 저학년 국어 교과서에 등장하는 '철수와 영이'를 연상시키는 갑남을녀의 사랑 얘기다. 이에 관해선 영화의 대사에도 나온다. 하지만 영화 속의 스토리는 어딘가에서 본 듯한 평범한 것으로 보이지만, 속을 들여다보면 결코 평범하지 않은 서사로 구성되어 있다. 텍스트에 함축된 심층 구조 속의 사회성 때문이다. 먼저 이 영화의 줄거리를 재구성해 보자.

영희는 프랑스 대사 집에서 식모로 일하고 있다. 어느 비오는 날에, 주인마님이라는 봉건적인 호칭을 갖고 있는 대사 부인으로부터 고급의 레인코트[16]를 얻어서 입고 외출했다가 우연히 만난 카센터 수리공 철로부

---

15 조선일보, 1966. 6. 12.
16 이 레인코트는 영화「맨발의 청춘」에서 음악회를 가기 위해 차려입은 두수의 나비넥타이와 연미복에 해당하는 상징의 코드이다. 신분 상승을 위한 소망 내지 소원충족의 상관물인 동시에 멜로드라마의 관습에 의한 시각적인 장치이기도 하다.

터 프랑스 대사의 딸로 오해를 받게 된다. 영희가 프랑스 대사의 딸인 줄로 잘못 알게 된 철은 자신도 그에 걸맞게 부잣집 아들처럼 행세한다. 두 청춘은 의도가 그다지 나쁘지 아니한 채로 자연스럽게 신분 세탁이 이루어진 것. 짝퉁 부잣집 아들인 철은 남이 맡겨 놓은 고급 외제차(세단)을 끌고 나오는가 하면 여기저기서 돈을 융통해 영희와의 데이트를 계속해 즐긴다. 변변한 옷이라고는 레인코트밖에 없는 영희는 주로 비 오는 날에만 철을 만나려고 한다. 그러는 동안 두 사람의 호감은 깊어지고 사랑의 감정을 공유하기에 이른다. 더 이상 숨길 필요가 없어진 모양이다. 철은 영희에게 자신의 거짓된 신분을 알리고, 영희도 철에게 자신이 대사의 따님이 아님을 밝힌다. 그러자 실망한 철은 그녀에게 폭행과 성폭행을 범하고는 미련 없이 돌아선다. 영희는 정신적으로나 육체적으로 상흔을 남긴 채 식모의 일상으로 되돌아온다.

거짓된 부잣집 아들인 철은 늠름하고 멋있었고, 가짜 대사의 딸인 영희는 순진한 요정과 같았다. 애초 아이러니적인 구도의 설정이다. 영희보다 철의 욕망이 현저히 강하다. 영희가 순애(純愛)의 갈망에 머물러 있다면, 철은 돈과 신분 상승의 원색적인 욕망에 강하게 사로잡혀 있다. 이 흘림은 사회학적인 욕망의 그늘을 어둡고 축축하게 반영하고 있다. S # 24에선 '불란서 대사……. 불란서 대사의 딸……. 불란서 대사 딸의 애인…….'[17]이라고 말하면서 정신을 차리지 못한다. 이 독백은 S # 30에 이르러 확실한 구체성을 가진다. '공장 사무실' 장면의 대화를 살펴보면, 그가 얼마나 눈이 뒤집혀 있는지를 알 수 있다. 이 영화의 주제 의식이 선명하게 잘 드러나고 있는 장면이다.

마구 땅개의 주머니를 뒤지는 철.

---

17 한국 시나리오 걸작선 016, 『초우』, 커뮤니케이션북스, 2014, 18면.

영화 「초우」의 신문 광고. 이 영화 속에는 신분 상승의 욕망과 좌절이 잘 녹아 있다. 서정적인 주제가는 시대의 명곡으로 남아 있다.

땅개 : ……아니 왜 이러니?

철 : 인마, 돈 좀 꿔다우!

땅개 : (하품을 하며) 돈이 어디 있니? 꿔간 돈이나 갚아다우…….

철 : 병신새끼.

철 : 돈, 돈, 돈……. 그리고 신사복, 와이셔츠, 넥타이……. (시계를 보며) 야
　　ㅡ이거 야단났는데!

땅개 : (자빠진 채) 야 야 어지간히 해둬라…….

철 : 이 새끼야! 난 하품만 하구 살 순 없단 말이야! 없어! 이까짓 서비스 공
　　장에서 개처럼 세단이나 핥고 삼류대학 꽁무니에 대롱대롱 매달려서 내
　　가 앞으로 뭐가 되겠다는 거야. 이 새끼야! 난 꿈을 좇는다! 엎어지건 자
　　빠지건 난 달려서 내 꿈을 잡구 말테야!

획 박으로 나가려다 다시 돌아서며

철 : 야 미끈한 차가 들어오면 알려라!

다시 밖으로.

—'공장 사무실' 장면[18]

철은 지금 살아가고 있는 현실 그대로 살아갈 수 없다고 소리를 내지른다. 꿈을 좇는다는 것이다. 이 꿈은 신분 상승과 일확천금의 꿈임에 틀림없다. 결과를 성취하기 위해선 모든 수단이 정당화될 수 있다는 논리다. 사상적으로 볼 때, 건전하지 않은 불온한 청춘의 사상인 게다. 그는 대사의 딸을 놓치지 않기 위해 마침내 반사회적인 일탈 행위를 감행한다. 노상에서의 절도 행각. 그래서 행인들에게 폭행을 당한다. 잽싸게 도망을 가다가 차를 훔쳐 달아나고……. 추격전을 방불케 하는 장면의 시퀀스가 이 영화의 압권이다. 자주 보고 싶은 시퀀스이다. 결국 두 사람이 자신들의 신분이 가짜임을 스스로 폭로하는 순간에 이른다. S#94 '산장 입구 부근' 일부를 보자.

철, 천천히 고개를 들어 영희를 올려다보며—

철 : 용서해 다오, 영…….

영희 : (영문을 몰라 내려다만 본다)…….

철 : 영!……사실은……, 사실은 훗날 고백하려고 했다……. 그러나 티 하나 없이 진실만이 가득 담긴 영의 맑은 눈동자를 난 더 이상 속일 순 없다…

---

18 같은 책, 22면.

…. 영!……용서해다오.

영희 : …….

(중략)

영희도 견디지 못하고 푹욱 철 앞에 무릎을 꿇는다.

영희 : 철이씨! (철의 앞가슴을 잡으며) 철이씨, 사실은 나도 대사 댁 따님이
아니에요!

순간, 딱 굳어지는 철의 얼굴.

영희 : 난 그 집에서 일하는 사람이에요…….

철 : ……뭐라고?

영희 : 더 정확히 말씀 드리죠. 전……, 전 그 집 부엌에서 일하는 식모예요…….

철, 확 영희를 잡아 흔들며

철 : 영! 지금 무슨 소릴 하고 있는 게야?

영희 : (울며) 용서해 주세요……. 사실은 언젠간 제가 먼저 고백하려고 했는데
……. 정말 맞아죽는 한이 있어도 고백하구 용서를 빌려구 했는데…….

철, 그만 앞이 캄캄해진다.

—' 산장 입구 부근' 장면에서[19]

x

---

19 같은 책, 57~58면.

z

서로는 서로가 가짜임을 알게 된 상태에 이르렀다. 달콤한 맛에 취해 있었던 두 사람은 쓰디쓴 현실의 벽에 부딪친다. 이 결과를 두고 문학에선 때로 이른바 '낭만적 아이러니'라고 말한다. 낭만적 아이러니는, 이상과 현실의 간극이 해소되기 어려운 모순의 감정이거나, 언어 형식의 차원에서 볼 때 반어적인 표현 내지 역설의 형식을 말한다. 화가 난 철은 육체적으로 순결한 영희의 정조를 짓밟는다. 결국 여자인 영희만이 실제의 피해자로 남는다. 요즈음에 얘기되는 '마초이즘'의 한 사례이다.

영화의 제목인 '초우(草雨)'라는 단어는 국어사전에도 없는 말이다. 일본식 조어가 아닌가 하는 강한 의구심이 남아 있다. 축자적인 의미로는 풀비인데, 정확한 뜻은 철(계절) 이른 비인 것 같다. 초우란, 다시 말해 영희의 입장에서 본 젊은 날의 횡액이 아닐까 한다. 이 영화와 관련해서 간과할 수 없는 사실 하나는 여가수 패티 김이 부른 주제가가 지금의 사람들에게도 적지 않게 기억되고 있는 대중가요의 명곡이라는 점이다. 이 영화의 의미 요체는 시나리오작가인 이형우의 작품 해설에서 다음과 같이 찾아질 수 있다.

……이 작품은 신분을 속인 두 남녀의 허세와 터무니없는 야망이 무너지는 과정을 여지없이 보여주는 멜로드라마로, 당시 신인이었던 문희를 스타덤에 올려놓은 작품이다. 황금만능주의에 대한 비판적 시선과 계층 간의 불화가 교묘하게 맞물려 있다.[20]

이 영화의 사회적인 맥락과 규정성은 감독 정진우의 영화에 대한 섬세한 취향과 열정만으로 설명되기 어렵다. 그는 평소에 독서를 즐겼으며, 소비에트 혁명사를 읽을[21] 만큼 정치적인 진보에 대한 개념과 의식

---

20 같은 책, 62면.
21 김수용, 『영화를 뜨겁게 하는 것들』, 도서출판 대원(주), 1995, 305면.

도 가졌던 것으로 보인다. 어쨌든 영화 「초우」를 통해 이상과 현실의 간극에 놓인 슬픔이나, 그 모순 감정의 소용돌이 속에서, 우리는 그 시대 사람들의 무언가 독특한 얼굴과 표정을 볼 수가 있는 것이다.

5. 휴일 : 시대의 부름을 받지 못한 진보주의

이만희 감독의 영화 「휴일」은 1968년 당시에 검열에서 통과되지 못했던 당대의 문제작이었다. 제작자가 적잖은 제작비를 투자하고, 감독이 영화를 연출하기 위해 혼신의 노력을 다하고, 또 배우들은 배우들 나름대로 영화의 성격에 걸맞은 연기에 부심했을 것이다. 다들 아쉬움이 컸으리라고 본다.

이 영화는 오랫동안 창고 속에 홀로 방치되어 있다가 한국영상자료원에 의해 발굴되어 37년 만인 2005년에 이르러서야 겨우 부산국제영화제 '이만희 회고전'에서 처음으로 상영되었다. 주역으로 출연한 배우 신성일은 이 영화를 두고 '사회고발성 영화'[22]라고 말했다. 이 영화의 스토리라인은 이세기의 『죽기 전에 꼭 봐야 할 한국 영화 1001』에서 따오기로 한다.

일요일이 되자 지연(전지연 분)은 공원으로 허욱(신성일 분)을 만나러 나간다. 그리고 허욱에게 임신 사실을 알린다. 그러나 가정을 꾸릴 처지가 못 되는 허욱은 난감하기만 하다. 둘이서 머리를 맞대고 궁리를 해봐도 뾰족한 수가 없다. 더구나 의사는 지연이 몸이 약한 데다 병이 있어 출산 도중 생명을 잃을 우려가 있다며 지금으로선 낙태하는 것이 최선이라고 했다. 결국 지연은 낙태를 결심

---

22 신성일, 앞의 책, 79면.

하고 허욱은 수술비를 구하기로 말한다. 그는 친구에게 돈을 빌리러 갔다가 일 언지하에 거절당한다. 하는 수 없이 그는 친구의 돈을 훔친다.

어렵게 수술비를 마련해서 병원에 왔으나 산모들의 비명소리에 놀라 허욱은 병실을 뛰쳐나간다. 그리고 살롱에서 만난 여자와 포장마차를 전전하며 닥치는 대로 술을 마신다. 만취한 채 공사장에 쓰러져 하룻밤을 보낸 그는 다음날 교회 종소리에 놀라 잠이 깬다. 허겁지겁 병원으로 달려가 보지만 지연은 이미 수술 도중 숨을 거둔 뒤였다. 괴로움에 몸부림치던 그는 지연의 아버지에게 이 사실을 알리러 갔다가 문전박대를 당한다. 또 그가 돈을 훔친 친구에게 잡혀 흠씬 두들 겨 맞는다.

피투성이가 된 그의 머릿속에는 지연과의 행복했던 나날이 파노라마처럼 흘 러간다. 그는 다시 오지 않을 과거의 기억을 뿌리치기 위해 마구잡이로 거리를 내달린다.[23]

문제의 영화로 낙인이 찍혀 오랫동안 잊어온 「휴일」은 사회의 어둡고 비관적인 면을 들추어냈다는 이유로 그 시대의 가치 기준으로부터 부름 을 받지 못했다. 이 영화의 줄거리를 보면 김승옥의 소설 「서울, 1964년 겨울」에 나오는 세 사람 중의 한 명인 자살한 남자의 얘기에 착안한 것 같은 느낌을 준다. 서사의 내용도 비슷할뿐더러, 캐릭터의 정체성도, 방 향 감각의 상실, 자학(自虐), 절망을 대신하려는 통음의 행동 양식 등에 있어서 현저하게 드러난다. 내 생각으로는 「휴일」의 서사구조는 「서울, 1964년 겨울」에서 3분의 1일을 빌려온 것이라고 믿고 싶다. 이 영화 속 의 문제적 개인인 허욱 역을 맡은 배우 신성일은 이 영화에 관해 근래에 이렇게 회상하고 있다.

---

23 이세기, 앞의 책, 237면.

허욱에겐 죽지 않고는 살아갈 수 없는 세상인 것이다. 「휴일」은 우리 사회의 모순을 보여주면서도 다 보고나면 가슴을 뻥 뚫게 하는 매력이 있었다. (······) 당시 연합영화사 대표였던 전옥숙 여사는 사회주의적 시각을 가진 여걸이었다. 정부에서 허가를 받은 영화사 대표 중 홍일점이며, 통영 출신의 미인으로도 유명했다. 해방 후 여고 시절, 좌익 활동에 관계했고, (······) 「휴일」의 운명은 뻔했다. 이 영화는 주인공의 자살을 암시했다. 당국은 "주인공이 취직하거나 군에 가는 결말을 내라."고 요구했지만, 전 여사는 이를 거부하고 '상영 포기'를 선택했다. 영화 「휴일」의 장렬한 최후였다.[24]

결말 부분의 수정안을 놓고 마지막 검열 과정에서 당국과 갈등을 봉합하지 못했던 영화 「휴일」은 짐작건대 적잖은 경제적인 손실을 내고 자포자기했다. 사상의 자유가 보장된 민주 국가에서는 있을 수 없는 일이다. 국가 권력의 권한 남용이라고 할 수 있다. 제작자 전옥숙은 본디 중형 직전의 사상범이었으나 전향을 통해 자유의 몸이 될 수 있었다. 자신을 도와준 육군 중령 홍의선[25]과 결혼한 그녀는 남편과 함께 영화계의 일을 하다가 얼마 전에 생을 마감했다. 그녀는 영화감독 홍상수의 어머니이기도 하다.

영화 「휴일」의 필름은 최상급의 상태로 보존되고 있다.

새점을 치는 거리의 할머니, 구두 닦는 소년들의 모습, 영화 장면의 배경이 되고 있는 동대문 운동장, 삭막한 공원의 겨울 풍경, 명동 주점가, 당구장 간판, 시내 건물의 공사판, 실제로 마지막으로 운행된 전차 속의

---

24 신성일, 앞의 책, 81면.
25 홍의선은 잘 알려진 대로 영화감독 홍상수의 선친이다. 육군 대령으로 예편하여 이화여대 출신의 아내 전옥숙과 함께 1964년 대한연합영화주식회사를 설립, 공동 대표를 맡았다. 한때 영화신용조합장을 역임한 바 있었다. 또 그는 영화산업을 육성하기 위해 스튜디오 두 개와 연기실을 비롯한 부대시설로 이루어진 답십리영화촬영소를 만들었는데, 지금은 이것이 영화의 역사를 위한 문화공간으로 활용되고 있다.

영화 「휴일」의 한 장면. 가난하고도 불우한 커플의 슬픈 이야기다.

촬영이 지닌 역사적인 기록의 가치 등 그 당시의 서울 모습이 적나라하게 드러난다. 당시 서울의 풍경을 비추거나 폭행을 할 때 위에서 아래로 내려다보는 시점을 선호하고 있다. 사건이 뭔가 불운하게 전개되리라는 예감을 드리우는 것 같은 느낌을 준다. 가난한 연인들에게 조금씩 다가오는 불행의 전조는, 여주인공 지연이가 속삭이듯이 말하는 대사 '이유가 있다면 다 같이 빈털터리인 것이죠.'라고 하는 데서 암암리에 드러난다. 헐벗은 나목의 황량한 풍경, 바람 부는 텅 빈 공원이 가난한 청춘 남녀 주인공에게 중압감을 주는 삶의 곤핍함에 상응하고 있다.

주인공 허욱에게는 주변 인물도 자신의 급박한 문제를 해결하는 데 큰 도움이 되지 못한다. 그의 한 친구(김승옥 분)는 술로 인해 사회의 낙오자가 되었고, 그의 또 다른 친구(김순철 분)은 식모를 하녀처럼 부리면서 하루에 여섯 번이나 목욕을 즐기는 속물이 되어 있다. 모두 그에겐 도움이 되지 않는 친구들이다. 함께 술을 마시는 낯선 여자가 말한다. 가장 절박한 소원은 일요일이 빨리 끝나는 것이라고. 생의 허무를 넌지시 암시하는 말이다.

배우 신성일은 이 영화를 통해 내면 연기의 충실성을 기하고 있다. 고뇌하는 청춘의 마음속의 동요가 잘 읽히는 표정, 육교 위에서 넋 나간 듯이 내려다보는 표정이 일품이다. 그의 친구가 돈을 훔쳐간 허욱에게 이 세상의 고민과 고독을 혼자 짊어지고 있는 척하고 있다면서 폭행을 가하자, 허욱은 자신을 죽여 달라고 하면서 격렬히 저항한다. 이 대목에서 허욱에게 있어서 자학의 극치를 보게 된다.

나도 이 영화를 보면서 1980년대의 젊은 시절에 일이 잘 풀리지 않아서 그런 비슷한 감정에 휩싸여본 적이 있었지, 하는 생각을 가지면서, 1960년대 영화 속의 가난한 청춘에 대한 먹먹한 애환의 감정을 결코 가눌 수가 없었다. 영화 「휴일」은 국가주의의 통제가 가장 강화되던 시절에 만들어졌다. 이 영화가 결국 그 시대 관객의 시선 앞에 놓이지 않았지만, 국가주의의 관점에서 볼 때 영화의 주인공인 허욱은 가장 불온한 청춘이요, 문제적 개인인 것이다. 그 당시 국가 통제 속의 바람직한 인간상이 아니기 때문이다.

영화 「휴일」은 이처럼 평이하고 논리적인 서사구조를 가지고 있지만, 한편으로는 관객에게 객관적으로 신뢰할만한 정보를, 사실상 썩 명쾌하게 제공하지 않는다는 특징을 보여주고 있다. 보여주기에 있어서도 시적인 영상 이미지를 선호한다. 이 영화에 관한 한 사회 비판의 콘텍스트 못지않게 내레이션의 독창적인 스타일에 관해 최근에 주목된 연구 결과가 나오기도 했다. 홍진혁의 논문 「이만희 '휴일'의 스타일 분석」(2012)은 스타일 자체가 서사를 구조화하는 데 기여한다는 하나의 가설에서 살펴본 연구이다. 이 논문에 의하면 영화 「휴일」의 시작은 '보이스-오버의 내레이션'[26]의 대안적 방식을 취한다. 다시 말해, 전지적인 방식으

---

26 영화에 등장하지 않는 인물이 영화 화면의 바깥에서 설명조로 이야기하는 것을 가리킨다. 다큐멘터리의 내레이터와 같은 진술 방식도 일종의 보이스-오버라고 할 수 있다. 소설의 '전지적 작가 시점'과도 어느 정도 유사성이 있다고 하겠다.

로 제시하는 행위 자체를 강조하는 효과와 상관성을 가진다고나 할까.[27] 그리고 영화의 결말 구조는 주인공의 미래를 불확실한 상태로 남긴 열린 구조로 처리되어 있다. 물론 이 영화는 이만희 감독이 다양한 장르물을 연출한 경험에서 보듯이 고전적인 내레이션의 인과적인 연쇄 형식으로부터 벗어나지 않고 있다. 그럼에도 불구하고, 비인과적인 이미지의 덧칠이랄까, 장면과 장면 사이의 모호한 연결의 고리가 개입되어 있다.[28] 이런 점에서 볼 때, 영화 「휴일」은 독창적인 내레이션 스타일의 영화라고 할 수 있다.

이 영화는 제목처럼 일요일 하루 동안, 아니면 그 다음날까지 이르는 1박 2일에 걸쳐서 일어난, 곡절과 사연이 많은 일들을 다룬 이야기의 구조를 갖고 있다. 굳이 기다림의 답답함이 아니라고 하더라도 하루가 여삼추라고 하듯이 한 개인에게는 가장 긴 하루를 다룬 영화다. 정말 답답한 것은 각박하고도 불만족한 현실, 삭막하고도 부조리한 현실이다. 이 영화는 그 시대의 부름을 받지 못한 진보주의 영화였지만, 앞으로는 필름 발굴을 계기로 해서 문화연구의 대상으로 각광을 받을 것으로 전망된다.

비록 오래된 영화라고 해도 영화 「휴일」은 영상 미학의 스타일에 있어서 흑백 영화의 진수를 보여줄 뿐 아니라, 그만큼 미래의 삶에 대한 문제의식의 지침을 부여하고 있는, 가치 있는 텍스트로 남을 것이다. 요컨대 한마디로 말하자면, 영화 「휴일」은 고뇌하고 번민하는 청춘의 시대적인 이미지를 빚어낸 신성일의 연행과, 시정(詩情)이 넘쳐나는 롱쇼트의 미장센을 극적으로 제시한 이만희의 연출로 인해, 영화에 관한 한 최고의 미래유산급 필름 문화재를 우리에게 남겨주었다고 말할 수가 있다.

---

27 홍진혁,「이만희 '휴일'의 스타일 분석—데이비드 보드웰의 내레이션 이론을 중심으로」, 동국대학교 영상대학원 영화영상학과, 2012, 74면, 참고.
28 같은 논문, 76면, 참고.

6. 스타 시스템, 유인성, 대중의 사회심리학

배우 신성일은 1960년대에 3백 편 가까운 영화에 출연했다. 이 글에서는 세 편의 영화를 대상으로 삼아 그의 영화적인 의미와 가치를 논하였다. 이 세 편은 창해일속에 지나지 않은 극소수의 텍스트이다. 그가 그 시대에 출연한 영화 가운데, 이 세 편의 영화 말고도 당대의 사회적인 의미를 지닌 텍스트가 없었던 것은 결코 아니다.

소설가 이문희의 신춘문예 당선작을 각색한 「흑맥」(1965)은 당시 사회적으로 버림받은 사람들을 가리키는 은어인 소위 '썩은 보리'[29]에 관한 사회적인 성찰의 영화다. 18세 소녀에 지나지 않은 여배우 문희의 데뷔작이기도 하다. 이승만 시대의 정치깡패들의 실화를 바탕으로 한 「폭로」(1967)도 사회적인 파장이 컸던 영화였다. 문학평론가 이어령의 원작 소설을 영화로 만든 「장군의 수염」(1968)은 정치권력을 비판하는 알레고리의 기법이 먹혀들어 가까스로 서슬이 퍼런 검열을 비켜갈 수 있었다. 이어령은 이 영화에 출연한 신성일의 연기를 두고 '지성인의 내적 고백을 잘 소화했다, 지적인 배우로 자리매김했다.'라고 높이 평가해 주었다.[30] 영화감독 김수용이 회고한 바 있었듯이, 운동 신경이 빨라 액션 연기에 탁월한 능력이 이미 정평[31]이 나 있던 그로선 양쪽에 날개를 달아준 평가라고 할 것이다.

1960년대 우리 영화는 스타 시스템에 의해 살아남을 수밖에 없었다. 그때 이미 스타덤과 팬덤의 상호 작용의 통로가 마련되어 있었다. 스타 시스템은 스타의 대중적인 호소력을 집중적으로 조성하고 선전하여 상

---

29 신성일, 앞의 책, 227면, 참고.
30 같은 책, 79면, 참고.
31 김수용, 앞의 책, 118~121면, 참고.

영화 「장군의 수염」은 이어령 소설을 영화화한 것이다. 이것은 알레고리 영화로 제작되어 많은 뒷이야기를 남겼다.

업적인 이익을 확대재생산하려는 영화의 제작 시스템을 말한다. 영화 속에서 스타 연기자의 존재감은 작품의 다른 측면, 즉 플롯이나 내용보다 더 중요하다. 스타들은 대중들에게 호소하며 자신이 무슨 역할을 맡든 사람들을 극장으로 유인하는 중요한 요소가 된다는 것이다.[32] 1960년대의 한국 영화는 신성일과 김지미라는 투 톱 체제와 1960년대 말에 형성된 젊은 여배우의 트로이카 체제가 가장 대중에게 유인성(誘引性)을 가진 스타 시스템이었다. 이 중에서 신성일은 대중에 대한 가장 강렬한 유인성을 가진 스타였다. 그렇기 때문에 반공 영화라는 유인성을 일방적으로 요구하는 관변의 시각과 간섭을 뿌리치고 사회비판적인 유인성을 확보할 여지를 마련할 수 있었던 것이다.

지금의 입장에서 볼 때 이 글에서 논의한 세 편의 영화는 비록 오래되

---

32 『영화사전』, 2004, propaganda, 참고.

었지만 우리의 또 다른 미래 유산으로 남아 있다. 영화의 배경으로 남아 있는 서울의 시대상—건물, 간판, 자동차, 배우, 거리의 모습과 패션 등—을 읽어내면서 당시 영화에 비춰진 서울의 모습과 특별한 만남의 기회를 가져본다는 기획의 의도[33] 아래 '영화 속의 서울'이라는 이름의 영화제를 개최한 바 있기도 했다. 흑백 이미지의 고밀도와 함께 시대적인 반영도가 높고 사회비판적인 성격이 분명한 본고의 세 편 영화는 1960년대의 스타 배우인 신성일에 의해 주도되었다. 물론 연출자의 기여도 역시 여간의 수준이 아니었겠지만, 관객의 수용적인 입장에서 볼 때 연기 주도자의 몫이 상대적으로 훨씬 더 크다고 하겠다. 그 당시의 신성일은 대중의 수요와 유인성의 사회심리학으로 인해 겹치기 출연을 불사하면서 또한 현장에서 충분한 휴식도 취하지 않은 상태의 열악한 영화적인 환경에도 불구하고 매우 적극적이고 에너지가 넘치게 연행에 몰입했다. 연기의 숨겨진 힘은 그런 에너지가 아닐까?

> 연기에는 숨겨진 힘이 있다. 이것은 공연 중 자신으로부터 벗어나 밖으로 향하는 에너지이다. 연기는 항상 그 대상이 있다. (……) 마치 선(禪)이나 활궁에서 궁사가 표적에 집중해 하나가 될 때 숨겨진 힘이 나오듯이 배우 역시 배역과 공연과 하나가 될 때 숨겨진 힘이 발휘된다. 배우가 되는 길은 선과 같이 자기 발견의 힘이다.[34]

시대의 배우였던 신성일은 한때 국민적인 명연기자로 각광을 받았다. 2017년 7월 현재에는 80세의 나이로 비교적 평범하게 살아가고 있다. 그래도 아직도 그를 기억하는 사람의 수는 적지 않다. 그런데 최근에는 폐암 3기의 진단을 받고 외롭게 투병하고 있다고 한다. 이 글을 쓰는 엊

33 2009년 서울충무로국제영화제 자료집, 『영화 속의 서울』, 서울 중구문화원, 2009, 8면, 참고.
34 브라이언 베이츠 지음, 윤광진 옮김, 『배우의 길』, 예니, 1997, 13면.

그제 즈음에 그는 TV조선에 출연해 자신의 거실에 걸려 있는 서예 작품에 쓰인 선(禪)어록인 '일체유심조(一切唯心造)'를 가리키면서 시청자에게 무언가 뜻을 설명하고 있었다. 배우가 되는 길도, 명배우가 되는 길도 자기 발견의 힘에 놓여 있다. 이처럼 인간으로서 병고를 인내하면서 극복하는 길도 자기 발견의 힘이 아닌가 한다. 이 힘이 바로 일체유심조다. 모든 것은 오직 마음이 지어내는 것이다. 그의 쾌유를 빈다.

따로 덧붙이는 글

나는 2013년 봄에 몇 사람과 함께 서울의 모처에서 배우 신성일과 만나 대화의 기회를 가졌다. 그가 살아온 역정과 영화관에 대해 격의 없이, 또 논리적인 언변으로 이야기했다. 그리고 2017년 여름 모 학회지에 이 글을 논문의 형식으로 발표했다. 나는 이 논문의 별쇄본을 영화평론가 안규찬을 통해 본인에게 전했다. 그는 안규찬에게 내가 누구인가, 물었다고 한다. 몇 해 전 만날 때의 이름을 기억하지 못했다. 그는 이 글을 읽고, 감회에 젖은 목소리로 내가 죽더라도 이런 유의 글들은 계속 쓰여져야 한다고 했다. 서울에 오면 함께 식사라도 하고 싶다는 제안을 간접적으로 받았지만 당시에 본인이 암 투병 중이어서 쉽게 받아들이지 못했다. 그는 암 투병 중에도 사회적인 활동을 꾸준하게 했고 별세하기 직전까지도 안성기와 함께 출연할 영화의 제작을 계획하고 있었다. 2018년 가을에 잘 버티어 오던 그가 황급히 세상을 떠났다. 이 글의 본문을 쓸 때는 쾌유를 빌었지만, 부기(附記)를 쓰고 있는 지금, 나는 그의 명복을 빌고 있다.

가진 자와 못 가진 자의 얽힌 관계

1. 어니스트 헤밍웨이의 숨은 문제작

소설가 헤밍웨이는 우리에게도 썩 잘 알려진 소설가이다. 그런데 그의 작품 중에서도 전혀 국내에 번역되거나 소개되지 않은 게 있었다. 본래의 영문 제목은 '투 해브 앤 해브 낫(To Have and Have not)'이었다. 우리말로 옮기면 '소유와 결여'가 적절해 보인다. 이 소설이 처음 번역된 시점은 뒤 늦은 감이 있는 2014년. 지금으로부터 5년 전이다. 다시 말하면, 이 소설은 우리나라에선 잘 알려지지 않았다가 원작 단행본이 간행된지 77년 만에 우리말 번역판이 출시된 것이다. 국역된 제목은 '가진 자와 못 가진 자'이다. 번역자는 황소연이고, 번역한 출판사는 소담출판사이다. 1934년에 부분적으로 발표되었다가 1937년에 단행본으로 간행된이 소설은 영화도 네 차례나 만들어졌을 만큼 명작으로 취급되었던 작품이다.

헤밍웨이의 소설 「가진 자와 못 가진 자」는 시간적인 배경은 1930년대 대공황 시대이며, 공간적인 배경은 키웨스트이다. 미국 동남부의 최남단에 있는 섬, 멕시코 만(灣)으로 들어서는 입구의 섬, 플로리다 주와 쿠바의 사이에 놓인 섬, 작가 헤밍웨이가 여기에 머물면서 자신의 작품 총량의 3분의 2 이상을 생산한 곳. 그가 정작 이 지역을 배경으로 한 유일한 소설이 「가진 자와 못 가진 자」이다.

이 소설은 화자의 시점이 자유롭게 이동되는 데서 보듯이 다층적인 구조와, 다성적인 서술 전략을 가지고 있다. 이 소설의 중심적인 화자이며 주인공은 해리 모건이다. 사회경제적인 위상이라면, 가진 자와 못 가진 자의 중간에 놓인 그저 그런 사람이다. 그는 가진 자를 상대로 낚싯배를 운영해 1년간 먹고살 돈을 한 철에 마련하는 사람이지만, 남에게 사기를 당해 낚시 장비를 몽땅 잃어버렸다. 그의 인생은 이때부터 점차 꼬여간다. 쿠바에 사는 중국인들을 미국으로 밀항시키는 일과, 미국과 쿠바 사이의 밀수입 등과 같은 위험한 일에 손을 댄다. 심지어 돈을 버는 일이라면, 살인도 서슴지 않는다.

해리 모건은 부유한 중국인 거간꾼인 싱을 살해한다. 살해 방식은 잔혹하다. 팔을 꺾어 부러뜨리고, 으스러지는 소리가 나도록 머리를 제친다. 싱도 이빨로 어깨를 물어뜯는 등 격하게 저항하지만, 갈고리에 걸린 돌고래보다 더 몸부림을 쳤고, 또 끝내 물고기처럼 버둥거리면서 죽어갔다. 부러진 팔은 덜렁덜렁 흔들렸다. 이 장면은 가장 하드보일드적인 묘사라고 하겠다. 요컨대 이 소설은 남성적 내지 폭력의 세계로 인도하는 하드보일드 유형의 소설이다. 이런 유의 소설에는 간결한 표현, 주관적인 감정의 배제, 객관적인 서술, 서술자의 냉정하고도 비정한 시선…… 인간관계에서 온정적인 삶의 태도는 거의 없다.

해리 모건은 돈을 위해 애먼 사람을 죽이지만, 자신도 쿠바의 혁명 세력인 공산주의자와 엮이게 됨으로써 총상을 입고 팔을 잃게 된다. 모든 게 자업자득이다. 그래도 그는 개의치 않는다. "팔은 개뿔. 팔 하나 잃으면 잃는 거지 뭐."(『가진 자와 못 가진 자』, 소담출판사, 2014, 111면.) 돈을 위해서라면 무슨 일이라도 벌여야 했다. 그는 자신의 가까운 친구인 앨버트 트레이시에게 '잠수함 기지에서 배를 빼내오는 일'을 은밀히 제안한다. 물론 거절당한다. 거절하는 친구에게 하는 말이 이 소설의 정보와 주제를 잘 함축하고 있다.

이봐. 당신 주당 7달러 50센트 벌잖아. 점심 굶고 학교 다니는 아이가 셋이고, 당신한테는 돈 벌 기회를 주는 거야. (……) 요샌 아무리 위험한 일도 큰돈 못 벌어, 앨버트. 나 좀 봐. 한때는 한 철 내내 사람들을 데리고 낚시 다니면서 하루에 35달러씩 벌었어. 그런데 이젠 총에 맞고 한 팔과 배까지 잃었지. 배 값에 맞먹는 값비싼 술을 나르다가. 하지만 말이야, 내 아이들은 배를 곯는 일은 없을 거야. 난 애들을 먹여 살리지도 못하는 푼돈이나 받자고 하수구 파는 일 따윈 하지 않을 거니까. 어차피 이젠 땅을 파지도 못하지만. 누가 법을 만들었는지 모르지만 굶주려야 한다는 법은 없어. (……) 놈들 속셈이 뭐냐면, 당신네 콩크를 여기서 쫓아내고 움막을 불태운 뒤 아파트를 지어 관광 촌을 만들려는 거야. 나는 그렇게 들었어. 놈들이 땅을 사들이고 있대. 가난한 사람들이 굶주리다 못해 다른 데로 떠나 더 굶주리게 될 때쯤 놈들이 들어와 관광객을 위한 명승지를 만들 거라는군.

―같은 책, 110~111면.

해리 모건이 이상과 같이 내뱉고 있는 말을 통해 보면, 말을 함부로 내뱉는 것 같아도 1930년대의 미국의 사회상이 여실하고도 생생하게 드러난다. 소설과 사회상의 인과적인 닮은꼴(상동성)이랄까.

앨버트는 연소득 400달러도 되지 않는다. 1930년대 미국의 평균 가구 소득인 2천 달러에 한참 못 미친다. 그는 이 소설에서 가지지 못한 자를 대표하는 인물이다. 대공황 시대의 전형적인 빈자이다. 그는 대공황 시대에 정부구호금을 받고 하수구를 파는 일 등을 하고 있었다. 작가 역시 앨버트의 근로 소득을 통해 시대의 불평등을 조명하고 있다.

반면에 위의 인용문에 반영되어 있듯이, 해리 모건은 하루 35달러 버는 좋았던 시절이 있었다. 그는 지금 외팔이여도 정부 구호 프로그램에 동참할 필요가 없다고 한다. 앨버트에게 돈 되는 일이나 하자고 한다.

해리 모건의 말에는 마지막에 이르러 '놈들'을 지칭하는 데서 알 수 있듯이 '가진 자'들에 대한 상대적 박탈감과 반감이 드러낸다. 놈들의 야욕이 키웨스트 원주민인 '콩크'를 몰아내고, 관광 사업에 손을 댈 거라고 예측한다. 앨버트를 포함한 콩크는 대부분 못 가진 자들에 속한다.

> 어휴, 아까 부두 아래에서 그 인간 더 없이 배고파 보였어. 쫄쫄 굶다가 결국 도둑질을 하게 되는 콩크들이 있지. 이 마을엔 지금도 배를 곯는 인간들이 널렸는데 옴짝도 하지 않아. 그저 날마다 조금씩 곯고 살지. 태어날 때부터 굶주리기 시작한 이들도 있어, 일부는.
>
> —같은 책, 167면.

해리 모건은 싱을 살해할 때만 해도 가진 자에 대한 사회적인 증오감이나 적개심보다 목전의 돈을 쟁취하기 위해 범죄를 저질렀다. 작가 역시 그를 악한이나 악행으로 서술하기보다는 선악의 경계를 넘어선 인간상과 행위를 하드보일드적인 가치중립성에 근거해 묘사할 따름이었다. 그가 생계 수단인 배를 잃고, 또 행동의 도구인 한 팔을 잃어버림으로써 확실히 못 가진 자로 전락하였다.

하지만 불똥은 다른 데서 튄다. 자신의 친구인 앨버트가 쿠바의 혁명 세력인 공산주의들에게 살해당한다. 자신도 그들에게 한 팔을 잃지 않았나? 마침내 못 가진 자들끼리 미친 듯이 충돌한다. 해리 모건은 친구의 복수를 위해 총격전을 벌이게 되고, 총격전에서 승리하지만, 결국 그 자신도 살해된다.

소설 「가진 자와 못 가진 자」에는 또 다른 못 가진 자가 등장한다. 가난한 작가인 리처드 고든. 작가 헤밍웨이 자신이 모델이 아닌가 한다. 그는 가난하지만 부유한 여자와 잠자리를 할 수 있는 능력 있는 사내다. 아일랜드 출신의 그의 아내도 술꾼인 교수와 바람이 난다. 부부는 이혼을 결심한다. 이들은 가진 자들과 각각 어울리게 되는 것이다.

이 소설의 등장인물 대부분은 못 가진 자들이다. 이들이 역장(力場)의 힘을 이끌어간다. 가진 자는 엑스트라에 지나지 않거나 장에 나서지 아니하고 숨겨져 있거나 한다. 가진 자의 한 사람으로 좀 분명하게 드러난 경우는 헨리 카펜더. 하버드 인문학 석사 출신의, 서른여섯 살이 된 지적인 인물이다. 그러면서도 지금 우리 사회의 고소득 연금 수혜자에 해당된다. 어머니의 신탁 기금에서 매달 나오는 200달러의 수입이 있다. 이 수입은 어부 앨버트가 가족을 먹여 살리는 생활비보다 무려 170달러나 많다.

이를 두고, 작가 헤밍웨이는 불균형이니, 비대칭이니, 양극화니 말하지 않는다. 헨리 역시 정신적으로 서서히 망가져가면서 자살로 생을 마감한다. 가진 자도 정신적으로 황폐한 구석이 있다는 얘기다. 가진 자도, 못 가진 자도, 행복하지 못한 세상살이를 영위한다는 것. 이 염세적인 인생관은 시점이 이동된 (해리 모건의 아내인) 마리 모건의 입을 통해 말해지고, 눈을 통해 보여준다.

잠이 안 오는데 밤을 어떻게 견디지? 남편을 잃어봐야 그게 어떤 기분인지 알게 되나 봐. 그때야 알게 되나 봐. 이 지랄 같은 인생은 모든 걸 그렇게 알게 되나 봐. 그래, 그런 것 같아. 나도 지금 알아가는 거겠지. (……) 유리창 너머로 보이는 바다는 겨울 햇빛에 냉혹하고 생소하고 파랗게 보였다.

—같은 책, 290~291면.

이런 염세적인 인생관에도 불구하고 헤밍웨이는 빛나는 작가 정신을 보여준다. 그의 인간관은 매우 건전하다. 그의 작품 「노인과 바다」에서 인간은 파괴되어도 패배하지 않는다는 그 명언에서 보듯이 말이다. 그는 끝내 파멸되어도 용기를 잃지 않는 인간으로서의 해리 모건을 창조해냈다.

　다만 가진 자 중국인 싱을 잔혹하게 살해 하는 장면에서, 리처드 고든이 바람난 아내에게 『이 아일랜드 잡년.”(207면.)이라고 겁박하는 대목에서, 남편 해리 모건이 죽고 나서 중얼대는 아내 마리 모건의 말, 즉 『콩크한테는 쿠바 인은 재앙이야. 쿠바 인은 누구한테나 재앙이지. 게다가 거기엔 검둥이들이 너무 많아.”(287면)라고 하는 데서, 나는 작가의 인종차별적인 세계관을 의심하지 않을 수 없었다. 이런 것들은 내 마음을 좀 불편하게 했다.

　이 소설은 일찍이 영화화되었다. 나는 이 글을 쓰기 위해 이 소설을 영화로 만든 오래전의 영화가 담긴 디브이디를 구해 보았다. 우리나라에 출시된 제품의 영화 제목은 「소유와 무소유」였다. 영화는 본디 1944년에 만들어졌고, 주인공인 해리 모건 역에 당시의 명배우인 험프리 보가트가 출연했다. 영화 속의 해리 모건은 미국에서 프랑스에 온 선장이요, 제2차 세계대전 중에 프랑스 저항운동의 조직과 연계되어 있다. 저항운동을 하는 부부를 탈출시키는 데 역할을 한다.

　그런데 이 영화는 헤밍웨이의 원작 소설을 소설가로서 노벨상까지 받은 윌리엄 포크너가 각색했다. 어찌 된 셈인지 영화의 내용은 소설의 내용과 전혀 달랐다. 재즈 음악이 넘쳐나는 카페의 분위기는 원작과 무관한 것. 원작이 거친 하드보일드 소설이라면, 영화는 달콤한 러브로망스이다. 이야기의 끝도 원작이 파국이라면, 소설은 해피엔딩이다.

　요컨대 영화는 제목과 주인공의 이름과 주인공의 이미지만을 따왔을

영화 속의 해리 모건. 영화는 소설가 윌리엄 포크너가 원작과 전혀 다르게 각색했다. 우리나라에선 이 영화의 제목을 「소유와 무소유」로 번역하였다. 출연한 배우는 험프리 보가트와 로렌 바콜. 두 사람은 이 영화 출연을 통해 나이 차를 극복하면서 결혼에 이른다.

뿐이다. 원작의 스토리텔링이 많이 벗어났으면, 별개의 텍스트로 보아야 하지 않을까, 싶다. 나는 이 영화를 보면서 이만저만 실망을 한 게 아니다. 원작과 영화의 텍스트 상호관련성을 찾아야 하는데, 전혀 그럴 수가 없었기 때문이다.

2. 한국 1980년대의 가진 자와 못 가진 자

나는 지금까지 어니스트 헤밍웨이의 숨은 문제작 『가진 자와 못 가진 자』에 관해 사회문화적인 비평의 관점에서 논의를 개진해 왔다. 그런데 공교롭게도 이 제목과 같은 제목의 책이 이미 한 세대 이전에 간행된 바 있었다. 1987년 월간 『신동아』에서는 우리 사회의 빈부격차를 해소하기 위한 연간 기획 시리즈가 있었는데 이 연간 발표 원고를 모아 이듬해인

1988년에 단행본으로 간행했다. 단행본의 제목은 '가진 자와 못 가진 자'이지만 서브타이틀은 '고도 경제성장의 그늘'로 적시되어 있다.

이 책은 한 세대 전에 한국 사회의 불평등과 빈부격차를 어떻게 능률과 형평의 조화에 의해 극복해야 할 것인지를 살피는 입장에서 기획된 것이다. 주지하듯이, 1987년은 우여곡절과 다사다난의 한 해였다. 내가 태어나 기억하는 한, 1979년과 함께 가장 격동하는 연도가 아니었나 생각된다. 그해는 박종철 사건으로부터 시작해 전두환의 호헌 선언으로 크게 출렁거렸고, 국민적인 저항의 저 6월항쟁은 민주화 선언을 민의에 의해 이끌어냈다. 이 대가로 신군부 정권이 연장되는 뜻밖의 일이 벌어졌다. 국민 3분의 2 가량의 좌절감이 한 해가 저물어가면서 걷잡을 수 없게 휘몰려 왔다. 일련의 정치민주화 문제 못지않게 사회경제적인 문제도 이처럼 연간 기획에 의해 제기되었지만 정치 일정에 대한 관심사에 밀려나 있었다.

당시의 서양의 한 학자가 받은 막연한 인상에 따르면, 한국 사회는 틀림없는 계급 사회였다. 경제적인 소득 정도에 따라 다층화된 계급화 사회인 한국은 당시의 지표가 아니라고 해도 받아들일 수밖에 없었다. 발제 토론에서 기록으로 남아있는 최장집의 발언을 볼 때, 당시 사회는 결코 단순하지가 않았다.

> 자가용 몰고 다니는 사람과 350원 짜리 합승 타는 사람, 120원 짜리 시내버스 타고 다니는 사람이 구획되어 있고, 주거 양태도 고급 주택에서부터 고급아파트, 중산층 아파트, 서민아파트, 당장 내일 쫓겨날지도 모르는 재개발 지역의 전세방, 월세방 사는 사람들, 이렇게 층이 지어져 있어요. 이러한 것도 경제적인 요인 못지않게 정치적, 문화적 요인 등을 함께 고려해야 할 문제예요.
>
> —『가진 자와 못 가진 자』, 동아일보사, 1988, 10면.

그 당시에 왜 이렇게 우리 사회가 가파르게 계급화되었던 것일까? 농촌 인구가 1960년에 63%에서 4반세기가 지난 1980년대 중반에 33%로 급감했다. 한국의 현대사는 이처럼 사회 구조의 격렬한 변화가 있었고, 이럴수록 도시 빈민은 급증되어 갔다. 말할 필요도 없이, 빈민은 자본 축적 메커니즘의 희생양이 될 수밖에 없었던 것이 그 당시 한국 사회의 모순적 구조였다.

1985년 50대 재벌은 GNP의 23%를 차지하였고, 10대 재벌은 그것의 11%를 초과하였다. 이 10대 재벌이 획득하고 있는 수출액은 당시 우리나라의 절반에 이르렀다. 반면에 1980년대의 전두환 정부는 '최저생계비에 미달하는 임금 근로자의 비율이 87%, 한달 소득 10만원의 가구가 40만, 정부의 구호 대상인 절대 빈곤 인구가 280만에 이르는 극심한 빈부격차'(같은 책, 69면.)의 사회를 만들어냈다.

이와 같이, 부의 편중과 독과점의 심화 속에 경제력이 집중된 현상이 생기게 된 데는 1970년대에 생긴 종합상사 역할도 컸다. 대기업이 내남없이 종합상사를 지향하게 된 데는 유리한 금융 조건과 세제 혜택은 물론 문어발식 확장의 지배력을 전유(專有)할 수 있다는 이점이 있었다.

그러면 1980년대 중반에 한하여 가진 자와 못 가진 자의 비율은 어느 정도였을까? 연간 기획 가운데 「빈부격차와 계급갈등」을 쓴 논자는 대체로 2대 74로 보고 있다. 중간의 공백인 24%는 이른바 '중간 제(諸)계층'이라고 본다(같은 책, 212면, 참고.). 이 계층은 가진 자와 못 가진 자의 틈서리에 존재하는 중간층이다. 덜 가진 자라고 보면 된다. 절대다수인 못 가진 자의 입장에서 보면, 그 역시 가진 자에 해당한다. 이렇게 본다면, 가진 자와 못 가진 자의 비율은 대체로 보아 26대 74 정도라고 간주해도 좋을 것 같다.

월간 『신동아』가 야심 있게 기획한 『가진 자와 못 가진 자』에는 자유기고가 장성욱의 르포인 「'가진 자'의 과소비 현장」도 포함되어 있다.

여기에 의하면, 그때 흥청망청 놀고먹는 자들의 숫자가 7만 명에 이른다고 했다. 국민 대부분이 땀을 흘리면서 일하고 있는 시간에 이들은 골프장과 사우나탕과 안마시술소에서 한가로이 지내고 있다고 한다. 강남일대가 환락의 메카로 변했다. 또 접대와 향응이 한국 경제에 차지하는 부분이 엄청나다고 한다.

그제나 이제나, 빈부격차의 원인은 자본제적 축적의 논리에 기인한다. 말하자면, 돈이 돈을 번다는 것. 그 당시엔 돈을 은행에 저축하면 이자가 붙고, 부동산에 투기하면 확실한 시세차익을 얻는다. 가진 자의 선순환, 못 가진 자의 악순환이 빈부격차의 원인이다. 그때 노동자가 빈민이고, 빈민의 자녀가 노동자가 된다.

복잡한 도표가 사용된 「빈곤의 악순환, 도시 빈민의 실태」를 쓴 필자는 불안정 취업 구조가 빈민 실태의 빈곤 악순환을 불러일으켰다고 한다. 불안정 취업은 요즘 말로 고용 불안이라고 할 수 있다. 이 필자는 우리에게 '빈곤을 가난한 사람 스스로의 무능이나 게으름 탓, 혹은 팔자소관이라거나 운수가 나쁜 탓으로 돌리는 (……) 논리'에 젖어 있다고 비판한다. 사회적인 빈곤 현상은 무능이나 팔자 탓으로만 돌릴 수 없는 사회의 구조적 모순이 엄존한다. 이를 대충 가리거나 회피하거나 호도하면 가진 자의 이윤이 극대화되는 것은 불 보듯이 뻔한 일이다. 이럴 때 빈민은 상대적인 박탈감을 넘어 특권을 누리는 자들에 대한 적대감마저 가지게 된다. 한 학자는 자신과 면담한 20대 섬유노동자의 말을 있는 그대로 옮기고 있다.

돈 있는 사람을 보면 전에는 모르는 상태에서 부럽다 생각했었는데 지금은 그 사람들을 보면 나쁜 놈이다, 분노가 생기는 거죠.

—같은 책, 22면.

이 적대감과 증오에 귀를 기울여야 사회가 건강해진다. 덮어놓는다고 능사는 아니다. 1990년대에 지존파가 잡혔을 때, 강남의 오렌지족과 야타족을 자신의 손으로 죽이지 못한 것이 한이라고 당당히 말한 바 있다.

나는 동아일보사판 『가진 자와 못 가진 자』를 처음부터 끝까지 읽어보았다. 대체로 예상한 내용이 많았다. 학력별 임금 격차나 산업별 임금 격차는 그러려니 하며 생각했었다. 좀 뜻밖의 사실을 알게 된 게 있었다면, 성별 임금 격차가 당시에 컸다는 사실이다. 1986년의 통계에 따르면, 남자 노동자 임금에 비해 여자 노동자의 그것은 46.8%에 지나지 않았다. 이것은 동아시아 이웃 나라인 일본의 56.1%와, 대만의 64.5%에 미치지 못한 것으로 조사되었다(같은 책, 103면, 참고.).

이와 같이 1980년대적인 빈부격차의 요인 가운데 성별 임금 격차가 극심했다는 사실은 지금의 시점에서 볼 때 그 시대에 매우 심각한 사회 현상이 내재되어 있었다고 본다. 물론 그때는 그러려니 생각했었겠지만, 그 시대의 가난한 여성들이 성차별과 임금 차별이라는 두 겹의 족쇄 속에 묶여 있었다고 본다.

그 당시의 가난한 여성들은 접대와 매춘의 유혹에 쉽게 노출되었으리라고 본다. 그때에 이미 분석되었듯이 놀고먹는 사람들이 7만 명에 이른다고 했다. 신흥 도심의 강남 지역이 환락화된 데는 이들의 수요가 있었기 때문이었다. 젊고 예쁜 여자들은 성별 임금 격차로 인해 접대와 매춘의 유혹에 빠지게 되었고, 지방에는 낮은 수준의 향응 문화가 제 나름으로 형성되어 있었다.

1986년에 개봉한 영화 「티켓」은 임권택 감독이 연출하고, 스타급의 여배우인 김지미가 설립한 영화사 지미필름이 첫 작품으로 제작한 영화다. 커피나 차를 마시는 본래의 장소성과 상관없이 매매춘을 매개로 하는 공간으로서의 다방을 중심으로 일어나는 못 가진 여성들의 낱낱의 삶을 그린, 특히 지방을 배경으로 한 매춘 문화가 확산되어가는 사회적인 현상을 반영한 영화이다. 여배우 김지미는 「길소뜸」(1985)에 출연해 원주에서 촬영할 때 배우와 스텝이 숙소에서 다방에 커피를 시켰으나 배달이 되지 않아 알아보니 '티켓을 끊어야 한다.'는 데서 이 작품을 발상했다고 한다. 그 당시 지방의 티켓다방이 매매춘의 은밀한 중개소와 같다는 것을 비로소 알았던 것이다. 김지미가 당시에 이러한 사회 현상이 1980년대의 빈부격차와 여성의 사회경제적인 차이에 있음을 간파하고는 감독 임권택과 시나리오 작가 송길한과 함께 의기를 투합하여 영화 「티켓」을 만들어내었던 것이다. 물론 그녀가 제작자로서, 여주인공으로 영화에 참여했다. 이 영화가 개봉된 때, 말이 많았다. 다방의 여종업원들이 명예를 훼손당했다면서 반발을 하고 나섰다. 그때의 신문 기사문에는 이런 내용이 있었다.

(이 영화는) 매춘 행위로 부초같이 살아가는 어촌 변두리 다방의 마담과 종업원들의 비루한 삶을 통해 어두운 현대사회의 단면을 고발하고 있다. 즉 민 마담은 포주지만 민 마담과 여종업원 간의 관계는 단순한 착취, 피착취의 관계가 아닌, 인물들 간의 공감과 결속을 드러내면서 가진 자에 대한 분노를 표출하고 있다. 그러나 다방연합회는 이 영화가 다방 주인들을 포주로, 여종업원들을 창녀로 잘못 묘사하고 있다면서 검찰에 고발하기도 했다.

—동아일보, 1986. 8. 23.

티켓 한 장은 돈을 대신하고, 몸을 교환하고, 삶을 표상한다. 인생은 한 장의 티켓이란 대사를 사용했다가 잘렸다는 후일담이 있다. 어쨌든 티켓은 생물이요, 요물이고, 또 주물(呪物)이다. 이와 같은 티켓의 물성을 통해 여성 인권이 사로잡히는 시대의 어둠을 드러내려고 한 것이 제작의 의도였다. 공연윤리위원회는 이 의도와 달리 사회 불만, 미풍양속 저해, 자조와 자학의 여인상 창조 등의 부정적인 면만을 부각하려고 했다. 영화는 검열 과정에서 여러 군데 잘려나갔다. 한참 이후에 공개된 영화의 필름에, 김지미의 전라(全裸)의 뒷모습이 복원된 것으로 보아 상영 이전의 본디 텍스트가 보존되고 있었던 게 아닌가, 하고 여겨진다. 이 영화는 여배우 김지미가 가장 아끼는 영화라고 알려져 있듯이, 그녀의 연기 인생을 통틀어 최고의 연기력을 발휘한 영화로 평가되고 있다. 리얼리즘 계통의 영화 중에서, 이 영화는 유현목의 「오발탄」(1960) 이래 최고의 명작으로 손꼽힌다. 나는 1980년대 한국 영화를 대표하는 으뜸의 영화 텍스트라고 본다.

나는 이 영화가 1980년대 중반에 가진 자와 못 가진 자의 복잡한 얽힘의 관계, 자본주의 사회에서의 물화된 삶의 실정을 여실하게 보여주면서 무언가를 폭로하고 고발하고 있다는 점에서 영화야말로 한 시대의 거울이라는 사실에 생각이 미치지 않을 수 없다.

이 영화에서 가진 자들은 남자들이다. 투옥된 남편을 헌신적으로 뒷바라지하던 조강지처 민지숙을 버리고 가진 자로 거듭난 전 남편, 티켓 다방 종업원들을 성의 노리개로 삼고 있는 바닷가 마을의 남자들. 이에 반해 영화 속의 여자들은 못 가진 자들이다. 이들은 버림을 받은 민지숙과, 그녀가 고용한 젊은 여자들이다. 여자들 사이에도 가진 자와 못 가진 자로 양분된다. 민지숙은 이 젊은 여자들 앞에서는 가진 자로 군림한다. 하지만 여자들은 착취-피착취의 관계로 읽히기보다는 오히려 시스터 후드, 즉 자매의식으로 결연한다.

그 당시에 영화를 제작할 때, 제작자이며 여주인공인 김지미와, 감독인 임권택과, 시나리오 작가인 송길한이, 젊은 여자들이 접대와 매춘에 쉽게 유혹되던 사회적인 현상의 원인이 성별 임금의 격차에 있다는 사실을 인지하고 있었는지는 잘 알 수 없지만, 오늘날의 관점에서 볼 때 영화로 극화된 내용과 당시의 사회적인 실정 사이에 닮음꼴을 이루고

1980년대의 그늘진 삶을 그린 임권택 감독의 「티켓」은 그 당시 여성 노동자들의 임금 비율이 남성의 그것에 비해 턱없이 부족한 현실을 잘 반영하고 있다. 이 영화는 한 시대의 리얼리즘 미학을 최대치로 끌어올렸다.

있었음은 하나의 엄연한 사실이다.

월간『신동아』가 1986년에 기획하여 이듬해에 단행본으로 공간한『가진 자와 못 가진 자』에는 이 기획에 동참한 사회과학 분야의 전문가들의 결산 좌담에 대한 기록이 남아 있다. 참석한 전문가 여섯 명은 대체로 빈부의 격차가 불평등한 경제 여건에서 비롯되었다는 데 동의한다. 동시대의 사회적 불평등과 경제적 임금격차의 원인을, 부의 편중과 노동자들의 상대적인 박탈감에 초점을 맞추고 있다는 것이다.

그런데 이들 가운데 소수 의견을 낸 사람도 있었다. 주학중 한국개발연구원 선임연구원은 당시로선 관변적인 시각이어서 주목받지 못하였고, 오히려 어용 발언이라고 매도될 수 있는 발언을 남기고 있다.

구체적인 우리의 형편을 보면 대안이 없다고요. 인구가 세계적으로 고밀도죠, 3분의 2 이상이 쓸데없는 산이죠, 거기서 뭐가 납니까? 먹는 것, 입는 것, 집 짓는 나무, 광산물, 전부 다 수입하지 않으면 안 됩니다. 그러려면 수출을 해 외화를 벌어야지요. 오비이락이란 말이 있는데, 군부에서 이런 정책을 썼다, 그러니까 대외지향적인 성장 전략이 틀렸다는 것은 정확한 평가 아닙니다.

편견을 배제하고 본다면, 빈부격차의 문제는 계급 간의 문제보다는 사실은 계급 내의 문제가 더 큽니다. (……) 빈부격차 문제를 계급 문제로 본다는 것은 문제를 오도할 가능성이 있습니다.

—『가진 자와 못 가진 자』, 동아일보사, 앞의 책, 237면.

빈부격차의 문제를 가리켜 계급 간의 문제라기보다 계급 내의 문제로 본다는 것은 그 당시로선 용납되기 어려운 얘기였다. 세월이 지나 오늘날의 관점에서 볼 때, 이른바 '계급 내의 문제'야말로 그 당시의 우리가 정확히 보지 못했던, 아니면 도외시했던 성별 임금의 격차처럼 간과되었거나 가려졌거나 한 삶의 실상이 아닐까 하는 생각이 들기도 한다. 다시 말하면, 계급갈등이 격화된 그 시대에 계급갈등의 문제가 다소 감정에 치우치거나 논리가 앞서거나 한 것은 아닐까, 하는 점이다. 따라서 우리는 지금 2019년 세간에 부상한 영화와 소설을 통해 계급 내의 갈등, 이를테면 갑을의 관계가 아닌 을과 을의 다툼에 대해 새로운 관심의 시선을 두기 시작했다.

3. 장강명의 소설에 나타난 계급 내의 문제

올해의 영화 「기생충」에 관해선 나의 다른 원고에서 다루었기에 일단 논외로 하고, 이 글에서는 장강명의 연작소설집인 『산 자들』을 한정해 살펴보려고 한다. 이 소설을 읽으면 한국은 역시 갈등을 토해내는 사회이구나, 하는 생각이 절로 떠오른다. 어쨌든 이 소설집은 단편소설 열 편을 묶은 것이다. 작품의 주제가 일관되어 있기 때문에, 작가 자신은 굳이 창작집이라고 하지 않고 '연작소설'이라고 이름을 붙이고 있다.

앞에서 서술한 바와 같이 1980년대의 한국 사회의 구조적 모순은 가진 자와 못 가진 자의 갈등에 있었듯이, 2010년대의 경우 역시 마찬가지라고 할 수 있을 것이다. 그러나 그 시대의 사회 갈등이 이원화 내지 중층 구조화되었다면, 지금 이 시대의 경우는 다변화 내지 다층 구조화되었다고 할 수 있다.

저널리즘적 글쓰기의 소설가로 잘 알려진 장강명이 간행한 소설집 『산 자들』에 등장하고 있는 작품 속의 주인공들은 생산직 노동자, 알바생, 철거민, 자영업자, 영세 음악인, 취업 준비생들이다. 한국 사회의 중상류층이라고 할 수 없으므로 못 가진 자에 속하는 인물들이다. 인터넷 신문인 프레시안은 작가와의 긴 인터뷰를 앞두고 이 소설집을 가리켜 "(소설의 주인공들은) 당대 한국의 빈곤한 현실을 고스란히 드러내는 인물들이다. 이들을 통해 장강명 작가는 먹고 사는 문제만이 급선무가 되어버린 한국에서, 벼랑 끝에 몰린 우리의 빈곤한 현실을 있는 그대로 드러냈다."라고 밝힌 바 있다. 우리의 경제 현실에서 볼 때 「현수동 빵집 삼국지」가 새로운 문제점으로 돌출하고 있다. 프레시안은 이 작품에 묘사된 자영업자의 현실이야말로 작가에게 현재 비정규직 문제와 더불어 한국 사회의 가장 시급한 위기로 꼽히지 않느냐고 물음을 던진다. 이에 대한 작가의 변은 다음과 같다.

이 소설을 쓸 때 생각한 건 연대였다. '빵집 연대'라는 조직은 등장할 수 없겠다고 생각했다. 당장 내 골목을 침범한 바로 앞의 빵집을 죽여야 내가 사는데, 어떻게 내가 경쟁자와 손잡고 광화문 광장으로 나갈 수 있겠나. 이런 처지에 내몰린 사람이 수백만 명이다. 이들의 목소리는 어디에도 반영되지 않는다. 지역에 사는 사람은 그래도 지역구 국회의원을 통해 목소리를 낼 수 있다. 의사나 약사는 비례대표를 통해 의견을 낼 수 있다. 나머지 조직화하기 좋은 직업도 그나마 목소리를 낼 구석은 있다. 대기업 생산직이나 교사 등이 그렇다. 이런 여러 기준에 전혀 걸리지 않는 이들이 자영업자다. 청년도 마찬가지다. 청년 세대의 목소리를 반영하는 정치 세력이 설 자리가 없다. 비정규직 노동자도 마찬가지다. 정규직 노동자와 비정규직 노동자는 다른 계급이 됐다. (인터넷 검색.)

이 소설의 이야기는 작가의 집 가까운 곳에 빵집이 세 곳이나 들어서더니 결국 하나가 망하더라는 경험에 대한 기억에서 비롯된 이야기라고 했다. 소설 속의 이야기는 이렇다. 하중동 사거리에서 구수동 사거리까지, 100미터 길이의 거리에서 빵집 세 곳이 경쟁을 벌인다. 빵집 두 곳은 프랜차이즈 가맹점이지만, 한 곳은 빵을 사줄 사람들이 사는 아파트의 명칭을 그대로 가게 이름으로 삼고 있는 힐스테이터 베이커리. 이 가게는 소규모이기에, 오랜 세월의 제빵 경력이란 차별성과, 방부제를 넣지 않는다는 친환경 전략을 내세운다. 세 빵집이 모두 식빵을 경쟁적으로 할인하는 바람에 함께 죽는 싸움이 되고 말았다. 끝까지 버티는 사람이 이기는 싸움이 되어가고 있었다. 교사들이나 노동자들과 달리, 연대가 불가능한 세계가 자영업자들의 시장이다. 이들의 생존 게임은 상대가 죽어야 내가 산다는 상황으로 치달을 수밖에 없다.

어느 날부터 손님들이 빵에 왜 곰팡이가 안 생기느냐고 묻기 시작했다.

"네? 그게 무슨 말씀이세요?"

"프랜차이즈 빵은 방부제가 들어가서 곰팡이가 안 슨다고 그러던데. ……저쪽 빵집에서."

"에이, 요즘 누가 빵에 방부제를 넣어요. 그리고 빵은 원래 두고 먹는 게 아니에요. 오래 드실 빵은 냉동실에 넣으면 돼요."

— 『산 자들』, 128면.

서로가 서로의 약점을 드러내면서 자기의 단골을 확보하고 최대한 알바 인원을 줄여야만 살아남는다. 이렇게 보면 시장은 살벌한 전장이 된다. 갑과 을의 싸움이 아니라 생존을 위한 을들의 치킨게임의 양상으로 번져간다. 마침내 소설 속의 두 빵집은 프랜차이즈의 도움으로 살아남지만, 개인 빵집으로 운영하던 힐스테이터 베이커리는 폐업에 이른다.

2015년 통계청의 자료에 의하면, 프랜차이즈 가맹점의 영업 이익은 임금 근로자 평균 연봉의 69%에 지나지 않는다고 한다. 예상보다, 왜 이렇게 영업 이익이 적을까? 베이비부머 세대의 은퇴로 인한 자영업자의 급증과, 가맹점끼리의 과열 경쟁 등에 그 원인이 있다는 건 불 보듯이 뻔하다. 이렇게 볼 때, 소설 속에 그려진 한 동네의 빵집 세 곳은 우리 사회의 경제적 위상을 고려할 때, 가진 자의 수준에 올랐다고 보기 어렵다.

회사는 사회의 축소판이다, 라고 하는 사실을 여실히 보여주고 있는 「알바생 자르기」는 세태소설의 성격을 드러내고 있다. 여기에서 가진 자로 등장하고 있는 이는 독일계 서울지점사 대표(사장)이다. 연봉 3억이라니 확실히 가진 자이다. 하지만 소설 속에 주어진 인물 역할은 미미하다. 소설의 주인공은 못 가진 자들이다. 은영은 연봉 2천이 조금 미치지 않는 정식 직원이며, 혜미는 상습적으로 늦게 출근한다는 알바생이다. 근무 중에도 자리를 뜨기도 한다. "병원에 다니는 것도 제가 다니고 싶어서 다니는 게 아니고 아파서 그러는 건데 그걸 트집 잡으시면 안 되죠." 은영은 혜미의 근무 태도를 문제 삼아 사장에게 자르자고 건의한다. 사실은 자신의 연봉을 2천이 좀 넘게 하려는 숨은 의도가 있었다.

그런데 은영은 혜미에게 두 차례나 뒤통수를 맞는다. 나가라고 약속한

날에 나가지 않았다. 통보서와 퇴직금이 오지 않아 당장은 아니라고 여겼다는 것. 은영이 법규를 찾아보니 알바생에게도 해고 때는 서면으로 통보해야 하고, 퇴직금을 지급하게 돼 있었다.

퇴직한 두 달 후에는 혜미는 회사가 가입하지 아니한 4대 보험료도 달라고 요구한다. 그러면서 은근히 회사의 불법을 고소할 수 있다고 위협한다. 문제를 일으키지 않는다는 각서를 받고 퇴직금 외의 웃돈을 지급하면서, 은영은 혜미에게 묻는다. 이게 처음부터 다 계획이 돼 있던 거니? 혜미는 아무 소리 없이 작별 인사만 하고 가버린다. 우리 속담을 인용하자면, 뛰는 놈 위의 나는 놈이랄까? 우리 사회에서 이처럼 못 가진 자들의 갈등이 얄궂다.

자동차 회사의 정리 해고에 반발하면서 격렬한 투쟁에 나선 사람들. 이들은 '해고는 살인!'이란 구호를 내세운다. 자신들은 해고가 살인이므로 스스로 '죽은 자'라고 했고, 정리 해고의 과정에서 용케도 살아남은 자들을 가리켜 '산 자'라고 불렀다. 사실은 이 싸움이 가진 자와 못 가진 자, 고용자와 피고용자, 자본가와 노동자의 싸움이 되어야 하는데, 못 가진 자끼리, 피고용자끼리, 노동자끼리 싸우는 형국으로 변질되고 말았다. 그것도 죽기 아니면 살기라는 극단적인 형태의 갈등 양상을 보이고 있다.

산 자들이 스무 명씩 줄을 맞춰 섰다. 그 앞에 앰프를 올려놓은 픽업트럭이 한 대 섰다. 머리가 허옇게 센 부장이 트럭 위에서 확성기를 잡았다.

"여러분이 주장하는 것처럼 우리 회사의 모든 책임이 외부 요인에 의해서만 일어난 것입니까. 우리 잘못은 전혀 없었던 것입니까. 희망퇴직이라는 용단을 내려준 동료 1600여 명의 진심을 생각해서라도 파국으로 치닫는 극단적인 상황은 막아야⋯⋯."

"야, 이 사측의 앞잡이 새끼야! 거기 내려와! 내려와아악!"

검은 상복을 입은 여성들이 트럭 아래에서 부장을 향해 악을 쓰고 생수병을 던졌다. 남편이 공장 안에 있는 여자들은 몇 달 동안 독해졌다. 몇몇 여자들은 줄을 선 직원들에게 가서 '해고는 살인'이라고 적힌 리본을 달아주었다. 다듬지 않는 머리가 먼지바람에 휘날리고 손이 급해 미친 여자들 같아 보였다.

"공장 안에 있는 사람들도 다 여러분 동료입니다. 사측의 선동에 속지 마세요."

앞줄에 선 직원들은 못마땅한 기색으로 여자들이 리본을 달지 못하게 하거나 여자들이 지나간 뒤 몸에서 리본을 떼어 냈다. 뒷줄에서는 성난 고함이 터져 나왔다.

"거 존나 시끄럽네!"

"아, 씨발년들."

—같은 책, 105~106면.

최후 협상이 결렬되면서 상황은 급속도로 악화되어 갔다. 회사 측은 마지막으로 카드를 내놓는다. 청산형 회생. 말이 회생이지 회사를 청산하겠다는 것이다. 사실상 회사를 폐업하겠다는 것이다. 한때 동료였던 '산 자들'과 '죽은 자들'은 극한의 대치 상황에 몰린다. 죽은 자들은 꼼짝도 하지 않고 산 자들을 노려본다. 산자들은 외쳐댄다. "이 새끼들아. 다 죽게 돼서 이제 속이 시원하냐."(같은 책, 108면.) 양쪽은 모두 파이프를 들고 격투를 벌인다. 새총으로 날리는 볼트가 마치 총알처럼 날아든다. 죽음과 폭력의 냄새를 진하게 풍기면서 소설의 막은 내린다.

장강명의 『산 자들』 가운데 반어적인 제목의 「사람 사는 집」은 가진 자의 실체를 보여주지 않으면서도(건물주와 새 건물주는 코빼기도 보이지 않는다.) 가진 자와 못 가진 자의 사회적인 갈등을 가장 첨예하게 드러낸 경우라고 하겠다. 이 소설의 갈등 구조는 철거민들과 철거 용역 직원들이 대립되는 모습으로 비켜 세우고 있다. 누가 억압하는 자이며, 누가 가진 자인지 사실은 은폐되어 있다.

주인공 선녀는 노모를 모시고 홀로 사는 여성이다. 장강명의 당해 소설집에 나오는 인물들 중에서 가장 민중적인 조건에 처해 있는 캐릭터이다. 재작년까지는 광화문 근처에 있는 식당에서 일을 했지만, 세입자 철거민으로서 2년째 투쟁 중이다. 동네를 새로 지을 때 땅을 깊이 파내면 재개발이라고 한다. 재개발을 한다면, 세입자에게도 이사 비용을 지급해야 한다. 반면에, 동네를 새로 지을 때 땅을 깊이 파내지 않으면 재건축이라고 한다. 이 경우는 세입자에게 주거권이 없다. 선녀는 지금 후자의 경우에 처해 있다.

> 이게 말이 돼요? 선녀는 그 뒤로 2년 동안 그런 질문을 여러 사람에게 던졌다. 재건축이랑 재개발이랑 뭐가 달라요? 똑 같이 곰팡내 나는 빌라에서 똑 같이 수십 년을 살았는데 왜 누구는 100만원을 받고 누구는 한 푼도 못 받는 거예요? 땅을 깊이 파고 덜 파고의 차이라니, 말장난해요?
>
> —같은 책, 154면.

노숙인이나 빈집털이범이 선녀를 비롯해 집을 떠나지 않은 사람들의 집들을 착각하지 않게 하기 위해 벽에다 글을 써 놓는다. 여기 사람 살아요, 라고. 이 소설의 제목이 '사람 사는 집'이 된 이유다.

이 소설의 압권은 철거민과 철거 용역 직원 간의 다툼을 세밀화 같은 묘사법으로 그려내고 있다는 데 있다. 젊은 용역이 선녀 등의 여인들에게 평소 이모니 누님이니 하면서 부르다가 강제 집행의 현장에서는 씨발년, 미친년 하면서 서슴없이 욕을 해댔다. 철거민들의 대응도 잘 묘사되어 있다.

철거민들도 용역들에게 '개새끼들아. 너희들은 애비 에미도 없냐.'에서부터

'아직 젊은데 그렇게 살지 마라. 돈이 좋다고 영혼까지 팔아서야 되겠느냐.'고까지 다양한 말로 맞섰다. 그런 말에 얼굴이 붉어지는 청년도 있고 도리어 히죽히죽 웃는 녀석들도 있었다.

—같은 책, 186면.

철거민대책위원회의 오랜 투쟁은 효과를 내지 못했다. 계란으로 바위를 치는 일이랄까? 부위원장은 미지의 인물이다. 약간의 신비감이 감도는. 그는 길고 느리게 휘파람을 자주 불었다. 지독히 말이 없고 한쪽 다리를 약하게 저는 사내.

누구의 제안이랄 것도 없이, 선녀와 사내는 손을 잡고 옥상으로 향하는 계단을 올라갔다. 둘은 함께 끌어안은 채 준비해 둔 밧줄 올가미에 목을 걸었다. 파국적이긴 하지만 애틋한 결말이다.

4. 남는 말 : 모호한 경계의 가해자와 피해자

온갖 종류의 사회적 불평등은 사회가 가진 자와 못 가진 자로 나누어진다는 데서 시작된다. 놀라지 말라. 이 얘기는 지금으로부터 5백 년 전의 문인인 세르반테스가 한 말이다. 지그문트 바우만의 저서인 『왜 우리는 불평등을 감수하는가?』에 나와 있는 내용이다(번역판, 동녘, 76면, 참고.).

그러나 이제 세상은 가진 자와 못 가진 자로 두부 자르듯이 딱히 나누어지지 않는다. 가진 자와 못 가진 자가 이해에 따라 함께 춤을 추는 세상이다. 2016년 백만장자 트럼프는 가는 곳마다 천박한 막말을 쏟아내도 덜 배우고 못 가진 백인들로부터 지지를 받고 대통령에 당선이 되지 않았나? 몇 년 전의 이 선거를 두고 가진 자와 못 가진 자가 힘을 합쳐 중산층과 싸워서 이긴 선거라고 할 수 있다. 어쩌면 계급적 분노도 계급의식도 없는 이상한 계급투쟁의 선거이기도 했다.

내년(2020)의 미국 대통령 선거에도 트럼프가 지지율이 민주당 후보보다 크게는 12%나 뒤지고 있다고 해도, 재선 확률은 54%에 이른다고 예상되고 있다고 하니 참으로 요지경 세상이다. 여론 조사에 잡히지 않는 트럼프 지지층이라고 한다. 이 지지층은 저학력과 저소득의 백인층이라고 한다. 이 사람들을 가리켜 소위 '샤이 트럼퍼스(shy Trumpers)'라고 한다. 트럼프를 지지한다고 대놓고 말하기가 부끄럽다고 여긴다고 해서 생긴 말이다. 경우에 따라선 이들이 미국 사회의 가해자가 되기도 한다. 또한 못 가진 자들끼리 상자 속에서 통증을 유발한 주사액을 맞고 고통을 참지 못해 서로 물고 뜯고 싸우는 실험쥐의 경우가 될 수 있다. 덜 배우고 못 가진 자 사이에도 가해자와 피해자가 공존하고 혼재한다는 말이 된다.

30대 초반의 젊은 작가인 김세희의 단편소설 「가만한 나날」을 보면, 우리 사회에 가해자와 피해자가 뒤섞여 살아가고 있다는 사실을 공명할 수가 있었다. 26세의 젊은 여성 화자는 신입사원으로 입사하여 2년 넘게 열심히 회사 일을 한다. 회고담 형식의 소설 속의 그녀가 하는 일이란 마케팅이 주력인 광고대행사의 블로그를 관리하고 홍보한다. 자신은 '채털리 부인'이라고 하는 가상인물이 되어 인터넷의 심해를 휘젓고 다닌다. 그녀가 한때 불특정의 소비자들에게 가습기 살균제 '뽀송이'를 홍보하기 위해 온갖 말들을 꾸며댔다. 이 일은 그럭저럭 잊혀갔다. 몇 년이 지난 다음에야, 이것이 사회적 문제가 되어 자신이 엄청난 일에 연루되었음을 인지하게 된다. 일말의 죄책감에 사로잡히고 있지만 '나는 그런 사람이 되었다.'라는 마지막 문장에 암시되어 있듯이, 그다지 미안해하지 않는 것 같다. 자기를 합리화할 따름이다.

그냥 가정용 살균제였다. 대기업에서 만들었고, 전국의 마트에서 팔린 제품,

거기에 치명적인 독성 물질이 들어 있다는 걸 알 방법은 없었다. 그건 해롭지 않은, 해로울 리 없는 제품이었다. 그래야 마땅했다.

—김세희, 『가만한 나날』, 민음사, 2019, 123면.

최근에 가습기 살균제 사건은 우리 사회에 엄청난 파장을 몰고 왔다. 1991년 두산전자가 낙동강에 흘려보낸 페놀 사건 이후에 발생한 최악의 환경 참사가 아니었나, 생각된다. 소설 속의 화자는 한 회사의 신입사원이란 힘없는 약자로서 근무했을 뿐인데, 가만한 나날, 즉 정적과 침묵의 일상 속에서 그저 주어진 일들만 묵묵히 했을 뿐인데, 그 적은 월급을 받자고 결과적으로는 엄청난 일을 저지르고 만 것이다. 그 자신은 광고 대행이란 본연의 업무를 담당하는 회사가 시킨 피해자이기도 하고, 돌이킬 수 없을 정도로 타인의 삶에 치명상을 남긴 가해자이기도 하다.

실제로 이 사건에는 우리나라 최고의 사법 엘리트들이 자본가를 위해 조언을 하는 등 간접적으로 개입한 사건이기도 하다. 이 사건의 경우는 가진 자들끼리 서로 공생하는 냉혹한 자본주의의 메커니즘과, 이 가운데 숨어있는 도덕 불감증을 그대로 드러낸 사건이기도 하다. 이제는 가진 자와 못 가진 자는 종래의 대립이나 갈등으로 점철되는 관계가 아닌 서로와 서로에게 있어서 목전의 이해관계에서 이합하고 집산한다. 극단적인 예를 생각해 본다면, 못 가진 나라 북한이 핵을 중무장하여 가진 나라들에 해를 가할 수도 있다는 것이다. 가진 자가 가해자이고, 못 가진 자가 피해자라는 종래의 계급관은 점차 엷어져 가고 있다는 말이다.

자, 나는 이제 분명히 말할 수 있다. 이제는, 아니 앞으로는 사람 사는 세상에 누가 가해자인지, 아니면 누가 피해자인지 하는 그 모호한 경계선만이 흐릿하게 남게 될 거라고, 생각한다. 가진 자와 못 가진 자, 가해자와 피해자 사이의 얽힘의 관계는 이와 같이 모호하고, 뜻밖에 복잡하다.

왜 약자는 강자의 편을 드나

1

미국의 카운티는 우리나라의 행정 구역으로 볼 때 군(郡) 단위에 해당한다. 네브래스카 주의 맥퍼슨 카운티는 극빈 지역이면서 공화당 극우파를 지지하는 지역으로 잘 알려져 있다. 캔자스 주와 다코타 주에도 이런 카운티가 여럿 있다고 한다. 일반적으로 볼 때, 민주당은 노동자와 가난한 사람들, 사회적 약자와 고통 받는 사람들을 위한 정당으로 알려져 있다. 그런데 역대 선거의 결과를 두고 볼 때 반드시 민주당의 입장에서는 그런 사람들이 유리하게 작용된 것이 아니라는 사실을 볼 수가 있다. 가장 비근한 예를 들어보자. 미국 대통령 선거 중에서 가장 최근의 선거 결과를 놓고 볼 때, 공화당 후보인 트럼프가 저소득, 저학력의 백인으로부터 지지를 받아 대통령이 되었음을 알 수 있다. 투표 직전까지만 해도 언론은 힐러리의 압승을 예상했었다.

2000년의 미국 대통령 선거는 초박빙의 접전이었다. 결과적으로는 공화당의 조지 W. 부시 후보가 민주당의 앨 고어 후보에게 종이 한 장 차이로 승리했다. 득표수에선 졌지만 선거인단 수에서는 이겼기 때문이다. 못 가지고 지위가 낮은 사람들에게 예상 밖에 지지를 얻었다. 한 예를 보자. 캔자스 주의 가든시티는 신분의 높낮이가 없는 미국이지만 일단 정육업의 도시이다. 우리 조선의 경우라면 도축하는 천민이 몰려 사는 백정의 마을이다. 일본의 경우라면, 부락민의 거주 지역에 해당한다. 경제적으로 여유가 있는 중상류층이 사는 인근의 존슨 카운티보다 훨씬 많은 주민들이 부시에게 표를 던졌다. 이로부터 4년이 지난 후인 2004년 대선에서는 미국 50개 주에서 가장 가난한 웨스트버지니아 주의 유권자 56%가 부시를 지지했다.

우리나라도 마찬가지다. 2012년 4·11 총선 때 예상을 뒤엎고 (나꼼수의 막말이 변수로 작용하던 가운데) 이명박 보수 정권에게 승리를 안겨다 주었는데, 월 소득 100만 원 이하인 최저 계층에서 오히려 76.2%라는 압도적인 지지를 보냈다고 한다.

왜 이처럼 가난한 사람들이 부자의 편을 드는 보수 정당에 저항하지 못하고 도리어 편을 드는가? 어찌하여 사회적인 약자는 기득권을 선점한 강자의 권력에 친화적인 감정을 가지거나 기생하려 드는가?

이러한 유의 물음에 대한 해답을 찾으려고 한 책이 미국에서 이미 2004년에 나왔다. 언론인이며 역사학자인 토마스 프랭크(Thomas Frank)는 민주당의 입장에서 2004년 대선을 앞두고 2000년 대선의 실패를 분석한 책 『캔자스에서 도대체 무슨 일이 있었나(What's the matter with KANSAS)』를 공간했다. 이 책은 출판되자마자 베스트셀러가 되었다. 지금도 이 책은 선거 전략에 관한 책의 고전처럼 여겨지고 있다. 또 이 책은 2012년 우리나라 대선을 앞두고 한국어판으로 번역되기도 했다. 번역된 책의 제목은 원제와 사뭇 다른 '왜 가난한 사람들은 부자를 위해 투표하는가'였다.

나는 이 책을 두 차례에 걸쳐 읽어가면서 사람살이의 인간관계가 만

만하지 않다는 걸 확인해볼 수가 있었다. 또한 지식인의 속물근성과 민중의 노예근성이 동전의 양면을 이룬다는 사실에 대한 깨달음이 새삼스레 전해졌다. 나는 이 책을 읽어가는 동안에, 내내 마음이 무거웠지만 요지경 같고 수수께끼 같은 세상의 비밀을 들여다볼 수 있었다는 점에서 지적인 호기심을 충족하는 데 더없이 좋았다.

2

나는 토마스 프랭크의 책 한국어판을 읽어보면서, 그가 이 책을 저술하게 된 동기가 2001년 부시 정부가 들어서자마자 민영화, 규제 철폐, 노동조합 폐쇄로 이어지는 등 자유시장의 합의를 이루어낸 보수 반동의 세계적 물결에 있음을 알 수 있었다.

그의 책이 한국어판 제목인 '왜 가난한 사람들은 부자를 위해 투표하는가'로 번역된 것은 적절치 않다. 그도 그럴 것이, 이 책에서 주로 개진된 화제가 캔자스 주의 정치적인 지형과 환경의 변화에 대한 제 나름의 담론으로 일관해 있기 때문이다. 굳이 그 물음에 대한 답을 찾으려 한다면, 독자들은 두꺼운 책 속에 드문드문 놓여 있는 얼마 되지 않은 지면을 통해 확인해야 한다. 문제로 제기된 물음에 대한 답이 비교적 명료하게 드러난 부분이 있다면, 다음 같은 정도에 지나지 않는다.

⋯⋯객관적인 경제적 이해관계보다는 일상생활 속에서의 좌절과 분노에 훨씬 더 주목하여 극도로 개인화된 정치에 관심을 갖는다. 보수 반동의 사상가들은 이것을 잘 안다. 그래서 그들은 오늘날 매우 두드러진 정치적 분노를 유발하고 이러한 분노를 자연스럽게 다른 대상에게 전가하기 위한 정교한 논리체계를 개발했다. 그들은 경제를 계급 문제에서 분리시킴으로써 성난 블루칼라 미국인

들이 공화당을 좋아하게 만드는 대안을 제시했다. (『왜 가난한 사람들은 부자를 위해 투표하는가』, 갈라파고스, 175면.)

왜 가난한 사람들은 부자를 위해 투표하는가? 토마스 프랭크는 공화당 우파와 보수 반동의 사상가들이 합작해 만든 고도의 전략에 그 요인이 있다고 단언한다. 문제의 책을 한국어로 옮긴 번역가 김병순 역시 레이건과 아버지 부시로 이어지는 신자유주의 경제 물결로 피폐해진 미국 민중들의 삶이 클린턴의 8년 집권에도 나아지지 못하자, 공화당의 기독교 우파는 갈길 잃은 민중들의 분노를 문화 영역으로 돌리며 자신들이 바로 노동자, 농민을 위한 정당이라며 그들 나름의 새로운 이미지를 만들어내는 데 성공했다고 본다(같은 책, 305면, 참고.).

이 책의 추천사를 쓴 장행훈도 가난한 사람들이 부자 정당의 부자 후보에게 투표를 하는 수수께끼 같은 일을 두고 가난한 사람들의 '자해(自害) 선거'라고 비아냥거리기도 했다. 이 일이 벌어진 데는 보수 세력이 고안한 고도의 여론 조작 기술에 있다고 설명한다. 2012년 대선을 앞둔 우리나라도 이 기술에 속아서는 안 된다고 주의를 환기하고 있다. 뿐만 아니라, 이 대선과 상관없이 앞으로 정치적인 보수 세력은 재벌과 기독교와 언론이라는 복합체에 지원을 받을 것이라고 예견한다. 이 예견은 맞았다. 재탄생한 보수주의는 최순실을 매개로 한 자본 권력의 은밀함이 들통이 나서 극적으로 몰락했다.

그런데 이 몰락된 보수주의에 대한 반사 이익으로 등장한 문재인 정부는 이제 조국이라는 가치 훼손에 의해 처음으로 위기를 맞이하고 있다. 미국에서도 그렇지만 정치에 있어서의 가치는 기독교 우파에서 날을 세운다. 앞으로 황교안의 정치적 세력의 배경이기도 한 기독교 우파는 조국에게 가치(도덕성)의 문제를 놓고 무차별적인 공격을 가할 것이다. 조국의 종교가 불교여서 더 그럴 것 같다는 예감을 떨칠 수 없다.

미국 사회에서 정치적인 반동 세력인 보수 우파에게 민중으로 하여금 경제적인 문제에 눈을 감게 만든 맹목(盲目) 현상은 낙태 문제에서 비롯했다. 캔자스 주의 보수주의를 재건하는 데는 낙태 반대 운동이 있었다. 이 운동은 역사적인 놀라운 반전을 몰고 왔다. 공화당의 중도파는 친기업적인 의미에서 보수적이지만 같은 당의 우파로부터 무자비하게 공격을 받을 빌미를 제공했고, 신생 보수주의자들은 도심의 외곽에 있는 근본주의 교회 안에 자신을 지지하는 정치 조직을 만들기 시작했다(같은 책, 126~7면, 참고.).

우리나라도 마찬가지다.

정치적인 보수 세력은 가치에 눈을 돌려 왔다. 물질적인 경제보다 정신적인 가치는 가난한 사람이나 사회적인 약자를 사로잡는다. 우리 시대에 지악(至惡)의 몰가치는 북한의 핵이다. 북핵의 우산 아래 재벌과 기독교와 보수 언론이 모여들게 마련이다. 세분하면, 재벌은 무역적자라는, 기독교는 동성애라는, 보수 언론은 종북이라는 몰가치를 심도 있게 탐구한다. 하지만 이 세분화된 이해관계는 늘 하나로 돌아간다. 가난한 사람이나 사회적인 약자가 기득권을 선점한 정치적인 보수 세력을 지지한다는 것은 경제적인 요인에 눈을 감는 맹목 현상이라기보다 마음속에 잠재되어 있는 최후의 보루 같은 도덕적인 가치를 일깨우는 것에 다름이 아니다. 한 예를 든다면, 2012년 총선 때, 당시의 야권은 나꼼수 김용민의 막말이 돌출 변수가 되어 기약된 승리를 물거품으로 만들고 만다. 이처럼 가치의 문제는 '계급 간 역할의 역전'을 언제든지 가능케 한다. 다시 말하면, 언제든지 가난한 사람들이 부자를 위해 투표할 수 있다는 것이다.

그런데 우리말로 번역된 토마스 프랭크의 책『왜 가난한 사람들은 부자를 위해 투표하는가』는 우리나라에서도 베스트셀러가 되었다. 본래의 제목보다 시의에 맞고 좀 더 자극적인 이 책은, 번역의 동기가 사회현상의 총체적이고도 정확한 이해에 두기보다 눈앞에 닥친 대선의 승리라는 정파적 이익에 헌신하기 위해 쓰였기 때문에 독자들에게 저자의 의도를 올바르게 전달하지 못했으리라고 본다. 이 책의 옮긴이 김병순과, 이를 추천한 장행훈은 독자들을 사실상 오도했다. 사회적 약자가 강자를 위해 투표하는 것은 강자의 논리에 길들어진 우중(愚衆)에 있는 것이라고 볼 수만은 없다. 이렇게 보는 것이 바로 또 다른 선민의식이 아닌가 한다. 가난한 사람들이 부자를 위해 투표를 하는 것은 당장에 돌아올 경제적인 이득에 있다기보다 그들이 왜 가치를 선택하냐를 살펴봐야 한다. 그들은 돈이나 물질보다 가치를 선택한 것이다. 우리나라 사람들도 얼마 전까지만 해도 이런저런 생각이 있었다. 가난의 개념에다 (정신적인) 가치를 부여한다면, 청빈(淸貧)의 개념으로 변형된다고 인식하는 사례가 없지 않았다. 또한 간과될 수 없는 사실이 있다. 원저자가 미국 내의 정치적인 보수 세력을 비판의 과녁으로 삼은 건 사실이지만, 이게 전부가 아니다, 라는 사실이다. 사실은 말이지, 날을 세우고 있는 방향은 오히려 다른 쪽이다.

토마스 프랭크의 저서에는 세 가지의 축으로 구성된 정치사상의 지형도가 전제되어 있다는 사실을 먼저 살펴보아야 한다. 세 가지의 축이란, 다름 아니라 보수주의와 자유주의와 민중주의를 말한다. 우리식으로 말하면, 보수(우파)와 진보(중도파)와 급진(좌파)에 각각 해당한다. 저자는 어디에 속할까? 그 스스로 민중주의를 가리켜 계급 대립과 보통사람의 고결함을 강조하는 정치 이념 형태라고 설명하고 있듯이, 그는 자신이 민중주의자임을 강하게 암시하고 있다. 민중이 현실적으로 저열한 존재인지 모르지만, 민중주의자는 사상적으로 고결한 존재인지 모른다. 그의 정치관을 엿볼 수 있는 대목이 있다.

다른 사람들이 진보나 신의 섭리를 믿는 것처럼 나는 국가의 타락과 고결한 사람들에 대한 박해, 실패의 불가피성을 믿었다. 선은 영원히 악의 손아귀 안에 있었다. 정의로운 노동자들은 언제나 정당한 대우를 받지 못했다. 놀고먹는 자들이 열심히 일하는 사람들을 착취했다. (같은 책, 182면.)

토마스 프랭크는 한국어판『왜 가난한 사람들은 부자를 위해 투표하는가』에서 캔자스 주의 정치 지형도가 어떻게 변화를 거듭해 왔는지를 세심하게 살펴보고 있다. 그는 1890년대의 캔자스 주가 어느 지역이 따라올 수 없을 정도로 민중주의의 열기가 강렬했음을 먼저 말하고 있다. 캔자스 주의 세기말 분위기가 민중주의의 불꽃으로 가득 타오르고 있을 때, 서정시인이요 잡지의 편집장인 윌리엄 앨런 화이트는 1896년 '캔자스에서 도대체 무슨 일이 있었나?'라고 하는 제목의 시론(時論)을 발표하기도 했다. 백년이 지난 20세기의 초반에 이르러, 토마스 프랭크는 "오늘날 캔자스는 일상생활의 구석구석까지 반동의 선전으로 점철된 보수주의의 성소다."(같은 책, 52면.)라고 힘을 주어 말한다.

저자 토마스 프랭크의 논점은 이처럼 가난한 사람의 투표 성향이 어디에 있다기보다 왜 캔자스 주가 민중주의의 아성에서 어떻게 보수주의의 메카로 변화했는지를 말하려고 한다. 그는 캔자스 주 정치 지형도의 변화를 지루할 정도로 장황하게 설명하고 있다. 사실상 그의 책은 캔자스 주의 주민이 아니면 관심이 없을 지역학 연구서에 지나지 않는다. 가난한 사람의 투표 성향에 관해선 별로 얘기가 없다. 번역된 책의 제목만 거창할 뿐이다. 지루하고 장황한 얘기 끝에 저자는 겨우 입을 열고 있다. 그 옛날에 윌리엄 앨런 화이트가 말하였던 것처럼, 이번에는 그가 거꾸로 말한다. 캔자스에서 도대체 무슨 일이 있었나, 라고 말이다.

……지난 10년 동안 선거를 통해 볼 때 존슨 카운티에서 1인당 소득과 평균

집값이 가장 낮은 지역에 사는 사람들이 보수 우파를 가장 강력하게 지지했다는 사실은 틀림없다. 반면에 미션힐스나 리우드처럼 1인당 소득과 부동산값이 가장 높은 지역은 중도파 세력을 지지했다. 노동자계급이 많은 지역일수록 더 보수적일 가능성이 높다는 말이다.

이러한 상황은 30년 전과는 정반대되는 상황이다. 그리고 그것은 100년 전 캔자스의 모습을 완벽하고 철저하게 부정한다. 당시에는 경제적으로 가장 어려운 지역이 가장 열성적이고 급진적인 지역이었다. 캔자스에서 사회계급의 정치 지형이 완전히 뒤바뀌었다. (같은 책, 136면.)

캔자스 주의 정치 환경을 크게 바꾸어놓은 요인은 인용문에서 대충 짐작할 수 있듯이, 한마디로 말해 가난한 사람들의 고용 불안에 있다. 사회가 안정적이면 굳이 민중주의에 회의를 품거나 이를 버리거나 할 이유가 없다. 말하자면, 민중주의는 불안한 정치 사조였다는 것이 오랜 경험으로 받아들여졌을 터다. 인용문에는 나오지 않았지만, 캔자스 주의 정치 환경을 크게 바꾸어놓은 데는 기독교 우파도 한 몫을 차지하였다 (같은 책, 132면, 참고.).

한 지역의 정치적 지형도가 바뀌었다는 사실은 우리나라에서도 마찬가지이다. 해방 직후에 좌익 폭동을 일으켰던 대구는 보수주의의 온상이 되었고, 대선 및 총선의 양상인 지역주의 역시 남부에서 동서로 갈렸으며, 지역과 지역의 대결은 보수와 진보의 대결로 바뀌더니, 지금에 이르러 신구 세대의 대결로 접어드는 양상을 보인다.

3

토마스 프랭크의 『왜 가난한 사람들은 부자를 위해 투표하는가』는 11

장으로 구성된 책이다. 서문과 에필로그를 포함한다면 13장으로 구성되었다고 할 수 있다. 이 13장 중에서 가장 핵심적인 내용은 제6장 「박해받고, 힘없고, 눈먼」이라고 하겠다. 민중주의자인 저자는 이 장에서 보수주의를 비판하기보다는 자유주의를 비판하는 데 더 열을 올리고 있다.

이렇게 중요한 사실을, 다시 말하면 책에 담긴 최우선 관념이자 중심 과제라고 할 수 있는 사실이, 옮긴이의 후기(後記)와 추천자의 추천사에는 살짝 지워져 있다. 이들은 원제의 한 부분이기도 한 '중부 미국이 수행한 자유주의와의 30년 전쟁(Middle America's Thirty-Year War with Liberalism)'이란 표현을 번역된 책 어디에도 반영하지 않았다. 자신들이 보고 싶은 것만 보고, 보기 싫은 것은 더 이상으로 보지 않겠다는 명료한 의도가 숨겨져 있다.

토마스 프랭크는 자유주의자를 평가하는 데 있어서 온갖 부정적인 언술을 동원하고 있다. 새로운 지식인층, 매사에 부정적인 말이 많은 부자들, 오만한 속물. 심지어는 기생충이라고까지 했다. 돈이 없는 사람들보다 우월하다고 느끼는 게 자유주의자의 본모습이요, 자유주의의 세계관을 밀고 나아가는 추동력이야말로 바로 속물근성인 게다(같은 책, 147~151면, 참고.). 아닌 게 아니라, 2000년 미국 대선에서 자신을 엘리트라고 스스로 생각한 사람들은 대체로 앨 고어를 지지했고, 자신을 보통사람이라고 스스로 생각한 사람들은 대체로 아들 부시를 지지했다.

> ……2000년 대선에서 공화당을 찍은 지역들과 민주당을 찍은 지역으로 나뉜 대분할은 마치 생산자 대 거기에 기생하는 사람들, 열심히 일하는 사람들 대 놀고먹는 사람들, 보통사람 대 속물들과 같이 사회계급들 사이의 대립과 관련이 있는 것처럼 보인다. (같은 책, 146면.)

어떤 이는 2000년 미국 대선을 두고 계급적 분노도 없고 계급의식도 없는 계급투쟁이라고 했다. 그렇다면, 보수주의와 자유주의, 공화당과 민주당의 이러한 대비를 가리켜 '보통사람과 속물의 정치적 투쟁'이라고 비유해도 좋았을 법하다. 이 대목에서 보통사람과 속물이란 단어는 선명하게 떠오르는 대조법이다. 만약 이와 같다면, 민주당이 민중을 위한 정당이라고 한 것은 자유주의자들의, 실상으로부터 벗어난 자의적인 진술에 지나지 않는다.

자유주의자들의 선민의식은 자유주의의 아킬레스건이다. 이런 점에서 자유주의와 민중주의는 쉽게 화합되지 않는다. 토마스 프랭크는 2000년 미국 대선에서 보통사람들이 '……아이비리그의 명문대학을 나오지 않은 보통사람들을 몹시 업신여기는 빌 클린턴 때문에 공화당을 지지하게 되었는지도 모른다.'(같은 책, 12면.)고 책의 서문에서 미리 밝히고 있다. 이 얘기는 2016년 미국 대선에서의 트럼프의 승리, 힐러리의 패배로 이어졌다고 볼 수도 있다. 이때 저소득, 저학력의 백인들이 저희들 부부끼리 대권을 나눠 먹는 기득권을 더는 못 보아주겠다면서, 막강한 경제력, 최상의 경제적 지위를 헤아리지도 않고 부자인 트럼프에게 많은 표를 몰아주었다.

어쨌든 보수주의자들은 '보통사람' 운운하는 것을 정치적으로 교묘하게 이용하고는 한다. 자유주의자들의 엘리트 의식은, 이를 또다시 교묘하게 역이용해야만 하는데 그러하지를 못한다. 토마스 프랭크는 이 사실을 답답해한 것 같다. 다시 말하면, 그 문제의 책은 미국의 자유주의를 비판하기 위해 쓰인 게 아니라, 민주당이 미국의 대선에서 다시는 실패하지 말라는 뜻에서 쓴 정치적인 쓴소리라고 할 수 있을 것이다.

미국의 공화당은 예로부터 '모든 보통사람의 번영'이라는 기치를 내세웠다. 토마스 프랭크는 이를 가리켜 1930년대 프롤레타리아 시대에서 표절된 '보수 반동 세력의 미사여구'라고 했다(같은 책, 165면, 참고.). 그 보통사람 얘기는 우리나라에서도 정치적 수사로 이용되었다. 1987년 대선

때 노태우 후보가 '보통사람이 잘 사는 사회'를 표현해 재미를 톡톡히 보았다. 이 표현은 그 당시에 민중의 마음속에 먹혀들었다. 그 당시만 해도 대졸 출신보다 압도적으로 수가 많은 고졸 이하의 출신이 노태우에게 압도적으로 표를 던졌다. 물론 적전에 분열을 일으킨 자유주의 양대 지도자 YS와 DJ에 대한 실망과 불만도 있었겠지만, 이보다는 6월 항쟁에 스스로 동원한 대학생과 소위 넥타이부대 등에게는 민주화를 쟁취했다는 오만한 자부심도 없지 않았다. 직선제를 얻고도 대선에서 패배한 것은 민주화의 제도적인 대가를 지불한 셈이었다. 그때 유권자의 한 사람이었던 나 역시 좌절감의 늪에서 한동안 헤어나지 못했다. 자유주의의 맹목과 선민의식은 이처럼 참혹했다.

보수주의자들은 변환자재의 명수다.

내가 청년 교사이던 1980년대 초반이었다. 도덕재무장운동이 공립학교와 공교육에도 적잖이 파급되었었다. 당시에는 순수한 민간운동인 것으로 알았는데, 지금 생각해보니 반공을 이념으로 한 정치적 보수주의의 국제적인 결집을 도모하기 위해 활성화된 게 아닌가 한다.

정계의 보수주의자들은 권력을 쟁취하거나 유지하기 위해 온갖 이미지 조작과 상징 조작에 마음을 쓴다. 보통사람의 번영이 먹혀들지 않으면, 세계화된 인재의 양성을 약속하려 들 것이다. 보수의 화장술과 성형수술은 보수주의를 끊임없이 변신하게 한다. 대통령 박근혜의 올림머리는 권력의 상징이었다. 세월호 사건이 일어난 날에도, 중대본에 가기 위해 미용사를 불러 올림머리를 손질하게 하였다. 이 올림머리는 루이 14세를 중심으로 한 부르봉 왕가의 헤어스타일과 유사하다. 보통사람들은 보수주의의 다양한 변신, 또한 이뿐만 아니라 자유주의의 선민의식과 민중주의 이중성에도 착시 현상을 일으키면 안 된다.

가난한 사람이 부자에게 투표하거나, 약자가 강자의 편을 들거나 하는 것은 명백한 역설의 상황이다. 토마스 프랭크의 말에 의하면, 캔자스 주에서 이런 일이 있었다고도 한다. 무슨 일로 분노의 극에 달한 노동자들이 백만장자의 대저택 앞에서 시위를 했다. 우리는 당신의 세금을 깎아주기 위해 여기에 있다고 말이다.

나는 오래전에 언젠가 연예 기사를 본 적이 있었다. 여가수 마돈나가 노래한 가사 중에 이런 내용이 있었다. 그녀는 불특정의 백인 소녀들에게, 건장한 흑인 남자와 함께 섹스 한번 해보라고 권유하는……. 또 여성 로커 두 명이 미국 전국으로 방영되는 TV 화면 속에서 노래하면서 뜨거운 키스를 해댔다. 이럴수록 미국의 보통사람들은 극단의 분노감을 표하면서 정치적인 보수의 편에 더 가깝게 다가선다. 이럴 때 그들은 자유주의와 자유방임주의 간에 혼선을 일으키면서 때로 길을 잃기도 한다. 이럴 때 그들은 마돈나나 그 여성 로커 2인조의 노이즈 마케팅에 속아넘어가고 마돈나와 2인조가 알게 모르게 보수주의로부터 감세의 혜택을 받게 된다는 사실을 감지하지 못한다. 이처럼 보통사람들에게 있어서의 착시 현상은 자신들을 역설의 상황으로 오도한다.

4

애초의 물음으로 되돌아 가보자. 왜 약자는 약자의 편을 들지 않고 강자의 편을 드는가? 약자들 간의 자충수로 인해 적의 적이 동지가 되는 이치와 같다. 약자가 강자의 편을 드는 것은 어쩌면 약자들의 자해 행위인지도 모른다. 상자 속의 실험쥐들에게 극심한 통증을 유발하는 주사액을 투여하면, 서로의 고통을 감싸 안는 게 아니라, 서로 간에 격투를 벌인다. 여기에서 격투 끝에 죽는 실험쥐는 고통의 희생양이 된다.

보수 세력은 자신의 기득권을 지키기 위해 서로 간에 통합하려 든다. 누이 좋고 매부 좋고, 라는 속담이 여기에 해당한다. 극중의 가상공간인

'스카이 캐슬'의 아줌마들은 자녀의 교육을 위해 상부상조한다. 반면에 사회경제적인 약자인 민중은 이해관계가 복잡하기 때문에 세분화될 수밖에 없다. 속살을 드러낸 지층처럼 노동자와 농민과 도시영세민과 소상공인 등은 각축전을 벌이다가, 결국 난장판을 만든다. 약자가 약자에게 시비를 걸고, 민중이 민중을 공격하는 것은 다반사다. 조선 시대의 백정 같은 천민부터 희생양이 되는 것은 정한 이치다.

영화 「기생충」에서 부자에 기생하는 두 가족이 이해가 상충한 채 상자 속의 실험쥐처럼 처절한 생존 게임을 벌인다. 우리의 삶 현장에서도, 도시영세민이 생활이 안정된 전교조와 연봉이 높은 노조 등에게 반감을 가지는 것을 종종 볼 수 있지 않나? 약하고도 못 가진 이들은 학원재벌이나 자본가보다 전교조와 대기업의 노조를 더 미워할 것이다.

이러한 문제점은 중국의 소설가 루쉰의 의식 속에도 이미 오래전에 투영된 바 있었다. 그의 중편소설 「아Q정전」은 민중에 의한 민중의 공격적 속성을 유감없이 간파하고 있는 수작 중의 수작이다. 주인공 아Q는 가장 민중적인 삶의 조건에 처해진 인물이다.

아Q는 집이 없어 웨이좡 마을 사당에서 살았다. 일정한 직업도 없어 날품을 팔며 생활을 했다. 보리를 베라면 보리를 베고, 방아를 찧으라면 방아를 찧고, 배를 저으라면 배를 저었다. (『루쉰 전집 2』, 그린비, 2014, 110~1면.)

비굴함과 자기 학대는 중국인 마음에 비추어진 왜곡상이다. 작가는 이 점을 간과하지 않았다. 아Q의 노예근성과 패배주의는 중문학자 이영자의 말마따나 원한과 자기애가 혼합된 한 시대의 역사 산물이었다(이영자, 「아큐정전 연구」, 중국현대문학학회, 『노신의 문학과 사상』, 백산서당, 1996, 287면, 참고.). 약자가 약자를 괴롭히는 것은 강자의 억눌림에 대한 원한이요, 약자가 강자의 편을 드는 것은 자기애의 깊은 투사이기도 하다. 어쨌든 살아남으려면 비굴해야 하기 때문이다.

루쉰의 또 다른 작품인 「쿵이지」 역시 마찬가지다. 쿵이지는 구시대의 몰락한 지식인의 비참한 운명을 안고 사는 캐릭터이다. 주점에서 술을 마시는 사람들은 약하고도 궁한 모습의 그가 나타나면 모두 웃으면서 놀려댄다.

중문학자 전형준은 「소설가로서의 루쉰과 그의 소설 세계」에서 이 놀려대면서 희열을 느끼는 집단 가학증이야말로 민중의 왜곡된 공격성, 즉 민중적 자학, 자해의 한 양상이라고 본다(전형준 엮음, 『루쉰』, 문학과지성사, 26~30면, 참고.). 다시 말하면, 민중은 민중에 대한 가학자, 가해자가 된다. 서로가 서로에게 향하는 가학은 자학이요, 가해는 자해가 된다.

중국에서는 루쉰을 가리켜 중국 소설의 성인으로 숭배하는 경향이 없지 않다. 하지만 일각에서는 이른바 인민성이랄까, 민중의 역량이랄까, 민중이 지니고 있는 힘과 집단성과 낙관적 미래지향성을 과소평가했다는 점에서 사회주의적 리얼리즘의 소설 미학에 미치지 못했다고 한계를 지적하기도 한다.

그러나 어쩌랴. 옛 소련과 중국과 북한 등의 사회주의 문학의 권역에서 사회주의적 리얼리즘을 발현한 작가 중에 위대한 작가로 남은 사람은 단 한 사람도 없다는 사실을. 사회주의 사회에 살면서 이에 맞서고 저항한 솔제니친이나 가오싱젠(高行健)이 오히려 위대한 작가로 남아있지 아니한가?

민중이 민중에게 학대하거나 해를 끼친다는 사실을 심오하게 성찰하면서, 하나의 얘기를 완성한, 그리하여 중국인의 각성을 촉구한 루쉰의 소설들이야말로 위대한 리얼리즘의 승리, 위대한 작가 정신의 기념비가 아니겠는가?

5

왜 약자는 강자 편을 드나? 결론적으로 말해, 민중은 희생양이 되기를 원치 않는다. 모든 게 확률이다. 자유주의자들이 기득권 세력에 저항해서 얻는 이익의 확률이 상대적으로 높아도, 민중은 이 세력에 저항하기보다 협력하는 것이 이익의 확률을 높일 수 있기에 어쩔 수 없이 순응을 운명으로 받아들인다는 것이다. 적어도 민란의 상황이라고 생각되지 않는 한 말이다. 사실은 확률이란 게 조작된 것이고, 확률에 따라 모든 것이 조정, 재조정된다. 이 조작된 확률이 사회의 표준이요, 삶의 규범이며, 또 약자의 슬픈 운명이다.

내 인생의 운수 좋은 날

1

내가 이 글을 통해 사회 동향을 논하자는 것은 아니다. 내가 사회학자나 저널리즘에 종사하는 사람이 아니기 때문에 그럴 입장이 더욱 아니다. 하지만 내가 살아온 경험이 오늘의 사회상이나 시대상을 비추어보는 거울 한 조각이 될 수는 있으리라고 본다.

나는 최근에 늘 시간에 쫓기고 있었다. 어제는 모처럼 시간을 내어 부산국제영화제에서 상영하는 영화 두 편을 감상했다. 그 하나는 제목이 「운수 좋은 날」이었다. 그런데 오늘 부산의 지역신문인 국제신문을 보니 「글쟁이들의 운수 나쁜 나날」이라는 칼럼이 실려 있어서 뭔가 와 닿는 마음이 있었고, 내 고개를 주억거리게 했다. 영화의 제목과 칼럼의 내용이 서로 다른 얘깃거리지만, 염두에 둔 발상은 같은 데서 비롯하고 있었다.

운수 좋은 날이라고?

우리에게 매우 익숙한 제목이 아닌가. 1920년대 작가 현진건이 지은,

잘 알려진 소설 제목이기도 한 그 '운수 좋은 날' 말이다. 인력거꾼인 김 첨지는 그날따라 승객이 많아 돈을 두둑이 번다. 그런데 하필이면 그날이 중병에 앓아누워 있던 아내가 죽는 날이다. 그에겐 이 운수 좋은 날이 당장에 무슨 일이 생길 것 같아 일하러 가지 말라고 말리던 병든 아내의 마지막 모습을 뿌리치면서 나온 날이어서 앞으로 깊은 회한의 늪에서 빠져나오지 못할 날이기도 할 것이다. 이처럼 인생은 행불행과 복불복을 가늠할 수 없다. 행과 불행, 복과 불복은 항상 같이 따라다닌다. 이를 두고 사람들은 '생의 아이러니'라고 하지 않던가.

이 같은 얘깃거리는 허구의 소설이 아니라 실제의 삶에서도 생겨나기도 한다. 현실적으로 예기치 않은 반전은 얼마든지 있을 수 있다. 내가 경험한 일에도 더러 있었다. 한 예는 이렇다. 십여 년이 지난 일이었다. 내가 아는 한 초등학교 여교사는 남편이 교통사고를 당해 죽기 전에 이상스럽게 행운이 있는 일들이 잇따라 일어나더라고 했다. 그래서 은근히 나쁜 일이 생길까 내심 걱정을 했는데, 그런 일을 당했다고 했다. 내가 이 일을 전해 듣고 현진건의 「운수 좋은 날」을 문득 떠올리지 않을 수가 없었다.

2

영화 「운수 좋은 날」은 영문 제목이 '굿 데이즈 워크(Good Day's Work)'로 출품된 것이다. 보스니아-헤르체고비나의 감독인 마틴 투르크(Martin Turk)가 연출한 일종의 사회문제형 영화이다. 제작 연도는 2018년 올해이며, 러닝타임은 비교적 짧은 76분이다.

선량하지만 무능한 사내 아르민은 만삭의 아내와 어린아이와 함께 살아가고 있다. 오랜 무직 상태로 있다가 초등학교 경비직을 얻을 수 있는

동유럽 보스니아헤르체고비나의 잿빛 전망을 보여주는 특이한 영화 「운수 좋은 날」의 한 장면. 주인공인 아르민은 무능한 가장이다. 그의 옆모습을 통해 울울한 삶의 시선이 개인의 운명이라기보다 사회의 문제로 상향조정되고 있는 느낌을 준다.

기회를 얻는다. 응시자 두 명 중에 한 사람을 뽑는 면접 날에 예기치 않게 일이 꼬여만 간다. 면접하러 가는 길에 교통사고를 목격한다. 눈앞에 뺑소니 교통사고가 벌어지고, 경찰에 급히 신고하고, 경찰의 진술 요구로 인한 번거로운 절차 때문에, 면접이 늦어져 그 바라고 바란 일자리를 놓치고 만다. 다른 데 일을 알아봐서 일자리를 어렵사리 구하지만, 선임자들이 은밀하게 자행한 회사 내의 비리를 알게 된다. 그가 이들로부터 동참하는 조건으로 월급의 일부를 내라는 부당한 조건을 제시 받게 되어 부정이 시정되길 바라는 마음에서 사주(社主)에게 고발하지만, 오히려 그가 사주로부터 해고당한다. 그는 어쩔 수 없이 자신이 놓친 일자리, 초등학교 경비직을 차지한 중년 남자를 찾아가 일을 양보해달라고 애원한다. 자신의 어려운 사정을 말하면서. 그 사람은 손 기술이 있어서 소위 '투 잡'을 하는 사람이다. 벌이가 아주 좋은 사람이기 때문에 찾아가 애원한 것이다.

뭐, 남의 일을 내놓으라고?

직장도 차도 없는 주제에, 곧 둘째 아이까지 낳는다고?

심한 모욕을 당하자 격분하여 물건을 집어 들어 내리치고는 도망간다. 상대방이 죽지는 않았지만, 그의 죄명은 아마 살인 미수였을 것이다. 그는 교도소 생활을 하면서 틈틈이 목공 일을 배운다. 세월이 흐르고, 둘째 애가 태어나고, 모처럼 가족이 면회실에서 모두 함께 만나 함박웃음을 짓는다. 이날은 운수 좋은 날, 이날의 일(experience)은 참 운수 좋은 날의 일인 것이다. 앞으로 살아가는 데, 희망의 빛이 보이기에.

이 영화는 개인의 운명과 문제를 다룬 것이라기보다는 동유럽 보스니아-헤르체고비나의 꼬인 실타래 같은 사회문제와 관련된다. 발칸반도의 서남부 아드리아해 연안에 위치한 이 나라는 대한민국의 절반인 국토와 절반의 1인당 국민소득을 가진 나라다. 인구수는 400만이 되지 않는다. 옛 유고에서 독립한 이 나라는 독립 이전의 연방의 소국 가운데 가장 후진적이며, 겨우 목재가 주요 생산품이다. 오랜 내전으로 경제 활동이 거의 마비되어 유엔의 구호물자에 의존하고 있는 상태다. 영화에서도 수도 사라예보의 거리는 가을빛으로 활기 없이 황량하고, 미래가 불투명한 듯 안개가 자욱하다.

3

나는 이 영화를 보면서 내내 먹먹하고, 울울했다. 나의 어려운 시절이 생각나서였다. 오랜 기간에 걸쳐 무직 상태로 서울에 내 버려져 있었다. 1990년 2월에, 나는 고등학교 교사직을 스스로 버렸었다. 하루라도 빨리 박사 학위를 받기 위해서였다. 하다못해, 월정액이 나오는 대학 연구소의 상근 연구원이라도 임용될 줄 알았다. 이것은 세상 물정 모르는 나의 판단 착오였다. 나는 이때부터 지금 재직하고 있는 진주교육대학교에 전임강사로 임용된 1998년 9월까지 8년 6개월간의 긴 무직 상태에 놓여 있었다. 이 기간 가운데 처음에는 동네 의료보험에도 가입하지 않고 버티고 있었다. 결국 도저히 안 되겠다고 싶어 동사무소에 찾아가 의료보험에 가입해 달라고 했다. 담당 직원에게, 나는 시간강사이니 도시 영세민으로 인정해 달라고 요구했다. 그래서 나는 비교적 오랜 기간에 걸쳐 7천 원짜리 건강보험료를 꼬박꼬박 냄으로써 사회적인 혜택을 조금 누리고 있었다.

내가 그 시절에 기초 생활을 유지할 수 있었던 것은 겨우 입에 풀칠이나 할 정도의 시간 강사료에다 소량의 원고료였다. 그 시절에는 가난한 연구자와 무직의 문화예술인을 위한 지원금 제도도 뿌리를 내리지 않았다. 그때나 지금이나, 안정되지 않는 개인의 일상에는 운수 좋은 날과 운수 나쁜 날만이 늘 동전의 양면처럼 일희일비하게 한다. 이것은 또 사회의 이해에 따라 때로 상충하는 양날의 칼이 되어 어지럽게 춤을 추게 한다. 그때의 나처럼 일용직과 비정규직이 많은 지금 2010년대의 우리 사회에도 고용 불안의 그늘이 짓누르고 있지 아니한가?

소설가 박명호가 오늘 발표한 칼럼 「글쟁이들의 운수 없는 나날」은 이 시대의 작가들이 처한 어렵고 곤궁한 삶을 잘 보여주고 있다. 편의점 알바로 근근이 삶을 버티고 살아가는 노경의 A 작가, 직업의 경력이 열 손가락으로 모자라는 비교적 젊은 B 작가……. 백 년 전의 현진건 역시 소설 「빈처(貧妻)」에서 자신을 간접적으로 묘사하고 있듯이, 그 시대의 가난한 작가였다. 박명호는 오늘날의 작가가 백 년 전의 현진건보다 더 어렵다고 한다.

나 역시 이 얘기에 절실하게 공감한다. 그러니까 내 과거가 어찌 떠올려지지 않겠는가? 그때의 기억을 25년 전인 4반세기 전으로 되돌려보자. 1993년이 서서히 저물어갈 무렵이었다. 기다리고 있던 내 연구 저서

이 모습은 소설 「운수 좋은 날」에서 주인공으로 나온 인력거꾼 김첨지의 모습이 애니메이션의 한 장면으로 극화되어 있다.

가 마침내 나왔다. 책의 제목은 '해방기 문학비평 연구'였다. 지금도 내게 손꼽히는 대표적인 저서다. 출판사인 문학과지성사에 들러 이 신간 도서를 한 상자 구매했다. 전철역으로 걸어가려고 하는데 소설 「운수 좋은 날」의 경우처럼 비가 추적추적 내리고 있었다. 젊으나 젊은 몸에 비 좀 맞으면 어때. 내 책이 나와서 비를 맞아도 좋을 만큼, 기분이 우선 좋았다. 집에 우산이 몇 개 있으니까, 비용도 아끼려고 했다. 이를 잘못 판단한 탓에, 나는 독감에 걸려 일주일 내내 누워 지냈다. 입맛마저 온전히 사라졌다.

내 젊은 시절인 1990년대에는 늘 어렵고 힘겹고 황막했다. 내내 이어지는 건 운수 없는 나날이었다. 직업이 없으니 돈도 없고, 돈이 없으니, 여자도 없었다. 이 기막히고 처절한 악순환을 잊어버리려면, 꿈이라도 꾸어야 하는데, 운수 없는 터수에 주제넘은 사치랄까. 꿈마저 아득한 개

꿈이었다. 때로는 삿된 악몽이요, 헛된 백일몽이었다. 여자에게서 위로라도 받았으면 해서 누군가 어렵사리 만남을 마련해주면, 외모에 문제가 있는 건지 넉 아웃된 불쌍한 복서처럼 1회전을 넘어서지 못하고 아예 초장에 깨져버리고는 했다.

그때 그런대로 자아의 상(像)이라는 게 내게 남아있었다면, 무직인 것도, 혼자라는 것도 내 팔자려니 생각하면서 남에게 탓을 돌리지는 않았다는 사실이다. 어쩌면 내가 남을 탓하기도 하는 강단 있는 사람됨도 갖추지 못한 모양이다. 내가 처한 현실을 무슨 탓으로 돌리려고 하면, 한도 끝도 없을 성싶었다. 내가 몸을 담고 있는 이 사회가 문제가 있는 건가, 하고 생각도 해 보았지만, 내가 다른 사회를 체험해보지 못했기 때문에 직접적인 비교의 대상이 될 수 없었다. 그 당시에는 사회구성체 이론과 종속이론도 점차 빛이 바래져 가고 있었다. 한물간 이론에 매달려 관념의 유희에 빠지면서 세상을 비웃적거리기라도 한다면, 내가 하던 공부에도 좋지 않은 영향을 줄 것 같았다.

나는 시쳇말로 '흑(黑)역사'라고 말해지는 이 암흑기에, 내 스스로 세파를 넘어 항해하지 않으면 안 되었다. 조각배를 타고 어두운 밤바다를 노 젓는 일. 한 손은 책 읽기였고, 다른 한 손은 글쓰기였다. 책 읽기와 글쓰기라는 내 인생의 노 젓기야말로 그 8년 6개월을 견디게 하고, 버티게 한 유일한 힘이었다. 동덕여자대학교의 조상기 학장님 외에는 아무도 나에게 섬이 되어 주지 않았다. 그러다 보니, 그 기나긴 시기에 한 번도 마음속의 맑은 날, 운수 좋은 날이 없었다. 늘 흐릿하게 여겨졌고, 비운의 젊음을 탄식했다.

여기저기에 기웃거리지 않고, 나는 매일 노를 저어 나아갔다. 책 읽기와 글쓰기라고 하는 그 노 젓기 말이다. 건강을 유지하려면, 균형 감각이 필요했다. 밤을 하얗게 새면 낮잠으로 보충했고, 긴장감이 생기면 술 몇 잔을 기울이면서 몸과 마음을 달랬다. 마침내 내 인생의 조각배는 드넓은 망망대해를 지나 세파에 좌초되지 않고, 몇몇 분들의 인도와 도움으로 방파제에 안착할 수가 있었다. 미래가 현실에 저당을 잡히고 하는 일들마다 꼬이고 꼬인 채 풀리지 않아서 앞으로 하나밖에 없는 소중한 인생마저 그르칠 것 같은 예감을 떨쳐버리지 못하는 불우하고도 불운한, 그래서 불온한 청춘의 군상이 어느 시대를 막론하고 좀 많지 않은가? 이런 점에서 나는 행운아였다.

4

지금 생각하니, 나는 인생의 젊고 어려운 시기를 현장비평과 연구 활동으로 견뎌내었다고 본다. 내 어두운 시절에도 물론 운수 좋은 날이 없지 않았다.

굳이 기억하라면, 1991년 어느 늦가을의 날이었을 것이다. 조붓한 방구석의 앉은뱅이책상에서 몇 주에 걸쳐 쓴 논문이 있었다. 오백 자로 된 개인 원고지에 쓴 논문이었다. 이백 자 원고지로 환산하면 이백 매에 가까운 원고 분량이었다. 그날 나는 원고를 복사해 부본(副本)으로 남기고 대학 연구소에 제출한 후, 빌린 책들은 도서관에 반납하고는 부산으로 내려갈 요량이었다. 오른손의 가방에는 반납할 책으로 가득 찼고, 왼손에는 책 두어 권 사이에 원고가 끼여져 있었다.

근데, 이게 웬일인가? 집에서 출발해 전철역에 이를 무렵에, 난 원고가 없어졌다는 걸 알아차렸다. 집에 두고 왔나 해서 다시 집으로 돌아갔다. 차도는 2차선이요, 인도는 사람 한 명 다닐 길이었다. 이 조붓한 길이 출퇴근 시간이면, 차와 사람들로 늘 넘쳐났다. 산으로 향한 자드락길로 오르면, 내 숙소가 있었다. 내가 살던 옥탑방에는 원고가 없었다. 흩어진 필기구와 개키지 않은 이불이 덩그렇게 놓여 있었다. 나는 이 순간부터 황망해지기 시작했다. 식은땀이 났다. 부본도 없는 그 긴 원고지를 잃어버리다니. 나는 길 따라 이리저리 눈길을 주면서 원고지를 찾아 헤맸다. 집에서 전철역으로 이르는 15분 길을 몇 차례 오갔다.

요즘 말로 세칭 '멘붕'에 빠질 무렵이었다. 저기 전봇대에 기대어 있는 1미터 정도 높이의 고무대야, 사람들이 일반적으로 일본어가 합성된 말인 '고무다라이'라고 부르기도 하는 그것이 놓여 있었다. 이 고무대야가 그 시절 길가에 쓰레기통으로 놓인 것은 일반적인 풍경이었다. 나는 혹시나 싶어 행인을 위해 쓰게 한 이 고무대야의 뚜껑을 살짝 열어보았다. 놀라운 일이 일어났다. 그 속에 내 귀하디귀한 원고지가 들어 있지 않은가! 한 행인이 길가에 떨어져 있는 것을 쓰레기려니 생각하고는 그 고무대야의 뚜껑을 열고 버린 것이다. 난 이때 천만다행의 긴 숨을 내쉬었다. 잃어버린 원고지를 되찾은 그 날이야말로 내 그 시절에, 아니 좀 과장스레 말해 내 인생의 가장 운수 좋은 날이었을 것이다.

방이나 길이 조붓했던 시절에, 나는 모든 것이 너붓한 곳에서 살고 싶었다. 집도 너붓하고 집으로 가는 길도 너붓한 그런 데서 말이다. 그때의 일을 생각하면, 그때의 나는 어제 본 영화 「운수 좋은 날」의 주인공이 가족을 만나 함박웃음을 짓는 것처럼 고무대야 속의 원고지 뭉치를 통해, 살아가는 데 희망의 빛을 슬몃 보았는지도 모른다.

참 운수 좋은 날의 일이었다.

내 인생의 운수 좋은 그 날.

나는 금호동 언덕바지 집의 옥탑방에서 쓴 원고지를 잃어버렸다가 허둥거리며 천신만고 끝에 되찾은 그 날을 아직도 회상하기도 하면서, 때로 가슴을 쓸어내리기도 하거나, 또는 신산한 살림살이 속에서도 결코 물화(物化)될 수 없었던 행복한 글쓰기의 시절을 그리워하거나 하는 것이다.

제2부 전환기의 쟁점

작가의 죽음에 직면한 문학의 향방

1

문학은 여전히 우리에게 살아남아 있다. 구텐베르크의 비가(悲歌)를 노래하는 문명비판의 전망이 유령처럼 떠돌아다니고 있어도, 소위 비관적인 습지 너머에 문학이라는 이름의 존재 의미와 당위성이 빛을 발하고 있다. 그도 그럴 것이 문학이 죽었다고 하더라도 어떤 형태로든 문학 행위가 계속되기 때문이다. 이 빛이 서쪽 하늘에 저무는 잔광인지 아니면 새로 떠오르는 여명인지는 이를 생각하는 사람마다의 마음속에 달려 있을 따름이다.

최초 형태의 작가는 모사자(模寫者)였다. 이 모사자의 개념을 굳이 영어로 표현하자면 '스크립터(scripter)'라고 말할 수 있다. 모사자로서의 작가의 전통은 지금도 남아 있다. 흔히 방송 작가를 두고 스크립터라고 말하는데, 나는 그 이유를 잘 알지 못한다. 짐작하건대는 일회용 대본이 지닌 텍스트성의 한계 때문이 아닌가 한다. 그리스 비극은 지금은 불멸의 텍스트로 남아 있지만 그 당시에는 객석의 인기를 얻지 못하면 일회용 대본에 지나지 않았을 것이다. 그 당시의 예술적인 작가인 시인이나 조각가들은 신의 영감을 부여받았지만, 연극의 대본을 쓰던 소위 '스크립트 작가(script writer)', 즉 '스크립터'는 그 시대에 한 단계의 격이 떨어진 작가라고 할 수 있었다. 말하자면, 창작성의 수준이 천인합일을 노래하는 서사시나 신인일치를 모방하는 조각품보다 못한 것으로 판단해서다. 우리에게도 마찬가지인지 모른다. 미래의 작가는 과거나 지금보다 창작성의 미학적 수준이 미흡한 존재로 여겨질 전망이 우세하다.

엄밀히 말하자면, 종이가 보편화되기까지 작가의 종류는 둘로 나누어졌다. 세상의 이치와 천문-지리를 궁구하는 그는 세속의 왕권에 버금가는 최상의 권위적인 존재였다. 때로는 신의 영역과 소통을 나누기도 했다. 이 구연 행위를 기록하는 이가 바로 그 다음 단계의 작가 스크립터이다. 동양(중국)에서는 기원전 5세기에서부터 기원 2세기까지 7백년 가량의 '간독(簡牘) 시대'가 있었다. 간은 글씨를 새기기 위해 쪼개어 만든 대쪽을 말하고, 독은 역시 쪼개어 만든 나무쪽을 말한다. 간과 독에 한 자 한 자 정성스레 글씨를 새기는 모사자(기록자)가 바로 고대 동양의 스크립터였다. 그는 글을 새기는 장인이기도 했다. 이들은 글씨를 온몸으로 새겼기 때문에 지금처럼 디지털 공간에 범람하는 어지러운 글씨들이 가짜뉴스를 대량으로 유발하거나 유포하는 일은 없었다. 글을 쓴다는 것이 바로 글씨를 새기는 것이어서 글자마다 혼신의 진실성이 배어있지 않을 수 없다. 서양의 경우는 역시 양피지에 글씨를 새기는 이가 스크립터였다. 서양은 스크립터의 시대가 더 길었다. 이교도가 종이에 즐겨 기록하는 것을 못마땅하게 여긴 중세의 수도사들은 실용적인 종이를 폄훼하거나 무시하면서 불편한 양피지의 전통을 묵수해 왔다. 신성로마제국의 황제 프리드리히 2세는 종이로 쓴 정부 문서는 모두 무효라고 선언하기도 했다.

스크립트는 하나의 잡종이다. 즉 그것의 절반은 상연될 드라마의 텍스트이자 소포클레스와 같은 작가의 후손들 그 자체이고, 나머지 절반은 이미 기계 장치 프로그래밍이자 동시에 인공지능에 의해 자동적으로 계산된 프로그램들을 시범적으로 보여주는 선구적 형태 그 자체이다. 스크립트 작가는 과거라는 시각으로부터 보면 희곡 전문가이고, 미래라는 관점에서 보면 아직 자동화되지 않은 워드프로세서이다.[1]

이 인용문은 미디어 철학자인 빌렘 플루서가 1987년에 간행해 1998년에 우리말로 옮겨진 책, 즉 글쓰기에 대한 암울한 미래의 전망을 내포한 문명비판서 『디지털 시대의 글쓰기(원제 : Die Schrift : Hat Schreiben Zukunft?)』에서 미래의 작가가 본래의 작가 개념인 스크립터로 되돌아갈지 모른다는 불길한 예감을 여기에 담고 있다. 가장 창작성의 미학적 수준이 낮은 작가인 스크립터, 즉 스크립트 작가가 바로 미래 사회의 작가인지도 모른다. 물론 우리가 두루 예상하고 있는 대로 미래의 문명이 흘러갈지 어떨지 잘 모르겠지만, 어쩌면 극단적인 전망을 내포한 작가관의 한 단초를, 우리는 여기에서 엿볼 수가 있다.

지금까지 얘기한 것을 다시 정리해 보자.

모사자는 '글을 새기는 사람'이라는 스크립터에서 유래된 말이다. 기존의 텍스트를 베끼는 데 능숙한 사람을 가리킨다. 창작의 미학적 기준이 가장 낮은 경우임에도 불구하고, 역사 속에 남아 있지 아니한 수많은 무명의 모사자들이 사실상 최초의 작가들이었다. 이 모사자는 라디오나 TV에서 방송할 속칭 '멘트'를 만들어내는 지금의 방송 작가인 스크립터의 형태로 잔존하고 있다. 앞에서 말한 대로 창작성의 미학적인 수준이 가장 미흡한 단계의 작가이다.

---

1 빌렘 플루서 지음, 윤종석 옮김, 『디지털 시대의 글쓰기』, 문예출판사, 1998, 241면.

앞으로의 작가는 알파벳적 글쓰기의 종말과 함께 고대 그리스의 호메로스와 소포클레스와 같이, 중세 남유럽의 음유시인들과 같이 말과 음향적이고 영상적인 부가 기능의 중층적인 구조로 되돌아갈 수 있다. 자신의 구연(口演) 상황을 기록하는 작가가 앞으로의 작가상이 될지 모르겠다. 새로운 문학의 도래는 먼 훗날에 지금 우리가 상상할 수 없는 데까지 도달할지 모른다. 앞으로의 문학 연구 역시 문학의 미래에 대한 통찰에까지 미치지 않으면 안 된다고 본다.

2

우리말에 '쇠운머리'라는 낱말이 있지만, 방대한 국립국어원이 편찬한 표준국어대사전의 표제어에도 등재되어 있지 않다. 사전의 편찬자들은 이 낱말이 있는지 몰랐거나, 아니면 현실적인 쓰임새를 다한 사어로 인정했거나 한 모양이다. 소설가 이광수는 자전적 형식의 한 소설 쓰기를 통해 자신이 조선왕조의 쇠운머리에 태어났다고 했다. 다름이 아니라, 이 낱말은 (나라의) '운명이 쇠퇴해갈 무렵'이라는 뜻을 가지고 있다. 하지만 그는 작가로서 근대문학의 새로운 운명을 개척한 한 분야의 선구자로서, 지금도 근대적인 의미의 최초의 작가로 공인되고 있다.

서구의 경우에 있어서 근대적인 맥락과 의미에서 말해지는 작가의 개념이 우리보다는 적어도 한 세기 정도 앞선 것으로 보인다. 작가를 어렴풋이 중시한 시기는 글 쓰는 이의 감정, 상상력, 표현의 내적인 유발성 등을 중시하던 18세기 낭만주의 시대였음이 확실시된다. 낭만주의의 미학적 근대성은 작가가 단순히 글쓰기의 주체요 작품의 원인적 조건이라는 기본적인 생각을 넘어 이를 창조적 영감과 천재적 재능을 소유한 특별한 창작자로 격상시키기에 이른 것이다. 18세기의 낭만주의를 계승한 19세기 서구 문학은 창작자의 표현 개념을 더욱 중시함으로써 시대적인 분위기가 자연스럽게 작가의 탄생을 이룬 것으로 여겨진다.

이 대목에서 또 하나 간과할 수 없는 사실은 작가의 개념이 출판문화의 진보와 긴밀히 관계를 맺고 있다는 사실이다. 근대 이전에도 작가가 있었다. 그러나 근대 이전의 작가는 직업적인 의미로서의 작가가 아니라 문학사적인 대가로서의 작가였다. 호메로스의 서사시는 음유시인에 의해 구연되었고, 셰익스피어의 극시는 무대 위에서 상연되었다. 인쇄물 이전에도 서책 문화가 존재했고 저자의 개념이 없었던 것은 아니었지만 근대의 출판문화와 견줄 바가 아니었다. 서책의 생산, 유통, 소비의 구조는 허약했고, 저자에게 기대되는 창작성의 정도가 낮았다.

우리가 알고 있는 작가는 한마디로 말해 19세기의 개념이었다. 근대 이전에도 작가의 개념이 있었다면, 모사자, 편집자, 주석자, 논평자를 말한다.

역사를 기술하는 저자의 전통은 대부분 편집자로서의 작가에 포함된다. 헤로도토스, 사마천, 김부식의 등의 역사서술자는 객관적인 사실이나 사료를 바탕으로 과거의 일을 재편한 것이다. 이들의 글쓰기는 일종의 편찬자로서의 글쓰기라는 사실에서 별로 벗어나지 않는 것 같다. 중국 남송 시대의 주희는 고대 중국의 권위적인 글쓰기의 한 결과물인 사서(四書)를 놓고 제자들과 토론하면서 방대한 주석을 남겼다. 이것이 성취한 사상의 체계가 주자학(성리학)으로 불리면서 우리나라 조선의 치국 이데올로기로 기능을 수행했다. 다시 말하면 주희는 주석자로서의 대표적인 작가에 해당한다고 볼 수 있다.

인문학 분야에 있어서 주석자로서의 작가의 경우는 서양에서도 무수히 있으리라고 본다. 이 밖에도 논평적인 저술물의 전통과 함께 우리나라에는 문학적인 논평자로서의 작가의 맥이 뚜렷하다. 그 대표적인 인물이 『서포만필』을 저술한 김만중이다. 특히 정약용은 필사본 15권 5책의 『시경강의』(1808)를 남겼는데 이것은 그가 논평자로서의 작가의 능력을 유감없이 발휘한 사례이다. 요컨대 편집자와 주석자는 장구한 종이책 시대의 산물인 것이다.

창작자로서의 작가의 개념이 미학적인 완결성을 가지게 된 것은 그다지 오래되지 않았다. 이 창작자는 일종의 창조자(creator)이다. 앞에서 말한 전근대적인 개념의 작가와 달리 창작의 미학적인 완성도가 가장 높았다. 이 경우의 작가는 신처럼 전지전능한 위치에 놓여있었다. 작가(author)와 권위(authority)라는 단어가 동계의 어원에서 비롯되었다는 사실에서 알 수 있듯이, 작가는 일종의 권위의 화신으로 독자 위에 군림하고 있었다. 한때 작가 중에서도 (괴테나 톨스토이 등과 같은) 대가는 민중을 계도하는 사회의 지도자적인 위치에 놓여있었다.

전통적인 의미의 작가관을 보여주는 근래의 사례를 보자. 소설가 제임스 A. 미치너는 자신의 자전적 성격의 산문집인 『작가는 왜 쓰는가(Literary Reflections)』(1993)를 간행한 바 있었는데 이 책의 서문에 작가가 글을 쓰는 이유를 작품이 사람들의 인생에 뜻있게 기여하기 때문이라고 시사한 바 있다. 또 그는 작가(소설가)가 외롭게 인간 경험을 탐구하는 데서 위대한 작품(소설)을 얻을 수 있으며, 이런 경우의 작가의 예를 플로베르, 도스토예프스키, 제인 오스틴, 투르게네프, 헨리 제임스 등으로 꼽았다.[2] 이들은 모두 19세기의 작가들이다. 미치너는 이들에게 가장 이상적인 작가의 상을 투사하고 있는 것이다.

소설가가 작가의 대명사로 대접을 받게 된 것은 러시아의 경우에 1864년부터라고 잘 알려져 있다. 이 해는 신문이 사회적인 파급 효과의 면에서 종래의 잡지를 압도하기 시작한 시점이다. 저널리즘의 확산은 문학 시장의 판도도 바꾸어버렸다. 연재소설의 장점은 독자가 스토리를

---

2 제임스 A. 미치너 지음, 이종인 옮김, 『작가는 왜 쓰는가』, 예담, 2008, 95면, 참고.

진행형으로 소비할 수 있다는 데 있었고, 그리하여 소설은 뉴스처럼 실시간으로 당대의 독자에게 찾아온 것이다. 저널리즘의 호황을 가장 잘 이용한 이는 도스토예프스키이다. 그는 시대의 조류를 읽으면서 소설을 써갔다.[3] 이와 같은 사회경제적인 배경 및 문화 상황 속에서 19세기에 근대의 작가 개념이 확립되어갔고, 그럼으로써 작가는 권위 있는 창조자의 반열에, 전지전능한 신의 위치에 오르게 된 셈이다.

작가가 바람직한 인간과 세계와 문화의 창조에 기여한다는 이를테면 긍정적인 작가관도 19세기를 통해 만들어져 갔다. 이것의 담론은 오늘날까지도 유효하게 되풀이되고 있다.

우리나라 소설가 오정희 역시 10년 전 제1회 동아시아 문학 포럼에서 소설 창작에 관한 자신의 의견을 발표하였는데, 발제문 「나는 무엇을, 누구를 위하여, 어떻게 쓰는가」(2008)을 통해, 작가의 개념을 전통의 맥락과 관점에서 이렇게 보고 있다.

……나방이 불에 다가가듯 자석의 다른 극이 서로를 끌어당기듯 글쓰기라는 어떤 이끌림, 매혹에 사로잡혀 자신을 표현하고 존재를 증명하는 것이다. 또한 작가마다 독특한 문학관과 문학 세계를 가지고 있는 것은 문학이 작가 자신의 운명의 개별성과 개성의 소산이기 때문일 것이다.

작가란 글을 쓰는 것으로 적극적 능동적으로 세상에, 생에 참여하는 사람이다. 즉 언어를 통해 한 세계의 창조를 꿈꾸고 우리는 누구이며 스스로를 어떻게 이해해야 하는지, 또한 가능하다면 어떻게 불화와 비극에 대응해야 하는지를 궁구한다.[4]

작가는 소위 '존재의 집'인 언어를 통해 글쓰기를 부단히 수행하면서

---

[3] 석영주, 「맵핑 도스토예프스키 (18)」, 『S Magazine』, 583호, 5. 12~13, 15~17면, 참고.
[4] 황석영 외, 『문학의 미래』, 중앙books, 2009, 279면.

글 쓰는 주체의 삶과 존재를 증명하려고 하는 사람이다. 소설가 오정희에 의하면, 작가는 인간의 만족스럽고 행복한 삶보다는 불화와 비극에 대응하는 촉수를 지닌 자이다. 생의 심연에 가라앉은 깊은 의미를 궁구하는 자, 어쩌면 작가는 단순한 문장가라기보다 세계의 의미나 그 관계망을 성찰하는 사색가인지도 모른다.

3

19세기에 조성된 근대의 작가관, 예를 들면 일종의 권위 있는 창조자, 전지전능한 신의 위치에 오른 자, 바람직한 인간과 세계와 문화의 창조에 기여하는 자라는 종래의 그런 관념[5]은 20세기의 초현실주의자와 구조주의자들에 의해 해체와 전복의 과정을 겪는다. 말하자면, 작가의 권위는 위기를 맞게 된다.

초현실주의자들은 주지하듯이 자동기술법이란 글쓰기 기법을 고안했다. 글쓰기는 작가의 정신적인 몫이라기보다 수공(手工)에 의해 맡겨진 하나의 기교에 지나지 않는다는 것. 작가의 아우라가 존재하는 신성한 경계를 침범하는 불경을 저지르는 데 그들은 적잖이 기여했다.

한편 롤랑 바르트(Roland Barthes)가 '작가의 죽음'을 선언한 경우는 무엇보다 유명하다. 이 '작가의 죽음'은 한때 '저자의 죽음'으로 번역되어 소개되었었다. 작가라고 하면, 문학적인 작가와 비문학적인 작가로 나누어진다. 이 두 개념을 한꺼번에 포괄할 수 있는 단어가 다름 아닌 단어가 '저자'이기 때문에 '저자의 죽음'이란 번역어로 먼저 각인된 것이 아

---

5 시인은 희랍어 '포에인(poein)'에서, 픽션은 라틴어 '픽티오(fictio)'에서 유래했다. 이 말들은 '만들다'와 '창조하다'의 뜻을 가지고 있다. 작가와 작품의 창조성을 나타내는 말이다.

닌가 한다.

그는 「저자(혹은, 작가)의 죽음」(1968)이라는 제목으로 된 비평적인 산문에서, 작가야말로 실증주의와 자본주의의 이데올로기가 절정에 이른 근대의 개념이란 사실을 먼저 전제로 삼았다. 낱낱의 작품에는 개별적인 작가의 창작적인 소유권이 인정되지 않을 수 없었다. 그는 이 논문에서 전통적인 의미의 저자[6](작가)가 마침내 죽음을 맞이했다고 선언한다.

그의 관점에서 보면 저자를 신과 같은 일종의 창조자로 파악하려는 입장은 다원주의적이고 상대주의적인 현대 사회에 이르러 이제 더 이상 설득력을 지니지 못한다. 그러한 태도는 어디까지나 서구 휴머니즘과 부르주아의 가치관, 그리고 자본주의 전통에서 비롯된 산물에 지나지 않는다.[7]

20세기의 현대 사회에 이르러서는 작가의 독창성이 중시되던 낭만주의 시대를 지났기 때문에 글쓰기에 있어서 모방의 관행이 어느 정도 수용되어 혼성모방의 기법이 도입되기에 이른다. 작품이라는 종래의 개념은 이를테면 '텍스트'라는 신개념으로 대체된다. 텍스트란 신개념은 작가의 존재감이 적이 사라지는 하나의 징후로 이해되지 않을 수 없다.

텍스트의 구조는 스타킹의 실처럼 모든 점과 수준에 걸쳐 전개되지만 그것뿐이다. 말하자면 구조의 표면만 존재하지 심층 같은 것은 존재하지 않는다. 글쓰기는 의미를 설정하면서 동시에 의미를 체계적으로 제거함으로써 끊임없이 그 의미를 소멸시킨다. 정확히 이런 방식으로 문학은 아니 이제부터는 글쓰기라고 부르는 게 더욱 어울릴 문학은 텍스트이며, 텍스트로서의 세계에 어떤 궁극적

---

6 롤랑 바르트는 용어를 대체했다. 문학을 글쓰기로, 작가를 저자로, 작품을 텍스트로 사용했다.
7 김욱동, 『문학의 위기』, 문예출판사, 1993, 74면.

인 비밀스러운 의미를 부여하기를 거절함으로써 (……) 글쓰기의 총체적인 존재가 폭로된다. 곧 텍스트는 다중적인 글쓰기로 구성되며, 여러 문학에서 인용되어 대화 · 패러디 · 논쟁이라는 상호관계 속으로 들어간다.[8]

롤랑 바르트는 텍스트가 다른 텍스트와 서로 교호하는 인용문들의 직물이라고 보았다. 기호들의 직물인 텍스트란, 기표들이 형성하는 은하계이다. 이 무한 공간 속에서 의미의 해석 역시 무한하게 뻗어간다. 이때 작가는 글쓰기의 권능이 부여된 전지전능한 창조자에서 한낱 필사본을 베끼는 모사자로 되돌아가지 않을 수 없다. 작가의 죽음이란 희생의 대가로 마침내 얻은 것은 독자의 탄생이다. 이런 점에서 볼 때, 19세기가 작가가 탄생한 시대라면, 20세기는 독자가 탄생한 시대이다. 작가의 죽음과 함께 독자는 작가가 차지한 위치를 얻은 경향이 없지 않지만 작가와 마찬가지로 절대적인 존재가 될 수 없었다. 독자 또한 앞으로 독창적이고 자율적인 주체가 될 수 없기 때문이다.[9]

미셸 푸코도 「저자란 무엇인가?」(1969)라는 글에서 현대 사회의 글쓰기가 '표현'의 필연성에서 해방되었고, 따라서 이것은 글 쓰는 주체가 끝없이 사라지는 열림을 창조하고 있다고 했다.[10] 표현은 다름이 아니라 낭만주의의 내적 질서가 아닌가. 기표의 특성에 의해 더 규제되는 것이 표현이다. 이것의 질서를 뒤엎어버리는 행위야말로 글쓰기에 있어서 작가를 죽음에 이르게 한 전복의 아나키즘인 것이다.

롤랑 바르트가 수십 년 전에 작가의 죽음을 이미 선언하였다고 해도, 작가들은 실존적으로나 사회적으로 여전히, 버젓이 살아 있다. 작가의 살아 있음은 사실상 돈이 아닐까 한다. 돈의 유혹은 21세기에 이르러 또

---

8 롤랑 바르트, 이승훈 옮김, 「저자의 죽음」, 계간 『현대시사상』, 1993년, 겨울, 69~70면.
9 김욱동, 앞의 책, 81면, 참고.
10 미셸 푸코, 권택영 옮김, 「저자란 무엇인가?」, 같은 책, 73면, 참고.

다른 논리적인 수단을 동원하여 작가들을 해코지하거나 또 다른 성격의 죽음을 부추기고 있긴 하지만, 그것은 새로운 시대의 작가관을 정립하는 기준이요 잣대이기도 하다.

얼마 전에 미국의 이름 있는 편집자인 만줄라 마틴이 엮은 『밥벌이로써의 글쓰기(Scratch : Writers, Money and the Art of Making a Living)』가 번역된 바 있었다. 나는 이 책을 매우 흥미롭게 읽었다. 이 책을 읽는 중에 형성된 역발상 덕분에, 작가관의 폭도 내게는 넓어졌다. 글쓰기도 여전히 하나의 직업이고, 작가가 자신의 존재를 증명해야 하는 일의 범주이다.[11] 우리나라의 유시민과 같은 비문학 작가인 콜린 디키는 왜 작가가 돈에 초연해야 하는가 하는 의문을 제기했다. 그가 남긴 어록 가운데 가장 가슴에 와 닿는 것은 다음과 같다. '돈에 개의치 않고 열심히 글을 쓰는 낭만적인 작가는 그 자체로 허구다.'[12] 이언 매큐언과 같은 동시대의 고급 작가도 경제적으로 성공을 거둔 것[13]을 보면, 문학사에 향후 남을 작품성도 푼돈이 아닌 목돈이 되는 시대에 접어들었다.

작가의 죽음의 대가로 우리가 얻는 것은 독자의 탄생이라면, 이는 곧 문학의 죽음을 말하는 걸까? 얼핏 보기에 글쓰기의 문화도, 문학의 근대적인 제도 및 관습도, 작가의 존재 의미도 사실상 쇠운머리에 달한 것 같다. 저물녘의 언덕에서 쓸쓸한 쇠운머리의 그림자가 길게 드리운 페이퍼 시대의 핸드라이팅으로 인해 점차 종이들이 구겨져가고 있다. 컴퓨터 자판 두드리기는 수기(手記)의 관습을 상당 부분에 걸쳐 사라지게 한다. 비전문의 젊은 작가들이 웹 사이트에 환상담이나 SF 등과 같은 장르소설

---

11 만줄라 마틴 엮음, 정미화 옮김, 『밥벌이로써의 글쓰기』, 북라이프, 2018, 77면, 참고.
12 같은 책, 137면.
13 같은 책, 351면, 참고.

유의 텍스트를 올려 주목을 받으면 놀라울 정도의 독자층을 형성한다.

그럼에도 불구하고 작가에서 독자로 문학의 지적인 권력이 옮겨져 가는 이즈음에 있어서 물론 독자의 눈치를 보지 않은 작가란 생각할 수가 없겠지만, 이 시점에서 글쓰기의 환경이나 문학의 존재감이 급변하고 있다고 해도 작가의 전통적인 권위와 엄숙성이 당분간 적잖이 남아 있을 것이라고 보인다.

> 어물전에는 작업가자미를 작가라 부른다
> 머리와 지느러미, 꼬리를 자른 채 가공공장에서
> 깨끗하고 맛있게 보이도록 꾸민
> 가자미가 작업가자미다
> 바다로 놀러온 작가들과 술을 마셨다
> 잘 살고 예쁘기만 한 작가들이다
> 아름다운 작가들과 오랫동안 술을 마셨다
> 바다가 곁에 있어, 바다를 손에 쥔 채
> 쓰러지지 않았다
>
> ─성윤석의 「작업가자미」

시인은 이 시를 통해 작가를 글쓰기의 가공공장에서 언어를 적당히 꾸며 놓은 사람이라고 말하는 것 같다. 작가는 작가에 대해 성찰한다. 무척 반어적이고 시니컬하다. 요즘처럼 작가의 수가 양적으로 팽창하는 시대에 작가에 대한 질감이 확연히 감소되고 있는 것이 사실이다. 작업(창작)조차 행하지 않은 작가도 적지 않다. 하지만 작업가자미가 바다가 곁에 있어 바다를 손에 쥔 채 쓰러지지 않듯이, 작가 역시 작품이 곁에 있어서 작품을 손에 쥔 채 쓰러지지 않을 것으로 본다.

4

문학의 가치도 시대에 따라 많은 변천을 거쳐 왔다.

장구한 세월에 걸쳐, 고대 그리스의 플라톤의 시인추방론에서 19세기의 말인 톨스토이의 인도주의론에 이르기까지 문학은 선악의 문제에 매달렸다. 고중세 시대는 종교문학이 큰 위력을 발휘한 시대였다. 현대인이 종교 없이 살아갈 수 있어도 고대인이나 중세인은 종교 없이 살아갈 수 없었기 때문이다. 종교문학이 선악의 문제를 더 부추겼다. 18세기의 초반인 「파우스트」에 이르기까지 선과 악의 대립에서 악에 의해 추방된 선이 마침내 귀환하게 되는, 이른바 시적 정의의 구조를 보여주는 게 가장 일반적인 문학의 성격이었다.

그런데 18세기의 낭만주의 사조가 출현하고 이것이 19세기에 이르러 미적 근대성의 개념을 정립하면서부터 문학은 선악보다 미추의 문제로 흘러가는 경향을 보여주기 시작했다. 그동안의 문학과 예술이 악에 대한 선의 우위를 집요하게 천착하였지만, 미와 추의 대립 문제는 문학과 예술에 있어서 상대적인 미학의 성과로 확산되어갔다. 추(醜)는 '추하다'라는 의미에서 미의 직접적인 상대 개념으로 규정되기보다, 그로테스크 리얼리즘이니 '추의 미학'이니 하는 개념에서도 살펴볼 수 있듯이, 추함 역시 그 나름의 독자적인 존재 의미를 가지는 미학적인 가치개념이었다. 빅토르 위고는 희곡 「크롬웰」 서문에서 '아름다운 것 옆에는 추한 것이, 우아한 것에 대해서는 기형적인 것이, 숭고한 것의 이면에는 기괴한 것이' 공존하고 있음을 파악하면서 하나밖에 없는 아름다움의 한계에 대해 추함의 다양한 가능성을 통해 인간의 진실을 열어놓으려고 했다.

20세기의 소설 가운데 제임스 조이스, 마르셀 프루스트, 프란츠 카프카 등의 작가가 남긴 소설은 언어의 존재(론)적인 가능성을 극단으로 몰고 간 작품들이었다. 이들은 언어의 밀실 속에서 될 수 있는 대로 대상과 사유의 관계성을 단절하려고 애를 썼다. 소설사에서 미적 근대성의 한 성취를 엿볼 수 있는 대목이다.

이들 작가 이후에는 문학의 무대에 이념의 문제가 선풍적으로 휩쓸려 왔다. 굳이 이념이 아니라고 해도 민주주의의 광장에 문학의 사회참여와 관련해 정치적인 시빗거리에 휘말려 들기도 했다. 20세기 현대 사회는 정치적인 이해관계가 얽힌 시대라고 하겠다. 걸핏하면 혁명이요, 툭하면 내전이었다. 지금도 정치적인 이익집단의 출현은 언제든지 발생할 수 있다. 이처럼 문학의 문제의식 역시 선악에서 미추로, 또 미추에서 시비로 옮겨져 갔다.

시비란, 옳고 그름의 문제다. 우리나라 해방 정국에 좌파의 사람들은 집회에서 자신들의 정치적인 성향에 부합하는 의견을 두고 항상 '옳소!' 하면서 소리를 쳐 성원을 보냈다. 우파는 생각의 여지조차 없이 '그르다'는 것이었다. 20세기는 시비의 시대였다. 모든 것이 시빗거리가 되는 시대에는 두 갈래로 가파르게 분기되는 양상을 띠게 된다. 꿈과 억압, 개인과 집단, 예술과 혁명, 자유와 평등, 토착주의와 근대성, 사용가치와 교환가치 등이 첨예하게 대립한다. 회색의 중간 지대는 없고, 오로지 흑백논리만이 인간을 억압한다. 문학도 정치와 이데올로기의 시녀가 되어 시빗거리와 이해관계를 확대재생산하는 데 기여하기도 했다. 이에 비해 오늘날처럼 후기 모더니즘 사회에는 다중적인 가치가 서로 맞부딪치고 있는 사회라는 점에서 적어도 문학이 흑백논리의 늪에서 벗어난 감이 있다.

그러면, 앞으로의 문학의 향방은 어떻게 점쳐지는가?

예술이 자연을 모방한 결과라는 것은 흔들림 없는 미학의 원리 내지 강령이었다. 문학도 마찬가지였다. 헛것이 실재를 반영하고 비현실이 현실을 모사했다. 지금은 어떤가? 장 보드리야르의 말처럼 지금은 현실이 비현실을 창조하는 시뮬라크(simulacre)의 시대다. 다시 말하면, 가짜와 진짜, 가상과 현실이 구별되지 않는 시대다. 최근에 어느 화가는 조화와 생화를 섞어놓고 그린 그림들을 전시한 바 있다. 전시회에 온 관객들은 무엇이 생화인지, 무엇이 조화인지 구별할 수 없는 상태에서 비몽사몽의 예술적인 무경계을 경험했으리라고 본다. 이처럼 가상현실이란 가짜가 진짜처럼 보이는 (혹은, 보이게 하는) 현실이다.

가짜와 진짜가 뒤섞이는 것만큼, 작가와 독자도 구별되지 않는 시대가 오리라고도 본다. 글의 결과를 보면, 누가 작가의 것이고 누가 독자의 것인지 알 수 없는 경우가 오리라고 본다. 특히 가상공간의 글쓰기가 그렇다. 어쨌든 글쓰기의 환경은 지금 급변하고 있고, 앞으로도 더 그러하리라고 본다. 더욱이 인쇄 독자가 사랑하는 작가의 목소리를 우리 정신의 성소(聖所)에 들려오게 하는 친밀감을 갈망[14]하였지만, 하이퍼텍스트의 시대가 되면 독자들이 작가의 적대자가 되어서 작가가 예상하지 않았던 방향으로 텍스트를 고쳐 만들려고 할지도 모른다.[15]

문학도 선악과 미추와 시비의 문제가 아닌 곡직(曲直)의 문제로 향하고 있다. 왜곡과 정직, 거짓과 진실이 힘을 겨루는 시대에 들어서고 있다. 진실이란, 참으로 모호하고 상대적이다. 진실의 이름으로 이제는 권력을 형성하고 쟁취하는 시대다. 진실의 상대성 역시 새로운 이익집단에 기여하는 도구로 사용될 수 있다. 최근에 정치판을 뒤흔들고 있는 드루킹 사건은 근대 사회의 시비를 넘어서 인터넷 세상에서 곡직을 가리려는 날카로운 쟁점의 여지를 남겨두고 있다.

가상과 현실은 정녕 분리되지 않는가. 왜곡과 정직을 가리려는 인간적인 글쓰기-문학의 노력이 힘을 잃어가는 순간부터 가짜가 진짜를, 가상

---

14 제이 데이비드 볼터 지음, 김익현 옮김, 『글쓰기의 공간』, 커뮤니케이션스북스, 2010, 323면, 참고.
15 같은 책, 260~261면, 참고.

이 현실을, 거짓이 진실을 누르고 우위를 점하게 될 것이다. 가짜가 진짜를 내몰 때, 가상이 현실을 압도할 때, 조화가 생화보다 아름다울 때, 거짓이 진실을 살짝 가릴 때 이른바 '죽은 시인의 사회'에 대한 논의가 또다시 거론되면서 문학과 예술의 비인간화는 또 다른 양상을 띠면서 지속될 것이다. 인간의 글쓰기와 문학은 그래서 미래 사회에 있어서도 유효성을 가지게 되는 것이다. 진정한 작가가 죽지 않는 한 말이다.

5

최근에 보통사람들은 초겨울의 추위를 녹이는 촛불을 광장에서 밝힘으로써 밀실의 부패한 정권을 권력으로부터 몰아내는 국가의 대사를 이루어냈다. 물론 역사적인 정당한 평가가 잇따르리라고 본다.

하지만 촛불의 과정에서도 성찰의 장면이 없지 않았다. 이에 관해선 아무도 말하지 않는다. 외침도, 풍문, 그 밖의 모든 것이 광장의 진실이었다. 우리 시대의 작가들 대부분은 광장을 휩쓸고 지나간 씁쓸한 가짜 뉴스와 속칭 찌라시 정보가 한낱 우리 시대의 '시장의 우상'임을 말하지 않는다. 그들이 정의의 목록과 덕목의 무한 텍스트 속에서 진실을 가장하고 있었던 것은 아닐까? 8·15와, 4·19와, 6·10 이후에도 볼 수 없었던 초호화판 장정의 사화집 『촛불은 시작이다』를 들춰 보면서, 나는 우리 시대를 울리는 진정한 작가의 양식과 책무를 생각하지 않을 수 없었다. 자기 성찰이 전제되지 아니한 자화자찬은 늘 그랬듯이 무의미하거나 맹목적이기 때문이다.

말과 침묵 사이에는 언제나 긴장감이 놓여 있다. 할 말이 있어도 말을 할 상황이 아니면 때를 기다리면서 침묵해야 한다. 침묵의 어두움 너머에는 한 줄기의 빛과 같은 진실의 말이 떠오르는 법이다.

나에게는 중국의 문학비평가 리징거(李敬澤)가 10년 전에 우리나라에 와서 남긴 의미심장한 말이 내 귓전에 감돌고 있다. 미래의 작가는 수많은 대중 속에서 대중의 외침을 숨을 죽이고 조용히 들을 수 있는 능력이 있는 사람이라고 했다. 의표를 참 잘 찌른 묘한 말이다. 빛나는 역설이다. 그의 말은 지금의 나에게 광장의 외침에 부화뇌동하는 것이 작가의 양심적인 목소리인가 하는 성찰을 일깨워주는 말처럼 들리고 있다. 어쩌면 진실은 침묵 속에 숨어(혹은, 숨죽여) 있는지 모른다.

그들의 생명과 삶 속에서 커다란 침묵의 영역은 반드시 있어야 합니다. 소리가 없으면 말로 표현할 수 없습니다. 그렇다면 여기가 바로 저의 상상 속에서 작가가 존재하는 곳입니다. 그는 침묵 속에 서서 침묵에게 소리를 내라고 하고 있습니다.[16]

---

[16] 황석영 외, 앞의 책, 303면.

화평의 저 언덕 : 변화의 바람이 머무는 곳
— 반(反)원전 문학의 국제적 연대

1. 변화의 시대와 함께하는 문학

나는 한국문인협회의 기관지인 『월간문학』의 특집을 기획하는 편집위원으로서 일을 돕고 있다. 최근에 '반핵과 반원전의 문학'을 구상해 세 명의 필자들에게 원고를 청탁했다. 물론 세 사람 모두 내가 개인적으로 잘 아는 사람들이다. 반핵과 반원전이 지금 급변하는 시대에 가장 긴요한 시대적인 과제라는 점에서, 내가 이 주제에 관심을 갖고 기획으로 밀어붙이게 된 것이다.

지난해 가을에 발생한 최순실의 태블릿 PC 사건 이후에서부터 지금 대통령 보궐선거에 이르기까지 예닐곱 달에 걸쳐 한국 사회는 매우 긴박하게 돌아갔다. 참여 민주주의에 대한 성찰을 스스로 경험한 소중한 과정이었지만, 국민은 가중되는 피로감과 함께 내우(內憂)에 시달려 왔다. 어디 그뿐이랴. 국민은 외환(外患)에도 대처하지 않으면 안 되는 두 겹의 어려움에 맞닥뜨리고 있다. 소위 북한의 핵 문제를 둘러싼 국제 관계 역시 매우 긴박했다. 최근에, 일본의 아베 총리는 미군이 북으로 진격하여 군사시설을 파괴해버리면 북한과의 전면전이 확산될 가능성을 염두에 두고서 한반도 내의 9만 일본인들을 부산에서 배로 수송하려는 계획을 세워두기도 했다. 외환의 직접 원인은 북한의 핵에 있다.

히로시마대학의 명예교수인 윤광봉의 「그날의 히로시마, 그날 이후의 원폭 문학」은 일본 히로시마 지역에서 교수 생활을 오래 해온 그가 학문적인 경험을 통해 터득한 원폭 문학의 실상을 한국 독자들에게 간략하게 소개한 글이다. 원폭을 주제로 작품을 엮은 최초의 시인인 하라 다미키(原民喜)는 1951년 3월13일, 17통의 유서를 남기고 자살을 한 히로시마 출신의 시인이다. 그를 계승한 원폭 시인은 도우게 산기치(峠三吉)이다. 그는 『원폭시집』(1951)을 펴내면서, "1945년 8월6일 히로시마에, 9일 나가사키에 투하된 원자폭탄에 의해 목숨을 빼앗긴 사람, 또 현재에 이르기까지 죽음의 공포와 고통에 시달리는 사람, 그리고 살아 있는 한 걱정과 슬픔을 지울 수 없는 사람, 그리고 전 세계의 원자폭탄을 증오하는 사람들에게 바친다."고 밝히기도 했다. 윤광봉은 또 일본 원폭 소설의 고전이라고 하는 이부세마스지(井伏鱒二)의 장편소설 『검은 비(黒い雨)』(1965~6)을 소개하기도 했다. 한편 그는 조선인 노동자와 나가사키 원폭에 대해 쓴 한수산의 소설 「군함도」에도 관심을 기울였다. 작가 한수산이 1988년부터 4년간 일본에 머물면서 조선인 노동자와 나가사키 원폭에 대해 깊은 관심을 갖게 되었던 바 있었다.

인덕대의 교수인 하야시 요코(林陽子)에게는 '반원전의 일본 문학사'에 초점을 맞춰 서술해 달라고 부탁했는데 소통이 잘 되지 않았는지 '반핵'에 치중한 원고가 나의 메일로 들어왔다. 논의의 내용이 윤광봉과 겹쳐지는 감이 없지 않았다. 그래서 원고의 제목을 수정해 「반핵과 반원전의 일본 문학사」인 것으로, 발표하게 했다. 이 글에서, 그는 여성 시인인 쿠리하라 사다코(栗原貞子)를 중심으로 한 반핵시의 초기적 양상을 중시해 보았지만, 반원전 문학에 관해선 소홀하고 소략하게 기술하고 있다.

어쨌든 그는 일본의 반원전 문학을 이렇게 보고 있다.

2011년 3월 11일 후쿠시마 원전 사고가 일어난 후, 체르노빌, 후쿠시마를 문학적으로 잇는 '반원전 문학'의 장르화로의 움직임이 부상했다. '반원전 문학'은 원자력발전소가 테마로 되어 있는 것이 아니다. 원전이나 핵이 공존하는 사회의 의미를 과학적 지식과 작가의 상상력을 최대한 이끌어내서 생긴 작품군을 가리킨다. 대부분 핵을 보유하는 사회의 모순이나 위험성, 반 인간성에 대해 경종을 울리는 것으로 핵을 보유하는 사회에 대한 사상의 교류의 장으로서의 기능을 하고 있다.

변방인 진주에서 소설 전문의 비평가로 활동하고 있는 조구호는 「탈핵 소설의 성과와 과제」란 제목의 글을 보내왔다. 용어는 앞서 미리 언급한 두 사람이 원폭과 반핵이라고 각각 명명했지만, 조구호는 탈핵이라는 말을 사용하고 있다. 그는 최창학의 「해변의 묘지」(1981) 이래 전개해온 우리 문학의 탈핵에 관한 문학적 노력을 개관하고 있다. 그는 특히 정도상의 「겨울꽃」(1989)과 박혜강의 『검은 노을』(1991)을 각별히 주목하고 있다. 이 주제에 관한 한, 그의 비평적인 견해는 다음의 인용문에서 빛을 발하고 있다.

탈핵에 대한 문학적 노력은 적지 않은 성과가 있었음에도 불구하고 핵과 관련하여 여전히 두 개의 숙제가 있다. 북한의 핵무기와 핵발전소가 그것이다. 북한 핵무기에 대해서는 미국을 비롯한 국제 사회에서도 우려를 표하며 주시하고 있지만, 핵발전소는 우리 스스로 해결해야 할 문제이다. 독일 등 일부 선진국과 같이 핵발전소 건설을 중단하고 가동 중인 것도 단계적으로 폐기할 것인가, 아니면 『겨울꽃』의 원전 홍보부장의 말처럼 부존 자원이 없는 상황에서 원전은 필요악이니 어쩔 수 없이 계속 건설하고 사용해야 할 것인가는 우리의 몫이다.

조구호의 탈핵관은 매우 설득력을 갖추고 있다. 그가 말하는 탈핵이란 개념은 반핵과 반원전을 아우른 것. 과거의 반핵보다는 지금의, 아니면 미래의 반원전이 우리에게 현실적인 당면 과제가 되고 있다. 내가 이 글에서 반핵보다 반원전에 초점을 둔 까닭도 여기에 있다.

반핵과 반원전 어떻게 다른가?

후술하겠지만, 반핵은 군사적 핵이요, 반원전은 평화적 핵이다. 전자가 히로시마와 나가사키에서 보여준 버섯구름의 이미지이라면, 후자는 본래는 평화적인 수단으로 쓰여야 할 원전이 체르노빌과 후쿠시마에서 (인재든 자연재해든 간에) 사고를 일으키게 된 결과의 오염된 환경 파멸을 말하는 것이다. 양자가 정반대의 수단에서 출발했지만, 결국 대량 학살로 귀일하고 만다.

2. 체르노빌의 목소리 : 미래의 연대기

운명의 그날인 1986년 4월 26일이었다. 우크라이나의 밤하늘에 거대한 폭발음이 울리는 것에서부터, 비극이 시작된다. 세계를 발칵 뒤집어 놓았던 1986년의 체르노빌 원전 방사능 누출 사고는 후진국적인 인재 (人災) 사고의 전형이었다. 당시 구소련의 당국이 이 사태를 얼마나 비인도적으로 처리하고, 그리고 무책임하게 방치하고, 또 이를 철저히 덮어버리려고 했는지도 적나라하게 드러난다. 핵 문제에 관한 한 원죄의식이랄까, 혹은 집단의 트라우마를 지니고 있던 일본에서는 이에 매우 민감하게 반응하고 있었다. 저널리스트와 논픽션 작가로서 반핵평화운동의 전선에 뛰어든 히로세 다카시(廣瀬隆)는 핵 발전이 우리들 한 사람 한

사람의 인생을 어떤 비극 속으로 몰고 가는가를 알리고 싶어서 소설 형식의 르포르타주 『체르노빌의 아이들(チェルノブイリの少年たち)』을 간행하였다. 1988년 일본의 출판사인 신쵸샤(新潮社)에서 공간한 이 책은 그 해에만 100만부 이상의 판매 부수를 기록하게 했을 뿐만 아니라, 일본 사회에서 망각된 의제에 지나지 않았던 반핵에 대한 경각심을 불러일으키게 함으로써, 지금까지도 반핵, 환경, 생명 운동의 고전으로 널리 읽히고 있다. 국역본의 시작은 이렇게 묘파되어 있다.

> 콰앙 쾅!
> 1986년 4월 26일 새벽 1시 23분, 우크라이나의 어두운 밤하늘에 엄청난 폭발 소리가 울려 퍼졌다.
> (……)
> 어둠 속에서 폭발을 목격한 발전소 주민들은 그저 공포에 휩싸여 떨고 있을 뿐이었다.
> 그들은 넋을 잃고 눈앞에 타오르는 거대한 불기둥을 마냥 바라만 보고 있었다.
> 폭발한 발전소 건물에서 솟아오른 엄청난 불길은 그 새빨간 혓바닥을 널름거리며 컴컴했던 부근 하늘을 환히 밝히고 있었다.[1]

이 글을 쓴 히로세 다카시는 후쿠시마 원전 사태를 이미 20여 년 전부터 이성적으로 예견하고 꾸준히 경고를 보냈던 반원전 운동가로서 일본에서 최근 새롭게 주목받고 있다고 한다. 그동안 전세계적으로, 원전을 건설하는 데 합리적인 유용성과 무모한 위험성 사이에 얼마나 많은 다툼이 있어 왔나? 아직도 여전히 쟁점은 남아 있다. 후자는 정치적으로

---

[1] 히로세 다까시 지음, 이원형 옮김, 『체르노빌의 아이들』, 국민도서, 1989, 7면.

1986년에 일어난 원전 사고 이후 온전히 폐허가 된 체르노빌. 전형적인 후진국형 인재 사고였다. 이 사고를 비인도적으로 덮으려던 구소련 당국은 체제의 몰락을 재촉했다.

언제나 소수 세력이었다.

2011년에 후쿠시마 원전 사태는 새로운 물꼬를 튼 계기를 마련했고, 2015년에 노벨문학상이 체르노빌의 비극을 다룬 기록문학의 벨라루스(백러시아) 작가 스베틀라나 알렉시예비치에게 돌아감으로써 새로운 이정표를 세웠다. 원자력 시대로부터의 탈각이라는 강한 메시지를 준 그의 작품은 결국 '원자력은 군사적 이용도 평화의 이용도 서로 마찬가지로 인간을 대량으로 살상한다.'라는 주제 의식으로 향하고 있다.

재작년에 노벨문학상을 받은 스베틀라나 알렉시예비치는 작가인가? 전통적인 관점에서 볼 때 그는 작가가 아니다. 굳이 작가의 정체성을 부여하자면, 그는 '면담자로서의 작가'이다(작년에 노벨문학상을 받은 밥 딜런은 싱어 송 라이터, 즉 '가창자로서의 작가'이다.). 듣지도 보지도 못한 억지 명명법인 것 같지만, 이런 말이 없으란 법은 없다. 어쨌든, 그의 대표작인 『체르노빌의 목소리─미래의 연대기』는 10년간의 면담과 집필을 거듭한 끝에 1997년에 초판이 나왔고, 당국에 의해 검열에서 통과되지 아니한 부분을 되살린 개정판이 2008년에 복간된다. 나는 408면의 국역본을 모두 읽었다. 책의 내용을 요약적으로 정리해 보겠다.

피면담자 가운데 니콜라이라고 하는 이름의 사람이 있다. 스스로 '주(主)의 종'이라고 했으니, 그리스 정교의 성직자인 게 분명하다. 그는 요한계시록 한 부분을 인용한다. "횃불 같이 타는 큰 별이 하늘에서 떨어져 강들의 삼 분의 일과 여러 물 샘에 떨어지니 이 별의 이름은 쓴 '쑥'이라. 물들의 삼 분의 일이 쓴 쑥이 되매 그 물이 쓴 물이 되므로 많은 사람이 죽더라."(8장 10~11절) 니콜라이는 체르노빌의 사태가 이처럼 요한계시록에 이미 예언되어 있다고 본다. 쑥은 다름이 아니라 우크라이나어로 '체르노빌'이기 때문이다.[2] 참 기묘한 우연의 일치다.

또한 '체르노빌'은 러시아어로 '검은 과거'이기도 하다.[3] 이것은 인류 재난의 암흑사에 세운 집단적 반성과 반면교사의 금자탑으로 오래 기억될 것이다. 어떤 이는 체르노빌 이후 두 달 만에 사내아이를 낳았다. 이름을 '안톤'이라고 지었는데, 사람들은 '아톰'이라고 불렀다. '아톰'은 '핵(核)'이라는 뜻이다.[4]

체르노빌 이전에, 벨라루스의 사람 10만 명 중에서 암 환자는 82명에 지나지 않았다(체르노빌은 그 당시에 구소련에 속했으며, 지금은 우크라이나 영토에 포함된다. 체르노빌로 인한 피해지는 8할이 벨라루스이다.). 체르노빌 사태가 발생한 10년 후에는 암 환자가 6천 명으로 급증한다. 거의 74배나 늘어난 것이다. 이 한 사례만 보더라도 체르노빌의 후유증이 얼마나 큰가를 잘 알 수 있다.

---

2 스베틀라나 알렉시예비치, 『체르노빌의 목소리-미래의 연대기』, 새잎, 2015, 106면, 참고.
3 같은 책, 325면, 참고.
4 같은 책, 298면, 참고.

방사선 때문에, 닭의 볏이 붉지 않고 까매졌고, 방사선 때문에, 치즈가 만들어지지 않았고, 방사선 때문에, 우유가 발효되지 않고 가루로 변해버렸다는 증언도 있었다. 대도시의 가두에서 체르노빌 산(産) 사과요, 하고 소리를 치면, 외면하지 않고 더 잘 팔린다는 것이 희극적이다. 신변의 증오하는 사람에게 선물하기 위해서란다. 예컨대 시어머니에게 선물하는 며느리. 직장 상사에게 선물하는 아랫사람……. 체르노빌 이후에 개들도 주인을 외면했다는 증언이 있다.

1년 만에 시골 고향 집에 돌아갔어. 개들이 모두 들개가 되어버렸더군. 우리 렉스가 보여 불렀지만 다가오지 않았어. 나를 못 알아본 걸까? 아니면 알아보기 싫은 걸까? 그것도 아니면 화가 난 걸까?[5]

고향으로부터 좀 벗어나 있었을 사이에, 충직한 개들도 사람을 낯설어한다. 사람의 감정도 급변했다. 이웃끼리도 경계하였을 터이지만, 타지의 사람들이 '어디에서 오셨어요?' 하고 물을라치면 '체르노빌요.' 하고 대답하게 되고, 이때마다 사람들은 뒷걸음질을 했다. 한 엄마는 4년 동안 의사들과 공무원들과 싸웠다. 결국 어린 딸이 앓고 있는 병이 방사선과 관련이 있다는 확증 진단서를 받아냈지만, 그들은 4년간 '소아장애'라고 주장해 왔다. 소아장애라니? 그 엄마는 이럴 때마다 그들에게 '내 딸이 앓는 장애는 체르노빌 장애이다.'라고 소리쳤다. 군인들은 방사선 먼지 속에서 여덟 시간씩 경계 근무를 했다. 보수는 좋아서 월급의 세 배에다 출장비마저 받았다. 방사선 노출에 최고의 식품이라고 (사실은, 잘못) 알려진 보드카는 마음껏 마실 수 있었다. 한 직업군인은 죽을

---

5 같은 책, 194면.

때 숯처럼 까매지고 어린아이처럼 여위어가면서 죽는 '체르노빌식의 죽음'보다는 아프가니스탄에 가서 총알로 죽기를 원하였다.

체르노빌은 하나하나의 물결을 이루어 결국 역사적인 변화의 물목을 제공해 주었다. 소비에트 연방에서의 사회주의가 서서히 몰락해가고 있었다. 사람들 사이엔 흉흉한 말들이 이어지고 있었다. 사회주의가 끝이 나면, 자본주의가 도래하는 것처럼, 오래전에 집 나간 차르(황제)가 돌아온다는 풍문도 나돌았다. 체르노빌의 재앙과 사회주의의 몰락은 시기가 거의 맞아떨어졌기 때문에 역사 속에 함께 기록된다. 체르노빌 이후에 민심이 등을 돌렸다. 체르노빌은 소련의 몰락을 앞당겼다. 마침내 제국을 폭발시켰다. 체르노빌로 인한 변화는 모두가 나쁜 변화이다. 딱 하나 좋은 게 있다면, 체르노빌이 제국을 붕괴시키면서 인민으로 하여금 공산주의의 사슬로부터 벗어나게 할 수 있었다는 사실이다.

하지만 1989년 4월 26일이 되는 3주년을 맞이하는 날이 되어도 반경 30킬로미터의 최악 구역에서는 주민들을 이주시켰지만 200만 명이 넘는 벨라루스 사람들이 오염된 지역에 그대로 남아 있었다고 한다.

사람들은 평화적 핵에 대한 생각을 온전히 바꾸었다. 체르노빌이 안겨다 준 최대의 변화라고 할 수 있다. 사람들은 히로시마와 나가사키의 상공에 치솟은 거대한 버섯 모양의 구름이 군사적 핵이란 것을 알았듯이, 평화적 핵 역시 집집마다 불을 밝혀주고 있는 안전한 전구의 모습으로 진열된 아늑한 것인 줄만 알았었다. 핵전쟁에 늘 대비하는 마음이 있었지만, 평화적 핵이 군사적 핵처럼 재앙이 되리라곤 아무도 상상하지 못했다. 환경 보호 감독의 사무소에서 감독으로 재직하고 있을 때의 한 감독은 대학교에서 원자력 발전소가 '무에서 에너지를 창조하는 꿈의 공장'이라고 (사실은, 잘못) 배웠고, 반면에 체르노빌의 폭발은 준비되지 않은 민중 인식을 배경으로 일어났다고 밝히고 있다.[6] 나는 이 대목을 음미하다가 문득 시상이 떠올라 자작시 초고(草稿)를 긁적거려 보았다.

잠정적인 가제목은 역시 「체르노빌의 목소리」이다.

군사적 핵에 대한 인류의 기억은
정지된 화면의 버섯구름이었어.

결코 재미있지도 않은
408면의 책을 읽었어.

숨이 가쁘다가도 멎어지고,
숨이 멎다가도 가빠지는 책.

체르노빌의 목소리

—평화적 핵이 죽음을 가져올 줄을,
우리는 전혀 알지 못했어요.

이 단 한 문장의 목소리가
가장 선명한 울림이었어.

책 이름 『체르노빌의 목소리』는 기록문학 작가 스베틀라나 알렉시예비치가 쓴 기록문학의 작품으로서 2015년 노벨문학상을 수상하게 한 사실상의 수상작이다. 노벨문학상은 작가상이기 때문에 수상작이 따로 없다. 그는 이 작품의 제목 아래에다 '미래의 연대기'라는 서브타이틀을 부기하고 있다. 체르노빌이 우리 인류의 미래이기 때문이다. 가장 선명

---

6 같은 책, 282면, 참고.

기록문학 작가인 스베틀라나 알렉시예비치는 체르노빌 사건에 관한 집념과 함께 면담 보고서를 작성함으로써 2005년 노벨문학상을 수상했다. 그 이후에 우리나라에 방문했다.

한 울림의 한 문장이 담겨 있다는 부분을 인용하면 다음과 같다.

> 아침 8시에 이미 거리는 방독면을 쓴 군인으로 가득 찼어요. 거리에 군인과 군 장비가 다니자 우리는 놀라기는커녕 오히려 안심했어요. 군대가 도우러 왔으니 괜찮겠지. **우리는 평화적 핵도 죽음을 가져올 수 있다는 걸 전혀 몰랐어요.** 그날 밤 온 도시가 잠에서 깨어나지 못할 수도 있다는 걸……. 밖에서 웃는 소리와 음악이 들려 왔어요.

인용문의 짙은 색 한 문장이 책의 전체를 말하고 있는 것 같았다. '비곱스카야'라고 하는 퍼스트 네임의 평범한 주민이 작가에게 한 말이다. 안전한 전력을 제공한다는 평화 핵에, 모두가 배신을 당했다고나 할까?

체르노빌 경험의 당사자들은 악몽을 재구성하는 데 익숙했다. 기억을 공유하고 있는 사람들은 기억을 통해 악몽을 재구성하였으며, 체르노빌을 경험한 한 작가는 이 재구성되는 악몽으로 인해 문학 작품이 쓰이지 않는다고 털어놓고 있다. 체르노빌이 준 가장 나쁜 변화는 사람들이 이처럼 가치의 무정부 상태, 문화의 외상(外傷)에 빠졌다는 데 있다. 작가는 교수이면서 연출가인 사람의 목격담을 받아 적은 바 있었다. 전차 속에서 노인이 어린 소년에게 자리를 양보하지 않는다고 꾸짖는 장면에서 소년이 대꾸하는 내용이다.

> 노인 : 네가 늙으면 아무도 (자리를) 양보 안 해줄 거야.
> 소년 : 나는 안 늙어요.
> 노인 : 안 늙는다니?
> 소년 : 우리(소년들)는 곧 다 죽어요.[7]

사람들의 내면풍경마저 살풍경스럽다. 피해 지역의 인정과 세태가 얼마나 황폐하고 삭막한가를 알 수 있게 하는 대화다. 짙은 비애감을 느끼게 하는 아이러니적 상황이다. 체르노빌 사람들은 원전 사고 이후에 정치적인 문제로 서로 다투기도 했다. 아이들의 문제를 두고, '네가 그러고도 엄마야? 미친년 같으니!' '넌 배신자야! 모두가 너 같으면, 전쟁에서 이기겠어?' 등과 같은 대화는 엄마들 사이에 익숙한 레퍼토리였다.

작가 알렉시예비치는 구소련 체제하의 공산당원과도 인터뷰를 감행했다. 한 사람은 공산주의가 인민을 기만하고 진실을 숨겼다고 비판했고, 반면에 또 다른 한 사람은 비판적 지식인들을 비판하면서 면담자인 작가에게 체르노빌 원전 사고가 미국 연방수사국의 음모라면서 심한 욕

---

7 같은 책, 333면, 참고.

설을 퍼붓는다.

체르노빌 사태 당일에 벨라루스 과학 아카데미 핵에너지 연구소 실험 실장이었다는 핵물리학자의 사연도 가슴이 짠하다. 원전 사고가 나던 날에 KGB 요원들의 도청을 뚫고 자신의 아내에게 방사선 오염에 대한 대처 방법을 설명하는 대화 내용이 마치 영화를 보는 것처럼 매우 드라마틱하다. 그런 그도 시한부 인생으로서 죽음을 기다리면서 잔명을 보듬고 있을 때, 작가는 어렵사리 인터뷰를 했다. 그는 결국 살아있는 시간만이 의미가 있다는 걸 깨닫는다.

그 핵물리학자의 비운이 가슴에 무언가를 사무치게 한다. 전문가도 운명의 회오리바람을 비켜가지 못했다. 내가 이 대목에서 명상록적인 성격의 글쓰기로써 그의 깨달음에 대한 부연 설명을 시도해볼까 한다.

살아 있는 시간만이 의미가 있다. 죽은 시간은 무의미하다. 잊을 만하면 등장하는 사람들이 있다. 죽음도 삶의 일부라고 말하는 정신주의자들 말이다. 우리가 이들의 말을 믿어야 하나? 어쨌든 깊이 생각해보아야 할 문제인 것은 사실이다. 죽음은 삶의 뭍으로부터 아득히 격리되어 있는 고적한 무인도에 지나지 않는다.

3. 가상의 후일담으로 미리 보는 후쿠시마

일본은 우리에게도 타산지석으로 삼아야 할 두 차례의 원전 사고를 냈다. 첫 번째는 1999년 10월 30일에 일어났다. 이바라기 현에 소재한 도카이무라(東海村)에서 민간 핵연료 가공회사가 방사능을 유출시킨 사고이다. 이 사고는 일반 주택지와 가까운 장소에서 발생한 데다 핵분열의 연쇄반응이 계속되는 상태에서의 이른바 임계(臨界) 사고를 냈다. 이때 주민 31만 명이 대피했다는 증언이 있다.[8]

그리고 12년의 세월이 지났다. 원전 사고의 유형은 인재형에서 자연 재해형으로 바뀐다. 2011년 3월 11일. 동일본 대지진이 발생한 후 1시간 이내에 거대한 쓰나미가 발생해 센다이 시의 평야 지역에서는 내륙 10km까지 도달했다. 거대한 쓰나미로 인해 후쿠시마 제1원전을 침수시키면서 수소 폭발과 방사능 누출 사고를 일으켰다. 이 후쿠시마 원전 사고는 체르노빌 원전 사고와 함께 국제원자력 사고 등급의 최고 단계인 7단계를 기록했다. 후쿠시마 원전 폐로까지는 40년 가까이 걸릴 것으로 예상된다. 이 후자의 경우는 가장 간단히 기록해본 후쿠시마 원전 사고의 개요이다.

동일본의 쓰나미와 후쿠시마 원전 사고를 소재로 한 일본의 소설집 『빛의 산(光の山)』(2014)이 있다. 작자는 승려 소설가인 겐유 소큐(玄侑宗久)이다. 명문 게이오 대학 중문과 출신인 그는 다양한 직업을 전전한 끝에 지금은 모 사찰의 주지로 일하고 있다. 그동안, 불교적인 성격의 소설과 교양서를 많이 간행했다. 그의 문학은 앞으로, 21세기 동아시아 불교문학이 지향하는 세계를 문학사적으로 보여줄 것이라는 평가를 받을 수 있을 것 같다.

소설집 『빛의 산』 가운데서도 가장 주목을 받는 것은 표제작인 「빛의 산」이다. 이 소설은 후쿠시마 원전 사고를 일으킨 30년 후의 시점에서 맞춰 쓴 일종의 가상적인 미래소설이다. 옛날에 말이지 그러니까 그게 지금으로부터 삼십 년 전 일인디……대지진으로 후쿠시마 해안에 있던 원자력발전소가 파괴됐던 거, 아주 난리도 그런 난리가 없었지. 화자는 방사능 덕분에 마지막까지 보람을 가지고 살았다고 믿은 자신의 아버지를 보면서 방사선에 대한 냉정하지 못한 세태를 오히려 비웃는다. 그는

---

8 광주일보, 1999. 10. 2. 참고.

시간의 정지 속에 갇혀 있는 것과 같은 후쿠시마의 거리. 죽음을 연상케 하는 압도적인 침묵이 짓누르고 있다. 일본은 제2차 세계대전 때의 원폭 피해에 이어 또 하나의 트라우마에서 자유로울 수 없게 되었다.

저선량 피폭이 오히려 수명을 연장시키며 종양 발생을 억제하는 유효함이 있다고 생각한다. 후쿠시마는 한 세대가 지나면서 방사능 투어를 위한 관광지로 개발되고 온천의 인기도 회복하고 인구도 점차 늘고 있다고 한다. 오염 폐기물이 집적해 산을 이루었고, 이 산에 화자의 아버지를 유언에 따라 묻었고, 산은 연보랏빛 영기(靈氣)의 형광색을 띠면서 뿜어져 나왔다. 산은 아미타여래가 탄 구름이 눈앞에 내려앉을 것만 같은 빛의 산, 기적의 산이다.

……실로 많은 학자들이 양극단의 이야기를 하면서 절대 양보를 안해. 어떤 사람은 자연   방사선량의 십만 배까지는 몸에 좋은 거라며 우주 비행사도 모두 건강하지 않느냐고 주장을 하고, 다른 쪽에서는 몇 조 엔씩이나 써 가며 미량이라도 전부 제거해야 한다고 기를 쓰잖아. (……) 중이 미우면 가사가 밉다는 말처럼 여론도 원자력발전소가 싫으니까 방사선도 무조건 싫다 하는 풍조가 있었지. 다시 말해서 모두가 냉정하지 못했어.[9]

소설 속의 화자는 방사능의 낙관주의적 유효성에만 집착하고 있다. 세월이 한 세대 지나면서 고통의 기억이 희석되고 있기 때문일까? 작가는 이 의문을 독자에게 던지고 있는 것 같다. 작가 겐유 소큐가 소설집 '저자 후기'에서 '무슨 업보인지 방사선 농도가 높다는 것을 뻔히 알면서도 호흡을 멈출 수 없는 것처럼 나 역시 소설을 쓰지 않고는 견딜 수 없었다.'라고 술회하고 있는 것으로 보아서 말이다. 단편소설인 이 「빛의 산」은 쓰디쓴 웃음이 숨어 있는 일종의 풍자소설이라고 해야 할 것이다.

2014년의 우리나라에, 반핵영화제가 있었다. 국내에서 행사가 기획되고 실행되었지만 국제적인 성격을 지닌 것. 이때 주최 측은 '미안해요 밀양, 그만해요 고리'라는 캐치프레이즈를 내걸었다. 개막작인 「밀양전」은 고리핵발전소에서 생산한 전기를 대도시로 실어 나르기 위해 설치해야 했던 송전탑 때문에 고통을 받는 지역 주민들의 이야기를 기록영화 속에 담은 것이다.[10] 그런데 2017년 올해에, 고리 원자력발전소 제1호기가 폐쇄되어 역사의 뒤안길로 사라진다고 한다. 후쿠시마 원전이 40년이 되어도 폐쇄하지 않아 낭패를 보았던 사례를 타산지석으로 삼는 것이다. 후쿠시마와 고리를 차별화하겠다는 것은 인간의 경험에 의한 학습 효과의 축적이라고 해야 할 것이다.

4. 가상의 재난소설로 읽는 한국의 상황

김성종의 연작소설집 『달맞이언덕의 안개』(2015)는 그가 운영하고 있는 '추리문학관'이 있는 부산 해운대 달맞이언덕에 대한 장소성의 집착

9 겐유 소큐 지음, 박승애 옮김, 『빛의 산』, 펜타그램, 2015, 189~190면.
10 임회록, 「반핵영화제에 가다」, 『오늘의 문예비평』, 산지니, 2014, 겨울, 331면, 참고.

을 보여준 창작적인 결실이라고 하겠다. 그는 이 지역의 터줏대감에 다름없을 만큼, 특정 지역에 대한 정서와 풍경에 공감하는 소위 장소애, 즉 토포필리아(topo-philia) 역시 가지고 있다.

김성종의 『달맞이언덕의 안개』는 단편 「'죄와 벌', 그리고 안개」를 비롯하여 25편의 연작소설을 모은 것이다. 이 연작소설집은 2014년 1월부터 6개월에 걸쳐 매주 한 차례에 단편소설을 연재하는 형식으로 발표된 작품들을 묶었다. 유력한 지역 일간지에 연재되는 동안에 지면의 불가피한 제약으로 인해 잘라내야 한 부분들을, 단행본을 간행함으로써 복원시킬 수가 있었다. 작품들 사이에는 공통의 분모가 있다. 구체적인 실존 지명으로서의 달맞이언덕, 상당 부분에 걸쳐 작가 김성종의 분신이라고 할 수 있는 주인공 (70대의 추리소설가인) 노준기, 미스터리적인 서사 양식의 기이하고도 불가사의한(mysterious) 분위기를 부여하고 있는 기상 이미지인 바다 안개 등이 주요한 구성 요소가 된다. 그 밖에도, 원초적인 욕정과 남녀 간의 치정, 카페 '죄와 벌', 그 노천 테라스, 시칠리아 산(産) 와인 등이 거의 어김없이 등장하고 있다.

바다에서 몰려오는 안개를 보고 있으면 그 기세가 대단해서 마치 백만 대군이 일시에 몰려오는 것 같다. 언덕 위로 밀고 올라온 대군은 내려갈 기미를 보이지 않고 언덕 주위로 견고한 성을 구축하고 난공불락의 요새를 만들어 장기전에 대비한다. 경관이 뛰어난 그곳에 아예 주저앉아 기약 없이 주둔하려는 것 같다. 안개는 그렇게 아래 시가지로 내려가지 않고 언덕 위에만 머물러 있었다.

―「슬픈 안개」에서

실제로 달맞이언덕의 여름이면, 안개가 잦다. 일반적인 느낌의 안개라기보다 멀리서 보면 큰 기단을 형성한 것처럼 보인다. 잘 사라지지 않고 그곳에만 늘 머물러 있다. 해운대에 사는 사람들은 이 여름철, 특히 장마

철 불청객을 가리켜, 안개라고 하지 않고 '해무(海霧)'라고 부른다.

김성종의 『달맞이언덕의 안개』에 나오는 이야기들은 마치 안개와 같다. 외부를 차단하고, 질척대고, 몽환적이요, 요사스러운 것으로 가득 차 있다. 이 이야기들은 일반적인 의미의 추리소설이라고 볼 수는 없다. 하나의 사실을 해결하는 일관된 서사 구조를 가지는 것이 아니기 때문이다. 모호한 안개 속에서 벌어지는, 불가해하고도 불가촉한 인생 이야기들로 이루어진, 좀 막연한 의미의 장르소설인 것이 사실이다. 사실은 이 사실 때문에 김성종의 소설이 본격적인 소설로 인정을 받지 못하는 것도 사실이다. 그로서는 다소 억울하고 손해 보는 장사인 것 같지만, 그는 추리소설계에서 가장 우뚝 서 있는 대가답게 이 같은 비평적인 협량에 그다지 개의치 않는 것 같다.

연작소설집 『달맞이언덕의 안개』은 처음과 중간을 지나 마지막 부분에 이르러 작품성의 빛을 반짝 발하고 있다. 가장 주목을 요하는 부분은 말할 것도 없이 제24화 「죽음의 땅에 흐르는 안개, 그리고 개들의 축제」와 제25화 「아, 달맞이언덕의 안개여!」이다. 원전 폭발 사고가 몰고 온 인정의 황량함과 세태의 살풍경이 적나라하게 제시되어 있다. 사람들은 방사선의 오염에 노출되지 않기 위해 필사적으로 도시를 탈출했고, 평소에 사람이 붐비곤 하던 달맞이언덕은 온통 적막에 싸여 있다.

한낮이었지만 비가 내리고 있는 데다 달맞이언덕은 안개에 휩싸여 있어 어둠침침했다. 언덕 위는 적막에 싸여 있었다. 모든 것이 일시에 정지해버린 뒤에 찾아온 적막, 모든 사람이 빠져나가고 생활의 터전이 갑자기 텅 비어버린 데서 오는 적막, 결코 되돌릴 수조차 없는 절망에서 피어난 적막, 그것은 무서운 적막이었다.

— 「죽음의 땅에 흐르는 안개……」에서

영화 「해운대」에서 해운대를 가상의 재난 장소로 설정한 전례가 있었거니와, 연작소설집 『달맞이언덕의 안개』 역시 일종의 재난소설로 잘 갈무리되고 있다. 주지하듯이, 우리나라 동해안 남부 지역에 원자력 발전소가 즐비해 있다. 만에 하나라도 경계하지 않으면 안 되는 것이 원전 사고이다. 현실적으로는 가능성이 거의 제로에 가깝다고 하더라도, 이 문제에 관해 항상 재난에 대한 각성을 염두에 두지 않으면 안 된다. 소설에서는 사고가 발생했다. 제1차적인 원인은 냉각 기능의 저하로 원자로 출력이 순간적으로 정상 출력의 백배 이상으로 폭주하는 바람에 급격한 열 생성에 의해 핵 연료가 파손되어 핵연료와 물과의 반응에 의해 발생한 증기가 폭발하게 된 데 있었다. 제2차적인 원인이 있다면, 부패의 검은 먹이사슬이라고 하겠다. 원전의 부품들이 정품이 아니라 거의 대부분이 가짜투성이라는 점에서, 원전 사고는 이미 예견되어 있었다는 것이다. 우리 현실에서 언제나 재현될 수 있는 가설이 아니겠는가?

전 세계의 방송사들은 동해남부 지역의 원전 폭발을 톱뉴스로 앞을 다투어 보도하고 있었고, 위성 카메라는 도시를 탈출하는 난민 행렬을 실시간으로 중계하였다. 원전 사고 이후에 달맞이언덕은 극심하게 변했다. 바다는 온통 검은색으로 일렁이고 있었고, 사람들이 썰물처럼 빠져나간 텅 빈 자리에 탈출을 거부한 작가 노준기와, 버려진 개들이 모여들었다. 향후 수백 년간에 걸쳐 몹쓸 땅이 되어버려 사람들조차 찾지 않을 곳에 즐비한 가게마다 수 년 간 먹어도 남을 가공식품들로 가득 차 있었다. 먹이를 주는 노준기에게로 모여드는 개들.

개들은 각양각색이었다. 엄청나게 큰 놈도 있었고 손바닥만 한 애완견도 있었다. 모두가 주인한테 버림받은 개들로, 그동안 집 앞에 웅크리고 앉아 주인이 돌아오기만을 기다리고 있다가 더이상 배고픔을 이기지 못해 슬슬 거리로 나온 것 같았다. (……) 언덕은 금방 개판으로 변했다. 개들은 안개 속에서 안개와 뒤

엉켜 흘레를 했다. (……) 지금까지 흘레 한 번 못한 채 주인 손에 얽매여 있다가 자유롭게 떠돌이 신세가 되자 (……) 놈들은 섹스를 즐겼다.

—「죽음의 땅에 흐르는 안개……」에서

세상의 변화는 개들의 천국이 된 (원전 피폭의) 재난 지역에서 시작되고 있다. 세상이 나쁜 쪽으로 변화한다는 예징을 형상화하는 소위 재난문학은 메뚜기 떼 같은 곤충이나 전갈 같은 기분 나쁜 벌레가 등장하곤 한다. 이 소설에선 안개 속에서 아무 데서나 흘레를 해대는 '개떼들의 축제'로 표상되는 것. 인간에겐 디스토피아적이지만, 개들에게는 유토피아적이다. 매우 흥미 있게 대비되는 이 아이러니적인 구조야말로 『달맞이언덕의 안개』의 소설 형식미학적인 가치를 드높이고 있다.

이 소설 연작 구성의 마지막을 장식하고 있는 「아, 달맞이언덕의 안개여!」는 '원전이 폭발한 지 한 달이 지났다.'라는 문장으로부터 시작하고 있다. 가상의 원전 사고가 발생한 후일담을 말하는 작품이다. 언론에서는 노작가 노준기가 무슨 이유로 방사능 오염 지역에 남아 있는지 밝혀지지 않고 있다고 연일 보도하고 있다. 노준기는 '인간이 없는 세상에서 혼자 산다는 것의 (각별한) 경험'이라고 중얼대고 있다.

노준기의 주변에 그를 따르는 젊은 여인이 한 명 있다. 때로 진홍색 민소매 드레스와, 묶어서 뒤로 틀어 올린 머리칼이 요염해 보이는 여자. 소설에서 '포'라고 명명된, 프랑스에서 10년간 그림을 그리다가 귀국한 여자. 노준기를 존경하면서 그와 약간의 미묘한 이성 관계를 유지하고 있다. 그녀 역시 원전 사고로 방사능이 극심하게 오염된 지역인 부산을 벗어나 전라도로 피난해 있었다. 노준기가 뉴스의 초점 인물로 부상해 있을 때, 그녀는 위험을 무릅쓰고 그를 찾아간다. 안개를 헤치면서 저 멀리서 서서히 모습을 드러낸 사람. 이 사람이 포임을 안 그는 숨이 멎는 것 같았다. 그녀의 말이 이랬다.

—밖에 비하면 여긴 천국이에요. 전라도 지방은 지금 생지옥이에요. 죽을 바에는 여기서 죽는 게 훨씬 나아요.

무인지경의 재난 지역이 사람들로 넘쳐나는 피난 지역보다 낫다는 역설적인 발상이 이 소설의 주제를 넘어선 일종의 메타적인 주제인 것이다. 이 두 겹의 주제 틀은 『달맞이언덕의 안개』가 단순한 장르소설의 범주를 넘어서는 것의 반증이 아니고 무엇인가? 노준기와 포는 죽을 때 죽더라도 전국을 유람하면서 살기로 한다. 비로소 달맞이언덕을 떠나는 것이다. 재난으로부터의 피난이 아니라, 남은 생을 향유하기 위한 현존의 결단인 셈이다. 소설집 전문의 마지막 문단은 다음과 같다.

차를 몰러 언덕을 내려가면서 보니 안개는 작별을 아쉬워하면서 갑자기 미친 듯이 춤을 추고 있었다. 캠핑카 뒤로는 수십 마리의 개들이 따라오고 있었다. 아, 달맞이언덕의 안개여! 안개여!

—「아, 달맞이언덕의 안개여!」에서

달맞이언덕의 개들은 노준기가 이 언덕을 떠나가 버림으로써 머잖아 굶주린 채 서로 아귀다툼을 일삼다가 모두 죽게 될 것이다. 세상이 어떻게 변하든 간에 이 언덕의 안개만은 여전할 것이다.

5. 반핵의 안보와, 반원전의 안전

이 글을 쓰는 오늘은 문재인 새 대통령의 임기가 시작되는 날이다. 우리는 최순실 태블릿 PC 파동 이후에, 그동안 6개월 반이라는 어두운 긴 터널을 보내 왔다. 마침내 우리는 변화의 시대가 시작하는 시점에 서 있다.

변화를 가장 철학적으로 잘 구현한 고전은 소위 주역(周易)이다. 역이란, 다름 아닌 변화이다. 그것은 3천 년 남짓한 주나라 시대에 만든 책이어서 주역이라고 불린다.

최근 6개월 이상 진행해온 시국 사태를 지켜보면서, 나는 간혹 주역을 펼쳐 보았다. 남녀관계를 전제로 한 남녀의 만남을 두고 주역은 이렇게 말했다. 늙은 남자가 딸 같은 젊은 여자를 만나면 '이롭지 않음이 없다(無不利)'라고 했고, 늙은 여자가 아들 같은 젊은 남자를 만나면 '명예롭지 못하다(不譽)'라고 했다. 나는 처음에는 이 무슨 터무니없는 섹시즘(남녀차별주의)의 망언인가 하고 생각했으나, 저간에 홍상수와 최순실의 경우를 살펴보니 그렇게 되어간다는 느낌도 없지 않았다. 영화감독 홍상수와 여배우 김민희의 불륜은 세간에 화제가 무성했다. 이제 사람들의 관심은 법에서 사라진 불륜에만 초점을 두지 않았다. 홍상수의 입장에서 볼 때, 잃은 것이 없다고 볼 수 없겠으나, 유럽에 진출하여 영화적으로는 예전보다 훨씬 성취적인 국면에 접어들었다. 국정농단의 주역인 최순실이 강남의 호스트 경력이 의심되는 고영태와 상간했다는 증거가 없지만 박 전 대통령 변호인단의 강한 주장이 제기된 것으로 보아선 뭔가가 있긴 있는 모양새다. 그녀는 명예만 잃은 게 아니라 모든 것을 다 잃고 말았다.

문재인이 대통령의 임기를 막 시작하는 이 시점은 주역의 49번째 괘(卦)인 '혁(革)'이 아닌가 한다. 혁이란 대저 무엇이뇨. 혁은 가죽이다. 가죽을 벗겨 변화를 추구한다. 또한 말하되, 두 여인이 함께 살아도 그 뜻이 이득을 서로 얻지 못하는 것을 두고 혁이라고 한다(二女同居基志不相得曰革). 여기에서의 '이녀동거'라는 표현은 박근혜와 최순실의 정치적 동맹, 내지 이익 공유를 연상시킨다. 주역은 이 '혁'을 두고 '택화혁(澤火革)'이라고 부연하고 있는데, 이 말은 혁신할 때가 무르익다, 라는 뜻이다. 혁에 불이 있다면, 그건 이 시대의 촛불로 은유되는 게 아니겠는가? 본문을 주해한 부분을 살펴보니, 지금 이 시점에서 반성적인 의식을 자극하는 말도 있다. 한 국역본을 간추려 적어본다.

시기가 충분히 무르익은 다음에 개혁을 단행한다. 길하리라. 탈은 없다. 맹목적으로 나아가면 흉하다. 바른 일이라도, 위험하다. 군자가 표변한다. 소인도 뜻을 새롭게 고쳐서 군주를 따른다. 그러나 숙청을 강행하면 흉하다. 혁명의 성과를 굳게 지키고, 이전 것이라도 바르고 좋은 것은, 그대로 유지해 가는 것이 길하다.[11]

주역에서 보는 것처럼, 급진적인 추진 의지와 과격한 동력이 지금 우리에게는 오히려 독이 될 수도 있다. 적폐 세력을 청산해야 한다는 명분을 재무장한 완장 부대가 등장하면 내전적인 상황을 부를 수도 있다. 지금 우리 사회가 필요한 것은 안보와 안전에 대한 자각이다. 이 두 가지의 개념 틀이 변화의 중심에 놓인다.

우리는 그동안 북핵 실험과 천안함의 경험을 통해 안보를, 광우병과 세월호와 메르스를 통해 안전을 무수히 성찰해 왔다. 우리 사회가 환경과 안전 중심의 패러다임에로 전환해 가면서도 반핵과 반원전의 문학에 대한 불가피성에 대한 인식이 부족해 보이는 것 같다. 특히 최근에 우리 문단에서, 화석 연료에 의한 미세먼지와 후쿠시마와 경주 강진 이후에 증폭된 원전 안전에 대한 문학적인 응답의 조건이 마련되었다고 보이는 데도 말이다.

반핵과 반원전이 우리 문학의 자장 속으로 들어오게 된다면, 우리 문학은 정치적 이해의 관점을 절제해야 한다. 우리는 광우병과 세월호가 문학 담론의 장으로 들어올 때 비로소, 또는 도리어 심각해진다. 무슨 저의가 있나 하고 의심의 눈길을 보내기가 십상이다. 이제 반핵의

---

11 노태준 역해, 『신역 주역』, 홍신문화사, 1995, 163면, 참고.

안보에서 반원전의 안전으로 생각의 중심추가 좀 기울어져 가는 감이 있다. 나도 그렇게 되어가는 것이 옳다고 본다. 그러면 이제 남은 건 무엇일까?

문인은 이제 진실만을 얘기해야 한다.

진실만을 얘기한다는 것은 정치적인 의도랄까, 그 이해관계를 배제한다는 것과 다르지 않다. 작가 알렉시예비치도 그가 만난 사람에게서 '소문은 언제나 진실보다 끔찍해요.'라는 말을 듣기도 했다.[12] 그가 만난 사람 중에서 '피르사코바'라는 농업학 박사가 있었다. 이 사람은 정치적인 무자각의 상태에서 순수 이성의 꿈을 꾸고 있다는 것이 놀라울 만치 감동적이다. 그의 말을 옮기면서, 나는 이 글을 마무르고자 한다.

체르노빌은 과학 때문에 일어난 일이 아니라 사람이 잘못해서 발생했다는 걸 증명하려는 거예요. 원자로가 아니라 사람 탓이에요. 하지만 정치적인 질문은 하지 마세요. 사람 잘못 찾아오신 거예요. (……) 꿈꾸고 싶어요. 가까운 미래에 체르노빌 발전소를 폐쇄하는 꿈이에요. 건물을 무너뜨리고 그걸 받치고 있는 터를 초록색 풀밭으로 만드는 꿈을 꾸고 싶어요.[13]

세인들은 문재인 대통령의 공약 가운데 가장 눈에 띄는 공약이 현재 진행 중인 원전 사업을 전면적으로 중단하는 것이라고 입을 모으고 있다. 문 대통령은 반원전에 대한 신념을 자주 밝혀 왔다. 과거 정부가 추진해온 원전 확대 정책을 폐기하고, 지속적인 탈원전 정책을 추진함으로써, 신재생 에너지를 확보하는 데 최선을 다하겠다는 것이다.

앞으로 반원전의 문학은 변화의 시대와 함께하는 문학이 될 것이다. 이 문학이 문제의 제기에만 머물 것이 아니라, 인간적 규모와 국제적 연

---

12 스베틀라나 알렉시예비치, 앞의 책, 322면.
13 같은 책, 224~225면.

대를 염두에 두고 새로운 기운과 동력을 얻어 나아가야 할 일이다. 그것이 소기의 목적이 달성된다면, 변화의 바람이 머무는 화평의 저 언덕에 우리가 도달할 수 있을 거라고 본다.

여명의 저 언덕 : 우마니스타의 꿈

―저무는 세기말의 풍경 속에서

> 영화적인 것, 그것은 영화 속에 있으면서도 묘사될
> 수 없는 것이며, 재현될 수 없는 재현인 것이다. 영화
> 적인 것은 언어가 끝나는 곳, 분절된 메타 언어가 끝
> 나는 곳에서 시작된다.
>
> ―롤랑 바르트

1. 클리오, 영상의 숲에서 길을 찾다

가뜩이나, 역사의 존재 가치가 높이 평가되어온 것은 아니었다. 주지
하듯이, 역사는 시간을 거슬러 오르는 것이다. 과거에 대한 날카롭고도
집요한 반성의식 때문일까? 아니면, 건드리면 건드릴수록 덧나는 상처
와도 같은 것, 슬픔과 아픔의 찢김에 대한 기억 때문일까? 악마의 우연,
미신(迷信), 과거로부터 말해오는 망령의 무리, 끊임없는 투쟁이 낳은 영
원한 인간극(人間劇)……. 많은 사람들은 생의 예지를 수반한 듯한 빛나
는 레토릭으로써 역사의 존재성 자체를 단죄해 왔다.

우리 인간에게 시간은 도대체 무엇일까? 그것은 인간의 모든 가치를
철저히 파괴하는 잔인한 폭군이다. 그것은 인간 실존의 비극적 한계를 조
건 지우는 전율스런 신의 사벌(死罰)과도 같은 것이다. 그러나, 먼 옛날의
서사시인들은 과거의 시간을 거슬러 오르면서 잃어버린 낙원을 꿈꾸거
나 구원의 복음을 구가해 마지않았다. 반면에, 이 황폐한 시대의 서사
시인이라고 할 수 있는 소설가는 고통스럽게 과거를 반추해내고 있다. 물

론, 과거는 과거대로 신비한 것이다. 하지만, 켜켜이 쌓인 먼지 속의 기록으로 전해지고 있는 과거를 묻는다는 것, 우리 원색적인 인간들을 단죄한다는 것, 어두운 과거 속의 한 줄기 진실 찾기를 통해 집단적 그리움의 궤적을 성찰해낸다는 것이 과연 비이성적이고 무의미한 것일까?

역사학의 위기는 어제오늘의 일이 아니었다. 전쟁과 이데올로기로 점철된 야만의 세기, 인문주의 정신의 극심한 위기의 시대에 있어서의, 인문학의 중심 분야에 서 있었던 역사학이 효용적인 가치를 상실했다는 것은 어쩌면 극히 당연한 일일지도 모른다. 그러나, 시쳇말로, 위기는 기회다! 상아탑 속에 칩거하면서 안주해온 역사와 역사학은 대중에게 외면을 받았다. 이제, 망각과 기억의 팽팽한 긴장 관계를 맺고 있는 역사학의, 과거와 현재의 대화는 상아탑에서 대중적인 시지각 매체로 옮아가고 있는 느낌을 주고 있다. 만화로 그려졌던 임꺽정과 장길산, 앞으로 디지털 만화로 그려질 컬러판 슈퍼 삼국지, 역사신문 시리즈물, 용의 눈물, 다큐멘터리 극장, 역사의 라이벌, 역사추리, TV조선왕조실록, 역사스페셜……. 역사의 수호신 클리오는 비로소 영상의 숲에서 길을 찾는다.

나는 시지각적인 매체로 구현된 역사에 대한 대중적인 관심을 두고 수정주의(revisonism)에 대한 대중의 매혹이라고 간주하고 싶다. 인간은 누구나 수수께끼를 풀어가듯이 수정된 해답에 접근하는 즐거움에 빠지곤 한다. 수정주의는 '그것이 알고 싶다' 식의 진실에의 집요한 인간적 욕구를 충족시켜주기도 한다.

햇빛에 바래면 역사가 되고 달빛에 물들면 신화가 된다. 과거의 사건이나 실체가 드러나거나 까발려지면 엄연하고도 객관적인 역사의 사실이 되지만 진실이 은폐되면 될수록 그 진실은 신비주의의 베일에 휩싸이게 되는 법이다. 그러나, 수정주의는 간접 증거와 상황 논리와 개연성을 통해 진실을 말하려고 하나 문제를 결정적으로 해결하지 못한다.

제우스와 므네모시네 사이의 딸인 클리오의 모습. 어머니가 기억의 여신이라면, 클리오는 이와 유사한 역사의 여신이다. 양피지 두루마리와 트럼펫이 상징적인 소유물이다. 이 그림은 피에르 미그나르가 1689년에 그린 캔버스 유화이다.

최근에 『영화로 본 새로운 역사』(원제 : Past Imperfect, History According to the Movies)가 번역된 바 있다. 마크 C. 칸즈 등의 60여 명의 역사가가 선사시대의 「쥐라기 공원」에서 현대 정치사의 「닉슨」에 이르기까지의 60여 편의 영화에 관한 비평적 견해를 연대기의 형식으로 수록한 것이다. 즉, 이 책은 과거의 현실, 영화적인 재현 및 재해석, 역사가로서의 (메타적) 비평의 견해로 이어진 것이다. 이 책에서는 영화적인 역사의 관점에 대해서도 거론하고 있다. 예컨대, 앤서니 루이스는 셰익스피어가 「헨리 5세」에서 보여주지 못한 상세한 전투 기록을 영화에서 재현하고 있다는 사실을 지적하면서 로렌스 올리비에와 케네스 브래너의 사극 영화 「헨리 5세」가 각각 제시하는 서로 다른 사관의 문제에 관해서도 언급하고 있다.

두 영화는 각기 다른 역사관을 반영하고 있다. 2차 세계 대전이 끝나갈 무렵 제작된 올리비에의 영화는 애국심을 다루고 있는 것이다. (……) 하지만 베트남 전쟁 후에 만들어진 브래너의 영화는 전쟁의 잔인성과 야망에 불타는 왕들의 냉혹함을 보여 주는데, 이것이 셰익스피어의 작품을 충실히 따르는 길이기도 하다. 올리비에는 헨리가 이스트칩 시절의 단짝인 바돌프를 교회에서 도둑질한 죄로 교수형시키는 데 찬성하는 장면을 넣지 않는다. 반면 브래너는 이 장면을 포함시키고 목 매인 바돌프의 시신에 카메라를 들이댄다.[1]

영화에 사관이 문제시될 때, 여기에 역사를 보는 수정주의적인 시각의 요청은 필연적으로 제기된다. 특히 베트남 전쟁 이래 미국 영화는 백인 편향적, 남성우월적인 구미(歐美) 중심의 사관에 대한 성찰과, 제3세계 영화는 탈식민주의적인 민중해방의 논리를 가끔씩 보여주고 있는 것이

---

1 마크 C. 칸즈 외 지음, 손세호 외 옮김, 『영화로 본 새로운 역사 : 첫째권』, 소나무, 1998, 76~77면.

엄연한 사실이다. 영화감독 존 세일즈는 역사가 에릭 포너와의 대화에서 영화 속에 수정주의가 슬그머니 스며들었다면서, 토머스 버거의 「작은 거인(Little Big Man)」(1964)을 수정주의적인 관점을 보여준 최초의 영화라고 밝히고 있다.[2] 할리우드적인 역사영화에 부분적으로 수정주의 사관이 드러나는 것도 사실이다. 더욱이 이것은 사료의 공백을 채우려는 시도와 영화적인 흥밋거리와 도덕적인 명확성이라는 성격을 지향하였다. 그러나, 역사영화는 역사의 허구성을 중시하게 된다는 문제점이 지적된다. 영화 「간디」의 감독이 컬럼비아 대학에서 인도사를 가르치는 역사 전문가에게 대본을 보낸 결과 숱한 오류들이 확인되었음에도 불구하고 단 한 건도 수정하지 않았다고 한다. 그러면, 영화에서 역사의 객관적 사실을 어떻게 보아야 할 것인가? 하나의 대답이 가능하다면 다음과 같다.

> 역사가들이 역사영화의 한계를 지적할 때 가장 크게 문제시되는 것은 영상의 구체성과 거기서 비롯되는 허구성이다. (……) 그러나 영상의 구체성은 잘만 활용하면 역사의 미시적 차원을 조명함으로써 오히려 글의 독창성이 갖는 한계와 문제점들을 지적하고 그에 대한 대안을 제시할 수 있다. 글로 씌어진 역사에서 결코 의식된 적도 공포된 적도 없지만 역사 서술을 구축하는 틀로 작용하고 있는 메타내러티브의 존재를 일깨울 수 있다.[3]

역사영화도 역사학 연구의 대상일 수 있는가? 영화로 재현된 역사는 글로 쓰인 역사의 대안적인 성격을 가질 수 있는가? 이러한 물음과 문제의식은 역사학계에 앞으로 상당히 진지한 고민으로 대두되리라고 예상된다.

우리나라에도 영화를 역사 연구의 범주 속에 활용하는 시도들이 최근

---

2 같은 책, 19면.
3 김지혜, 「영화로 쓰는 역사」, 같은 책 둘째권, 232면.

에 잇따르고 있는 것이 실정이다. 경제사 전공의 이재광과 미국 노동사 전공의 김진희가 최근에 공저한 『영화로 쓰는 세계경제사』와 『영화로 쓰는 20세기 세계경제사』는 출판계의 화젯거리가 되고 있다. 이들은 영화와 역사를 접목하여 연대기적인 기술물을 이룩해가는 과정에서, 무엇보다도, 영화가 왜곡했을 수도 있는 역사적 배경에 대한 정확한 설명과, 역사를 해석하는 주체적인 시각 등이 중시되어야 한다고 강조한다. 또한, 사학계의 젊은 연구가들이 학회 활동을 통해 역사와 영화의 텍스트 상호관련성을 추구하고 있다는 건 고무적인 일이라고 생각된다. 최근에 '문화사학회'에서 발표된 것, 예컨대 나는 반유태주의 역사에 대한 성찰의 문제와 관련된 「'쇼아' 해석을 둘러싼 역사 쪽의 쟁점들」[4]과, 영화 '마르땡 게르의 귀향'과 데이비스(N. Z. Davis)의 동명의 작품을 통해 역사가의 과제와 방법론 등을 살펴봄으로써 역사가의 정체성에 관한 문제의식을 제기해보려고 한 「포스트모던 시대의 역사가 : 사실과 허구의 틈새에 선 절름발이」의 발표 원고를 입수해 읽은 바 있다. 이러한 유의 시도들은 앞으로 더더욱 증폭되리라고 보인다.

역사를 반추하고 성찰하고 음미하고 향유하려고 하는 수용자들의 입장에서 볼 때, 역사는 끊임없이 갱신되어야 한다. 즉, 동시대의 고유한 역사 경험에 따라 선택되어지는 현재주의 관점의 요청인 것이다. 어쨌든 우리가 여기에 되짚어볼 일은 극영화 「알제리 전투」와 다큐멘터리 영화 「칠레 전투」가 어떠한 문학 작품, 어떠한 역사학 논문 못지않게 가슴 뭉클한 심원한 감동과 진실에의 집요한 욕망을 충족시켜주고 있다는 사실이다.

---

4 이 논문에서, 역사의 증인들에 의한 '증언'의 형태를 띤 「쇼아」나 알렝 레네 감독의 「밤과 안개」 등이 관대하게 평가되고 있는 반면에 허구적인 요소를 가미시킨 작품 「홀로코스트」는 당시의 현실을 왜곡했다는 이유로 극도로 비판되고 있다.

2. 인문학, 세기의 저물녘에 천년을 꿈꾸다

세계사적인 근대화 과정에서 인간의 희생은 엄연한 현실이었다. 대량 생산과 대량학살—아우슈비츠, 남경(南京), 히로시마, 프라하, 체르노빌 등으로 언표화되는—이 동전 양면의 관계를 맺고 있었다. 그런데도 역사학의 연구 대상은 인간의 희생을 한동안 외면했다. 역사학의 중심에는 항상 정치사와 사회경제사가 위치해 있었고, 권력과 지배계급의 삶을 서술하는 것만이 진실이었고, 하나의 통일된 거대담론과 거시적인 사회의 변동이 주제를 구성하는 것이었다.

그러나, 세기의 저물녘으로 향해 시대가 느릿느릿 진전되어가면서, 미시사(微視史 : microstoria)의 필요성이 논의되고, 치즈와 구더기, 발리성의 닭싸움, 로망스의 사육제 등등을 연구하는 일상생활사가 대두되고, 로렌스 스톤에 의해 「이야기체 역사의 부활」(1979)이 선언되고, 객관적 지식의 가능성에 철저히 의문을 품은 포스트모더니스트들이 출현하면서 사실(史實)의 실재를 이론적으로 부정하고는 역사학도 문학처럼 허구를 다룰 수 있다는 주장이 제기되고, 포스트모더니즘의 영향 아래 하층계급과 여성과 식민지 민중의 삶의 편린이 외면된 전체사에 다원성을 인정하자는 소위 신문화사의 물줄기가 형성되고, 마침내는 역사 속에 희생된 인간들의 이야기를 통해 역사 속의 진실 찾기가 이루어지고 있다. 이에 대해 '계몽을 대체하는 것은 야만일 뿐이다'라고 목청을 높이고 있는, 역사 이론의 보수 논객인 조지 이거스는 부분적인 불만을 털어놓는다.

역사학 작업에서 과학적 에토스에 도전하는 거센 움직임은 역사학 외부에서 —역사학을 상상의 문학으로 붕괴시키고자 한 문학이론가와 비평가로부터—시작되었다. 그러나 놀랍게도 한때 저널이나 비평지에 글을 기고하던 독립적 지식인의 활동 영역이었던 문학 비평 자체가 점차 상아탑 안에 갇혀 버리고 말았다. (……) 과학적 에토스를 거부할 것을 요구하는 움직임이 전개되었음에도 불구하고, 그 과학적 에토스는 그대로 존속해온 것이다.

(……)

전통적 과학과 역사 서술을 비판하는 포스트모던적 시도는 역사 사고와 작업에 중요한 수정을 가하였다. 그러나 그것은 실재를 되찾으려는 역사가의 헌신적 노력이나 역사가의 연구 논리에 대한 믿음을 파괴한 것이 아니라, 양자의 복합성을 보여준 것이다. 아마도 우리는 역사 서술의 역사에서 결코 결말에 이른 것은 아니지만, 우리의 관점을 넓히는 데 도움이 되는 진행 중의 대화를 엿볼 수 있을 것이다.[5]

이와 같이 조지 이거스가 역사학의 위기를 타개하려는 노력을 보여주고 있음에도 불구하고, 인문학의 한 분과로서의 역사학은 자율성과 독립성을 확보하지 못할 수도 있다. 여전히 미시사와, 증언사와, 수정주의적 글쓰기로서의 문식(文飾)을 가미한 역사서술의 팩토이드(factoid)는 힘을 얻게 될 것이다. 그리고, 풍속사의 재현은 인정세태(人情世態)가 시각적으로 반영된 다큐필름의 사료적 가치에 의해 결정될 것이며, 극영화가 지닌 부차적인 자료의 성격도 시간의 흐름에 따라서 더욱 빛을 발해 갈 것이다. 올해 모 케이블 방송에서 방영된 발굴 다큐필름 「세기초의 코리아」와 극영화로 제작된 「이재수의 난」은 잊힌 역사의 진실을 영상으로 재현하여 대중에 제시되었다. 다소간 과장스레 말한다면, 이제, 규범화된 언어적 결정론으로서의 역사학의 종언을 한 번쯤 생각할 때다.

철학 쪽에서도 최근에 제기된 화두요, 담론이요, 발상의 전환인 영상 문화학으로서의 인문학에 직접적으로 반응을 보이고 있는 것이 사실이

---

5 조지 이거스, 임상우 · 김기봉 옮김, 『20세기 사학사』, 푸른 역사, 1999, 35~37. .

다. 물론 철학과 교수가 영화에 관한 비평적인 에세이를 쓴다든지 이러한 비평적 경험이 축적되어 저술의 형태로 공간한다든지 하는 일이 일어나고 있다. 그러나, 이보다도 철학 쪽에서 영상에 대한 매체로서의 가능성과 문화적 전망을 어떻게 해석해 왔는지를 인식하고 체계화하는 본원적인 작업을 시도하고 있다. 과문한 탓에, 나는 영상의 본질적 속성과 이미지의 논리 및 수사학에 대한 철학적인 반응의 양태에 관해 잘 알지 못한다. 다만, 나는 메를로-퐁티(Merleau-Ponty)의 일련의 영화론과 김상환의 「영상과 더불어 철학기」등의 글을 읽고 약간의 공감을 갖게 되었다. 메를로-퐁티는, 영화란 사유하는 것이 아니라 지각하는 것이다, 라는 명제를 전제하면서, 영화가 궁극적으로 초언어적인 영상의 문법을 창조하는 것이 사람들로 하여금 무의미의 심연을 체험하게 하고 새로운 개념의 이성으로서의 비이성(deraison)을 탐색하게 하는 일임을 시사해주고 있다.[6] 김상환은 서양 철학의 주류를 광학의 형이상학, 이론과 로고스를 중심으로 한 '빛'의 사유에 의한 존재론적 욕망이라고 간주하면서(현상학은 이러한 표현의 마지막 진화 형태이다) 데카르트에서 비롯된 근대적 사유가 막바지에 이르는 국면에서 영상 존재론의 성격을 잘 정리해 보이고 있다. 그는 현대 철학자들의 이에 관한 견해들을, 즉

베르그송 : 영상은 관념론자가 표상이라고 부르는 것보다 더한 것이고, 실재론자가 사물이라고 부르는 것보다 덜한 어떤 존재자이다.

하이데거 : 철학은 이성의 빛에 대하여 말할 뿐 존재의 트임에 대해서는 주목하지 않고 있다.

하이데거 : 빛은 말하자면 빈 터 안으로, 그 빈터의 트인 자리 안으로 들어올 수 있고, 그 안에서 밝음과 어둠으로 하여금 어울리도록 해줄 수 있다. (……)

---

6 송희복, 『영화 속의 열린 세상』, 문학과지성사, 1999, 63~66면, 참고.

빈터는 현존하고 부재하는 모든 것에 대하여 열려져 있는 자리이다.

데리다 : 세계 자체의 현상 방식은 유령적이다. 현상학적 자아는 어떤 유령이다. 나타남은 그 자체로서 유령의 가능성 자체이다.

와 같은 내용들을 소개하면서, 현대 철학의 초언어적인 성격, 이를테면 탈현상학적인 현상과 유령적 효과가 세계를 인식하고 재해석하는 데 있어서의 근대성에 대한 인간의 존재방식 내지 반성적 사유 형식이 적절한 가치의 유효성을 얻고 있음을 통찰하고 있다. 영상이 지닌 철학적 사유의 맥락을 중시한다는 것은 다름 아니라 이성 중심의 근대성에 대한 성찰이라는 개념의 등가물일 수 있다. 김상환은 특히 해체론자에게 있어선 이성과 현상의 빛을 초월한 유령적 효과가 현대의 영상 이론과 영상을 통한 창작적 실천에 의해 현대성을 획득하고 있음에 주목한다. 그에 의하면, 하이데거의 '빈 터'와 데리다의 '유령'은 궁극적으로 태양중심주의로서의 서양 형이상학, 광학으로서의 서양 철학의 한계를 표시하는 철학적인 영사기가 되는 것이다.[7]

김상환의 글 외에도, 비록 내가 아직 구하여 읽지는 않았지만, 저서의 형태를 갖춘 『철학으로 영화보기, 영화로 철학하기』(김영민 저, 철학과현실사 간)도 영화와 철학의 두 영역을 접목한 학구적 읽을거리로서의 좋은 사례가 될 것이다.

주지하듯이, 인문학은 전통적으로 문사철(文史哲)을 중심의 위치에 놓고 인간이란 무엇인가 하는 존재의 본질과 정체성을, 삶의 진실을 어떻게 찾고 드러낼 것인가 하는 성찰과 사색의 방향을, 세계 내(內)의 구성된 개체로서 왜 가치롭게 살아야 할 것인가 하는 실천적 행위에 관한 문제의식을 끊임없이 물어 왔다. 인문주의자들은 이러한 유의 물음들을

---

7 영상문화학회 편, 『이미지는 어떻게 살고 있는가』, 생각의나무, 1999, 75면, 참고.

답하기 위해 문자로 기록된 형식을 통해 인간성(humanitas)을 언표화해왔다. 여기에서 우리들은 우리가 그 동안 초시대적인 불멸의 고전(古典)들을 만나게 되었음을 상기할 수 있을 것이다.

인문주의자! 이 말이 최초로 사용된 것은 15세기의 이탈리아 학생들이 사용한 은어를 통해서였다. 이들은 자신에게 고전어와 문학을 가르치는 교사들을 가리켜 인문주의자라고 했다. 즉, 우마니스타(Umanista)라는 이름인 것이다. 나는 '우마니스타'들이야말로 거울로 자신과 인간을 비추어보고 허위와 어두움 속에서 램프를 높이 치켜든 사람이다, 라고 비유하고 싶다. 거울과 램프……. 다시 말하면, 인문학은 자기반성의 사유와 진실추구의 정신, 이 두 수레바퀴에 의한 추동력으로써 이제껏 진전해 온 것이다.

주지하듯이, 서책 문화는 그동안 천년 간의 황금시대를 구가해 왔다. 그런데 인쇄된 문자가 구전을 대신한 것 이상으로 영화 · TV 등이 구텐베르크의 발명을 능가할 수 있다는 것이 저간의 실정이다. 이제 세기말적, 천년말적인 큰 전환기에 문학과, 인문학과, 문자언어를 중심으로 한 문화의 위기를 진단하는 예측들이 대두되고 있다. 미국에서 1990년대에 간행된 문명비평서 『구텐베르크의 비가(The gutenberg Elegies)』와 『홀로데크 속의 햄릿(Hamlet on the Holodeck)』 등이 그 대표적인 사례라고 할 수 있다. 어쩌면, 인문학의 위기는 자명한 것인지도 모른다. 인간이 금세기에 굶주림으로부터 점차 해방되어갈 때, 그것은 정신적인 풍요의 가치관을 정립하는 데 긍정적으로 기여하지 못했다. 그래서 그것은 대중으로부터 외면을 당하게 된 것이다.

그러나 정교한 기능의 컴퓨터와 풍부한 정보량을 갖춘 영상 매체가 언어와 문학과 인문학을 대신해주지는 못할 것이다. 우리는 이 시점에서 궁극적인 이성의 도구가 무엇인지를 새삼스레 되묻지 않으면 안 될 것이다. 아무리 사회가 변화하고 문화가 변동한다고 하더라도 문자언어는 현실을 인식하고 사유하고 마침내 새로운 현실을 창조함으로써 생의 격식을 갖추거나 그 적격성을 띠게 하는, 또한 인간의 모든 비이성적인 관념에 맞설 수 있는 최후의 보루로서 튼실하게 자리를 차지하고 있는 것이다.

영상은 중요한 발전이고 해방구입니다. 하지만 거기에는 위험성이 도사리고 있습니다. 적어도 대학 교육에서 영상이 언어를 압도해서는 안 된다는 겁니다. 소통은 마땅히 논리적 · 이론적이면서 동시에 합리성을 잃지 않아야 하는데 언어가 그 중심에 있습니다. 반면 영상은 이미지를 통해 소통하기 때문에 언어가 가지는 합리적 소통을 마비시키는 문제가 있습니다. 영상이 갖는 단기 · 즉흥적 지배에 대한 비판적 성찰은 그래서 긴요합니다.[8]

우리나라 인문학계의 중심인물로 손꼽히고 있는 김우창이 한 지상(紙上)의 인터뷰에서 이렇게 말한 바 있다. 학문도 사상도 유행을 좇거나 시세의 변화에 동조하면서 부박해지기 쉬운 이 세태에 정곡을 찌른 날카로운 탁견이 아닐 수 없다.

아닌 게 아니라, 전통적인 인문학의 중심부에 서 있었던 문사철(文史哲)이 위기를 타개하기 위해 기존의 문자 문화와 새로운 영상 문화를 기계적으로 결합한다든지, 이러한 결합에 대한 메타적인 판단을 무분별하게 자행한다든지 하는 것은 위험할 수도 있다. 예컨대, 할리우드적인 역사 영화가 대부분 인물사를 취급하고 있듯이 역사와 영화의 접점에 영웅주의적인 사관의 복귀를 불러일으킬 수 있으며, 철학 및 문학 교수가 영화를 담론의 대상으로 삼을 때 자칫 딜레탕티즘(비전문성)의 함정에 빠질 수 있다. 무엇보다도 이러한 현상이 얼마만큼 한국적인 상황의 특수성과

---

8 중앙일보, 1999. 6. 28.

맞울림할 수 있겠는가 하는 점이 우려된다.

그럼에도 불구하고, 우리에게는 인쇄술의 시대를 지나 이미지의 연금술과 수사학이 지배하는 시대가 도래할지도 모른다는 막연한 불안감이 없지 않다. 무언가 새로운 자기 쇄신이 필요한 시점이다. 한때 바르트 · 로트만 · 들뢰즈 등의 영상기호학이 문명사적인 전환기의 인문학계에 적잖이 영향력을 끼쳤던 것이 사실이었다. 최근에는 우리 인문학계에 새로운 인문학으로서의 영상문화학이 제안되고 있다. 초분과적인 학문의 통합성을 지향하고 있는 이것은 올해 '영상문화학회'와 '문학과영상학회'를 결성시키기도 했다. 물론 영상문화학이라는 것을 어떻게 개념적으로 구성할 수 있는가 하는 초보적인 단계에 머물고 있지만 앞으로 인문학의 발전에 어떠한 영향력을 행사할지는 잘 알 수 없다. 하나의 대안적인 가설이 있다면 그것은 영상문화학이 새로운 시대의 인문학으로서의 수행적 표현학(表現學)을 지향한다는 점이다. 이 야심 찬 기획에 눈을 돌리고 있는 영상문화학회의 적극적인 구성원들은 인문학의 현존 위기를 제도적인 위기일 뿐이라고 말한다. 고전적 인문학이 글쓰기와 이해에 치중한 것이었다면 새로운 인문학은 신체 언어와 예술 언어는 물론 디지털 이미지까지 포함해 표현의 열린 장을 확대하는 것으로 나아가고자 한다.

영상 이미지만으로도 충분히 사유와 이해의 통로가 마련된다면, 또 표현하고 의사소통하는 것이 가능해진다면, 영상 이미지는 자연 언어에 못지않은 기능을 해내고 있는 또 하나의 언어라고 볼 수 있다. 기존의 영화 이미지뿐만 아니라 컴퓨터에 의해 생산된 영상 이미지인 디지털 이미지는 자연 언어보다 더 광범위하게 사용되고 있다.[9]

---

9 영상문화학회, 앞의 책, 109면.

어쨌거나, 앞으로 문자언어와 영상언어가 상당 기간 공존하는 시대가 지속되리라고 전망된다. 문자 문화와 영상 문화의 상호 의존적인 관계도 새천년을 지배할지 모른다. 점착성(粘着性)과 휘발성이라는 서로 이질적인 문화의 동거 상태가 통합적인 활성화에 기여할지, 아니면 불편과 혼란을 불러일으킬지 지금 현재로선 잘 알 수 없다.

그런데, 아무리 시대가 급변하고 있다고 해도 인문학이 추구해온 고전적인 정신만은 크게 변화되지 않으리라고 보인다. 인문학의 위기는 인문주의 정신의 위기이다. 아니, 애최, 인문학이 위기와 전환기의 학문이었듯이, 인문주의는 위기와 전환기의 사상이다. 인문주의는 이제 우리 시대의 '우마니스타'들이 새천년 여명의 저 언덕에 서서 미래를 꿈꾸는 사상이 아니어선 안 된다. 그들은 우리에게 절실하고 절박한 문제를 놓고 수시(隋時)를 성찰하고 처중(處中)을 몰두하지 않으면 안 된다. 즉, 시대의 새로운 변화에 유연하게 탄력성 있게 적응한다는 것, 사물의 중심부에 정면으로 맞서 민감하게 대처한다는 것, 혹은 이러한 태도와 자세와 각오를 다진다는 것은 위기와 전환기를 이겨내는 버팀목이다.

사실상 영상은 무척 매혹적인 매체이다. 그것은 참여적인 매체이며, 많은 사람들에게 해방의 기회와 새로운 경험을 가능케 하는 매체이다. 영상은 선사시대의 벽화나 암각화에서 보듯이 가장 오래된 매체이면서, 무한 복제가 가능한 디지털 이미지에서 보는 것처럼 가장 최신의 매체이기도 하다. 그러나 아무리 이미지의 기능과 힘이 지배하는 시대가 온다고 해도, 우리가 결단코 포기할 수 없는 것은, 인간적인 고통과 열정, 인간에 대한 헌신적인 이해, 선(善)과 정의에 대한 집단적 그리움, 부와 권세에 아부하지 않는 자들의 참다운 용기, 인류의 운명에 관한 고귀한 인격의 존엄성 등일 터이다. 이것은 고전적인 인문학과 인문주의가 실현해온 정신적인 미덕이요 장처(長處)이기도 했다.

3. 영화, 뮤즈의 침실을 사랑하다

　문자 문화와 영상 문화의 상호 의존성은 문학과 영화의 결합적 관계에서 잘 드러나고 있다. 문학과 영화는 오래전부터 친연성을 맺어 왔다. 하나의 좋은 사례가 있다면, 디킨스가 소설을 쓰듯이 그리피스는 영화를 서술하고 싶다고 했고, 카메라가 영화를 찍듯이 톨스토이는 소설을 쓰고 싶어했다. 전혀 상충되지 않는 이 두 가지의 생각은 각각 변화하는 사회 상황과 그 시대의 기술적으로 중재된 지각 방식에 반응하고 있다.[10]

　얼마전 월간 『키노』(1999, 5) 지(誌)에서는 '영화의 이상한 연대기, 1895~1998'라는 기획 특집을 마련한 바 있었는데, 여기에서 나는 「에이젠슈테인, 제임스 조이스에 대해서 생각하다」와 「장 콕토, 로베르 브레송을 위하여 시나리오를 쓰다」에 주목하지 않을 수 없었다. 세르게이 M. 에이젠슈테인은 1929년 유럽 여행의 도정에서 마르크스의 『자본론』을 영화화할 대본을 맡겨볼 요량으로 제임스 조이스를 만났다. 그는 조이스와의 만남과 대화를 통해 문학과 영화의 형식적 조건에 대한 깊이 있는 의견을 나누었던 것으로 알려져 있다. 에이젠슈테인이 미학적으로 완성시킨 영화의 소위 '몽타주 이론'은 현대소설의 한 서술 방법론인 이른바 '의식의 흐름'에 영향을 받으면서 발전되어 갔다. 즉, 에이젠슈테인이 제임스 조이스와 같은 문학성을 획득하기 위한 첫 번째 시도는 「알렉산더 네브스키」라고 할 수 있으며, 또한 그 두 번째 시도에 해당할 수 있는 건 「폭군 이반」이었다.[11] 한편, 장 콕토가 브레송의 영화 「블로뉴 숲의 귀부인들」이란 영화의 시나리오를 써 주면서 확인된 두 사람간의 우정도 문학과 영화의 우호 관계를 상징적으로 나타내 주고 있다.

---

10 요아힘 패히, 임정택 옮김, 『영화와 문학에 대하여』, 민음사, 1997, 182면, 참고.
11 『알렉산더 네브스키』는 형식주의에 빠졌다는 이유로 고리키에 의해, 자아비판을 하게 되었고, 스탈린을 풍자했다는 불온의 낙인이 찍혀 상영 금지 작이 되고만 『폭군 이반』은 그에게 정치적 박해와 함께 죽음을 초래하였다.

나는 문학평론과 영화평론을 업으로 삼는 사람으로서, 문학을 상아탑 속에 안주하게 하거나 문자주의의 틀 속에 가두어둘 것이 아니라, 그것을 대중적인 삶의 현장에 한결 폭넓게 적용시킬 수 없을까 하는 문젯거리를 고심하게 되었다. 그리하여 나는 영화도 문학 텍스트의 연장이요 확장이라는, 또한 모든 영화가 다 문학이라고 규정할 수 없지만 문학성의 개념으로서 향유될 수 있고 분석될 수 있는 영화를 가리켜 '영상문학'이라는 잠정적인 용어를 사용할 수 있다는 믿음을 갖게 되었다.

문학과 영화가 접목된 양상인 소위 영상문학에 대한 인식의 변화는 필연적으로 영상시와 영상소설이라는 하위 장르에 대한 재인식을 파생시켰다고 할 수 있다.[12]

이 중에서도 우리가 각별히 주목하는 건 영상시의 개념이다. 영상시는 때로 우리를 한없는 매혹의 깊이에 빠뜨린다. 따라서 우리도 영화를 통해 또 다른 시의 세계인 영상의 아름다움에 심취할 수 있다. 심취란 몰입이다. 그것은 탈속적인 행복감이다. 시와 영화의 행복한 어울림의 세계는 우리로 하여금 의식을 명료하게 하며, 삶의 질을 한층 고양시킨다. 우리가, 시와 영화가 만나는 기회에 동참해본다는 건, 즉 클래식의 반열과 아취(雅趣)의 품격에 놓이는 시적 영화의 명상과 비의(秘義) 속에 한껏 몰입해본다는 것은 내 안에 숨어 있는 또 다른 자아를 만나는 벅찬 느낌을 갖게 되는 것이리라.

---

12 영상시 즉 시네포엠(cine-poem)은 시나리오 형식으로 쓰인 시(詩)를 가리키는 용어로 사용되었는데 이제 이에 관한 개념의 변화도 불가피해졌다. 특정의 풍경을 화면에 담으면서 감정적인 기분과 정감을 솟아나게 하는 목적을 갖고 있는 '시적 영화'를 요즈음 소위 '영상시'로 부르는 경향이 있다. 어쨌든 이러한 유의 영화는 대중적인 기반이 없기 때문에 예술적 가치를 고양하려는 의도로 일부 층에서 한정적으로 만들고 있는 실정이다. 한편 영상소설 즉 시네로망(cine-roman)에 대한 개념 규정은 다소 복잡하다. 축자적인 의미에서 볼 때 시네로망은 물론 영화와 소설이 결합된 복합 개념이다. 그러나 예술의 매체적 형식을 염두에 둔다면 이 개념은 불가능하다. 다만 시네로망에 관한 개념 규정이 가능하다면, 그것의 의미는 첫째 소설을 원작으로 한 모든 영화, 둘째 저본이 되는 시나리오를 문자언어로 옮긴 소설, 셋째 성격 면에서 마치 시나리오와 흡사한 느낌을 주는 소설 정도가 될 것이다.

영상시는 대체로 다음과 같은 것이리라.

첫째, 음악적인 측면에서 볼 때 그것은 내적 울림의 진폭이 크다. 경우에 따라선 그것은 마치 폭발할 듯한 정념과 고뇌를 반영한 열정의 소나타로 변주되는 것이리라.

둘째, 회화적인 측면에서 볼 때 그것은 각별한 표상과 기호를 창의적으로 변용하여 빚어낸 시적 이미지의 소산이다. 창의적인 변용에 도달한 영상미의 절대 경지는 타르코프스키 영화들에서 보여준 바 예술의 피안(彼岸)에 접근한 한 편의 영혼의 풍경화와 같은 것이리라.

셋째, 문학적인 측면에서 볼 때 그것은 형식적으로 탈문법성을, 내용적으로 인간적인 높은 이상에 대한 소망의 실현을 지향한다. 문학에서의 탈문법성이 단순한 비문(非文)이 아니라 이를 뛰어넘는 정신의 모험이라고 할 수 있듯이, 영화도 영상언어의 창의적인 발현을 통해 세계의 패러다임을 재창조하려고 한다.

이러저러한 점에서 볼 때 시와 영화는 지근의 거리에 놓은 것이리라. 이른바 시적(詩的)인 것이란 모든 예술에 걸쳐 아취와 품격의 최고 경지에 도달했음을 가리키는 비유적인 표현이다. 모든 것에 의해 중독된 시대의 기적적인 정화(淨化)이다.

세기말적 전환기에 놓여 있는 이 시대를 가리켜 많은 사람들은 중독의 시대라고 말하기에 주저하지 않는다. 니코틴 · 알코올 · 일 · 컴퓨터 · 스포츠 · 환각제 · 섹스 등등에 중독된 신세대를 두고 특히 '케미컬 제너레이션'이라고 한다. 영화의 제목으로도 사용된 이 용어는 우리 인간의 본원적인 순수성이 심각할 정도로 상실되어가고 있다는 사실을 잘 암시하고 예시하고 있다고 하겠다. 그러나, 영상의 서정시, 영상의 음유시가 무엔가에 의해 중독된 현대인의 가슴을 얼마나 정화시키는가를, 우리는 혼신의 숨결로 느낄 수 있을 것이다. 그것은 우리의 생활 속에서도 찾아진다. 올해에 비디오테이프으로 소개된, 매우 뜻깊은 두 편의 영

영화 「바람의 전설」의 한 장면. 등대지기 아버지와 딸이 외딴 섬에서 살고 있다. 아버지는 바람난 아내로 인해 은거하고 있고, 딸은 바람 따라 뭍으로 나가고 싶은 욕망을 가누지 못한다.

상시가 있다. 러시아 영화 「어머니와 아들」과 브라질 영화 「바람의 전설」이 그것이다.

  월터 리마 주니어 감독의 「바람의 전설」(A Ostra e o Vento)은 1997년 베니스영화제 관객 선정 최우수 작품상을 받았던 작품이다. 이 영화는 등대지기 호세의 외동딸 13세의 마르셀라가 너무나 외롭고 쓸쓸하여 바람을 자신의 연인으로 여기면서 바람과 함께 대화를 나누거나 바람의 격렬한 요동을 통해 사랑을 느낀다는 독특한 삶의 경험적인 세계를 비추어주고 있다. 바다와 바람과 해무(海霧)로 둘러싸인 외로운 섬과 등대—이러한 시적인 배경 속에서, 사춘기 소녀의 내면풍경, 이를테면 성적인 눈뜸과 갈망과 환상, 신체적 감성을 동요시키는 높은 야생적 순도(純度)의 이미지들이 마치 꿈결처럼 모호한 생의 비밀로 활활 타오른다. 영상시에 대한 평가에 극히 인색한 미국의 언론들도 이 영화에 찬사를 보낸 것으로 알려져 있다. 『뉴욕 포스트』는 이 영화를 "상징과 은유, 환상적 이미지로 가득 찬, 감명적이고 시적인, 정서의 영화미술(Sheer Movie Magic)이다"라는 평을 부쳤고, 영화 잡지 『할리우드 리포트』에서는 이 영화를 두고 한마디로 '최면성, 여운, 정서적 침잠'이라는 코멘트를 남겼다고 한다. 이 영화는 원초적이며 물활론적인 신비의 세계로 인도하는 한편의 이채로운 영상시이다. 남미(南美) 특유의 문학적인 성향인 마술적 내지 환상적 리얼리즘을 연상케 하는 이 영화가 우리에게 불가해한 미지의 세계에 대한 각별한 느낌을 환기하고 있는 것은 당연하다.

알렉산드로 소쿠로프의 「어머니와 아들」(Mother and Son)는 '97 부산국제영화제에 출품되어 호평을 받았던 작품이다. 러시아의 장엄한 자연풍광과 고즈넉한 시골의 전원을 배경으로 죽음을 눈앞에 둔 병약한 어머니와, 이를 극진히 간호하는 청년 아들이 이승에서의 끈질긴 인연의 끈을 놓지 않으려고 안간힘을 다하는 가운데 육친 간의 심원한 애정을 함축하고 있는 영화. 마치 탐미적이고 섬세한 회화와 같이 모노 톤의 색채의 신비감을 자아내게 하는 영상시다. 이 영화를 통해 감독은 인간에게 있어서 지고의 가치는 사랑의 헌신에, 또한 이것을 고양하는 인간적인 정신의 세계에 있음을 말없이 말하고 있다.

이미지만이 제시되고 침묵으로 전달하는 것. 이것이야말로 영상시의 본령이다. 레오나르도 다 빈치는 그림을 두고 '말없는 시(muta poesis)'라고 표현한 바 있었다. 또, 오래전부터 시는 '말하는 그림(pictura loquens)'이라고 규정되어 왔었다. 그렇다면, 지금 우리가 말하고자 하는 영화는 무엇으로 비유될 수 있을 것인가. 그것은 다름 아니라, 말하는 그림인 동시에 움직이는 시로 비유되는 것. 요컨대, 내가 중시하여 말하고자 하는 건, 시가 언어의 연금술이라면, 영화는, 아니 시적인 영화는 이미지의 연금술이며, 시가 언어의 건축물이라면, 영화는, 아니 시적인 영화는 이미지의 건축물이라고 하는 사실이다. 장 폴 사르트르는 "영화는 현대적 삶의 시이다."[13]라는 의견을 남긴 바 있었다. 그리곤 그는 다음과 같은 말을 부연했다.

> 보다 깊이 들어가보자 : 영화는 담론에 생명을 불어넣고 생기를 감돌게 한다. 영화는 상징을 새롭게 하고 은유를 고상하게 만든다.[14]

20세기는 야만의 세기로 일컬어진다. 전쟁과 살육과 철저한 환경파괴와 중독성으로 점철된 이 시대는 독성(毒性) 문화의 위기로 언표화된다. 그렇다면, 이 시대의 영상시가 파괴적인 충동의 이미지들로 가득한 폭력적인 상업영화에 대해 명백하리만큼 가치의 빛을 발하고 있는 것도 사실이다.

끝으로, 앙겔로풀로스의 영화 「율리시즈의 시선」(1995)에 관해 한마디 언급할까 한다.

이 영화는 살풍경한 세기말에 한 세기를 회고하면서 작품의 배경이 되는 발칸 반도를 아름답게, 혹은 고통스럽게 반추해내고 있다. 작가의, 주인공의, 율리시즈의 시선은 어떤 세상 읽기의 눈길일까? 카메라의 앵글은 어떠한 세상에 대해 눈길을 주고자 하는 걸까? 주지하듯이, 발칸 반도는 금세기 비극의 총체적 상징이다. 제1차 세계대전의 불씨가 되었던 사라예보의 총성에서부터 최근에 전세계의 이목이 집중된 비극의 현장이다. 금세기 비극적인 역사의 상징적인 현장인 발칸 반도에 대한 기행의 체험이 이야기의 큰 줄거리를 이루고 있는 이 영화는, 20세기의 끝에 서서 새천년 여명의 저 언덕을 바라보고 있는 우리에게 적잖은 감동

---

13 장 폴 사르트르, 백승미 역, 「영화를 위하여」, 『비평의 시대』 제2집, 문학과지성사, 1993, 303면.
14 같은 책, 305면.

의 파문을 일으켜주고 있다.[15] 그것은 비록 우화적이긴 하지만 바로 우리 백년사(百年史)의 얘기이기도 하며, 길이 끝난 곳에서 길이 또다시 시작되듯이 무수한 새로운 얘깃거리가 끊임없이 펼쳐질 우리 자신들의 얘기이기도 하다. 이 이야기들은 호메로스의 서사시 「오딧세이」에서 주인공 오디세우스의 고향 '이타케'가 아무런 이해관계도 없이 트로이 전쟁에 휘말렸던 것처럼 그리스 현대사에서 그리스가 원치 않는 발칸 반도에서의 전쟁에 수차례 휘말렸다는 사실에만, 카메라의 앵글이 성찰의 눈길을 주는 데서 끝나지만 여기서 결코 끝날 수 없는 인류의 보편적인 이야기들인 것이다.

율리시즈의 한 시선은 철거된 레닌의 동상이 강을 따라 옮겨지는 것에 대한 주인공 A의 그윽한 관조에서도 나타나 보인다. 역사의 장엄한 전환기에 서서 사회주의의 극적인 몰락의 상징물을 지켜보는 감회 어린 시선은 우리의 미래에 관한 암묵적인 예시를 의미해주기도 한다. 역사의 경험이 늘 그랬듯이, 휴머니즘은 전환기 위기를 대처하는 사상으로 새롭게 태어나곤 했다. 궁극적으로 볼 때, 율리시즈의 시선은 그래서 휴머니즘의 시선인 것이다. 「율리시즈의 시선」에서 주인공 A가 눈물을 흘리면서 서사시 「오딧세이」의 시구를 읊조리는 것이 매우 인상적이다. 새로운 세기와 천년을 바로 눈앞에 둔 우리가 지금 음미해볼 수 있는 감명적인 내용의 시구인 것이다.

내가 돌아올 땐 다른 옷을 입고 다른 이름으로 불현듯 돌아올게. (……) 밤새

---

15 서정시(lyric)의 어원이 현악기에서 비롯되었듯이, 영상시도 인간의 감정을 극화(劇化)하기 위해 현악기의 이미지를 기호화하거나 현(弦)의 악기음을 이용하곤 한다. 장 콕토가 칠현금의 이미지를 상형문자로 빚어냈고, 첸 카이거가 「현(弦) 위의 인생」에서 음유적이거나 음악적인 세계를 명상과 철학의 눈높이로 끌어 올렸고, 앙겔로풀로스는 엘레니 카레인드로우라고 하는 여성 뮤지션의 도움을 받아 비올라 선율의 애잔한 정취를 자극하면서 폐허화된 발칸의 비극사에 대해 비감 어린 정서를 환기시켰다.

도록 서로의 몸을 안으며 사랑하는 사람의 이름을 부르면서 내가 본 것들을, 결코 끝나지 않을 이야기들을 들려줄게.

우리 시대의 마셜은 어디에 있는가

—선택적 정의를 넘어서

1. 인종차별의 성욕과 공포

그레이스 할셀이라는 여성 언론인이 있었다. 백악관 출입 기자도 지냈고, 대통령 연설문의 초안을 작성하기도 했었다. 일반적으로는 르포 작가로 유명하다. 그녀는 미국의 인종차별 백서를 책으로 만들어내기도 했는데, 이것은 우리말의 제목인 『흑인의 성, 백인의 성』(눈, 1989)으로 번역, 공간되기도 했었다.

그녀는 1956년 전후에 우리나라에도 특파원으로 근무했다. 이때 장씨 성을 가진 한국인 기자와 이성 친구로 사귀기도 했다. 미군의 한 고위직 인물이 미국의 백인 여성이 한국 남자와 교제하는 것을 두고 매우 못마땅하게 여겼다고 한다. '네발 달린 짐승'에 불과한 한국인 남자와 연애를 하다니, 하면서 말이다. 아마도 그녀는 이것을 충격적으로 받아들여 뿌리 깊은 인종차별 속에 성적 욕망과 공포가 내면화되어 있다는 가설을 제기한 게 아닌가, 한다.

그녀의 저서 『흑인의 성, 백인의 성』은 흑인 남성과 백인 여성 간의 섹스라고 하는 민감하고 선정적인 소재를 가지고서 인종차별의 근원적인 문제점을 심도 있게 분석하고 있다. 흑인 남자는 누구나 백인 여자에게 강한 성적인 이끌림을 가진다고 하겠다. 특히 백인 여자 중에서도 순결한 백인 소녀에 대한 비현실적인 소유 욕망이 무의식 속에 감추어져 있다고 할 수도 있다. 일종의 성적 환상이라고나 할까? 이런 성적 환상은 어디에서 오는 걸까? 또 이와 관련해 흑인들 사이에는 이런 믿음이 오래 전부터 전해져 오고 있다고 한다. 검은 뱀에게 한 번 물린 백인 여자는 다시는 백인 사회로 돌아갈 수 없다는 믿음 말이다.

다 아는 얘기지만, 우리 한국인 남성 사회에도 이런 얘기가 있다. 한국 남자가 백인 여자와 관계를 맺는다는 것을 두고 '백마를 타다.'라고 한다. 친구에게 농담 삼아 이렇게 물어볼 수도 있다. 너, 미국에서 1년 살면서, 백마 타봤어? 백마를 타면 기분이 어떨까?

이러한 유의 성적 환상 내지 성적 농담은 저간에 심각하게 논의되고 있는 이른바 젠더 감수성의 기준에도 맞지 않거니와, 인종차별의 반작용으로 무의식의 심연 속에 투사된 것임에 틀림이 없어 보인다.

그레이스 할셀은 한때 흑인으로서, 백인의 스포츠 영웅이었던 짐 브라운과, 역사학자인 윈슬러프 조나단의 의견을 듣고서는 흑인 남자의 특별한 성적 능력은 백인 남자의 마음속에 있는 것이라고 본다.

짐 브라운 : 보통의 백인 남자는 백인 여자가 흑인 남자와 함께 있는 것을 보면 두 사람이 틀림없이 동침했거나 할 거라고 생각한다는 점입니다. 그러나 그렇게 생각하는 것은 흑인 남자나 백인 여자라기보다는 오히려 백인 남자라는 겁니다. (46면, 참고.)

윈슬러프 조나단 : 백인이 흑인을 무서워하고 미워하게 되었던 것은 그들이 유색인종이기 때문이 아니라 침실에서의 패배에 대한 위협을 느끼기 때문이다.

(52면, 참고.)

흑인에 대한 인종차별적인 증오는 흑인 남성으로 하여금 백인 여성에 대한 성욕을 자극하게 하고, 또 백인 남성들의 무의식의 배후에는 그것이 성적 공포감으로 자리하게 된다. 백인 남자들은 놈들의 섹스는 강하고도 격렬해, 하면서 자신의 애인이나 아내를, 일이 잘못되어 놈들에게 도둑질당하지나 않을까, 하고 전전긍긍한다는 것이다. 이 같은 가설은 인종차별의 심리적인 기초를 제공하는 데 적잖은 도움을 가져다주었다고 본다.

이런 심리적 메커니즘은 리차드 플레이셔 감독의 「만딩고」(1975)에서도 나타난다. 수많은 노예를 부리면서 부를 축적한 백인 주인의 아내가 건장한 흑인 남자 노예를 은밀히 불러들여 유혹한다. 미드, 백인 여자랑 하고 싶은 적은 없었어? 이 말이 비극의 씨앗이 되고 말았다. 여자 주인은 노예의 검은색 피부의 아이를 낳고, 이에 분노한 백인 남편으로 하여금 총을 들게 한다.

2. 스크린에 귀환한 서굿 마셜

흑인 남자와 백인 여자의 성적 교섭에 관한 소재의 영화는 그동안 적지 않았다. 대체로 색다른 흥미와 선정적인 관심을 드러낸 영화였다. 그런데 레지날드 허들린 감독이 연출한 영화 「마셜(Marshall)」은 인권의 보편적인 가치를 다룬 심원한 문제작이다. 이 영화는 2017년에 개봉된 영화이다. 미국 최초의 흑인 대법관이었던 서굿 마셜이 인권변호사로 활동하던 한 젊은 시절을 조명한 영화이기도 하다. 이 영화는 법정 영화이다. 모든 법정 영화가 그렇듯이, 이 영화 역시 법적 판단 외에도 도덕적

판단이 중시된다.

그는 1940년에 일어난 흑인 하인이 백인 여주인을 강간한 혐의를 받는 사건에 개입한다. 이 사건의 피의자인 조지프 스펠을 변호한다. 이 흑인 남성은 상당히 위기에 몰려 있다. 지금으로부터 거의 80년 전의 일이라면, 뿌리 깊은 인종차별이 사회적으로 만연된 시대이었기 때문이다. 조지프 스펠은 자신이 고용되어 일하던 부유한 집안에서 여주인 스트루빙 부인을 강간하고, 이 행위를 은폐하기 위해 저수지에 고인 깊은 물속에 던져버렸다는 혐의로 기소된다.

이 엄청난 일은 사회적인 화제로 떠올랐다. 흑백 인종차별이 엄존하던 시절에 매우 민감하고도 선정적인 사건이라서다. 피해자 백인 여성도 자신이 고용한 흑인 남자에게 한 자리에서 두 차례에 걸쳐 강간을 당했다고 한다. 남자의 손에는 예리한 칼이 쥐어져 있어서 생명의 위협을 크게 느꼈다고 한다. 여자가 법정에서 말한다.

제가 그에게 공격을 당한 날, 남편은 외부로 출장 중이었지요. 그는 저에게 두 차례나 걸쳐 그 몹쓸 짓을 하고서도 저를 '부인'이라고 불렀지요. 사건을 영원히 미궁에 빠뜨리기 위해 뜯긴 옷자락으로 나의 입을 틀어막고는 물속으로 던져버렸지요.

하지만 마셜이 스펠과 면담한 바에 의하면, 그는 백인 여성의 유혹으로 두 사람이 합의해 두 차례의 성관계를 맺었다는 얘기를 듣는다. 이 여성은 성관계가 끝난 이후에 미천한 흑인 남자와 섹스를 했다는 수치와 혼란의 덫에 사로잡히게 되고, 또한 자신이 흑인 아이를 낳을지도 모른다는 불안과 공포의 늪에 헤어나지 못한 채 심리적인 공황 상태에 빠진 채 앞뒤를 가지지 않고 다짜고짜 투신자살을 기도했다고 말했다.

하지만 스펠의 발언은 신빙성에 심각한 문제가 생긴다. 좋은 가문 출

영화 「마셜」에서 억울한 피의자인 흑인 남자를 열렬히 변호하고 있는 인권변호사 마셜. 그는 인종차별의 법적 제도를 정립하는 데 기여함으로써 훗날 최초의 흑인 대법관이 되었다.

신에다 최고 학교를 나온 부유한 백인 유부녀가 왜 무엇이 부족해 사회 경제적인 지위가 보잘것없는 한 흑인 남자에게 몸을 쉽게 허락했겠느냐 하는 것이었다. 이 단순한 범주화가 편견의 인지적 뿌리가 된다.

이 사건이 그 당시에 얼마나 승리를 이끌어내기 힘들었을까? 어쩌면 불을 보듯이 뻔한 결과인지 모른다. 이 사건이 당시 많은 사람들의 입에 적잖이 오르내리고 있었을 것이다. 얘기 자체가 민감하고도 자극적이어서다. 오죽하면, 서굿 마셜이 자신의 친구인 저명한 시인 랭스턴 휴즈와 나눈 대사에서도 잘 드러나고 있다. 재즈바에서는 강렬하지만 감성적인 재즈 반주가 연주되고, 흑인 여가수는 흑인 차별의 아픔을 반영하기라도 한 듯한 노래를 목청껏 내지르고 있다.

마셜 : 사람들이 이 사건만 얘기해.

휴즈 : 어차피 질 게 뻔해. 결과는 파괴적일 수밖에 없어.

마셜 : 그 친구가 법정에서 할 말이 다 내 말이기도 해.

휴즈 : 그리니치 가문 여자한테 강간으로 고발된 흑인이 시간을 쓰지 말고 재판을 하지 않는 게 낫다는 얘기야.

마셜 : 랭스턴, 자네는 스페인이나 러시아로 가서 시나 쓰고 동지들과 큰 생각이나 탐구하지, 뭐.

휴즈 : 어라, 스페인에선 나, 파시스트와 싸웠는데.

이 대사에서 서굿 마셜의 발언을 살펴보면, 파시즘과 공산주의 같은 전체주의가 판을 치던 유럽에선 인종차별이 여전히 세력을 떨치고 있었던 거 같다. 미국은 그래도 개인 자유와 인권을 상대적으로 중시하고 있었을 터이다. 사건은 비상한 관심의 대상이 되었다. 마셜은 재판소의 계단에서 기자들에게 자신 있게 소리를 친다 : 인종에 대한 편견과 공포가 사건의 핵심이 되고 있습니다. (유럽에 여전히 인종차별이 있다고 해도) 우리 미국에선 사람의 차별이 중시되지 않습니다. 우리는 법 앞에서 평등함을 약속 받았습니다.

과거에는 흑인 남자가 백인 여자를 건드리기만 해도 행하지도 않은 범죄를 폭력에 의해 자백해야 했으며, 재판까지 간다고 해도 공정한 재판을 받기란 거의 불가능하였다.

스펠은 자신이 모시는 부인의 몸에 털끝 하나 손대지 않았다고 말한다. 이 말이 자기모순의 거짓말이 되었다. 남자와 여자는 두 차례나 한 몸이 되었기 때문이다. 이 거짓말이 스펠을 결정적으로 불리하게 만든다. 검사는 스펠을 추궁한다. 피고인이 결백하다면 왜 거짓말을 합니까? 말이 없던 스펠은 겨우 입을 뗀다.

제 고향 루이지애나에서 백인 여자와 그렇게 있었다면 저를 어떻게 했을지 아십니까? 그 자리에서 죽이거나, 사람들이 날 끌고 다니다가 묶어서 성기를 자를 겁니다. 그러고는 나무에 매답니다. 왜 거짓말을 하냐고요? 진실을 말하면 죽으니까요.

검사는 이러한 유의 자기변호를 무시하면서 스펠이 믿을 수 없는 사람이라고 공격한다. 군대에서는 불명예로 제대했고, 직장에서는 절도로 해고됐으며, 고향에는 처자를 내버려 두고 떠나 왔다. 검사는 배심원들에게 말한다. 그의 주장은 마셜이 기자들에게 내뱉은 말의 내용과 상반된다 : 이런 자에게 무죄를 선고한다면 표범을 우리 속에 풀어놓는 것과 같습니다. 얼마든지 또 다른 희생자들이 나올 수 있습니다. 우리는 이 법정에서 사악한 한 남자의 영혼을 볼 수가 있습니다. 여러분은 우리를 위해 정의를 행사할 권한이 있습니다.

여자의 강간 주장과 남자의 화간 주장이 팽팽하다. 그럼 여자가 서로 호응한 채 합의하에 성관계를 맺을 수 있는 개연성은 어디에 있을까? 좋은 집안과 최고 학교를 나온, 일요일마다 열심히 교회를 다니는 여자가 말이다. 스펠은 진실을 말한다. 남편은 하녀 등의 아랫사람들에게 못살게 굴었고, 아내는 늘 친절했다고 한다. 남편은 아내에게 폭력을 행사하기도 했다고 증언한다. 여자의 몸에서 남편에게 당한 상처도 보았다고 한다.

출장으로 인해 남편에게서 해방된 날, 또 다른 남자인 하인에게서 성적인 사랑을 받으려 했다는 게 진실이 아닐까? 이 충동적인 일이 흑인 남자의 아이를 낳을지 모른다는 두려움에 사로잡혀 여자의 자살 시도라는 돌발 상황으로 이어진다. 하지만 학창 시절에 수영선수였던 그녀는 죽지 않았고, 살아남으로써 이 위기를 강간으로 위장하려는 데서 자신이 저지른 잘못된 행위의 난관을 헤쳐가려고 했었다.

영화 속의 강간 피해자로 등장하는 스트루빙 부인. 오른쪽 옆의 남자는 그녀의 남편. 좋은 가문의 출신에 학창 시절에 수영선수였고 또 최고 학교를 나온 부유한 유부녀가 자신이 고용한 흑인 하인과 더불어 합의 하의 간음을 했다는 수치심과 자괴감으로 인해 저수지에 투신자살을 시도하였지만 헤엄을 쳐 겨우 살았다. 법정에서는 자신이 그에게 강간을 당했다고 증언했다.

결국 흑인 측의 피고인과 변호인이 승리했다. 백인 여자는 흑인 남자에게 뭔가 사과하려는 듯한 자세를 취했지만, 남편은 여자를 낚아챈 채로 법정 밖으로 황급히 빠져나간다. 이 사건이 거의 80년이 지난 일이니까, 사실상 옛날이야기에 지나지 않는다. 하지만 아직도 지금의 이야기 같은 느낌을 불러일으킨다. 아직도 인종차별이 온전히 사라지지 않기 때문일까?

실존 인물이었던 서굿 마셜은 젊은 시절에 변호사로서 미국 흑인 인권운동을 대표하는 인물 중 한 사람이었다. 흑인 인권을 위한 모임의 인물로서 재판을 수행한 32건 가운데 29건을 승소로 이끌었다. 그의 치열한 삶은 흑인에 대한 편견의 벽을 허물어가면서 미국 사회의 인종차별을 성찰하는 진보적인 일에 조금씩 공헌하기도 하였다. 그는 이러한 용기 있고 정의로운 일에 인정을 받으면서 마침내 1967년에 이르러 미국 연방대법원의 법관이 됐다. 우리 식으로 말하면 대법관이다.

앞서 조지프 스펠의 강간 사건에서 강간 혐의자 스펠을 기소한 검사는 배심원들에게 정의를 행사할 권한이 있다고 충동질했다. 하지만 그들은 끝내 정의의 몫을 마셜에게 돌렸다. 검사가 말한 정의는 선택적 정의일 뿐이다. 백인을 위한 이 정의는 사실상 정의가 아니다. 마셜은 인종 차별을 반대하는 근원적인 문제, 즉 천부적인 인권의 문제라는 보편적 정의를 우리에게 가리킨 것이다.

3. 코드 인사와 우리의 자화상

흑인 인권을 위해 노력해온 서굿 마셜을 위해 미국이 보상한 것은 그를 최초의 흑인 대법관으로 임명한 것이었다. 우리나라의 법조인 사회에서 승진은 과거에 서울대 출신이냐 아니냐를 따졌다. 서울대 출신이라도 K1이냐 K2냐도 가렸다. 고등학교가 경기고 출신이냐, 경복고 출신이냐 하는 것. 지금도 대법관이나 헌법재판관이 되려면 대체로 '서오남'이어야 한다. 서울대 나온 50대 남자 말이다. 앞으로는 머잖아 어느 로스쿨을 나왔느냐, 아니면 어느 유력한 로펌에서 근무했느냐 하는 스펙의 문제가 중요하게 될 것 같다.

올해 헌법재판관 임명을 두고 말이 많았다. 일단 이미선은 그 서오남에서 벗어났다. 지방대 출신에 49세에다 또 여자이다. 일단 대통령의 인사가 성공한 것처럼 보인다. 그런데 경력의 적절성, 증여세 탈루 의혹, 국민의 눈높이에 맞지 않은 주식투자의 문제 등이 꼬리에 꼬리를 물고 늘어나기 시작했다. 무엇보다도 대법관이나 헌법재판관은 정치적인 판단을 내릴 소지가 있는 인사를 피해야 한다. 국가의 중대한 사태마다 법적이고 양심적인 판단을 내릴 수 있어 국민으로부터 존경을 받을 수 있는 인물을 중용해야 한다. 잘못하면 삼권분립의 근간을 뒤흔들 수 있기 때문이다.

올해만 해도 대통령의 인사에 대해 세간의 말들이 무성하다. 일 년 내내 이어져 오고 있는 형국이다. 4선의 국회의원이며, 또 42억의 재산이 있다고 잘 알려진 금수저 정치인이 장관이 되었다. 명망 있는 교육계 인사를 마다하고 운동권 출신의 교육부총리 임명을 강행하였다. 인도 대통령의 추천사를 자녀의 대학 입시에 활용한 이가 장관 후보자로 장관으로 대기 중이다. 이러한 일련의 사례를 거쳐 지금은 조국 사태에 이르러 정점에 이른 감을 주고 있다.

조국 사태는 이 글을 쓰고 있는 지금까지도 지루하게 이어지고 있다. 조국의 딸에 대한 의혹이 불거질 때 우리말로 번역된 미국 책이 나와 화제가 되었다. 민음사에서 낸 『20 대 80의 사회─상위 20퍼센트는 어떻게 불평등을 유지하는가』이다. 이 책의 원제는 '드림 호더스(Dream Hoarders)'이다. 우리말로는 꿈을 몽땅 수집하는 사람들이다. 꿈을 그저 그렇게 수집하는 사람들은 상위 20%의 중산층이다. 이 중에서도 상위 1%는 꿈이란 꿈은 죄다 독식하려 드는 대단한 수집광들이다. 이 최상의 꿈의 사재기꾼들은 자녀들의 고등 교육에 모든 것을 투자한다. 한겨레신문의 북섹션인 '책&생각' 첫 면에 이 책을 전면 소개하고 있다. 황상철 기자의 북 리뷰 첫머리는 이렇게 장식된다.

자녀를 명문 대학에 보내고 고소득 일자리를 물려주기 위해 온갖 수단을 동원한다. 연줄을 통해 알음알음 서로의 자녀에게 인턴 기회를 준다. (……) 자신의 현재 지위는 전적으로 자신의 능력으로 이룬 것이라고 확신한다. 야구 경기로 치면 '3루에서 태어났으면서 자기가 3루타를 친 줄'로 생각한다. (한겨레신문, 2019. 8. 30)

이 책의 어딘가에서 인용한 부분이다. 우리나라의 중상류층 역시 20% 정도가 된다. 미국뿐 아니라 우리나라의 20% 역시 서울과 강남에서 특권을 누리고 자녀의 교육에 헌신하다가 사회의 불평등을 확대하고, 심화하고, 또 심지어는 악화시키기도 한다. 정유라의 딸이 이화여대에 특기생으로 입학하고, 출석에 온갖 특혜를 누리다가 온 세상에 들통이 나고 말았다. 조국의 딸은 한영외고, 고려대, 부산대 의전원을 다녔다. 전자는 밝혀질 것은 죄다 밝혀졌지만, 후자는 앞으로 좀 더 지켜보아야 한다. 『20 대 80의 사회』의 저자인 리처드 리브스는 '기회 사재기(opportunity hoarding)'라는 표현을 사용했다. 고등학교 학생에게 의학 논문 제1저자로 등록시킨 것은 '중상류층 끼리끼리의 스펙 품앗이'가 아닌가 하는 의구심이 든다. 기회가 균등하고, 과정이 공정했는가 하는 문제는 향후 밝혀지리라고 본다.

이 대목에 이르러 지식인은, 아니 모든 국민은, 대통령의 고유권한인, 지금 행해지는 인사가 적재적소의 인사인지, 아니면 코드 인사인지를, 진솔하게 깊이 성찰해야 한다.

코드란 말은 기호와 약속과 맥락을 가리킨다. 커뮤니케이션의 과정에서 언어와 문자는 접촉 코드가 강하다. 점착적인 성격 때문이다. 점착적이란 끈끈한 점토질의 흙을 생각하면 된다. 반면에 영상과 상징은 접촉 코드가 약하다. 휘발성 성격이어서다. 이것은 휙 증발해버리는 휘발유를 연상하면 된다. 따라서 코드 인사란, 공동의 기호, 공통된 약속이 전제된 접촉 코드가 강한 인사, 다시 말하자면 공통된 약속, 공동의 이해관계가 암묵적으로 전제된 인사를 가리키는 것이다. 유대 관계가 점토처럼 끈끈한 인사 말이다.

서굿 마셜처럼 인종차별과 흑인 인권을 위해서 노력한 경력이 있는 사람이 미국에서 대법관이 되듯이, 모든 국민의 존경을 받을 수 있는 이런 인물이 있느냐 하는 것도 우리에게 문제다. 하지만 원칙이나 원론은 그렇다는 얘기다. 그가 미국 최초의 대법관이 되었을 때 미국에서는 모처럼 축제의 분위기였으리라. 흑인지도자 킹 목사도 당시에 매우 기뻐했다. 훗날 미국 최초의 흑인 대통령이 된 오바마 역시 그를 늘 존경했다.

내가 최근에 한 달간 파리에 머물렀는데, 알게 모르게 견문을 적잖이 넓히고 돌아왔다. 파리는 인종 백화점이었다. 모든 인종이 모여 살고 있었다. 프랑스 백인들은 대 놓고 말하지는 않지만, 아랍계 사람을 좀 경원시한다. 종교의 차이도 있고, 테러 위험성도 다른 인종에 비해 높고. 속으로는 미워 죽겠다는 그 아랍계 인물도 능력이 있으면, CEO나 장관으로 과감히 중용하는 곳이 바로 프랑스다. 한국계 입양녀가 성장해 장관이 되었다는 사실도 우리로선 쉬 상상이 되지 않을 일이다. 우리는 프랑스의 적재적소 인사를 본받아야 한다.

코드 인사는 협량의 소치다. 우리의 일그러진 자화상이기도 하다. 정치적인 이해관계와 진영 논리가 개입된 게 코드 인사가 아닌가? 진영 논리는 한마디로 말해 선택적인 정의이다. 조국 사태를 두고, 법무부 장관 임명을 두고 찬성하는 쪽도, 반대하는 쪽도 모두 정의를 외친다. 다름이 아니라, 이게 이를테면 선택적 정의다.

1940년에 있었던 조지프 스펠 사건에서 흑인 남자가 여주인인 백인 여자를 강간했느냐, 아니면 그녀와 함께 화간했느냐 하는 쟁점을 두고 영화 속의 검사는 배심원들에게 정의를 주문했지만 결국 통하지 않았다. 그가 말한 정의란 선택적 정의였기 때문이다. 선택적 정의는 정의가 아니다. 보편적 정의라야 정의가 살아서 숨을 쉰다.

코드 인사는 선택적 정의이지 보편적 정의가 아니다. 진영 논리에 빠져든 사람일수록 선택된 정의에만 사로잡히고 만다. 보편타당한 인권문제, 심오한 인간성의 깊이 등과 같은 소재에서, 누구나 동의하고 공감할 수 있는 데서 보편적인 가치의 판단이 숨어있다는 것이다.

나는 여기에 이르러 이 글을 마무르고자 한다. 우리는 이제 더 이상 이발사의 딸이며 지방대를 나와서 그 사람을 선택했다고 함부로 말을 해선 안 된다. 우리는 이제 더 이상 상위 1%의 부모들끼리 자녀의 '스펙 (인턴) 품앗이'를 나누는 것을 간과해선 안 된다. 오비이락인가? 코드 인사도 코드 인사이지만, 올해 요직을 차지한 부총리, 헌법재판관, 장관들이 왜 한결같이 사회경제적인 지위가 상위 1%를 넘어 최상위 0.3% 안에 드는 사람이어야 하는가도 묻고 싶다.

나는 마침내 스스로 묻고 스스로 답하려고 한다. 우리 시대의 마셜은 어디에 있는가? 이 물음에 대한 답을, 나는 다음과 같이 서술하려 한다. 마셜이 남긴 정신의 유산이 뭔지를, 그에게 있어서의 보편적 정의가 무엇인지를, 그에게 보상한 1967년 미국의 적재적소형 인사의 진의가 우리 시대에 어떻게 재해석되어야 하는지를, 우리는 깊이 성찰해야 한다.

축구를 통해 본, 한국적인 것에의 성찰

1. 한국 축구의 세계화

얼마 전에 끝난 런던올림픽에서 우리는 축구에서 3위를 차지해 동메달을 땄다. 마지막 경기인 3·4위전은 특히 운명적인 한일전이어서 더 감동적이었을 것이다. 뿐만 아니라, 영토 주권의 상징인 독도 문제가 국민의 감정을 고조시켜 놓고 있을 즈음의 일이었기 때문에, 그것이 마치 소설이나 영화보다도 더 극적인 데가 있었을 것이다. 어쨌든 우리나라 축구는 2002년 월드컵의 4강 신화에 이어 2012년 올림픽의 3위 달성으로 인해 얼마큼 세계화된 것으로 평가되고 있다. 세계화되었다는 것은 세계 정상에 올랐다는 의미와는 다르다. 이번 런던올림픽 축구에서 우승한 멕시코와, 예선 첫 경기에서 경미하게 우세한 경기력을 보여주고도 아쉽게 비겼으며, 종주국 영국의 홈그라운드에서 험난한 8강 고개를 넘음으로써 외국인들의 마음속에 우리 축구의 강인하고도 인상적인 젊은 면모를 또렷이 각인시켜 주었다. 이 정도면, 우리 축구는 10년 전 이룩한 월드컵의 경이에 이어 세계화했다고 말할 수 있을 것이라고 본다.

2. 알파형과 베타형의 축구

축구 얘기가 나와서 하는 얘기인데, 축구의 역사는 두 가지가 서로 얽힌 팽팽한 줄다리기의 역사이다. 하나는 알파형 축구, 다른 하나는 베타형 축구다. 알파형은 개인기를 중시하며, 베타형은 조직을 강조한다. 전자를 보통 남미형이라고 하고, 후자를 가리켜 대체로 유럽형이라고 한다. 전자가 중시하는 개념의 목록은 이렇다. 이를테면, 기술 · 유연성 · 과정 · 개성(스타 중심)……. 반면에, 후자가 강조하는 것은 이렇다. 전술 · 체력 · 결과 · 몰개성(탈영웅)…….

알파형 축구는 1958년 이래 브라질에 의해 꽃을 활짝 피웠다. 브라질 축구의 황금시대를 구가하는 중심부에 축구황제 펠레가 우뚝 서 있었다. 1970년 월드컵 결승전에서 월드컵 세 번 우승의 영광을 가리는 특이한 보상을 놓고 브라질과 이탈리아가 격돌했다. 그 보상은 우승을 세 번 이룩한 최초의 국가가 최초의 월드컵인 줄 리메컵을 영구히 보관한다는 선약된 조건에 의한 것이었다.

펠레를 중심으로 초호화 스타 군단으로 무장한 브라질 팀은 이탈리아의 카테나치오(빗장수비)를 열어 헤치면서 골문을 유린했다. 결승전 성적으로는 대승에 해당하는 4대 1이었다. 1970년 월드컵 우승 이후에 브라질 축구는 한동안 성세(盛世)를 누릴 것이라고 예견되었다. 그러나 예견은 빗나갔다. 브라질이 월드컵에서 다시 우승하기까지 24년이 걸렸다. 약체로 분류된 네덜란드와 프랑스가 새로운 축구의 전술을 들고 나왔다는 것도 중요한 이유 중의 하나다.

듣지도 보지도 못한 토털 사커를 선보인 사람은 리누스 미헬스. 종래의 축구 개념이란, 다름이 아니라 선수들이 제 자리를 굳건히 지키는 데 있었다. 자신의 제 자리를 지키면서 상대편의 빈틈을 노리는 것이 축구의 전술에 대한 개념적 기초였다. 이에 대한 역발상이 토털 사커인 게다.

토털 사커의 시스템을 창안한 리누스 미헬스(1928~2005)는 조국 네덜란드에 월드컵 준우승과 유럽 선수권 우승을 안겨 주었다. 그의 제자인 히딩크는 이 시스템을 한국 축구에 접목해 월드컵 4강 신화를 달성했다.

그는 상대 팀의 공간을 최소화하고 자기 팀의 공간을 최대화하기 위해 전원 공격, 전원 수비의 전술을 계발했다. 이 토털 사커는 오늘날 컴팩트한 압박축구의 원형이 된다는 점에서 전술상 실로 혁명적이었으며, 그를 가리켜 현대 축구의 아버지라고 부르는 까닭도 여기에 있다.

토털 사커는 체력과 전술이 뒷받침되지 않으면 불가능하다. 이 듣도 보도 못한 축구의 시스템 미학을 두고 '유기적인 소용돌이'니, 혹은 '개성 없는 개미 떼' 등이니 하면서 비유하기도 했다.

리누스 미헬스는 네덜란드 아약스 팀을 강하게 조련했다. 체력 훈련의 강도는 상상 이상의 것이었으며, 조직적인 전술 계발은 매우 치밀했다. 그는 아약스 팀의 유럽 챔피언스컵 3연속 우승의 여세를 몰아서 1974년 월드컵에 출전했다. 네덜란드 국가대표팀은 요한 크루이프, 요한 네스켄스, 아리에 한으로 이어지는 공중수(功中守) 중심 라인인 아약스의 주력

부대로 재편했다. 특히 요한 크루이프는 잘생긴 용모에 큰 키, 긴 머리칼 휘날리며 질주하는 야생마의 이미지로서 각인된 불세출의 축구 영웅이었다. 네덜란드는 브라질을 2대 0으로 꺾고 결승전에 올랐지만 홈그라운드의 이점을 가진 독일에게 결승전에서 불의의 일격을 당하고 말았다. 크루이프는 결승전 심판의 불공정한 판정에 항의하는 의미에서 앞으로 월드컵에 출전하지 않는다고 공언한다.

그는 토털 사커에서 가장 중요한 역할을 떠맡았다. 네덜란드 팀의 토털 사커가 유기적인 소용돌이라면 그는 소용돌이 속의 핵(核)이었고, 그것이 개성 없는 개미 떼라면, 그는 개미 떼의 중심부에 놓여있는 여왕개미였다. 네덜란드 팀은 이 소용돌이의 핵이 빠져버려도, 1978년 월드컵에서도 홈팀 아르헨티나에 이어 준우승했다. 두 차례 월드컵 준우승으로 완성하지 못한 리누스 미헬스의 토털 사커는 1988년 유럽 선수권에서 우승함으로써 끝내 완성되기에 이르렀다.

한편, 1980년대에 풍미한 프랑스 아트 사커는 또 다른 축구의 시스템 미학이었다. 여기에서 아트(art)란 말은 기술인 동시에 예술이다. 프랑스 아트 사커는 알파형 남미식 축구와 베타형 유럽식 축구를 변증법적으로 종합한 형태이지만 본질적으로는 전자에 가깝다. 이것의 상징적인 인물은 미셸 플라티니였다. 그는 1982년 월드컵, 1984년 유럽 선수권, 1986년 월드컵에 출전하여 축구 변방 프랑스를 각각 4위, 우승, 3위의 성적을 거두게 하는 데 큰 역할을 했다. 그는 동시대의 라이벌인 마라도나와 함께 공격형 미들 필더의 시대를 열었다. 마라도나가 폭풍을 몰아치는 듯한 드리블링의 개인기를 뽐내며 득점력을 극대화했다면, 그는 팀플레이의 안정과 효과를 조율한 중원의 냉철한 지휘자였다. 프랑스 아트 사커는 결국 에메 자케 감독과 지네딘 지단이 이끈 1998년 월드컵 우승팀에 의해 정점에 도달했다.

3. 히딩크가 화를 벌컥 낸 이유

이번 런던올림픽에서 맞붙은 한국과 일본은 서로 다른 성격의 축구를 선보였다. 일본은 기술 축구를 고집했고, 우리는 체력과 조직력을 앞세웠다. 일본이 소위 알파형 축구라면, 우리는 전형적인 베타형 축구다. 더 정확하게 말하자면 일본이 프랑스적인 아트 사커에 영향을 받았다면, 우리는 네덜란드풍의 토털 사커를 접목했던 것이다.

일본적인 의미의 기술 축구는 필립 트루시에의 영향에 기인하는 바 적지 않다. 선수로서는 재능이 부족했던 그는 지도자로서는 큰 성공을 거두었다. 프랑스의 명문 팀인 아세크 아비장 감독을 지내는 동안 108경기 연속 무패라는 경이적인 세계신기록을 세웠다. 그리고는 여러 나라의 국가대표팀 감독을 역임했다. 그런 그가 1998년에 일본의 축구 감독으로 취임했다. 아시아의 약체인 일본 축구를 재건하기 위해서였다. 그의 감독으로서의 역할은 청소년대표팀, 올림픽출전팀, 국가대표팀을 겸임하는 축구사 초유의 전권(全權) 감독이었다. 2002년 월드컵에서 일본 축구를 16강에 올려놓은 것은 그 나름의 성과였으나 이웃 나라인 한국이 거둔 성과에 비할 때 너무 초라하였기 때문에 그는 일본으로부터 냉정하게 버림받았다. 그러나 그가 4년간에 걸쳐 일본 축구에 끼친 영향은 결코 과소평가할 수 없다.

우리나라의 경우는 1983년에 거둔 세계청소년축구 4강 신화를 믿고 오랫동안 한국형 축구에 대한 기대와 확신을 가졌었다. 박종환 감독은 한국형 벌떼 축구에 대한 국민의 여망을 한 몸에 받았었다. 그러나 1996년 아시안컵에서 이란에게 당한 치욕적인 대패는 한국형 축구에의 환상을 송두리째 무너뜨렸다. 그 다음의 카드는 차범근이었다. 그는 당시에 유럽 축구와 한국 축구를 동시에 알고 있는, 거의 유일한 인물이었다. 한국과 유럽을 접목할 수 있는 그 역시 한국 축구를 세계화하는 데는 실패한다. 1998년 월드컵 예선 2차전에서 네덜란드에게 5대 0으로 대패했다 (차범근은 월드컵 경기가 끝나지 않았는데도 전격적으로 경질됐다.). 그때 네덜란드 감독은 거스 히딩크였다. 한국 축구는 차범근을 누른 그를 국가대표 감독으로 초청하여 2002년 월드컵을 준비했다. 세계적인 명감독을 통해 한국 축구를 세계화하자는 것. 어쩌면 동양권 문화에서 말하는 바 이이 제이(以夷制夷)의 책략이었는지도 모른다.

네덜란드 국가대표 선수였지만 크게 두각을 나타내지 못했던 히딩크 역시 리누스 미헬스의 제자였다. 리누스 미헬스 밑에서 축구를 배운 세계적인 감독이 많이 있었다. 한때 네덜란드 출신으로 외국으로 진출한 축구 지도자 숫자가 구십 명에 달했다고 한다. 대부분 미헬스의 제자였거나 사숙인(私淑人)이었음은 물론이다(차범근도 그의 제자였다.).

히딩크가 한국 국가대표 감독으로 부임했을 때 축구계와 언론에서 한국형 축구의 완성을 은근히 요구했다. 이 같은 얘깃거리가 히딩크의 귀에 들어가지 않을 수 없었다. 그는 격노했다. 뭐? 가장 한국적인 것이 세계적이라고? 히딩크는 한국적인 것의 허상과 환상을 파악하고 있었다. 그가 당시에 측근에게 내뱉은 말은 이랬다고 한다. 체력이 따라주지 못하면 체력을 키우고, 전술이 부족하면 전술을 계발해야지, 무슨 놈의 한국적인 축구냐? 말하자면, 체력과 전술은 네덜란드식 토털 사커의 선행 조건이었다. 체력 강화를 위한 하드 트레이닝은 그가 그의 스승인 미헬스에게 전수 받은 기본적인 지도법이었다.

국가대표 감독은 히딩크에 이어 네덜란드 출신 감독인 딕 아드보카트, 펌 베어벡이 줄을 이었다. 이들이 한국 축구에 접목한 것은 두말할 나위 없이 네덜란드식 토털 사커였다. 히딩크의 월드컵 4강에 이어 10년 만에 올림픽 3위로 입상하여 한국 축구를 세계화한 홍명보 감독은 선수 시절에 히딩크 사단의 주장이었고 아드보카트와 베어벡이 각각 재임할 때는 코치로서 이들을 보좌하였다. 요컨대 한국 축구는 한국형 축구로서 세계화한 것이 아니라 역대 네덜란드 감독들의 체력, 조직력, 전술 등을 중시하는 베타형 축구를 통해 세계화된 것을 겸허하게 받아들이지 않으면 안 된다.

4. 민족주의를 넘어서

기성세대는 가장 한국적인 것이 세계적이다, 라는 명제에 알게 모르게 주입되면서 성장해온 것이 틀림없다. 건국 이래 가정과 학교와 사회에서 이 명제를 강박적으로 수용하는 자세를 취한 게 분명해 보인다. 이 명제가 문화의 관습으로 전승되어 굳어갈수록 우리에게 남게 되는 것은 무비판적인 관행의 오류와, 자기중심적인 협량과 음습함 뿐이리라. 신세대를 위한 교육에도 희망을 심어주지 못한다.

가장 한국적인 것이 왜 세계적인가? 가장 한국적인 것은 자칫 잘못하면 영원히 한국적인 것으로만 남을 수도 있다. 왜 임권택의 영화「서편제」는 세계화에 실패했고, 어째서 김기덕의 「피에타」는 성공을 거두었는가? 케이팝과 싸이의 말춤이 다소 저급한 하위문화임에도 아랑곳하지 않고 국제무대에서 잘 놀고 있는 것은 무슨 까닭인가? 요컨대 가장 한국적인 것이란, 다름이 아니라 내 생각으로는 실상보다 좀 과장된 상상의 공동체 의식인지도 모르겠다.

이즈음 대외 정세를 살펴볼 때 동아시아의 상황이 매우 걱정스럽다. 독도와 작어도 문제를 둘러싸고 우리의 바다, 이웃의 바다가 뜨겁게 들끓고 있다. 일본은 극우화의 조짐이 엿보이고, 중국은 대국(大國)으로 굴기(崛起)하려는 욕망을 감추지 못하고 있다. 민족주의의 미친바람에 휩쓸리면 전쟁이란 이름의 피의 대가를 치르게 될지 모른다. 우리 신세대는 이럴수록 냉정함을 잃어선 안 된다. 우리의 정체성을 잊지 말고 세계에 눈을 돌려야 한다.

　새뮤엘 존슨이 비슷이 말했다. 애국심은 불한당이 무리를 지어 피난하는 최후의 거점이라고. 물론 여기에서 애국심이라고 하는 것은 진정한 애국심이 아니라, 자폐적이거나 맹목적인 애국심을 가리킨다.

과거의 덫에 발목이 잡혀야 하나

1

나에게는 밀양이 늘 애정과 향수가 깃든 곳이기도 하다. 호적상의 공식적인 출생지가 부산이지만, 내가 실제로 태어난 지역은 경남 밀양이다. 더 구체적으로 말하자면, 내가 태어난 곳은 밀양군 상동면 가곡리 외가였다. 내 외가 마을을 두고, 사람들은 가실이라고 했다.

가실은 내게 이름부터 아름답다. 폭이 조붓한 강의 가장자리에 있는 마을이다. 가까운 곳에 쭉 늘어진 소나무들이 이룬 숲이 정말 그림처럼 아름답다. 이 아름다움은 현존하는 것보다 마음속이나 기억 속의 아름다움이 나에게 실제보다 훨씬 선연하다. 이것이 비록 흑백사진의 빛바랜 이미지로 남아 있다고 해도 말이다. 지금도 강 건너에는 천연기념물인 백송(白松)이 있고, 경부선 철로가 지나고 있다. 그때의 마을은 미루나무 사이로 길이 기다랗게 나 있었다.

남들이 당신이 태어난 곳인 밀양이 어떤 장소성을 지닌 곳이요, 하고 만약 내게 묻는다면, 나는 이렇게 답할 것 같다.

산자수명한 곳, 영남루가 있는 곳, 아랑 설화의 애잔함이 깃들여 있는 곳, 역사의 인물이 비교적 많이 배출된 곳, 이 가운데서는 조선 시대의 이름난 춤꾼인 기생이었던 운심(雲心)이 재조명되어야 하는 곳, 밀양아리랑의 왁자지껄한 신명이 넘치는 곳, 고속전철이 지나가는 곳, 저개발의 도시화가 오히려 내 마음속에 다행으로 남아 있는 곳, 한때 송전탑이라는 사회 문제가 야기된 곳…….

2

그런데 밀양은 최근에 심한 몸살을 앓고 있다. 밀양시에서 가요박물관을 만들려고 하자, 밀양의 시민 단체가 극렬하게 반대하고 나섰기 때문이다. 이 지방에는 유독 대중가요에 종사한 사람들이 많다. 특히 작곡가가 적지 않다. 대중가요계를 오래 풍미하였던 천재적인 작곡가 박시춘, 「옛 생각」과 「허공」을 지은 정풍송, 「머나먼 고향」의 박정웅, 「무정항구」의 유금초가 있다. 작사자로는 월견초(서정권)가 있고, 가수로는 남백송과, (은방울자매의 한 사람인) 박애경이 유명하다.

시민 단체가 주목하고 있는 것은 애오라지 박시춘이다. 그가 제1급의 친일파였다는 것. 아시아-태평양 전쟁 시기에, 그는 일본의 침략주의적인 국책의 과제에 수응하는 노래를 작곡하기도 했다.

하지만 그의 2, 3년간의 짧은 인생은 그랬었지만, 긴 역사의 안목에서 볼 때, 그는 대중문화의 빛나는 공로자였다. 일제강점기에 식민지 백성의 심금을 울린 「애수의 소야곡」에서부터, 한국전쟁 중의 이산을 뼈저리게 노래한 「굳세어라, 금순아」를 지나, 전후의 폐허 속에서 남녀의 애틋한 사연을 울려준 「봄날은 간다」에 이르기까지 숱한 애환이 담긴 민족의 음악적 정조와 빼어난 선율을 창조해 냈다.

밀양의 시민 단체는 문제의 가요박물관이 사실상 박시춘을 선양하는 친일 박물관이라고 간주한다. 그가 밀양 출신의 대중가요인 가운데 가장 중심의 위치에 서 있기 때문일 테다. 물론 이 사실은 얼마큼 고개를 주억거리게 한다.

그런데 그 다음의 얘기가 좀 이상하게 들린다. 독립운동의 성지인 밀양에 친일 박물관이 웬 말이냐고 하는 말이다. 밀양이 독립운동의 성지라니? 이게 무슨 말인가? 전국 방방곡곡에 백 년 전의 만세 운동을 스스로 행하지 않은 곳이 어데 있단 말인가? 이 얘기가 밀양이 독립운동의 각별한 장소성을 지녔다기보다, 밀양을 고향으로 둔 김원봉을 염두에 두고 한 말임을, 우리가 쉬 지나칠 수가 없다.

자, 그럼 김원봉은 누구인가? 일제강점기를 걸쳐, 가장 가열찬 투쟁을 마다하지 않았던 나라 밖의 독립운동가. 일본 제국주의가 김구 선생보다 더 많은 현상금을 내걸리었던 인물. 그가 최근에 뜨고 있다. 문재인 정부가 한때 그의 서훈을 추진하고 있다는 소리 소문도 들리게 한 인물이다. 근래 영화와 드라마에서도 주인공이 된 바 있었다. 몇 년 전에 개봉한 영화 「암살」에서 나오는 대사, '나, 밀양 사람 김원봉이오.'가 그때 잠시 유행어가 되기도 했다. 이 대사 속의 김원봉이란 이름은 역사의 망각으로부터 기억의 돋을새김을 드러내게 함으로써, 다시 말해 우리로 하여금 무언가를 각인, 각성하게 한 측면이 없지 않다. 하지만 냉철하게 볼 때, 인기 있는 남자 배우들, 즉 조승우, 이병헌, 유지태가 그의 역을 연기함으로써 어찌 생각하면 실상보다 미화된 측면도 적지 않다.

그가 주도한 의열단은 투쟁의 최전선에 섰던 아나키 단체였다. 폭력적인 투쟁의 노선에 따라 줄기차게 테러를 시도했지만, 단원의 희생에 비하면 큰 성과를 내지 못했다. 이 과정에서, 시인 이육사도 의열단원으로서 항일했지만 투사로서의 성과를 내지 못하고 체포되어 결국에는 (후세의 평판에 따라) 민족의 저항 시인으로 순국하기도 했다. 반면에, 의

열단의 핵심 인물인 김원봉은 해방 후에 전향해 새로운 삶을 모색하였다. 한마디로 말해, 그는 북한 인민공화국 수립 과정에서 기여한 인물이었으며, 또 지금은 한국전쟁의 전범으로 기억되는 인물이기도 하다. 밀양의 시민 단체가 김원봉을 가리켜 자신의 지역을 빛낸 인물로 보았다면, 이는 곧 사회주의자는 용서할 수 있어도 결코 친일파를 용서할 수 없다고 하는 의도를 드러낸 것에 지나지 않는다.

문제는 이 발상이 가장 문제적이라는 거다.

친일파와 사회주의자를 용서하려면 함께 용서해야 하고, 이 둘을 용서하지 않으려면 같이 용서하지 말아야 한다. 누군 되고 누군 안 되고 해선 참 곤란하다. 친일파는 넘어갈 수 있지만, 빨갱이는 절대 안 돼! 토착왜구는 용서하지 못하나, 사회주의자는 용서하자! 이런 유, 이런 식의 흑백논리적인 가파른 사고는 잘 알다시피 국민을 분열하려 든다.

3

근대의 산물인 속물이 속물주의로 무장하여 근현대사를 거치면서 확고한 지배층으로 부상해 왔는데, 그 첫 번째 속물이 바로 친일파이다. 5·6공 시대의 신군부, 그 이후에 등장한 전국적인 규모의 투기꾼들과 졸부들, 현재에는 마음속의 스카이 캐슬 속에 갇혀 있는 최상위 사람들 등이 근현대사의 속물 유형에 포함된다. 속물은 시대와 무관하게 세속적인 성공을 위해서라면 물불 가리지 않는 사람들이다.

내가 친일파를 미워하는 사람들의 얘기를 들어보았다. 이 사람들은 대체로 친일파 얘기만 나오면 눈에 불을 켜는 사람들이었는데, 얘기들은 천편일률적으로 거의 같았다. 친일파의 속물성에 관해선 누구나 인정하는 바다. 여기저기에서 얘기를 들어보니, 그들은 친일파의 구체적인 친일 행각에 대해선 잘 모르거나 알아도 피상적인 수준에 지나지 않았다. 그들 대부분은 친일파를 미워하는 게 아니었다. 정말 미워하는 대상은 자신보다 친일파를 덜 미워하는 사람들이었다. 물론 여기에는 친일파를 용서하려는 사람들도 포함된다. 즉, 그들은 친일파를 덜 미워하는 사람들을 미워하더라는 거다. 또 어떤 이는 친일파를 매개로 정치적인 인정투쟁을 일삼고 있지 않나 하는 생각도 들기도 했다. 더 정확하게 말하면, 자신이 누굴 미워하는지도, 또 자신이 친일파를 통해 무엇을 원하는지도 잘 모르고 있었다.

친일파를 미워하는 사람들은 친일파에 대한 미움을 하나의 욕망의 대상으로 삼는다. 지금이 정말 반일(反日)의 시대라면 반일 그 자체를 문제 삼으면서 성찰해야 한다. 먼 과거의 애먼 친일을 건드린다는 것은 성찰 자체를 성찰하지 않고 성찰을 도구화하는 셈이 된다. 성찰의 궁극적인 목적을 성찰하지 않는 것을 말하자면 '도구적 성찰성'이라고 말해진다. 혐오감이나 공격의 목적이 이미 오래전에 사라진 친일파가 아니라 지금 내 앞에 버젓이 살아 있는 '꼴통'에 있는 것이라면 성찰이 도구화되는 것에 지나지 않는다. 성찰이 도구화되면, 결국 친일파의 속물성에 대해 비난하면 할수록 자신도 점차 속물화되어 간다는 것이다.

친일파에 대한 혐오는 편견의 인지적 뿌리도 한 몫을 차지한다.

심리학자인 데이빗 G. 마이어스는 이것의 원인이 사물을 단순히 범주화하는 데 있다고 했다. 사람들은 대체로 친일파에 대한 관용이 있으면 보수요, 친일파를 혐오하면 진보라고 생각하기 십상이다. 이 단순한 범주화야말로 편견이 뿌리를 내리게 하는 좋은 조건으로 자리한다.

내가 얼마 전에 경험한 일이다. 태풍이 남녘의 아래로부터 맹렬한 기세로 올라오고 있는데 남해안을 따라 곡선을 그어가면서 부산을 지나친다는 것이다. 인터넷 뉴스판을 보니 누군가가 댓글을 달았다. 토착 왜구의 온상 부산 ㅋㅋ……내가 살아오면서 중부권 지식인 중에도 이런 시각을 가진 사람들을 더러 보았다. (이 댓글을 보면서 나는 지식인들도 그러한데 일반인이야 오직 하겠느냐, 하는 생각이 들었다.) 일본과 지리적으로 가깝다, 라는 이유 하나만으로 일본에 대한 친화적 감정과 관용이 있을 거라고 본 것이다. 이 단순한 범주화가 편견의 뿌리로 굳건히 자리한다. 실제로는 일제강점기에 부산 지역이 가장 반일 감정이 강한 지역 중의 하나였는데도 불구하고 말이다.

4

내 생각은 적어도 이렇다. 이제 모두 용서해야 한다. 과거의 덫에 발목이 잡혀선 안 되기 때문이다. 요즈음 젊은 세대를 보면, 친일파가 누구이며, 사회주의가 무엇인지 하는 사실에 대해 기성세대처럼 큰 관심을 두지 않는 성향이 있다. 세월도 그 동안 빛이 바래 적이 흐릿해졌기 때문이 아닌가, 한다.

비록 보수가 과거에 대한 회고적인 감상에 빠져들거나 과거를 묵수하고자 한다고 하더라도, 무릇 진보는 글자 그대로 미래를 향해 조금씩 진일보해야 한다. 그런데 현재 우리의 진보가 내 생각으로는 지나치게 과거에 집착하고 있지 아니한가, 한다. 집착의 수준을 넘으면 과거의 망령에 사로잡히는 게 아닌가, 라고 보일 수도 있다.

요컨대, 박시춘과 김원봉이 공존하는 밀양이어야 한다. 밀양 지역 사회는 이들 가운데 어느 한 사람을 기억에서 지우지 말아야 한다. 함께 기억하고 기념하면서, 때로는 비판하고 또 때때로 선양해야 한다.

자, 그럼, 나는 이 글의 마지막에 이르러, 극작가 해롤드 핀터의, 과거에 관한 어록을 인용하려고 한다. 지금 우리에게 무언가 시적인 대사처럼 울림하고 있어서다. 또 이것은 반세기 가까운 해묵은 말이지만, 이 대목에서 뭔가 새로운 감회를 불러일으키고 있다.

> 과거란 당신이 기억하는 것,
>
> 당신이 기억한다고 상상하는 것,
>
> 당신이 기억한다고 스스로에게 확신시키는 것,
>
> 혹은 당신이 기억하는 척하는 것이다.

우리는 모두 모든 편견에서 자유로워야 한다. 개인에 대한 편견이건 사회적인 편견이건 편견은 분노를 유발하게 마련이다. 무언가 일이 잘못되면 누군가는 분노의 표적을 찾기도 하고, 또 누군가의 분노의 표적이 되기도 한다. 이럴 때 사회적인 약자가 희생양이 될 수도 있다.

기억의 문제를 놓고 서로 적대감을 가진다는 것은 불안한 세상의 반증이기도 하다. 적대감의 뿌리야말로 불안이 아닌가? 지금 세상은 온갖 '—빠'들의 맹목과 광신, 모든 '—충'들에 대한 혐오와 증오를 넘치게 한다. 불안하기 때문에 남과의 소통을 단절시키고, 연대를 거부하면서 스스로를 유폐시킨다.

거미줄의 나비와, 하늘의 그물망

나는 지금부터 '시와 정치'의 관해 얘기해볼까 한다. 촛불 시위 이후의 이즈음에 이르러 시인(혹은, 문인)들이 정치적인 데 지나치게 민감해 있다는 생각을 금할 수가 없다. 내가 문학의 정치적 불감증이나 가치중립을 얘기하려는 것은 아니다. 물론 시와 정치의 경계를 오가는 것이 나쁘지 않고, 경우에 따라선 오히려 바람직하다고 본다. 시인이 무슨 조선 시대의 처사(處士)가 아닌 바에야 정치에 참여하지 말라는 법은 없다. 다만, 시의 정체성이 정치의 현상에 지나치게 휩쓸리는 게 아닌가 우려된다.

한 시인이 2012년 대선 기간 중에 한 대통령 후보가 도난당한 안중근 의사의 유묵을 훔쳐 소장하고 있거나 유묵 도난에 관여했다는 내용의 글을 17차례에 걸쳐 트위터에 올렸다. 안중근 의사의 유묵을 절도하거나 절도에 관여하였다는 대통령 후보를 폭로한 이 사건을 선거 기간 중에 공직선거법의 심각한 허위 사실을 유포한 것으로 본 검찰은 그 시인을 선거법 위반으로 기소한다. 하지만 국민참여재판에서 그는 배심원 전원에게 무죄 평결을 받는다.

그런데 사태가 반전된다. 전주지법의 한 부장판사는 그 시인에게 벌금

100만원을 부과하면서 선고유예로 판결한다. 선고유예는 유죄지만 죄가 좀 경미해 처벌을 유예하는 것이다. 재판부는 시인이 자신이 지지하는 후보의 상대방을 낙선시킬 목적으로 비방한 사실이 인정된다면서 다만 '피고인을 처벌하지 않는다.'는 배심원의 평결을 존중해 선고를 유예한다, 라고 밝힌다. 즉, 법관은 시인에게 죄가 있지만 벌은 면제한다고 한 것이다. 이에 대해 시인은 강하게 반발한다. 그가 남긴 말은 이렇다.

> 국민참여재판에서 배심원이 전원일치 무죄 평결을 내렸는데, 재판부가 유죄를 선고한 것에 대해 안타깝고 이해할 수 없는 심정이다. 나는 재판관이 쳐놓은 법이라는 거미줄에 걸린 나비와 같다.[1]

시인과 비슷한 연배의 부장판사는 이때부터 신상의 위기에 처하게 된다. 가족의 위해를 들먹이는 협박도 있었고, 진보적인 법조인들로부터 공개적인 비난에 시달리게 된다. 이 문제는 사람의 입에 오르내리거나 세간의 화제가 되거나 하면서 비틀비틀 갈지자 횡보를 걷는 형국이 되고 말았다. 엄정한 법적 판단은 희석되고 정치적인 가치 판단이 앞선 꼴이 되고 말았다. 자신의 양심과 직업윤리에 따라 처벌 중에서 가장 가벼운 처벌을 내렸는데도 세상의 분위기가 자신에게 불리하게 돌아가자, 그 부장판사는 억울한 것은 물론 심리적인 압박감을 적잖이 받았을 것이다. 그는 참다못해 다음의 말로 자신의 심경을 응수했다.

> 천망(天網)은 회회(恢恢)하여 소이불실(疎而不失)이라.

이게 무슨 말인가? 너무 심오하지 않나? 소통방식을 심오한 고전에

---

1 경향신문, 2013. 11. 8. 참고.

의탁해 보통사람이 쉽게 알아들을 수 없게 기한 것도 일종의 선민의식이 아닐까? 대중과 소통하기 위해 트위터의 손길을 바쁘게 움직이던 시인과 잘 대비된다.

어쨌든 뜻은 대충 이렇다. 하늘의 그물망은 넓고 넓어서 엉성해 보이지만 결코 빠져나가지를 못한다. 노자의 『도덕경』 제73장에 나오는 말이다. 부장판사가 사법연수원에서 공부하였던 내용일까? 저 무일당 장일순 (1928~1994) 선생은 이 구절을 가리켜 다음과 같이 해석한 적이 있었다.

> 하늘의 그물은 코가 넓어서 성기어도 빠뜨리는 게 없느니라. 사람이 만든 법망은 촘촘해서 도무지 물샐틈없어 보이지만 말이지 언제나 보면 빠져나갈 놈 죄다 빠져 나가잖어? 사람이 하는 짓이 늘 그런 정도지. 반면에 하늘의 법망은 그 코가 너무 넓어서 뭐 어디 걸릴 데가 없어 보이지만 말이야 그런데 그 있는 것 같지도 않은 하늘 그물에서 빠져나갈 자 없거든.[2]

장 선생의 해석은 행간의 반대 논리를 대비하면서 설명하고 있다. 참 놀라운 설명 방식이다. 하늘의 그물망과 사람이 만든 법망(法網)은 서로 다르다. 전자가 성글면서 엉성해도 결코 빠져나갈 순 없다.[3] 그런데 후자인 사람이 만든 법망은 촘촘하고 물샐틈없이 보이지만 빠져나갈 자는 모두 빠져 나가버린다. 모든 게 정치적으로 재해석되면 못 빠져나갈 게 무어란 말인가? 세상이 그렇고 그런 세상이 아닌가? 요즘 같은 민주화 시대에도 그렇다면, 정말 문제다. 이 대목에서 우리는 노자 사상의 대조적인 키 워드인 '무위(無爲)'와 '인위(人爲)'를 가름할 수 있겠다.

---

2 『노자 이야기』, 삼인, 2012, 663면.
3 최근에 중국의 치안 당국은 기차역과 공항에 14억 인구를 감시하는 완벽한 시스템을 구축해 놓았다. 이를 두고 노자가 말한 '천망(天網)'이라는 이름을 부여하였다. 인민 전체를 잠재적인 범죄자로 취급하고 있다는 점에서 별로 좋지 않은 시스템이라고 하겠다. 저 좋은 이름을 악용하는 것 같은 느낌을 준다.

노자 사상의 정점에 놓이는 키 워드는 다름 아닌 '도(道)'이다.

하늘의 그물망이 무위의 도라면, 사람이 만든 법망은 인위의 시스템이라고 할 수 있을 거다. 도는 늘 무위이면서 무불위이겠지.[4] 도는 하는 것도 없고, 하지 않는 것도 없다. 즉, 도는 무의도적인 거다. 의도적인 것은 물론 도가 아니지. 정치적인 이해득실을 따지는 것만큼이나 사실상 의도적인 것은 없다.

당해 시인이 행한 것처럼 억지로 용기를 내고 자신이 옳다는 것만을 굳게 믿는 것을 두고 인위의 '하고자 함(欲)'이라고 표현할 수 있다고 한다면, 부장판사가 말한 이른바 하늘의 그물망은 '무위의 길(道)'이라고 말할 수 있을 것이다.

또 사태가 반전된다. 시인은 마침내 대법원으로부터 공직선거법 위반 무죄의 확정이란 결과를 이끌어냈다. 전직 대통령이 탄핵의 위기에 몰릴 무렵이었다. 이 사건은 발생부터 확정판결까지 정확히 4년이 걸렸다. 시인이 재판 과정에서 붓을 꺾음으로써 시를 쓸 기회를 스스로 포기하였지만, 정치적인 인간관계의 그물망은 더 촘촘해졌다. 현직 대통령을 만나는 사진들도 인터넷에 널려 있다.

그런데 말이다. 시인이 정치적인 법정 다툼에서 승리자가 되었지만, 수사학적인 논쟁에 있어선 법관이 승리를 거두었다고 본다. 시인은 스스로 자신을 두고 재판관이 쳐놓은 법이라는 거미줄에 걸린 나비와 같다고 비유했지만, 법관은 인위에 대한 무위의 도를 말하기 위해 노자가 먼저 말한 '하늘의 그물망'을 인유함으로써 인상적인 사색의 여지를 남기기도 했다.

노자의 『도덕경』 제37장에는 하늘의 그물망 못지않은 비유가 있어 나

---

4 道常無爲而無不爲.

의 눈길을 끌고 있다. 소위 '이름 없는 통나무(樸)'가 바로 그것이다. 이 이름 없는 통나무야말로 가난한 시인에게 있어서 쉽게 버릴 수 없는 시(집)와 같은 것이 아닐까, 한다.

　이름 없는 통나무가 대저 욕망이 없는 것처럼, 욕심을 내지 않고 고요해진다면, 천하는 저절로 안정될 것이다.[5]

　당해 시인이 재판에서 이긴 것은 축하할 만하다. 주체적인 인간으로서 자기표현에 관한 한, 한 점의 억울함이 있어선 안 된다. 하지만 그가 표현의 자유를 알았지, 그 이전에 진실인가 허위인가 하는 양심의 문제는 몰랐을 수도 있다. 표현의 자유가 언제부터인지 모르지만, 이제는 혐오하거나 증오하는 마음의 표현을 위한 자유로 치부되어가고 있다. 뭐, 그렇다고 치자. 시인의 일은 동료 시인에게 많은 생각을 남겨주고, 보통사람들에게 적잖은 시사점을 던져주고 있다.

　현 정부가 임기 말기에 보은 인사를 한다고 난리를 치면, 그 시인의 정치적인 인위, 그 하고자 함이 완성되겠지만, 우리는 세상의 정의와 천하의 무위를 어디에서 찾아야 하나 하고 탄식하면서 일쑤 혼란에 빠질 것이다. 시 정신은 온데간데없고, 정치적인 이해득실만이 우리의 척박한 삶과 문화의 조건 속에 앙상하게 남게 될 것 같아서다.

　내가 이 사건에 관해 가장 궁금한 게 하나 있다. 아직도 시인은 전직 대통령이 안중근 의사의 유묵을 훔쳤다고 굳게 믿는지를. 그렇지 않다면, 자기반성을 일삼는 게 맞다. 시인이 시를 쓸 때 상상력의 날개를 마음껏 펼칠 수가 있지만, 세상일에 관해 이런저런 말을 할 때는 한껏 신

---

5 無名之樸夫亦將無欲不欲以靜天下將自定.

중을 기해야 한다. 함부로 터무니(근거)없는 말을 해선 안 된다.

시인을 지지하는 사람들은 훔쳤느냐, 안 훔쳤느냐가 중요한 게 아니라고 적극적으로 옹호할 것이다. 그게 중요하지 않으면 뭐가 중요한데? 진실 위에 서는 것은 아무것도 없다. 정치적인 이해득실의 관례에 비추어 볼 때, 진실이 아닌 말을 던지면 던질수록 지지층을 결집시키는 효과가 있다고 한다. 이 효과를 두고 소위 '더닝-크루거 효과'라고 말하기도 한다. 사회심리학자 더닝과 그의 제자인 크루거가 코넬대학교 학생들을 상대로 실험한 결과에서 유추한 유명한 가설이다. 사람들은 헛소문일수록 진실로 받아들이는 경향이 강하다. 오늘날 우리 사회에 횡행하는 막말의 정치학은 더닝-크루거의 사회심리학과 결코 적잖은 상관관계를 맺고 있다. 사태의 본질, 문제의 핵심을 정치적인 이해득실로 풀칠해서는 안 된다.

나는 시인 진은영이 자신의 전공인 니체와 칸트 등의 사상과 관련된 일련의 저서를 냄으로써 우리 시대에 문학과 철학(과 미학)의 경계로 무시로 넘나들거나, 또 시인 손택수가 자신의 전공과 무관한 책, 실학의 고전을 자기식으로 읽은 『바다를 품은 책 자산어보』를 낸 사실을 두고, 감탄해 마지않으면서, 나는 공부하는 시인이 아름답다, 라고 하는 사실을 새삼스레 확인하지 않을 수가 없다. 일찍이 시인 함민복이 모든 경계에 꽃이 핀다고 했는데, 진은영과 손택수의 경우들도 이 시적인 진술과 관련된 말이 아닌가, 한다.

제3부 **작가 작품론**

가버린 작가, 남은 유고집

—마광수 1주기에 부쳐

1. 프롤로그 : 오래된 일을 회상하다

격동의 연대, 그 마지막 해인 1989년이었다.

나는 그때 고3 담임을 맡으면서 박사과정에 재학하고 있었다. 무척이나 바쁜 나날을 보내고 있었다. 기형도의 요절이나 마광수의 부상 따위가 내 바쁜 일상을 위무할 만한 소일거리가 되지 못했다. 나는 그때 문학의 현장이나 시사적인 관심사로부터 좀 멀찍이 떨어져 있었다. 의도적으로 그랬는지도 모른다.

내가 재직하고 있는 학교는 미술계 상급학교를 진학의 목표로 삼고 있는 남녀 공학의 작은 학교였다. 내가 맡은 학급의 아이들은 학습이나 진학에 좀 의욕이 부족한 아이들로 이루어져 있었다. 이들은 학교 측으로부터 내놓은 자식처럼 푸대접을 받고 있었다. 나는 학교 측과 아이들 사이에서 적잖은 갈등을 겪으면서 매일 같이 스트레스가 쌓여만 갔다.

가뜩이나 정신적인 피로감이 가중되고 있는데, 하루는 속을 썩이는 일마저 생겼다. 내가 우리 반에서 수업을 하고 있는데 가장 학습 의욕이 없는, 평소에 말이 전혀 없고 키가 큰 남학생이 수업과 무관한 책을 보고 있었다. 책을 보니, 무슨 시집이었다. 일단 압수해 교무실에서 책의 내용을 살펴보니, 마광수의 시집 『가자, 장미여관으로』였다. 내용은 모두가 섹스와 관련된 것으로 일관되어 있었다. 나는 그 학생을 불러 책을 돌려주면서, 공부는 안 할 거냐고 말하면서 화를 냈다. 시집의 표제작인 「가자, 장미여관으로!」는 이렇게 시작되고 있었다. 나와 마광수의 문학적인 첫 만남은 이렇게 이루어졌다.

> 만나서 이빨만 까기는 싫어
> 점잖은 척 뜸들이며 썰풀기는 더욱 싫어
> 러브 이즈 터치
> 러브 이즈 필링
> 가자, 장미여관으로!

명문대에 재직하고 있는 교수가 쓴 시라고는 전혀 생각지도 못할 그런 시였다. 당시에 '진지하게 말하다'의 통속적인 은어인 '썰풀다'가 어엿한 시어로 등장하는 것도 국어 선생인 내게 작은 충격파로 밀려 왔다. 당시의 국어는 현실 언어를 적극적으로 수용하는 분위기였음에도 불구하고, 그 기준은 교양이나 말의 품격에서 벗어나지 않는 한의 정도에 놓여 있었다.

> 난 네 발냄새를 맡고 싶어, 그 고린내에 취하고 싶어
> 네 치렁치렁 긴 머리를 빗질해 주고도 싶어
> 네 뾰족한 손톱마다 색색 가지 매니큐어를 발라주고 싶어
> 가자 장미여관으로!

러브 이즈 터치
러브 이즈 필링

　이 문제적인 시편 「가자, 장미여관으로!」는 애최 1985년에 쓰였다. 시집의 표제작으로 상재된 1989년에 화젯거리로 증폭되었다. 사회문화적인 맥락과 전혀 상관이 없이, 축자적인 관점에서 보면, 이 시의 작품성은 아무리 살펴보아도 확보되지 않아 보였다. 그렇기 때문에 수업 시간에 몰래 보던 학생이 교육적으로 문제가 있다고 보았던 것이다.

　일상의 여유가 없었던 그때, 내가 무턱대고 화를 냈지만, 교육의 경험은 말할 것도 없고 문학이나 세상을 바라보는 눈이 훨씬 깊어진 지금의 시점에서라면, 나는 그때 그 학생에게, "네가 시집이라도 읽으니, 선생으로서 눈물겹게 고맙다."라고 했어야 했다. 물론 이 말을 그 학생이 반어적으로 곡해할 수도 있어서, 진정성을 보이면서 조심스레 해야 할 말일 터이지만.

　어쨌든, 나와 마광수의 문학적인 만남은 이와 같이 문제가 있는 한 학생을 통해서 처음으로 이루어졌다. 세상의 일들이 희극적인 운명의 접촉으로 이루어지는 게 적지 않거니와, 그 만남 역시 (물론 지금은 진지하다고 생각되지만) 한 동안 애최 뭔가 엉뚱하다고나 할까, 좀 생뚱맞다고나 할까, 라고 여겨진 것도 사실이다.

2. 좋았던 시절에서, 선택한 죽음까지

　마광수 문학의 황금 시기는 1980년대 말에서부터 1990년대 초에 이르는 4, 5년에 걸친 기간이다. 그가 문학적으로 주목을 받은 시기가 그리 오래되지 않았지만, 그의 문학은 순간적으로 불꽃처럼 타올랐다. 이 시기에는 교수로서 강단에서도 학생들에게도 인기가 있었다. 풍문에 의하면, 1988년에, 천 명의 수강자가 몰려들어 강당에서 수업을 진행했다고 한다. 여러 색깔들이 얽혀 있어도 종당에 하나의 색깔로 귀일하는 이념 과잉의 시대에, 탈이념의 단초를 보여준 사상의 자유로움과 다채로움이 젊은이들의 마음을 호응하게 했을 터이다.

그는 무엇보다도 다재다능한 끼를 가지고 태어난 작가였다. 한 시대가 만들어낸 작가가 아니라, 타고난 끼를 통해 한 시대를 공명케 할 수 있었던 그런 작가 말이다. 그는 시인으로서, 소설가로서, 에세이스트로서, 문학평론가로서 두루 활동했다. 어떤 분야에서도 뚜렷한 족적을 남겼다. 그가 왕성하게 여러 장르를 가리지 않고 활동한 데서 잘 알 수 있듯이, 그의 끼는 자신의 황금 시기에 다채롭게 활활 타올랐다.

아마 1989년 12월 초순이었을 것이다.

내 아슴푸레한 기억에 의하면, 1980년대가 저물어갈 무렵에, 누군가가 지상에서 이렇게 말한 바 있었다. 1980년대의 문학은 전두환 문학과 마광수 문학만이 있던 시대라고 말이다. 전두환 문학은 무엇이고, 또 마광수 문학은 뭔가? 전두환 문학은 전두환을 증오하는 문학을 말하고, 마광수 문학은 마광수를 향유하는 문학을 가리킨다. 사실상, 1980년대가 이룩한 우리 문학적인 총량은 크고 작든 간에 전두환으로부터 자유로울 수가 없었다. 1980년대의 모든 것은 정치든 문학이든 간에 1980년 5월 광주로부터 시작된다. 긴 세월 끝에 1980년대 말 전두환이 국민에게 무릎을 꿇고, 노태우로 하여금 민주화 선언을 하게 했다. 그리고 그는 이때부터 권좌로부터 물러날 준비를 하고 있었다. 그의 존재감이 서서히 지워져 갈 무렵에 등장한 이가 바로 마광수였던 터. 전두환 문학과 마광수 문학은 시간적인 양적 비례에 있어서 8대 2 정도에 지나지 않는다. 하지만 한 시대를 공명케 한 질적인 비례(감)에 있어서는, 내가 보기로 서로 반반이다.

1980년대가 마무리될 시점에 2년도 채 되지 아니한 시기에 걸쳐 마광수가 몰고 온 선풍적인 화제는 전두환을 증오하는 문학의 총량, 즉 이를 테면 광주, 분단, 민족주체, 노동(자)해방, 전교조, 반전반핵 등등을 아우른 기반을 모두 딛고도 남을 만큼, 에너지 분출의 힘을 가지고 있었다. 그의 황금 시기에, 문학의 대중은 그에게 열광했다. 문학이라고 하면, 만날 운동의 개념과 연결되곤 하는 게 식상했던 까닭이었을까?

1980년대 내내 광주 금남로 광장에서 한 치도 헤어나지 못하고 뭔가 애면글면해대면서 헉헉대던 당대의 문학이 한 시대를 마감하던 지경에 이르러, 마광수라는 한 개인에 의해 그 공공연한 장소성에 맞서 내밀하고도 은밀한 장소성의 상징이 창조되었다. 저 '장미여관'이라는 장소성의 상징이란, 1980년대의 거대담론과 1990년대의 미시담론을 이어주는 문학사적인 디딤돌이었던 셈이라는 점에서 충분히 재평가되어야 한다.

인간적인 점에서 볼 때, 마광수에게서 궁금한 면도 없지 않을 것이라고 본다. 문인으로서는 그렇다고 하자. 그에게는 많은 제자들이 있었다. 교수로서의 그는 어땠을까? 그의 황금 시기에 강단에서 보여준 모습은 어땠을까? 그를 바라본 제자들의 객관적인 시선은 또 어땠을까?

그에게 있어서의 문학과 그림은 작품으로 남아있지만, 강의에 관해서는 강의록을 남겨 놓지 않았다. 그의 강의는 증언에 의존할 수밖에 없다. 그의 죽음이 알려진 직후에, 제자로서 강의를 들었던 경험을 밝힌 중견 언론인들이 있었다. 학생으로 재학할 때 이들은 그의 여제자다. 여제자이기 때문에, 이들의 증언이 민감하며, 또 지금으로선 한결 더 주목된다. 이들의 증언은 꽤 중립적인 입장에서 밝힌, 그래서 더 조심스러운 증언이 아닌가 한다.

대학 시절에 자유로운 성(性)을 담은 그의 소설을 읽으면 민망했다. 여제자에게 '긴 생 머리가 섹시하니까 자르지 말라.'던 칭찬도 불편했다. 빨간 매니큐어를 바른 긴 손톱과 하이힐, 미니스커트를 입은 여성을 향한 마 교수의 찬사는 왜곡된 여성관으로 보였다. (……) 수업 시간에 마 교수가 '고양이가 내 발에 떨어진 우유를 핥을 때 오르가슴을 느꼈다.'는 누군가의 글을 들려주며 '이게 바로 진정한 에로티시즘, 유미주의적 쾌락'이라고 말할 때는 '혹시 변태 아닐까' 의심했다. (……) 하지만 순수한 사람은 분명했다. 제자들과 스스럼없이 어울려 술을 마셨고 권위의식이 없었다. 아이처럼 해맑게 웃었으며 외로움을 많이 타던 사람이었다.

—전지현

그는 수업 도중에도 자주 담배를 꺼내 물었다. 유독 길쭉했던 '장미'였다. 그러면서 "너희도 피우고 싶으면 피워."라고 했다. 학생 몇몇이 교수와 맞담배를 피우는 자유분방한 장면이 펼쳐졌다. 무려 27년 전, 연세대 국어국문과에서 개설한 '현대문학 강독' 시간이었다. 교수는 야한 여자 타령을 하는 마광수였다. 누군가는 얼굴을 찌푸렸겠지만 나를 포함해 대부분은 그 짜릿한 파격과 도발을 즐겼다. 성적 담론을 수면 위로 끌어올린 마 교수 강의의 인기는 대단했다. 그는 근엄한 척하는 지식인의 허위의식과 성 엄숙주의를 신랄하게 비판했다. 그가 던진 화두는 '욕망하는 인간' '자유를 갈망하는 영혼'이었다.

—심윤희

이 두 가지의 인용문을 보면, 교수로서의 마광수의 인상과 그가 남긴 강의의 성격 및 내용에 관해 무언가 짐작되는 점이 없지 않을 것 같다. 많은 증언을 종합해볼 때, 그는 강단에서 열강했다. 적어도, 대충 수업을 진행하고선, 월급을 받아 챙기는 불성실한 교육자는 아니었다. 그의 강의는 세간에서 짐작하고 있는바 야한 담론만이 능사가 아니었다. 그에게는 그가 오래 천착한 아이템인 상징시학과 윤동주가 있었고, 그의 사상의 원천적인 기호 및 체계를 이루는 카타르시스 이론도 있었다. 물론 간헐적으로는 음양 및 기(氣) 등의 동양사상에 대한 심취의 흔적도 남아 있다. 이러저러한 사정을 고려해 볼 때, 그가 가지고 있는 지식과 정보에 관해 깊이의 정밀성은 잘 알 수가 없지만, 적어도 두루 넓은 정도까지야 충분히 가늠된다.

문인으로서나 교수로서 세간에 이름을 떨치고 있던 그가 갑자기 추락했다.

두루 알다시피 소설 「즐거운 사라」(1991)가 음란물을 만들어 퍼뜨렸다는 사문화된 조항을 사법적인 잣대로 삼아 단죄한 사건이 발생해 세상을 크게 뒤흔들었다. 그는 강의하던 학기 중에, 긴급으로 체포당했다. 왜 긴급한 현행범인가? 지금 생각해도 두고두고 논란이 될 것 같은 체포 행위다. 그의 좋았던 시절은 갔다. 이제부터 그가 죽음에 이르기까지, 그의 앞에는 자기 소외와, 고독과, 형극의 가시밭길이 놓여 있었다.

마광수는 1989년 7월호에 나갈 인터뷰 기사를 위해 『신동아』담당기자와 만났다. 자신의 연구실에서 6시간이나 진행된 만남의 막바지에, 그는 마지막으로 이런 말을 불쑥 내뱉는다. "교수나 문화인들 중에는 저를 보고 '저놈 얼마나 가나 두고 보자, 철없이 까부는데 뭘 몰라서 그렇지.' 하는 사람도 많아요." 인터뷰 기사를 준비하기 위한 만남은 그해 4월 말이나 5월 초에 이루어진 것으로 추정된다. 그렇다면, 그로부터 3년 6개월이 지난 1992년 10월 29일에, (앞에서 말했듯이 불길한 저주를 예감한) 그는 긴급하게 체포되었다. 결과적으로 볼 때, '얼마나 가나'는 겨우 3년 6개월밖에 더 나아가지 않았다.

저 1992년의 '즐거운 사라에 대한 법적인 단죄의 사건'에 이르러, 문학성의 판단이 문단 및 비평계에서 자율적으로 이루어지지 않고, 법조계와 법학계의 칼자루에 휘둘려서, 그것이 아무래도 훼손당한 면이 있었다.

마광수가 죽음을 선택한 직후에, 조선일보에 '마광수'라는 제목으로 발표된 한 칼럼이 있었다. 여기에 의하면, 그가 법정에서 다툼을 벌일 때 책 만 권을 읽었다고 한 문학청년 출신의 김진태 검사는 '이건 문학이 아니다.'라고 했고, 법학계에서 문학을 가장 애호한 당시 서울대 법학 교수 안경환마저도 '헌법이 보호할 예술적 가치가 결여된 법적 폐기물'이라고 감정했다고 한다. 문단에서도 우군이 없긴 마찬가지였다. 그 야 하다는 소설 「즐거운 사라」가 일본어로 번역되어 8만 부 이상 팔렸지만, 일본 독자들은 소문과 달리 표현 수위가 낮아 실망했다고 대체로 반응 했다.

그런데, 작가 마광수의 자살을 어떻게 보아야 하나?

그는 작년 9월 5일에 자택의 베란다에서 목을 매고 세상을 떠났다. 그는 1990년에 한 에세이를 통해 당시에 증가하던 청소년 자살에 관해 한 마디 언급한 적이 있었다. 청소년 자살을 줄이려면 '고교생 전용의 디스코텍 마련이라든지 복장뿐만 아니라 화장이나 기타 꾸밈새까지도 완전 자유화시켜 각자 스스로 건전한 나르시시즘을 향수(享受)할 수 있도록' 우리 사회가 도와주어야 한다고 했다. 이 말을 두고 살펴보자면, 나는 그가 자신의 건전한 나르시시즘을 향수할 수 없다고 판단하면서 스스로 절망하였기 때문에 목숨을 끊었던 것이라고 본다.

그가 떠난 직후에 출간된 유고집이 있다. 단편소설집인 『추억마저 지우랴』(어문학사)이다. 이 책을 마무리하는 단계에서, 그는 세상을 떠났다. 이 책은 그의 마지막 작품인 셈이다. (들리는 말에 의하면, 그의 유고는 그 외에 적잖이 남아 있는 것으로 알려져 있지만, 유족들이 더 이상 간행하기를 원치 않는다고 했다.) 유고집에 자살의 문제가 언급되어 있어 주목하게 한다. 『추억마저 지우랴』에 속해 있는 한 개별의 작품인 「천국에 다녀오다」는 화자인 마광수 자신이 '다이아나'라는 외계의 여인(선녀)에 인도되어 천상계의 낙원인 한 별나라인 '섹사(SEXA)'에 이른다. 모든 게 판타스틱하다. 사람들의 수명도 천 년이나 된다. 여기에서는 자살도 죄로 치지 않는다. 편안하게 자살하는 방법도 여러 가지로 개발되어 있다. 화자가 다이나나에게 자살 얘기를 듣고 반응하는 대목이 나온다.

자살이라는 얘기를 들으니 온몸에 소름이 돋아났다. 나는 어려운 일을 겪을 때마다 자살 충동을 느낀 적이 많았기 때문이다. 요즘도 지구에서는 자살하는 사람들의 숫자가 점점 더 늘어나고 있다. 사랑에 실패해서 죽는 수도 있고, 사업에 실패해서 죽는 수도 있다. 또 생활고 때문에 죽는 수도 있다. 다들 삶의 고통을 더 이상 감당할 수 없어 스스로 죽음을 택하는 것일 게다. 그런데 이 별나라에서는 너무나 긴 수명에 따른 권태에 못 이겨 자살하는 사람이 많다니 참으로 대조가 되는 상황이었다. (307면)

그에게 있어서도 자살이 소름 끼치는 일이 아닐 수 없었다. 자살은 그에게서 결코 찬미의 대상이 될 수가 없었다. 자신의 건전한 나르시시즘을 향수할 수 없다고 판단한 데서 온 절망의 끝이 바로 자살인 것이다.

나르시시즘이란 자기애(自己愛)를 말하는 것이다. 즉, 사전적인 정의에 의하면, 자기의 가치를 높이고 싶은 욕망에서 생기는, 자기에 대한 사랑이다. 심리학이나 정신분석학에서는 리비도가 자기 자신을 향하여 발산되는 사랑으로 설명한다.

이것은 이중성을 지닌다. 보는 관점에 따라, 부정적이기도 하고, 혹은 긍정적이기도 하다. 부정적으로 본 관점의 대표적인 사례를 들자면 이렇다. 심리치료사 샌디 호치키스는 자기애 즉 나르시시즘의 일곱 가지 죄악을 나열하면서 설명한 바 있었다. 그 죄악들이란, 이를테면 경멸 뒤에 감춘 시기심, 가면 뒤의 수치심, 경계를 침범하는 이기심 등등은 물론이고, 이밖에도 '어떻게 감히 네까짓 게……' 하는 것처럼 '제멋대로 자격 부여하기'를 말하는 것이다. 또 정신분석가 오토 컨버그는 자기를 사랑해주는 사람을 공격하고 파괴함으로써 자신의 위대함을 확인하는 사람을 가리켜 악성(惡性) 나르시시스트라고 보았다.

이에 비해 마광수는 나르시시즘에서 긍정적인 관점, 건강한 에너지를 찾으려고 했다. 그가 1989년『신동아』기자와 만났을 때, 면담 기자가 그에게 물었다. 여성의 상품화를 조장한다는 세간의 비난에 대해서였다. 이에 대한 마광수의 응답은 이랬다.『신동아』(1989. 7) 인터뷰 내용은 자신의 저서인『왜 나는 순수한 민주주의에 몰두하지 못할까』(민족과문학사, 1991)에 다시 수록되어 있다.

> 그게 참 내가 답답한 부분이에요. 자기 자신을 야하게 꾸미라는 것이 그것을 통해서 건강한 나르시시즘을 즐기라는 거지 누가 상품으로 포장하라는 겁니까? 화장한 여자들에게 물어보세요. 다 자기가 좋아서 한다고 그래요. 여성의 상품화는 오히려 순결 또는 정절 이데올로기에서 오는 거예요. (『왜 나는 순수한 민주주의에……』, 235면.)

내가 생각키로는 1989년 당시에, 마광수와 반(反)마광수적인 생각의 차이에서 오는 시대적인 쟁점의 하나는 나르시시즘을 해석하는 데 있지 않았을까 한다. 우리 문학사에 한 시대를 울린 짧은 문장의 경인구가 있었다. 1930년대 말의 서정주가 시편「자화상」의 모두에 밝힌 것. '에비는 종이었다.' 식민지 상황 아래서 참을 수 없었던 시대적인 고뇌, 젊은 열기, 푸른 영혼의 광기가 고스란히 반영된 가슴 아릿한 경인구다. 마광수가 1980년대 말에 시대를 울린 '나는 야한 여자가 좋다.' 역시 선언적인 힘이 실려 있는 경인구다. 이 역시 타자의 거울에 비친 자화상이다. 다만 차이가 있다면, 서정주의 경우가 반(反)자기애에 기반을 두고 있다면, 마광수의 그것은 나르시시즘의 전치(displacement) 현상을 잘 보여주고 있다. 야한 여자라는 관조의 대상, 혹은 대상의 관조를 통해 자기애에 이를 수 있다는 그런 심리적인 역전 현상 말이다. 어쨌든 그 시대의 쟁점을 그 면담의 한 대목에서 잘 음미할 수 있다.

신동아 기자 : 남성이나 여성이나 다 자신의 외모를 야하게 가꾸면서 나르시
시즘을 통해 마음의 평화를 얻으라고 하셨지요? 그런데 나르시시즘에는 부정
적인 측면이 많지 않습니까? 오로지 자기 자신에게 집착하는 심리 상태이기 때
문에 현대 문화의 한 병폐로 나르시시즘적 특성이 지적되기도 하는데요.

마광수 : 프로이트도 나르시시즘을 극단적 자아도취라면서 부정적으로 봤지
요. 하지만 저는 긍정적인 측면을 보는 거예요. 그래서 건강한 나르시시즘이라
고 하는 거고. 다시 말해 자기 아이덴티티에 대한 자신감이요, 자부심이지요. 저
는 남자고 여자고 간에 사람에게 가장 기본적인 것은 외모 콤플렉스라고 봅니
다. (……) 사람은 최소한 자기가 남에게 추하게 보이지는 않는다는 자신감이
있을 때에야 건강한 심리 상태를 유지할 수 있습니다. 제가 말하는 나르시시즘
은 이런 의미예요. 현대는 노력만 하면 멋있다는 인상을 줄 수가 있으니까요.
(같은 책, 236~7면.)

나르시시즘의 해석에 대한 시대의 쟁점을 살펴보면서, 나는 마광수는
당시에 매우 용기 있는 발언을 했다고 본다. 이 쟁점의 과정에서 그는
여성이 남성의 강렬한 카리스마에 대한 매저키즘적인 허락, 즉 피보호
와 복종에서 성적인 행복감을 가질 수 있다고 했다. 하지만 요즈음 젠더
감수성의 기준에서 볼 때, 성차별적인 관념인 것이 사실이다. 권력이나
위력에 의한 간음에 대한 문제—법적, 도덕적인 판단—가 저간에 날카
로운 쟁점인 사실에서 미루어볼 수 있듯이 말이다. 말하자면, 마광수는
이로부터 15년 이후에 하나의 전위 현상으로 나타난 '꽃미남 신드롬'을
정확하게 이해하지 못한 감이 있다.

3. 유고집 『추억마저 지우랴』를 읽다

마광수가 마지막으로 남긴 책은 유고 소설집인 『추억마저 지우랴』이다. 나는 출판사측에 나 자신을 문학평론가라고 소개하면서 이 유고집에 관해 몇 가지 궁금증을 문의해 보았다. 먼저, 여기에 실린 28편의 작품이 과거에 다른 문학 매체나 단행본에 실린 적이 없었냐는 것. 그가 제목을 바꾸어 개정판을 낸 사례가 적지 않았기 때문이다. 출판사 측에서는 미발표된 순수 단행본이라고 했다. 제목은 본디 달랐는데, 그가 죽음을 선택하기 직전에 '추억마저 지우랴'로 바꾸어달라고 요구했다고 한다. 그는 죽음을 앞두고 '목숨은 이 세상에서 스스로 지워도, 추억만은 저 세상으로 가지고 가겠다.'는 뜻으로 제목을 수정했다고 볼 수 있겠다. 바꾼 제목을 두고 볼 때, 작품집의 표제가 상당히 자전적인 내용이 개입되어 있음을 시사해주고 있다.

스물여덟 편의 유고 소설.

작품 하나하나가 대체로 짧은 편이지만, 원고의 양이 작품마다 들쭉날쭉하다. 자전과 허구의 경계를 자유자재로 넘나들고 있다. 자전적인 내용이랄까, 자기 서사의 글쓰기가 가장 뚜렷해 보이는 작품이 「끈적끈적 무시무시」이다. 특별한 상상력의 음영이 깃들어 있지 않기 때문에, 자전적인 글쓰기라는 믿음이 있어 보이는 소설이다. (소설에서 자전적인 게 신뢰할 만하다는 것이 아니다. 나는 오히려 반대의 경우를 더 신뢰한다.) 자전적인 소설은 회상적인 감수성에 의거한 서정 양식의 소설이라고 말해진다.

이 작품은 마광수 자신의 첫 사랑에 관한 추억담이다. 그의 대학 2학년 시절의 가을에 만난 J는 육체관계를 처음 맺었다는 점에서 '진짜 첫 사랑'이다. 그녀는 그가 출연한 연극을 본 후에 적극적으로 구애해 왔다. 다른 학교에 재학하고 있는 그녀는 당시의 여대생으로서는 괴짜라고 할 만큼 짙은 화장, 긴 손톱, 핫팬츠를 입고 다녔다. 두 사람이 연세대학교 교정을 활보하고 다닐 때는 그가 술집 호스티스랑 연애한다는 소문이 쫙 퍼졌다. 문제의 여대생 J는 마광수의 에세이 「잊혀지지 않는 여자」(1988)에 나오는 K가 아닌가도 생각된다. 물론 또 다른 여자일 수도 있다. "나에게 있어 가장 잊혀지지 않는 여자는 K이다. (……) 그녀는 스스로 나르시시즘에 빠져 손톱을 한없이 길게 길렀기 때문에 더욱 나의 관능적인 심미안을 충족시켜 주었던 것이다." 소설 속의 J가 에세이 속의 K이든 아니든 간에, 그는 종생토록 여인의 고혹적인 손톱의 망령에 사로잡혔던 거다. 두 사람은 시내버스 안에서 벽돌을 던지는 등 다투다가도 격렬한 포옹 및 키스로 해프닝을 마무리하곤 했다. 죽음을 앞둔 그에게 있어서 첫사랑의 추억은 처연한 것이다. 과거는 연기처럼 사라지고, 추억은 지금 애상의 잔영만이 남는다.

> 나와 함께 의논하며 골라서 산 인조 속눈썹을 조심스레 붙이던 그녀의 모습, 그리고 그녀의 숱 많은 머리카락을 거꾸로 빗질해 수사자의 갈기털처럼 부풀려 주며 즐거워했던 나의 모습이, 지금도 기억 속에 생생하게 떠올라 나를 슬프게 한다. (『추억마저 지우랴』, 어문학사, 2017, 278면.)

그의 마지막 단편소설들 중에서 자신의 가상적인 신후(身後) 세계를 그린 「마광수 교수, 지옥으로 가다」도 주목의 대상이 된다. 소설 속 애깃거리의 실마리는 자신의 죽음 직후로부터 전개되고 있다. 여기에 그의 염세적인 인생관이 묻어나 있는데, 또한 이것은 자신의 죽살이(死生)에 대한 관념을 잘 반영하고 있기도 하다.

20xx년, 위대했던 마광수 교수가 타계했다. 권위주의에 찌든 교활한 문학계의 억압에 단단히 맞섰던 그는, 파격적으로 노벨문학상을 받으며 그의 진정성

을 인정받았었다. 하지만 기쁨도 잠시, 노벨상 수상 2년 후 그는 돌연 사망하고 말았다.

"아 쓰발, 더러운 세상 잘 떠났다."

마광수 교수의 영혼이 중얼거렸다. 마광수 교수의 영혼은 거리를 배회하며 신문 기사를 보고 있었다. 역시나 교활한 놈 이문혈이란 놈은 위로한 척하면서 끝까지 지긋지긋한 일장 훈시를 늘어놓는 것이다.

'마광수 교수의 죽음은 애도하지만, 그의 작품은 수준 미달인 것으로 재평가되어야 한다.'는 제목의 신문 기사를 보면서 마광수 교수는 혀를 찼다. (같은 책, 151~2면.)

이 인용문에서 밝힌 '이문혈'은 두말할 나위가 없이 소설가 이문열을 가리킨다. '즐거운 사라' 사건 때 이문열은 마광수의 작품성에 관해 비판해 마지않았다. 검찰은 이문열의 작품성 감정을 당시에 우군으로 삼아 자신만만해했을 터이다. 이때 마광수가 동시대의 문단 동료로부터 치명적인 상처를 입었을 것이다.

마광수가 실제로 죽은 다음 날에, 그는 조선일보 기자와의 간단한 전화 통화가 있었다. 이문열은 그때의 일을 회상하면서, '외설이 아닌, 비이성적인 심리와 정신병리학적인 문제'(조선일보, 2017. 9. 7. 참고.)가 문제적이었음을 환기하였다. (다만 그의 죽음에 관해 안타까움을 표했다.) 말하자면, 그 작품이 야하다기보다 이야기의 내용이 변태적이어서 문제였다는 것이다.

정신병리(학)적인 문제라면, 나르시시즘을 둘러싼 쟁점까지도 포함된다. 자기애가 병적이냐, 아니면 건강하냐에 따라 나르시시즘을 보는 관점도 전혀 달라진다. 이것은 인간 조건의 단순한 은유를 넘어서는 문제다. 이를 바라보는 데는 심리적인 차원과 사회적인 차원을 동시에 고려해야 한다. 이 두 가지 가운데 어느 하나라도 간과하거나 경시된다면, 나르시시즘이야말로

가장 완화된 형태로는 이기심과 동의어가 되며 가장 정확히는 세상이 자아의 거울로 비치는 정신 상태를 묘사하는 은유 이상의 것은 되지 못한다 (크리스토퍼 라쉬, 최경도 역, 『나르시시즘의 문화』, 문학과지성사, 1989, 53면.)

사실에서 한 발짝 더 나아갈 수가 없다. 소설 「즐거운 사라」가 문제시되던 1992년에, 검찰 측과 법학자 안경환은 작품성을 풍속의 문제, 즉 지나치게 사회적인 차원에서 재단하였다. 반면에, 소설가 이문열은 심리적인 차원에서 인간의 어두운 내면을 들여다보려고 했다. 하지만 그는 마음속 깊이의 심연을 이해하지 못했다. 그도 그럴 것이, 그는 마음을 다루는 일의 전문가가 아니기 때문이다. 소설가가 정확히 사정도 모르는 상황에서 남의 작품을 두고 '변태적인 이상(異狀) 심리' 운운하는 게 더 이상하지 않은가? 단죄의 기로에 선 동업자의 작품에 대한 최소한의 배려와 존중이 필요하지 않았을까?

어쨌든, 소설 「마광수 교수, 지옥으로 가다」 속의 마광수 교수는 저승사자들을 따라 지옥으로 향한다. 염라대왕 앞에 당도한 그는 깜짝 놀란다. 염라대왕이 육감적인 몸매에 눈가에 스모키 화장을 짙게 칠한 섹시한 여인이 아닌가. 이 염라여왕을 따라, 그는 자기에게 배정된 방인 이른바 백 평 넓이의 '죄실(罪室)'에 갇혀진다. 진보된 성문화를 전파한 형벌이란다. 이 방 안에는 사라가 먼저 와 있었다. 그녀는 그동안에 엄청나게 더 야해져 있었다. 무지개 색깔의 염색머리카락, 갖가지 모양의 피어싱, 반투명의 시스루 망사……. 마광수 교수는 득의의 미소를 머금으면서

혼잣말로 중얼거린다. 내가 역시 지옥에 오길 잘 했어, 천국으로 갔으면 만날 찬송가만 부르고 있을 테지, 라고 하면서 말이다.

마광수는 젊었을 때부터 동양의 서사 전통의 하나인 '전기(傳奇)'에 관해 적잖은 관심을 가지고 있었다. 전기는 비현실과 환상과 유현(幽玄)으로 성격화된다. 특히 깊이를 헤아릴 수 없을 정도의 신비함을 드러내는 것이랄지, 하나이면서 둘이거나 둘이면서 하나인 모호함의 경계에서 오가는 것을 두고 유현이라고 한다. 유고집 『추억마저 지우랴』에는 이런 유의 얘깃거리들이 적지 않다. 뿐만 아니라 유현의 감각으로 그려진 작품들이 예술적인 품격을 높이는 데 기여하고 있다. 「고독의 결과」는 꿈과 현실의 경계, 「홀린 사나이」는 그림 양면의 경계, 「고통과 쾌감 사이」는 고통과 쾌감의 경계를 보여준다.

「고독의 결과」는 여성 화자인 '나'의 등장이란 점에서부터 예사롭지 않다. 한 여인의 몽유 현상과 몽정 과정을 잘 그렸다. 현실에서는 성적인 만족을 얻지 못하지만 꿈속에서 늘 다시 만나는 한 미지의 남자와 함께 행복한 성관계를 잇달아 맺어간다. 어느 날, 꿈속의 그 남자가 현실 속에 드러났다. 마치 복수라도 하는 것처럼 그를 살해해 시애(屍愛 : necrophilia)의 쾌감을 한껏 느낀다. '나'는 본인이 현실 속에서 무슨 짓을 했나를 알게 된다. 죄의식으로 가득 찬 현실로 돌아가고 싶지 않았다. 영원히 꿈속에 머물고 싶어, 마침내 목숨을 스스로 끊는다.

이 소설은 스물여덟 편의 유고집 단편 중에서 가장 작품성이 높다고 보인다. 탐미적인 성적 쾌락의 구경에 이른 작품이랄까? 유미주의자로서의 마광수의 면모를 유감없이 발휘한 작품이다. 다만 일제 강점기의 김내성이 남긴 소설 「시구리(屍球璃)」(훗날에 「악마파」로 제목이 바뀐다.)의 영향이 어느 정도 미쳤는지를 앞으로 살펴볼 필요가 있겠다. 어쨌거나, 「고독의 결과」는 꿈과 현실의 혼재 양상이 돋보이는 악마주의적인 성향의 예술 소설로 높이 평가되어야 한다.

독창적인 소설인 「홀린 사나이」도 마찬가지다. 그림의 앞뒤 면이 상통하는 기이한 괴기담이다. 이 양면성 역시 앞서 말한바 꿈과 현실의 모호성을 드러낸 것이라고 하겠다. 이 소설은 공포스런 전율감이 적이 감도는 이색진 소설이다. 무엇보다도, 마광수 소설 가운데 매우 드물게도 섹스 담론이 거의 없다는 점에서도 이색적이다.

고통과 쾌감의 경계를 보여준 「고통과 쾌감 사이」는 피어싱 묘사가 압권이다. 작중의 여성 화자에게는 피어싱 취미가 생겼다. 고통과 쾌감은 종이 한 끗 차이다. 자신의 살에다 바느질을 해대는 사내의 체취를 느낀다. 아랫배가 살짝 찌릿하다. 섹스가 땡긴다. 여성 화자는 모르는 남자에게 날카로운 바늘(피어스)을 맡기면서 고통과 쾌감의 경계를 오간다. 이 작품에 남겨진 문제는 노파성애적인 변태 욕구를 다룬 「이상한 집」과 함께 왜색적인 수용 혐의가 있는가 하는 점이다. 이에 관해서도 앞으로 논의가 있어야 하겠다.

마광수의 유고집에서 가장 재미있는 작품을 꼽으라고 하면, 나는 서슴지 않고 「선수가 선수에게 당하다」을 꼽겠다. 이 소설은 엘리트 여성의 방탕한 습벽을 그린 작품이다. 소설 제목을 기존의 속담에서 변형을 가하자면, '기는 년 위에 나는 놈'이다. 여성 화자인 '나'는 자신이 색정광(sex-maniac)임을 스스로 인정한다. 그러면서도 한 사내에게 절대 매달리지 않는다. 한 파트너에게 오로지 하룻밤에만 만족하는 성적인 라이프 스타일을 추구한다. 원 나잇을 즐긴 남자로부터 다시 만나자고 전화가 오면, '나'는 '나한테 연락을 하지 마. 다시 만날 사이였으면 그날 너랑 자지도 않았어.'라고 쏘아붙인다. 그런데 재미있는 것은 '나'가 남자와 그 짓을 할 때마다 욕질하면서 더욱 쾌락에 빠져든다는 사실이다. '나'의 욕질은 대체로 이런 유의 것들이다.

"벌써 싸려는 건 아니겠지? 천천히 해. 그래야 더 씹질할 맛이 있으니까."(같은 책 76면.)

"넌 진짜 변태 같아. 더러운 놈, 딴 년한테도 이렇게 해줬니? 쓰발 놈아!"(같은 책, 77면.)

화자인 '나'는 가장 최근의 하룻밤을 보낸 한 사내를 잊지 못해 그를 찾으러 밤거리에 나선다. 이것이 '나'에겐 엄청난 자기애적인 상처로 남게 되었을 터이다. 머리끝까지 화가 치밀어 오르는 이유다.

사실상 마광수의 유고집은 야하다야하게 껄떡대는 '연놈'의 이야기에 지나지 않는다고 볼 수도 있다. 작가 나름의 인간적인 진실을 담아 탐구하기 위해 고투를 벌인 창작의 결과물일 수 있겠지만, 오늘날의 젠더 감수성이 여성 독자들로 하여금 학을 떼게 할 수도 있다. 잘 알다시피 지금은 소위 '미투' 시대가 아닌가. 이 사실이 마광수 유고집의 비평적 가치를 평가하는 데 장애 요인으로 작용될지 모르겠다.

하지만 이 유고집에는 작가가 새로 시도해본 것들이 적지 않다.

고인은 「암사마귀의 사랑」과 「기습」과 「그로테스크」에서 우화 양식의 도입으로 승부를 걸었다. 또한 「그녀의 향기」는 작자가 처음으로 시도한 레즈비언 소설로서 앞으로 비평적으로 주목될 것 같다.

역사소설 형식의 「황진이」도 색다른 맛이 있다. 그가 시대를 넘어 과거로 돌아가 황진이를 꼬드겨, 지금의 현재인 미래로 소환한다. 시대를 초월한 마광수와 황진이의 만남. 우리가 아는 황진이가 아니었다. 그녀는 재색겸비의 기녀가 아니라, 적어도 섹스 비기(秘技)를 가진 색녀인 것. 여기에서 마광수의 새로운 황진이관이 만들어진다. 이에 반해 「마광수 교수의 마누라」라는 요상한 작품은 역사소설이 아니라고 해도 신라적의 처용설화를 마광쉬즘, 마광수적인 개성과 스타일에 맞게 재편성한 창작적인 결과물이라고 볼 수 있다.

중편의 분량에 가까운 「천국에 다녀오다」는 그의 상상력의 촉수가 시대의 초월뿐만이 아니라 외계적인 사랑 및 성욕으로까지 뻗쳐 있다. 성감대의 우주적인 확장이랄까? 초현실적인 환상담은 그에게 있어서 이처럼 신비와 유현에 의해 전기의 성격으로서 현대에 재창조된다.

요컨대, 그의 이번 유고집은 「데카메론」과 「호색일대기」와 「고금소총」 등과 같이 '총담(叢談)' 유의 고전 형식을 취했음에도 불구하고, 새로운 것을 적잖이 반영하고 추구하려고 한 흔적이 배여 있다는 점에서, 우리를 주목하게 한다. 누군가가 비평적인 성찰을 시도해야 한다.

4. 나르시시즘 인간상의 창조와 유산

마광수와 비슷한 연배의 소설가가 있다. 무라카미 류. 그 역시 마광수처럼 연애주의자이다. 그가 저술한 산문집『그래, 연애가 마지막 희망이다』를 보면, 마광수의 주의주장과 맥을 같이한다는 느낌을 떨칠 수 없다. 낱낱의 산문 제목만 그렇다. 예를 들면, 과연 연애에 희망이 있는가, 무료한 인생보다 확실한 실연의 상처, 상상력 없는 연애는 그만 두자 등등의 제목처럼 말이다.

무라카미 류는 콜레스테롤이 나쁘다고 해도 모든 콜레스테롤이 몸으로부터 없어진다면 인간이 우울한 상태가 되어 죽고 마는 것처럼 욕망을 온전히 부정해선 안 된다고 본다. 하지만 젊은 여성이 아무리 욕망에 충실하려고 해도 자신의 욕망을 정확히 파악할 수 없는 것도 사실이다. 어느 가을밤에 외로움이 밀려오는 것이 삶에 대한 허기인지 섹스에 대한 갈증인지가 판단하기 어려운 것처럼 말이다.

무라카미 류는 고뇌는 정말 싫다고 했다. 하지만 고뇌를 견뎌낸 사람이 아무것도 일어나지 않는 무료한 인생을 보낸 사람보다 확실히 더 나아보인다고 했다. 최악의 인간형은 평온하다는 착각에 빠져 삶을 안일하게 살아가는 사람인 셈이다.

또 그는 최근에 일본 사회에 스토커가 많이 발생하는 것을 두고, 나르시시즘의 부정적인 폐해로 간주했다. 자기애가 너무 강해 타인의 일을 전혀 생각하지 않는다는 것. 인간관계도 변화와 종말이 있는데 자신이 착각하고 있는 관계를 유지하려고 전화를 거는 것. 이러한 지적들은 상상력 없는 연애의 일방주의에 지나지 않음을 시사하고 있다.

이 정도에서 보면, 무라카미 류나 마광수의 연애관은 오십보백보라고 본다.

그런데 일본에서의 무라카미 류는 대체로 옳고, 한국에서의 마광수는 사람에 따라 그르다고 하는가? 일본에 비해 한국의 개인주의 문화가 덜 떨어진 탓일까? 아니면, 자유주의에 대한 적응 훈련이 아직 멀었다고 봐야 하나? 개인주의와 자유주의와 관련된 문화론 가운데 하나가 우리에게 생소한 나르시시즘 문화 이론이다. 우리나라에서는 나르시시즘을 개인적인 병리 현상으로 보았지, 이를 하나의 문화 현상으로 보는 데는 인색한 감이 없지 않았다.

마광수가 가장 잘 나갈 때인 1989년에 크리스토퍼 라쉬의 『나르시시즘의 문화』가 문학과지성사를 통해 국역판으로 간행되었다. 미국의 역사학 교수인 그는 이 책을 통해, 나르시시즘적인 인간상인 현대인이 과거와의 유대감을 상실하면서 미래에 대한 책임을 가지지 않고 자아에만 집착하는 경향이 있음을 전제로 하면서, 미국 사회에 과거의 경쟁적 개인주의가 쇠퇴하고 새로운 유형의 개인주의가 등장하고 있다고 주장하였다.

사실은 미국뿐만 아니라, 고도성장기의 일본, 산업화 과정의 한국 역시 '경제인(economic man)'이 지배하는 경쟁 사회였다. 경쟁적 인간관계를 축으로 한 유형의 사회를 가리켜, 나는 반(反)자기애적인 사회라고 본다. 이러한 사회에는 개개인 스스로의 생을 향유하려는 문화가 상대적으로 약하다. 또 세속적인 성공에 대한 개인 이데올로기 때문에 꿈을 가질 수도 있지만 꿈의 좌절로 인해 깊게 체념하고 극단적으로 절망하기도 한다. 197, 80년대의 우리 사회는 자기 영달의 개인 이데올로기로 인해, 반(反)나르시시즘적인 인간상을 부각하고 있었다. 가난하게 생장한 이가 '개천의 용'이 되어 자기도 출세하고, 가족도 먹여 살리고, 사회에 봉사하는 일이 무엇보다 도덕적으로 아름다웠다. 이를테면 이명박·노무현·임춘애 등과 같이 자기에 대한 사랑과 성찰보다는 타자와의 관계 속에서 경쟁하는 인간(상)이 사회에서도 필요했던 것이다.

청년 문인의 시절이었던 1984년 여름은 올해(2018)처럼 엄청 무더웠다. 부산 남포동 지하 주점에서, 나는 이윤택·하창수·최영철 등 지역의 젊은 문인들과 한데 어울려 술을 마시고 있었다. 시원한 냉(冷)막걸리가 담긴 술잔이 오갔다. TV에선 LA올림픽 중계가 한창이었다. 미국의 여자 선수 중에 '실비아'라는 이름이 있었다. 얘기는 당시의 세계적인 섹시 심벌인 실비아 크리스털로 옮겨졌고, 야한 정품 비디오가 유흥가를 잠식하던 시절의 에로 여배우들이 흥미로운 화젯거리로 사람들의 입에 오르내렸다. 그러다가 문화인이랍시고 우리는 문학과 문화와 정치 등으로 이내 화제를 옮기고 있었다. 가버린 1970년대와 지금의 1980년대를 비교하거나 대조하거나 하는 담론이 갑론을박의 형태를 띠면서 열기를 내뿜고 있었다. 냉막걸리와 토론의 열기는 서로 조화를 이루었다.

나는 1970년대의 박정희 시대와 1980년대의 전두환 시대가 서로 다르다고 말했다. 전자가 배삼룡으로 대표되는 열등감의 시대라면, 후자는 이주일로 대표되는 혐오감의 시대라고 했다. 이때, 좌중의 폭소가 마치 불꽃놀이라도 하는 것처럼 순식간에 타올랐다. 시대를 대표하는 어릿광대를 빗대어 투사한 일종의 언어게임이랄까? 대조인 것 같지만, 사실은 비교다. 달라도 같은 것이다. 두 시대가 모두 자기애를 반한 시대라는 사실에서 말이다.

　나르시시즘 문화가 부족했기 때문에, 문화적으로 열등감과 혐오감이 생겨났던 것이다. 그 시대에 우리는 아무런 물색도 모른 채, 시대를, 혹은 시대의 얼굴을 상징하는 두 희극인을 향유했던 것이다. 유신 시대와 5공 때의 한국인들은 시대의 광대인 이 두 사람을 통해 각각 열등감과 혐오감을 투사할 수 있었던 것 같다.

　경쟁적인 개인 및 충돌하는 집단의 이데올로기가 극성을 부리고 있던 1980년대 말에, 마광수는 '나는 야한 여자가 좋다.'고 했다. 숨 막히는 질식감처럼 옥조이던 시대의 행간을 비집고 나온 시대의 혁명적인 선언문, 혹은 나르시시즘의 재인식을 위한 현란한 문장(紋章)이라고 평가할 만하다. 그는 주변 사람들의 찬사가 없이는 살아가지 못하는 이기적인 자애주의자이기보다는, 사생활 중심의 쾌락주의로 가장된 개인 생존에의 관심의 끈을 놓지 않으려고 한 일종의 논객이었다.

　그의 나르시시즘은 종잡을 수 없는 자기 사랑이라기보다 목표가 분명한 자기 방어이다. 그는 언젠가 '민주주의는 피를 먹고 자라는 나무다.'와 같은 비유적인 명제를 가장 혐오한다고 했다. 만약 착오가 없다면 내가 38년이 지난 과거의 기억을 더듬어볼 때, 이 어록은 시인 고은이 원고를 작성해 정치인 김대중이 1980년 '서울의 봄' 당시에 행한 대중연설 속에 포함된 것이 아닌가 한다. 그는 요컨대 개발독재건 민주화건 상관이 없이, 이를테면 사람들 생각이 인격적으로 전체화된다면, 집단에 대한 개인의 굴종이 얼마나 상처를 주는가를 안다.

　그에게 있어서의 타자들, 예컨대 야한 여자, 그가 만난 익명의 여인들, '사라'나 '라라'로 기호화된 탕녀, 자기 분신으로 투사된 그 밖의 캐릭터 등은 나르시시즘 인간상으로 창조된 마음속의 음영이다. 이 음영의 파문은 이제 우리에게, 그가 남긴 하나의 유산이 되고 있다.

　산업화와 민주화에 매몰된 인간상은 초기 자본주의 사회가 빚어낸 인간상과 동일하다. 크리스토퍼 라쉬의 『나르시시즘의 문화』를 번역한 최경도는 '역자 후기'에서 과도하게 억압되고 도덕적으로 경직된, 초기 자본주의 시대의 인간상을 두고 '경제인'이라고 했다.(같은 책, 278면, 참고.) 이 용어는 좀 전에 내가 거론한 바 있다.

반면에, 경제인의 맞은편에는 근심에 시달리고 내면적인 공허감으로 인해 필사적으로 의미 있는 삶을 찾아 헤매는 충동적인 '심리인 (psychological man)'도 존재하고 있다. 마광수가 빚어낸 창조적인, 즉 불안과 권태의 인간상이야말로 바로 이 심리인이 아닐까 하고, 나는 생각해 본다. 마광수적인 그 '나르시시즘적인 인간상' 말이다.

5. 에필로그 : 자유를 진리로 인도하라

마광수는 어쨌거나 저 세상으로 갔다. 스스로 선택한 죽음이다. 그의 죽음 역시 나르시시즘적인 성격이 부여되는 그런 죽음이다.

그는 '즐거운 사라' 사건 이후에 비탄, 무기력, 분노, 배신감, 우울증 등에 빠졌다. 스스로 고백한 바 있었거니와, 자기 검열로 인해 글도 잘 써지지 않았다고 했다. 그의 증상을 프로이트적인 이론에 따라서 이해해 본다면, 외부적인 힘에 의한 패배감의 형태를 취한 나르시시즘적인 환자의 실망감과 비슷하다. 크리스토퍼 라쉬는 나르시시스트가 젊음이 지나가면 자신을 지탱해줄 것이 아무 것도 없음을 알게 되며, 다만 자식들 속에서 대신 살아간다는 생각이 신체의 허약과 고독보다 더 괴로운 노령의 주된 슬픔, 즉 유기감(supersession)을 완화시켜준다고 했다.(같은 책, 249면, 참고.) 하지만 일찍 무자녀로 이혼한 그는, 노경에 이르러 그럴 처지도 되지 못했다.

그의 고독은 매우 심각한 수준이었으리라고 본다.

그는 생애의 마지막 순간에 시 한 편을 남겼다. 그가 출간을 위해 마지막으로 정리하던 유고집 『추억마저 지우랴』의 서문을 대신한 서시(序詩) 「그래도 내게는 소중했던」이다. 소설 창작집의 서문을 서시로 쓴다는 것은 매우 이례적이다. 서문을 대신해 서시를 남긴 이유는 잘 알려져 있지 않다. 어쨌든, 이 시의 전문을 옮겨본다.

> 그 초라한 카페에서의 커피
> 그 허름한 디스코텍에서의 춤
> 그 싸구려 여관에서의 섹스
>
> 시들하게 나누었던 우리의 키스
> 어설프게 어기적거리기만 했던 우리의 춤
> 시큰둥하게 주고받던 우리의 섹스
>
> 기쁘지도 않으면서 마주했던 우리의 만남
> 울지도 않으면서 헤어졌던 우리의 이별
> 죽지도 못하면서 시도했던 우리의 정사(情死)

일반적으로 볼 때, 저자는 서문을 책이 간행될 즈음에 쓴다. 인용시가 다른 지면에 미리 발표되지 않았다면, 또 개인 파일에 남아있다고 하는 미발표 시문이 더 이상 간행되지 않는다면, 이 서시는 마광수의 최후의 작품이다. 시의 내용은 추억의 구체적인 내용들을 열거한 것. 상상력의 촉수는 그의 원천적인 축적의 시기인 대학 시절로 향해 있다. 그가 J이건 K이건 간에 이 시절에 사귀었던 여인을 추억 속으로 소환하면서 자유가 유보된 시대의 제한된 연애 및 성의 풍속을 허구적으로 재현하고 있고 있다.

마광수는 우리 시대의 연애주의자이며, 독특한 성애론자였다.

사랑해서 섹스하는 게 아니라, 섹스를 통해 사랑하게 된다는 것. 그는 사랑의 목적을 성욕의 해소에 있다고 했다. 그에게는 플라토닉 러브니, 순애보적인 사랑이니 하는 것이야말로 애최 존재하지 않는 것인지 모른다. 이 같은 생각이 한 세대 이전의 사회를 동요하게 했지만, 지금은 마광수의 생각대로 세상이 돌아가고 있지 않는가 하는 생각도 든다. 그만큼 그는 시대를 앞서갔다.

한마디로 말해, 우리는 그가 (1980년대 말에서 1990년대 초에 이르는 짧은) 그의 시대에, 역사주의의 주박(呪縛)으로부터 발상의 전환을 꾀하고, 문인으로서 독자에게, 교수로서 학생에게 생각의 틀과 성찰의 여지를 자유롭게 남겨주었다는 사실을, 높이 평가해야 한다고 본다.

영원한 자유주의자인 그를 1주기에 즈음해 비평적으로 추모하고 있는 지금, 나는 마지막으로, 내가 가장 사랑하는 그의 역발상 어록을 인용함으로써 이 글의 마감을 대신하려고 한다 : 진리가 우리를 자유케 하는 것이 아니라, 자유가 우리를 진리케 한다.

김만중에게 투사한
소설 텍스트성의 존재 의의
―김탁환의 『서러워라, 잊혀진다는 것은』

김탁환의 『서러워라, 잊혀진다는 것은』은 조선조의 학인이면서 문인으로 살다 간 서포 김만중의 생애를 투영한 흥미로운 역사소설이다. 작가는 이 소설을 애초에 2002년 출판사 동방 미디어에서 간행하였다. 이 소설은 역사 추리의 성격을 띤 작품이기 때문에 흥미롭기도 하거니와 비평적으로도 의미가 있는 작품이다. 일반적으로 역사적 실존 인물을 취재한 인물 중심의 역사소설일 경우 한 개인의 전기적인 삶에 초점을 맞추는 것이 상례다. 그렇지만 이 경우는 소설의 시작과 더불어 몇 페이지만 책을 넘겨보아도 김만중의 전기적인 삶의 내력보다는 현대적인 의미와 효용성을 부여하겠다는 기획 의도가 역력히 드러난다. 요컨대 『서러워라, 잊혀진다는 것은』은 전기적(설화적)인 요소와 허구적인 요소 중에서 어느 한쪽에 치우치지 않고, 날과 씨로 교직하는 평형감각을 유지하고 있다는 것이 무척 신선한 느낌을 주기에 충분하다.

이 글의 비평적인 대상 작품인 『서러워라, 잊혀진다는 것은』에 등장하는 인물군은 대체로 두 가지 계열로 나누어진다. 하나는 실존 인물의 그

것이며, 다른 하나는 극화(劇化)된 인물의 그것이다. 전자의 경우는 김만중, 장희빈, 숙종, 장희재, 조성기 등으로 사극을 통해 익숙하게 들어온 인물들인 반면, 후자의 경우는 모독, 백능파, 황매우, 박운동, 흑암 등으로 우리에게 낯설게 들먹여지는 인물들이다. 두 가지 계열의 인물들을 적재적소에 배치하고 있는 것은 역사적인 사건을 배경으로 이야기의 골간을 유지하겠다는 작가의 기본적인 창작 동기 외에 자유분방한 상상력의 날개를 마음대로 펼쳐 보이겠다는 또 다른 동기가 드러난 것이라고 하겠다.

역사적인 사실로서의 장희빈 사건과 이를 풍간하기 위하여 김만중에 의해 쓰였다는 고전소설 『사씨남정기』는 가장의 사랑을 독차지하기 위해 본처를 모함하는 악첩의 진부한 이야기에 지나지 않는다. 이른바 한 남자를 둘러싼 두 여자의 쟁총(爭寵) 모티프인 것이다. 『서러워라, 잊혀진다는 것은』의 내용 속에 내포된 갈등은 주지하는 바대로 서포 김만중과 중전이 된 장옥정의 정치적인 당파의 이해관계와 밀접하게 맞물려있다.

김탁환의 서사 전략은 역사적으로나 문학적으로 흔해빠진 얘깃거리에 생기를 불어 넣는 데 있다. 모티프가 진부한 소설에 통속적인 흥미 요인을 부가하는 것. 추리적인 기법과 멜로 서사가 바로 그 대표적인 방법이다.

중전 장옥정은 남해의 노도에 유배되어 잇는 김만중이 무언가 예사롭지 않은 모종의 소설을 은밀히 쓰고 있다는 정보를 접한다. 이 소설을 가져오는 총책을 맡은 이가 그의 오라비인 장희재다. 그는 하수인인 자객 박운동과 무공이 탁월한 황매우를 남해에 비밀리에 파견한다. 여기에 복잡다단한 정치적 음모가 도사려 있다.

김만중이 유배지인 남해의 노도에서 은밀히 쓰고 있다는 소설은 『사씨남정기』다. 즉 정치적인 풍간의 고발 소설이다. 소설 속 남자 주인공인 유연수를 둘러싼 사 씨와 교 씨 사이의 대립과 갈등은 당대 정치 현실의 지형도를 반영한다. 사 씨와 교 씨의 대립 양상을 인현왕후와 장희빈, 노론과 소론의 선악 대결 구도로 몰고 가는 것이 작자 김만중의 창작 저의라고 할 수 있는데, 장 씨로선 만약 그 소설이 민간의 세책방에 유통된다면 치명적인 타격을 받을 것임에 틀림없다. 김만중이 유배지에서 죽을 지경에 이르렀다는 얘기를 들은 그녀는 마음이 조급해진다. 그가 정치적으로 제거되어야 할 우암 송시열의 잔당인 것은 사실이지만 그의 소설을 빼앗기 전까지는 적어도 살아 있어야 한다. 중전 장 씨는 황매우를 다그치면서 이렇게 명한다.

『서러워라, 잊혀진다는 것은』의 중심인물은 김만중과 모독이다. 모독은 소설 속에 당대의 매설가로 묘사된 허구적인 인물이다. 그는 작품 속에서 (실제로, 지리산 청학동에 은거하면서 『창선감의록』을 창작한 작자로 추정되는) 소설가 조성기의 제자이기도 하지만, 김만중의 인간됨을 존경하고 그의 뜻과 삶을 따르는 인물이다. 매설가를 요즘에 대입하자면 대중 소설가 내지 인기 작가에 해당한다. 작품에서 소설의 분량을 점유하는 모독의 비율은 오히려 김만중보다 높다. 김탁환이 이 소설에서 허구적인 인물 모독을 빚어낸 것은 이야기꾼으로서 능란한 솜씨를 발휘한 결과라고 아니 할 수 없다.

모독(冒瀆)은 한자의 표의처럼 자기 비하의 필명이다. 작가 김탁환이 자신을 가리켜 자기 모독형의 작가임을 암시한 것이 아닐까 한다. 이와 같은 유형의 작가는 서구의 소설사에서 '저주받은 작가'로 통한다. 예컨대 사드니 마조흐니 와일드니 하는 유의 작가가 있다. 동양권에서는 다자이오사무, 손창섭 같은 작가들이 이 유형에 포함될 것이다.

장희빈과 백능파는 김만중과 모독에 비해 마이너 캐릭터다. 그러나 소설의 전개 양상에 결코 적지 않은 역할을 수행하고 있다. 인현왕후나 사 씨는 도덕적으로 흠결이 없는 인물이지만 작가의 입장에서는 그다지 매력적인 인물이 아니다. 이렇게 나약한 인물 유형은 소설의 줄거리를 이끌어 가기엔 적합하지도 인상적이지도 않다. 장희빈은 소설의 문제적인 개인이나 사극의 '팜 파탈'로서 매력 있는 문학적 인간상이다. 적확한 표현이 될지 모르겠지만 장희빈 같은 인물을 소설에서 요정형(妖精型) 인간이라고 하는 것이 어떨까? 요정은 (우리나라에선 김연아를 두고 국민 요정이라고 비유하면서 추켜세우지만) 중국에서는 여우같은 여자라는 뜻의 '아름답지만 사악한 여인'을 말한다. 중국적인 팜 파탈로서의 여우 말이다. 요컨대 요정은 유교의 도덕적인 가치판단에 따른 평가인 듯하다. 장희빈도 실록에 자색(姿色)이 자못 아름답다고 했을 만큼 출중한 미모를 가진 것이 분명하다. 하지만 요정이었다.

『서러워라, 잊혀진다는 것은』에서의 장희빈은 역관인 숙부의 집에 더부살이하던 평범한 처녀 시절에 열렬한 소설 독자였다. 언문 소설을 읽는 것이 그녀의 유일한 위안거리였다. 그녀는 쌀을 아껴 가면서도 육조 거리 아래의 세책방을 찾곤 했다. 장희빈이 열렬한 독자였던 데 비해 백능파는 소설가 지망생이라고 하겠다. 백능파 역시 소설 속 등장인물의 이름을 자신의 별명으로 삼을 만큼 소설의 세계에 흠씬 빠져 있다. 이 소설에서는 지금의 도서대여점인 세책방이 소설 속의 소재로서 중요한 장소성을 드러내고 있다. 고전소설을 연구한 작가의 역량이 아니고선 쉽게 도입되기 어려운 소재이다. 이 소설이 TV문학관이란 드라마로 재구성될 때에도 독특한 시각 경험의 세트로 활용되기도 했다.

모독과 백능파는 노도의 유배객인 김만중을 모시고 있으면서 장희재의 하수인 자객들과 모종의 대리전을 펼친다. 결국 『사씨남정기』의 행방을 놓고 숨바꼭질을 하다가 이를 지켜 내려던 모독은 마침내 눈이 멀고, 백능파는 자객의 예리한 칼날에 의해 숨을 거둔다. 『사씨남정기』가 장희빈에 수중에 넘어가는 순간에 소설의 사건 전개는 미묘한 극적 반전을 일으킨다. 중전 장희빈의 손으로 흘러들어간 그 책은 표지만 『사씨남정기』일 뿐이지 그 속은 모두 모독이 지었다는 소설—말하자면 소설 속의

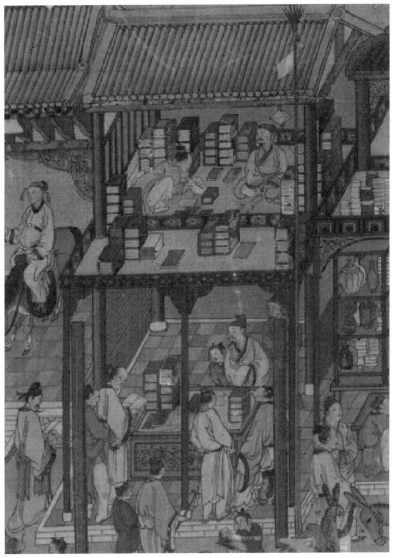

그림에 그려진 세책방의 모습. 조선후기의 그림인 「태평성시도」 8폭 중에서 제4폭에 해당한다. 1층에서는 책을 빌려주고 빌리는 행위를, 2층에서는 소설을 필사하는 모습을 묘사하고 있다.

소설이라고 할 수 있는—『서러워라, 잊혀진다는 것은』이다. 모독이 자신의 정교한 계획에 따라 미리 바꿔치기를 해 놓았던 터. 이 가짜 『사씨남정기』를 물끄러미 내려다본 장희빈의 중얼거림이 인상적이다.

소설 속의 소설이라고 할 수 있는 모독의 소설 『서러워라, 잊혀진다는 것은』의 내용은 구체적으로 밝혀져 있지 않지만 "대감의 소설을 살피고…… 또 대감을 음해하는 이들과의 대결을 담고…… 노도의 풍경도 담고……"라는 모독과 김만중의 대화를 통해 그 내용을 가늠해 볼 수도 있겠다. 이 교묘한 허구의 장치는 『사씨남정기』의 행방을 둘러싼 정치적인 음모와 암투를 극적으로 고조시키는 데 적절히 이용되고 있다.

『서러워라, 잊혀진다는 것은』에서는 작자의 소설사적인 지식과 역사적 고증이 현란하리만치 빛난다. 그 자신이 고전소설 연구자이며, 작가이며, 문학비평가이기도 하기 때문이다. 이 소설의 미덕은 역사 추리적인 팩션(faction)이 주는 통속적이면서도 지적인 흥미로움 외에도 작가 자신의 끊임없는 비평적 탐색의 과정이 펼쳐진다는 데 있다. 내가 아는 한, 김인환의 서평 「조선 후기 고전소설에 대한 메타소설적 탐색」(《서평문화》, 2003년 봄)은 김탁환의 소설 『서러워라, 잊혀진다는 것은』에 관한 유일한 작품론인 것 같다. 그는 이 작품이 지닌 작품성의 의미와 성격을 메타소설의 관점에서 살펴보고 있다.

메타소설이란 구체적인 소설 작품에 관한 소설가의 자기 반영적인 성찰을 담아 낸 소설을 말한다. 이를 메타픽션이라고도 한다. 나는 왜 소설을 쓰는가라는 자의식적인 문제의식이 제기되는 경우를 우리는 메타픽션의 개념으로 수용할 수 있다. 김탁환의 소설에서는 나는 왜 소설을 쓰는가라는 문제의식보다는 김인환의 지적처럼 무엇이 소설인가라는 질문 던지기에 치중된 감이 있다. 전자보다 후자가 한결 원론적인 동시에 본질적인 것이라고 하겠다. 정확히 말해 『서러워라, 잊혀진다는 것은』은 자기 생성적인 의미를 지향한 '메타픽셔널한 소설'이라고 해야 할 것이다. 소설 쓰기에 대한 소설이라기보다는 무엇이 소설인가 혹은 왜 소설인가 하는 것을 탐색하는 소설이기 때문이다.

김만중(서포)과 모독 사이의 대립된 소설관은 당대의 정치적인 갈등 못지않게 팽팽한 긴장 관계를 보여준다. 소설의 표층에 드러난 긴장 관계보다 작품의 심층에 잠재된 소설관의 대립이 한 차원 높은 갈등 구조가 아닌가 한다. 작가는 두 사람의 대화 속의 대립에 적지 않은 지면을 할애한 만큼 선명하게 제시하고 있다. 나는 이를 쟁점별로 다음과 같이 요약을 해 보았다.

> 모독 : 소설은 현실 그 자체가 아니다.
> 서포 : 현실을 바꾸는 어떤 조짐이나 버팀목이 될 수 있다.
> 모독 : 소설은 인간의 고통을 응시하고 품에 안으려고 한다.
> 서포 : 고통을 작은 기쁨으로 채우는 것 역시 중요하다고 본다.
> 모독 : 소설가는 타인의 마음을 어루만져 준다.
> 서포 : 소설가는 타인을 저주하거나 목숨마저 빼앗는다.
> 모독 : 내가 가장 고민한 것은 완벽한 이야기와 아름다운 문장이다.
> 서포 : 소설이 별 건가? 한 인간의 진심을 독자들에게 전하는 것……

이 수준의 담론이라면 『서러워라, 잊혀진다는 것은』은 고도의 지적인 소설이다. 현대의 비평 이론에 의거하자면, 모독의 소설관은 형식주의에 가깝고, 김만중은 소설 인간학의 입장에 치우쳐 있다. 모독과 김만중의 대립은 형식과 내용, 심미적인 자율성과 효용적 가치지향성의 이론적인 대립이다. 모독은 당대의 매설가, 즉 대중 소설가답게 오로지 작자와 독자가 함께하는 가운데 소설 텍스트성의 의의가 존재한다고 보았다. 반면에 김만중에게 소설은 교훈의 수단이 되기도 하고 세상을 변화하게 하는 (날카로운) 무기가 되기도 한다. 김만중의 대화 가운데 가장 큰 울림은 "지금 내겐 나의 소설이 나의 무기일세."라는 말에 있지 않을까? 김만중이 남해 적소에서 숨을 거둔 이후에 백능파가 모독에게 행한 충고가 한결 객관성을 확보하기에 이른다.

『서러워라, 잊혀진다는 것은』에 역사적 사건을 줄거리로 삼으면서 허구의 가지들이 무수히 뻗어 나 있듯이, 소설관적인 대립의 대화 역시 김만중과 모독을 중심으로 이루어지면서 조성기와 백능파가 곁가지로 끼어든다. 이 소설에서 놓치지 말아야 할 사실은 이 소설에서 모독을 작자 김탁환의 대리자로 보는 것이 옳다는 것이다. 그는 김탁환의 분신(分身)이거나 작자 그 자신이리라.

김만중은 '공맹의 가르침보다는 한 인간의 고뇌가 소중하다.'라고 보는 입장을 견지하면서, 군자의 큰 가르침이라고 할 수 있는 대설(大說)의 경전보다는 인간적인 세세한 감정을 통해 점진적으로 세상을 개선해 나가야 한다는 소설의 별전(別傳)에 더 소중한 가치를 두었다. 그는 평생토록 학인으로 살았고, 학인으로서 가장 높은 직위인 대제학에도 올랐지만 문인(소설가)으로서 삶을 마감했다. 이 점이야말로 김탁환이 김만중을 우러러보게 된 까닭이 아닐까 한다. 그는 『서러워라, 잊혀진다는 것은』의 말미인 '작가의 말'에서 『사씨남정기』를 겨냥해 '과연 어떤 소설가가 죽음을 코앞에 두고 이렇듯 현실과 살을 비비는 소설을 쓸 수 있겠는가.'라고 반문한다. 아니, 반문이라기보다는 일종의 오마주(경의)다!

작가 김탁환은 자신을 김만중 같은 본격 소설가가 아닌 모독 같은 대중 소설가로 자인한 듯싶다. 본격 소설과 대중 소설의 소설관적, 내지 세계관적인 대립은 『서러워라, 잊혀진다는 것은』의 심층 주제라고 할 수 있다. 그러나 대립은 대립으로 끝맺음하는 게 아니다. 대립의 끝에는 변증법적인 종합의 단계가 놓여 있다. 그 결정적인 시사점은 김만중의 유언에 묻어난다. 김만중은 숨을 거두면서 모독에게 지난 상처와 함께 이름을 바꾸고 중국의 역사나 인물 대신 '조선의 것'에 더욱 힘을 쓰라고 당부한다. 그때 그 자신이 이루지 못했던 탈(脫)중화적인 세계관. 김탁환에게 있어서 이를 가리켜 소설의 성격 및 의미를 구성하는 서구중심적인 사유로부터의 벗어남이라고 볼 수는 없을까?

김만중이 말한 '조선의 것'이란, 말하자면 작가 김탁환이 이룩해 온 팩션적인 느낌의 역사 소설이 아닐는지 모르겠다. 그는 그동안『불멸』(1998), 『압록강』(2000~1), 『독도평전』(2001), 『나, 황진이』(2002) 등 역사 소설을 줄기차게 공간하여 오지 않았던가?

마지막으로『서러워라, 잊혀진다는 것은』에 관한 비평적 논의의 나머지 부분을 덧붙이려고 한다. 이 작품은 인현왕후와 장희빈을 둘러싼 정치 세력이 권력 투쟁을 벌였던 시대 배경 속에서 서포 김만중의 국문소설인『사씨남정기』를 당대의 정치 현실을 반영한 조선시대의 필화 사건이라고 간주하면서, 또 다르게 파생되는 이야기를 재구성한 것이다. 책을 두고 목숨 건 싸움을 벌이는 것도 무협소설을 읽는 듯한 흥미의 유연성을 지닌다. 이야기의 전개 또한 현란하고 스피디하다. 숙종과 궁녀 장옥정의 만남에서부터 우암 송시열의 사사(賜死)에 이르기까지 이야기는 매우 변화무쌍하게 진행된다.

그렇기 때문에『서러워라, 잊혀진다는 것은』은 TV드라마나 영화와 같은 영상 문학으로 재구성되기에 적절하다. (실제로 이 소설을 원작으로 삼아 KBS TV문학관으로 만들어진 바 있다.) 그러나 극적인 구성을 중시해야하는 영상 매체에서는 김만중과 모독이 나눈 "소설이란 무엇인가?"라는 관념적인 담론이 생략되기 쉽다. 만약 이 담론이 사라진다면『서러워라, 잊혀진다는 것은』에는 '권력과 인간의 관계, 인간의 양심과 욕망에 대한 고찰'이라는 관습적인 주제만이 남는다.

문화콘텐츠로서의 이 소설이 영상 매체에 의해 새롭게 변주되는 가운데에서도, 오직 소설에서만 구현이 가능한 텍스트의 정신이 이어지기를 기대한다. 『서러워라, 잊혀진다는 것은』에는 훼손되거나 잊혀서는 안 될 매설가로서의 서포 김만중이 숨 쉬고 있기 때문이다.

역사소설과 미시적인 것의 감정주의
—정찬주의 「다산의 사랑」

1

나는 지금 차 한 잔씩 마셔가면서 이 글을 쓰고 있다.

나는 다인(茶人)이 아니지만 차를 좋아한다. 한때 다완, 즉 찻사발을 모으는 것을 취미로 삼기도 했다. 차에 관한 잡식에도 관심이 없지 않았다. 차는 다로 읽히기도 한다. 녹차, 다방, 차례, 헌다……. 이 무슨 까닭일까? 반드시 그런 건 아니지만, 대체로 이랬다. 중국 북방의 언어인 다(ta)는 육로를 따라 옮겨졌으며, 중국 남방의 언어인 차(cha)는 수로를 따라 옮겨졌다. 영어와 독어는 '티(tea, Tee)'라는, 이탈리아어와 스페인어은 '떼(te)'라는, 그리스어와 힌디어와 스와힐리어는 '차이(chai)'라는, 일본어는 '챠(ちゃ)'라는 발음을 낸다. 우리나라는 욕심이 많은지 북, 남방 언어 모두를 받아들였다. 그래서 '다'라고 발음을 하기도 하고, '차'라고 발음을 내기도 한다. 차에 관한 삽화가 계속적으로 나오는 소설이 있다. 이 소설에는 생활과 문화가 된 차에 관한 얘깃거리들이 풍성하다. 정찬주의 「다산의 사랑」이 그것이다. 유배된 다산 정약용은 지금도 차(茶)로

유명한 곳인 강진 다산의 귤동(橘洞)에 있는 산정(山亭)으로 옮겼기 때문에 자호를 다산이라고 했다. 그는 조선 다인의 대표적인 존재인 초의 선사와 이 무렵에 교유를 했다.

요컨대 정찬주의 「다산의 사랑」은 햇찻물을 마시는 것 같은 남국의 정취로 가득하다. 역사소설에서 사소한 것으로 돌려버려도 좋을 만큼 미시적인 것, 감성적인 것이 반짝 빛을 내고 있다.

정찬주는 불교 전문 작가이다. 그는 승전(僧傳)의 소설화라는 독특한 자기 장르를 가진 작가이다. 성철 스님의 삶, 일대기를 소설로 재구성한 소설 「산은 산, 물은 물」이 상상을 초월할 만큼의 독자의 반향을 얻은 이래, 소위 스님을 소재로 한 소설, 승전의 소설화 작업에 문학사상적으로나, 독서의 대중화에 있어서 성공을 거둔 그가 이제까지 전혀 다른 패러다임의 소설을 썼다. 그의 불교적 스승이요 정신적인 지주인 법정 스님이 무염(無染)이라는 법명을 지어주었지만, 그는 끝내 '다산의 사랑' 즉, 다산 정약용과 역사 속에 숨어 있는 한 여인의 애틋한 연분과 정분에 물들고 말았던 것이다.

2

다산 정약용은 정치적이고 종교적인 문제로 인해 남도로 향해 유배길에 오른다. 그가 정착한 곳은 전남 강진이다. 그는 자신의 배소인 다산초당과 가까운 인근 사찰의 학승, 예컨대 초의, 혜장 등과 교유한다. 그리고 그는 읍중과 초당에서 길러낸 숱한 향촌 재지(在地)의 제자들과 인간관계를 맺는다. 그러나 소설에서는 실학자로서의 인간관계보다는 자연인으로서의 인간관계에 초점을 두고 있다. 그는 한 여인을 소실로 맞아들이고 늦둥이 딸을 얻음으로써 유배 생활의 외로움을 어느 정도 잊을 수 있었다. 여인은 아리땁고 헌신적인 남당포의 여인. 말하자면, 현지처이다. 딸은 홍임이라는 이름의 서녀(庶女)다. 이 모녀의 이야기가 문헌 사료에 근거한 얘기냐, 구전되어온 얘기냐, 아니면 확증된 논픽션이냐, 소설의 허구적인 장치냐 하는 것은 그다지 중요하지 않다. 실학자 정약용이 아닌 인간 정약용에, 작가의 동기가 부여되고, 소설의 실마리가 비롯된다.

"잘 아는 여자는 아니지만 구면이요. 어느 집 처자인가?"
"마실 잔일을 도맡아 허는 과수떡이라지우. 지가 불려올려 뿔랍니다."
이서객은 정약용의 허락도 받지 않고 여인을 불렀다.
"여그로 올라와 인사드려뿔소."
여인은 삼십 대 초반으로 보였다. 수건으로 머리를 씌운 얼굴이 반쯤 가려져 있지만 그 정도만으로도 미모가 드러났다. 술청어멈이 말했다.
"나으리께 술을 한잔 올리소. 서객님이 극진허게 모시는 거본께 귀헌 분이네."
정약용은 뜻밖의 여인이 따르는 술을 받았다. 여인은 술 따르는 자세가 익숙하지 못했다. 술병과 술잔이 부딪치면서 소리가 났다. 여인은 겁이 나는지 부들부들 떨었다.

— 『다산의 사랑』, 70면.

정약용과 남당네의 운명적인 첫 만남을 마치 영화의 한 장면처럼 묘사하고 있다. 남당포가 고향인 이 여인은 '독다리 마을' 정씨 집으로 시집 갔다가 남편이 병들어 죽어 친정으로 할 수 없이 쫓겨 온 버려진 과부이다. 소설 「다산의 사랑」에서 중요한 인물로 설정된 '홍임(紅任) 모(母)'이다. 정약용은 이 여인과 내연의 관계를 맺게 되고, 마침내 늘그막에 딸까지 얻게 된다. 두 사람 사이의 합궁의 연은 낭만적인 요약으로 제시된다.

정약용은 지금 떠 있는 보름달도 월광보살이요, 동암의 달 같은 홍임 모도 또하나의 월광보살이라고 생각했다.

"그러고 보니 남당네가 바로 월광보살이네."

"영감마님은요?"

"나야 일광여래라고나 할까? 남당네가 달이라면 나는 해라는 말이네. 하하하."

그날 밤 동암 방은 해와 달이 뜬 환한 세상이 되었다. 해와 달이 한 몸으로 뒤엉키는 꿈결 같은 시간이 흘렀다. 두 달 뒤 홍임 모는 제주도를 오가는 장삿배를 타고 추자도로 가 황경한에게 누비옷을 주고 돌아왔다. 정약용은 홍임 모가 임신한 사실까지 알고는 가슴이 설레어 술을 자작으로 마셨다. 자신을 오래된 매화나무로 여겼는데, 그 가지에 꽃망울이 맺힌 듯하여 흥분을 참을 수 없었던 것이다.

―『다산의 사랑』, 165~6면.

정약용에게 있어서의 서녀 홍임의 존재는 고적한 이방의 유일한 피붙이였다. 홍임이 자라서 성인이 되었을 때 자신의 운명도 아버지의 경우처럼 비극적으로 될 것이라는 것을 깨닫고는 자신이 가야할 길을 모색한다. 그녀의 운명도 아버지처럼 현세의 부귀영화와는 거리가 먼 고달픈 삶에서 벗어나지 못할 것이다. 그녀의 아버지가 그 시대에 비교적 수(壽)를 누리면서 살다가 세상과 하직을 할 무렵에, 그녀 역시 세상과 인연을 끊는다. 실존의 결단과 같은 것이다. 해남의 부잣집 소실 자리가 났음에도 물리치면서, 그녀는 비구니가 되겠다고 자청한다. 자신이 비구니가 되면 엄마 역시 절의 공양주 보살로 모실 수 있다. 다음의 인용문은 우리의 가슴을 친다.

나가 으째서 중 될라고 맴 묵운지 아요? 주지스님이 그란디 시상 사람덜은 뭐든지 가질라고 허고 중은 뭐든지 버릴라고 헌다고 그랍디다. 나는 주지스님 고 말씀이 가슴에 꽉 벽혀 부렀어라우. 나는 아부지도 버리고 글도 버리고 꿈도 버릴라요.

─『다산의 사랑』, 268면.

글을 배운다고 행복해지는 것이 아니라는 생각은 그 시대 사회의 구조적인 모순의 결과이다. 정약용 같은 폐족에겐 독서밖에 없다. 서녀도 폐족의 일원이어서 결국 불문에 귀의하게 된 것이다.

이 소설을 핵심적으로 요약하면 이렇다.

홍임 모인 남당네는 딸 홍임이 태어나면 글을 가르쳐준다는 약속을 받아냈다. 그녀는 자신이 낳은 딸만은 양반집 자식과 같이 글을 배울 수 있을 거라는 기대에 부풀어 있다. 그러나 딸이 장성하여 '어머니, 글을 배운다고 행복해지는 건 아니에요.'라는 말을 남기면서 출가할 것을 결심한다.

나는 이 얘기가 소설 「다산의 사랑」을 구성하는 서사의 핵심이 아닌가 한다. 작가의 의도 여부와는 상관없이 이 소설의 주제의식은 여기에 집약적으로 깃들여 있는 게 아닌가 생각한다.

3

정찬주의 「다산의 사랑」을 읽으면 우리말의 구사력이 예사롭지 않다는 것을 알 수 있다. 지가 어치게 영감마님께 이러쿵 저러쿵 말씀드린당가요, 참말로 지는 영감마님 짚은 속을 알지 못허지라우, 찻물을 끓일까요 먹을 몬자 갈까요 등의, 정약용에게 말하는 홍임 모의 현란한 남도 방언은 유주현의 「대원군」과 같은 서울말 중심의 역사소설에서는 맛볼 수 없는 언어형식의 조건이다. 다음에 인용한 남도 방언의 시적인 울림은 한 경지에 도달한 느낌을 준다.

"스님, 만경루에 쪼깐헌 사람이 쓰러져 있당께라우."
"뭐시라고? 쪼깐헌 사람이 시방 만경루에 있다고?"
"지는 첨 본 사람이랑께요. 행색을 본께 으른은 아니그만이라."
"저녁에 우리 절까정 올라와서 쓰러졌다문 아마도 무신 말 못헐 사연이 있는 거 같다. "
(……)
"목심은 지장 읊겄는디 심이 다 떨어져뿌렀어야. 그란디 뭔 일로 절에 와서 요로코롬 있는 것이여?"
"지가 뭐 안당가요. 첨 봤을 때게는 가심이 벌렁벌렁했어라우."

— 『다산의 사랑』, 117면.

이 대화체 문장은 사제 간의 승려 두 사람이 말을 주고받고 있는 것을 인용한 것이다. 이 소설에서의 말하기 상황을 살펴보자면, 소설이란 언어형식의 완성도에 의해 평가될 수밖에 없다는 작가의 문학적인 신념이 깔려 있는 것 같다. 세상에 두루 알려져 있는 바대로, 작가 정찬주는 법정 스님의 재가(在家) 제자이다. 법정께서 살아생전에 다산에 관한 소설을 쓰되 전라도 사투리로 써 보아라는 권유가 있었다. 이 소설의 중간 부분인 '무담씨'의 장(章)에 이르러선, 그의 언어는 되씹을수록 입속에 향기가 은근히 배어드는 느낌을 가지고 있다는 사실을 알게 해준다. 이 장에서의 대화 한 부분을 인용해본다.

"정대부 선상이 니헌티 준 화두가 멋이라고 했제?"
"선상님께서 봄에 드는 화두, 가실에 드는 화두를 주셨지라우."

"봄에 들 화두는 멋이라고 혔냐?"

"꽃은 만발해도 봄절은 고요허고 대는 가늘어도 들 방죽은 그윽허다(花濃春寺靜 竹細野塘幽)였지라우."

"가실에 드는 화두는?"

"가실 물 밑도 끝이 읎이 맑아서 나그네 맴 숙연하게 시쳐주네(秋水淸無底 蕭然淨客心)."

"하하하. 바로 답이 나와분께 화두라고 헐 것이 읎구나. 의심이 나도록 허는 것이 화두지 그라지 못한 것은 화두가 아니어야."

—『다산의 사랑』, 179면.

이 역시 산중의 사제지간인 혜장과 자굉이란 스님의 대화를 옮긴 것이다. 화사한 난센스(무의미)의 선어록과 같다. 이와 같이, 선문답과 같은 소설적인 언어의 재조직화, 재맥락화는 정찬주 소설 미학의 정점에 도달한 것이라고 해도 지나침이 없는 말이다. 수많은 고승과 선객의 삶을 접했던 그의 강점이 여기에서 다시 드러나는 부분이기도 한 것이다.

요컨대 정찬주「다산의 사랑」은 19세기 초엽의 조선시대라는 시간적인 배경과 호남 서남부 지역이라는 공간적인 배경을 종횡으로 삼아 촘촘한 엮음새의 묘사력을 통해 풍속 복원에 기여하고 있는 특이한 역사소설이라고 말할 수 있다. 역사소설로서는 감정주의를 드러내는, 매우 희귀한 사례라고 할 수 있다.

4

역사소설은 역사를 소재로 한 소설이다. 최근에는 역사의 담론을 두고 거시사(巨視史)니, 미시사(微視史)니 하면서 다툼의 양상을 보이고 있다.

문학에서 한때 참여문학이니 순수문학이니 하면서 그랬던 것처럼, 거시사와 미시사는 가끔씩 서로 트집을 잡아 싸우는 이웃과 같다.

역사소설이나 서사시에서 최근에 사상, 이념, 종교, 세계관, 권력투쟁 등의 거대담론을 다루는 일이 엷어져 가고 있다. 역사소설이 서서히 미시사(micro-histoire)로 재편되어가고 있는 추세를 보이고 있다. 역사의 거시 현상을 문학의 형상화로 재구성한다는 것은 역사(학)의 지배적인 전통이라고 할 거시사에 맞설 수 있는 문학의 홀로서기라는 의미를 가지는 것이다.

신동엽의 서사시 「금강」은 한국사의 거대담론 중의 하나인 동학(東學)에 관한 이야기이다. 이 이야기가 1960년대에는 정치적인 억압에 의한 금기의 매혹에 충전되어 독자들을 강력하게 감전시켰으나, 1980년대 이후 전투적이고 과격한 노동문학의 관점에서 볼 때 그것은 밋밋하고 싱거운 것에 불과하다. 오늘날의 독자들에게 있어서 「금강」이 높이 평가되려면 금기의 충전 없이도 홀로 설 수 있어야 하는데 문학의 내재적이고 형식적인 관점에서 볼 때 그것이 과연 홀로 설 수 있을 만큼 특장이 있느냐 하는 문제가 제기된다.

신동엽의 「금강」이 동학을 소재로 한 것이라면, 정찬주의 「다산의 사랑」은 실학(實學)을 소재로 삼은 작품이다. 둘 다 거대담론을 다룬 것이지만 후자는 거대담론을 제어하면서 툭툭 튀어 오르는 이를 미시화하곤 했다.

정약용과 관련된 모든 얘깃거리들은 거대담론의 성격을 지닌다. 실사구시니 목민심서(牧民心書)니 하는 것의 사상 문제, 세계사적 맥락의 천주교의 수용과 탄압, 지식인 사회에서의 실학과 허학이라는 것의 은밀한 쟁론(爭論) 등에서 볼 때 말이다. 그밖에도 그의 인간관계—이를테면 정조, 이승훈, 김정희, 초의, 그의 형제들과의 관계를 볼 때 역사나 시대정신과 관계를 맺는다.

이에 반해 작가가 소설에서 정약용과 홍임 모녀와의 관계를 부각시킨 것은 거대 역사의 눈길이 미칠 수 없는 부분이라고 할 수 있다. 거시사로부터 보호 받지 못한, 잊혀진, 잣다른 화소(話素)들을 복원시킴으로써 인간적인 감성을 조직화, 맥락화시킬 수 있는 여건을 만들 수 있는 것이야말로 거대 역사가 발견할 수 없는 소설의, 문학적 언어의 재발견이라고 할 수 있다. 물론 「다산의 사랑」의 서사구조는 드라마틱하지 않다. 서정시의 흐름에 기탁하는 것 같은 느낌을 주면서도 그것이 단속적인 화제의 집적물이라고 생각되지 않는다. 얘깃거리의 구성 요소들이 일부 자족적이거나 독립적이면서도 그물망처럼 유기적인 관련성을 맺고 있기 때문이다. 미시적인 것의 감정주의를 담은 역사소설의 가능성이 한껏 내포된 것이 정찬주의 「다산의 사랑」이라고, 나는 본다.

5

올해는 정약용 탄신 250주년을 기념하는 해이다. 그에 관한 학술 행사와 출판물이 예년에 비해 부쩍 많아졌다. 이런 제목이 있다고 하자. 다산 정약용의 사상과 그의 시대……. 이 같은 제목이라면, 평전의 제목으로 적확하며, 또 거대담론의 모형이 된다. 이에 비해 '다산의 사랑'은 제목으로서 매우 미시적이고, 감성적이다. 그런데 정찬주의 역사소설 「다산의 사랑」이 뒤쪽으로 흐르면서 평전 같은 느낌을 주는 것이 이것이 지닌 유일한 흠이자 옥의 티라고 할 수 있다.

정찬주에 의해 창조된 다산 정약용은 실학자라기보다 한낱 유배객일 따름이다. 소설로 그려진 그는 한 시대의 역사 운동을 주도할 수 있는 인물 형상, 한 시대의 중요한 역할을 떠맡은 소위 세계사적인 개인이 아니다. 거대한 것과 미시적인 것의 중도적인 존재라고 할 수 있다. 상충하는 양극단 사이의 중도적인 노선을 추구하는 인물을 일컬어, 저 G. 루카치는 중도적인 인물이라고 이름했다. 역사소설에서 지배 계층과 피지배 계층의 간극을 이어줄 수 있는 인물이 이 중도적인 인물인 것이다. 이런 점에서 정찬주가 그린 정약용은 그 시대의 시대정신과 민중적인 삶의 풍속을 동시에 볼 수 있는 캐릭터이다. 그는 역사와 고립된 자족적인 개인이 아니다. 또한 역사 속에 참여하고 있는 위인으로서 자리를 차지하고 있는 것도 아니다. 소설 속의 그는 여러 부류들, 계층들의 연계점을 가지고 있는 인물이다.

이런 점에서 홍명희의 임꺽정이나 박경리의 서희도 철저히 중도적인 인물로 묘사되어 있다. 그 연계점을 가진 인간상이라는 까닭에서다. 특히 홍명희의 「임거정」과 박경리의 「토지」에는 미시적인 언어형식의 측면이 강화되어 있고, 역사소설로서 미시적인 분석의 틀과 여지를 남겨 놓았다.

역사소설이 거시적인 게 효용적일까? 아니면 미시적인 게 바람직할까? 논리적으로 양단할 수 없는 미묘한 것이 있다. 효용적이거나 바람직하다면 거시적이고 미시적인 것을 통합할 수 있는 계기가 마련되는 것이 중요하다. 홍명희의 「임거정」과 박경리의 「토지」는 역사소설에서 '미크로메가스(micro-megas)'의 의미와 의의를 지닌 것이라고 치켜세울 만하다.

말하자면, 이 같은 경우는 거시적이면서도 미시적인 것의 대화(융합)로 비유되는 인간적인 스케일의 역사소설이라고 말할 수 있는 것이다.

불교 연기법의 관점에서 본
두 편의 연애소설

1. 실마리 : 꽃구경보다 짝 맞추기

안녕하십니까? 발표자 송희복입니다.

우리나라의 문학축제 중에서 규모나 설렘, 인적 동원과 논제 구성 등에 있어서 만해축전 만한 것이 없다고 생각합니다. 저 역시 지금 여기에 세 번째로 초대되어 발표할 기회를 받은 것도 영광이요 인연이라고 할 수 있겠습니다.

제가 발제에 참여한 분야는 '연기론과 한국문학'이라는 큰 주제이며, 그 중에서도 '현대소설에 나타난 연기사상' 부문입니다. 주최 측이 정한 주제는 연기론, 혹은 연기사상으로 표기되어 있습니다. 저의 발제문에는 연기법(緣起法)이라고 적혀 있습니다. 제 소견에 의하면, 열쇠말의 표기는 '연기법'이라고 해야 한다고 봅니다. 연기론과 연기사상은 근대 학문의 관행과 관련된 것이요, 연기법은 본래의 명명법에 접근하는 표현입니다. 붓다의 어록 역시 『중아함경』에 '연기를 보는 자 법을 보고, 법을 보는 자 연기를 본다(若見緣起便見法, 若見法便見緣起).'라고 적혀 있습니다. 연기법의 하위 개념 아래 유위법과 무위법이 있는 것도 이치에 알맞은 논리입니다.

연기론이니, 연기사상이니, 연기법이니 하는 것은 인연에 관한 얘깃거리입니다. 세상에 존재하는 모든 것은 관계의 그물망을 형성합니다. 인연은 사물과 사물의 인과 관계를 말합니다. 북경에서의 나비의 날갯짓이 미국 캘리포니아 지역의 폭풍우라는 결과를 빚기도 합니다. 또 인연은 인간관계 그 자체를 말하기도 하지요. 인연이라고 하면, 특히 남녀 간의 관계를 가장 먼저 떠올리게 됩니다. 남녀 간의 인연이야말로 인연 중에서도 우리에게 가장 실감나고 직접적으로 다가오는 것입니다. 우리나라뿐만 아니라 동아시아의 지역 정서와도 밀접한 관련성을 맺고 있는 낱말이라고 하겠습니다. 남녀 간의 인연은 동아시아 사람들의 정서에 지대한 영향을 미쳤습니다.

십 수 년 전의 홍콩 영화 「첨밀밀」은 남녀 간의 인연을 심오하게 형상화한 일종의 멜로드라마였습니다. 이 영화 주제가의 노랫말 역시 인연의 심오함을 말하고 있습니다. 인도네시아 원곡 민요가 중국인의 정서에 맞는 노랫말로 덧칠해 편곡된 이 주제가는 극히 아름답습니다. 특히 대만 출신이면서도 중국 대륙에서도 불세출의 인민 가수로 여겨지고 있는 등려군(鄧麗君 : 1953~95)의 추모 분위기와도 잘 어울리는 곡입니다.

일본에서의 인연을 가리키는 엥(緣)이란 인간관계에서 매우 중시되는 말입니다. 이를테면 '남녀의 만남은 예측 불허의 이상하면서도 흥미로운 것(緣は異なもの味なもの)'이라는 속담에서도 잘 엿볼 수 있습니다. 일본에서는 이혼을 두고 리엥(離緣)이라고도 합니다. 일본의 에도 시대에는 남자가 여자를 소유물로 여겼기 때문에 풍속적으로 여성의 이혼 요구가 허락되지 않았습니다. 소위 '리엥'할 수 있는 유일한 곳은 잘못된 인연을 끊으려는 여자를 보호해 주는 지정된 사찰입니다. 이 사찰에 몸을 피한 여인은 남편으로부터 보호된다고 합니다. 일본인들은 지극히 우연한

만남조차 인연에 의한 숙명적인 만남으로 치부하는 경향이 농후합니다.

일본의 속담에 '꽃보다 경단'이란 말이 있습니다. 우리 식의 표현대로라면 '금강산도 식후경'에 해당하는 말입니다. 이 말이 요즈음에는 아가씨들 사이에 '꽃보다 남자'란 말로 변형됩니다. 벚꽃 구경하는 것보다 남자를 만나 자기의 짝을 찾는 게 더 실속이 있다는 얘기겠죠. 꽃구경보다 짝 맞추기의 연분이 더 중요하다고 여기는 일본의 젊은 여자들의 생각처럼 일본인들은 지극히 우연한 만남조차 소중한 인연으로는 경향이 농후합니다.

우리나라 스님들이 흔히 쓰는 말이 있습니다. '시절인연'이라고 하는 말입니다. 만날 사람은 언젠가 반드시 만나게 된다는 것. 이루어질 일은 언젠가는 반드시 이루어진다는 것. 아직 시기가 성숙되지 않았을 뿐이라고 말합니다. 이것이야말로 바로 시절인연의 알맞은 뜻일 것입니다. 저는 시절인연이라는 말을 떠올릴 때마다 이 말만큼 미래에 대한 낙관과 희망을 주는 말도 없다고 생각하면서 '고진감래'라는 말과 비슷한 느낌을 불러일으키고 있다고 생각합니다. 모든 만남에는 반드시 때가 있는 법입니다. 아무리 애를 써도 이루지 못할 것은 이룰 수 없는 것이 우주 질서라고 할 수 있을 것입니다.

저는 연기법과 우리나라 현대소설을 함께 충족하기 위해 여러 갈래로 몰두해 보았습니다. 기존의 관행대로라면, 이광수·김동리·한승원·김성동·정찬주 등의 작가를 중심으로 엮어야 하는데 하나의 주제나 관점 아래 잘 엮이지 않을뿐더러 엮는다고 해도 작위적일 수밖에 없다는 사실을 인지하게 되었습니다. 올해보다 양적으로 세 배의 분량에 달했던 작년(2013)의 『만해축전』 발표 자료집을 보니까 소설가 김동리의 특집이 없었는데도 그에 관한 글을 쓰고 발표한 분의 숫자는 무려 네 분에 이르렀습니다. 제가 올해에도 이광수와 김동리 등의 작가를 중심으로 논의를 개진한다면, 발표의 내용이나 수준과 상관없이 많은 분들이 식상해

할 것입니다.

오랜 고민 끝에 인연에 관한 담론이라면 남녀 간의 사랑 문제와 밀접한 관련성을 맺고 있다는 착안 아래 비교적 최근의 연애소설을 비평적인 대상으로 삼는 것이 신선해 보인다는 판단에 이르게 되었습니다. 제가 선택한 텍스트는 김인숙의 「우연」(2002)과 권지예의 「4월의 물고기」(2010)입니다. 이 두 작품은 불교라는 소재와 세계를 전혀 염두에 두지 않고 씌어졌다는 것도 제게는 비평가로서 한번 시도해볼만한 일이라고 생각되었습니다.

독창성이 보장될 수 있을까?

아, 그래, 한번 시도해 보자.

이런저런 마음들이 움직이기 시작하면서, 저는 담론의 구성을 앞두고 동기유발이 유다르다는 사실을 감지할 수 있었습니다. 그도 그럴 것이, 저는 문학사적으로 검증된 작품보다는 동시대의 독자들이 호흡하고 있는 도상(途上)의 문학, 즉 살아있는 문학을 둘러싼 얘깃거리를 여러분께 발제를 할 수 있게 되었기 때문입니다.

두루 알다시피, 연애소설은 꽃구경보다 짝 맞추기에 관한 이야기입니다. 세상의 사람들 대부분은 자신의 짝 맞추기에 관해 관심이 있었거나, 혹은 있습니다. 이런 점에서 연애소설은 영원히 낡지도, 닳지도 않은 장르가 되는 것입니다.

2. 사다티사와 보르헤스의 연기관에 대하여

기왕에 제가 연기법에 관해 발표해야 한다고 하니 불교윤리학의 세계적인 권위자로서 H. 사다티사(Saddhatissa)라는 분을 떠올리지 않을 수 없었습니다. 스리랑카 출생의 학승이요, 남방의 대표적인 선지식으로 손꼽혔던 분. 그는 『불교윤리학 : 불교의 본질』이란 저서를 1970년 런던에서 간행하였습니다. 이것이 우리나라에 두 차례 번역되었는데 『불교란 무엇인가』(김용정 역, 1985)와 『근본불교윤리』(조용길 역, 1994)가 바로 그것입니다. 이 책에는 연기법에 관한 간단한 언급이 나와 있어 먼저 소개하고자 할까 합니다.

대본경(大本經 : Mahāpadāna)에는 아난다 존자가 연기가 이해하기 어렵다는 말을 하자 붓다가 대답한 내용이 실려 있다고 합니다. "그렇게 말하지 말라, 아난다여. 그런 식으로 말하는 것이 아니다. 이 연기는 실로 심원하며 또 그렇게 보이기도 한다. 이들 존재들이 헝클어진 실 뭉치나 새의 둥우리처럼, 사초(莎草)와 골풀처럼 얽히고설켜 생사윤회의 고(苦)에서 벗어나지 못하여온 것은 이 연기법을 이해하고 통찰하지 못했기 때문인 것이다." 우주에 존재하는 모든 것은 원인적인 조건이 있어서입니다. 이러한 맥락에서 연기의 이론은 인과관계의 순환에 있어서 열두 가지의 다른 국면들을 인정하는 것이며, 이것은 상호의존적으로 관계를 맺고 있습니다. 연기의 공식은 추상적인 형식 논리에 의해 다음과 같이 도식화되곤 한다지요.

Imasmim sati idam hoti ;
imass' uppādā idam uppajjati ;
Imasmim asati idam na hoti ;
imassa nirodhā idam nirujjati.

저것이 있으므로 이것이 있고
저것이 있게 됨으로써 이것이 발생하고
저것이 없으면 이것이 생기지 않으며
저것이 멸함으로써 이것도 멸한다.

불교에서 원(형)의 순환성은 생의 수레바퀴를 가리킵니다. 인간의 생은 계속 되풀이되는 끝없는 연속선상에 놓입니다. 생이 연속하는 단계마다 원인과 결과가 있으며, 이 단계에서 고정된 것이나 불변하는 것은 아무 것도 없습니다. 생명의 순환은 오랫동안 되풀이되어온 것의 결과입니다. 따라서 윤회란 필연적인 원인들에 의해 규정된 조건부적인 현존의 총체라고 할 수 있겠습니다. 7세기의 남인도 사상가인 찬드라키르티(Chandraírti)는 연기법이 우주 모든 것에 적용된다고 다음과 같은 비유의 형식을 통해 설파했습니다.

세상 천지에
까닭 없는 존재란 없다.
마치 공중연화(空中蓮花)의
빛깔과 향기와 같이.

H. 사다티사는 수행자가 연기법을 알아가는 것을 두고 붓다의 깨달음의 진면목에 접하는 것이라고 했습니다. 경전에는 이 연기법을 12연기로 표현해 인과의 사슬로 연쇄되는 고리를 열거하고 있다고 설명하고 있습니다. 한 경전의 비유에 의하면, 그것은 번뇌에서 업이 생기고 업에서 고가 생기고 이렇게 상생하여 주(住)함이 마치 수레바퀴와 같다고 서술되어 있습니다. 이 진리의 수레바퀴를 가리켜 불교에서는 법륜(法輪)이란 말을 사용합니다.

불교에 관심을 많이 가진 서양의 문호(文豪) 중에서 아르헨티나의 작가 호르헤 루이스 보르헤스(1899~1986)가 있습니다. 사람들은 그를 두고 20세기의 창조자라고 말하기도 하죠. 그는 붓다가 깨닫고 난 후 처음으로 설법한 내용의 하나인 연기법이 진리의 수레바퀴로서 우주의 심오한 구성 방식이자 원인과 결과의 결합 방식이라고 말한 바 있었습니다.[1]

2. 김인숙의 「우연」 :
   상처 입은 영혼, 육체적으로 보상 받을 수 있나

소설가 김인숙의 「우연」은 출판사 '문이당'에서 2002년 단행본으로 간행된 장편소설입니다. 그는 약관의 나이인 1983년에 조선일보 신춘문예로 등단한 작가였습니다. 그의 초기작에 해당하는 등단작 「상실의 계절」(1983)과 장편 「핏줄」(1984)을 발표할 즈음에는 그가 '사랑 얘기나 개인적 고뇌 따위를 쓰는 의식 없는 작가라고 손가락질을 받던' 세평으로부터 자유롭지 못하였습니다. 그 후 첫 번째 창작집인 『함께 걷는 길』(1989)에서는 파도치는 문장의 환락을 억제하고 집단화된 세상을 보기를 고집하고, 또 다른 창작집인 『칼날과 사랑』(1993)에서는 운동권과 전교조 이야기를 통해 자신의 감성이 분출하는 것을 억제해 오는 과정에서 얻은 치장 없이 빠른 문장을 유감없이 보여주었습니다.[2] 그런 그가 「우연」에 이르러서는 초기의 문학 경향으로 회귀한 감이 없지 않습니다. 그도 그럴 것이, 이 작품 역시 사랑 타령의 얘깃거리로 이루어진 것이 때문이며 개인적인 고뇌가 반영된 정치적 무의식의 연애소설이기 때문인 것입니다.

이 작품은 34세 미혼의 건축가 윤승인과, 이혼한 경험이 있는, 작고 마르고 또 명랑해 보이는 29세 여자인 이기연의 우연한 첫 만남에서 비롯됩니다. 승인은 남녀 관계에 있어서 우연적인 관계를 선호하는 편입니다. 이들은 사실상의 첫 만남에서부터 '짧고 순간적인 섹스'를 향유하였습니다. 아닌 게 아니라, 이 소설은 좀 과도하다고 할 정도로 성행위 장면 묘사가 두드러져 보이는 특징을 지니고 있습니다. 정치적인 의식의 소설을 쓰던 시기와 잘 겹쳐지지 않는 성질의 것이라고 할 것입니다. 승

---

1 보르헤스 외 공저, 『보르헤스의 불교 강의』, 여시아문, 1999, 25면, 참고.
2 임순만, 『임순만 기자의 문학 이야기』, 세계사, 1994, 308~310면, 참고.

인과 기연간의 성적 교섭의 만남이 가져다 준 소설 속의 묘사 중에서 대표성을 지닌 게 있다면 대체로 다음의 인용문의 사례가 아닌가 합니다.

맨몸이 되어버린 그녀를 안자마자 승인은 그녀가 이미 젖어 있는 상태라는 것을 알았다. (……) 그녀의 몸속으로 들어갔다. 짧고 순간적인 섹스였다. 그러나 사정의 쾌감은 그 어느 때보다도 놀라웠다. 그는 자신의 온몸이 여자의 깊고 뜨거운 동굴 속으로 빨려 들어간다는 느낌을 받았다. 옥죄는 듯한 좁은 통로에 숨 막힐 듯 갇혔다가 한꺼번에 뺑 하고 뚫려 버리는 그런 느낌이었다. (25면)

몸과 몸이 맞는 다는 것은 무엇인가. 마치 요철의 조각이 철컥 소리를 내며 들어맞듯이, 불과 불이 만난 듯이, 들숨과 날숨이 만난 듯이, 깨어질 듯한 고통이 부서질 듯한 고통과 만나 서로의 몸에 깊숙한 이빨 자국을 남기듯이…… 그렇게 꽉 차는 듯하던 느낌…… 그 건 분명히 그에게는 새로운 경험이었다. (37면)

그녀는 그의 것을 한 손으로 잡았다가 다시 두 손으로 움켜쥐었다가 하면서 골똘히 바라보았다. 기연은 그러다가 눈을 감았고, 곧 그의 성기가 그녀의 입 속으로 미끄러져 들어갔다.

우우…….

그는 짐승 같은 신음을 냈다. 마주 선 벽면의 거울을 통해 그 기묘한 풍경이 포르노의 한 장면처럼 바라보였다. 옷을 벗은 여자가 옷도 벗지 않은 남자의 무릎 아래에 앉아 성기를 빨아들이고 있는……. (51면)

소설은 이와 같은 성 묘사로 당분간 전개해 나아갑니다. 이 정도면 연애소설이 아니라 성애소설로 보아야 하지 않겠느냐 하는 얘기가 있을 수 있겠습니다. 이와 같이 과도한 성 묘사의 소설을 두고 불교적 담론의 대상으로 삼는 것이 모순이요 어불성설이라고 생각한다면, 이 생각이야말로 문학과 불교의 관계에 대한 편견이요 무정견(無定見)을 드러내는 것이라고 나는 생각합니다. 불교적인 문학이 존재할 입지가 그만큼 줄어든다는 것도 생각해야 합니다. 불교는 본디 오지랖이 넓은 가르침입니다. 많은 것을 수용할 수 있고 포용할 수 있는 게 불교의 도량이요 웅숭깊음입니다.

이 소설이 과도한 성묘사로 점철해 있다고 해도 결코 통속적인 수준에 머무는 게 아닙니다. 오히려 뭔가 인간의 본원적인 고통과 실존의 문제를 파헤쳐 들어가고 있어 보이는 게 사실입니다.

이 소설의 남녀 주인공 중에서도 주도적인 역할을 수행하는 이는 기연입니다. 그녀는 현대소설의 비관적인 인간상 중에서도 마음의 상처, 영혼의 트라우마가 남아 있는 전형적인 아픈 존재입니다. 그녀는 이종사촌 오빠인 현중과의 이룰 수 없는 사랑, 학교 선배인 '오래된 남자'와의 연애 실패, 짧은 결혼 생활 이후의 이혼 등으로 인해 마음의 고통을 겪었고, 그 외상이 소설 속의 현재적인 시점에 이르기까지도 남아 있는 여자입니다. 기연은 이 찢긴 상태에서 승인을 우연히 만나 서로의 육체를 탐하고 있는 것입니다.

불교 연기법의 관점에서 볼 때 두 사람의 관계는 우연한 만남이었다고 해도 넓게 볼 때는 인연입니다. 우연도, 기연(奇緣)도 다 인연입니다. 연기법이란 도대체 무엇일까요? 서로 인연하여 일어나는 것. 다른 것과 관계를 맺어 일어나는 것. 세상의 모든 것이 홀로 존재하지 않고 서로 관계하여 존재한다는 것. 이것이 바로 연기법입니다.[3]

또 십이인연이란 개념도 있습니다. 이것은 12지분으로 연쇄되는 개념을 말하는 것인데 이 가운데 애(愛)라는 것도 있습니다. 애의 원인적인 조건은 수(受)이며, 수의 원인적인 조건은 촉(觸)입니다. 다시 말하면, 촉

---

3 목경찬, 『연기법으로 읽는 불교』, 불광출판사, 2014, 22면, 참고.

(감촉)으로 말미암아 수(감수)가 있고, 수로 말미암아 애(갈애)가 있다는 것입니다. 기연이 승인과 함께 포르노를 시청하다가 항문 섹스를 해대는 배우들의 모습을 보고는 진지하고 결연하게 '우리도 저거 한번 해봐요.'라고 말합니다. 낯선 감촉에 대한 호기심이죠. 그렇게 함으로써 즐거울 것 같기도 하고 괴로울 것 같기도 하고 한 낙수고수(樂受苦受)의 상태에 빠져드는 것입니다. 이러한 과정을 겪으면서 애가 한결 다져지는 것이죠. 기연은 십이인연의 순차적인 개념의 항목 중에서도 애와, 혹은 그 다음의 단계인 취(取 : 집착)에 머물게 됩니다. 애에 대한 설명은 최근에 연기법에 관한 책을 낸 목경찬 씨의 입을 통해 들어봅시다.

수에 의하여 애가 있습니다. 애란 갈애(渴愛)로서 욕구를 말합니다. 세 가지 느낌 중에서 즐거움의 대상을 추구하는 맹목적인 욕심입니다. 따라서 불교에서는 애를 번뇌 중에서 가장 심한 것으로 보고, (……) 애는 마음을 염착시키는 대표적인 번뇌입니다.[4]

기연은 맹목적인 갈애를 추구하는 불쌍한 영혼입니다. 그 자신이 그동안 상처를 적잖이 입었기 때문입니다. 기연은 갈애로 인해 뭔가에 집착되어 빠져나오지 못하고 있습니다. 작가 김인숙은「작가의 말」에서 사람과 사람을 만나게 하는 일이야말로 '추억이고, 자기 안의 결핍이고, 혹은 상처거나, 홀로 꿈꾸었던 소망일 것'[5]이라고 말합니다. 분열된 자아를 회복하는 그녀 식의 사랑 찾기는 궁극적으로 불모의 고독과 정신의 황폐함 속에서 아슬아슬하게 존재하고 있는 현대인의 존재 방식을 내밀하게 응축하고 있을 뿐만 아니라, 인간과 사랑에 대한 근원적인 성찰과 물음을 던지는 것이기도 합니다. 승인과 기연의 사랑은 얼핏 보기

---

4 같은 책, 32면.
5 김인숙,「작가의 말」,『우연』, 문이당, 2002, 6면.

에 낯설지만 실은 가장 익숙한 것이라고 해도 과언이 아닙니다. 그도 그럴 것이, 마음과 마음이 소통하는 사랑이기보다는 몸과 몸이 서로 접촉하고 충돌하는 그런 유의 사랑이기 때문인 겁니다.

연기법에 의하면, 서로 인연(因緣)하여 일어나는 것, 서로 관계하여 존재하는 것에도 두 가지의 관점이 있습니다. 그 하나는 유위법(有爲法)이란 것. 이는 사물과 사물의 관계성에 집중하는 것이다. 다른 하나는 무위법(無爲法)이란 것. 이는 다름 아니라 마음 작용에 대한 관계성에 중심을 두는 것. 작가 김인숙이 말한 바처럼 사람과 사람을 만나게 하는 것이나, 소설 「우연」에서 승인과 기연이 맺은 우연한 인연이란 것은 어디에 해당할까요? 전자에 해당합니다. 남녀 간의 상대적인 몸도 일종의 사물입니다. 불교적인 전문 용어로는 색온(色蘊)이라고 하지요.

승인이 처음부터 그녀에게 사랑이나 관계를 약속하지 않았으므로 그녀에게도 지켜야 할 약속 같은 것은 아무 것도 없었다. 그녀는 자신의 과거나 현재의 궁핍을 그에게 들키지 않기 위해 기를 써야 할 필요도 없었고, 오래 전에 사랑했던 기억과 이혼했던 경력 때문에 그에게 죄의식을 느껴야 할 필요도 없었다. (221면)

이처럼 승인과 기연의 관계(성)는 마음과 마음의 합목적적인 교호작용이라기보다는 대상과 대상의 맹목적적인 자리(自利)의 만남일 뿐입니다. 이들의 인연이 유위법에 근거하는 소이가 여기에 있습니다. 이들의 우연한 만남 역시 인연입니다. 심지어 악연도 인연이라고 합니다. 남녀의 만남을 인연의 관점에서 보는 것은 우리보다는 일본의 경우가 더 강렬합니다. 일본의 대중문화 소위 '엥(緣)'이 중요한 화두로 자리를 잡기도 하지요. 일본 얘기가 나왔으니까 하는 말이지만, 소설 「우연」에서는 '후쿠오카'라는 단순한 도시명이 주제와 상관하는 주요한 키워드로 거듭거듭 되풀이해 사용되고 있습니다. 이 소설에서 후쿠오카란, 도대체 무엇인가요?

언젠가 승인이 기연에게 휴대 전화를 건 적이 있었습니다. 기연은 지금 공항에 있으며, 휴가를 얻어 후쿠오카 여행을 가는 길이라고 했습니다. 후쿠오카라니. 게다가 이제 막 비행기를 탈 예정이라니. 그녀는 후쿠오카를 가지 않으면서 왜 간다고 말했던 걸까요? 그런 일이 있은 후, 그녀는 승인에게 후쿠오카를 가리켜 '축복의 땅'이라고 했습니다. 종잡을 수 없는 얘깁니다. 한번은 승인에게 소릴 쳤습니다. 후쿠오카는 뭐야? 그 빌어먹을 후쿠오카는 대체 뭐냐고! 그녀의 후쿠오카는 어디에 있던 것일까요?

기연에게는 우연히 만난 동성 친구가 있었습니다.

그녀는 카페 벤치에서 모델 진을 만났습니다. 진을 '지니'라고 불렀죠. 지니 역시 기연처럼 상처 입은 영혼이었습니다. 지니는 바닥에까지 내려간 여자입니다. 기연처럼 가난했기 때문에 빵을 얻기 위해 몸을 자학하는 일이 잦았습니다. 지니는 변태 늙은이의 괴상망측한 취향 때문에 음부에 방울토마토를 넣었다가 꺼내 술안주를 마련해 주기도 해야 했고, 겉은 멀쩡한 젊은 남자가 주는 몇 푼 때문에 그녀의 항문을 빌려 주기도 해야 했습니다. 기연은 지니가 실제로 후쿠오카에 가기 위해 애를 쓰고 있다는 사실을 알게 됩니다. 거기에는 자신을 후원하는 사람이 경영하는 클럽이 있다고 해요.

그러나 기연과 지니가 도착한 후쿠오카는 서울의 한 지하 스튜디오였습니다. 불빛 환한 스튜디오 안에 뭉개진 그림자처럼 존재하던 나체의 몸들이 환상처럼 흔들거리고 있었지요.

지니는 이제 세 명의 남자와 섹스를 하고 있었다. 지니는 개처럼 네 발로 엎드려 있고, 한 남자는 지니의 아래에 누워 있고, 또 한 남자는 지니의 엉덩이에 역시 개처럼 달라붙어 있었다. 지니의 입에 성기를 넣고 있는 남자가, 지니의 머리를 쥐고 앞뒤로 흔들다가 지니의 목을 조르기 시작했다. 그때 기연의 몸속으로도 무언가 크고 딱딱한 것이 미칠 듯한 갈증의 느낌으로 들어왔다. (221면)

십이인연의 관점에서 볼 때 전형적인 갈애 현상입니다. 세 명의 남자와 함께 어울려 섹스를 해대고 있는 지니는 갈 데까지 간 여자입니다. 불교에서 그릇된 음행(淫行)이야말로 몸으로 짓는 업인 신업(身業)에 해당되는 것[6]인데, 지니의 경우가 가장 전형적인 경우라고 할 수 있겠지요. 난교 속에서 기연도 고통스럽고도 가혹한 쾌감의 신음을 내뱉었습니다. 후쿠오카는 이처럼 낯선 남녀들이 만나는 색온(色蘊)의 공간이었던 셈이지요. 기연과 지니에게 있어서 후쿠오카는 생의 깊은 바닥인 셈입니다. 인간에게 처해진 일종의 실존적인 한계상황이라고 말해질 수 있을 것입니다.

그녀가 만질 수 있었던 것은 치욕과 경멸과 지독한 모욕뿐이었다. 게다가 그녀가 바닥이라고 믿고 싶었던 그 아래에는 더 깊은 바닥의 구멍이 뚫려 있었다. 바닥이란 다 그런 것이었다. 바닥 밑에는 항상 더 낮은 바닥이 있는 것이다. 기연은 여전히, 바닥과 바닥 사이의 구멍 속에 존재했다. 그리고 후쿠오카는 바로 그 구멍이었다. (238면)

이른바 충격적인 후쿠오카 사건 이후 기연과 지니의 관계는 멀어졌습니다. 지니는 유럽으로 떠났고요. 이제 후쿠오카는 승인과 기연의 몫으로 돌아갔습니다. 약속 없는 관계를 원했던 승인. 사랑 없는 관계를 원했던 기연. 이들에게 있어서 그것은 일종의 단절감이요, 예정된 어긋남이

---

6 목경찬, 앞의 책, 140면, 참고.

었던 것입니다. 기연은 마지막에 이르러 교통사고로 사망하고 맙니다. 그들이 영원히 함께 하지 못했던 그 단절의 의미와 운명적인 모순이 바로 그 후쿠오카의 상징성이었던 것. 결국 승인에게 있어서 기연이 기연(奇緣)이었고, 또 그가 이 기연을 받아들여 그녀를 승인(承認)할 수밖에 없음으로써 유위법의 존재로 머물게 된 것도 인연(법)의 한계를 드러낸 것이라고 해야 할 것입니다.

다시 이야기가 되돌아갑니다.

기연과 지니는 바닥에까지 내려간 존재들이었지요. 상처 입은 영혼이었었죠. 이들은 그 대신에 육체적으로 보상을 받으려 했지만 그럴 수도 없었습니다. 그들은 불교적인 관점에서 볼 때 욕계에 머물고 있었습니다. 불교에서 삼계(三界)라고 하여 세 가지 층위의 세계가 존재합니다. 욕망과 탐착에 찌든 세간의 욕계와, 욕계로부터 벗어난 정화된 물질의 세계인 색계와, 육체와 물질의 속박에서 벗어나 선정(禪定)의 상태에 든 무색계가 바로 그것입니다. 정신분석학에서 말하는 이드·에고·슈퍼에고가 (물론 정확하게 대응이 되지 않더라도) 각각 연상되기도 합니다. 기연과 지니는 인간의 본능이 지배하는 욕계로부터 조금도 벗어나지 못하고 허덕이고 있습니다. 기연은 폭식증에, 지니는 반대로 거식증에 시달리고 있었습니다. 현대인의 전형이기도 한 병리적인 존재인 셈이지요.

이혼 직후 기연을 가장 괴롭혔던 것은, 어떻게 해도 제어가 되지 못하는 폭식 증상이었다. 이혼을 한 뒤 혼자 살 집을 구하고 나서야 집에다가 이혼 사실을 알렸던 기연은, 처음부터 가족들의 걱정으로부터 멀리 떨어져 있고 싶었다. (……) 먹는 일은 먹은 음식이 목구멍까지 차오를 때까지 지속되었다. 그리하여 더 이상 먹을 수 없을 지경이 되었을 때, 그녀는 화장실 변기로 달려가거나, 혹은 싱크대에 선 채로 개수대에다 먹은 것을 죄다 토해내곤 했다. (176면)

폭식과 구토를 거듭하는 생활 속에서 기연이 망가져간 건 사실입니다. 이런 과정에서 기연이 카페 벤치 화장실에서 토하는 모습을 처음으로 낯선 지니 앞에 보인 겁니다. 폭식증 환자인 기연이 거식증 환자인 지니를 알아보았고, 거식증 환자인 지니는 폭식증 환자인 기연을 알아보았던 것이다. 두 사람의 관계는 정신적으로 동병상련에서 비롯하였고, 병리적으로는 이병상련에서 시작한 것입니다. 불교에서는 욕계에는 지옥, 아귀, 축생, 아수라 등이 있다고 설명합니다. 기연의 폭식 현상은 아귀에 들어맞는 얘기가 되지요.

아귀로 태어나면 항상 허기지고 갈증 나는 괴로움을 받는다고 합니다. 보통은 전생에 악한 일을 많이 하였거나 탐욕스런 성질을 가진 자가 아귀의 과보를 받게 된다고 합니다.[7] 물론 기연이 백화점 직원으로서 생활이 좀 안정되면서 그녀에게 폭식과 구토는 사라졌지만, '생의 허기'는 그녀를 늘 쫓아다녔습니다. 그녀에게 있어서의 생의 허기란 충족되지 못한 애정 관계에 대한 기억의 총화인 것. 기연이 경험한 생의 허기라는 게 다음과 같은 선택적인 기억 흔적이 아닐까 합니다.

기연은 그 시간들에 그와 무슨 이야기를 나누었는지, 무슨 영화를 보았는지, 그리고 어디로 차를 몰고 갔었는지 전혀 기억할 수가 없다. 그녀가 기억하는 것은, 그녀의 가슴속에서 들끓고 있던 수없이 많은 말들이 입 밖으로 나오지 못한 채 가슴 밑바닥으로 소리 없이 흘러 내려가던 기억들뿐이다. 그리고 또한 그에게 듣고 싶었던 말들…… 그러나 들을 수 없었던 말들……. (202면)

이 인용문에서 보는 바처럼, 기연에게 있어서의 기억은 현실의 인영(印影)으로 정의되는 경험론적인 기억의 개념이라기보다는 어떤 가상적

---

7 목경찬, 앞의 책, 129면, 참고.

인 이미지와 동일시된 프로이트 유의 기억흔적(mnemic-trace)인 것입니다.[8] 그런데 정신분석학적인 기억과 불교에서 보는 그것은 차이가 있습니다. 불교에서는 기억을 번뇌의 일종으로 보는 경향이 있지요. 기억은 유위법의 일종입니다. 소위 '함(為)'을 짓는 것은 번뇌를 현재화(顯在化)하는 것입니다. 다시 말하자면, 기억을 통해 일체의 함을 드러내는 것은 업, 습기(習氣), 색온, 차별심, 자기 조작, 시비곡직, 자기중심의 관념 등에 지나지 않습니다.

혀·몸·눈 등 감각 기관으로 어떤 물질이 와 닿는 것 같은 부딪치는 듯한 감촉되는 느낌, 그 느낌의 기억, 그 기억들이 쌓여서 '이것은 색이다. 물질이다.'라는 허위의식이 생겨나는 것이다.[9]

기연에게 있어서의 생의 허기(증)는 늘 기억 속에 잠재되어 있습니다. 그것은 명백하게도 인간의 번뇌입니다. 기억력이 좋은 사람은 두뇌의 총기가 있거나, 아니면 다른 사람에 비해 번뇌가 많거나 하는 사람일지 모릅니다. 앞에서 말했듯이, 기연은 교통사고로 죽었습니다. 기연과 결혼까지도 꿈을 꾸었던 승인의 입장에선 착잡하기 그지없는 일이었을 것입니다. 소설의 마지막 부분에 승인은 모든 게 차라리 환각이요, 꿈이었으면 하고 생각합니다.

승인은 날벌레들이 가득 모여 있는 가로등을 쳐다보았다. 달빛이 차갑고 식어 가고 있는 새벽이었다. 승인은 시동을 켜고 차를 출발시켰다. (……) 모든 것은 그저 환각에 지나지 않았을 것이다. 모든 것은 그저, 그가 어느 날 꾸었던 꿈에 지나지 않았던 것일지라도. (278면)

---

8 장 라플랑슈, 외 공저, 인진수 옮김, 『정신분석 사전』, 열린 책들, 2005, 84면, 참고.
9 김재영, 「반야심경」, 『참여불교』, 2006년, 10 ․ 11월호, 36면.

제3부 작가작품론

작품의 이 마지막 부분을 보면 유위법을 비판하는 불교의 관점을 연상시키기도 합니다. 무위가 자연의 몫이라면, 유위는 인간의 것입니다. 불교에선 이미 석가의 시대에서부터 인위적인 것, 제도적인 것을 경계해 왔습니다. 『금강경』에서는 빛나는 비유의 언표로서 이미 유위법을 다음과 같이 비판하고 있었습니다. 소설 「우연」을 장식한 인용문 대신에 읽을 수 있는 그러한 시구입니다.

함(爲)을 짓는 모든 방식들은
꿈, 환각, 거품, 그림자와 같으며
이슬 같고 또한 번개와 같아서
마땅히 이처럼 관조해야 하느니

一切有爲法
如夢幻泡影
如露亦如電
應作如是觀

3. 권지예의 「4월의 물고기」 :
사랑의 광기, 혹은 깨어 있는 꿈의 변형

권지예의 「4월의 물고기」는 출판사 '자음과모음'에서 2010년 단행본으로 간행된 장편소설입니다. 추리소설과 연애소설의 성격이 교묘하게 결합된 이중성으로 말미암아 흥미롭게 읽혀지는 소설이기도 합니다. 또 두드러진 극성(劇性)으로 인해 영화나 TV드라마로 만들어지기에 안성맞춤인 소설이기도 합니다. 이 소설은 앞부분에 플롯이 산만한 것으로 느껴지지만, 전체적으로 볼 때 잘 짜인 긴축성의 플롯이 확인되는 그런 유의 작품입니다.

소설에 등장하는 인물은 30대 미혼 남녀로 설정된 남녀 주인공. 이들은 특이한 개성을 지닌 인간형입니다. 33세의 하이미스인 여주인공 진서인. 아직 출간된 책이 없는 소설가이면서, 부업으로 자서전을 대필하는 일을 간혹 맡기도 합니다. 다소간 뚜렷한 직업이라고 한다면 요가 강사라는 사실입니다. 수련생 대부분이 주부인 요가원에서 그녀가 강사 노릇을 하고 있다는 사실은 이 소설의 주제 성향과 알게 모르게 관련성을 맺고 있기도 하지요.

진서인에게는 그녀의 첫 번째 남자인 한 유부남과 만나 사랑을 나눈 과거가 있었습니다. 이 유부남이 가족이 있는 미국으로 돌아간 후에, 그녀는 다빈이란 이름의 아이를 얻게 됩니다. 남들은 다빈을 그녀의 조카라고 알고 있습니다(서인은 그 남자가 훗날 교통사고로 죽었다고 전해진 소문을 접합니다.).

남자 주인공 강선우.

진서인의 경우처럼 투잡형 인물이네요. 서인이 별 볼 일 없는 소설가이지만 요가 강사로서 생활을 해결하고 있듯이, 그 역시 뚜렷한 능력이 있어 뵈지 않은 프리랜서 사진작가이면서 시나리오와 연출 분야에 관심이 있어 영화계에 기웃거리는 인물이죠.

남녀 주인공 모두 자기 분야에 일가를 이룬 사람들은 아닌 듯합니다.

진서인과 강선우는 운명적인 첫 만남을 가졌습니다.

카메라를 멘 키 큰 남자가 거실로 들어섰다. 좀 전의 그 남자였다. 그 남자는 거실에 들어서면서 서인에게 눈길을 박으며 어느 한 곳 두리번거리지 않고 천천히, 그러나 곧장 그녀를 향해 걸어왔다. 사냥꾼이 표적을 보듯 집중하는 눈길이었다. 그러나 말로 설명할 수 없이 묘한 눈빛이었다.

(……)

"어, 인사해. 진서인 씨야. 우리 사진기자예요."

김정수가 중간에 끼어들었다.

"진서인 이라고 해요."

"강선우입니다."

그가 명함을 내밀며 언뜻 사무적으로 딱딱하게 들리는 목소리로 인사했다.

(41면)

서인은 선우라는 새로운 남자를 받아들이면서 운명의 예감 같은 것을 느낍니다. 미간 사이에 잠깐 소용돌이치는 현기증 같은 것. 요가로 단련된 그녀의 몸이라면, 우주 감각이 몸에 배여 있을 것이다. 선우 역시 서인을 운명적인 만남의 대상으로 생각합니다. 그는 '악의 꽃' 이라는 아이디로 된 익명의 발신자로서 서인에게 이메일을 보냅니다.

운명이란 우리 인간이 어찌할 수 없는 것이지요. 운명의 씨줄과 날줄의 망은 세상의 그 어떤 그물망보다 촘촘하여 인간이 빠져나오기 힘듭니다. 그러나 하늘은 빛과 그림자를 동시에 내었듯이 당신은 당신이 그토록 원했던 인연을 만나게 될 것입니다. 그 인연과의 만남은 당신에게 천상의 빛과 지옥의 암흑을 동시에 가져다 줄 것입니다. 그리고 또 한 가지. 당신의 운명은 그와의 인연으로 비롯된 것이라고 할 수도 있겠지요. (78면)

인용문에서 말하고 있듯이 운명과 인연은 거의 동의어로 쓰이고 있습니다. 운명이란 것이 본디 서양적인 인상에 가까운 것이라면, 인연은 상당히 동양적인 정조를 불러일으키는 것입니다. 인용문이 시사하고 있듯이, 선우는 서인에게 강한 인연의 감정을 느낍니다. 두 사람의 대화 가운데 선우가 서인에게 '전생에서 나와 연인이었거나 아니면 죽어도 영혼이 함께할 것 같은 강렬한 느낌'(182면)을 고백하기도 합니다. 그렇지만 서인은 선우를 사랑하면서도 의혹과 믿음의 교차를 되풀이해 만들어가고 있었습니다.

서인과 선우가 만나기 시작한 지도 두 달이 지났습니다. 이 새로운 커플은 거의 매일 만나다시피 했습니다. 두 사람은 마치 중환자와 같았죠. 권지예의 「4월의 물고기」는 육체적인 사랑을 수반한 연애소설입니다. 두 사람의 육체관계는 다음의 한 문장으로써 정리되는 듯한 감이 있습니다. "선우는 태고의 사구(砂丘)처럼 희디흰 서인의 둔덕을 사랑했다." (120면) 이 한 문장으로써 두 남녀 사이에 놓여 있는 사랑의 운명, 실존의 조건, 육체적인 영성의 리얼리티를 충분히 말하고 있지 않은가요? 소설가 권지예의 감수성이 섬광처럼 반짝 빛나고 있지 않은가요?

이 소설뿐만 아니라, 소설가 권지예의 작품을 보면 드문드문 시적으로 응축된 표현을 사용하고 있습니다. 선우는 태고의 사구(砂丘)처럼 희디흰 서인의 둔덕을 사랑했다, 그 남자를 보면 엄마는 달맞이꽃처럼 피어났다 등등의 문장은 사용하기가 쉽지 않은 시적인 표현입니다. 이런 유의 표현이 우리나라에선 별로 환영을 받지 못하거나 일쑤 기피의 대상이 되고 있습니다. 알게 모르게 통용되고 있는 우리나라의 그릇된 리얼리즘 소설관인 것이죠. 이 때문에 우리 소설의 국제화가 방해를 받고 있지 않나 하고 생각됩니다. 과문한 탓에 잘은 모르겠으나, 프랑스에선 시적인 표현을 구사하고 있는 소설가가 최고의 소설가라고 합니다. 소설가 권지예는 프랑스에서 박사 학위를 받은 바 있는 작가입니다. 프랑스풍의 시적인 표현 감각에 다소 영향을 받지 않았을까 하고 짐작됩니다.

다시, 제 말씀은 작품 쪽으로 되돌아갑니다.

그런데 서인이 혼자 있을 때 선우의 모습이 이상하게도 잘 떠오르지 않았습니다. 꿈속의 남자……, 안개 속의 남자……. 두 사람이 격정에 빠진 건 사실입니다. 서인은 스스로에게 묻습니다. 보지 않으면 희미하게 느껴지는 남자를 필사적으로 붙들고 싶어 하는 욕구는 도대체 무엇이냐고 말입니다.

그 키 큰 남자가 자신을 처음 본 순간, 마치 과녁을 향해 날아오는 화살처럼 자신을 향해 다가오던 그 느낌은 무엇이란 말인가. (······) 간혹 세상에 대한 자신의 대책 없는 두려움이나 열패감, 비현실적인 몽상, 또는 쓸데없는 예감 때문에 서인은 자신의 존재가 불안할 때가 있다.

서인은 눈을 감았다. 그런데······ 그 남자, 얼굴도 잘 떠오르지 않는 남자. 왜 이렇게 얼굴이 떠오르지 않을까? 마치 꿈속의 얼굴처럼. 결코 잡을 수 없는 바람 같은······. 자신을 향해 성큼성큼 다가오던 키 큰 남자의 실루엣만이 계속 떠오른다. (60~1면)

서인이 사랑하는 남자를 만났음에도 불구하고 존재의 불안으로부터 자유롭지 못하고, 그 남자의 실루엣(허상)만 자꾸 머릿속에 떠오릅니다. 이것은 불교에서 전형적인 무명(無明)의 상태가 되는 것입니다. 무명은 지혜롭지 못한 자의 번뇌에 지나지 않습니다. 무명에 관한 좋은 설명이 있어서, 더욱이 무명과 사랑의 관계를 잘 이해해줄 수 있는 설명이 있어서 다음의 글을 인용하려고 합니다.

무명은 글자 그대로 '지혜(明)가 없다'는 뜻입니다. 연기된 모습을 바르게 알지 못하고, 마음 작용으로 이루어진 것을 고정된 자아 또는 실체로 받아들이는 범부의 어리석음(無明)을 말합니다. (······) 어리석음에 의해 왜곡된 마음의 분별 작용(行)이 일어납니다. 그 마음 작용의 분별된 내용들로 마음의 흐름(識)이 이어지고, 이 마음에 의해 나와 세상을 분별하는 근거(名色)가 유지되며, 이 근거로 인해 인식 작용의 기능(六入)이 일어나 대상(나와 세상)과 부딪쳐(觸), 그 대상의 내용을 받아들이게 됩니다(受). 그 가운데 사랑하는 마음(愛)이 일어나

고, 이에 온갖 번뇌가 일어나 집착하게 됩니다(取).[10]

이 글은 마치 서인의 존재론적인 불안 및 정신적인 무명의 상태를 잘 설명해주고 있는 듯합니다. 서인은 이것을 극복하기 위해 요가 강사로서 명상을 시도합니다. 기의 흐름에 최대한 집중하고 몰입함으로써 마음의 안정을 얻으려고 합니다. 그러나 선우에 대한 의혹은 점차 명료해지고, 일의 형편은 뭐가 뭔지 모를 얽힘의 상태로 뒤죽박죽되어 갑니다. 그녀는 선우가 전화하고 찾아오는 횟수가 줄어든 것으로 보아 사랑이 변해가고 있는 건 아닐까 하고 생각합니다. 선우의 여제자 이유정의 실종 사건으로 인해 선우가 경찰로부터 일단 용의선상에 오르게 되자, 오 형사와 서인 간에 대화하는 장면에서부터 볼 수 있듯이, 소설의 서사적인 흐름은 성격을 급격히 달리하기 시작합니다.

"참! 강선우 씨 가족들을 만나본 적이 있습니까?"

"아뇨."

"그럼, 강선우 씨가 고아라는 건 알고 있나요?"

"네에?!"

저도 모르게 서인의 입에서 비명처럼 터져 나온 말이었다.

"두 분이 사귄지 얼마나 되셨는데요?!"

약간의 놀라움과 비아냥을 섞은 물음이 형사의 입에서 나오자 오히려 당황한 건 서인이었다.

"그게 그러니까 거의 일 년이 다 되어가네요……."

일 년이 다 되어가는 연인이 그런 것조차 모르냐는 말을 형사는 직설적으로 내뱉고 싶어한다는 생각이 들었다.

---

10 목경찬, 앞의 책, 123~4면.

"그럼, 강선우 씨가 한때 정신과 치료를 받았다는 것도 모르시겠군요."(144면)

그 동안 선우가 살아온 과정은 경찰, 성당 등에 종사하는 관계자들의 입을 통해 점차 드러나게 됩니다. 그에게는 어릴 때 안나라고 하는 이름의 이란성 쌍생아 여동생이 있었습니다. 이들 남매가 부모를 잃고 수도원에서 키워졌다가, 교통사고로 이란성 쌍생아를 잃은 프랑스 부부의 가정에 입양됩니다. 남편은 프랑스인이고, 아내는 한국 여자입니다. 소설의 제목이 '4월의 물고기'인 것도 어린 시절의 선우가 놀림감이 된 것과 관련이 있습니다.[11]

그러나 어떤 사연이 있었는지 선우는 파양(罷養)된 상태에서 한국으로 되돌아옵니다. 소설「4월의 물고기」는 진서인과 강선우를 중심으로 이끌어가는 이야기입니다. 이 두 사람이 주인공인 건 사실이지만 진정한 의미의 (주도적인) 주인공은 선우입니다. 서인은 그를 지켜보고 간헐적으로 의심을 품어보는 일종의 관찰자일 따름입니다. '뭐랄까, 천사와 악마가 함께 있는'(218면) 선우의 어릴 적 모습을 기억하고 있는 노(老) 수녀가 오형사에게 불쑥 던진 한 마디가 독자들에게는 추리소설적인 궁금증을 불러일으키는 데 매우 효과적인 언더플롯의 장치가 되고 있습니다. 서인에게 또 다시 무명의 상태가 찾아옵니다. 회의가 심화되는 단계라고 할 수 있겠지요.

그를 의심하면 할수록 그는 가공할 인물이 된다. 그를 의심하지 않으면, 그는 한 여자를 사랑하는 소심한 남자에 불과하다. 도대체 그는 누구일까? (261면)

---

11 프랑스 아이들이 어린 미카엘(강선우)을 따라가면서 놀린다. 쁘와송 다브릴……쁘와송 다브릴……하면서 말이다. 4월의 물고기를 가리키는 말이다. 프랑스의 만우절에 어리숙한 사람을 골라 놀리는 것, 일종의 집단 따돌림의 놀이이다.

정말로 선우가 유정을 죽이고 그리고 오미아를 죽였을까. 선우는 그럴 수 있는 사람일까. 그런 선우가 자신이 기억할 수 없는 과거의 시간 어느 순간에 함께했다면, 그것도 자신의 몸을 망가뜨리고 생명의 씨앗마저 긁어내게 한 악의 근원이라면? 서인은 머리칼을 쥐고 뭉크의 그림에 나오는 것처럼 끝도 없는 비명을 지르고 싶었다. (269면)

서인은 선우가 선악을 공유한 모순 덩어리의 존재임을 알게 됩니다. 선우는 다중인격성을 가진 두 얼굴의 인물입니다. 선악의 양면성이 공존하는 인물. 소설 속의 정신과 의사인 윤박사는 선우를 가리켜 해리성 정체성 장애 환자, 즉 '한 사람 안에 인격이 둘 이상 되는 다중인격 장애'(311면)를 가진 환자라고 서인에게 조언하고 있습니다. 그러면 선우의 선악 양면성 내지 다중인격성은 어디에서 기인하였을까요? 물론 그 결과는 (사랑의) 광기입니다. 광기란, 대저 깨어 있는 상태에서 나타난 꿈의 변형이 아닌가요? 그는 광기, 착란, 환각의 틀 속에 갇혀 세상 자체에 대해 복수의 감정을 품어 왔던 터. 소설 「4월의 물고기」에 드러나 있는 모든 얘깃거리는 선우에 의한 자기 감금의 서사로 집중되는 감이 있습니다. 두 여자를 살해하고 또 한 여자에게 살의를 품고 있는 그의 사랑의 광기는 이란성 쌍생아 여동생인 안나로부터 비롯되고 있습니다.

"그래, 우린 예전에 만난 적이 있었어. 그 날은…… 그날은 1993년 8월 6일 새벽이었어. 나는 너와 그때 사랑에 빠졌었지. 너는 안나의 환생이었으니까."
　　서인의 가슴은 마구 뛰었다.
"안나……."
"그래. 안나, 내 누이이자 어머니이자 연인인 안나."
"안나는 지금 어디에 있지."
(……)

"안나는 죽었어." (326면)

선우는 놀랍게도, 서인을 두고 '안나의 환생'이라고 믿고 있습니다. 이 그릇된 판단과 실상의 왜곡이 엄청난 과보(果報)를 받게 됩니다. 그의 누이이자 분신인 안나는 프랑스 양아버지에게 거듭된 성추행을 당한 끝에 사실상 불쌍하게도 죽임을 당합니다. 말하자면, 광기의 원인적인 조건은 근친애에 있었던 것이죠. 이것은 어린 선우에게 있어서 깊은 트라우마였던 것입니다.

선우와 비할 바 아니지만, 서인에게도 트라우마가 있었습니다. 유년기에 있었던 엄마의 야반도주 사건. 그 남자를 보면 엄마는 달맞이꽃처럼 피어났었지요. 양손에 가방을 든 엄마를 배에 태우고, 그 남자는 깊은 밤에 호수 너머 저편으로 사라졌었지요. 온 집안이 난리가 나고, 온 마을이 난리가 났습니다. 그리곤 어린 서인은 엄마를 마음에서 도려내 버립니다. 엄마는 자살했다고 거짓 증언을 합니다. 엄마가 죽었단 기억의 조작과 왜곡이 시작되었던 거죠.

불교에서는 12처(處)라는 말이 있습니다. 마음이 생장하는 열두 곳이란 뜻입니다. 불교적인 해석에 의하면, 마음의 상처, 즉 트라우마도 일종의 처(處)입니다. 상처도 처이니까 말이죠. 상대적으로 비교해볼 때 서인보다 선우가 압도적인 의미의 트라우마에서 비롯된 무거운 업고를 지고 있었던 것 같습니다. 결국에는 선우는 경찰에 쫓긴 끝에 죽음에 이릅니다. 참나무에 검은 스타킹으로 스스로 목을 맸던 것.

소설의 플롯은 이와 같이 완성됩니다.

이 소설의 플롯 자체가 연기법으로 해석됩니다. 연기법에 12인연(법)보다 더 기본적인 공식이 있다면, '인(因)은 연(緣)을 만나서 과(果)를 낳는다'는 것입니다. 이 소설의 큰 틀은, (1) 진서인과 강선우의 만남은 (2) 각자의 트라우마를 극복하지 못함으로써 (3) 생사의 갈림길에서 헤어지게 되었다, 로 짜여 있습니다. (1)은 인이요, (2)는 연이요, (3)은 과입니다. 연(緣)은 이처럼 인에 비해 간접적인 원인을 말하거나 인과(因果)의 중간 단계를 가리키거나 합니다.

그런데 진서인은 사랑의 장애 요인인 연(緣)을 끊임없이 성찰하고 있다는 데 앞서 논의한 「우연」과 유다른 연기론적인 대처 방식을 보여주고 있습니다. 말하자면, 서인은 선우에게 의혹을 끊임없이 품고 있으면서도 그에게 연민을 보내면서 이해하는 쪽으로 가닥을 잡아가고 있었습니다. 유정이 선우에게 치명적으로 매혹되고 또 죽임을 당했음이 유력시된 상황임에도 불구하고, 서인이 살해될 위기를 앞두고 '이 남자는 내가 사랑하던 남자가 아니다'(343면)라고 마음속으로 되뇌어보곤 하여도 마침내는 서인은 선우로부터의 사랑을 확인합니다. 이것은 불교적인 관점에서 볼 때, 그녀의 행위가 소위 '함'을 결코 짓지 아니한 무위법(無爲法)의 한 모습을 보여준 것이라고 생각되고 있습니다.

이 세상에서 아무리 훌륭하고 뛰어난 것이라 하더라도 그것은 한낱 현상계에서 일어나는, 즉 인연법에 따라 생기기도 하고 사라지기도 하는 유위법에 불과한 것이다.

그러나 부처님의 법은 이런 것과는 차원을 달리한다. 그것은 인연법을 초월하여 나지도 않고 멸하지도 않는 생멸법을 초월해 있는 실상계의 무위법이기 때문이다.

이 현상계에 머물러 거기에 집착하는 한 우리는 괴로움에서 벗어날 수가 없다. 유위법을 벗어나는 것이 곧 해탈인바, 무위법이 필요한 것은 그 때문이다.[12]

무위법이란 것을 두고 어떤 이는 연기법(인연법)의 하나로 보기도 하고, 혹은 또 어떤 이는 이로부터 벗어난 것으로 간주하기도 합니다. 무위법이란, 마음을 닦아 자성(自性)을 밝혀 나아가면 결국에는 무위(無爲)의 바른 깨달음을 이룰 수가 있다는 것의 개념입니다.[13] 불가에서는 이것을 참선 수행의 목적으로 삼기도 하지요.

불안해지면 서인은 명상을 합니다. 불가에서 선객들이 참선 수행하는 것처럼, 그녀 역시 요가하는 사람으로서 명상적인 의미의 수행을 하게 되는 것입니다. 이 소설을 연기법의 관점에서 본다면 무위법의 한 가능성이 제시되어 있는 형국이라고 할 것입니다. 그녀의 명상하는 장면을 묘사한 경우를 봅시다.

밤의 호수는 모든 욕망을 안고 어둡고 깊을 뿐이다. 인간들은 욕망을 묻을 곳이 필요한지 모른다. 그런 의미에서는 밤의 호수는 거대한 욕망의 쓰레기장이다. 서인은 다만 은은히 빛나는 호수에만 집중한다. 진흙탕이 가라앉듯 호수의 수면은 곧 잠잠해진다. 호수가 잠잠해지면 서인의 마음도 잔잔해졌다. 명상을 하면 마음이 호수처럼 가라앉았다.

서인은 평상심을 잃지 않으려 다시 요가원 강습도 나가고 마감일이 얼마 남지 않은 잡지 일도 챙기기 시작했다. 선우에게는 여전히 아무런 연락이 없다. 어떤 일이 그에게 닥치더라도 놀라지 않을 만큼 마음의 준비를 하는 수밖에 서인에게는 다른 방도가 없다. 어떤 운명이라도 받아들일 수 있도록……. 받아들일 수 없다면 그것은 운명이 아닐 것이다. 그럴 때마다 서인은 단전에 힘을 준다. (278~9면)

명상 장면의 묘사로는 압권이 아닐까요. 작가가 마치 평소에 명상과 수행을 해본 것처럼 글을 쓰고 있는 것도 흥미롭습니다. 작품 속의 서인은 운명론이나 인연법에 관한 한 작가 권지예의 분신처럼 느껴집니다. 즉 그녀는 작자의 운명론을 대변하는 존재입니다. 소설가 권지예

---

12 조흥식, 『선심시심(禪心詩心)』, 도피안사, 2002, 93~4면.
13 같은 책, 196면, 참고.

는 「작가의 말」에서, 소설 「4월의 물고기」를 통해 수많은 그물처럼 엮인 인연에 대해 점점 많이 생각하게 되었다는 것, 세상의 연인들이 내밀하고 은밀한 우주의 회로를, 오랜 기다림 끝에서 어느 날 불쑥 찾아온 우주의 기별이 우연이 아니라는 사실을 믿는다는 것, 사랑은 (사랑을 회피하려고 해도 어쩔 수 없이-인용자) 사랑하고야 만다는 거부할 수 없는 운명이라는 것에 관한 글쓰기였음을 스스로 밝히기도 하였습니다.[14]

소설에서는 서인이 죽음 다음의 선우를 받아들이기 위해 그의 아이를 지우지 않고 유복자로 낳기로 했다는 사실이 이 소설의 주제 형성에 큰 역할을 하는 것 같습니다. 선우가 두 차례에 걸쳐 죄 없는 여자를 죽이고 또 자신(서인)에게 살의를 품었다고 해도 안드레아 신부의 조언처럼, 그의 영혼은 죄가 없으며, 다만 불쌍한 영혼일 뿐이다, 라고 생각하기에 이르게 됩니다. 요컨대 작가는 선우가 종교적으로도 구원을 받았음을 적이 암시하고 있다고 해야 되겠지요.

저는 소설 「4월의 물고기」에 관해 이것저것 논의하는 마당에 이 소설이 지닌 로맨스적인 특성에 관해 주목하지 않을 수 없음을 밝히려고 합니다. 그 특성은 리얼리즘 계통이 중심을 이루고 있었던 우리나라의 소설(사)에 그다지 주목을 받지 못했던 것. 몇 가지 측면에서, 이 소설의 특징을 살펴봅니다.

첫째, 인물에 관해서입니다.

주인공 강선우는 주동적인 인물입니다. 그의 행위 하나 하나가 책임 지워져 있고, 그의 모든 게 주도적인 위치에 놓여 있습니다. 수수께끼 같은 동선으로 인해 문제적인 인물이고, 또 이해할 수 없이 마성적인 인물이 되기도 합니다. 정신분석학의 개념을 수용하자면, 그의 욕동(慾動 :

---

14 권지예, 「작가의 말」, 『4월의 물고기』, 자음과모음, 2010, 357~8면, 참고.

Instinkt)은 진서인으로 하여금 관찰자적인 위치로 내몰리게 하고 있습니다. 고아이며 영혼의 상처로 고통을 받고 정신과에 다닌 적이 있는 남자. 선우는 서인에게 불가사의한 인물로 판명되어 가고 있었습니다.

광기에 거역할 수 없는 마력이 있는 건 아니겠지만 여기엔 사람을 확실히 끌어당기는 힘도 있습니다. 로맨스적인 특성의 소설에는 불가사의하거나 신비한 인물이 어김없이 등장하고는 합니다. 고딕 소설이라고 말해지는 저 『폭풍의 언덕』의 주인공인 히스클리프처럼 말예요. 이를 연상하게 하는 강선우에게 있어서의 여자들은 그의 신비한 힘에 이끌리고는 합니다. 오미아는 섹스 때 교살당하기를 원했고, 이유정은 그에게 치명적으로 매혹되는 상태에서 죽임을 당했습니다. 서인은 또 어떤가요? 그녀 역시 두 여자의 범주에서 크게 벗어나지 못했습니다. 사랑을 위해 목숨을 내놓을 수도 있었던 서인은 결국 살아남게 됩니다.

둘째, 몰역사적인 세팅이 매혹적입니다.

로맨스적인 특성의 소설은 바다, 황야, 사막, 언덕 등 몰역사적인 공간을 배경으로 삼습니다. 이러한 유의 공간은 천년이 지나도 변함없이 그대로인 경우가 많습니다. 「4월의 물고기」에서는 호수, 호숫가가 매우 인상적인 배경으로 처리되어 있습니다. 이 공간은 몰역사적이라기보다 신비적이요, 신화적이라고 생각되고 있습니다. 폭풍이 몰아치는 언덕의 히스크리프를 연상하게 하는 것. 윤슬의 이미지가 가득 찬 호숫가의 강선우입니다. 햇빛이나 달빛에 비치어 반짝이는 잔물결인 윤슬은 이 소설의 세팅과 분위기를 신비롭게 하거나, 또는 신화적으로 재현시키는 적절성을 얻고 있습니다.

안개 속에서 갑자기 어떤 이미지가 떠올랐다. 무언가가 아롱대는 이미지였다. 그것은 햇빛이나 달빛에 아롱대는 수면의 물비늘, 윤슬의 이미지였다. 그 아롱대는 올챙이 같은 빛의 무늬들…… 그것이 어느 누군가의 얼굴에 반사되어 아롱댔던 것도 같은데 도무지 감이 잡히지 않았다. (……) 꿈. 혼몽. 기억의 혼란. 환영……. (186면)

셋째, 몽환적인 꿈의 이미지도 로망스적입니다.

이 소설에는 악몽, 몽유 현상 등의 꿈 이야기가 적지 않습니다. 단속적인 기억의 파편 및 이미지의 재생 등도 몽환적입니다. 꿈 이야기의 로망스적인 특성이라면, 서인의 다음과 같은 꿈이 사뭇 인상적이죠. 그것은 쫓기는 사슴이 온몸에 화살을 맞고 주저앉았는데, 마지막숨을 몰아쉬고 있는 그 사슴이 선우로 변해 있었다는 그 꿈……. 꿈은현실의 반영인 듯하면서도, 이로부터 멀찍이 벗어나 모든 것을 초월하고 있는 것 같기도 합니다. 현실보다 더 본원적인 인간의 원형을,상징과 표상의 문법으로 제시하고 있는 경우가 아닐까 하고 생각해봅니다.

소설가이기도 한 서인은 자신의 이야기를 소설로 재구성하려고 합니다. 하지만 소설 「4월의 물고기」는 서인에 의해 새로 쓰일 이야기가 '두남자의 영혼을 한꺼번에 사랑한 한 여자의 사랑 이야기'(356면)라는메타픽션의 관점을 제시하면서 비로소 끝을 맺기에 이릅니다. 소설 속의 소설, 또 다른 소설의 몫은 여백의 공간으로 남긴 셈이 되겠지요. 두남자의 영혼이란, 다름 아니라 한 남자의 내면에 숨어 있었던 선악의 양면성, 또한 서인이 그에게 투사한 양가적인 감정의 명암을 말하는 것 같습니다.

4. 두 가지의 남는 말 : 힐링과 다중성

이상과 같이 두 편의 연애소설을 두고 불교의 연기법과 관련해 비평적인 논의를 시도해 보았습니다. 이 논의는 애최 뜻밖의 발상이어서 저는 매우 조심스럽게 접근하지 않을 수 없었습니다. 김인숙의 「우연」과 권지예의 「4월의 물고기」는 남녀 간의 짝 맞추기의 과정 및 실패(파국)를 보여준 결핍된 연애의 이야기입니다. 인간의 관계성에 흠결을 내는 이는 소설의 주인공으로 곧잘 등장하는 문제적 인물이죠. 「우연」의 이기연과 「4월의 물고기」의 강선우가 대표적인 문제적 개인입니다. 대부분의 연애소설은 이처럼 주인공의 흠결로 인해 무언가가 결핍되어야 하는 것이지, 결코 충족되어야 하는 게 아닙니다. 충족의 경우는 통속적으로 흐를 가능성이 있기 때문이죠.

이 두 편의 소설이 작가의 의도와 상관없이 불교적으로 읽힐 수 있는 것은 관계의 삶을 중시한 작품이기 때문입니다. 연기법은 요컨대 삶의 관계를 중시합니다. 이 가르침에 의하면, 모든 존재(성)는 관계를 통해 자신을 규정하고, 또 그 존재의 의미를 성찰합니다.

자, 그럼 남는 말 두어 가지 정도 덧붙이면서 끝을 맺으려고 합니다.

김인숙의 「우연」은 문제적인 인물 이기연이라고 하는 맹목적인 갈애를 추구하는 여인의 이야기이지요. 그녀는 그 동안 상처를 적잖이 입었던 불쌍한 영혼입니다. 그 갈애로 인해 뭔가에 집착되어 빠져나오지 못하고 있습니다. '생의 허기'가 그녀를 늘 쫓아다녔기 때문에 한때 폭식 증상에 시달리기도 했습니다. 아무리 소설이라고 해도 기연과 같은 여인은 현실에서도 존재하리라고 봅니다. 최근에 정신적인 측면에서의 힐링(healing)의 문제가 적잖이 제기되고 있지요. 이러한 유사한 사례가 있다면 연기법에 따라 어떻게 치유되어야 할 것인가? 하버드 출신의 미국 승려로서 대중에게 썩 잘 알려진 현각 스님이란 분이 있지요. 그 분의 스승이었던 숭산 스님의 글에서 다음의 인용문을 가져 왔습니다.

남자한테 버림받은 한 여자가 있다. 그녀가 이 경험에 집착하면 일종의 원인이 된다. 그리고 나면 그녀는 이렇게 생각한다. '나는 여자이기 때문에 상처 받았다. 남자가 싫다.' 그리고 그것은 조건이 되고, 이런 원인과 조건에 집착하면 그녀의 삶은 언제나 남자로 인해 고통으로 얼룩진다. 그녀의 원인은 항상 조건을 가로지른다. 그녀가 어딜 가든, 이생에 서든 다음 생에서든 그녀는 고통스러워한다. 수백 권의 책도 그 고통을 사라지게 하지 못한다. 정신과 병원 치료도 소용없다. 진정으로 고통에서 벗어나고 싶으면 시간과 공간을 만들지 말라. 원인과 결과도 만들지 말고, 집착하지 말라. 생각, 조건, 상황, 시간, 이 모든 것을 천천히 내려놓아라. 순간순간 오직 모를 뿐……이다. 그러면 원인도 사라진다.[15]

원인적인 조건이 사라지면 고통의 결과도 소멸된다는 겁니다. 불교에 관심이 있었던 철학자 야스퍼스 역시 이 비슷한 얘기를 한 적이 있습니다. 원인의 계열과 궁극의 원인을 인식하면 공포와 환상의 전체상을 제거할 수 있다는 것. 무명이 소멸되면 무명에 의해 생겨난 인과의 계열 또한 여러 가지의 순서에 따라 소멸한다는 것.[16] 석가는 원인을 완성함으로써 여래(如來)가 되었다고 합니다.

그런데 현실적으로 어려움에 처해 있는 사람들일수록 원인적인 조건을 소멸하려고 하지 아니하고, 남 탓, 사회 탓을 많이 합니다. 물론 이 점은 충분히 이해되고 동정됩니다. 또 가진 자일수록 그들에게 측은지심을 가져야 한다고도 생각합니다.

또 그런데 처염상정(處染常淨)이란 말도 있습니다. 더러운 것(조건)에 처해 있어도 늘 깨끗함을 유지해야 한다는 것(결과). 연꽃의 상징성이 이를 두고 하는 말입니다. 앞서 말한 인용문은 아무리 생각해도 정신적인 힐링에 관한 귀하고 소중한 조언이 되는 말인 듯싶습니다.

권지예의 「4월의 물고기」는 우리 시대에 보기 드물고 개성이 강한 (연

---

15 현각 엮음, 허문경 옮김, 『선의 나침반 ․ 1』, 열림원, 2001, 119면.
16 칼 야스퍼스, 정병조 역, 『야스퍼스의 불교관』, 한국학술정보(주), 2004, 49면, 참고.

애)소설이라고 해도 좋을 듯합니다. 이 소설의 주인공 역시 「우연」의 이기연처럼 불쌍한 영혼인 강선우입니다. 작중(作中)의 안드레아 신부가 그를 두고 '죄 없는 불쌍한 영혼'이라고 말했듯이 말입니다. 캐릭터의 창조라는 측면에서 볼 때, 선우의 다중 인격성은 새로운 가능성이 제시된 감이 있습니다.

우리나라의 문화와 관습에 있어서 이 개념은 생소하거나 받아들이기 어렵거나 한 개념입니다. 서양의 경우에 있어서의 야누스나, 지킬과 하이드의 적례에서 보듯이, 사람을 보는 관점의 차이는 우리와 분명히 다릅니다. 인간이 흥부형이면 흥부형이고, 놀부형이면 놀부형이지, 이를테면 흥부적 놀부형이나 놀부적 흥부형은, 적어도 우리에게 존재하지 않는다는 것입니다. 소설가 권지예에 의한 강선우적인 인간형의 창조는 비록 서구적인 기원을 가진 것이긴 하겠지만, 우리 소설사에서 새로운 인물 유형을 탐색한 결과로 받아들여도 좋다는 비평적인 소견을 부칩니다.

마지막으로 연기법의 하위 개념으로 존재하고 있는 유위법과 무위법에 관해 제 말씀을 덧붙이면서 제 발제를 마무리할까 합니다. 자신에게 정신적으로 결핍된 것이 너무 많았던 탓에 「우연」의 이기연은 트라우마와 패닉으로부터 자유롭지 못합니다. 그래서 음식과 섹스에 탐착합니다. 일종의 유위법입니다. '함'을 짓는다는 건 행위 즉 업을 짓는 일입니다. 이에 반해 「4월의 물고기」의 진서인에게는 운명적인 만남이 존재론적인 불안에 의해 사랑의 장애를 빚게 되고, 또 이것은 무위법을 통해 극복의 가능성이 제시됩니다. 인연과(因緣果)의 과정이 꼬리를 물고 되풀이됩니다. 여기에서 보듯이 무위법은 '함'을 짓지 않는다는 것입니다. 이는 즉 행위 즉 업을 짓지 않는다는 것. 진서인은 존재론적인 불안을 극복하기 위해 자성(自性)을 밝히고, 또 그러기 위해선 수행의 자세를 가다듬습니다. 요가 강사인 그녀가 죽은 강선우를 위해 명상을 하는 건 이른바 업장(業障)의 소멸을 위해섭니다.

유위법이 숙세(宿世)에 관한 시스템이라면, 무위법은 출세간에 관한 시스템입니다. 저는 무위법이 진리의 세계 그 자체라기보다는 이를 향해 노력하는 것이 아닐까 생각합니다. 오늘 발표를 위해 저는 여기 만해마을에 어제 일찍 도착했습니다. 시간의 여유도 좀 있고 해서 제가 묵을 방에서 저물녘까지 누워 책을 읽고 있는데 소리 높여 흘러가는 물소리가 무척이나 좋았습니다. 그 흐르는 물의 소리는 속세에 찌든 제 오염된 귀를 씻으며 맑혀 주었습니다. 흐르는 물은 서로 다투지 않는다는 말이 있지 않습니까? 자연스레 흘러가기 때문이죠.

우리 일상사에는 유위와 무위가 공존하는 것 같습니다. 속세에 찌든 제 오염된 귀가 유위라면, 이를 씻어주면서 흘러가는 물소리를 감지하는 것이 무위이겠지요. 유위와 무위 가운데 어느 한 가지만 세상에 존재한다면 사람들은 온전히 깨닫거나 온전히 미쳐버리거나 할 터이겠죠. 양자는 평형을 이루면서 공존하는 건 아닐까요? 이 심오한 세계를, 저는 감히 함부로 말하고 있습니다. 여기 가운데 가장 앞자리에 수완 스님도 계신데, 공자 앞에 문자를 쓰는 것 같아 죄송합니다. (일동 웃음) 이 정도에 이르러 제 두서없는 말을 마무리하는 게 아무래도 좋을 듯합니다.

경청해 주서서 감사합니다.

표절과 야합, 그리고 문단 권력의 카오스
—이선영의 「그 남자의 소설」론

1. 오늘의 사태를 예감한 어제의 소설

우리 문학은 지금 표절의 덫에 걸려 있다고 해도 과언이 아니다. 문단이 매우 시끄럽다. 출판 자본, 문단 권력의 문제가 한동안 끊임없이 제기될 성싶다. 문학잡지 여기저기에서 이와 관련하여 기획 특집 형식의 비평적인 자성론이 빗발치게 제기될 것이라고 예견해 본다.

우리 문단의 부정적인 면을 소재로 한 소설 작품이 한 무명작가에 의해 3년 전에 창작되어 간행된 바 있었다. 이선영의 장편소설 「그 남자의 소설」이 바로 그것이다. 이 소설은 2012년 5월 30일에 출판사 '자음과 모음'에서 공간한 것이다. 이것은 작가의 표절(혹은, 대필)은 말할 것도 없고, 작가와 출판사의, 비평가와 출판사의, 작가와 비평가의 야합을 통해 문단 비리의 총체적인 면모를 까발리고 또한 문단 권력의 카오스 상태를 적시함으로써 우리 문학의 새로운 방향을 모색하게 할 생각의 여지를 남기고 있는 내용의 작품인 것이다. 이 작품은 당시에 크게 주목을 받지 못했다. 하지만 이 시점에 이르러 그것이 '오늘의 사태를 예감한 듯한 어제의 소설'이라는 점에서 비상한 관심과 흥미를 불러일으키고 있기에 충분해 보인다.

소설가 이선영은 생후 6개월부터 장애인이 되었지만 오랜 글쓰기 수련 끝에 작가로 입문한, 독특한 이력을 가지고 있다. 그의 등단작은 2010년 제3회 대한민국뉴웨이브문학을 수상하게 한 「천 년의 침묵」이다. 이 소설은 옛 그리스 시대의 수학자 피타고라스의 의문스런 죽음을 파헤친 내용의 작품이다. 1억 원 고료의 상금이 걸린 이것은 심사위원들로부터 '독특한 소재와 놀라운 상상력을 다룬 전혀 새로운 감각의 지적 소설'로서 한국형 팩션을 창안한 점이 높이 평가되기도 했다.

이 글의 작품론 대상이 되는 그의 두 번째 장편소설인 「그 남자의 소설」은 그 등단작과 또 다른 성격의 소설로 만들어진, 현실고발적인 색조를 띤, 좀 독특한 작품이다. 나는 이 소설을 읽고, 속물과 속물주의, 즉 스놉과 스노비즘(속물근성)에 관해 생각을 떠올리지 않을 수 없었다. 속물은 악인 그 자체가 아니다. 악의 인간으로 발전할 소지가 있는 사람이다. 한 사회학자의 글을 옮겨본다. 읽을수록 깊은 말의 맛이 우러나오는 것 같다.

그는 악의 화신이라기보다는 악덕(vice)의 소유자이며, 그에게도 선의 모습이 보이지 않다기보다 덕성(virtue)이 결한 모습을 하고 있을 뿐이다 (『마음의 사회학』, 문학동네, 2010, 85면, 참고.).

2. 숨어 있는 욕망, 숨겨놓은 대필자

보육원 출신의 박용민과 박용아는 이란성 쌍둥이 남매이다. 두 사람은 남매이면서 또 연인이다. 소설 속에는 이들의 어미가 원치 않았던 쌍둥이 남매를 가리켜 전생의 (잘못된) 부부라고 저주하는 내용이 나온다.

이 소설을 지배하는 짧지만 강렬한 이미지의 삽화이다. ○○일보 신문사가 주최한 장편소설 공모전에서 용민이 투고한 소설「표절」이 당선되었다는 소식을 듣고 두 사람은 자축한다. 용접공인 용민은 용아가 요구한 토치와 소형의 가스통을 차에 실어서 전속력을 내면서 밤길을 달렸다. 점화식과 불꽃축제는 용민이 앞으로 화상 장애인으로 살아갈 수밖에 없는, 비극적인 운명의 단초가 되어버린다. 이 일을 꾸민 사람이 다름 아니라 용아인 것은 두말할 나위가 없다.

　용민은 갑자기 춤을 추기 시작했다. 사이키 조명을 받으며 온몸을 비트는 사람처럼. 내 눈에는 그렇게 보였다. 내가 쏘아댄 불꽃 애무를 받아 쾌감이 절정에 이르는 것일지도 모른다고 생각했다. 용민은 결국 사지를 버둥거리며 비명을 질러댔다. 그때야 비로소 내가 무슨 짓을 저질렀는지 서서히 인식되었다. (화자 리영 : 51면, 언술 상황의 혼선으로 인해　화자를 밝혀 놓았으며, 면수는 작가 이선영의 소설인『그 남자의 소설』면수를 가리킨다. 다음의 인용 면수부터는 책 이름을 굳이 밝히지 않았다.)

외피가 괴물로 변한 채 결국 살아남은 용민이 화상 장애인이 된 사건의 전말은 용아가 쏘아댄 느닷없는 불세례에 집약된다. 이 공격적인 불은 한 여자의 숨어있는 욕망의 불이었다. 용민의 당선작「표절」은 각성(各姓)바지 누이동생의 예술적 영감과 재기를 도용해 조각가로 성공한 오빠가 결국 파국을 맞이한다는 내용으로 된 소설이다. 이것은 이선영의 소설「그 남자의 소설」내용을 반영한, 소설 속의 소설, 혹은 소설에 대한 소설이다. 소설「표절」은 이 소설 속에서 액자적, 내지 메타적인 성격을 공유하고 있다. 소설「그 남자의 소설」내용 가운데 '소설 내용과 흡사한 일이 현실에서 그대로 재현된 것이다.'(68면)라고 하는 문장이 그 성격을 적절하게 말해주고 있는 셈이다.

용민이 병원에서 사투를 벌이면서 겨우 몸이 회복되었을 때, 그의 작품 「표절」은 이미 리영이란 이름의 작가에게로 넘어가 있었다. 리영은 용아의 필명이었다. 말하자면 「표절」은 리영이 용민에게 불세례를 퍼부으면서 빼앗아온 강탈한 작품인 것이다. 이 이후에 용아, 아니 리영은 네 권의 장편소설과 한 권의 중단편 소설집, 그리고 한 권의 산문집을 내면서 작가로서 시나브로 성장해 가고 있었다. 이 과정에서 용민은 리영에 의해 고용된 숨겨놓은 대필자, 심하게 표현하면 글쓰기 기계로 전락하고 만다.

> 나의 창작물이, 고통의 산물이, 버젓이 그녀의 이름을 달고 세상에 나올 때마다 내가 속으로 삼키는 단어가 있었다. 박제. 그녀는 책의 박제만을 소유할 뿐이라고. 책 속에 엄연히 존재하고 있는 뼈, 살, 내장, 피, 지방, 그리고 노폐물까지는 그녀의 것이 될 수 없다고 말이다. (화자 용민 : 23~4면)

화상 장애인인 용민은 몸조차 제대로 가누지 못하는 지경에 이르렀다. 깊고도 치명적인 화상 때문에 세상과 담을 쌓고 오로지 책과 컴퓨터를 벗으로 삼아 사는 용민을, 돈 많은 인기 작가 리영이 돌봐주고 있는 것이다. 돌봐주는 대가로, 그는 대필을 한다. 사실은 돌봐준다기보다 사육하고 있다.

어쨌든 두 사람은 어쩔 수 없는 공생 관계를 맺고 있다. 악어와 악어새로 비유된다고 할까? 용민은 리영의 작품을 대필하고, 리영은 그 대가로 돈과 육체를 제공한다. 육체의 대가는 리영 자신조차 추악하다고 느낀다. 작품을 얻기 위해선 그녀는 용민의 창녀가 되어야 했고, 또 용민의 창녀가 된 그녀는 화대와 다름없는 작품을 얻어야 했다.

용민은 날이 갈수록 살이 불어났고 세월의 더께로 몰골은 더욱 흉측해지고 있었다. (……) 용민의 몸이 내 몸에 닿는 순간 나는 이를 악물곤 했다. 어떤 때는 화장실에 가서 구역질도 한 적이 있었다. 용민이 나에게 하는 행위가 거리의 여자와 하는 행위와 무엇이 다르겠는가. 용민이 써주는 작품은 나에게 자기 욕정을 채워주는 화대와 다름없다. 단지 여자의 몸을 가진 나일 수밖에 없다는 기분. 정말 더러웠다. (화자 리영 : 39면)

리영의 대필자 용민은 네 번째 소설부터 힘이 들고, 작품성도 현저히 떨어지고 있음을 직감하고 있었다. 이 작품이 베스트셀러가 되자 그녀는 용민에게 다음 차례의 소설을 빨리 구상하라고 채근한다. 용민에게 있어서의 리영은 '작품 쓰는 일을 무슨 엿가락 뽑는 일쯤으로 아는 그녀'(247면)일 따름이다. 대필도 표절인가? 이는 극악한 형태의 표절이다. 죄질이 가장 나쁜 형태의 표절이 아닌가?

다음 차례의 소설은 자전적인 소설인 「유년의 자화상」이다. 쌍둥이 남매인 용민의 삶과도 엮여 있고 또 그 흔적과도 얽혀 있는 이야기이다. 정체성의 위기와 양심의 부대낌으로 인해, 용민은 자신의 대필 행위를 거절한다.

리영은 문학상을 타기 위해 다섯 번째 소설인 「유년의 자화상」을 기획했다. 용민이 대필을 거부했기 때문에 이 소설은 그녀가 직접 썼다. 결과적으로, 이것은 ○○문학상을 타야겠다는 일념이 낳은 무모한 졸작으로 전락하고 만다. 용민은 이 과정의 진실을 출판사 에디터 정혜규에게 폭로한다. "리영은 작가로서 욕망이 자꾸 커지기만 했습니다. 마치 그 모든 성과를 자기가 이룬 것 같은 착각을 하더군요."(223면) 리영의 숨어 있는 욕망이 까발려지는 극적인 순간이다. 이 얘기를 전해들은 정혜규는 그녀를 가리켜 더 이상 '리영 작가'라고 지칭하지 않고 '리영 씨'라고 지칭하였다.

요컨대, '인간은 누구나 다른 사람이 탐내고 훔치고 싶은 욕망이 있는 존재'(135~6면)라고 규정하고 있다는 데서, 작가 이선영의 표절관은 소설의 본문 속에 이처럼 매우 극적으로 드러나 있는 것이다.

3. 문학상의 부정적인 민낯, 드러나다

문단의 골칫거리의 하나는 아는 사람은 다 아는 사실이겠지만 문학상의 폐해가 아닌가 한다. 문학상은 한 해에만 해도 무수히 많이 시행되고 있으며, 또 그만큼 많은 무성한 뒷말을 확대 재생산시키고 있다. 처음에는 어느 작가가 선정되나 어떤 작품이 선택되나 하고 기대를 가지지만, 마침내 결과에 이르러선 늘 씁쓸한 뒷맛만을 남기고 만다. 문학상의 긍정적인 측면이라고 하는 것도 이제 뒷전으로 물러나 앉아 있는 형국이다.

오랜 경력에도 문학상 한 번 제대로 받지 못한 경우가 있다면, 문학상이 가슴 짠한 동경의 대상을 넘어서 어떤 때는 부아가 치미는 경우도 있을 것이라고도 본다. 누구나 공감하는 작가나 작품이 수상의 대상이 된다면, 누구라도 마음으로부터 축하를 보내면서 잘 제도화된 문학상이라고 공감하지 않겠는가? 문학상의 문제점은 이선영의 「그 남자의 소설」에도 잘 드러나고 있다.

이 소설에서 문학상이 가리키는 기표가 따로 존재한다.

사실상 엉터리없는 작가에 지나지 않는 리영과, 그녀의 선배이면서 라이벌인 오시연과의 경쟁관계, 이 두 사람 사이에 개입된 스승이면서 평론가인 민기태로 인해 형성된 삼각관계가 슬몃 드러나고 있는 상징의 언어이다. 문학상이란 게 말이다. 리영은 자신의 장점을 선이 굵은 남성적 색채라고 본다. 자신의 배후에 대필자인 '그 남자'의 존재는 지운 채 —자신의 이름으로 된 작품이 곧 자기 작품이다, 라는—자기최면에만 빠져 있는 듯하다. 반면에 그녀는 자신의 라이벌인 오시연이 섬세하게 그려진 인생의 자잘한 무늬, 내밀한 인간 심리를 꿰뚫는 문체 미학 등에 빼어난 기량을 발휘하고 있다고 자인한다. 민기태는 오시연의 그런 매력을 발견한 평론가이다.

민기태와 오시연는 사제 관계를 넘어 연인 사이로 발전하고 있다. 리영은 이들을 질투의 시선으로 훔쳐본다. 세 사람은 문인으로서의 명예욕과 이성으로서의 애욕이 교차된 채로 삼각형 욕망의 구조(혹은, 구도)를 형성하고 있다. 리영에게 있어서 욕망의 대상이 민기태에게로 향하고 있다면, 오시연은 불편하게 끼어든 것과 같은 느낌의 매개자이다.

> 나는 노트북을 덮고 나갈 차비를 서둘렀다. 오늘은 ○○문학상을 주최하는 출판사 신인상 시상식이 있는 날이었다. 민기태와 오시연도 온다고 했다. 만장일치로 후보가 된 오시연을 보고 싶지는 않았다. 그러나 ○○문학상을 주최하는 출판사행사에 빠질 수는 없었다. (화자 리영 : 91면)

> 뒤늦게 알고 참석한 작가협회 뒤풀이에서 민기태의 소문이 문단에 파다하다는 것을 알았다. 아니, 오시연을 둘러싼 악성 루머라고 하는 편이 더 맞았다. (⋯⋯) 2차에 후발로 참석하는 작가들이 속속 모여들었지만 민기태와 오시연은 끝내 나타나지 않았다. ○○문학상 후보에 오른 작가 중 오시연만 불참한 것이다. ○○문학상이라는 게 원래 작품만으로 거머쥘 수 없는 상이었다. 한 작가의 문학적 성과와 더불어 교류와 로비도 크게 작용한다는 것쯤은 문단의 공공연한 비밀이다. (화자 리영 : 182~3면)

이 간요한 리영의 진술 속에 문학상의 역방향성이 얼마나 심각한지를 잘 비추어주고 있지 않은가? 문단에서의 교류와 로비가 크게 작용한다는 게 문학상의 제도와 관행이라면, 문학상은 차라리 없는 게 더 낫지 않은가? 교류와 로비 때문에 문학적인 성과를 인정받지 못한 문인들이 적지 않다면, 문단이 어디 정의로운 공동체라고 하겠는가? 이른바 죽은 시인의 사회가 학교, 교육계뿐만 아니라, 문단에도 해당된다고 할 것이다. 소설 속의 문학상은 두 라이벌에게 모두 다 실패로 돌아간다.

○○문학상 수상은 그녀와 오시연이 아닌 다른 작가에게 수여되었다. 평론가, 작가, 출판인으로 이루어진 심사위원단이 최종적으로 내린 결정이었다. 오시연도 그녀도 거론되었단다. 오시연이 탈락된 이유는 결국 추문화로 이어진 심사 공정이 문제였다고 했다. (……) 나는 머리를 끄덕였다. 민기태와 오시연의 추문을 조장했던 것이 누구였는지 알만했다. 그녀라면 충분히 그러고도 남을 여자니까. (화자 용민 : 288~9면)

소설 「그 남자의 소설」 속에서 지속적으로 거론되어 있는 ○○문학상은 작가 리영과 오시연도, 평론가 민기태도 만족시켜주지 못한 채 끝이 나버렸다. 리영은 결국 자신이 ○○문학상 수상자가 되지 못했지만, 작가로서 아직 건재하다고 애써 자위한다. 소설에서 리영과 오시연과 민기태 사이에 형성된 욕망의 삼각관계는 문학상으로 모아지지만, 결국에는 모두 패자가 되고 만다. 다만 남은 게 있다면, 문학상의 제도와 관행 속에 모종의 흑막이 가리어져 있고, 흑막 뒤에 음모와 계략이 숨어 있다는 개연성의 문제이다. 이 소설 속에 제기된 문제의식과, 동시대 문단의 엄연한 현실이 어떤 상응 관계를 맺고 있는가 하는 것에 따라, 그것의 진정성이 비로소 확인될 수 있을 것 같다.

4. 야합의 낯 뜨거운 단면, 추문화 양상

소설 「그 남자의 소설」은 어두운 분위기의 소설이라고 할 수 있다. 영화 같으면, 필름 느와르 풍(風)의 영화다. 작중 인물이 대부분 부정적인 인물이기 때문이다. 물론 박용민과 정혜규가 중립적인 인물이긴 하지만, 리영·민기태·오시연·김은성 등은 전형적으로 부도덕한 성격의 소유자들이다. 중심인물로서 박용민과 짝을 이루는 리영은 이 소설에 나오는 인물 중에서도 가장 부정적인 인물이다.

이 소설에서 리영와 함께 주요한 역할을 맡고 있는 이는 평론가 민기태이다. 그는 소설가의 꿈을 가졌다가 소설에 관한 엄청난 독서량에 의해 비평의 감각을 터득하여 평론가가 된 인물이다. 그는 문단의 전형적인 속물로 그려지고 있다. 누군가 이미 말한 바 있거니와, 속물은 선의 모습을 찾을 수 없는 악의 화신이라기보다 덕성이 결한 악덕의 소유자이다. 40대 중반의 대학교수로서 비평계와 출판가를 누비는, 이지적인 외모의 사내. 턱 선과 눈매가 날카로운 모습을 보이고 있다. 그에 대한 인물묘사는 리영의 시점에서 다음과 같이 구체화되고 있다.

서두른 탓인지 약속 장소에 민기태보다 먼저 도착했다. 나는 통유리창이 있는 곳에 자리를 잡았다. 주문한 커피가 내 앞에 놓였을 때 카페 통유리를 통해 횡단보도를 막 건너오는 민기태가 보였다. 감색 면바지에 다크 브라운 슈트 차림이었다. 보이진 않았지만 체크무늬의 남방을 받쳐 입었을 것이다. 민기태는 예전이나 지금이나 옷을 잘 갖춰 입는 사람이었다. 굳이 꾸민 것 같지 않으면서도 멋이 나는 사람. 단색의 모직 목도리가 슈트 앞에 나부꼈다. 그의 옷차림에서 가을이 묻어났다. (화자 리영 : 192면)

평론가 민기태는 외양에선 이처럼 멋쟁이다. 그는 여제자인 두 명 여성소설가의 뒤를 봐주고 있다. 오시연과 리영. 리영에게는 오시연에 대한 끊임없는 열등감의 근원에 민기태가 도사리고 있다. 민기태는 먼저 오시연을 적극적으로 밀었다. 또 두 사람은 내연의 관계다. 리영은 이 두 사람에게 심하게 질투를 한다. 그녀는 용민과 섹스를 하면서도 민기태를 떠올린다.

> 내 몸이 다시금 뜨거워진 것을 간파한 그녀가 속옷을 벗고 나를 타고 앉았다.
> 그녀의 부드러운 허벅지 살이 내 엉덩이에 스쳤다. 내가 왜 모르겠는가. 그녀가
> 민기태를 끊임없이 갈망하고 있다는 것을. 민기태를 입에 올리는 그녀의 몸이
> 달아 있다는 것도.
> 　그녀의 엉덩이와 허리가 유연하게 파도쳤다. 나는 그녀의 허리를 감쌌다. (화
> 자 용민 : 179면)

민기태와 오시연의 불륜은 들통이 난다. 민기태의 아내는 오시연에게
난동을 부린다. 오시연은 ○○문학상 후보에서 탈락되고, 민기태와 그
아내는 깔끔하게 정리되어 각자 홀몸으로 돌아간다. 이때부터 민기태와
리영은 새로운 관계를 정립한다. 리영의 입에서는 전혀 생각지도 못한
말이 불쑥 튀어 나왔다. "이젠 제가 선생님을 좋아해도 되는 건가요? 모
든 게 정리되었잖아요."(207면) 두 사람은 평론가와 작가의 야합을 넘어
서 사제 간의 애정 관계로까지 발전한다. 리영은 민기태와의 결혼을 계
획하고 있다.

> 앞으로 해야 할 일이 너무 많다. 축복의 웨딩마치를 위해 민기태와 나의 뜨거
> 운 열애 사실을 미화해서 퍼뜨려야 한다. 리영 작가와 민기태 평론가의 결혼인
> 데 이슈는 되어야 하지 않겠는가? (화자 리영 : 315면)

이 소설에서 이 같은 비문학적인 수단의 야합이 평론가와 작가에만 어
찌 국한되겠는가? 양자 사이에 출판 자본이 개입되어 침묵의 카르텔, 내
지 문단 권력의 카오스 상태를 만든다. 출판 상업주의자들은 작품의 수준
이 낮아도 이를 작가의 이름값으로 호도하거나 표절의 흔적이 눈에 띄어

도 눈을 감고 귀를 막고 슬그머니 그냥 넘어가려고 한다. 이번에 불거진 신경숙 표절 사태도 사실상 사회적인 성격의 중대 사안에 대해 책임 있는 당사자들이나 관계자들이 문제를 제기하려고 하지 않고 오히려 이를 수면 아래로 잠재우려고 한 데 원인이 있었다. 이 침묵의 카르텔이란 용어. 이미 오래 전부터 사용해온 말이다. 이 말이 공지영의 도가니 사건 때에 사회적인 이슈의 물결을 타더니, 이제 신경숙 표절 사태에 이르러서는 거의 유행어의 수준처럼 사용되고 있다. 이선영의 소설 「그 남자의 소설」에서도 출판 자본과 문단 권력이 서로 공생적인 추문화(醜聞化)에 부정적으로 기여하는 사실이 없지 않음을, 이 소설은 적시해내고 있다.

> 편집자는 모든 작가를 균등하게 대우하지 않았다. 출판사에서 자기네가 관리하는 작가들을 암암리 급을 매기는 것처럼. 이름값하는 출판사일수록 그 양상은 더욱 심한 게 현실이었다. 그 메커니즘에 존속된 편집자들의 머릿속에도 초짜배기와 대가의 순위는 정해져 있었다. (……) 편집자 직업상 어느 작가에게도 홀대는 금기였다. 데뷔작이 대표작인 동시에 마지막 작품으로 단명할 작가라고 낙인이 찍힌 작가도 평론가와 출판사를 잘 만나 단번에 베스트셀러 작가가 될지는 아무도 예측하지 못하기 때문이었다. (화자 리영 : 195~6면)

> ……내 이름을 추앙하는 두터운 독자층과 문단의 평판이었다. 내 이름으로 출간된 책이라면 무조건 사 보는 독자와 내 이름만 믿고 계약하자는 출판사가 줄을 잇는다. 내가 쓴 글이라면 잡문이나 소설 초고만 넘겨줘도 자기네들이 편집과 마케팅을 도맡아서 베스트셀러를 만들어주겠다는 말을 노골적으로 던지는 출판사도 있었다. (화자 리영 : 228면)

이 인용문을 보면 소설가 이선영이 우리 문단의 현주소를 적확하게 읽어내는 능력을 지닌 작가라는 사실을 알게 한다. 그 동안 비평 쪽에서 제기하지 않은 문제, 모종의 침묵을 지킨 문제를 한 작가가 제기하면서, 그것도 칼럼이 아닌 소설의 형식과 장치를 통해 드러내고 있다는 건 참 놀라운 일이다. 숨은 진실을 파헤치려는 작가 정신의 승리다.

나는 이번에 불거진 신경숙 사태의 핵심이 표절에 있는 것이라고 보지 않는다. 그의 소설에 대한 기존의 가치평가가 정말 정당했는지 하는 것이 문제의 쟁점이라고 본다. 나는 그가 애초에 '평론가와 출판사를 잘 만나 단번에 베스트셀러 작가'로 출발한 작가가 아니었는지, 그의 많은 작품들이 그 동안 신경숙이란 '이름으로 출간된 책이라면 무조건 사 보는 독자와 이름만 믿고 계약하자는 출판사가 줄을 잇'지는 않았는지 묻고 싶다.

5. 에필로그 : 속악한 비평, 주례사 비평

30년 이상의 내 경험으로 미루어볼 때, 지금의 우리 문단은 유례없는 비평 부재의 시대라고 할 수 있다. 한 10년 전부터 비평은 뚜렷이 쇠락해갔다. 페이퍼 시대의 몰락과 함께 찾아온 문명 변동의 여파가 아닌가 하고 짐작된다.

비평이 쇠락하기 전에 2002년에 한국출판마케팅연구소에서 『주례사 비평을 넘어서』라는 비평적 사화집(詞華集)을 냈다. 여기에 동원된 필진은 비평가 김명인을 비롯해 모두 아홉 명에 달한다. 이 책에선 그 당시로선 낯선 용어인 '주례사 비평'을 두고 '비평가적 양심보다 출판사, 학연 등 특정한 이해관계에 얽혀 마치 결혼식 주례하듯 작품과 작가에 대해 좋은 이야기만 해주는 비평 행위'라고 스스로 규정하고 있다. 이 책에는 김명인의 「신화는 어떻게 만들어지는가—신경숙 소설 비평의 현황과 문제」, 권성우의 「현학과 과잉, 그리고 '비평의 감옥'—황종연의 '소

설의 악몽' 비판」, 진중권의 「문학권력 논쟁에서 예술사회학으로」의 글
이 의미 있는 메타비평문으로 남아 있다. 특히 진중권의 글에는 다음의
글이 있어서 이 대목에서 주목이 된다.

소위 문단이라 불리는 '예술계' 내의 미시권력의 문제는 학적 자료나 수치로
환원하여 일반화할 수 있는 그런 문제가 아니라, 오직 체험을 통해서만 그 실체
를 파악할 수 있는, 그리고 개개인의 몸에 은밀히 행사되는 어떤 언표하기 힘
든, 심지어 '성 상납'과 같은 봉건적 관행도 포함하는 내밀한 인간관계의 문제
이기 때문이다. (주례사 비평을 넘어서 : 318면)

이 얘기는 이선영의 「그 남자의 소설」에도 그대로 되풀이된다. 작품
내에 가장 부정적인 인물로 그려져 있는 리영를 통해, 그녀의 등 뒤에
숨어 있는 대필자 박용민과의 거래의 대가로 내던져진 치정적인 육체의
관계에서부터, 그녀의 뒤를 봐주는 평론가 민기태와의 어떤 종류의 부
적절한 성애적 관계에 이르기까지, 그녀를 둘러싼 문단 권력의 미시적
인 역학관계는 카오스의 어둠 속에서 왜곡과 타락으로 점철되고 있다.
이 왜곡상과 타락상의 기표는 전적으로 민기태에게로 모아지고 있다.
작가와 비평가, 출판 자본과 문단 권력이 야합하는 음습한 지형도는 작
가 이선영의 「그 남자의 소설」에서도 '주례사 비평'이란 말로써 두 차례
에 걸쳐 그려진다.

이미 두터운 독자층을 보유한 작가는 작품성과 별개로 마케팅과 영화 미디어
를 만나 새로운 자본이 되기도 했다. 그때 작가와 책과 출판사는 산업 자본은
슬쩍 감추고 상징 자본의 가면을 덮어쓰는 것일지도 모른다. 문학 평론가는 그
사이에서 뚜쟁이 노릇을 하는 자일 뿐이었다. 작가가 없었다면 존재하지 않았
을 자들이면서도 작가와 작품과 출판사 위에 군림하는 자들이 평론가군이었다.

내 책이 계속 히트를 치지 않았다면 민기태는 소리 없이 제명되었을 수도 있었다. 민기태의 주례사 비평과 호평 남발의 발목을 평론가 몇몇이 끈질기게 붙들고 늘어졌다. 내 작품의 진가를 알아봐준 대가로 민기태는 중견 평론가로 명성을 유지했을 뿐 아니라 학교에서도 입지가 경고해져 부교수에서 정식 교수로 발탁되어 학과장까지 맡았으니까. (화자 리영 : 196~7면)

작가가 어느 위치에 이르렀을 때, 문단의 주례사 비평만 있으면 작품성과는 무관하게 저절로 굴러가는 게 아니냐고, 마니아 독자를 거느린, 그러나 돈은 안 되는 소설을 쓰는 어느 작가가 말한 적이 있었다. (화자 리영 : 227면)

소위 주례사 비평은 가장 속악한 비평이다. 소설 속의 민기태는 제자 소설가에게 평론가로서의 최소한의 양심, 끝내 지켜야 할 작가 정신 운운 하면서 주례사 비평을 일삼는 위인이다. 비평가로서의 양심과 공정성과 윤리적인 책임의식이 결여된 이 개념을 가리켜, 나는 이렇게 규정하고 싶다. 한편으로 칼날 같고 또 한편으로는 추상(秋霜) 같은 비평적 엄정성이 실종된 상태의 문학비평이라고 말이다. 나는 작가가 해괴한 비평 용어인 주례사 비평을 소설 속에 수용하여 문단의 그늘진 허위의식을 비판한 것이야말로 실로 용기 있는 일이다, 라고 격려하고 싶다.

마지막으로, 한마디의 말을 남긴다. 소설 「그 남자의 소설」의 파국에 관한 코멘트이다.

결국 주인공 리영의 죽음은 살인의 참극으로 끝이 난다. 리영이 죽어야 할 인물로 처리되는 것보다, 살아남아서 잘 먹고 잘 살게 했으면 좋았으리라고 본다. 문학은 본질적으로 현실의 바람을 배반하는 것이니까. 악(惡)은 반드시 징치되는 게 아니라, 때로, 때때로, 악은 악을 통해 무한으로 증식되는 것이니까.

순환하는 사계, 서정시의 한 징후

—문태준의 신작시

1

세월은 참으로 빠르고 무상하다. 간행된 지가 어느덧 40년이 된 문학 이론서 한 권이 내 손 안에 있다. 손 안의 개념이 소유의 개념이라면, 그 것이 내게 비추어준 빛은 더 나아가 마음속 깊이에까지 남아 있다.

에밀 슈타이거의 『시학의 근본 개념』……. 1978년 당시에 서강대학교 교수 이유경과 건국대학교 강사 오현일이 공역한 책. 세로쓰기의 불편 함과 오래된 종이에서 나오는 미세한 분진으로 인해 읽기가 꺼려지는 책. 내가 최근에 이 책을 실로 오랜 만에 다시 들춰보리라고 작심한 것 은 (일반적으로 수필가로만 알려진) 피천득의 서정시가 가지는 장르적 인 성격을 밝히려는 발표가 미리 정해져 있어서였다.

나에게는 지금 부산에서 가장 오래 현존하는 서점인 영광도서에서 그 옛날에 구입한 그것이야말로 젊은 시절에 문학 이론을 공부할 때 문학 의 갈래 이론에 있어서나, 또 서정시의 본질에 관한 이론적인 배경에 있 어서 깊은 영감을 준 고마운 책이었다. 이 책에서 비롯된 이론의 기틀과 지식 체계야말로 내가 국문학 연구나 현장 비평을 적용하는 데 적잖이 도움을 주었다.

최근에, 나는 시인 문태준의 신작시 다섯 편에 관해 비평적으로 언급해 달라는 원고의 청탁을 받았다. 이에 관한 얘깃거리라면 에밀 슈타이거의 책이 부여한 서정성과도 깊은 상관관계를 맺고 있다는 점에서, 나는 때마침 그 나름의 간(間)텍스트성에 관한 비평적 글쓰기의 한 방향성을 제시해 보려고도 한다.

2

문태준의 신작시 다섯 편은 계절의 감각이 잘 묻어나 있다. 오래 전부터 사계의 순환을 잘 노래하는 것이야말로 서정시인의 몫이 아니던가? 사계의 순환만큼 자연적인 것이 없을 성 싶다. 여기에 서정시의 한 징후가 드러나게 마련이다.

먼저 시인은 봄을 노래하고 있다.

아래의 시편인 「삼월」은 24절기 중에서 세 번째 절기에 해당하는 경칩을 소재로 한 시다. 놀랄 경에 숨을 칩의 경칩(驚蟄)은 겨울잠을 자던 동물들도 대기의 다사로운 기운에 놀라서 깨어난다는 것. 대체로 양력으로 3월 대여섯 날이면 경칩이 된다. 이 무렵이면 겨울철의 대륙성 고기압이 약화되어, 이동성 고기압과 기압골이 주기적으로 통과하면서 추움과 따뜻함이 되풀이된다. 이 과정에서 기온이 두드러지게 상승한다. 사실상의 봄의 도래를 알리는 시점이다.

> 얼음덩어리는 물이 되어가네
> 아주 아주 얇아지네

잔물결에서 하모니카 소리가 나네

그리고
너의
각막인 풀잎 위로
봄은
청개구리처럼 뛰어오르네

—「삼월」 전문

경칩하면 옛 사람들은 개구리의 뛰어 오름을 연상한다. 시인 역시 시심을 구성하는 데 이 연상을 그대로 수용하고 있다. 온 누리에 두루 있는 삼라만상이 기지개를 펼 3월 초순의 무렵이면 모든 것이 생명의 싹을 틔우는 시기이다. 자연계는 삶의 화음을 빚어낸다. 인간과 자연이 서로 어울려 조응하는 것이 바로 서정시가 지향하는 구경이 아닌가 한다. 서정시의 본질은, 고른다는 것, 즉 고를 '조(調)' 자의 세계를 지향하는데서 잘 드러난다. 시인의 주관적인 정조(情調)랄지, 인간과 자연의 관계 맺음의 동조(同調)랄지 하는 그런 '고르는 것'의 경지 말이다.

지난밤에
동산에 가서 솔방울을 줍는 꿈을 꾸었네

어릴 적 동산은 아직 나의 지붕이지

밤하늘에 뽈록거리던 별들은 내 어릴 적 동산의 지붕이지

—「나의 지붕」 전문

신작시 가운데 여름의 장(場)에 해당한다고 볼 수 있는 시편 「나의 지붕」의 전문이다. 어린 소년이 동산에서 뛰어놀고, 동산에 누워 밤하늘의 별들을 바라본다는 것은 여름철의 일로 보아야 할 것 같다. 아주 덥지 않으면 동산에 누울 이유가 없다.

에밀 슈타이거는 서정시의 장르적 특성을 두고 일언이폐지하고 독일어 발음으로 한 마디로 말해서 '에린네룽(Erinnerung)'이라고 불렀다. 이 용어는 우리말로 기억·상기·환기·회상 등으로 번역된다. 번역자인 이유영 등은 이를 두고 다소간 격조감이 있게 '회감(回感)'이라고 번역했다. (이상은 일차적인 번역의 결과이거니와, 이차적인 이름붙임이 가능하다면, '융합'이라고도 번역된다.) 에밀 슈타이거는 회감을 가리켜 시인 자신이 내면에 집중하여 회귀함으로써 비로소 스스로를 자아(ich)의 개념으로 환원하는 것을 말한다.

대체로 보아, 서정시인은 자아(의 상태)를 얘기한다. 이 자아는 자기서사 글쓰기에 있어서의 자전적인 자아와는 다르다. 시인은 자신의 의식 내지 무의식에 순간으로 남아 있는 기억의 한 파편이나 잔영을 포착한다. 자전적 자아가 동영상(다큐멘터리)이라면, 서정적 자아는 정영상(사진)이라고 하겠다. 문태준의 서정시 「나의 지붕」은 오래되어 빛이 바랜 사진 한 장의 느낌으로 남아 있다. '밤하늘에 뽈록거리던 별들'은 에밀 슈타이거가 말한 것처럼 '순간적인 세계의 타오름'으로 비유된다. 주지하는 바, 윤동주의 '별 헤는 밤의 무더기 별'의 빛남도 마찬가지다.

가을은 떠나면서 산열매 있던 빈 가지를 본다

당신도 나도 지난 계절에는 잘 여문 열매였으나

오늘 우리는 삶의 계곡에서 듣는다

가을이 실뿌리 같이 말라가며 어둠 속에 남기는 끝말을

하나의 메아리가 산바람을 안고서 서서히 다 흩어지는 것을

—「여음(餘音)」 전문

여음(餘音)이라는 낱말은 소리가 그치거나 거의 사라진 뒤에도 아직 남아 있는 음향을 가리킨다. 이것과 비슷한 낱말로는 여운(餘韻)이나 여향(餘響) 등이 있다. 이 시에서 말하는 여음은 늦가을의 말라가는 계곡물이 흐르는 소리와 같다. 시인은 이를 두고 '끝말'이라는 매우 독특한 언표를 사용하고 있다. 또 이것은 메아리가 산바람을 안고서 서서히 다 흩어지는 소리이기도 하다. 언표의 구성을 볼 때, 말하자면 두 겹의 메타포라고 할 수 있다.

에밀 슈타이거는 서정시를 음향과 의미의 혼연일체라고 말한 바 있었다. 음향이 의미로부터 독립되면, 여음은 음률을 이루는 무의미한 단어가 된다. 즉, 소리는 있지만 뜻이 없는 말이 된다는 것이다. 이 말은 마침내 생명의 여음이 되어 서정적인 것 속에 지니고 있는 것으로 여겨진다. 이 대목에서 가장 무의미하거나 무의식적인 것이 서정시의 본질에 접근한다고 볼 수 있다.

눈이 소복하게 내려 세상이 흰 눈사람 속에 있는 것만 같네 껍질이 뽀얀 새알 속에 있는 것만 같네 맑은 눈의 아이 속에 살게 된 것 같네 나는 눈 위에 시를 적고 그것을 뭉쳐 허공에 던져보네 또 밤에 하얗게 세워 둘 요량으로 눈덩이를 점점 크게 굴려 눈사람을 만드네 눈덩이가 커질수록 나는 눈사람 속으로 굴러 들어가네

—「눈사람 속으로」 전문

문태준의 신작시 가운데 겨울 시편은 인용하고 있는 「눈사람 속으로」
이다. 이 시가 형태적으로 산문시이지만, 철학적 인간학을 배경으로 한
문예학의 관점에서는 현저하게도 서정시에 해당한다. 여기에서 눈사람
은 자아의 가상적 대상으로 투사된 소재이다. 이 시의 심정적 주체가 되
는 서정적 자아가 눈사람이란 가상적 대상 속에 몰입되는 것으로 파악
되고 있는 것 같지만, 시인은 대상이 본질적으로 주체 속으로 들어와 세
계를 주체성으로 가득 채우기를 바라고 있다.

시인이 시의 대상에 동화된다는 사실을 두고, 에밀 슈타이거는 시인이
'회감한다'라고 하는 표현을 적절히 사용한 바가 있다. 회감이란, 앞서
옮긴 것 외에도 이를테면 융합·조응·동화·화음 등을 나타내는 말이
기도 하다. 주체와 객체의 간격이 부재하다는 사실을 이르는 것. 주체는
자체가 되어 (자족적으로 존재함으로써, 아니) 정적인 상태에서 침잠함
으로써, (주체에게 객체가 되는) 외부 세계와 대립의 관계를 스스로 상
실한다는 것이다.

결국 서정시야말로 시인의 내밀한 속삭임을 엿듣게 하는 고독의 예술
이란 사실을, 또 그것이 순간적인 회감 속에서 태어나는 시적인 한 양식
이라는 사실을 확인시켜주고 있다.

3

시인 문태준은 인간의 관계보다 자연이란 것의 다양함에서 상상력의
근원을 찾는 시인이다. 자연만큼 다의성을 지닌 단어는 없다. 사물의 실
재가 되기도 하고, 아름다움의 질서가 되기도 하고, 본능의 심연에 놓인
혼돈이 되기도 하고, 거대하고도 미시적인 물질이 되기도 한다. 그림과
조각과 음악 춤 등의 원초적인 예술의 형식들이 대체로 그렇겠지만, 서

정시는 각별하게도 자연이라고 하는 모든 것의 숨은 질서를 이데아의 형식으로 구현하는 고독의 예술이다.

> 바다는 앞마당에 와서
> 아무 말 없이
> 둘러만 보고
> 다시 돌아가네
> 어부의 집은 고깃배처럼
> 미끄러지네
> 좀 더 기우네

―「어부의 집」 부분

어부의 집이 일쑤 고깃배가 되는 놀랄만한 상상의 수사 능력이 서정 시인 문태준의 미덕이다. 사실은 바다라기보다 바닷물이다. 바닷물이 어부의 집 앞마당을 슬쩍 둘러보고 바다로 다시 돌아간다. 이때 세계는 기우뚱해진다. 기우뚱한 세상은 예각적인 시선으로 보는 것보다 진실해 보인다.

이 같은 심오한 징후는 무엇을 의미할까?

신화적인 상상력의 경험이 무의식 속에 억압되어 있다가 한 순간에 나타나는 서정시의 징후는 시인이 억압된 것으로부터 회귀하려고 애쓴 결과다. 이 의식의 전율은 개인의 내면에 차지하는 무의식의 진공 속에 서 끝내 회감의 양식으로 드러난다.

시인의 지리멸렬한 고통

시집 한 권을 사서 읽는 것이 시인을 응원하는 것이라고 생각했다. 읽는 데 걸린 시간은 한 시간이 채 되지 않았다. 최영미의 시집『다시 돌아오지 않는 것』에 관해서다. 물론 내용은 시인 자신에 관한 이야기로 이루어져 있다. 제목부터가 회한의 삶이 묻어나 있다.

시인은 이제 인생을 이야기할 수 있는 나이에 이르렀다. 인생 오십 고개를 넘겨보니 어제도 오늘 같고 오늘도 내일 같아 보인다. 나날이 달라져 보이던 어린 시절, 젊은 시절을 회고하면 누구나 회상의 감정이랄까, 특히 크고 작고 간에 회한의 감정이 밀려온다.

아낌없이 주는 나무 밑에서 낙엽을 줍던 소녀에게
슬픔도 고독도 핑크빛이었던 열다섯 살에게
가장 먼 미래는 서른이었다
도저히 도달할 수 없을 것 같던 서른을 넘기고
오십이 지나 뻣뻣해진 손가락으로 쓴다
어제도 오늘 같고 오늘도 내일 같아

달력을 보지 않는 새벽,

인생은 낙원이야.
싫은 사람들과 같이 살아야 하는 낙원.

—「낙원」 부분

　인생이 낙원이라는 은유는 아무리 낙천주의자라고 해도 썩 수용되기 힘든 진술이다. 그렇다고 치자. 인생이 싫은 사람들과 같이 살아야 하는 낙원이라는 모순된 진술은 세상의 모순을 인식한 결과이다. 말하기의 맥락이 아이러니의 화용(話用) 구조로 이루어져 있다. 이 모순된 진술을 뒤집어 놓고 보면, 인생이 차라리 좋은 사람과 함께 살아가는 지옥인 것이 차라리 낫다고 말하려는 저의가 내포된 진술이라고 할 수가 있겠다.
　시집에는 관계적인 삶의 부조(不調) 내지 불화를 겪고 있는 시인의 이야기가 점점이 이어져가고 있다. 시인은 자신의 인생에서 가장 나쁜 인간관계를 두고, 특정인 시인과의 송사로 이어진 불쾌한 경험이라고 말한다. 이 묵은 일을 까발린 시 작품은 『황해 문화』(2017년, 겨울호)로부터 청탁을 받아 발표된 「괴물」이다. 이 시는 문학계는 물론 우리 사회를 발칵 뒤집어 놓았다. 그리고 송사로 이어졌다. 여기에 연루된 증인도 여럿 된다. 시인은 이 짧은 시 한 편 때문에 100쪽의 재판 서류를 읽어야 했다고 한다.
　이 시는 용기 있는 단순한 폭로 시라기보다 사회 전반의 이른바 '미투 현상'을 촉발시킨 획기적인 사건이기도 하다. 그는 이 시로 인해 문단에서의 젠더 감수성, 즉 성인지 감수성에 대한 상징적인 인물이 되었다. 아직도 재판이 진행 중이라서 섣부른 가치의 판단은 유보되어야 하겠지만, 페미니즘의 관점에서 볼 때, 이 시는 문학 외적인 부분에서 평가될 수 있다. 즉, 이것이 먼 훗날에 새로운 도덕률의 상징이 되거나 그 모범의 텍스트가 될 수 있을지도 모르겠다.

시편 「괴물」과 맥락이 유사한 것은 시인이 시의 형식으로 쓴 「등단 소감」(1993)이다. 시인은 문학계간지 『창작과 비평』 1992년 겨울호에 시를 발표해 시인으로서의 활동을 시작했으니 등단 소감을 따로 발표했을 리가 없다. 이 문제의 등단소감문은 시의 형식으로 이면화되어 공개되지 않았다가 훗날에 간행한 산문집에 실렸다. 시의 형식으로 쓴 소감문이기는 해도, 시인이 썼기 때문에 산문이 아닌 시로 보는 게 좋겠다.

> 내가 정말 시인이 되었단 말인가
> 아무리 읽어주지 않아도
> 멀쩡한 종이를 더럽혀야 하는
>
> (⋯⋯)
>
> 내가 정말 여, 여류시인이 되었단 말인가
> 술만 들면 개가 되는 인간들 앞에서
> 밥이 되었다, 꽃이 되었다
> 고, 고급 거시기라도 되었단 말인가
>
> —「등단 소감」 부분

시인은 자신이 시인으로 등단하였을 무렵에 가만히 서 있어도 문단 선배 중에 누군가 엉덩이를 슬쩍 만지곤 했다고 한다. 술자리에서는 그들은 개가 되고. 자신은 마치 고급 접대부라도 된 것처럼 느껴졌다는 것. 그 후 문단에서 가벼운 성추행에 익숙해졌지만 불편한 모임엔 발길을 끊었다고 했다. 문단이라는 작은 사회의 남근주의는 어제오늘의 일이 아니었음이 이 시를 통해 알 수가 있다.

시인은 여성으로 당해야 했던 치욕의 경험들을 늦게나마 드러냄으로써 한껏 사회화시켰다. 2016년 시인 지망생 여고생들의 폭로에 힘을 얻었던 것 같다. 그는 이 같은 인간관계의 부조화 외에 가난한 삶의 어려움도 겪고 있다. 성희롱의 정신적 외상도 가득한 일인데, 가난한 삶이라니. 언젠가 한때 베스트셀러 작가였던 시인이 생활고에 시달리고 있다는 기사가 신문지상에 떴다. 수많은 문인들과 독자들이 놀랐다.

시인을 그냥 내버려둬
혼자 울게 내버려둬

가난이 지겹다 투덜거려도
달을 쳐다보며 낭만이나 먹고살게 내버려둬
(……)
대출이자가 싸니 어서 집 사라.
헛되이 부추기지 말고
집 없이 떠돌아다니게 내버려둬
헤매다 길가에 고꾸라지게
제발 그냥 내버려둬

—「내버려둬」 부분

나는 최근에 프랑스 파리에 한 달을 머물다가 돌아왔다. 세계 문화예술의 중심지인 파리에는 과거 문화예술인의 집들이 남아 있어서 기념관 및 박물관으로 잘 활용하고 있었다. 화가·조각가·소설가 등의 집들은 많이 남아있다. 재미삼아, 집 가(家) 자여서 그런가 생각했다. 그런데 파리에 시인의 집(기념관)은 없었다. 같은 논리라면, 이 경우는 집 가 자 아닌 사람 인(人) 자여서 그런가, 했다. 물론 중국에는 한때 시인을 '시가'

라고 하긴 했다. 시인은 동서고금을 가리지 않고 비교적 가난했다. 시인이 사람 인 자로 이루어져 있다면, 사람과 함께, 사람에 기대어 살아갈 수밖에 없는 존재이다.

　그런데 최영미 시인은 남들이 부러워하는 최고 학부 출신으로서, 운동권과 미술비평계 등에서 다양한 삶을 살았지만 끝내 지금은 집 없이 궁핍한 시인으로 홀로 남아있다. 이때 그냥 내버려두라는 자조적인 언사가 메아리치고 있다. 적어도 인용 시의 내용대로라면, 시인은 관계적인 삶의 부조(不調)와 인간적인 불화를 겪으면서 집의 소유권이 없이 어렵사리 살아가고 있다는 거다.

　그에게는 삶이 고통이다.

　그것도 자신의 시 제목처럼 '지리멸렬한 고통'이다.

　치매에 걸린 어머니를 간병하기도 한다. 시집을 내는 데 난색을 표하는 출판사. 자신의 시집을 스스로 내기 위해 사업자등록마저 해야 했다. 최근에 한 여성지와의 인터뷰를 보면, 독신으로 살아가는 그에게도 늦은 나이에 이성 교제가 있었다고 한다. 지금도 진행 중인지도 모른다. 허구적인 극화가 아니라 자전적인 경험인 것으로 엿보이는, 시집 속의 연애 이야기에도 부조와 불화의 이미지는 가시 박히듯이 우리 영혼의 생살에 불쑥 끼어든다.

　　밤마다 나의 깊은 곳에 물을 뿌리고픈 남자와
　　물이 말라가는 여자의 불편한 동거

　　　　　　　　　　　　　　　　　　　　　　　　—「꽃들이 먼저 알아」 부분

　　침대가 작다고 투덜대는 내게
　　너는 속삭였지

사랑하면 칼날 위에서도 잘 수 있어

―「마지막 여름 장미」 부분

　　최근에 간행된 최영미의 시집을 보면, 이 시대에 독신으로 살아가는
한 여성 시인의 간고한 삶의 느낌이 절절하게 전해온다. 나는 그의 시집
이 우리 시대의 한 시적인 증언록이 되었으면 한다. 다음에 인용될 3행
은 한낱 비시적(非詩的)인 선언문과 같다. 세상을 바라보는 감정 선이 가
파르게 그어져 있지만, 시적인 언어의 긴장감은 부족해서다. 그러나 시
의 성취로선 뭔가 부족해도, 한 시대의 진정한 증언이 시의 형식으로 남
게 되는 것이다.

어머니가 아니라, 아내가 아니라
여성의 눈으로 세상을 보자
그래야, 이 삐뚤어진 세상이 제대로 보인다

―「여성의 이름으로」 부분

제4부 영상과 노래의 사회학

성공한 영상문학과, 문화 접변의 양상
—드라마 「겨울 연가」와 영화 「올드보이」

1. 호모 나랜스, 또한 소설의 영화화

모든 인간은 이야기를 향유한다. 세간의 이야기로부터 소외된 인간은 외롭고 쓸쓸할 수밖에 없다. 인간은 시간의 잉여와 여유를 통해 이야기를 생산하고 소비해 왔다. 인간이란, 본질적으로 이야기의 본능을 가진 존재로서 '이야기하는 인간'이라는 것에 아무도 이의를 제기하지 못한다. 이 이야기하는 인간을 가리켜 소위 '호모 나랜스(homo narrans)'라고 한다. 언어를 위해 이야기가 존재하는 것이 아니라, 이야기를 위해 언어가 존재하는 것이란다. 인간은 잉여의 시간을 통해 소설·영화·드라마·만화·애니메이션 등 다양한 그릇을 빚고, 그 안에 이야기를 채우고 비우기를 반복해 왔던 것이다.[1]

스토리텔링의 중심부에 서 있는 자는 소설가이다. 만화가, 극작가, 애니메이션 작가 등이 때로 엄청난 경제적인 부가 가치를 창출하기도 하

---

1 한혜원, 『디지털 시대의 신인류 호모 나랜스』, 살림, 2010, 10~11면. 참고.

지만, 이들은 소설에 비하면 그림, 영화, 드라마, 애니메이션 등이라는 종속적인 위치에서 스토리텔러의 역할을 수행하기 때문에, 일단은 2차적이다. 영화로의 각색의 대상이 되는 것 가운데 가장 일반적인 것으로 간주되는 것은 두말할 나위 없이 소설이다. 소설은 영화감독이나 시나리오 작가들이 가장 선호하는 대상(원작)이 된다.

그러나 이른바 '소설의 영화화(novels into Film)'는 읽을거리를 볼거리로 단순히 전환시키는 것만을 의미하는 것은 아니다. 소설의 영화화란 개념을, 일찍이 적극적으로 탐색한 이는 조지 블루스턴(J. Bluestone)이다. 그는 『소설의 영화화』(캘리포니아대학교 출판부 : 1975)라는 저서에서 "소설이 관념적(conceptual)인 형태라면, 영화는 지각적이며, 재현적인 형태의 예술이다."라고 서로의 차이를 한 문장으로 대조한 바 있었다. 영화가 소설을 아무리 충실하게 각색한다고 해도 각색은 근본적으로 창작인 것이며, 시나리오 작가는 언어적 감각이나 관념에만 제한되어 있는 소설의 원작을 주관적으로 해석하여 지각적이며, 재현적인 형태로 보여준다는 점에서 또 하나의 창작하는 사람일 수밖에 없다.

소설을 영화로 각색한다는 것은 재구성을 전제로 한다. 소설을 영화화한다는 것의 어려움은 단순한 시각적인 재현에만 만족할 수 없다는 데 있다. 소설을 영화적인 언어로 재창조해야 한다는 원칙과 당위성이 얼마만큼 충족되느냐에 따라 애초 각색의 성패 여부가 달려 있다.

사이드 필드(S. Field)는, 소설을 각색할 때 본래의 소설에 충실해야 한다는 규정이 없다는 점을 전제로 하면서, 책 그대로를 시나리오에 복사해서는 안 되며, 그것을 영상으로 설명하는 시나리오가 되게끔 시각화해야 한다고 주장하였다.[2] 이 시각화가 바로 영상언어로의 재창조 작업인 것이다.

---

2 사이드 필드, 유지나 옮김, 『시나리오란 무엇인가』, 민음사, 1996, 171~2면, 참고.

일반적으로 드라마란, 특히 영화의 경우, 고도의 압축과 첨예화를 필요로 한다. 흔히들 "소설은 가십이지만 드라마는 스캔들이다(Fiction is gossip, drama is scandal)."라고 말한다. 가십과 스캔들은 본질적으로 다르지 않다. 다만 스캔들은 더 첨예한 형태를 갖춘 채 들불처럼 사납고 빠른 속도로 번져 가는 데 반해, 가십은 두서없고 산만한 형태로 오래 지속되는 것뿐이다. 소설 속에서나 실제의 삶에서 몇 달 혹은 몇 년 간에 걸쳐 일어난 사건들도 영화 속에서라면 단하루 만에 일어난 사건인 것처럼 표현하는 것이 더 효과적일 수 있다.[3]

분명하게도, 소설보다 시나리오가 시적인 응축성을 지니게 된다. 또한 시나리오에 의해 그것이 영화화되면 영화는 원작보다 생동감이 넘쳐흐르는 바, 시청각적인 요인의 부가 가치를 얻게 된다. 그럼에도 불구하고 원작의 충실성에 대한 정도는 늘 논란의 대상이 된다고 할 것이다.

각색이란 변경 · 단순화 · 압축 · 제거 등의 필요에 따라 시도되어야 하는 드라마적인 변형, 즉 이를테면 '극적 허용(dramatic license)'의 문제인 것이다. 요컨대, 각색은 스토리텔링의 또 다른 이름인 것이다.

소설을 각색하여 영화화한다는 것은 어느 한쪽의 굴절이나 흡수를 의미하는 것은 아니다. 소설은 소설대로, 영화는 영화대로 독자적인 가치와 정체성을 지니고 있다. 한 영화학자가 말했거니와, 「오만과 편견」을 제아무리 훌륭하게 영화화해도 원작 소설을 따를 수 없고, 반면에 어떠한 소설도 문학적인 영화라고 할 수 있는 「시민 케인」의 풍부한 의미를 포착할 수 없을 것이다.[4]

소설이 영화로의 매체로 전환하는 과정에서, 인물과 사건, 배경 등의 첨삭은 필수적이다. 단편 소설의 경우는 스토리라인이 짧기 때문에, 어쩔 수 없이 인간 심리나 인간들의 내면적인 관계를 중시한다. 인물의 첨

---

3 데이비드 하워드 · 에드워드 마블리, 심산 옮김, 『시나리오 가이드』, 한겨레신문사, 1999, 28면.
4 루이스 자네티 지음, 김진해 옮김, 『영화의 이해』, 현암사, 399면, 참고.

가와 사건의 증대가 중심인물의 갈등을 가시적으로 드러나게 한다. 이것은 극적인 긴장성을 높이기 위한 장치의 하나다. 예컨대 영화 「밀양」은 비교적 짧은 분량의 이청준의 소설 「벌레 이야기」를 원작으로 하면서 이 같은 원칙에 충실하고 있다. 주지하듯이 「벌레 이야기」의 서사 구조는 비교적 간단하다. 아내의 자살이라는 사건을 중심으로 모든 이야기들이 집중된다.

이청준은 영화 「밀양」을 보고 나서 "소설은 막막한데 영화는 숨통을 틔워주고 피로한 가운데서도 짊어지고 살 수밖에 없다는 느낌, 삶의 페이소스를 전달한다는 점에서 소설보다 더욱 삶에 가까웠다."[5]고 소감을 말하기도 하였다.

영화에서는 밀양이라는 공간적인 배경을 설정했다. 밀양은 단순히 영화의 배경이 되는 지역 명칭이 아니라, '비밀의 햇살'이라는 의미를 가진 공간이기도 하다. 중의적인 명칭 속에 그 다름의 복잡한 뜻이 함유되어 있다.

소설 「벌레 이야기」에서는 아내에 대한 정보가 거의 없다. 마흔이 다 되어 얻은 자식에 대한 모성(애)만이 부각될 뿐이다. 심지어 아내는 이름도 없다. 인간의 생명과 죽음, 용서나 종교의 의미 같은 근본적인 화두를 던지는 소설에서 종교의 가르침보다 사소하거나 일상적인 것은 그다지 중요하지 않다. 이에 비해 영화는 관객과 직접적으로 교감하지 않으면 안 되는 현장(감)의 종합예술이다. 관객의 정서적 반응을 직접적으로 이끌어내야 하는 영화의 스토리텔링은 매우 기본이 되는 연행의 토대이다. 스토리텔링은 청자와 화자 간의 상호작용이며, 그 자체가 유희이자 즐거움이다. 영화는 인물들을 통해 일상의 낯설지 않은 장(場)으로 인도하여 경험의 각별한 일(들)을 불러 온다.

---

5 한윤정, 「인터뷰-이청준, 희망 보탠 영상, 소설보다 현실감」, 경향신문, 2007.5.9.

원작 소설에서 자살로 생을 마감한 여인은 마치 벌레 같은 실존적인 인간 고통에 매몰되었다면, 몸집이 작고 화장기도 없는 모습의 영화 속의 신애는 고통의 현실에서도 당찬 모습을 잃지 않는다. 그녀는 비밀의 햇살을 받으면서 거듭 일어서고자 한다.

소설이 영화로 전환하면서 스토리텔링에 적잖은 변화를 가져온다는 사실을, 영화 「밀양」을 통해서도 잘 알 수 있다. 영화는 가해자와 피해자에게 일어난 일종의 권력 게임에 초점을 두고 있다. 소설의 영화화는 반드시 절반의 실패를 가리키지 않는다. 이 영화 속에서의 피해자는 정서적인 착취의 트라우마를 가진 존재라는 점에서 희생자이기도 하다.

원작보다도 더 문학적인 영화를 만들어낸 사례도 적지 않다. 무엇보다도 소설에서 영화 제작의 영감을 얻는다는 것이, 영화가 어디까지나 대중의 심미적 기대의 지평에 의해 창작의 동기를 고취하고, 새로운 의미를 부여하고, 끝내 가치의 평판을 실현한다는 사실에 있어서다.

문제는 영화 제작자들이 '만만한' 소설을 선호한다는 사실에 있다. 루이스 자네티의 말마따나 좋은 문학 작품일수록 각색하기가 더 어렵기 때문이다.[6] 이때 만만하다는 것의 의미는 제작이나 흥행—두 측면에서 만만해야 된다는 사실에 있다. 요컨대, 소설가 출신의 영화감독인 이창동이 결코 만만하지 않은 소설 「벌레 이야기」를 재해석했다는 건 매우 의미 있는 스토리텔링의 한 전례가 될 수 있다.

2. 한류 드라마 「겨울 연가」, 현해탄의 파고를 넘었다

KBS에서 제작한 「겨울 연가」는 2002년 1월 14일로부터 3월 19일에

---

6 루이스 자네티 지음, 앞의 책, 같은 면, 참고.

이르기까지 총20부작으로 처음 방영되었던 TV드라마이다. 이것이 일본에 수출되어 여러 번 방영되면서 일본 열도에 한국의 대중문화를 호의적으로 수용하는 계기가 마련되어 드라마로서의 가치 못지않게 사회문화적인 파장을 몰고 왔다. 이른바 한류(韓流)라고 하는 것이 정착하게 된 동기를 유발하게 된 작품이기 때문이다. 「겨울 연가」의 성공 요인은 말할 것도 없이 스토리텔링에 있었다. 이 작품은 제목에서 시사하는 바처럼 연가적(戀歌的)인 애절한 사랑의 이야기로 일관되어 있다. 비교적 널리 알려진 것처럼, 「겨울 연가」의 텍스트 코드는 세 가지로 나누어진다. 즉, 첫사랑과 기억과 출생의 비밀이다.

먼저 첫사랑에 관한 기호의 의미를 살펴보자. 제2회 방영분에 첫사랑에 대한 언어적 기표들이 대거 등장한다. 겨울 눈사람 만들기의 추억과 더불어 '첫 키스'와 '첫 만남' 등을 통해 첫사랑을 기표화한다. 뿐만 아니라 '폴라리스'와 꽃담 길의 추억이 첫사랑의 연상 작용을 가져온다. 특히 폴라리스는 10회 방영분에도 첫사랑의 기표로 등장한다. 폴라리스는 북극성이다. 여기에서는 길 잃은 자를 위한 움직이지 않는 별의 상징성이 내포되어 있다. 폴라리스에 첫사랑의 추억을 투영하는 관계성의 기호를 만들어가고 있어서다.

유진이 준상의 볼에 입 맞춘다. 이때 갑자기 얼굴을 돌려서 유진의 입술에 자신의 입술을 갖다 대는 준상. 유진, 놀라서 눈을 크게 뜬다. 두 사람의 첫 키스.

—제2회

유진 : (가만히 웃으며) …폴라리스 알아요, 폴라리스?

민형 : 알죠. (유진 가리키며) 폴라리스. (씩 웃는데)

유진 : (하늘 올려다보며) 예전에 준상이가 가르쳐줬어요. 산에서 길을 잃었을 땐 폴라리스를 찾으면 된대요. 계절이 바뀔 때마다 다른 별은 다 자

리를 옮기지만 폴라리스만큼은 절대로 움직이지 않거든요. 늘 그 자리
에 그대로 있으니까… (눈빛 흐려진다)

민형 : (손가락으로 천장 가리키며 애써 밝게) 유진씨… 폴라리스 찾을 수 있
죠?

—제10회

드라마 「겨울 연가」 두 번째 텍스트 코드로서 기억에 관한 부문이 있
다. 드라마의 갈등 구조는 상존한다. 이것의 갈등 구조라면, 인물과 인물
사이의 갈등이라기보다는 주인공 내면의 갈등, 즉 기억과 기억상실증
사이의 얽힘의 미묘한 문제라고 할 것이다. 드라마에서 극적 전환과 반
전을 위해 가끔씩 도입되고는 하는 서사 전략이다. 「겨울 연가」 텍스트
에서 민형은 기억의 저편에 있는 준상의 파편들을 찾아 헤맨다. 스토리
텔러는 누구에게나 있을 사랑의 기억, 그것도 첫사랑의 기억에 대해 누
구든지 아름다운 추억으로, 혹은 슬픈 추억으로 다가온다는 데 착안한
다. 이는 수용자의 입장에서 볼 때 민감한 성감대와 같은 것이다.

민형, 눈을 감고 있는데… 흑백필름처럼 끊기는 기억의 단말마들.

흐릿하게 포커스가 나간 모습들- 눈싸움, 대학교 강의실 모습, 상혁의 모습,
포커스나간 사진, 그리고 유진의 집을 뛰쳐나오던 자신의 모습, 그리고 선명하
게 보이는 유진의 모습.

민형, 눈을 뜬다. 더 이상 기억의 흔적은 없다.

민형, 괴로운 듯 한숨 쉰다.

—제15회

「겨울 연가」의 마지막 성공 요인은 출생의 비밀이란 설정이다. 특히
이 점은 결과적으로 동아시아인의 정서에 맞추어져 한류로의 예기치 않

은 파급 효과를 상당 부분에 걸쳐 거두기도 했다. 우리나라 드라마 중에는 부자, 모자간의 인연, 형제와의 인연, 옛 친구와 첫사랑의 인연이 묘하게 출생의 비밀을 구성하고 있는 것이 적지 않다. 아직 유교적 관념이 지배하고 있는 동아시아에서 인연, 그것도 가장 가까운 혈족인 자식과 부모와의 인연인 출생의 인연은 그 어떤 인연보다 흥미를 일으키고 주목을 받을 수 있는 텍스트 전략임에 틀림없다.

> 민형 : 이게… 뭐죠? …이게 왜 여기 있는 거죠? 어머니 말씀해 보세요. 여기
> … 강준상 집에 왜 어머니 사진이 있는 건가요? 여긴 어디죠? 여긴 어
> 딘가요? 대답해 보세요, 네? 어머니 강준상이 누구예요. 누구죠? 누구
> 예요.
> (그러다가 점점 커지며)
> 난 대체 누군가요, 어머니! 이민형이 누구예요! 난 누구예요!
> 미희 : (눈물 젖어) … 미안하다…미안하다 준상아.
> 민형 : (표정) !!!! …내가…준상이라구…요…? 내가… 정말로 강준상인가요?
> 민형, 확 그대로 뛰어나가버리는.
> 미희 : (쫓아나가며) 준상아! 준상아!! (하는데)
>
> —제12회

드라마 「겨울 연가」를 구성하고 있는 세 가지 텍스트 코드는 스토리텔링을 이룩해가는 구성 요소이다. 첫사랑과 기억과 출생의 비밀이라는 드라마언어적인 기호를 통해 드라마 「겨울 연가」가 국경을 넘는 문화의 대화로서 한류를 이룩할 수 있던 것이다.[7]

이 같은 기호는 사실상 한국의 시청자들에게 있어서 매우 진부한 것

---

7 이상의 내용은 김영순의「겨울 연가, 코드와 텍스트의 진실 게임」을 참고하였다. 김영순 외, 『겨울 연가, 콘텐츠와 콘텍스트 사이』(다할미디어, 2005) , 38~50면, 참고.

TV드라마 「겨울 연가」는 팬들의 열화 같은 성원에 힘을 입어 풍부한 음악성과 극적인 반전의 서사 구조로 인해 각각 뮤지컬과 애니메이션으로 만들어지기도 했다.

에 지나지 않는다. 이 사실이 해외에서 바로 역설적인 의미의 성공 요인이 되었다. 우리는 익숙한 것을 향유하였고, 외국인들은 새로운 것을 별다른 거부감 없이 수용할 수 있었던 것이다.

2008년 진주교육대학교 부설 초등교육원에서 초등학교 교사를 위한 워크숍을 개최하였다. 주제는 「한국과 일본이 만나다, 언어의 교감과 국어교육」이었다. 발표자는 진주교대 교수 2명, 진주교대의 일본 자매학교인 아이치교대 교수 2명, 나고야 한국학교 한국인 교사 1명, 한국의 대학에서 일본어를 가르치는 일본인 교수 1명, 모두 6명이었다.

이 중에서 한국의 대학에서 일본어를 가르치는 일본인 교수인 나라 유리에(奈良 夕里枝)는 「드라마 "겨울 연가"와 한국어의 아름다움(ドラマ「冬のソナタ」と韓国語の美しさ)」이라는 주제로 강연을 하였다. 물론 그때 있었던 워크숍의 기획 및 섭외 등의 사전 작업은 본 발표자의 몫이었다. 나라 유리에 교수에게 주어진 주제 역시 본 발표자의 기획안이었다. 그는 유창한 한국어로 발표했다. 그는 드라마 「겨울연가」의 성공 요인이 한국어의 아름다움으로 이어진 대사의 특징에 있다고 보았다.

한국 드라마에 일본팬이 많이 있다는 것은, 일본에서는 볼 수 없는 스토리,

설정, 대사가 있어서 일본 드라마와 차별화돼 있기 때문이다. 한국 드라마 중에서 명대사로 잡지, 인터넷에서 뽑힌 부분을 보면, 사랑을 말하다, 정의(定義)하다, 고민하다, 매달리다, 꾸짖다, 죽음에 접하는 장면을 많이 볼 수 있다. 일본어로는 낯 뜨겁고 과도한 대사가 한국 드라마에는 많이 등장하여, 그것이 매력이다. 그리고 그런 대사가 자연스럽게 드라마 대사로서 말할 수 있다는 것이 '한국어의 아름다움'이다.

대사가 인상적으로 마음에 와 닿는 이유로 일본 드라마가 메시지나 교훈을 전하는 것, 성공이나 실패로 인해 등장인물의 성장이나 변화를 그리는 스토리가 많은 가운데, 한국 드라마는 시청자의 마음을 흔드는 것에 초점이 있는 것을 들 수 있겠다. 한국 드라마 대본은 네티즌의 반응을 보고 변경을 하면서 방송에 대한 시청자 반응을 보면서 동시에 촬영을 해서, 방송 당일에 편집을 끝내는 일도 흔하다고 한다.

등장인물의 신조가 대사로 확실히 표현되어, 아주 강한 인상을 남긴다. 대사로 하지 않고 표정 연기나 대사 뒤에 있는 마음을 느끼게 하는 것보다, 말로 표현하는 것이 한국드라마에서 취하는 수법이다.[8]

한국의 드라마와 일본의 그것은 차별성이 있다. 일본의 드라마가 표정 연기나 대사 다음의 마음의 여운에 치중한다면, 한국의 그것은 말(혹은 말싸움?)로써 끝장을 본다는 것. 일본어로는 낯 뜨겁고 과격한 대사가 정서의 과잉을 불러일으킨다고 해도 자연스럽게 아름다운 한국어가 된다는 것. 나라 유리에는 드라마 「겨울 연가」의 성공도 한국 드라마의 일반적 특징에 있다는 것이다. 그는 「겨울 연가」의 의미 있는 대사를 일곱 가지로 열거하고 있다.

---

8 나라 유리에, 「드라마 "겨울 연가"와 한국어의 아름다움(ドラマ「冬のソナタ」と韓国語の美しさ)」, 『한국과 일본이 만나다, 언어의 교감과 국어교육』, 진주교육대학교, 초등교육연구원, 2008, 3~4면.

①고등학생시절, 준상이 교통사고로 죽었다고 들었을 때

유진 : 기억해준다고 약속했단 말이야. 나 할 말이 있어. 준상이 만나서 할 말
　　　 이 있어. 어떡해. 나 기억이 안나. 준상이 얼굴 기억이 안나. 어떡해. (3
　　　 회)

ユジン：覚えていてあげるって約束したの。私、話すことがある。ジュンサン
　　　　 に会って話すことがある。どうしよう。私、思い出せない。ジュンサ
　　　　 ンの顔が思い出せない。どうしよう。(三話)

②상혁과의 결혼을 앞두고 있는 유진

유진 : 나, 너무 잊으려고만 했던 것 같아. 기억하면 괴로우니까 무조건 잊으
　　　 려고만 했는데 그래서 더 못 잊었던 것 같아. 바보같이 다른 사람을 준
　　　 상이라고 착각이나 하구. 나 앞으로 준상이 얘기 가끔씩 하면서 살려
　　　 구. (6회)

ユジン：私、あまりにも忘れようとだけしていたみたい。覚えていると辛い
　　　　 から、ただ忘れようとだけしたんだけど、もっと忘れられなかった
　　　　 みたい。バカみたいに他の人をジュンサンだと錯覚して。私、これか
　　　　 らはジュンサンの話を時々しながら生きようと思う。(六話)

③공사 현장 감독이 죽은 아내의 기일에 과음해서 얼어 죽을 뻔했던 일을 비
　 판해서

민형 : 죽은 사람에게 가장 좋은 선물은 잊어주는 겁니다, 아시겠죠? (6회)

ミニョン：死んだ人への一番いいプレゼントは忘れてあげることです、ご存知でしょう？（六話）

④ 앞의 민영 대사를 생각하면서 유진이 어머니에게 질문을 한다

유진 : 아직도 아빠 기억해?
유진모 : 그럼. 당연하지. 아빠가 뭘 잘 드시고 뭘 싫어하는지, 어떤 노래를 잘
　　　　 부르는지, 니들 이쁜 짓 할 때 어떤 표정 짓는지. 하나도 안 잊어먹
　　　　 고 다 기억하고 있어.
유진 : 15년도 더 됐는데 그걸 아직까지 기억하면 어떡해?
유진모 : 세월이 아무리 흘러봐도, 잊혀지나. 마음에 묻은 사람은 영원히 잊
　　　　 지 못 하는 거야. (6회)

ユジン：まだお父さんのこと覚えてる？
ユジンの母：　ええ、当たり前でしょう。父さんが何をよく食べて、何が嫌い
　　　　　なのか、どんな歌を歌っていたのか、お前たちがかわいい仕草
　　　　　を見せるとどんな表情をしたのか。一つも忘れずに覚えてい
　　　　　るわ。
ユジン：15年以上も経ったのに、まだ覚えているなんてどうするの？
ユジンの母：時間がどんなに流れても、忘れられると思う？心に深く刻まれ
　　　　　た人は永遠に忘れられないものなの。（六話）

⑤준상과의 추억이 있는 곳에서 슬픈 표정의 유진을 보고

민형 : 이렇게 아름답잖아요, 여기. 이렇게 아름다운데 유진씨가 본 건 뭐죠?

추억밖에 없죠. 슬픈 추억밖에 안 보이는 거죠. (7회)

ミニョン：こんなに美しいじゃないですか、ここは。こんなに美しいのにユ
ジンさんが見たのは何ですか? 思い出しかないでしょう? 悲し
い思い出しか、見えていないんですね。

⑥준상을 잊지 못하고 있는 유진에게

민형 : 언제까지 죽은 사람 생각하면서 살 거예요? 그 사람 잊는 게 그렇게
힘들어요? (7회)

ミニョン：いつまで死んだ人を考えながら生きるつもりですか? その人を
忘れるのがそんなに大変ですか?(七話)

⑦옛날 사랑했던 현수(유진부) 묘 앞에서

미희 : 너 생일 아직도 기억하고 있다면 너 또 날 무섭게 야단치겠지. 하지만
어쩌니. 난 너에 대한 어떤 것도 잊어버릴 수가 없는데. 널 용서할 수
가 없는데. (12회)

ミヒ：あなたの誕生日、まだ覚えていたら、あなたはまた私を怖いくらいに
怒るでしょうね。でも、どうしよう? 私はあなたに関するどんなこと
も忘れることができないのに。あなたを許せないのに。(十二話)

이상의 대사를 보게 되면, 공통적으로 망각과 기억의 관계로 설정된
대사임을 알 수 있을 것이다. TV드라마「겨울 연가」가 가진 스토리텔링

조각상으로 재현된 겨울 연가의 두 주인공의 모습. 여기에 출연한 배용준과 최지우는 일본에서의 한류 열풍을 몰고 간 한 시대의 주역이었다.

의 특징은 줄거리의 진행과 함께 망각과 기억의 평행선을 팽팽하게 그어가고 있다는 사실에 있을 것이다. 망각과 기억은 서로 상대되는 개념이지만 이 두 가지의 것을 합한 곳에 죽음이라는 세계가 존재한다. 「겨울 연가」의 최상위층에는 죽음이 놓여 있다. 젊은 남녀를 등장시켜 사랑과 이것의 장애가 되는 죽음의 문제를 다루고 있다.

나라 유리에는 일본에서 한국 드라마가, 더욱이 「겨울 연가」가 인기가 있었던 이유의 하나를 죽음에서, 또 죽음을 이야기하는 한국어의 아름다운 대사에서 찾는다. 또한, 중, 노년층의 일본 여성들이 한국 드라마, 특히 「겨울 연가」에 매료되었던 까닭도 한 번쯤 주변 사람의 죽음을 경험함으로써 이것이 마음을 움직였기 때문이라고 본다.[9]

3. 인간의 황량함을 조명한 거친 호흡의 영상 미학

영화 「올드보이」는 박찬욱 감독이 연출한 영화이다. 이 영화의 주인공은 배우 최민식이 맡았다. 이 영화는 박찬욱 감독의 세칭 '복수 3부작' 중의 한 편이라고 불리어진다. 즉, 이 영화를 중심으로 이전에는 「복수는 나의 것」, 이후에는 「친절한 금자씨」가 있었다. 이 영화는 동명의 일본 만화의 모티프 설정을 기반으로 삼으면서도 그 원작의 스토리를 창의적으로 변용시키는 데 성공하였다. 비약된 스토리 전개와 과장된 폭력 장면에도 불구하고 반전을 거듭하는 유기적인 구성은 관객의 흥미와 호기심을 만족시킬 수 있었다. 그리고 이 영화는 2004년 칸 영화제에서 우리 영화 최초로 심사위원 대상을 수상했으며, 이듬해인 2005년에 타르탄 필름(Tartan films)의 배급으로 미국에서 개봉되기도 했다.

이 영화의 성공 요인을 스토리텔링 전략에 있다고 본 한 연구자는 이 영화를 이러한 관점에서 분석하기도 했다. 이 연구자는 「올드보이」의 스토리텔링을 ①감금의 서사, ②기억의 서사, ③복수의 서사라는 관점에서 다음과 같이 분석했다.

①감금의 스토리텔링과 욕망의 상상력 : 15년 동안의 감금 생활은 오대수의 정신과 육체를 완전히 망가뜨렸다. 오대수는 자신이 감금 방에 오게 된 이유를

---

9 같은 책, 6면, 참고.

알고자 하는 욕망, 감금 방에서 탈출하고자 하는 욕망, 목숨을 끊고자 하는 욕망에 사로잡힌다. 그러나 이 중 어느 하나도 달성할 수가 없었다.

②기억의 스토리텔링과 초월의 상상력 : 이우진은 평생 동안 근친상간의 기억에서 벗어나지 못한 채 살아간다. 그의 인생 목표는 이 괴로운 기억에서 벗어나는 것이다. 그의 기억은 행불행을 동시에 내포했다. 사춘기 시절 누나와의 이상야릇한 추억은 황홀한 것이었으나 그 쾌락은 비극으로 종결되었다.

③복수의 스토리텔링과 허무주의의 양가성 :「올드보이」에서 복수는 오대수, 이우진 두 사람에 의해서 동시에 시도된다. 오대수는 이우진을 향한 복수 작업에 매진하지만 그 과정은 더 완전한 복수를 당하는 과정이었다.[10]

영화는 이렇게 시작된다. 한 사내가 마취제를 맞고 납치된다. 사내는 영문도 모른 채 15년간에 걸쳐 사설 감금방에서 갇혀 지낸다. 이 영화의 원작 만화인「올드보이」는 일본의 추리만화가 츠치야 가론의 글과 미네키시 노부아키의 그림이 잘 어울려 이루어진 것이다. 원작 만화의 감금 기간은 10년이었다. 영화는 이 기간을 늘여 15년으로 설정했다. 그 잃어버린 15년은 그 사내에게는 아무리 기다려도 내보내주지 않는 보장 없는 허송세월이었다. 사내는 침대 위에서 TV를 보면서 운동으로 몸을 단련하면서 때를 기다린다. 좁은 공간에서 운동이라야 기껏 제 자리에 서서 하는 운동일 뿐이다. 자신을 가둔 자에게 복수를 하기 위해 벽을 상대로 권투 훈련을 하는 것. 이 운동이 훗날 자신에게 쓸모가 있을지 없을지는 모른다.

상상을 뛰어넘는 사적인 형벌을 고즈넉이 받아들일 수 있는 사람, 과연 몇이나 될까? 복수의 명분은 15년 간 이유를 알 수 없었다는 데서 더욱 처절하게 들끓고 있었던 것이었으리라. 그 사내는 오대수. 오늘을 대

---

10 김종태, 「박찬욱 감독의 "올드보이"에 나타난 스토리텔링 전략 연구」, 『돈암어문학』, 제23호, 2010, 국문초록 참고.

충 수습하면서 살아가는 매우 평범한 인간일 따름이다.

만화 속의 주인공 고지마는 실낱같은 단서를 놓치지 않고 서서히 실체가 드러남에 따라, 자신이 오히려 10년 간 복수를 당하고 있었다는 사실을 알게 된다.

> 일곱 색깔의 계곡을 넘어
> 흘러가는 바람의 리본
> 아름다운 계곡을 보았어요
> 흐드러진 꽃동네
> 동그라미 되어 동그라미 되어
> 춤추고 있어요
> 봄이여 봄이여 하며
> 춤추고 있어요

잃어버린 어두운 기억의 저편 아련한 곳에, 초등학교 6학년 어느 순간의 잔상이 떠오른다. 전학 온 카키누마는 왕따였다. 음악 시간에 그가 부른 노래에 고지마는 감동의 눈물을 흘렸다. 카키누마는 이 세상에서 자신의 고독을 고지마만이 알고 있었다고 판단한다. 그것이 그에겐 결코 돌이킬 수 없는 굴욕이었다. 고지마에게는 자신이 흘린 감동의 눈물이 고지마의 기억에서 이내 사라졌지만, 카키누마에게는 그것은 지울 수 없는 상처가 되어 아릿하게 남아 있었다.

인터넷에 이 만화에 대한 평이 실려 있었다. 동감하는 뜻에서 옮기려 한다. "인간의 기억이란 것은 때로 교활하며 잊고 싶은 것은 잊고, 기억하고 싶은 것만 영원히 기억하려는 경향이 있다고 한다. (…) 만화 후반부에는 최면과 역최면이라는 기상천외한 설정이 나온다. 결국, 온갖 소동 끝에 고지마가 떠올린 기억은 그다지 충격적이지는 않았다. 오히려

190

문학적 감수성이 엿보인다. 어린 마음에 일어난 사소한 일들이 평생을 옭아매는 복수극으로 나타난 것이다."(박재환, 2003. 12. 26) 말하자면 고지마와 카키누마의 대결은 망각과 기억의 대결로 요약된다. 고지마의 눈물, 남자다움, 선망과 질투, 기억의 번뇌 망상……. 결국 카키누마는 스스로 파멸한다.

언젠가 박찬욱과 봉준호가 만났다고 한다. 이때 봉준호는 일본 만화 「올드보이」를 재미있게 읽었다며 이를 영화로 만들고 싶다고 밝힌다. 얼마 후 박찬욱이 희곡 「날 보러와요」를 영화로 만들기 위해 판권을 알아보았더니 며칠 전에 봉준호가 판권을 샀다는 얘기를 듣는다. 희곡 「날 보러와요」는 영화 「살인의 추억」의 원작이었다. 망연자실한 박찬욱에게 그로부터 얼마 후 「올드보이」를 영화로 만들자는 제안을 받게 된다. 우스갯소리로 말해, 박찬욱은 봉준호에게 복수극으로써 복수했던 셈이 된다.

영화 「올드보이」는 2004년 칸 영화제에서 심사위원 대상을 받았다. 이 상은 그랑프리인 황금종려상에 이어 두 번째로 높은 등급에 해당된다. 국제 영화제에서 우리 영화가 적지 않게 수상의 영예를 얻었지만, 질적인 면에서 볼 때 「올드보이」의 수상만큼의 큰 쾌거는 그때까진 없었다. 「올드보이」가 비록 상업적인 기획에 의해 만들어진 영화이지만 그 나름의 작품성을 인정받으면서 우리 영화의 질적 수준 제고에 기여한 사실은 매우 의미 있는 일이다. 그것도 예술 영화를 표방하는 칸 영화제에서 말이다.

「올드보이」의 수상 이후에 일본의 일부 언론은 영화의 원작이 일본 만화임을 강조하고는 했다. 물론 「올드보이」의 모티프와 스토리 정보, 또한 틀거리는 만화에서 따왔다. 그런데, 여기에서 만화와 영화의 결정적인 유사성은 갇힌 자와 가둔 자의 대결 설정에 집중되어 있다고 해도 과언이 아니다.

> 갇힌 자 : "나를 이토록 증오하는 그는 누구인가! 네가 누구든, 이 고통을 고
> 스란히 돌려주겠다."
> 가둔 자 : "내가 누구인지, 왜 그랬는지를 밝혀낼 수만 있다면 내 스스로 죽
> 어주마!"

원작에서는 이처럼 수수께끼 풀이 식의 게임의 특징이 잘 반영되어 있다. 풀려난 사내는 감금의 의뢰인을 찾고 또 그가 초등학교 동창생이란 사실도 밝혀내지만 아무리 생각해도 자신이 의뢰인에게 원한을 살만한 일을 자행하지 않았다고 생각한다. 졸업을 몇 달 앞두고 전학 온 음침한 소년 카키누마에게 평생 지워지지 않는 상처와 고통은 있을 리 없다? 이런 점에서 게임의 승리는 카키누마의 몫이 된다. 그러나 그는 게임에선 이겼지만, 자신의 머리에 총을 겨누고 만다.

영화는 오대수(최민식), 이우진(유지태), 미도(강혜정) 등의 중심인물로 엮어져 있다. 원작의 수수께끼 식 탐색담이 영화에 이르면, 미스터리 스릴러가 된다. 원작이 갇힌 자에 대한 가둔 자의 복수가 중시되었다면, 영화에서는 가둔 자에 대한 갇힌 자의 복수가 중시된다. 전자가 냉혈한의 치밀성에 초점이 두어졌다면 후자는 분노 혹은 열정적인 행동으로 점철된다.

영화에서의 복수의 문법은 원작의 경우처럼 심층심리적이지도 정신분석학적이지도 않고 자극적이며 과격한 정서를 환기하는 데 치중한다. 복수극의 일반적인 코드는 주인공의 복수 행위를 통한 관객의 대리 만족이다. 이 영화는 업인(業因)의 얽힘에서 비롯되어 상충되고 어긋난 증오의 논리가 빚어낸 파괴적인 공멸의 비극으로 이끌어간다. 이 비극의 원인도 근친상간에 두고 있으며 그 결과도 근친상간에 두어진다.

근친상간·복수·비극……. 이러한 유의 용어들은 우리의 정서로는 매우 폐쇄적이고 음습하며, 극단적으로 금기시되는 것이다. 스토리텔링의 효과는 애최 금지된, 혹은 금기시된 이야기의 매력과 이끌림에서 비롯한 것이다. 이런 점에서 볼 때, 우리가 이야기의 한 예로서 경험해 보지 못한 사설 감금 방이라는 공간과, 복수를 위해 자행한 비약된 얘깃거리로서의 근친상간이라는 사건 등을 전면에 내세움으로써 한국 영화 스토리텔링의 확장을 이루었다고 본다.

본 발표자는 영화 「올드보이」의 스토리텔링의 효과는 일관된 격투(激鬪)의 서사와, 내면화된 악행(惡行)의 서사에 있다고 생각한다. 이에 관해 좀 더 자세한 설명이 필요하다.

영화 「올드보이」의 대결 구도는 갇힌 자와 가둔 자의 게임적인 갈등 양상에 있다. 진짜 갈등 양상은 일관된, 일련의 격투의 서사이다.

그러나 오대수가 기하학적인 격자무늬가 있는 8평짜리의 음습한 공간인 감금 방 세트장을 넘어서면 100평이나 더 큰 108평의 화려하고도 광활한 펜트하우스를 만난다. 여기에서 자신을 15년간 괴롭혀온 악인을 만난다. 영화의 낯선 경험이란 관점에서 볼 때, 그 악인은 나긋나긋하고 예의가 바른 악역(이우진)이다. 남매 상간과 부녀 상간이 서로 대립하면서 충돌한다. 이 대립과 충돌은 드라마틱하고 액티브한 과정 속에 꿈틀대고 있다. 오대수와 이우진의 대결 구도는 감금방과 펜트하우스의 세팅 대결로 상징적인 힘과 의미를 얻어내고 있다. 이 두 공간은 충돌의 시너지를 함유한다. 이를테면, 8평과 108평의 대결, 과거와 현재의 대결, 망각과 기억의 대결, 그리고 낡고 답답하지만 사람의 냄새가 그윽이 감도는 오대수의 공간과, 거대하고 화려하지만 규격화된 이우진의 공간이 대립의 체감 이미지를 극대화하는 콘셉트를 유지한다.

영화 「올드보이」에 드러난 격투의 서사는 이와 같은 대결 구도보다 더 심층적으로 전개되어 간다. 복수와 복수에 대한 복수의 싸움, 남매간 근친애와 부녀간 근친상간의 싸움, 전혀 악의적이지 않고 단지 호기심에 불과했던 악행과 상처받은 사람이 계획적으로 저지르고 있는 복수의 악행이 벌이는 싸움 등으로 점철되어 간다. 이 격투의 서사는 낯설고도 생소한 이미지의 제시를 통해 더욱 강렬해지면서 활황을 얻는다. 오랫동안 억제되었던 식욕과 복수심의 상징인 산 낙지 물어뜯기, 장도리를 전례 없이 들고 나선 주인공이 무술 아닌 난투극을 벌이면서 박진감 속에 진행한 일대다(一對多)의 폭력 액션, 잔혹한 장면에서 낄낄대는 기묘한 느낌 등이 그렇다. 나는 이 영화처럼 가해자와 피해자, 가둔 자와 간힌 자, 복수자와 복수의 대상자 간에 보인 치열한 존재의 격투와 권력 게임은 별로 보지 못했다. 나는 이 점에 있어서 이 영화의 우점을 매우 높게 평가하지 않을 수 없다. 특히 이 영화는 악에 대한 성찰과 명상이 심오하다.

이 영화의 악행 서사는 이렇다.

본 발표자의 직관에 의한 악의 본질적인 유형은 다음 두 가지이다. 하나는 악은 악을 제거한다는 논리이며, 다른 하나는 악은 악 속에서 번성한다는 논리이다. 전자는 소설「토지」에서 조준구를 바라보는 작자 박경리의 관점이다. 후자는 소설「사로잡힌 악령」에서 친구의 부인들을 마구잡이로 농락한 마성의 화신인 '승려 출신의 민중시인'을 바라보는 이문열의 관점이다. 그렇다면 영화「올드보이」를 어느 유형에 포함할 수 있을 것인가? 이우진의 입장에서 보면 전자이며, 오대수의 입장에서 보면 후자이다. 이 두 겹의 악행관은 매우 유기적인 서사 구조를 만들어간다. 이 사실은 원작에서도 잘 드러나지 않는 부분이다. 본 발표자는 이 영화야말로 악에 관한 한 심원한 성찰의 텍스트라고 본다.

어쨌든 감독 박찬욱은 감금 방, 산 낙지, 장도리 등을 통해 작가주의의 독창적인 이미지와 이와 관련된 악의 표상을 선명하게 남겨 놓았다. 악

영화 「올드보이」의 이미지. 가둔 자와 갇힌 자간의 첨예한 갈등 구도를 거친 호흡 속에서 잘 이끌어간 영화다.

에 대한, 또한 악의 근원과 본질에 관한 심오한 영화적인 성찰은 박찬욱의 것이다.

본 발표자는 앞서 영화 「올드보이」가 심층심리적이지도 정신분석학적이지도 않다고 말하였다. 그렇지만 영화의 마무리 부분에 이르러, 이러한 한계는 어느 정도 반전된다.

남매 상간은 이를 까발린 자의 자유를 15년 간 빼앗으면서 복수를 성취한다. 영문도 모른 채 복수를 당한 사내는 거꾸로 복수를 감행하지만 복수의 과정에서 자신도 모르게 행해진 결과로서의 부녀 상간이 판명되면서 우주의 부피와 같은 고뇌에 몸부림치면서 죄업의 원인인 자신의 혓부리를 잘라 버린다. 오대수는 오이디푸스적인 인간형이 되고 만다. 그것도 불가피한 운명의 결과가 아니라, 참담한 복수의 현실로 말이다.

그러나 영화의 막바지에 부녀이면서 육체적인 치정 관계로 얽매이게 된 오대수와 미도가 눈 시리게 투명한 설원(雪原)에서 포옹하면서 오대수가 웃음과 울음이 교차하는 감정의 표정으로 끝맺음한 것은 우리의 전통적인 인생관 내지 연희관을 잘 보여준다. 서양에 비해 동양, 일본에 비해 한국이 '인생과 연극이란 화해로운 상생의 상태를 지향하는 것'이라는 관점을 더 잘 가지고 있다고 보인다. 각각 선악으로 상징되는바 처용의 가무에 역신마저 감복하고 만다. 이처럼 이 영화에 비극도 갈등도 복수도 있을 수 없다.

부녀의 감격적인 포옹은 복수의 감정도 고통에 찬 처절한 비극도 그 저주받을 근친상간도 혼돈 속에 무화되면서 상생의 온화한 상태로 향해 서서히 녹아 들어가고 있다. 부녀간의 불륜은 아버지만 죄악의 짐을 지게 된다. 끝내 딸은 이 사실을 모른다. 아버지의 자기희생적인 사랑으로 인해 부녀간의 사랑은 차원 높은 고결한 사랑으로 승화된다.

상피 붙다, 라는 우리말 표현은 서로 피해야 하는 데도 피하지 않고 그 짓을 하는 것을 가리킨다. 서양 비극에서는 근친상간이 불가피한 운명으로 일어나지만, 「올드보이」에서의 그것은 불가피한 최면 상태였을 따름이었다.

4. 남는 말 : 일본의 색조를 넘다, 한류의 물꼬를 트다

드라마 「겨울 연가」와 영화 「올드보이」는 소설 원작이 아니면서도 큰 성공을 거두었던 10여 년 전의 영상문학이다. 여기에서 본 발표자가 소설 원작이 아니면서도 영상문학이라고 굳이 말한 이유는 소위 '영상으로 실현한 문학'이라고 판단되기 때문이었다. 이 두 작품은 TV 화면과 영화 스크린을 통해 한일 간의 문화 접변의 긍정적인 효과를 이룩한 기념비적인 작품이다. 1990년대 말에 한일 간의 대중문화 교류를 공식적으로 선언할 수 있었다는 사실은 우리 대중문화의 자생적인 경쟁력을 갖추었다는 판단 아래에서 가능할 수가 있었다. 2002년은 월드컵 공동 개최로 인해 한국과 일본은 유례없는 문화적인 밀월 관계를 맺고 있었다. 이 좋은 시대 조건과 분위기 속에서 2002년을 전후로 하여 두 작품이 세상에 나왔던 것이다.

거듭 말하지만 영화 「올드보이」의 원작은 일본 만화였다. 이 영화가 칸 영화제의 두 번째에 해당하는 상인 심사위원 대상을 받은 것을 두고 일본에서도 열광했다는 말이 있다. 「올드보이」는 영화의 내용이 일본의 과격한 정서인 복수극으로 끝날 수도 있는 영화였다. 일본은 수치의 문화(권)에 속하기 때문에 죄의식이 약하다고 한다. 이렇기 때문에 전통적으로 할복이라는 죽음의 미학이 난무하거나 복수라고 하는 폭력의 미학이 활개를 친다.

영화 「올드보이」에 깔려 있는 정서가 일본적인 색조와 무관하지 않지만—발표자는 「친절한 금자씨」를 보고 한 신문의 칼럼에 '복수는 남의 것'이라는 제목의 에세이를 쓴 적이 있다—궁극적으로는 한국적인 해한 상생(解恨相生)의 세계관을 지향하는 태도와 가치관을 제시하기에 이른다.

TV드라마의 적극적인 수용자를 드라마 마니아라고 한다. 이에 대한 현상이 시작된 것은 1997년 KBS 드라마 「거짓말」에서부터라고 한다.

드라마 마니아들은 특정한 방식의 읽기와 비판을 공유하며 문화 텍스트를 접한다. '겨울연가 홈페이지'를 통해 마니아들은 다양한 문화적 실천 양상을 보여주었다. 2013년까지 꾸준히 시청소감 게시판을 운영하면서 여기에 마니아들이 글을 남기고 있었다. 이들은 겨울연가를 반복하여 보는 능동적 보기를 요청하거나 텍스트 전용(轉用)이라는 적극적인 개입이 일어나기도 했다.

드라마 「겨울 연가」가 일본 열도를 뒤흔든 것은 그 어느 누구도 예상치 못한 일종의 사변이었다. 이것의 일본 내 성공 요인은 '쇼와(昭和) 시대의 향수를 자극했다.'라는 것. 일본의 고도 성장기를 보낸 지금의 중년 여성들이 압도적인 지지를 보낸 것을 보면 고개가 주억거려진다. 앞만 보고 살아 왔던 그들의, 문화적으로 소외되어 있었던 집단무의식 속에 배용준이라는 잃어버린 첫사랑의 환영이 출현하기에 이르렀던 것이다. 이를 계기로 경제적 능력을 갖춘 소위 4, 50대 여성인 소위 '아줌마 팬'들이 한류 소비의 중심에 서면서 일본에서 거둔 한류 콘텐츠의 경제적 이익은 비약적으로 증폭해갔다. 욘사마(ヨンさま) 우상화는 '욘겔지수'라는 신조어까지 탄생시키며 일본 문화계와 경제계를 깜짝 놀라게 했다. 일본 내의 한류를 통한 적극적인 드라마 수용자의 탄생은 한일 간의 문화적인 경계선을 허물어버리는 문화 접변 내지 간(間)문화적인 실천 양상으로까지 파급 효과를 이룩해 내었다.

어쨌든 현대는 스토리텔링의 시대다. 커뮤니케이션 측면에서 볼 때 오늘날 '스토리텔링'의 의미는 단순히 서사물을 '전달'하는 데 멈추는 게 아니라, 상호 소통 및 교류를 통해 끊임없이 텍스트를 확장하고 콘텐츠를 재생산하는 데서 그 새로운 의미와 고유한 의의를 찾을 수 있다고 하겠다.

동정 없는 세상과 따귀 맞은 영혼

—이창동의 영화 「시(詩)」에 대하여

1

2010년의 화사한 봄날에 낭보가 전해졌다. 소설가 출신의 영화감독이 「시(詩)」라는 제목의 오리지널 시나리오로 제63회 칸 영화제 각본상을 수상했다는 거다. 시나리오 부문에서 국제적으로 공인된 상을 수상했다는 것은 영화계와 문단에서 보통 경사가 아닌 것으로 생각된다. 그해 개봉된 이 영화는 뛰어난 작품성으로 인해 국내외적으로 17개의 상을 수상하였으나, 비평적인 성취에 비할 때 상업적인 성과는 기대에 미치지 않아 관객 수는 22만 정도에 그치고 말았다.

최근에는 이 영화와 관련하여 또 다른 낭보가 전해지고 있다.

이창동의 영화 「시」는 2011년 미국에서 17개 영화관에서 상영되었는데 최근 연말연시에 발표된 '올해의 영화·여배우'에서 상당한 호평을 받고 있다. 지난 연말에 미국의 영화평론가 단체인 LA영화비평가협회(LAFCA)로부터 영화 「시」에 출연한 윤정희가 최고의 여배우상 수상자로 뽑혔다. 2010년 「마더」의 김혜자가 아시아 출신 배우로는 처음으로 올해의 여배우상에 뽑힌 이래 2년 연속 큰일을 이루어낸 것이다.

올해 초 전미영화비평가협회(The National Society of Film Critics)가 발표한 바에 의하면 제46회 '올해의 영화상'에서는 윤정희가 최우수 여배우 부문 2위로 꼽혔다. 올해의 영화상 최고 남자배우상 부문에선 「머니볼」의 브래드 피트가 수상자로 결정됐다. 전미비평가협회는 미국의 주요 평론가 58명을 구성원으로 하는 단체로서 영화비평계 최고의 권위를 자랑하는 단체이다. 상업적인 면이나 대중의 호응보다는 작품의 가치와 예술적인 성취를 기준으로 영화상의 수상작과 수상자를 가려낸다.

이창동 감독의 「시」는 「초록물고기」, 「박하사탕」, 「오아시스」, 「밀양」에 이어 한국영화사상 뜻이 있는 또 하나의 성취적인 작을 이룩해낼 수 있었던 것이다. 이 글에서는 영화에 대한 가치의 평가보다는 시나리오 읽기라는 문학적인 담론의 측면에 초점을 맞추어 의견을 개진해 보려고 한다.

2

좋은 시나리오에서 좋은 영화와 나쁜 영화 모두 나올 수 있지만, 나쁜 시나리오에서는 결코 좋은 영화가 나올 수 없다는 말이 있다. 시나리오는 기본적으로 좋은 영화를 위한 한 알의 밀알이 된다. 그러나 시나리오는 좋은 영화에 항상 가려지거나 대중의 기억 속에 사라지기가 십상이다. 이것이 영화의 현실이요, 시나리오의 운명이 아닌가 한다. 생활고에 시달린 시나리오 작가의 죽음이 사회적인 파문을 던진 것과도 전혀 무관하달 수 없는 얘기가 된다.

영화비평은 영화를 분석의 대상으로 삼는 것이지, 시나리오를 분석의 대상으로 삼는 게 결코 아니다. 문학 쪽에서도 관심의 대상이 되지 못하고 영화 쪽에서도 그다지 대접을 받지 못하는 시나리오의 운명은 본질적으로 기구하다. 요컨대 시나리오는 영화화를 위해 전제된 미완의 글쓰기일 뿐이다.

잘 알려진 바대로 이창동은 소설가이며 영화감독이다. 그는 소설가로서 뿌리를 내리고 입지를 다져갈 무렵에 영화판으로 눈을 돌렸다. 과거에도 문인 중에서 영화를 연출한 이들이 없지 않았다. 심훈 · 김승옥 · 이봉래 등이 적절한 예가 되겠지만 그들은 영화판에서 적절하게, 혹은 크게 성공을 거둔 것은 아니었다. 소설가에서 시네아스트로 방향을 튼 이창동이야말로 「초록물고기」 이후 내놓은 영화마다, 잇달아 연출력을 인정받으면서 승승장구하고 있지 않은가? 최근에 이룩한 그의 또 다른 성취작 「시」에서 자신이 직접 시나리오를 썼다는 사실이 매우 의미 있게 다가선다. 그는 영화에 자신의 모든 것을 걸게 됨으로써 가치가 경시된 본업인 글쓰기를 스스로 일깨워 세울 수 있었다는 점에서 찬사를 보내지 않을 수 없어서다.

나는 이창동의 영화 「시」를 보고 나서 이것의 시나리오를 구해보고 싶었다. 여러 경로를 통해 알아본 결과 시나리오를 쉽게 구할 수 없음도 알게 되었다. 시나리오는 공식적인 출판물의 형태로 유포되는 문서의 결과물이 아니기 때문이었다. 그래서 나는 이 영화의 주역인 여배우 윤정희가 직접 사용했던 시나리오를, 윤정희 팬클럽 회장인 안규찬(영화평론가)에게 부탁해 어렵사리 얻을 수가 있었다.

영화는 시나리오를 포함해 여러 가지의 서사적 구성 자질을 갖추면서 하나의 완전한 서사 형태로서 그 모습을 갖추어가는 것의 결과물이다. 이를테면 기승전결의 구조를 가진 극적인 서사성, 전형적으로 구현되거나 개성적으로 창출된 극중의 인물, 배경의 영화적인 감성, 움직임의 이미지, 시간의 단속(斷續), 카메라의 시선, 사운드와 편집 등이 결합된 하나의 완성된 서사물로서의 총화가 영화인 셈이다. 따라서 영화 「시」가 스크린에 상영된 것은 명백하게도 시나리오 「시」 이상의 것이 될 수밖에 없다.

영화 「시」가 주는 메시지는 우리 사회의 어둡고 그늘진 문제적인 코드 청소년 사회에 반영된 왕따 현상, 폭력, 성폭력 등과 관련성을 맺고 있다. 영화 속에 비친 아이들의 세계가 그렇고 그렇다고 해도 이를 둘러싼 어른들의 세상도 음습하기 짝이 없다. 그 돌파구는 시가 지향하는 세상이 아닐까? 상처 입은 영혼의 표상으로 극중에 등장하는 66세의 할머니 역 양미자가 시의 또 다른 세상을 찾아서 나선 곳이 바로 문화센터의 시 창작 강의실이다. 이 영화에서 시인 김용택이 '김 시인' 역할을 맡으면서 여러 차례 등장하고 있다. 시나리오 장면 23 '강의실(낮/내부)'에 적힌 것을 옮기면 다음과 같다.

문화원 강의실에서 김 시인이 한창 강의를 하고 있다.

김 시인 시를 쓴다는 것은 아름다움을 찾는 일이에요. 아시겠어요? 우리 눈
앞에 보이는 것들, 이 일상의 삶 속에서 진정한 아름다움을 찾는 겁
니다. 진정한 아름다움. 그냥 겉만 아름다워 보이는 것이 아니에요.
여러분들은 다 가슴 속에 시를 품고 있어요. 시를 가두어두고 있는
거예요. 그걸 풀어줘야 해요. 가슴 속에 갇혀 있는 시가 날개를 달고
날아오를 수 있도록…….

김 시인이 문득 말을 끊는다. 미자가 손을 들고 있다.

미자   선생님, 시상은 언제 찾아와요?
김 시인 시상이 언제 오냐고요?

미자　예, 아무리 시상을 얻으려고 해도 도무지 오지 않아요. 언제 시상이
　　　　오는지 좀 알았으면 좋겠어요.
김 시인　상은 찾아오지 않아요. 내가 찾아가서 빌어야 돼. 사정을 해야 돼.
　　　　그래도 줄 동 말 동 해요. 그게 얼매나 귀한 건데 하무로 주겠어요?
　　　　그러니까 내가 막 찾아가서 사정을 해야 돼.

미자는 보일락 말락 고개를 끄덕인다. 그래도 못내 미진한 듯 묻는다.

미자　어디로 찾아가요?

시인은 순간적으로 말문이 막힌다. 그리고 약간 짜증이 나는 것을 참으려 한
다.

김 시인　그거는……어디를 정해놓고 찾아가는 것이 아니고……그냥 찾는 거
　　　　예요. 돌아다니면서……시상이 어디 나 여기 있소, 하고 문패 걸어
　　　　놓고 있겠어요? 분명한 거는 내 주변에 있다는 거야. 멀리 있지 않
　　　　고……멀리서 찾는 것은 시가 아니야.

시인의 말을 듣고 있는 미자의 얼굴. 뭔가 해답을 찾으려고 애쓰는 것 같은
표정이다.

　시를 찾는 양미자는 가난하고 병이 있는 볼품없는 할머니다. 사회적으
로 소외된 사람에 지나지 않는 데다 어딘지 모르게 덜 떨어진 구석이 있
다. 이웃들은 이상한 행동에 고개를 갸웃하며 쳐다보고 '참 개념 없는
할머니'라고 수군거리기도 한다. 양미자가 김 시인과 함께 시상(詩想)에
관해 얘기를 나누는 장면이다. 이 대화에서 알 수 있듯이 양미자는 순진

영화 「시」의 주인공인 양미자 역으로 출연한 배우 윤정희의 젊은 시절의 모습. 그는 1960년대와 그 이후에 특히 문예 영화에서 좋은 연기력을 보였다.

하다 못해 백치 같은 데가 있는 캐릭터로 묘사되고 있다.

영화 「시」에서 주인공 인물의 묘사 및 성격 창조는 매우 중요한 역할이 부여되어 있다. 이 영화에서 서사적 구성 자질의 확립을 위한 무수한 가능성의 격자(格子)들 가운데 체계화된 텍스트의 완결성을 위해 인물이 지닌 힘과 위상이 가장 뚜렷하게 드러난다. 극작가이면서도 극 이론가이기도 한 윌리엄 아처(William Archer)가 살아있는 극과 죽은 극의 차이점은 인물이 플롯을 지배하는 것과 플롯이 인물을 통제하는 것의 차이에서 온다고 말한 바 있었듯이, 영화에서 극중 인물로서 묘사된 생생한 인물 됨됨이와, 창조적인 의미 있는 성격은 영화의 가치를 가늠하는 가능성의 격자인 것은 부인할 수 없다. 이 같은 관점에서, 이창동의 영화 「시」의 미덕은 양미자 형 극중 인물의 창조에 힘을 받고 있거나 무게가 실려 있다.

양미자 형 극중 인물은 동정 없는 세상에 살면서도 무엔가 공감 능력이 부여된 인물이다. 삶의 무게에 짓눌리면서 살아가는 가운데 생애 처음으로 시의 세계에 이끌려 시 쓰기에 도전하는 노년기의 한 가난한 여성이 중학생 손자의 범죄에 의해 희생된 소녀에 동정하거나 공감하면서 그 범죄를 대속하는 과정을 겪는 비극적인 인물이다.

양미자는 일단 영화에서 미성숙한 인간으로 묘사돼 있다. 꽃을 좋아하고, 엉뚱한 소리를 자주 하기 때문에, 시인 같다고 말해진다. 그리고 세상 물정을 모른다. 세상 물정 모르는 사람이 시에 적합한 인물이라면 시의 효율성 가치는 시속적으로나 합리적으로 떨어질 수밖에 없음을 넌지시 말해주는 것일 터이다. 어쨌든 양미자는 문화원 시 창작 교실을 통해 동호인들과 적당한 사교를 통해 좀 사회화되어가는 듯하다. 시 창작 교실의 회원들과 식사를 하면서 나누는 대화 장면은 이 시대에 시의 역할이 얼마나 왜소한가를 말해주고 있다.

김 시인   여하튼……요즘 같이 시가 죽어가는 시대에 여러분들처럼 시를 사
         랑하는 분들이 있다는 게 참으로 고맙고 행복합니다.
조미혜   (안타깝다는 듯) 선생님, 왜 시가 죽어간다고 그러세요?
김 시인   죽어가죠, 시가. 불행히도……이제 더 이상 사람들은 시를 읽지도
         쓰지도 않게 될 테니까…….
이재문   (술에 취해 고개를 숙인 채) 시 같은 건 죽어도 싸!
김 시인   (변명하듯) 이 친구 아직 젊지만, 감성이 뛰어난 시인입니다. 올해

소월문학상 후보에도 올라갔는데, 시가 아주 파격적입니다. 죽은 자를 질질 끌고 가듯이 염전에 어둠이 온다. 그런 구절 같은 거…….

미자   선생님, 어떻게 해야 시를 쓸 수 있어요?

미자의 물음이 너무 느닷없어서 김 시인은 잠깐 당황한 듯 그녀를 바라본다. 사람들도 그녀를 본다. 누군가는 어이없다는 듯 웃는다.

김 시인 참 어렵죠……시를 쓴다는 게…….

김 시인이 어정쩡하게 대답한다. 그러나 미자의 표정은 절실하다.

미자   너무 어려워요. 아무리 쓸려고 애를 써도 어떻게 시를 써야 할지 모르겠어요. 어떻게 하면 시를 쓸 수 있어요? 선생님이 수업 시간에 그러셨잖아요. 누구나 가슴 속에 시를 품고 있다고……. 가슴 속에 갇혀 있는 시가 날개를 달고 날아오를 수 있다고…….”

누군가 킬킬거리고 웃는 소리가 들린다. 이재문이 고개를 숙인 채 웃고 있다.

영화 「시」의 중요한 이야깃거리는 양미자의 손자인 종욱과 그 친구들이 동급생 여학생을 돌아가면서 성폭행을 일삼고, 그 결과 동급생 여학생이 자살하게 된 사건의 전개라고 할 수 있다. 이 일을 수습해가는 과정에서 드러난 어른들의 이기적이고 비정한 일면들이 드러난다. 사건을 될 수 있으면 덮으려고 하고, 또 피해자 가족에게 돈으로 입막음을 하려고 시도한다.

양미자가 끝내 이 결속된 연대의 불순함으로부터 일탈해버림으로써 서정시의 세계가 지향하는 인간적인 공감의 세상이 무엇인지를 행동으

영화 「시」의 주인공인 양미자 할머니가 시를 창작하는 모습이다. 이 영화에서 시를 쓰는 행위는 속악한 현실을 정화하는 기능을 상징하고 있다.

로써 보여준다. 상처 입은 영혼 희진이 속악한 세상과의 결별을 이룩하였듯이, 또 다른 상처 입은 영혼인 양미자 역시 희진과 무관할 수 없는 시에 감응되면서 자살을 선택한 것을 암시하면서 영화의 서사성은 완성된다.

이 영화의 백미는 결말 부분에 이르러 양미자와 소녀 희진에 의해 낭독되는 시 한 편이라고 할 수 있겠다. 이 시는 시나리오 작가인 이창동이 쓴 것이지만 극중의 작자가 누구인지는 명확하지 않다. 양미자의 수첩에 쓰인 것인지 소녀 희진이 일기장에 남긴 것인지 알 수 없다. 지적인 능력을 감안할 때 그 어느 쪽도 아닌 것 같다. 감성 능력이나 공감 능력을 생각한다면 양미자 쪽에 해당되는 것 같기도 하다.

「아네스의 노래」가 장면 99에서부터 장면 108에 이르기까지 낭독되고 있다. 많은 장면이 바뀌어가면서 낭독되는 「아네스의 노래」는 동정 없는 세상을 살아가는 한 나약한 영혼의 넋두리로서 많은 사람들에게 아름다운 공존을 위한 세상이 무엇인지를 관객들에게 일깨워주고 감응하게 한다. 시나리오에 적혀 있는 시를 옮겨 하나로 엮으면 다음과 같이 문서상의 기록으로 완성된다.

그곳은 얼마나 적막할까요
저녁이면 여전히 노을이 지고
좋아하는 음악 들려올까요
숲으로 가는 새들의 노랫소리 들리고
차마 부치지 못한 편지
당신이 받아볼 수 있을까요
한 번도 하지 못한 고백
전할 수 있을까요
시간은 흐르고 장미는 시들까요
이제 작별을 해야 할 시간
머물고 가는 바람처럼
그림자처럼
오지 않는 약속도
끝내 비밀이었던 사랑도
서러운 내 발목에 입 맞추는
풀잎 하나,
나를 따라온 작은 발자국에게도
이제 어둠이 오면
촛불이 켜지고 누군가 기도해줄까요
하지만 아무도 눈물을 흘리지 않기를
검은 강물을 건너기 전에

내 영혼의 마지막 숨을 다해 당신을 축복하리

마음 깊은 나는 소망합니다

내가 얼마나 당신을 간절히 사랑했는지

당신이 알아주기를

여름 한낮의 그 오랜 기다림,

아버지의 얼굴 같은 오래된 골목

수줍어 돌아앉은 외로운 들국화까지도

얼마나 사랑했는지

당신의 작은 노랫소리에

얼마나 가슴 뛰었는지

나는 꿈꾸기 시작합니다

어느 햇빛 맑은 아침

다시 깨어나 부신 눈으로

머리맡에 선 당신을 만날 수 있기를

이 시는 영화를 완성하게 한 최종적인 가능성의 격자이다. 여기에 인용된 「아네스의 노래」는 영화와 상관없는 얘깃거리들을 둘러싸고 있다. 영화로 만들기 전에 이 시는 이창동 감독이 고(故) 노무현 전(前)대통령을 추모하는 봉하음악회에서 낭독된 시다. 사람들은 대통령을 위한 추모의 시라고 말한다. 이에 이창동은 그렇다는 말을 하지 않았지만, 그 사실을 부인하지도 않았다.

영화 속의 「아네스의 노래」는 한 논문에서의 담론으로 얘기되기도 했다. 어떤 이는 양미자가 죽은 희진을 위해 살아남은 자로서 지녀야 할 예의를 공명하게 하는 애도 요청에 의한 시 쓰기라고 말하기도 하고, 어떤 이는 최선을 다해 이기심을 밀어내고, 희진을 만나고 싶었던 양미자의 시 창작 과정인 진실의 여정이자, 시 창작의 원리로서의 개인적 내지 사회적인 윤리의식이라고 말하기도 했다.

이 시에 관한 후일담으로는 여성 싱어 송 라이터 박기영에 의해 영화 속의 「아네스의 노래」가 독립된 노래로 만들어져 많은 관심을 받고 있다는 사실이다. 또 이 노래는 애절하고 호소력 짙은 박기영의 개성이 묻어나는 곡이라는 평가를 받고 있다. 박기영은 영화를 보고 깊은 감명을 받아 노래로서 재구성했던 것.

3

지난 연말에 대구에서의 중학생 자살 사건과 자살한 소년이 남긴 글은 엄청난 사회적인 파장을 증폭시켰다. 이 사건을 계기로 봇물처럼 터져 나온 학교 폭력의 실상은 성인 사회의 원색적인 축소판 바로 그것이었다. 우리는 아직 공감 능력이 부족한 미성숙한 사회에 살아가고 있다. 아이들이 떼를 지어 한 아이를 괴롭히는 건 부족한 공감 능력 때문이다. 어른들도 마찬가지다. 보수는 보수대로 눈을 흘기고, 진보는 진보대로 떼를 쓴다. 나는 너, 너는 나, 라는 의식이 없다. 오로지 나는 나이며, 너는 너일 뿐이다.

영화 속에서 성폭행을 당한 소녀와, 현실 속에서 친구들에게 폭력을 당한 대구 소년은 모두 자살로 생을 마감했다. 이들은 이른바 '따귀 맞은 영혼'이다. 이 은유적인 표현은 게슈탈트 심리학자인 B. 바르데츠키의 저서 『영혼의 일격(Ohrfeige fur die Seele)』을 번역하는 과정에서 우리말로 재맥락화되었다. 따귀 맞은 영혼의 극단적인 처세는 자살이다.

……분노의 일부는 내면으로 방향을 돌리기도 합니다. 상처받았다고 해서 모두가 분노를 내보이지는 않으니까요. 상처를 받고 남들과 관계를 끊고 살면서

자기 자신에게 분노를 쏟아 붓는 사람도 있습니다. 그럴 경우 자기 몸을 칼로 벤다거나 때리고 분신하는 일이 일어날 수 있지요. 이것은 자기를 괴롭힌 사람에게 가하고 싶은 것을 자기 자신에게로 가하는 것으로, 자기에게 화살을 돌린 일종의 복수라고 할 수 있습니다. 남을 때리는 대신 자기 자신을 때린다는, 이른바 반전된 태도를 보이는 것입니다. (『따귀 맞은 영혼』, 궁리출판, 2002, 78면.)

그들은 모두 미성숙하다. 극단적인 선택이 그들의 영혼을 결코 구원해주지 않기 때문이다. 그런데 영화 「시」는 미성숙한 인물형인 양미자가 아이러닉하게 성숙한 인간으로 사회화되는 과정을 끝내 보여준다. 그 역시 따귀 맞은 영혼으로서 자기상의 위엄이 손상되고, 마음의 낙원으로부터 추방된다. 그럼에도 불구하고, 그는 시를 통한 공감 능력을 발휘하면서 끝내 불편한 진실의 시적인 성취를 보여주게 된다. 양미자는 시인의 눈을 갖게 되었고, 타자와 진정한 자신의 고통을 마주함으로써 삶의 현실이 시와 결코 분리되지 않았음을 우리에게 보여주기에 이른다. 「아네스의 노래」는 양미자의 고통이 순도 있게 귀결된 결정품이다. 그래서 그믐 같은 우리 세상에 반짝 빛을 내는 것이다.

하지만 주인공 양미자의 자살을 암시하면서 영화가 끝을 맺는다는 사실은, 한 인간이 이 같은 고통을 마주하며 자신의 생을 견디면서 나아가는 데 우리에게 더 필요한 것이 무엇일까, 하는 물음을 던지고 있다고 여겨지기도 한다.

영화 「시」는 인물 중심과 서사 중심의 중간 단계에 놓인 영화다. 이창동의 영화들은 영화적인 형식이나 스타일의 참신한 변화를 보여주기보다는 문학적인 전언이나 함의를 드러내는 경향이 뚜렷하다. 「시」도 예외가 아니다. 시장 논리의 눈치를 살피면 그의 한계이기도 하겠지만, 영화판에서는 그 누구도 흉내낼 수 없는 그만의 특장이기도 한 것은 아마도 부인될 수 없을 것이다.

4

    인간의 영혼은 나약한 것이어서 마음의 상처를 받기 쉽다. 한번 상처를 받으면, 마치 따귀를 맞은 것처럼 아프다. 타인에게 가하는 영혼의 일격은 때로 치명상을 입히기도 한다. 문학이건 영화건 간에, 본질적으로 '따귀 맞은 영혼'의 이야기일 수밖에 없다. 불안한 세상일수록, 이 이야기는 한결 명료하게 다가선다. 이야기 속의 영혼은 때로 좌절하기도 하고, 때로는 극복하기도 한다. 이창동의 영화 「시」는 따귀 맞은 영혼이 좌절한 하나의 이야기를 남긴 것이다.

시 읽기, 시 쓰기, 시인으로서 살아가기

—2016년 부산국제영화제 상영작 가운데

1. 들머리 : 과시형 영화와 성찰형 영화

　영화라고 하면, 누구나 할 것 없이 곧잘 이런 영화를 떠올립니다. 상업적인 큰 성공을 기대하면서 기획하거나, 제작한, 그래서 초특급의 남녀 배우들이 등장하는 소위 블록버스터(blockbuster)처럼 마치 혼을 빼는 것처럼 스피디하고 현란한 영화를 떠올리고는 합니다. 이런 영화가 우리에게 익숙한 것이 사실입니다. 관객들은 흔히 이런 영화를 찾습니다. 시쳇말로 머리 굴리게 하는 영화보다, 친구나 연인과 함께 감각적으로 뭔가를 압도하는 영화를 보면서 적당히 시간을 때우며 술 마시거나 식사할 대화의 시간을 기다리는 것이죠.

　그런데 세상의 영화는 스피디하고 현란한 영화만 존재하는 건 아닙니다. 한편으로는 비전문적인 등장인물의 다큐 감각의 「워낭소리」와 같이 소의 걸음처럼 느릿하면서 또 매우 단조로운 영화도 있습니다. 저는 오늘 이 자리에서 영화를 나누어보는 심미적인 가치의 기준을 막연하게나마 제시해 보려고 합니다. 관객에게 뭔가를 과시하려는 영화냐, 관객으로 하여금 또 다른 뭔가를 성찰하게 하는 영화냐, 하는 것 말입니다. 이 대목에서, 잠정적으로, 저는 앞서 말한 유의 영화들을 가리켜 과시형 영화와 성찰형 영화로 이름하고자 합니다.

먼저 살펴볼 것은 과시형 영화와 성찰형 영화에도 고전적인 적례가 있다는 사실입니다. 형식주의의 측면에서 볼 때, 영화사(映畵史)의 기념비로 높이 평가되고 있는 세르게이 에이젠슈테인의 「전함 포템킨」(1925)과 오손 웰즈의 「시민 케인」(1941)이 바로 그것입니다. 굳이 더 설명은 하지 않겠습니다만, 전자는 몽타주 기법을 완성시켰고, 후자는 '딥 포커스'의 개념을 처음으로 도입했습니다.

우선 살펴볼 「전함 포템킨」은 다큐멘터리와 같은 기록성을 지향한 극영화입니다. 이것은 사회주의 이데올로기의 홍보를 목표로 만든 구(舊)소련의 국책 영화입니다. 제1차 러시아 혁명의 20주년 기념작으로 만든 이 영화는 제정 러시아군(軍)의 잔혹한 폭력성에 대한 볼셰비키 혁명의 정당성을 부여하기 위해 만든 국가적인 홍보 영화라고 할 수 있겠지요. 관객인 러시아 인민들에게 사회주의 이념을 선전하거나, 선동하기 위한 영화, 즉 대표적인 과시형 영화입니다. 과시형 영화는 무언가를 부풀리려는 의도가 있는 영화가 아니면, 부정적인 부분의 은폐, 내지 최소화를 기획하고 있는 영화입니다. 특정의 체제를 옹호하거나 특정의 이념을 계몽, 선전 선동, 이데올로기 전파를 일삼는 국책 영화가 가장 과시적인 영화라고 할 수 있겠습니다. 과시적일수록 의도적이고, 전략적이고, 과장적인 시선을 주입합니다. 영화적 기획의 주체는 개인이건 집단—국가 내지 당(黨)—이건 무언가의 정당성을 부여하고, 부여된 정당성을 관객들이 영화보기를 통해 무비판적으로 수용하기를 바랍니다. 우리의 역사적인 경험을 비추어본다면, 박정희 시대의 반공 영화가 가장 전형적인 과시형 영화라고 할 수 있겠습니다. 이에 관해선 시간 관계로 더는 설명하지 않겠습니다.

이에 비하면, 성찰형 영화의 고전적인 적례에 해당하는 「시민 케인」은 언론 재벌 케인 씨의 일대기를 극화한 내용의 이야기인데, 자본주의의 물질만능주의랄까, 잃어버린 정신의 순수와 행복을 일깨워줌으로써 미국인들에게 일정한 반성을 유도한다고 할까, 어쨌든 그 당시에 앞만 보고 달려온 미국인들에게 대공황 이후 스스로를 뒤돌아보게 한 영화입니다. 주인공 케인 씨는 어린 고아 시절에 부자에게 입양되어, 막대한 유산의 승계, 사회인으로서의 명예, 트로피 와이프 등의 세속적인 모든 삶을 향유하다가 죽음의 순간에 이르러 순수한 그 시절을 그리워하면서 '로즈버드(장미꽃봉오리)'를 입 밖으로 흘려보냅니다. 물질적인 것을 소유함으로써 정신적인 행복은 줄어든다는 인생의 성찰을 보인 이 영화는 이른바 성찰형 영화로서, 사회 현상을 짚어보고 반성하고 또 비판하게 됨으로써 특정한 시사점을 가진다고 할 수 있겠습니다.

우리는 오이디푸스, 햄릿, 오셀로 등과 같은 고전극의 캐릭터에서부터, 방금 제가 말한 시민 케인은 말할 것도 없고 윌 헌팅, 오대수, 티모 프리드리히 등과 같은 새로운 인물에 이르기까지 우리 자신이 응시하는 스크린을 통해 영화 속의 성찰형 인간상을 무수히 만날 수가 있는 것입니다.

2. 국가주의 히로뽕의 영화, 무엇이 문제인가

어떤 영화가 좋은가? 과시형인가, 성찰형인가, 하는 것입니다. 이 물음은 영화 보기의 한, 미학적 내지 수용적인 가치 기준이 될 수 있습니다. 성찰적인 영화일수록 좋은 영화라는 게, 저의 물러설 수 없는 가설입니다. 과시함으로써 이에 도취되는 영화. 이런 영화가 아니면 돈이 되지 않는다고, 영화의 연예 산업에 직접 종사하는 사람들은 볼멘소리를 낼 것이 틀림없습니다. 물론 이해가 되지 않는 건 아닙니다. 산업은 산업이고 예술은 예술이니까, 영화는 애최 양면성을 가진다고 보는 게 아니겠습니까?

오늘날 네티즌들의 신조어인 소위 '국뽕' 영화가 범람하고 있습니다. 저는 이런 유의 신조어를 전혀 좋아하지 않습니다만, 소위 국뽕이란, 국가주의 히로뽕이라고 할 수 있겠습니다. 무분별한 애국심의 고취가 환각 효과와 같다는 뜻이 아닐까, 해요. (거 참, 맹목적인 일본 문화에의 경도 현상을 두고 '일뽕'이라고도 합니다.) 오늘날 국뽕 영화의 기원은 아마도 「태극기 휘날리며」(2004)에 있는 것 같습니다. 이 영화는 좌우의 이념보다는 인간애에 초점을 두고 있기 때문에 과거의 반공 영화와 유다른 측면이 있습니다. 그러면서도 표제에서도 드러나듯이 애국주의의 파토스를 고취하고 있어서, 무엇보다도 이 영화는 관객에게 과장된 시선을 주입하고 있는 것이 사실입니다. 그래서 저는 이 영화를 두고, 이른바 과시형 영화라고 규정한 것입니다.

최근에 상영된 영화들 가운데 일제강점기나 한국전쟁기의 역사 문제와 관련된 것이 적지 않습니다. 상업적으로도 성공한 「덕혜옹주」 역시 소위 국뽕 영화로 분류됩니다. 잘 알다시피, 국가주의 히로뽕의 과시형 영화는 때로 우리의 의식과 진취성을 가두어놓기도 합니다. 덕혜옹주가 조선의 노동자들 앞에서 일본어로 연설을 하다가 감정에 복받쳐서 문득 우리말로 말을 하면서 '빼앗긴 들에도 봄은 옵니다!'라고 외치는, 그 자폐적인 역사 왜곡은 과연 오늘날의 우리에게 무슨 도움을 주는가, 하는 생각에 잠기게 하는군요. 굳이 말하자면 친일에 강제되어 길들어진, 저 실화 속 망국의 공주가 스크린 속에서 구국의 여전사로 변신한 것입니다. 영화는 이와 같이 극적인 허상을 빚어냄으로써 우리로 하여 음습한 상상의 공동체 속에 깃들게 합니다.

과시형에 관한 얘깃거리라면, 국뽕 영화 못지않게 저열한 진영 논리의 영화도 우리는 경계해야 합니다.

최근의 영화 가운데, 나는 누구나 상식적으로 공명할 수 있는, 의미가 있고도 좋은 영화로, 특정인의 삶을 바탕으로 정치적 억압과 보편적 인권의 문제를 다룬 「변호인」과, 한국전쟁의 격랑 속에 표류한 한 개인의 삶의 일대기를 극화한 「국제시장」을 꼽을 수 있다고 봅니다. 하지만, 이러한 유의 영화들 역시 진보와 보수의 진영 논리가 개입되어 있다는 점에서 온전한 성찰형 영화로 보기 힘듭니다. 이 두 편의 영화는 영화 외적인 정치 문제로서 논란의 여지를 만들기도 했습니다.

한편 시인 윤동주와 그의 삶의 동반자인 송몽규를 등장시켜 영혼이 순결한 청년들의 시대의 고귀한 희생을 다룬 「동주」는 성찰형 영화의 소재주의로서 매우 적합한 경우라고 할 수 있었습니다. 하지만 윤동주가 자신의 고유한 이름을 버릴 수 있었어도 영원히 버릴 수 없었던 시(詩)를 쓴 것을 두고 취조하는 특별 고등 경찰에게 후회하는 듯한—부끄럽다는—발언을 한다든지, 송몽규가 비밀결사의 단체 속에서 독립운동의 정당성을 밝히는 정치적인 견해를, 지하의 밀실에서 한바탕의 연설로 천명한다든지 하는 것은, 실상과 무관한, 상당히 과장된 시선을 주입한 결과입니다.

사극(史劇) 영화 가운데 과시형과 성찰형을 대비적으로 한번 생각해 보죠.

저는 제가 근래에 본 사극 영화 중에서 「명량」과 「사도」를 그런대로 의미 있게 보았었습니다. 이 두 편은 매우 대조적인 것이라고 생각합니다. 전자는 관객들로 하여금 고난에 찬 영광의 중심에 선 조선 시대의 이순신 장군에게로 인도하게 해 상상의 공동체 속으로 빠져들게 하는 영화입니다. 반면에, 후자는 권력의 세계 속에서 부자 관계야말로 얼마나 허망한 것인가를 보여주면서, 권력의 비정함에 대한 성찰을 비극적인 감회 속에서 인간의 정신적 고통과 고독한 내면 풍경을 그려내고 있습니다. 아버지가 아들을 죽였다는 점에서 역(逆)오이디푸스적인 영화. 그러면서도 넓은 의미의 오이디푸스적인 영화. 세자의 시호 역시 사도(思悼)였다는 것은, 글자 그대로 '슬픔의 성찰'을 의미하는 것이 아닌가요.

제가 생각하기로는 성찰형 영화는 좋은 영화입니다. 이러한 성격의 영화는 엔터테인먼트로서는 실패한 영화일지 모릅니다. 오손 웰즈가 끝내 해결하지 못한 족쇄와 저주가 그러했듯이 말입니다. 영화를 통해 반성하는 기회를 가진다는 것은 영화의 영역을 넘어서 예술적으로나 철학적인 면에 있어서 각별함의 의미를 가진다고 하겠습니다. 개인의 부족한 부분, 사회의 부정적인 현실을 반성하면서, 누구에게나 고뇌에 차 있는 우리 인생의 의미를 공감한다는 것은 생의 바람직한 관조에 접어드는 일이 아닐까, 합니다.

저는 올해 가을에 진주에서 부산을 왔다 갔다 하면서, 부산국제영화제에 출품한 몇몇 편의 영화를 어렵사리 보았습니다. 반드시 보아야 할 영화도 시간이 맞지 않아, 또는 매진으로 인해 보지 못하기도 했습니다. 출품된 영화들이 최근에 연출되고 제작되었다고 해도, 이 기회에 보지 못하면 앞으로 영원히 보지 못할지도 모를 영화가 대부분이었습니다. (부산국제영화제에 출품된 영화가 대부분 수집되지 않는 영화라서 하는 얘기입니다.) 오늘 이 자리의 학술대회에서 여러분에게 발표할 내용의 텍스트가 되는 것은 시(詩)와 관련되는 것입니다. 시야말로 가장 성찰적인 예술 양식이란 점에서, 성찰형 영화가 좋은 영화라는 제 가설을 점검하는 데 어느 정도 적합성을 띠고 있다고 여겨집니다.

3. 시 읽는 시간의 멎음과 움직임

이수정 감독의 다큐멘터리(기록영화) 「시 읽는 시간」을 보았습니다. 기

억에서 사라질까 걱정이 되어서, 저는 이것을 두 번이나 보았습니다. 저는 이 영화를 두 차례나 보았어도 그다지 가슴에 와 닿지 않았는데, 짧지만 유효한 비평문을 읽고, 이 영화가 그런대로 성찰형 영화로 범주화될 수도 있겠다는 생각에 이르렀습니다. 부산국제영화제가 열리는 때면, 해운대 센텀시티 일대는 영화를 간단히 소개하면서 그것의 홍보를 목적으로 한 얇은 책들이 넘쳐납니다. 이 책은 비록 그냥 한번 읽고 버릴지언정, 일본어의 '뿌리다'에 해당하는 '치라스(散らす)'에서 유래된 낱장의 인쇄물인 '찌라시'와 같은 추측성 저급의 정보는 아닙니다. 인터넷에 오른 정보도 비평적인 식견이 담겨 있습니다. 제가 얻은 다음의 정보는, 사실 비평문이라기보다 특정의 영화를 소개한, 잘 쓰인 한 편의 설명문이었습니다.

영화는 '감독-나'가 만난 다섯 명의 '자유로운' 인물을 담는다. 물론 여기서 자유는 낭만적 자유가 아니라 일 방향으로 몰아가는 현대인의 삶에 제동을 걸고 그 옥죄임의 사슬을 풀고자 하는 절규에 가까운 자유이다. 직업이 꿈이 아니고, 경제적 부유함이 목표가 아닌, '나답게'를 찾아가는 삶. 사실 현대인의 맘 한켠에서 누구나 꿈꾸는 삶이기는 하지만 동시에 꿈만 꾸는 삶이기도 하다. 영화는 옥죄임의 버거움과 자유를 자기 삶에 녹여내고자 애쓰는 사람들의 목소리를 담아내고 있다. 자유의 또 다른 이름이 '시'이다. 시를 읽는다는 것은 해야만할 일로 촘촘히 나눠진 목적 지향적 시간이 아닌 무정형의 덩어리 시간 속에 들어가는 것이다. 그런 의미에서는 영화는 그 자체로 한 편의 시 같기도 하다. 명확한 주제의식을 향해 전진하는 방식이 아니라 간결한 영상미와 더불어 열린 구조로 펼쳐진다. 그럼으로 인해 관객 스스로 묻게 되는 것이다. 지금처럼 사는 게 맞냐고. 그래서일까? 영화는 애써 '나'를 지우지 않는다. 아니 오히려 나를 선명하게 각인시키고 있다. 텍스트로, 화면 밖 목소리로 드러난 '나'는 영화 속 관계망의 주축이자 '시 읽는 시간'의 주인공이다. 나를 놓치지 않는, 나를 찾아

가는, 나답게를 성찰하는 영화답다. (이승민)

이 미지의 평자자는 기록영화 「시 읽는 시간」을 가리켜 '나를 놓치지 않는, 나를 찾아가는, 나답게를 성찰하는 영화'라고 높게 상찬하고 있습니다. 그에 의하면, 이 영화는 제가 앞서 말한 바처럼 소위 성찰형 영화인 셈이지요.

이 영화는 다양한 연령층에 있는 다섯 명의 사람을 인터뷰하는 형식으로 진행됩니다. 이 사람들은 현실에 대한 불만으로 인해 지속적으로 자기를 부정하는 도회지의 소시민들입니다. 다들 삶의 무게에 짓눌려 사는 사람들이죠. 인터뷰는 어눌한 말씨, 편안한 어조로 이루어지는데, 능변이 아니기 때문에 오히려 자연스러운 분위기를 연출하고 있습니다.

파주 출판단지에서 교정 일을 하는 여자. 이름은 오하나. 혼기를 조금 놓친 분 같네요. 출퇴근길에서 만난 직장인들의 획일적인 모습들, 즉 무표정이나 체념의 표정을 짓는 군상 속에서 자신을 발견합니다. 출판사의 업무라는 것은 온종일 아무 말도 하지 않을 때도 있듯이 단절된 인간관계 속에서 이루어집니다. 교정을 하는 일. 감정의 회로가 엉망이 되고 반응이 늦어지고……. 그녀는 답답한 현실을 벗어나기 위해 요가도 합니다만, 직장 생활은 자신의 존재를 전혀 보장하지 않는다는 생각에 이릅니다.

두 번째 사람은 미디어센터 녹음실에서 20년 이상 근무한 분인데, 무의식 속에 축적된 자기 부정 때문에 이상 증세를 느낍니다. 두려운 승차감, 만성적인 불쾌감 등이 그것입니다. 이 분 역시 언제 내가 존재하기라도 했나, 하는 회의에 빠집니다. 그 밖에 갖가지 일에 종사하면서 살아가는 사람들이 등장합니다. 대체로 비슷한 유형의 사람들이네요. 다들 답답한 현실의 출구를 시에서 찾는 사람들입니다. 이들은 시의 읽기(낭송)를 통해 미래라는 구멍을 찾으려고 하는 사람들입니다. 이 구멍이야말로 다름 아니라 무력하지만 건전한 삶의 출구, 혹은 감정의 배출구, 즉 카타르시스인 것이지요. 그동안 기타를 만들어내는 일을 해온 50대 초반의 장인(匠人)은 돈이 생기면 자유롭게 현실을 도피할 기회를 엿보지만 무기한 노숙 농성장에서 10년째 투쟁을 하고 있습니다. 그가 읽는 시는 김남주의 「자유」입니다. 그는 이 시를 통해 시와 공감을 나누거나 시인과 교감을 일삼습니다.

만인을 위해 내가 일할 때 나는 자유
땀 흘러 일하지 않고서야
어찌 나는 자유이다라고 말할 수 있으랴

만인을 위래 내가 싸울 때 나는 자유
피 흘러 함께 싸우지 않고서야
어찌 나는 자유이다라고 말할 수 있으랴
만인을 위래 내가 몸부림칠 때 나는 자유
피와 땀과 눈물을 나눠 흘리지 않고서야
어찌 나는 자유이다라고 말할 수 있으랴

―김남주의 「자유」 부분

이 시는 김남주의 시집 『나의 칼 나의 피』(1988)에 실려 있습니다. 인간의 자유는 관념 속에 막연히 있는 것이 아니라, 일과 싸움과 몸부림이라는 생활의 감정에 충실할 때 비로소 구현되는 것이겠지요. 시 하나가 모든 행동의 정당성을 부여할 수 있을까마는, 모든 행동의 정당성 속에 한 편의 시로서 아름답게 기호화될 수 있을 것입니다. 낭송을 하면 울림이 좋은 시라고 하겠지요. 다음에 인용할 심보선의 「오늘 나는」 역시 읽기에 불편하지 않은 시편입니다.

오늘 나는 흔들리는 깃털처럼 목적이 없다

오늘 나는 이미 사라진 것들 뒤에 숨어 있다

(……)

규칙과 감정 모두에 절박한 나

지난 시절을 잊었고

죽은 친구들을 잊었고

작년에 어떤 번민에 젖었는지 잊었다

(……)

내 몫의 비극이 남아 있음을 안다

누구에게나 증오할 자격이 있음을 안다

오늘 나는 누군가의 애절한 얼굴을 노려보고 있었다

오늘 나는 한 여자를 사랑하게 됐다

—심보선의 「오늘 나는」 부분

마흔 고개를 갓 넘은 일러스트레이터가 이 시를 낭송한 것 같습니다. 이 영화의 등장인물 가운데 가장 희망차고 낙관적인 삶을 향유하고 있는 사람입니다. 이 사람은 서울의 가난한 산마을에 배우자와 함께 살고 있습니다. 자드락길을 오르내리는 마을버스, 마을은 눈보라 휘날리는 겨울 밤과, 막 꽃피우는 봄날을 카메라에 담고 있습니다. 그는 시가 없으면 핸드폰 게임 같은 세상이라고 단정합니다. 내가 모르는 세계, 사람들이 느끼는 세계가 모두 시 속에 있다고, 그는 말합니다.

이 영화에 등장하는 인물 가운데 가장 개성적인 사람이 있습니다. 일본 출신의 젊은 여자 하마무. 이름도 특이하네요. 일본식의 이름인지도 모르겠습니다. 감독 이수정은 이 하마무를 한진 사태의 희망버스에서 만났다고 합니다. 그녀는 페미니즘을 공부했고, 지금은 회사에 다니고 있습니다. 그녀는 자기 엄마에게 왜 여자가 집안일을 해야 하냐, 라고 물었더니, 그 엄마로부터 여자니까 집안일을 해야 한다는 대답을 들었다고 고백합니다. 안정제를 먹으면서까지 회사를 다녀야 하나? 그녀의 일상은 늘 이렇듯 불만스럽습니다. 그녀에게는 희망이 무의미합니다. 시는 시인의 시를 읽지 않고, 세련되지 않으면 세련되지 않은 채로 자신의 습작품으로 읽습니다.

무엇 하나 희망이 없었다.
(……)
너무도 밤이 깊어 빛조차 잃어버린다.
무엇 하나 희망이 없는 이 세상에서
무엇 하나 남아 있지 않다.

그러나 하마무에게 있어서 희망이 없다는 것이 바로 절망을 의미하는 것은 아닌 듯합니다. 그녀는 희망과 절망이 원래 하나라고 봅니다. 세상에는 자신의 고통과 타인의 고통이 있듯이, 희망과 절망도 둘 다 있어야 한다고 보고 있습니다. 이처럼 시는 너그럽게 현실을 응시하게 합니다. 제가 여러분께 제시하고 있는 사진 속의 뒷모습 여자가 하마무인지, 오하나인지 잘 알 수 없지만 폐허의 집을 응시하는 저편에 좀 부유해 보이는 듯한 아파트촌이 보입니다. 우리가 살아가고 있는 이 세상에는 폐허화된 절망의 집 너머에 잘 지어진 희망의 집도 있는지 모를 일입니다.

여성 감독 이수정은 희망버스 사태 이후에 독립영화로서의 다큐를 만들기 시작했다고 하네요. 그리고 세월호 사건 이후에는 사회가 온통 거친 언어로 범람하여 시를 읽어야겠다는 생각을 가지기 시작했다고 합니다. 그녀에게 시는 고통의 심연에서 길어 올린 언어요, 말로 쉽게 소통할 수 없는 비유와 상징의 세계, 혹은 저마다의 고통이 담겨 있는 삶의 속사정일 것입니다. 그렇다면, 이 영화는 말할 기회가 주어지는 세상에 대

기록영화 「시 읽는 시간」의 한 장면. 한 인물이 폐허의 집을 응시하고 있다.

한 동경이라고 해야 하겠네요.

이수정은 사회참여적인 활동가로서의 기록영화 감독입니다. 이전의 작품을 보지 못해 잘 알 수는 없으나, 보아 하니 「깔깔깔 희망버스」(2012)와 「나쁜 나라」(2015)보다 「시 읽는 시간」(2016)이 훨씬 정적인 것으로 짐작됩니다. 동적인 것이 있다고 해도 정적인 것 가운데 이것이 숨어 있습니다. 바로 정중동이라고 말할 수 있겠지요. 정중동. 멎음 속의 움직임입니다. 시 읽는 시간의 정중동. 시가 지향하는 세계는 이 멎음입니다. 서정시의 초시간성을 설명할 수 있는 원리가 되는 것이지요. 멎음은 사람을 돌아볼 수 있게 하는 일정한 순간입니다. 반면에 이 영화에 있어서의 움직임은 시간의 개념일 것입니다. 이 시간의 개념은 실시간이 아니라 영화적으로 편집된 시간일 것입니다.

이수정의 「시 읽는 시간」은 아닌 게 아니라 뚝 뚝 끊어지는 느낌이 있습니다. 영화적인 화면의 리듬이란, 들숨과 날숨, 밀물과 썰물처럼 조화를 이루면서 진실의 화음(和音)을 구성하는 건 아닐까요? 저에게는 솔직히 말해 이 영화가 일종의 '폴리테인먼트'와 같은 성격 때문인지 감정적으로 동화되기가 힘들었습니다. 세월호 이후의 죄책감이 이 영화의 시적인 성격을 규정하는 데 적잖은 영향을 끼친 것으로 파악됩니다. 이때 죄책감은 무엇을 의미합니까? 관객의 공감대를 형성하게 하면 성찰적이겠지만, 관객에게 이를 과장하거나 강요하면 주입식의 과시형 영화가 되기가 십상이겠지요.

기록영화 「시 읽는 시간」은 과연 성찰형 영화인가?

감독의 연출 의도가 정치적인 편견으로부터 자유로울 수 있었다면, 지금 우리 시대의 첨예한 보혁(保革) 갈등 구도 속에서 평형의 시각을 유지했다고 믿는다면, 이 영화는 진정한 의미의 성찰형 영화일 것입니다.

4. 일상적 경험의 시를 쓴 버스 운전사

미국 독립영화의 상징적인 존재로 알려졌던 짐 자무시의 영화 「패터슨」에 관해 말해 볼까요? 마을 이름과 사람 이름이 같네요. 뉴저지의 패터슨 시에 살고 있는 패터슨 씨는 버스 운전사입니다. 휴대폰도 노트북도 없고 유행이 늦은 평범한 사람입니다. 그는 일상의 삶 속에서 드문드문 시를 쓰고는 합니다. 아마추어 시인이랄까, 아니면 시인 지망생이거나, 지역 동호인 모임의 시인인지도 모릅니다.

그는 날마다 비슷한 생활의 패턴을 유지한 채 하루하루를 보내고 있습니다.

다운타운(도심)에서 업타운(외곽)을 돌면서 시내버스를 운행하고 승객의 소소한 대화에 귀를 기울이고 일이 끝나면 집에 돌아와, 한때 컨트리 가수가 되고 싶어 했던 아내와 함께 저녁 식사를 하고, 개를 데리고 동네 한 바퀴 산책을 하면서 길에 개를 묶어놓고는 바에 들려 친구들과 대화를 나누면서 맥주를 한 잔 마시고 집으로 돌아옵니다. 그의 시에는 이런 내용도 있지요……난 일을 마치면 바에서 맥주를 마신다, 잔을 내려놓으면 기분이 좋다.

그리고 그는 틈틈이 시를 씁니다. 지하 서가에서든 차 떠나기 전의 운전석에서든 말입니다. 아내는 그가 쓴 서정시들이 썩히면 아까운 것이라면서 출판을 설득하지만, 그는 이 제안을 회피하려고만 합니다.

영화는 요일별 일상으로 된 추보식의 구성입니다. 전업주부인 아내는 늘 나른한 모습을 하고 있습니다. 아이도 가지지 않은 이 젊은 부부에게는 애완견이 생활 속의 복덩이입니다. 관객의 눈길 안에서 잔잔한 웃음거리가 되고 있습니다. 이 개도 훌륭한 조역으로 영화 속의 한 부분을 차지하고 있습니다. 영화의 흐름은 드라마틱하지 않고 잔잔히 흐르는 물결과 같습니다. 시를 바라보는 패터슨의 관점 역시 일상적인 범주에서 크게 벗어나지 않습니다. 그에게 있어서의 시는 일상적인 삶의 경험 속에 녹아 있는 운문인 셈입니다.

그에게 있어서의 시 쓰기라는 것도, 다름이 아니라 관념이 아닌 사물로부터 하나의 영감을 얻는 데서 비롯합니다. 랩퍼의 노래 연습을 훔쳐보는 것도 그에겐 하나의 영감이죠. 그가 랩의 언어나 랩퍼의 노래를 사물의 언어로 보기 때문이지요. 패터슨의 집에는 성냥이 많습니다. 이 신변의 흔한 사물이 아내에 대한 이른바 '사랑시편(Love-poem)'의 소재가 되기도 합니다.

나는 담배가 되고
당신은 성냥이 되어
키스로 타오르리.

패터슨에게는 소소한 일상의 것들에서 시심을 낚아 올립니다. 이 영화의 줄거리 고비마다 패터슨이 쓴 시편들이 낭송되고 있습니다. 시는 화면에 영어 자막으로도 비추어주고 있습니다. 시는 대체로 길고 현실주의의 서정적인 힘을 지니고 있는 것처럼 보입니다.

그런데 그 많은 시 중에서 단 한 편의 시도 메모할 수 없다는 것이 영화를 본 나의 아쉬움 내지 유감이라고 할 수 있겠습니다. 이 영화가 국내판 디브이디로 출시되지 않는 한, 시의 온전한 감상과 인용은 불가능해 보입니다. (후일담─이 영화는 다행히도 우리나라 극장에서 2년 후에 상영되어 관객들의 잔잔한 감동과 사랑을 받았다.) 시인이 아닌 허구적인 주인공의 시 낭송과 영문 자막이 화면에 떠오르는 것은 각별한 영화 보기의 체험이 아닌가 합니다. 이 영화에 대한 소개는 『씨네21』에서 영화제 기간 중에 임시로 간행한 공식 일간지에 잘 드러나 있습니다. 한번 읽고 버리고 마는 세칭 '찌라시' 정보는 결코 아닙니다.

영화는 패터슨이 도시를 유랑하며 마주하게 되는 풍경과 일상에서 맺는 관계들, 그의 하루를 스쳐 지나가는 수많은 단상들이 시로 재구성되는 과정을 차분하게 좇는다. 영화 「패터슨」의 매력은 시의 구조를 닮은 형식에 있다. 패터슨의 일과는 일견 반복되는 것 같으면서도 조금씩 달라진다. 이 반복과 차이에서 오는 일상의 리듬감을 음미하는 것이 바로 이 영화를 즐기는 방법이다. 그 어떤 드라마틱한 사건이나 반전이 없음에도 불구하고 마지막 순간까지 결코 단조롭거나 지루하지 않게 느껴지는 건 짐 자무시의 위트와 연륜 덕분이다. 선하고 사랑스러운 인물들과 블루톤의 색감이 도드라지는 도시 패터슨, 애덤 드라이버─패터슨 역을 맡은 배우 이름 : 인용자─의 중저음 목소리가 깊은 여운을 남기는 이 영화는 간결하면서도 힘이 있다. (장영엽)

보시다시피, 영화 「패터슨」에 관한 소개의 글로선 매우 적절한 글입니

짐 자무시의 영화 「패터슨」의 한 장면. 버스 운전사로서 운전석에 앉아 있는 패터슨 역을 맡은 애덤 드라이버의 극중 모습이다.

다. 비평적인 식견도 잘 드러나 있습니다. 이 영화가 반복되는 일상의 공간을 제시하면서도 지루하지 않는 이유에 관해서라면, 직업인으로서의 버스 운전사가 공간 편력의 경험을 다양하게 축적한 것을 보여줌으로써 관객들에게 오랜 시간을 향유한 것으로 착각하게 하는 데 있을 것입니다.

또, 이 영화의 최대의 미덕은 카메라의 동선에 있지 않나, 생각됩니다. 짐 자무시라는 거장의 영화답습니다. 영화는 패터슨의 시점에서 관객들을 시내의 구석구석을 데리고 다니고 있습니다. 높은 운전석의 시점에 의해 소도시의 한적한 정경인 바깥의 세상을 바라보는 것도 소소한 일상의 시적인 표현인 것이며, 뿐만 아니라, 긴 거리 워킹의 장면은 「천국보다 낯선」의 기시감이 떠오르는 대목이기도 합니다.

인용문에선 드라마틱한 사건이나 반전이 없다고 하고 있습니다만, 애완견이 자신의 소중한 육필 시집을 갈가리 물어뜯어서 조각조차 맞출 수도 없을 만큼 절망적인 지경에 이릅니다. 단 하나밖에 없는 텍스트는 허망하게 사라져 버립니다. 그는 이번에는 미운 개를 데리고 나가지 않고, 혼자 산책을 하러 나갑니다.

폭포수와 다리를 배경으로 한 아름다운 공원에서, 그는 일본에서 온 시인과 우연히 만납니다. 생면부지의 두 사람은 영어로 시에 관해 말을 주고받습니다. 일본 시인은 패터슨에게 묻습니다. 당신, 혹시 시인이냐고? 패터슨이 말합니다. 시인이 아니라, 버스 운전수라고. 일본 시인은 패터슨에게 자신의 일본어 시집을 선물합니다. 패터슨은 이 시집을 왜 영어로 번역하지 않느냐고 묻습니다. 그 일본 시인은 번역된 시야말로 레인코트를 입고 샤워하는 것에 지나지 않는다고 말합니다.

두 사람이 대화를 나눌 때 일본 시인이 '아하!' 하는 감탄사를 사용합니다. 이 감탄사는 우리나라 사람들도 많이 쓰는 말이지요. 패터슨은 일본 시인에게 '아하!'가 뭐냐고 묻습니다. '아하!'가 뭐겠습니까? 새로움의 발견이나, 반전의 묘미에 걸맞은 감탄의 표현이 아닐까요? 이 '아하!'야말로 이 영화의 여운을 강하게 남기고 있는 듯합니다.

5. 끝없는 시, 나비 같은 존재의 시인

올해 부산국제영화제에서는 「끝없는 시(詩)」라는 제목의 칠레 영화도 상영되었습니다. 감독의 이름은 알레한드로 호도로프스키입니다. 소개된 바의 정보에 의하면, 칠레를 대표하는 시인이면서 영화감독이라고 하네요. 그는 유년기에 자신을 권위적으로 억압해온 아버지와 한없이 자애로운 어머니 아래에서 시인이 되기를 꿈꾸면서 살아왔다고 해요. 영화는 전체의 구성에 있어서 자전(自傳) 3부작인데, 이 「끝없는 시」는 두 번째 작품이라고 합니다.

이 영화는 한마디로 말해, 기이하고 환상적이고 또 엽기적입니다. 영화를 보는 데 있어서, 사실상 우리의 정서에는 맞지 않은 부분이 있습니다. 호도로프스키의 어머니는 일반 대사가 아닌 오페라적인 대사로 일관하고, 많은 세팅이 전위 미술의 전시장 분위기를 연출하고 있으며, 주인공 시인은 난쟁이 여인과 노골적인 섹스 장면을 일삼고, 현실과 비현실의 경계를 무시로 넘나드는 장면들도 비일비재합니다. 라틴아메리카의 전통적인 환상 문학이 미친 영향이 아닐까 하고 막연히 생각할 수 있겠습니다. 이 영화를 연출한 감독이 시인이듯이, 이 영화는 시적 환상의 분위기를 이끄는 일종의 시네포엠이 아닐까 합니다.

감독인 호도로프스키 역시 극중의 인물로 드문드문 출연하기도 합니다. 자신의 자전적인 삶에 대한 객관적인 관찰자의 시점에서 어린 시절의 자기, 젊은 시절의 자기를 바라보려고 하기 때문이죠.

시인이 바라보는 자신의 삶은 이와 같습니다.

시인의 어린 시절인 소년은 아버지로부터 시집을 읽지 말고 차라리 생물책을 읽으라는 말을 듣습니다. 아버지는 지독한 배금주의자. 지폐를 소독하는 사람이기도 하죠. 하지만 그는 시인이란 말의 스페인어인 '포에타(poeta)'가 될 거라고 소리를 높입니다. 이 '포에타'라는 단어는 이 영화의 키 워드가 됩니다. 한 광인은 그에게 '벌거벗은 성녀(聖女)가 네 앞길을 밝혀줄 것이다.'라고 예언을 합니다. 마침내 시인 앞에 나타난 성녀는 빨간색의 긴 머리카락이 드리운 괴물 같은 여자 스텔라 디아즈 바린입니다. 시를 쓰는 여자인 동시에, 엄청난 괴력의 소유자이죠. 시인이 그녀에게 말합니다. 당신이 불타는 나비처럼 내 앞을 밝혀줄 거요, 라고.

영화는 점차 엽기적인 환상담으로 변해 갑니다. 시인은 이 괴물 같은 여자와 한 몸을 이룹니다. 시인이 부랑자에게 집단 성폭행을 당할 위기의 순간에, 이 여자가 나타나 유감없이 괴력을 발휘합니다. 소년 시절의 시인을 사랑한 한 동성 친구는 동성애 제안의 거절을 오래 괴로워하다가 칠레대학교 정문에서 목을 매어서 자살을 시도합니다. 스튜디오에서는 광란의 파티가 열리고, 괴팍한 이상행동의 퍼포먼스가 벌어집니다. 사람들은 발이 있으면 춤을 추고, 술이 있으면 시를 읊조리고, 입이 있으면 고해성사를 합니다. 마귀할멈은 '네 뜻대로 살아라, 죽으면 숨을 쉬는 기쁨도 없다.'라고 외칩니다. 세상은 온통 난장판입니다.

제가 제시하고 있는 장면을 보십시오. 남녀가 어울려 신나게 춤을 추고 있고 있지요. 이 장면은 소위 '호모 페스티부스(Homo Festivus)'라는 용어를 연상하게 한다. 이 용어는 20여 년 전에 딱 한 번 책에서 보았는데, 더는 보지 못했습니다. 저 유명한 요한 하위징아가 창안한 '호모 루덴스'에 밀려나 설 자리가 없었겠지요.

영화 속의 시인도 광대가 되어 사람들을 제의적인 황홀경으로 인도합니다. 남미적인 생의 낙천주의가 이런 걸까요? 주인공인 시인은 마치 의식의 사제(제사장)와도 같습니다. 성인으로 등장하는 시인 역의 배우가 누구인지 잘 알 수 없습니다만, 준수한 용모에다, 매우 빼어나고도 인상적인 연기력을 보여줍니다. 영화에는 시편들이 낭송되고 있습니다만, 제 기억의 순간 속에는 남아 있지 않습니다. 대체로 기억해낼 수 있는 것은 이 정도가 아닐까 합니다.

꽃이 노래하면서 사라지는데
어찌 나무라고 할 수 있으랴.
어찌 나무라고 하겠는가.
길에 남아 있는 내 발자국이
옅어져만 간다.

불꽃일 때, 시는 완벽하다고, 시인 호도로프스키는 말했습니다. 꽃도

호도로프스키의 영화 「끝없는 시」의 한 장면. 남녀가 어울려 춤을 추고 있는 이 장면은 소위 '호모 페스티부스'를 연상하게 한다. 이 영화는 시인의 존재성과 삶의 정체성을 성찰한 영화라고 할 수 있다.

지는 순간에 가장 아름답겠죠. 소멸의 미학을 얘기하는 것이겠지요. 시인으로서의 삶의 정체성 역시 영혼의 불꽃처럼 자아의 존재가 소모되는 순간에 확인될 것입니다.

　이 영화를 보면, 시인이면서 영화감독이었던 장 콕토를 떠올리게 됩니다. 마치 장 콕토가 80년 만에 나타난 것이 아닌가 하는 생각을 갖게 합니다. 어떻게 보면 중세의 탐색담(vision-quest) 같고, 또 한편으로는 초현실주의 시와 그림을 연상시키는 이 영화는 '시인으로서의 살아가기'의 길(방식)을 은유와 상징으로 잘 보여주고 있습니다.

이 영화에서 대사의 표현력이 뛰어납니다.

시를 가리켜 이렇게 비유하기도 합니다. 시(詩)는, 즉 반딧불을 삼킨 두꺼비의 눈부신 배설물……. 마치 빛이 나는 선(禪)어록과 같지요. 왠지 촌철살인의 일본 하이쿠와 같다는 생각도 듭니다.

그러면, 시인은 어떻게 비유될까요. 이 영화에서 가장 큰 울림으로 다가오는 경인구가 있습니다. '시인은 세상을 사는 법을 알고 사람을 사랑할 줄 아는 순수한 빛의 존재다. 나비 같은 존재다.' 나비로 은유화된 순수한 빛의 존재. 영화 속의 한 선배 시인이 주인공 시인을 다독입니다. 나처럼 박사학위를 받고 교수가 되라고. 하지만 시인은 시인이 교수가 되는 것을 가리켜 나비가 모기가 되는 것으로 비유하고 있습니다.

또 나비는 현실과 환(幻)의 경계를 자유롭게 넘나듭니다. 생시와 꿈의 경험을 아우르면서 독특한 일원론적인 세계를 환기할 수 있는 존재가 바로 시인인 셈이지요.

시인으로서의 삶의 정체성과 존재의 본질을 자전적으로 성찰한 영화가 시인 호도로프스키의 영화 「끝없는 시」인 겁니다. 다음의 인용문은 이 영화를 집약적으로 소개한, 또 하나의 짧은 자료입니다. 이때까지 제가 얘기한 것과는 다른 측면에서 얘기한 것이기 때문에 읽을거리로 참고로 제시합니다.

스무 살 성인이 된 청년 알레한드리토는 부모님의 뜻을 거스르고 시인이 되고자 산티아고로 온다. 삶의 에너지와 창작에의 욕구로 가득한 알레한드리토는 얼마 지나지 않아 전위적이고 지적인 젊은 창작가들의 모임에 합류한다. 그리고 미래 칠레 문학계를 이끌어 갈 젊은 작가들인 엔리케 린, 스텔라 디아즈 바린, 그리고 니카노르 파라 등과 교류하면서 리비도로 충만한 새로운 세계에 눈뜨기 시작한다. 「끝없는 시」는 알레한드로 호도로프스키의 자전 3부작 중 억압적인 아버지와 자애로운 어머니 사이에서 혼란의 성장기를 겪는 소년 알레한드리토의 이야기인 첫 번째 작품 「현실의 춤」에 이은 두 번째 작품이다. 시에 대한 청년 알레한드리토의 열정, 그리고 그를 둘러싼 동료와 연인들의 전위적 감수성은 호도로프스키 특유의 마법 같은 화면구성과 전통적 서사에 빗겨선 독특한 이야기 구조를 통해 환상과 현실을 넘나드는 스크린 위에 펼쳐진다. 창작 욕구와 소통, 오이디푸스 콤플렉스와 극복 의지는 전작에 이어 알레한드리토의 삶 정중앙에 놓여있다. (박진형)

6. 남는 말 : 시인이 꿈꾸는 현실 너머

기록영화 「시 읽는 시간」은 현실 너머에 존재하는 꿈의 세계에 시인의 상상력이 있음을 확인시켜준 영화가 아니었나, 라고 생각됩니다. 저는 이 영화에 대해 성찰의 의미를 던져보았는데, 이에 관한 각양의 해답은 제 말씀을 지금 경청하고 있는 여러분의 몫이 아닌가 생각하고 있습니다.

시에 있어서의 성찰의 조건은 경험과 몽상이 아닐까요. 경험이 중한가, 몽상이 중한가. 이 역시 가치 판단의 문제에 속하는 것일 터입니다. 미국 독립영화의 상징과 같았던 짐 자무시의 영화 「패터슨」은 경험의 가치에 손을 들어 주었고, 칠레의 시인이면서 영화감독인 알레한드로 호도로프스키가 만든 환상적인 자전(自傳) 영화 「끝없는 시」는 시에 있어서 경험보다 몽상이 강렬하다는 사실을 증명해 주고 있습니다. 가스통 바슐라르는 '몽상은 경험보다 강하다.' 라는 명제를 천명한 바 있었지요. 영화 「끝없는 시」는 바슐라르적인 가치의 세계에 존재하는 영화이겠지요. 이 대목에서 바슐라르의 경인구 하나를 따오려고 합니다. 하도 음미하기 좋은 말이라서요.

나는 세계를 꿈꾼다.
그러므로 세계는 존재한다,
내가 꿈꾸는 대로.

세계는 시인이 꿈꾸는 대로 존재합니다. 이 말은 도대체 무슨 의미일까요. 저는 이렇게 생각합니다. 시인은 그가 꿈꾸는 대로 존재하는 세계를 꿈꾼다. 이 말을 하고자 하는 것이 아닐까요. 그렇습니다. 시란 시인이 꿈꾸는 대로 존재하는 세계에 다름이 아닌 거지요. 이번에 제가 부산에서 본, 시와 관련한 세 편의 영화가 시인이 꿈꾸는 대로 존재하는 세계를 다시 꿈꾼다는 점에서, 성찰의 뜻이 있는 정도의 영화라고 할 수 있을 것입니다. 다만 짙고 옅음의 차이에 대한 판단은, 이를 판단하는 이의 가치관에 따라 놓여있다고 보이는군요.

이상으로, 두서없는 제 말을 마무리하겠습니다.
경청해 주셔서 감사합니다.

연락선과 금지곡 :
대중가요의 동아시아적인 관점

1. 들머리 : 시와 노래의 친연성

두루 알려진 바와 같이, 시와 노래의 공통된 기원은 멀리 중세의 음유시(trouba)에까지 소급된다. 12 · 3세기의 남(南)프랑스를 중심으로 발전, 번성했던 음유시에서 샹송이 나왔다. 이 음유시의 고유한 이름은 칸손(chanson)이었다. 물론 이것은 스페인의 칸시온(cancion), 이탈리아의 칸초네(canzone)와 동종의 어원을 함께 하는 것이다. 중세 유럽의 음유시를 계승한 오늘날의 대중가요는 영미권의 팝에 비해 비교적 노랫말의 내용을 중시한다. 샹송은 더욱 그렇다. 이것은 다른 대중가요보다 시적 진실 및 분위기에 접근하는 성향이 짙다. 샹송 가수에게는 이른바 크레아시옹(creation)이 전통적으로 강조되어 왔다. 제2차 대전 이전만 해도 한번 크레아시옹된 샹송이 초연자 이외의 가수에 의해 불리는 일은 거의 없었다. 그래서 크레아시옹이 초연(初演)으로 번역되기도 한다.

음유시인은 오늘날 개념으로는 종합적인 예인으로서의 '싱어 송 라이터'라고 할 수 있다. 시인, 작곡가로서의 창작자(composer)이며 동시에 가수 및 배우로서의 연행자(performer)이었던 것이다. 중세 유럽의 음유시인은 지역에 따라 다양한 이름을 가지고 있었다.[1]

음유시의 전통은 서양에만 있었을까? 서정시의 황금시대는 아시아에 존재하지 않았던가? 아시아 시심의 전통에는 문자적인 전통만 있었던 건 아니었다. 그 나름의 구비적인 전통도 강했다. 한국의 가객(歌客)이나 일본의 엥카시(演歌師) 같은 이들도 동양적인 개념의 음유시인에 포함될 수 있을 것이다.

그러면 본원적인 물음을 던진다.

시와 노래는 어떻게 다른가? 동양사상에서 흔히 논의되는 동정론(動靜論)의 관점에서 볼 때, 서정시가 정적인 양식이라면, 소설은 동적인 양식이다. 시가 정적이라면, 시와 비슷한 노래는 또 어떠한가? 내가 생각하기로는 노래는 '정중동'의 양식이 아닐까 한다. 멎음의 상태에 놓여 있으면서도 움직임을 지향하는 것. 노래는 바람이다. 한 곳에 머물러 있지 않고, 어디론가 떠나가려고 늘 들썩인다. 노래와 음악은 전형적인 시간 예술이 아닌가? 문화 현상에 있어서 이른바 '교차'니 '범람'이니 하는 것도 노래와 연주에 관련되는 것이 많다.

모더니즘 시란, 공간 형식을 창출하는 시각지향적인 시다. 더는 시를 시간 속에서 일어나는 발화나 발화의 모방으로 구성하는 것이 아니라, 시의 모든 요소들이 공간 속에서 존재하게 하는 시를 추구한다. 그러나 시의 노래 정신은 시간예술인 노래의 노래다운 특성인 신명, 리듬 감각, 생활감정에의 충실성에 깃들여 있는 것이다. 사계의 순환과 같은 시간적인 생태 감성의 복원에 있는 것이다.

이 글은 시와 대중가요에 관한 글이다. 지역적으로는 동아시아 문화권

---

1 음유시인은 예를 들면, 트루바두르(troubadour), 트로바토레(trovatore), 조글라르, 후글라르 (juglar), 민스트럴(minstrel) 등이 있다. 이들이 노래한 내용은 대부분 조국과 사랑이었다. 즉 중세의 음유시는 무훈시(武勳詩) 아니면 연가(canso d'amor)였다.

으로 묶었다. 동아시아적인 문화의 장에서 공유하는 정서는 대중가요만큼 강렬한 게 없을 성싶다. 동아시아의 관점에서 대중가요에 관한 한, 최근 백 년 동안의 사정을 되살펴보려고 한다.

2. 1920년대 대중가요와 한일 관계

우리나라의 근대 대중가요는 우리의 것이 아닌 박래품으로부터 시작했다. 유성기를 통해 처음으로 유행하여 인기를 얻은 노래는 다름 아닌 일본의 대중가요인 「시들은 방초(芳草)」였다. 한때 송민호에 의해 '후기 창가'로 규정된 이 노래는 정확히 말해 대중가요의 번안된 노랫말이다.

이내 몸은 강 언덕의 시들은 방초
어여쁜 너도 또한 시들은 방초
너와 나와 단 두 몸은 이 세상에서
꽃 피어보지 못한 시들은 방초

おれは河原の枯れすすき
同じお前も枯れすすき
どうせ二人はこの世では
花のさかない枯れすすき

이 노래의 본디 제목은 「선두소패(船頭小唄)」이다. 선두소패는 '뱃머리의 노래'라는 뜻이다. 소패(고우타)는 일본 민요풍의 가요라고 보면 된다. 이 노래는 일본에서 관동대지진 사건 이후 만연된 허무적이고 염세적인 사회 풍조와 함께 급속히 유행한 노래였다. 이 노래는 1922년에 한반도에 유입되어 1924, 5년 무렵에 유성기 음반과 함께 인기의 절정에 달했다.

물론 원작의 내용과는 약간의 차이가 있다. 이 몸은 강기슭의 시들은 갈대, 그대도 나와 함께 시들은 갈대, 어차피 우리 둘은 이 세상에서, 꽃 피지 못하는 시들은 갈대. 이 노래의 원작(작사)자는 일본 근대시 초창기의 유명한 시인이자 동·민요 작가였던 노구치 우조(野口雨情)이다.[2] 이 노래는 민요시집 『고초(枯草)』(1905)에 실려 있다가, 1921년에 이르러 나카야마 신페이(中山晉平)에 의해 작곡된 노래다. 식민지 조선에서도 이 노래가 대중의 인기에 영합했다. 오죽 했으면, 안서 김억이 이 노래가 윤극영의 「반달」보다 인기가 있는 걸 비판하였겠으며, 김소월은 원고로 전해진 한 저항시에서 이 노래를 대중에게 부르지 말라고 했겠는가?

일본의 경우에는 근대시 초창기에 시를 노래로 부르는 경우가 더러 있었을 것이다. 초창기 시인들이 노래로 불리기 알맞은 정형률을 선호하였기 때문이다. 일본에 있어서의 초창기의 국민적인 대중가요는 「황성(荒城)의 달」이다. 아니, 대중적인 국민가요라고 해야 할 것 같다. 이 노래의 원작은 시인 도이 반스이(土井晚翠)의 시 작품이다. 일본 사람이라면, 백 년이 넘은 이 노래를 모르는 사람이 없을 정도라고 한다.

이 노래는 1901년에 작곡되었다. 노래는 지나치게 애상적이다. 이 슬픈 노래를 부르면서 자살한 사람들이 많아서 한때 사회 문제를 불러일으키기도 했다. 이 노래가 초창기 대중가요 중에서도 일본 국민가요라면, 우리나라의 경우에 「황성(荒城)의 적(跡)」(1928)은 초창기 대중가요 중에서도 국민적인 가요라고 할 만하다. 두 노래를 함께 1절만 인용해 보겠다.

---

2 박경리의 「토지」 3부 2권에 이런 내용이 있어 참고하기를 바란다. "환국이는 책방에 들렀다. …
…노구치 우죠(野口雨情)의 동요집 한 권을 산다. 잡지에 간간이 실리는 노구치 우죠의 동요가
참 좋았기 때문이다." (「토지」, 솔출판사, 통권 제 8권, 165면.)

봄은 고루(高樓)에 펼치는 꽃잔치

돌고 도는 술잔에 그림자 어리고

천년송(千年松) 가지가지 뻗어나오던

옛날 그 빛은 이제 어디에

— 유정 역본[3]

황성 옛터에 밤이 되니 월색만 고요해

폐허에 설운 회포를 말하여 주노나

아 외로운 저 나그네 홀로 잠 못 이뤄

구슬픈 벌레 소리에 말없이 눈물 져요.

이 「황성의 적」은 왕평이 작사하고, 전수린이 작곡한 노래다. 지금 이 노래의 제목은 「황성 옛터」로 잘 알려져 있다. 이 노래는 당시 이들이 있던 순회극단 연극사(研劇舍)가 개성에서 공연을 하고 있을 때 만들어진 것이다. 폐허가 된 고려의 옛 궁터 만월대(滿月臺)를 찾아 받은 쓸쓸한 감회를 노래한 것이다. 단성사에서 가수 이애리수(李愛利秀)가 불러 삽시간에 전국으로 확산되어 갔으며, 이로 말미암아 조선총독부는 이의 불온한 유행을 방지하기 위해 금지시켰다. 하지만 대중들은 망국의 서러움을 가슴에 안고 이 노래를 계속 불렀다.

그런데 이 노래를 둘러싼 세간의 오해가 적지 않았던 것으로 알려져 있다. 오해란 것은 근거도 없이, 또 밑도 끝도 없이 폭넓게 유포되는 법이다. 그 오해는 최근에 간행된 유홍준의 『나의 문화유산답사기』 일본편 (1)에 이르러서도 대표적인 사례처럼 드러나 있다.

---

3 유정 편역, 『일본근대대표시선』, 창작과비평사, 1997, 20면.

황폐한 성의 옛 터전인 개성의 만월대. 고려 왕조의 무너진 성의 축대 일부가 보이고, 여기저기에 흩어져 있는 돌들이 어수선하다. 일제강점기 망국의 상징이기도 했다.

일본인이라면 누구나 아는 '고조노쓰키', 즉 「황성(荒城)의 달」은 우리로 치면 「봉선화」와 같은 곡이다. 애잔하다 못해 쓸쓸하기 그지없는 노래로, 남인수(南仁樹)가 부른 「황성 옛터」는 이 곡을 벤치마크한 노래다.[4]

이 짧은 글 속에 사실 관계는 말할 것도 없거니와 우리의 문화적인 자존감을 뒤흔드는 오해도 담겨 있다. 초연자(初演者) 이애리수를 남인수로 잘못 알고 있는 것은 그렇다고 치자. 벤치마크란 표현은 해선 안 될 말이다. 벤치마크의 적극적인 의미는 모방이며, 그 소극적인 의미는 영향일 것이다.

하지만 실상은 현저히 다르다.

---

4 유홍준, 『나의 문화유산답사기』, 일본편 Ⅰ 규슈, 창비, 2013, 75면.

일본 노래인 「황성의 달」은 일본적인 5음계인 소위 '요나누키' 음계이다. 제4음인 '파'와 제7음인 '시'가 없는 음계이다. 그러나 「황성의 적」은 '파'로 시작해서 '시'가 양념처럼 뿌려져 있는 음계이다. 박자도 마찬가지다. 일본 엥카의 전형적인 박자가 2박이며, 「황성의 달」은 2박의 변형인 4박이다. 그러나 「황성의 적」은 우리 전통의 박자인 3박으로 되어 있다.

더욱 중요한 건 정서와 미의식의 측면에서 서로 다르다는 것이다. 전자가 영화로움의 무상감을 노래한 것이라면, 후자는 망국의 슬픔을 달래는 애국주의적인 정조의 노래이다. 요컨대 「황성의 달」이 일본의 정서와 미의식을 대변하는 소위 '모노노아와레(物の哀れ)'라면, 「황성의 적」은 일종의 망국한이다. 모노노아와레는 사물의 덧없는 것에 대한 애상의 감정, 어쩐지 모르게 슬프게 느껴지는 일, 동경으로 끝나면서 몽롱한 상태에 빠지는 것이다. 이에 비해 한은 삶의 뿌리가 되면서 현실에 영향을 끼치는 그 무엇이다.

양자는 상이하다.

같은 게 있다면 황성(荒城)이라는 단어라는 점이다. 「황성의 적」은 「황성의 달」을 모방한 것도, 영향을 받은 것도 아니다. 이 두 노래는 음악적으로나 시적으로나 전혀 이질적인 노래임에 틀림없다.

3. 리샹란의 삶을 살았던 야마구치 요시코

야마구치 요시코(山口淑子)는 올해(2014) 94세의 나이로 사망했다. 그녀는 1920년 만주에서 일본인 부모 밑에서 태어났으나, 1932년 일본이 선통제 푸이를 내세워 세운 괴뢰국가인 만주국에서 '리샹란(李香蘭)'이란 예명으로 중국인 행세를 하며 적지 않은 친일 영화에 출연하였다. 일본

군인과 사랑에 빠지는 중국 여인을 연기했다. 전쟁이 끝날 때까지 많은 중국인들은 그녀가 중국인이라고 생각했다. 말하자면 리샹란은 일본인 부모 아래 만주에서 일본인 야마구치 요시코로 태어나 자랐으나, 1938년부터 1945년까지의 아시아-태평양 전쟁기에 일본 군국주의의 전략적인 기획 아래 중국인 여배우-여가수로 철저하게 이용된, 다시 말해 역사의 희생물로 살았던 여인이었다. 그녀는 우선 만주영화협회 소속의 여배우로서만 7편의 만주 영화에 출연했다.

그녀가 출연한 대표적인 영화는 「지나(支那)의 밤」(1940)이다. 이것은 중국 점령 당시 일본의 지배를 정당화하기 위해 만들어진 영화다. 그 내용은 이렇다. 친절한 일본인 해군 장교에게 구출된 가난한 중국인 고아 소녀가 주인공이다. 그녀는 일본인과의 사랑을 이루기 위해 주변의 항일파 중국인들을 설득한다. 영화에 앞서서 노래가 먼저 나왔다. 노래는 본디 1938년에 와타나베 하마코(渡辺はまこ)라는 여가수에 의해 초연되었다. 이 노래의 작사자는 시인으로 유명한 사이조 야소(西條八十)다. 이 영화 「지나의 밤」 속에서 주제가를 부르는 출연자는 물론 영화의 주인공인 리샹란이다.

중일전쟁 이래 군부와 결탁한 일본의 자본은 침략을 미화하는 영화를 만들고, 또 그에 따른 주제가를 만들었다.[5] 「지나의 밤」의 경우처럼, 영화이면서 또 가요인 것의 그 당시 목록은 「바이란의 노래(白蘭之歌)」(1939), 「쑤쩌우의 밤(蘇州之夜)」(1941), 「영춘화(迎春化)」(1942) 등이 있다. 여기에 리샹란이 깊이 관계하고 있는 것이다. 이것들은 친일을 선전 선동하는, 소위 중국 대륙과의 전략적인 친선(friendship)의 의도 아래 기획된 것이다.

---

5 『송건호전집 · 18』, 한길사, 2002, 111면, 참고.

일본 군국주의가 조작한 가짜 중국인 가수 이향란(리샹란). 20대 젊었을 때의
모습이다. 용모부터가 이국형의 다문화성이 느껴진다.

일본은 만주에서 괴뢰국가를 만들고 나서 입만 열면 '일만친선(日滿親
善)'과 '오족협화(五族協和)'를 노래하다시피 했다. 이 슬로건의 예능적인
아이콘이 리샹란이었던 셈이다. 가요 「지나의 밤」이 중국 멜로디를 빌린
일본의 군국 가요이듯이, 이 같은 문화 접변의 양상으로 인해 마침내 중

국 가요 역시 일본화되어간 경우도 있었다. 그 대표적인 노래는 「하일군 재래(何日君在來)」이다. 이 노래는 본디 중국의 작곡자 유설암(劉雪庵)이 작곡하여 중국의 여가수 주선(周璇)이 부른 것이다. 이것이 1939년에 이르러 시인 오사다 츠네오(長田桓雄)에 의해 일본어로 개사된 번안 가요를, 와타나베 하마코가 불렀다. 그리곤 이듬해에 리샹란은 중국어로 취입하기도 했다.

好花不常開 好景不常在
愁堆解笑眉 淚灑相思帶
今宵離別后 何日君再來
喝完了這杯 請進点小菜
人生難得幾回醉 不歡更何待
(白) 來來來, 喝完了這杯再說吧!
今宵離別后 何日君再來

아름다운 꽃도 항상 피어있지는 않고
멋진 풍경도 항상 머무는 건 아니에요.
근심이 쌓여 웃는 낯을 없애고
눈물은 그리운 마음에 뿌려져요.
오늘 밤 이별한 다음에 언제 님이 다시 오실까요.
이 잔을 다 비우고 안주마저 드세요.
인생을 살면서 취하기는 흔치 않으니
지금 즐기지 않으면 어찌 또 기다리겠어요.
(白) 자자자, 이 잔을 비우고 다시 얘기해요.
오늘 밤 이별한 후에 언제 님이 다시 오실까요.

이 노래는 상해에서 만들어졌다. 리샹란이 만주의 여배우 생활을 접고 상해의 여가수로 승승장구할 무렵의 일이었다. 「하일군재래」의 표제 중에서 2인칭 대명사인 군(君)을 지칭하는 것은 무엇일까? 그녀는 자신의 자서전인 『리샹란 나의 반생(半生)』(1987)에서 일본군의 압정에 허덕이는 중국 인민이 대망하였던 구세주의 우의(寓意)라고 했다.[6] 사건이 허용된다면, 나의 은사 중에서 해방 직전에 만주에 있는 오족(五族) 대학을 다닌 분이 계셨는데, 그분의, 오래전의 말씀에 의하면, 그 노래의 군(君)은 한마디로 말해 '평화'라고 했다. 오랜 역사를 통해 늘 전란의 무대가 되었던 만주에 살던 인민의 집단적인 기다림의 표상이 바로 '그대'라는 것. 리샹란의 증언과 맥락이 유사하다고 하겠다.

그녀의 노래 중에서 대표작으로 손꼽히는 것은 「야래향(夜來香)」(1944)이다. 이 노래는 지금도 인구에 회자되고 있다. 야래향은 우리말로 달맞이꽃. 일본어적인 개념으로는 월견초(月見草)다. 이 노래는 여금광(黎錦光)이란 본명, 금옥곡(金玉谷)이란 필명을 가진 상해의 뮤지션이 작사, 작곡한 노래다. 이 노래는 일본 콜롬비아 레코드사가 기획하고 의뢰한 곡이란 점에서 중일 합작 가요라고 할 수 있다.

那南風吹來淸凉
那夜鶯啼聲凄愴
月下的花兒都入夢
只有那夜來香 吐露着芬芳
我愛着夜色茫茫
也愛着夜鶯歌唱
更愛那花一般的夢

---

6 山口淑子, 『李香蘭 私の半生』, 新潮社, 1990, 287면, 참고.

擁抱着夜來香 吻着夜來香

남쪽 바람은 시원하게 부는데
저 소쩍새 소리는 처량하네
달 아래 꽃들은 꿈에 들었는데
저 야래향에서만 향기가 나네
나는 이 아득한 밤을 좋아하고
소쩍새 울음소리도 좋아하지만
저 꽃 같은 꿈속에서
야래향을 꺼안고 야래향과 입을 맞추면 더 좋겠네

중국어 버전「야래향」에는 좀 시대적인 어둠이 반영되어 있다. 반면에 일본어 버전「야래향」은 사랑의 감정으로 착색된 감이 있다. 리샹란 역시 후자가 전자에 비해 전쟁의 피로를 느끼는 인심(人心)을 위무하고 있는 게 원사(原詞)에 없는 맛이라고 했다. 일본어 버전의 가사 일부는 다음과 같다.

この香りよ
長き夜の泪 唄ううぐいすよ
恋の夢消えて 残る夜来香
この夜来香
夜来香 白い花
夜来香 恋の花
ああ 胸痛く 唄かなし

이 향기여

기나긴 밤의 눈물 노래하는 휘파람새여

사랑의 꿈이 사라지고 남은 야래향

이 야래향

야래향 하얀 꽃

야래향 사랑의 꽃

아아 가슴 아프게 노래가 슬프네

리샹란은 상해 7대 여가수로 활약했다. 이 노래로 인해 그녀의 개인적 주가는 훨씬 상승했으리라고 짐작된다. 하지만 일본의 패망 이후 중국에서 재판에 회부되어 1946년 국민당 정권으로부터 한간(漢奸) 즉 매국노의 죄상으로 사형을 선고받았으나, 일본인이라는 점이 가까스로 입증되어 천신만고 끝에 추방 형식으로 일본에 돌아갈 수 있게 됐다. 그녀가 일본으로 갈 때 탔던 배에서도 공교롭게도 그 「야래향」이 울려 퍼졌다고 한다.

(1946년) 3월말, 귀국선 운젠마루(雲仙丸)의 갑판 위에 올랐다. 상해의 하늘은 시뻘건 황혼으로 물들었다. 내가 해벽을 떠날 때 선내의 라디오에서 노래가 흘렀다.

이에라이샹(夜來香)이었다. 내 목소리. 내 노래.

잘 있거라, 중국. 잘 있거라, 사랑하는 사람들. 그 멜로디를 들으며 갑판의 손잡이를 쥐고 나는 온몸을 떨었다.[7]

이 인용문은 야마구치 요시코라고 하는 이름의 저서 『리샹란으로 살아오면서』(일본경제신문사, 2004) 116면에 실린 것이라고 한다. 그녀의 미덕

---

7 김윤식, 『일제말기 한국인 학병 세대의 체험적 글쓰기론』, 서울대 출판부, 2007, 94면, 재인.

은 국제성, 다문화성이라고 할 수 있다. 일본어 대사로 된 조선의 친일 영화 (방한준 감독의) 「병정님」에 그녀가 노래하는 가수의 역으로 출연하기도 했다. 그녀가 귀국한 직후에 동경의 제국극장에서 오페라 「춘향」이 상연되었다. 여기에 그녀가 춘향으로 출연했다. 상대역인 이도령은 오페라 테너 가수로 유명한 김영길이 맡았다. 흰 치마저고리를 입은 그녀는 우리말로 우리 민요를 불렀다고 한다. 그 모습이 너무 아름답고 인상적이어서 한때 일본의 교포 사회에 그녀가 한국인이라는 헛소문이 나돌기도 했다.[8] 그녀는 한때 동아시아적으로 공유된 문화의 장(場)에 놓여 있었다. 그녀는 한중일에서 각각 이향란, 리샹란, 리코란의 이름으로 호명되면서 자국민으로 동일시되었던 것이다. 그녀는 야마구치 요시코란 본명으로 일본에서 연예인으로서 재기했다. 그녀는 1950년을 전후해 일본어로 번안된 노래 「야래향(夜來香)」을 불렀으며, 1951년에는 동명의 영화가 일본에서 제작되기도 하였다.

리샹란은 조국 일본에서 정치인으로 살았다. 18년 동안 국회의원 생활을 했으며, 환경청 정무차관의 자격으로 모국 중국을 32년 만에 방문하여 중일 개선을 위한 외교적인 물꼬를 텄다. 그녀는 외교 관계 개선의 정치적인 아이콘이었다. 1970년대에 북한을 방문하여 김일성을 두 차례나 만나기도 했다. 그녀가 자서전 『리샹란 나의 반생』을 간행했을 때 출판사에서는 다음과 같은 광고 문안을 내놓기도 했다. 그의 드라마틱하고 파란만장한 생애를 잘 보여주고 있는 광고 문안이라고 할 수 있다.

중국과 일본의 어두운 협간(狹間)·옛 만주에서 태어나 자라 사랑한 두 나라에 번롱(翻弄)된 소녀의 수기(數奇)한 반생과 소화사(昭和史)의 단면.

---

8 백종원, 『조선사람-재일 조선인 1세가 엮은 20세기』, 삼천리, 2012, 155~6면, 참고.

4. 노래의 해협을 넘어, 시심의 파고를 넘어

우리는 대중가요라고 하면 일본의 엥카로부터 강한 영향을 받은 것이라고만 알고 있다. 노래는 음악적인 영향도 물론 무시할 수 없지만, 문학적인 정서의 문제가 이보다 더 중요하다고 본다. 동시대 사람들의 인정세태가 담긴 것이 노래의 본질인 것이다. 우리가 일제 강점기의 노래라고 해서 매양 독립군가만을 불렀어야만 하지는 않지 않았을까? 우리의 대중가요 중에서 일본으로 범람한 경우도 있었다.

1937년에 「연락선은 떠난다」라는 노래가 나왔다. 가수는 평양 화신백화점의 악기점 점원이던 18세의 소녀에 지나지 않은 장세정이었다. 여기에서 '연락선'이란 부산항과 시모노세키(下關)항을 잇는 관부연락선을 가리킨다. 관부연락선은 역사성의 의미가 큰 말이다. 이 노래가 발표되던 1937년에는 백 만 명 이상의 사람들이 오간다. 한반도로 건너온 일본인들은 관리나 군인이거나 조선이나 만주 등 식민지에서 한몫 잡으려는 야망가들이었던 반면에, 일본으로 건너가는 조선인들은 노동하러 가는 사람들이 대부분이었다.

쌍고동 울어 울어 연락선은 떠난다
잘 가소 잘 있소 눈물 젖은 손수건
진정코 당신만을 진정코 당신만을 사랑하는 까닭에
눈물을 흘리면서 떠나갑니다
(아이 울지 마세요) 울지를 말아요

파도는 출렁출렁 연락선은 떠난다
정든 님 껴안고 목을 놓아 웁니다
오로지 그대만을 오로지 그대만을 사랑하는 까닭에

한숨을 생키면서 떠나갑니다

(아이 울지 마세요) 울지를 말아요

이 대중가요는 일제 강점기의 부산 부두에서 울부짖던 시대의 아픔을 조명한 노래라고 평가된다.[9] 작사자는 일제 강점기의 대중가요 작사자 중에서 조명암(조영출)과 함께 쌍벽을 이루었던 박영호이다. 그는 「오빠는 풍각쟁이」, 「짝사랑」, 「번지 없는 주막」 등의 잘 알려진 노래를 작사했다. 그가 이북 출신인데다 1946년에 월북했기 때문에, 「연락선은 떠난다」는 금지곡이 되었다. 그런데 이 노래가 뜻밖에도 다시 유행된 곳은 일본이었다. 1951년에 스가와라 츠즈코(菅原都都子)라는 여가수에 의해 불려진 「연락선의 노래(連絡船の唄)」가 음반으로 출시된다. 이 노래는 일본적인 음계로 이루어져 잇기 때문에 거부감 없이, 거침없이 수용되었다. 이 노래는 일본 열도에 큰 반향을 불러일으켰다. 패전으로 황폐화된 일본인들의 정서를 위무해 주었을 것이다. 가사는 새로 바꾸어졌기 때문에 일본의 입장에선 일종의 번안 가요라고 할 수 있다.

思い切れない 未練のテープ
切れてせつない 女の戀心
汽笛 ひとこえ 汽笛 ひとこえ
なみだの 波止場に
私一人を 捨てゆく
……連絡船よ

떨칠 수 없는 미련의 테이프

---

9 「가요 100년, 그 노래 그 사연(1)」, 동아일보, 1991. 8. 9.

헤어져 애달픈 여자의 연정

기적 소리 한 번 기적 소리 한 번

눈물의 방파제 부둣가에서

나만 홀로 버리고 가는

……연락선이여

스가와라 츠즈코는 1950년에도 우리나라 민요인 아리랑과 도라지 타령도 취입했다. 「연락선의 노래」 초연자인 그녀 이후에도 많은 일본 여가수들도 끊임없이 이 노래를 부른다. 수십 명 이상이 이 노래를 취입해 어지간한 여가수들은 거의 모두 이 노래를 부르다시피 해 한때 일본 국민가요처럼 유행했다. 이 노래의 작곡자는 김해송(김송규)이다.

대중가요가 국경을 넘어 범람하는 경우의 대표적인 사례는 「나가사키는 오늘도 비가 내렸다(長崎は 今日も雨だった)」이다. 이 노래는 1969년에 만들어져 많은 사람들의 심금을 울린 명곡 중의 명곡이다. 노래의 내용은 이렇다. 한 남자가 나카사키 원폭이 투하하던 날에 애인을 잃었다. 해마다 애인을 추도하기 위해 나카사키에 갔지만, 이날에는 늘 비가 내렸다. 평화의 비원을 노래한 이 블루스풍의 엥카는 비극의 현장을 회감하고 정서를 자극한 소위 '반전반핵'의 노래다. 일본의 남성 그룹인 '우치야마다 히로시(內山田洋)와 쿨 파이브'가 불렀다.

あなたひとりに かけた戀

愛の言葉を 信じたの

さがし さがし 求めて

ひとり ひとり さまよえば

行けど切ない 石だたみ

ああ 長崎は 今日も雨だった

당신 혼자에게 걸었던 사랑이여,

사랑한다는 말을 나는 믿었었지.

당신을 찾을까, 당신을 찾을까 하여

나 홀로 나 홀로 여기저기에 헤매면,

걸어보았자 애끓는 돌보도 뿐이어라.

아아, 나가사키는 오늘도 비 내렸네.

인용한 「나가사키는 오늘도 비가 내렸다」는 국제적인 공감대를 형성한 노래이기도 하다. 우리나라 가수들도 불렀고, 아시아 대중가요의 범람 현상에 있어서 상징적인 존재인 대만 출신의 덩리쥔(鄧麗君 : 등려군)도 불렀다. 일본에서 활동하기도 한 그녀는 일본어 버전은 물론 「눈물의 가랑비(涙的小雨)」라는 중국어 버전으로도 불렀다. 그녀는 이시카와 사유리의 절창인 「츠가루 해협의 겨울 풍경」을 부르기도 했다. 이 노래는 아오모리와 북해도 사이에 있는 해협의 연락선을 소재로 한 애틋한 이별의 노래이다. 일본의 최고 작사자 아쿠유(阿久悠)의 노랫말로 된 노래다. 일본은 연락선의 나라로 불린다. 일본인들이 각별하게 좋아하는 한국 가요가 「가슴 아프게」와 「돌아와요 부산항」인 것도 연락선 때문인지도 모른다. 「츠가루 해협의 겨울 풍경」 1절을 인용해 본다.

우에노 발 야간열차에서 내릴 때

아오모리 역은 눈에 묻히고

북으로 돌아가는 사람들의 무리는

누구라도 입을 다물고

바다의 울림만 듣고 있네

5. 동아시아의 별—등려군 · 덩리쥔 · 테레사 뎅

리샹란에 대한 중국의 중국인들의 평판은 다음과 같이 요약되는 것 같다. 동방지앵(東方之鶯), 고음가후(高音歌后), 간첩명성(間諜明星). 풀이하면 글자 그대로의 뜻이 새겨진다. 동방의 앵무새, 고음의 가요 여왕, 간첩의 밝은 별. 이러한 평판을 거듭 되풀이해서 받을 여가수가 있다면 덩리쥔 이다. 그녀는 아시아 대중가요의 범람 현상에 있어서 상징적인 존재이 다. 그녀는 1953년에 대만에서 태어나서 1995년에 태국의 한 호텔에서 천식 발작으로 42세의 나이로 죽었다. 대만 정부는 그녀의 장례를 국장 으로 엄수했다. 가수로서의 그녀의 활동 무대는 일본, 홍콩, 인도네시아 였다. 특히 일본에서는 테레사 뎅이란 이름으로 활동했다. 그녀는 리샹 란이 불렀던 「야래향」을 마치 리샹란처럼 중국어와 일본어의 완벽한 발 음으로써 부르곤 했다. 최근에는 그녀가 대만 정부와 은밀한 커넥션을 맺은 간첩이었다는 설이 제기되고는 한다.

덩리쥔은 특히 중국 전통의 시사(詩詞)에 많은 관심을 가지고 있었다. 당나라 시대에 융성했던 시는 주로 5언과 7언으로 된 고정된 자수율의 정형시라면, 사는 음곡에 맞추어 만든 노랫말로서 자유시에 가까운 정 형시라고 할 수 있다. 홍콩 광고회사 사장인 사굉중(謝宏中)이 1979년에 남당 후주인 이욱(李煜)의 「오야제(烏夜啼)」에 곡을 붙이니 그렇게 나쁘지 않았다. 그는 즉시 음악 관계자들에게 자신의 기획을 제안했지만 반응 이 냉담했다. 그 이듬해, 그는 어느 파티 석상에서 덩리쥔을 우연히 만난 다. 평소에 고전 시사에 관심을 가지고 있었던 그녀가 관심을 보이자, 두 사람은 의기투합하여 음반을 발매하기에 이른다. 1983년 2월에 세상에 나온 음반 「담담유정(淡淡幽情)」은 이러한 과정을 겪으면서 완성되었던 것이다. 이욱의 「독상서루(獨上西樓)」에서부터 시작하는 이 음반에는 소 동파, 유영, 구양수 등의 사곡 열두 편이 현대 음악으로 만들어져 실려

20세기 후반에 있어서 동아시아 가요의 상징처럼 불꽃처럼 살아간 덩리쥔은 중국 대륙의 인민들에겐 마음 속의 개혁개방을 심어주었다.

있다. 이 음반은 당대에 이미 '환상의 명반'으로 불리었고 1991년에 일본에서 만들어지자 한 일본의 음악평론가에 의해 덩리쥔의 최대 걸작이라고 평가되기도 했다.[10] 몇 년 전에 우리나라에서도 나온 이것은 이제 고전적인 의미의 명반으로 자리매김하고 있다.

---

10 아리타 요시후, 한경식 옮김, 『우리 집은 저 산 너머』, 어문학사, 2008, 12~4면, 참고.

작년 정월 대보름 밤에

거리는 등으로 낮처럼 밝았었지

둥근 달이 버드나무 끝에 걸렸을 때

그 사람 황혼 후에 만나기로 약속했었네

올해 대보름 밤이 다시 돌아왔어라

달과 등은 작년과 그대로인데

작년에 만났던 그 사람 보이지 않네

눈물만 봄옷 소매 끝을 계속 적시네

去年元夜時

花市燈如晝

月上柳梢頭

人約黃昏後

今年元夜時

月與燈依舊

不見去年人

淚濕春衫袖

덩리쥔은 대만의 한 TV 방송국에 출연하여 이 노래 「인약황혼후(人約
黃昏後)」의 원작을 두고 '천고의 절창(千古的絶唱)'이라고 말한 바 있다. 이
노래의 원작자는 구양수라고 하기도 하지만 여성 시인 주숙진(朱淑眞)의
것이라고 보는 것이 대체로 우세하다. 덩리쥔의 노래는 대체로 보아 가
슴 저미는 애수적인 서정시와 같은 느낌이 물씬 풍겨 나온다.

덩리쥔에게는 노래로써 중국인의 마음을 하나로 만들고 싶은 마음이
있었다.[11]

하지만 대륙에서는 처음에 그녀의 노래를 자본주의의 향락음악인 소

위 '미미지음(靡靡之音)'으로 규정해 버렸다. 덩리쥔의 노래는 1979년에 중국 본토에 유입되어 순식간에 전국으로 확산되었다. 『해방일보』는 1983년 12월 20일 자에 그녀의 노래를 반동적인 정신 오염이라고 밝힌 바 있다. 특히 항일 투쟁기에 동북 3성 지역에서 불린 「하일군재래(何日君再來)」가 그렇고 그런 노래라고 했다. 그러나 덩리쥔이 부른 노래에 몰래 심취한 중국 인민들 사이에는 '샤오덩(小鄧)의 인기는 라오덩(老鄧)을 압도한다.'라는 말이 나돌았다.[12] 중국의 개혁개방을 상징하는 두 인물이 있다. 라오덩인 등소평이 제도의 면에서 개혁개방을 주도했다면, 샤오덩인 덩리쥔은 마음의 면에서 개혁개방을 주도했던 것이다.

그녀의 잘 알려진 노래인 「첨밀밀」은 동아시아인들의 시심을 흔든 아름다운 노래이다. 동아시아 중에서 우리나라에서만 그녀가 유독 인지도가 낮았다. 덩리쥔은 1995년에 그녀가 돌연사하고 영화 「첨밀밀」이 개봉되면서 비로소 우리에게 알려지게 되었다.

甛蜜蜜, 你笑得多甛蜜,
好像花兒開在春風里,
開在春風里
在哪里, 在哪里見過你,
你的笑容那樣熟悉,
啊, 一時想不起,
啊, 在夢里,
夢里, 夢里見過你
甛蜜, 笑得多甛蜜
是你, 是你

---

11 같은 책, 160면, 참고.
12 같은 책, 84~6면, 참고.

夢見得就是你,

在哪里, 在哪里見過你

你的笑容那楊熟悉

啊, 一時想不起 ,

啊, 在夢里

夢里, 夢里見過你

첨밀밀, 당신의 미소는 얼마나 달콤한지

봄바람 속에 피어있는 꽃과 같아요

봄바람 속에 피어있네요

어디선가, 어디선가 당신을 본 것 같아요

당신의 미소 이리도 친숙한데,

도무지 생각이 나질 않네

아, 꿈속에서였네

꿈에서, 꿈에서 본 사람이 바로 당신이었네

달콤한, 달콤한 그 미소

당신이었네, 당신이었네

꿈에서 본 사람이 바로 당신이었네

어디선가, 어디선가 당신을 본 것 같아요

당신의 미소 이리도 친숙한테도,

도무지 생각이 나질 않네

아, 꿈속에서였네

꿈에서, 꿈에서 본 사람이 바로 당신이었네

이 노래가 우리나라에선 번안 가요로 불리어졌다. 두리안이라는 여성 듀엣이 부른 「I'm still loving you」가 바로 그것이다. 인도네시아의 민요가 중국색의 음곡으로 편곡되고 또 영화의 주제가로 활용된 이 노래는 한국에선 TV 드라마 삽입곡으로 다시 태어나 덩리쥔의 존재감을 사후에나마 확인하기에 이른 것이다. 이 노래의 노랫말은 보다시피 매우 시적인 감성을 환기하고 있다.

6. 마무리 : 한류 가요에 대하여

모리야마 료코(森山良子)는 팝 계열의 가요를 개척하고 발전시킨 일본의 국민가수다. 일본 재즈계의 선구자로 알려진 트럼펫 연주자 모리야마 히사시의 장녀로 생장하여 1967년 「이 넓은 들판 가득히」로 데뷔한 이래 「금지된 사랑」 등 지금까지 60장이 넘는 음반을 선보였으며, 2000회 이상 공연을 개최하는 등 왕성한 활동을 해 왔다. 1998년 나가노 동계올림픽 개회식에서 주제곡을 열창해 강한 인상을 남긴 장본인이다.

평소에 대중가요 분야에서 한일 대중문화의 교류를 적극적으로 펼쳐 온 그녀는 2006년에 한류 인기 드라마와 영화의 히트곡들을 모은 한류 앨범 「티어즈(Tears)」를 출시한 바 있었다. 한일 월드컵 이후에 한국 가요의 매력에 심취해 있던 그녀가 팬들의 뜨거운 요청에 응해 이 앨범을 통해 특유의 맑은 음색과 풍부한 성량으로 부드럽고 감미로운 한류 히트곡에 새로운 생명을 불어넣은 것으로 평가된다. 한류 앨범으로 표방된 「티어즈(Tears)」에는 「겨울연가(冬のソナタ)」 등의 TV드라마에 따온 곡 열 가지와 영화 「4월의 눈」에서 따온 곡 세 가지가 일본어로 번안되어 불리어져 있다. 그리고 마지막에는 모리야마 요코가 작사, 작곡한 「아나타가 스키데(あなたが好きで)」가 '당신만을 사랑해'라는 제목 아래 한국어로 녹음해 있어서 그녀의 한국 사랑을 잘 갈무리하고 있다. 또 간과할 수 없

는 건 「대장금」에 나오는 노래 「회부가(懷夫歌)」와 「하망연(何茫然)」을 불렀다는 사실. 특히 후자는 '궁정 여성 관리 장금이의 맹세'라는 서브타이틀로 영어로 불렀는데 그 분위기가 매우 이색적이다. 그녀는 14편의 노래를 시종 잔잔하고 유려한 분위기 속에서 노래하고 있다. 그녀는 이 앨범을 내고 난 후 이런 소감을 밝혔다고 한다.

나는 이 앨범을 제작하는 과정에서 직접 선곡에도 참가했으며, 팬들의 요청과 스태프의 의견을 참고하면서 한 곡 한 곡 정성껏 녹음했다. 팬들의 기대에 부응해 이런 특별기획 앨범을 선보이게 되어 너무 기쁘다.

최근 10년간 한류 가요는 한국과 중국에서 큰 반향을 불러 왔다고 본다. 중국의 한류 가요에 관한 한 내가 얘기해야 할 특별한 정보는 없다. 다만 일본에서의 이른바 케이팝의 존재감은 보도를 통해서도 잘 나타나고 있다. 일본의 젊은이들에게는 한국 가요가 중요한 존재로 자리하고 있다. 그들은 일본어로 마음을 채울 수 없어 한국어를 그대로 수용한다고 한다.

일본 젊은이들의 일상에 녹아져 있는 한국어. 이를테면, 이런 것이다. 반짝반짝, 진짜진짜, 사랑해요, 언니……. 언니는 일본에선 친언니 외에는 쓰지 않는 말이다. 한 일본인은 한국어 '언니'가 연상의 여성과의 친밀감, 여성 간의 우정을 표현하는 단어로도 쓰이고 있어서 부럽다고 한다.[13]

일본의 젊은이들이 케이팝을 향유하는 것은 일종의 역류 현상이다. 1990년대 후반에만 해도 일본의 대중가요가 한국을 지배한 감이 있었다. 그때 아이돌은 엑스 재팬과 아무로 나미에였다. 아무로 나미에는 오

---

13 염동호, 「K-POP이 일본어를 바꾸고 있다」, 『월간조선』, 2011, 11, 참고.

키나와 출신의 가수다. 일본 본토와 문화적으로 전혀 이질적인 오키나와 출신의 여가수가 태풍처럼 북상하여 일본을 강타하고 대중문화 교류가 법적으로 규제된 한국에서도 법적 규제의 그물망을 넘어서 향유하는 일이 일어났었다.

한때 나라마다 금지곡들이 많았다. 지금도 북한은 노래에 관한 한 매우 폐쇄적인 사회다. 문화의 꽃은 노는 사람이 잘 놀게 허용하는 성숙한 사회에서 핀다. 노래는 놀이문화의 꽃이다. 분별없는 놀이문화는 향락문화이며, 규제된 놀이문화는 자유가 없는 규율 문화이다.

법적 규제를 넘어서는 것. 이 역시도 문화 현상에 있어서 '스필 오브'가 아닌가? 동아시아권의 대중가요는 그동안 법적인 규제, 제도의 차이, 이데올로기의 이질성, 국가의 경계선을 넘어서 범람하는 현상을 보이어 왔다. 동아시아가 공유하는 정서, 미의식 등의 문화적인 성격이 이 현상 속에 내장되어 있었던 것으로 보인다. 눈에 보이는 확연한 차이 속에서도 뭔가 다르지 않음을 감지하면서 탐색하는 것이 문화연구의 새로운 향방이 아닐까, 한다.

민중의 시심(詩心)에 녹아든 이미자의 노래

1

나의 유년기 시절에 아버지는 축음기로 노래를 자주 들으셨다. SP 음반 한 면에 노래 한 곡이 수록되어 있었을 뿐이었다. 노래가 끝이 나면 손잡이로 태엽을 몇 차례 감고 다른 한 면 위에 바늘을 올리고 또 들으셨다.

그리고 얼마 후 내가 초등학교에 입학할 무렵이었던가 보다. 아버지는 그 당시로는 희귀했던 전축이란 걸 사 오셨다. 그때부터 음반 한 면에 여러 가지의 노래가 들어 있어서 보기부터 신기했다. LP 디스크가 서서히 보급될 무렵에 이미자라는 불세출의 가수가 등장한 것이었다. 구성지게 애틋한 전주곡이 끝나면, 헤일 수 없이 수많은 밤을……하면서 가수 이미자의 목소리가 울려나온다. 한 1년간에 걸쳐 수 백 번도 더 들었을 「동백 아가씨」와 「황포돛배」였다. 아버지는 이 노래를 듣기 위해 비싼 돈을 지불해가면서까지 전축을 구입했던 것이다. 물론 가요가 대부분이었지만 나는 음악이란 걸 감상하는 환경 속에서 자랐다고 본다.

헤일 수 없이 수많은 밤을
내 가슴 도려내는 아픔에 겨워
얼마나 울었던가, 동백 아가씨
그리움에 지쳐서 울다 지쳐서
꽃잎은 빨갛게 멍이 들었소.

우리나라 대중가요사의 획을 그은 이 노래는 당시로선 복고풍이었다. 이 이전에는 몇 년간에 걸쳐 우리나라에 양풍이 휩쓸고 갔다. 이 노래는 극작가 추식에 의해 창작된 「동백 아가씨」가 1963년 동아방송에서 라디오 드라마로 방송되었다가, 이듬해에 영화로 리메이크되는 과정에서 주제가도 따로 만들어진 것이다. 이 노래의 열풍은 기생하는 주제가의 숙주가 되는 영화를 넘어 엄청난 사회적인 반향을 몰고 왔다. 이 노래뿐만 아니라, 1960년대 중반에 이미자는 부르는 노래마다 대중의 호응을 이끌었다. 이 호응은 누가 계몽적으로 주도한 것도 아니고, 거의 자연발생적으로 형성된 것이었다.

한 사례가 기억된다. 아마도, 1966년 1월이었을 것이다. 내 정확한 나이가 만 8세 6개월인 아동기였다. 나는 겨울 방학 보름 동안 외가에서 머물었었다. 외가의 인근에 있는 어머니의 외가, 즉 외외가(外外家) 마을에 두 차례의 전통 혼례식이 있었다. 그 당시 시골 마을에선 혼사가 있으면 마을 전체가 축제 분위기였다. 그 마을 어느 집에 가도 흥얼거리는 노랫가락이 흘러나왔는데, 그 노래는 이미자의 「울어라 열풍아」였다. 아직 소녀인 마을의 누나들이 모여 이 노래를 부르는데 노래하는 품이 나이에 비해 너무 능숙했다. 어른도 아이도 할 것 없이 모두가 「울어라, 열풍아」를 부르던 시절. 바깥 날씨는 한겨울이라 차디차고 들녘의 삭풍은 날을 세우는데 마을은 신명이랄까, 그 알 수 없는 열풍에 휩싸여 있었다.

그리고, 일 년 수개월이 지났다. 이 기간은 내게 엄청난 긴 시간이었다. 이듬해 오월, 동해남부선을 타고 소풍인가, 여행인가를 갔었다. 열차 몇몇 칸은 교복 입은 학동들로 가득 찼다. 분위기가 서서히 무르익어갈 즈음에 아이들은 동요 몇 곡을 불러댔다. 누가 시킨 것도 아닌데, 한 아이가 「섬마을 선생님」을 선창하자 아이들은 큰 목소리를 내면서 합창을 했다. 이 노래의 기세는 등등했다. 한 교사가 아이들이 유행가를 부른다면서 못마땅한 표정을 지으며 제지하기까지 아이들의 그 합창은 반복되었다.

1960년대에 있어서 이미자의 노래에는 어른이고 아이고 할 것 없이 다 함께 좋아했던 만큼 폭넓은 공감대가 있었다. 그래서 훗날 그의 이름 앞에 국민가수라는 말을 붙였던 것 같다. 그의 노래를 수용하고 향유하는 층이 이 시기만 해도 제한될 수도, 제한되지도 않았다. 1970년대의 청바지 세대와 1980년대의 조용필 애호가들에게는 노래에 관한 한, 그런대로 세대적인 배타 감정은 거의 없었다. 1990년대 이후 신세대 음악은 오빠 부대의 이익집단화 현상과 함께 수용층과 공감대의 예각화를 불러 왔다. 그럼에도 불구하고, 우리는 이미자를 가리켜 국민가수라고 부르기를 주저하지 않는다.

나에게 있어서도 구성지게 애틋한 전주곡과 함께 가슴속 깊이 울림하던 「동백 아가씨」야말로 내가 경험한 최초의 시심(詩心)이 아니었을까 한다. 그렇다면 이미자는 내가 만난 최초의 시인이 아니었을까? 이를테면, 노래를 부르는 시인 말이다.

2

시란 것이 오늘날 우리가 알고 있는 시로 인식되기까지, 시는 적어도 노래와 관련하여 몇 차례의 진화 과정을 겪어오지 않았을까, 생각해 본다. 시와 노래의 상관관계를 놓고 볼 때, 시는 대체로 다음의 네 가지 형태로 전개되어왔다고 보아야 할 것이다.

음악만이 존재했었을 기원적인 형태의 시가 있었다. 이것은 인간의 가장 원초적인 열망이 언어 이전의 상징 형태를 통해 드러난 것이라고 할수 있다. 제천의식에 참여한 고대인의 자연발생적인 황홀경의 세계가 이것을 통해 이루어졌을 터이다. 말하자면, 노랫말이 없는 노래의 시이다. 일종의 선시적(先詩的)인 형태의 시라고 할 수 있다. 이를 가리켜 주문시(呪文詩)니 구음시(口音詩)니 이름해도 좋을 것이다. 시의 원초적인 모습이 누군가에게 기원하는 주문이었거나, 또는 노래에 곁들어진 무의미한 말의 본원적인 형태였거나 했을 것이다.

그다음의 형태가 존재하였다면, 시는 노래와 시가 평행 관계를 유지하면서 존속해 왔을 터이다. 노래가 시였고 시가 바로 노래였던 시대, 즉 노래시의 장구한 시대가 있었던 것이다. 이 노래시를 가리켜 우리는 전통적인 시가(詩歌) 양식이라고 한다. 향가 · 고려속요 · 시조 · 가사 · 잡가 · 민요 등의 국문학 장르가 여기에 포함된다. 특히 전문적인 소리꾼인 가객은 가창자이면서 시인이었다. 요즈음의 개념으로 볼 때, 이른바 '싱어 송 라이터'가 되는 셈이다.

세 번째 형태의 시는 소위 멜로포에이아(melopoeia)에 해당한다. 이것은 음악으로부터 탈피했지만 음악성이 잔존하고 있다는 점에서, 노래시와 현대시의 중간 형태로 볼 수 있다. 김소월 · 김안서 · 김영랑 · 박목월 · 서정주 · 박재삼 등의 시가 여기에 해당한다고 하겠다. 멜로포에이아는 이를테면 음악적인 정감을 드러낸 시라고 할 수 있다.

마지막 형태의 시는 로고포에이아(logopoeia)이다. 모더니즘의 영향 아래 형성된 20세기의 현대시는 대부분이 로고포에이아이다. 시에서 음악성마저 배제하는 것, 이미지라는 지성적인 요인을 중시하는 것, 시가 이성에의 힘을 신뢰하는 것이 바로 오늘날 우리가 알고 있는 시이다.

넓은 의미에서 볼 때 이미자의 노래도 시이다. 현대시의 관념이나 인식 틀에 익숙한 사람일수록, 두 번째 형태의 시인 노래시를 시로 인정해 주기에 인색하다. 시에서 지적인 열망이나 이성의 힘을 발견할 수 있다고 믿는 사람들일수록, 시적 대상에 대한 자아의 감정적 동화(同化) 관계를 거절하며, 자연발생적으로 감흥을 불러일으켜 내남없는 감동의 폭을 넓히는 향유 공간에 들어설 수가 없다. 이들에게는 이미자의 노래는 시가 아니다. 다만 촌스럽고 천박하고 통속적인 노래일 따름이다. 소수의 먹물에게 감동을 전해주는 현대시와, 다수의 불특정 서민 대중에게 공통의 감흥을 울림하게 하는 이미자의 노래, 어느 것이 시 정신의 본질에 가깝게 해당할까? 사람의 가치에 따라 대답이 달라질 수밖에 없다.

이미자는 「동백 아가씨」로 예상 밖의 성과를 거두었다. 전축도 희귀품이었고 더욱이 삼시세끼 밥 먹기도 어려운 시대에 음반이 많이—십 수만 장인지 수십만 장인지 잘 모르겠지만—팔렸다는 그 자체가 차라리 경이였다. 그녀는 이듬해인 1965년 파월장병 위문 공연단에 소속되어 베트남에 갔다. 파월장병은 죽음의 공포를 극복하기 위해 늘 굳은 심지를 지니고 있었다. 이들 앞에서 그녀는 노래했고, 그 노래했던 상황은 자서전에 묘사되었다.

내가 나가 노래를 몇 곡 부른 뒤 「동백 아가씨」를 부를 때였다. 이미 전부터 조금씩 눈시울이 젖어들던 장병들은 「동백 아가씨」 전주가 나오자 눈물을 떨구는 사람이 한두 사람씩 늘더니 이어 '헤일 수 없이' 하고 첫 소절을 부르자마자 여기저기서 훌쩍 이는 소리가 들렸다.

참, 그 듬직하고 늠름한 남자들이 별 망설임도 없이 어린아이처럼 소리를 내서 울던 모습이라니. 그 모습이 너무 슬퍼서 내 가슴이 미어지는 듯했다. 한 사람 한 사람 등이라도 두들겨 주며 울지 말라고 달래주고 싶었다. 전원이 박수를 치며 「동백 아가씨」 노래를 따라 부르는데, 그것을 보는 내 눈시울도 금방 뜨거워졌고, 그렇게 우리는 같이 울면서 목 놓아 「동백 아가씨」를 불렀다.

그렇게 노래는 끝났는데, 누가 먼저 하자고 할 것도 없이 자동적으로 반주는 다시 시작됐고, 나도 울고 그들도 울고 다른 단원들까지도 모두 울어 온통 울음바다가 된 상황에서 몇 번이고 「동백 아가씨」를 다 함께 합창했다. 이건 도대체 노래가 슬퍼서 우는 건지, 울어서 노래가 슬픈 건지, 장병들이 울어서 내가 우는 건지, 내가 울어서 장병들이 우는 건지 알 수가 없었다. 어쨌든 우리는 다 같이 울었고, 계속 「동백 아가씨」를 불러댔다.

—자서전 『인생, 나의 40년』에서

위에 인용된 장면의 묘사는 서정시가 지향하는 혼연일체의 세계관을 구체화한 것이라고 해도 좋을 것이다. 감정의 혼융 상태는 노래가 슬퍼서 우는 건지, 울어서 노래가 슬픈 건지, 내가 우는 건지 남이 우는 건지 알 수 없는 미분화의 공명(共鳴)에서 이루어진다. 오늘날의 시는 서정시의 본령인 신명과 화음을 박탈하였다. 노래의 시심은 이제 시의 박탈된 노래 정신을 회복할 수 없을 것인가? 그렇다면 대중으로부터 가장 폭넓은 사랑을 받았던 이미자의 노래에서 그 시심의 단초를 마련해볼 수는 없을까?

이미자는 열 살 남짓한 나이의 피난 시절 때 부산 국제시장 앞의 동아극장에서 백난아의 공연을 보면서 훗날 가수가 되어야겠다는 꿈에 부풀어 올랐다고 회상한 적이 있었다. 그녀는 서울 문성여고 3학년에 재학할 때 TV 가요 경연 프로그램에 나가 나애심의 「언제까지나」를 불러 그 재능을 인정받았다. 이듬해인 1959년에 작곡가 나화랑이 열아홉 살인 이미자의 데뷔곡을 위해 「열아홉 순정」이란 발랄한 곡을 창작했다. 당시 유행하던 스윙이었다.

이 시절에 쇼단, 극단이 유행했다. 연극이나 코미디 무대에 막간(幕間)의 신인 가수가 등장하곤 했는데, 이미자도 데뷔한 후 얼마 동안 소위 막간 가수로 초청되었다. 데뷔 무렵에 막간 가수로 「열아홉 순정」을 부르던 그녀의 모습이 대한 뉴스의 카메라에 잡혔다. 이미자 특집 때마다 방송국에서 어김없이 틀어주는 바로 그 화면이다. 가요사의 기적 같은 자료가 아닐 수 없다. 나는 이미자 데뷔 시절의 음반을 소장하고 있는데, 일반인들에게는 거의 알려져 있지 않지만, 개인적으로 무척 좋아하는 노래 하나가 있다.

> 달 밝은 이 밤에
> 들창가 내 맘은
> 갈바람 흔들리는
> 실버들 같아요.
> 오늘도 그 날도
> 못 잊는 그리움이
> 달빛으로 내려와,
> 내 가슴에 스밀 줄
> 나도 몰랐어요.
> 아, 몰랐어요.

이 노래는 파소향의 노랫말에다 나화랑이 곡을 붙인 것이다. 애잔한 전통적인 선율, 유동적인 세 박의 리듬감에다, 통속의 가요라기보다는 고전적인 가곡의 취향이 물씬 풍기는 이 노래에는 황진이에서 김소월로 이어지는 시적인 품격의 정서가 담겨 있다. 「동백 아가씨」를 부르기까지 데뷔 초기 5년간의 이미자는 트로트 가수가 아니었다.

이 무렵의 그녀는 스윙, 탱고 등의 경쾌한 리듬인 나화랑의 곡을 주로 불렀다. 물론 「열아홉 순정」도 트로트가 아니었다. 지구레코드사의 애가 (哀歌) 전문 가수로 육성되기 시작한 그녀는 기타 연주자에서 좀 늦게 작곡가로 활동을 시작한 백영호가 작곡한 「동백 아가씨」로 가요사의 불멸의 금자탑을 세웠다. 이 노래로 인해 그 역시 한때 국민적인 성격의 작곡가로 한 시대를 풍미하였다. 비록 조금 짧은 기간이었지만 말이다.

한없이 외로운 달빛을 안고,
흘러온 나그넨가 귀양살인가.
애타도록 보고픈 머나먼 그 서울을
그리다가 검게 타버린 검게 타버린
흑산도 아가씨.

구름도 쫓겨 가는 섬마을에
무엇하러 왔는가, 총각 선생님.
그리움이 별처럼 쌓이는 바닷가에
시름을 달래보는 총각 선생님
서울엘랑 가지를 마오. 가지를 마오.

이미자의 노래인 「흑산도 아가씨」와 「섬마을 선생님」 노랫말 제2절을 각각 옮겨 적었다. 공통된 어휘 하나가 있는데 그것은 '서울'이다. 1960년대에는 도시와 농촌의 지역적인 소득 격차가 매우 심했다. 너도나도 할 것 없이 무작정 상경하던 시대에 근대화의 물결이 요동치고 있었으며, 요동치면 칠수록 근대화로부터 소외된 곳에는 향수의 그늘이 드리우고 있었다. 이미자의 노래 「동백 아가씨」 「섬마을 선생님」 「흑산도 아가씨」 등은 본디 영화 주제가에 지나지 않았다. 영화들은 별 볼일 없이 대중의 기억으로부터 사라지고 영화의 종속물이었던 주제가가 오히려 주류 문화 현상에 편입되는 결과를 가져 왔다. 이 영화들은 도시 총각과 시골 처녀의 만남, 그리고 가슴 아릿한 결별이라는 서사 패턴을 공통적

영화 「동백 아가씨」의 당시(1964) 포스터이다. 이 영화의 주인공으로 동백 아가씨 역은 여배우 엄앵란이 맡았다. 남자 주인공은 신성일이다.

으로 지니고 있다. 일제 강점기의 영화 「낙화유수」와 그 주제가인 「강남 달」 이후 되풀이된 서사 패턴이라고 할 수 있다. 신분의 차이, 순애보, 비극적인 결말 등으로 이어지는 이야기 틀이 서로 비슷해서다.

이미자의 공전의 히트작 「동백 아가씨」는 정부의 암묵적인 지지 속에서 물때를 만났다고 할 수 있다. 자유당 정부 시절의 1957년에 행정부 공보실에서는 국민의 가라앉은 마음을 북돋워 주기 위해 가요 육성을 장려했다. 이 이후에 나온 가요들, 이를테면 「꽃 중의 꽃」 「청춘 목장」 「금수강산에 백화가 만발하구나」 등은 제작을 의뢰하여 보급에 나선 노래들이다. 애수의 율조보다는 밝고 경쾌한 것, 전시(戰時)의 선동적인 가사이기보다는 국민의 정서를 안정시키는 노랫말이 필요한 것이다. 이러한 유의 노래들은 국민가요의 성격을 띠었다.

1960년 초에는 더 짙은 성격을 지향했다. 한명숙의 「노란 샤쓰의 사나이」는 5 · 16 혁명 직후에 박정희 소장이 어수선한 사회 분위기를 바로잡고 희망과 활기에 찬 생활감정을 고취하기 위해 의도적으로 장려했던 가요였다. 그 이후에 나온 「빨간 마후라」 역시 국민가요의 범주에 포함될 수 있을 만큼 국책지향적인 가요였다. 이미자의 「동백 아가씨」가 건전한 풍속을 위해 마련된 국민가요의 성격의 범주에는 머물지 않는다고 하더라도, 이미 1962년에 제정된 방송윤리위원회, 즉 방륜(放倫)을 통과하여 라디오 매체의 전폭적인 지원을 받으면서 LP 판매고를 엄청나게 올린 것도 정부가 후원하는 가요 보급의 장려책에 힘을 얻었다고 말할 수 있다.

그런데, 「동백 아가씨」가 세상에 나온 이듬해인 1965년에 정치적인 변수가 생겼다. 한일 국교 정상화에 반발하던 국민감정을 누그러뜨리려고, 이를 왜색(倭色)이란 이유로 금지곡의 목록에 올려놓는다. 아닌 게 아니라, 노래의 제목부터가 일본식 조어인 춘희(椿姬)의 우리말 직역을 연상시킨다. 꽃잎은 빨갛게 멍이 들었소……이 마지막 가사는 일본식 애상의 정서로 볼 수밖에 없다는 것이 당시의 가치 판단이었다. 정치적 희생양을 찾기 위한 음모설과, 경쟁 레코드사들의 상업적인 농간설이 서로 잘 맞아떨어졌던 것 같다. 어쨌든 음곡의 측면에서 볼 때, 이 노래는 5음계인 '라시도미파'와 2박자 단조로 구성된 트로트의 부흥을 불러일으킨 가요사의 의미를 지닌 것이기도 한 것에는 아무런 이견이 없었을 것으로 본다.

1964년 5월의 동아일보에 「동백 아가씨와 이미자론」이란 제목의 한 칼럼에서 화이트칼라 계층이 오히려 이 노래를 좋아하는 이유를 밝히고 있다. 전후 피폐해진 조국의 현실을 벗어나려는 욕구가 강한 계층이어서 그렇다는 것. 빨갛게 멍이 들 정도로 밝은 날을 기다리는 마음이야말로 국가 발전을 바라는 모든 사람의 마음이라는데, 「동백 아가씨」의 실체가 드러난다는 것이다. 이듬해 방송윤리위원회가 밝힌 금지 사유와는 정면으로 대립되는 논조가 아닐 수 없었다.

일반적으로는 「동백 아가씨」와 더불어 「섬마을 선생님」과 「기러기 아빠」는 이미자의 3대 히트곡으로 손꼽힌다. 그런데 「섬마을 선생님」과 「기러기 아빠」도 훗날 금지곡이 되고 만다. 그 이유는 표절과 비탄조(悲嘆調)에 각각 해당되었다고 한다. 「섬마을 선생님」은 일본 엥카(演歌) 「다와라 보시겐바」를 표절했다고 하였으나, 뒤에 밝혀졌지만 「섬마을 선생님」이 먼저 발표된 곡이었음이 거꾸로 확인되었다. 「기러기 아빠」는 이미자 자신이 가장 아끼는 노래였다. 선율의 흐름이 좋고 멜로디도 자신의 호흡에 적합하다는 점에서 가장 완성도가 높은 곡으로 지적한 바 있었다.

하늘엔 조각달, 강엔 찬바람,
재 넘어 기적 소리, 한가로운 밤중에

마을마다 창문마다 등불은 밝은데

가요 「기러기 아빠」 제2절 앞부분이다. 이 노래가 발표된 1969년은 근대화가 한창 진행되던 때였다. 시골에서는 전기가 서서히 들어오기 시작한 무렵이었다. 그런데 창문마다 등불이라니? 당시에 검열과 심의에 참여했던 사람들은 지나치게 애절한 멜로디에다 후미진 삶의 의식을 엿보았을 것이다. 더욱이 노래의 주인공이 스스로 '길 잃은 기러기'임을 인정하고 있다는 점에서 시대적인 건강성 및 진취성이 부족하다고 판단했을 것이다.

한마디로 말해, 이미자의 노래는 반(反)근대성의 정서를 지향한다. 그녀의 노래에는 개발 도상의 정서와 사뭇 날카롭게 상충되는 전통적인 인정주의 포에지가 농밀하게 반영되어 있다. 그녀의 노래는 재건 국민운동의 노래인 「잘 살아보세」와 「새마을 노래」, 개발 논리에 협조적인 패티 김의 「서울 찬가」 유의 노래가 추구하는 근대화의 논리와 항상 대립과 불화의 관계에 놓여 있었다고 할 수 있다. 그녀의 노래가 장려와 배제의 이중 잣대에 의해 국민의 건전한 정서 함양에 방해가 된다고 하여 공연·방송·판매가 중지되었던 것은 그 시대의 논리에 의한 필연적인 귀결이었다.

대중문화에 있어서의 반근대성의 흐름은 실로 도도한 것이었다. 이미자 후배 가수 중에서도 배호·나훈아·김상진 등이 무작정 상경 시대의 민중들에게 향수를 달래주는 노랫말의 내용이 유독 많았다. 농촌 배경의 TV 드라마인 「전원 일기」와 「대추나무 사랑 걸렸네」 등이 고향의 인정과 습속과 추억어린 얘깃거리를 통해 중장년층의 향수를 자극하였기 때문에 유례없는 장수 프로그램으로서 대중의 사랑을 듬뿍 받았을 수 있었던 것도 이러한 맥락에서 이해할 수 있는 성질의 것이다. 특히 「두 형이를 돌려줘요」 「옥이 엄마」 「친정어머니」 「모정」 등의 노래는 전근대

공동체 삶의 가족애, 인정세태(人情世態), 정서를 전형적으로 제시하고 있었다. 그럼에도 불구하고, 독립군의 비극적인 가족사를 내용으로 한 영화 「지평선은 말이 없다」의 주제가는 역사의 통속적인 감상성과 정화적(淨化的)인 신파 감수성으로 치장되어 있다.

참을 수가 없도록 이 가슴이 아파도
여자이기 때문에 말 한마디 못하고
헤아릴 수 없는 설움 혼자 지닌 채
고달픈 인생길을 허덕이면서
아아 참아야 한다기에 눈물로 보냅니다,
여자의 일생.

인용된 노랫말은 이미자의 「여자의 일생」(1968)이다. 중장년층은 귀에 익숙한 노래이다. 본디 이 노래는 동명(同名)의 모파상의 원작을 각색한 번안 영화이다. 그 내용은 남편(남궁원)의 바람기에 우는 아내(최은희)가 자신의 시련을 운명으로 참고 견디며 살아간다는 얘기이다. 비주체적인 여성 캐릭터에다 신파 감수성으로 덧칠한 이 영화는 그 당시에 흔히 볼 수 있었던 내러티브로 짜여 있다. 오늘날 페미니즘의 관점에 의하면 비판의 과녁으로 알맞은 노래와 영화에 지나지 않겠지만, 이것들은 그 시대의 정서를 정확하게, 그 시대의 삶의 실상을 여실하게 반영했다고 평가되어 마땅하다. 특히 노래의 경우는 그 시대의 유사한 처지의 여성들을 공명케 하면서 위무해 마지않았을 것이다.

이와 비슷한 경우는 1970년에 동양방송이 거의 1년에 걸쳐 연속으로 방영한 TV드라마 「아씨」가 있다. 이 드라마는 그 당시에 서울과 부산에서만 방영되었다. 서울에선 장안의 엄청난 화제를 몰고 왔고, 부산에서는 변방의 폭넓은 심금을 자극했다. 이 드라마의 내용도 한국판 '여자의

이미자의 젊은 시절에 열창하는 모습. 그는 국민 가수로 성장했다.

일생'이었다. 주제가 역시 이미자가 불러 전국적으로 유명해졌다.

최근에 한 여성 영화평론가가 TV에 출연하여 임권택의 사극 영화 「씨받이」를 가장 싫어하는 영화라고 말한 바 있었다. 어이가 없었다. 그 영화가 봉건적인 '남근주의(phallicism)'를 기념하거나 선양하기 위해 만든 영화가 아니라, 이를 성찰하자는 의미에서 만든 영화라는 사실은 영화 감상에 다소 둔감한 관객이라도 다 아는 기본적인 사실이다. 마찬가지로, 이미자의 노래가 오늘날의 페미니즘의 관점에서 마구 재단되어선 안 된다. 오히려, 그 시대 정서의 정확한 반영에 의미가 두어져야 할 것이다. 왜 그 시대의 억눌리고 상처 입은 여성들이 자신의 처지를 달래면서 노래로써 한을 풀고 마음을 달래려고 했을까, 하는 음악사회학적인 진실의 규명이 더욱 긴요한 것이라고 말할 수 있다.

이미자의 노래는 가장 민중적인 조건에 처해 있었던 60년대 여성들의 삶과 정한(情恨)을 대변하였다. 「동백 아가씨」에서 "동백 꽃잎에 새겨진 사연, 말 못 할 그 사연을 가슴에 안고"를 노래했던 이미자. 그녀는 TV 드라마 주제가인 「서울이여, 안녕」, 「아씨」, 「여로」 등에서도 전통적 여인상이 지닌 전형적인 삶의 표상을 독특한 발성과 음조로서 구현했다. 그녀의 노래가 자신이 경험한 삶의 자전적(自傳的)인 과정과 유사하게 상응하고 있다는 사실도 이 대목에서 눈여겨볼 수 있거나, 특기해볼 만한 일이다. 또한, 그녀의 감정 전달력은 타고난 것이었다고 해도 과언이 아니다. 자신의 삶과, 그 당시의 한국 여성들의 비애와 무관하지 않기에 더 공명의 폭을 넓히면서 마치 내 이야기를 하듯이 할 수가 있었다.

제 나이 또래 한국여자들이 겪은 고생을 다 겪으면서 살았고, 한국인의 일반적인 한의 정서가 삶 속에 녹아 있어 그런 노래를 무리 없이 소화해 낸 것은 사실이지만 목소리도 그런 색깔이 있었던 것 같습니다. 저는 노래를 받으면 먼저 가사부터 봅니다. 가사에 담긴 내용부터 음미해서 내 마음 속에 녹여 넣어요. 가사가 전달하고자 하는 감정을 충분히 씹은 다음 그것을 리듬과 멜로디에 합치시켜 토해 내는 것이 노래지요. 가사에서 제가 받은 감동을 노래를 통해 듣는 이들에게 충분히 전달하려는 것이 제 노래의 바탕입니다.

—『월간조선』(1999, 10)과의 인터뷰에서

이미자의 목소리는 점액질이 풍부하다는 분석 결과가 나온 바 있듯이, 호소력이 잘 반영되어 있다. 그의 목소리는 개성이 뚜렷하고, 또 음폭이 넓어 모창될 수가 없다고 한다. 무엇보다도 가사 전달이 정확하고 깔끔, 명료하다. 그녀가 서울 출신이어서인지 모르지만 적어도 발음과 발성에 있어서 모국어 전달의 특장을 잘 지니고 있다고 하겠다. 가수가 작곡가로부터 노래를 받으면, 그 노래는 어쩔 수 없이 재창조되기 마련이다. 이

재창조의 과정이 가수의 재능을 분명하게 판가름해 준다.

　이미자는 지구레코드사에 의해 애가(哀歌) 전문 가수로 육성되었지만, 이미자 이전 세대의 여가수가 지닌 처연하고 애틋한 발성법과는 사뭇 차이가 있었다. 이난영·황금심·차은희 등의 여가수가 한에 절어 있었다면, 이미자는 한을 승화했다. 한국인의 한이 담겨 있어도 꺾는 전통 창법인 '시김새'를 사용하지 않는다. 굴리고 비트는 통속적인 발성이나 귀를 슬쩍 속이는 가성법도 없다. 그가 한때의 반짝 스타가 아니라 국민가수로서 오랜 생명력을 지닐 수 있는 힘도 이에 기인한다.

3

　오래전부터 세칭 뽕짝은 논쟁의 대상이 되었다. 뽕짝의 왜색성, 시대착오적인 퇴영성은 어제오늘의 일이 아닌 듯하다. 1984년에 세칭 뽕짝 논쟁은 극렬하게 전개되었다. 그 후 한때 잠잠하다가 음악학자 노동은이 「노래의 사회사」(1986. 6)라는 논문에서, 「동백 아가씨」가 일본적 전통을 가진 유행가와 동일한 유형이라고 규정하였다. 본격적인 이미자 논쟁은 1992년 이후 『낭만음악』지(誌)를 통해 벌어졌다. 서양의 고전음악을 전공한 박종문 교수는 이미자의 발성법이 날카롭지 않고 윤기 있는 폭넓음으로 연결되는 가는 소리에 연유하고 있다고 밝히면서, 트로트 가요가 일본적인 음계 체계를 가지고 있지만, 가창 양식, 가사, 선율, 화성 등에 있어서 한국화를 이룩해 내었고, 무엇보다도 대중적인 정서에 깊이 뿌리를 내리는 데 성공을 거두었다고 긍정적인 반응을 보였다.

　이미자는 전후 일본의 아이돌 가수 미소라 히바리(美空ひばり : 1937~89), 중국의 덩리쥔(鄧麗君 : 1953~95)과 함께 동아시아 3대 국민가수로 손꼽힌다. 유일한 생존자로서 지금껏 현역으로 활동하고 있다. 미소라 히바리

와 덩리쥔은 죽어서도 국민적인 사랑을 받고 있다. 동아시아를 대표하는 이 세 명의 여가수의 노래는 아시아적 공동의 정서를 기반으로 하고 있다. 이들의 노래는 친밀한 호환성을 갖고 있다. 대만 출신의 덩리쥔의 노래는 그동안 일본·홍콩·중국 대륙·동남아에서 반응이 매우 좋았다. 우리나라에는 잘 알려지지 않았는데, 그녀가 타계한 후 MBC TV 드라마 「사랑해 당신을」(1999)에서 원곡 「첨밀밀」을 번안해 부른 삽입곡 「I'm still loving you」로 인해 우리에게도 비로소 알려지게 되었다.

이미자는 1999년에 평양에서 공연을 가졌다. 북한의 반응은 매우 호의적이었다. 그동안 남한에서 서민 정서를 대변해온 그녀의 노래는 이제 또 다시금 민족적 정서의 아이덴티티를 공유할 수 있음을 확인할 수 있었다. 남북한의 한겨레가 교감할 수 있는 노래의 서정성의 질감을 이미자의 노래를 통해 누구보다 우선 이루어질 것이라고 보인다. 여기에 남북한이 정서적으로 이질화되기 이전의 공감의 원형질 같은 것이 있기 때문이다. 이미자의 노래를 통해 민족 공동의 정서를 확인할 수 있다면, 우리는 노래를 통해 공존의 터전을 마련할 수 있을 것이다. 이때 노래란 다름이 아니라, 맞울림이요, 감흥이요, 신명이요, 해한상생(解恨相生)의 대리 만족이다.

아직도 시가 활자의 형태로 엄존하는 것이라고 믿고 있는 사람들이 뜻밖에 많다. 참된 뜻에서의 시의 마음은 뭇 사람의 정조 속에 녹아 있거나, 시정(市井)의 생활감정을 통해 우러나온다. 시는 재래식 시장의 와자지껄한 흥정 속에 있고, 무대 위의 노래꾼이 들려주는 노랫말 속에 있고, 지하철 속의 계집애들이 재잘거리는 대화 속에 있고, 스크린이나 TV 화상을 통해 드러나는 연인들의 감미로운 속삭임 속에도 있다.

마즈막 석양빛을 기폭에 걸고,
흘러가는 저 배는 어디로 가느냐?

해풍아 비바람아 불지를 마라.

이 노래는 「황포돛배」 제1절 시작하는 부분이다. 시작하는 낱말은 '마지막'이 아니라 '마즈막'이다. 1960년대만 해도 중부 지방에선 '마즈막'이란 방언이 통용되었다. 이 노래는 1963년 작사자가 군대 생활을 할 때 고향의 바다인 경남 옛 진해시 영길만을 그리워하면서 쓴 시였다고 한다. 그는 경기도 근무지에서 이 '마즈막'이란 낱말을 적잖이 들었으리라고 본다. 이 노래가 유행할 즈음에, 황토로 물들인 돛을 단 배도, '마즈막'이란 낱말도 석양빛 속에 저물어가는 마지막 사물에 지나지 않았을 터다. 세상의 사라져가는 것에 대한 아쉬움이랄까, 아니면 삶의 덧없음에 대한 서러움이랄까?

시가 뭐가 뭔지 모르고 살아가는 대부분의 사람들에겐 이미자의 노래가 한때 생활감정의 대리 충족이요, 그 대용(代用)의 시적 진실성을 지니고 있었다. 근대 이전의 우리나라 사람들은 '이야기는 거짓말, 노래는 참말'이라고 하는 속담 속에서 살아갔다. 이야기가 허구화되면 민담이나 전설로 발전하니까 틀린 말이 아니다. 옛사람들이 노래를 참말이라고 했다는 게 참으로 지혜롭다. 이 노래의 참말 속에 삶의 흰 그늘, 한풀이와 신명풀이, 진솔한 생활감정이 녹아 있지 아니한가?

나는 살아가노라면 어쩌다 한 번쯤 40년 전의 아동기 추억 속으로 들어서고 싶을 때가 있다. 엘리트주의 관점에 볼 때 데데하고 열등적인 노래이지만, 그러나 민중의 시심 속에 넓게 자리하고 있는 그 처연한 삶의 공감대 속에 깃들고 싶어진다. 마지막 석양빛을 기폭(旗幅)에 걸고 가뭇없이 홀연히 떠나는 황토를 물들인 돛과, 이 자연 풍광 속의 후락한 반근대성 정조에 아련히 잠기어 들면서 말이다.

부기 : 덧붙이는 말

이 글의 초고는 15년 전의 한 잡지에 발표되었다. 원고를 다시 정리하는 과정에서 눈에 들어온 글이 있었다. 올해(2019) 발표된 한중도시우호협회장 권기식의 글이었다. 이것을 우연히 읽어보니, 가슴속으로 스며드는 게 있다. "팔당시장 좌판에서 해질녘까지 팔지 못한 미나리 꼬갱이를 보며 한숨지을 때도, 단칸 셋방 월세를 내지 못해 집주인에게 닦달을 당할 때도, 아버지의 술주정을 피해 찬바람 부는 방천에서 밤이슬을 맞을 때도 어머니는 '못 견디게 괴로워도 울지 못하고……'(「울어라, 열풍아」)를 불렀다." 대중가요는 이처럼 대중의 마음을 어루만진다. 내가 본문에서 대중가요의 노랫말이 참말일 수 있다고 했는데, 그 어머니가 흥얼거렸던 이 노래야말로 생활과 운명 속의 참말이 아닐까, 생각한다.

분단 시대에 실향민 2세가 부른 노래

—홀로 아리랑 / ···라구요

한국전쟁 때 중공군이 개입함으로써 우리를 포함한 연합군 측의 전황이 아주 불리해졌다. 장진호 전투는 한국전쟁 최대의 격전이었다. 혹한 속에서 포위된 미 해병대는 사투를 벌였다. 흥남으로 철수한 미 해병대와 UN군은 거기에 있던 수많은 피난민들을 버리지 않고 무사히 철수하게 하는 데 성공했다. 인도적인 철수의 용단과 그 실행은 지금까지도 큰 감동의 울림을 주고 있다.

중국은 항미 원조 전쟁에서 북진하던 미국의 군대를 3·8선 이남으로 쫓아냄으로써 일단 승리한 것처럼 보였다. 그러나 실상을 들여다보면 두 배 넘는 병력을 가지고서도 세 배 훨씬 넘는 사상자를 냈으니, 사실상 패배라고 할 수 있다. 장진호 전투는 누가 이기고 졌느냐를 논할 수 없다. 그 엄혹한 동(冬)장군이 승리했다고나 할까? 양측 사상자의 많은 부분이 동사자였기 때문이다.

장진호 전투의 참혹함은 흥남철수의 아름답고도 감동적인 철수에 의해 기억이 흐릿해진 면이 없지 않았다.

흥남 철수의 수많은 피란민은 남한에 정착해 실향민으로서 오래 살아 왔다. 이들이 이어온 현대사의 파란만장한 삶은 역대 급의 관중이 동원된 영화 「국제시장」(2014)에서 잘 극화되어 있다. 그 피란민(실향민) 2세대 중의 한 사람은 지금 대한민국 국가 원수가 되어 있다. 흥남 철수의 2세대가 부른 대중가요가 있다. 가수 한돌과 강산에가 그들이다. 이 두 사람이 작사하고 작곡하고 또 노래한 두 편의 대중가요는 분단 시대에 통일의 비원을 함축하고 있는 대중가요사의 주옥같은 명곡이다. 먼저 한돌의 「홀로 아리랑」(1989)을 적어본다.

저 멀리 동해 바다 외로운 섬
오늘도 거센 바람 불어오겠지
조그만 얼굴로 바람 맞으니
독도야 간밤에 잘 잤느냐

아리랑 아리랑 홀로 아리랑
아리랑 고개를 넘어가 보자
가다가 힘들면 쉬어 가더라도
손잡고 가보자 같이 가보자

금강산 맑은 물은 동해로 흐르고
설악산 맑은 물도 동해 가는데
우리네 마음들은 어디로 가는가
언제쯤 우리는 하나가 될까

아리랑 아리랑 홀로 아리랑
아리랑 고개를 넘어가 보자

가다가 힘들면 쉬어 가더라도
손잡고 가보자 같이 가보자

백두산 두만강에서 배 타고 떠나라
한라산 제주에서 배 타고 간다
가다가 홀로 섬에 닻을 내리고
떠오르는 아침 해를 맞이해 보자

아리랑 아리랑 홀로 아리랑
아리랑 고개를 넘어가 보자
가다가 힘들면 쉬어 가더라도
손잡고 가보자 같이 가보자

이 노래는 싱어 송 라이터인 한돌이 1989년에 만들어 자신이 직접 불렀다. 그가 부른 원곡은 그다지 주목을 받지 못했다. 이듬해에, 가수 서유석이 불러 이 노래는 대중들에게 썩 잘 알려졌다. 서유석 이후에도 많은 가수들이 이 노래를 불렀다. 대중의 수요가 그만큼 있었다는 얘기다.

노랫말은 3절로 이루어져 있다. 한돌 자신이 독도에 머물다가 태풍 때문에 며칠 꼼짝없이 갇혀 있으면서 시로 쓰고, 또 곡을 붙였다고 한다. 홀로 아리랑이란 표제는, 홀로 독(獨) 자의 독도를 가리키는 기호적인 의미를, 한국인의 감정 속에서 풍화작용을 해온 아리랑의 고유한 집단 연대감과, 멀리 홀로 격절되어 있는 고도(孤島)의 이미지가 부여한 외로움의 정서를 환기하는 기표로 대신한다. 노랫말 가운데 가장 마음을 사로잡는 부분이 있다면, 아마 짐작건대 제2절의 '언제쯤 우리는 하나가 될까'라는 부분이 아닐까, 한다.

이로 인해, 이 노래는 통일의 집단 원망이 잘 반영된 노래임이 명백해진다.

이 노래는 노랫말을 떠나 음곡(音曲)의 차원에서 볼 때, 우리 가요사의 다중적인 의미를 지니고 있다고 볼 수 있다. 먼저 눈여겨볼 수 있는 건, 1980년대에 호소력을 얻은 민중가요의 한 전형으로 여겨진다는 점이다. 뿐만 아니라, 1970년대 초반의 청바지 가수와 세대적으로 공감대를 형성한 포크 감성이 돋보인다. 그러면서도 저 멀리 1930년대 신민요의 전통에까지 맥이 닿는다. 이 노래가 유행된 몇 년 후에는 강산에의 「…라구요」(1993) 역시 대중의 가슴을 파고 들었다.

두만강 푸른 물에 노 젓는
뱃사공을 볼 수는 없었지만
그 노래만은 너무 잘 아는 건
내 아버지 레파토리
그중에 십팔번이기 때문에
십팔번이기 때문에
고향 생각나실 때면
소주가 필요하다 하시고
눈물로 지새우시던 내 아버지
이렇게 얘기했죠. 죽기 전에
꼭 한 번만이라도 가봤으면 좋겠구나……라구요.

눈보라 휘날리는 바람 찬
홍남부두 가보지는 못했지만
그 노래만은 너무 잘 아는 건
내 어머니 레파토리
그중에 십팔번이기 때문에

십팔번이기 때문에

남은 인생 남았으면 얼마나 남았겠니, 하시고

눈물로 지새우시던 내 어머니

이렇게 얘기했죠. 죽기 전에

꼭 한 번만이라도 가봤으면 좋겠구나……라구요.

한돌과 강산에는 10년의 간격을 두고 경남 거제에서 태어났다. 흥남 철수의 실향민들은 한동안 여기에서 살았다. 전쟁이 끝나고, 사회가 비교적 안정되면서 그들은 여기저기에 뿔뿔이 헤어졌다. 한돌이 춘천에서 성장했다면, 강산에는 부산에서 성장했다.

강산에의 「…라구요」는 자전적인 경험이 잘 담겨 있다. 제1절은 아버지의 이야기이고, 제2절은 어머니의 이야기이다. 노래가 이야기로 읽힐 때 감동적일 수밖에 없다. 돌아갈 기약이 없는 고향에 대한, 실향민의 그리움은 안타깝다 못해 차라리 애절하다. 노랫말의 행간에 숨어있는 통일에의 비원은 강한 호소력을 지니고 있다고 하겠다.

이 노래는 일종의 포크록이라고 할 수 있다. 한돌의 「홀로 아리랑」과는 포크 감성을 공유하고 있다. 물론 음곡의 측면에서 볼 때, 두 노래는 확연히 구분된다. 강산에의 「…라구요」는 한돌의 노래에 없는 소위 '뽕끼'가 있다. 한국인이 오래 즐겨 왔던 트로트 감각 말이다. 이것이 감도는 포크록이란 점에서, 이 노래는 매우 특이한 노래이기도 하다. 제목도 좀 이상하지만, 시간이 지나서 생각해보면, 이 이상함이 이상하게도 사라져 버린다.

죽기 전에 꼭 한 번만이라도 두고 온 고향에 가봤으면 하는 그 간절함은 피난 온 부모의 세대로부터 전해 받은 간접 화법의 유산이다. 통일을 염원하는 노래의 공감대를 확산시켰다는 점에서, 강산에의 「…라구요」는 한돌의 노래를 이은, 또 다른 명곡이다.

나가사키는 오늘도 비가 내렸다

1

내가 일본에 연구교수로 떠나기 직전의 일이었다. 2006년, 오뉴월이 었으리라고 본다. 강진의 청자 자료박물관에 갔었다. 방문 횟수로는 아마도 세 번째였을 게다. 그 당시에 나는 기물(器物)에 대해 관심이 많았다. 삼국시대의 토기, 고려시대의 청자, 조선시대의 분청사기 계열의 사발 등에 매료되어 얕게나마 공부를 하기도 했고, 또는 경제적인 부담이 되지 않는 한 수집을 하기도 했다.

그런데 거기에는 한 30대 중반의 여인이 해설사로 부지런히 활동을 하는 모습이 보였다. 나는 인근에서 점심을 들고, 가게 몇 군데 들렀다가 강진 시내로 가는 버스를 탔다. 우연히 그 여인과 동석을 했다. 아무래도 일본인 같아 보여서 외국인이냐고 물었다. 자신을 일본인이라고 했다. 우리말이 매우 능숙했다. 어떻게 대도시도 아닌 여기에서 사느냐고 했더니, 종교적인 이유로 시집을 왔다고 해서, 난 고개를 주억거렸다. 보기

드문 미인이어서, 전형적인 일본 미인 같다고 했더니, 매우 좋아하는 반응을 보였다. 시내버스 안에서 2, 30분간 대화의 물꼬를 튼 것은 다음의 문답이었다.

고향이 어디세요?

나가사키예요.

나가사키는 오늘도 비가 내렸다?

네, 일본 사람들도 나가사키엔 만날 비만 내리는 줄 알고 있어요.

원폭(原爆)에 관한 노래지요?

그래요.

원폭 얘기가 나오니 표정이 좀 그늘졌다. 1945년 8월 9일, 순식간에 고향 사람 3만5천 명의 목숨을 빼앗은 원폭 투하 사건에 환한 표정을 지을 리가 없었다.

2

나가사키 하면 우리나라 젊은 사람들은 짬뽕과 카스텔라, 또 노면전차 등의 낱말을 떠올리고 있겠지만, 우리가 정작으로 기억해야 할 일은 여기에서 일어난 원폭 투하 사건이다. 이 사건은 인권을 반추하는 쓰라림의 기억이란 사실 때문에, 세계사적인 대사건이기도 하다.

내 보잘것없는 창작 시 가운데 이런 시가 있었다. 시의 제목은 「나가사키는 오늘도 비가 내렸다」이다. 여기에 이런 표현이 있다. 그 여름날에 밝음이 없어지고, 밝지 않음도 없어지고, 그 밝지 않음이 없어지는 것도 없어졌다……원폭 투하의 순간을, 경험과 무관하게 오직 상상력에 의존해 묘파한 내용이다. 물론 시의 제목은 노래의 제목에서 따온 것이었다.

대중가요 「나가사키는 오늘도 비가 내렸다」는 어떤 노래인가? 리더 싱어인 우치야마다 히로시(內山田洋)를 중심으로 조직된 쿨 파이브가 1969년에 처음 불렀으니까, 이제 정확히 반세기가 된 노래다. 이 노래의 내용은 1945년 8월 9일의 나가사키 원폭 때 애인, 아니면 아내를 잃은 한 남자가 그녀의 죽음을 애도하지만, 하늘도 슬픔을 아는지 이날은 늘 비가 내린다는 것이다. 보낸 사람에 대한, 남은 사람의 철천지의 슬픔이라고 말할 수 있겠다.

엔카(演歌)와 블루스의 멜로디 구성이 적당히 혼합된 이 노래는 한편으로 흐느적거리는 것 같고, 또 한편으로는 흐느끼는 것 같이 처연한 느낌을 준다. 우리나라 사람에게도 익숙한 한의 정서가 흠씬 드러나고 있다고 하겠다. 내가 2012년 1월 한 달 동안에 걸쳐 후쿠오카에 머물 때, 엘피(LP)를 주로 파는 음반 가게에 몇 차례 간 적이 있었다. 한국에서 온 고객들이 자신의 가게에 자주 들린다고 말하는 이 가게의 주인은 한국 사람들이 그 「나가사키는 오늘도 비가 내렸다」를 유독 좋아한다고 했다. 노래는 3절로 이루어져 있지만 1절을 옮겨 보겠다.

あなたひとりに かけた 戀. 愛の言葉を 信じたの.
さがし さがし求めて ひとり ひとりさまよえば
行けど切ない 石だたみ ああ
長崎は 今日も雨だった

당신 혼자에게 건 사랑이여. 사랑의 말을 믿었었지.
찾으려고 또 찾으려고 나 홀로 혼자 헤매면,
걸어가 봐도 애끊는 돌 보도뿐이네. 아아,
나가사키는 오늘도 비가 내렸다.

이 노래는 동아시아 권역의 명곡 중의 명곡이다. 우리나라 가수 이성애와 김연자도 일본어로 불렀다. 두루 아는 명가수 나훈아도 불렀다는 얘기가 있는데, 나는 아직 그가 부른 그 노래를 들어보지는 못했다. 나는 한 해에 세 번 정도 노래방에 간다. 이럴 때, 이 노래를 즐겨 부른다. 애창곡인 셈이다. 일본 노래를 부른다고 열 명 중 한두 명은 좋아하지 않는다. 그래도 개의치 않는다. 일본 노래면 어때? 또 일본어면 어때? 반전과 평화와 인권을 위한 노래요, 노랫말인 것을.

이 노래는 중국의 개혁개방을 정서적으로 주도한 대만 출신의 여가수 덩리쥔(鄧麗君)도 일본어와 중국어로 각각 부르기도 했다. 그녀는 평생토록 중국 대륙에 간 적이 없었지만 비교적 이른 나이에 세상을 떠났어도 십 수억 중국 인민의 마음에 살아있는 서정적 가요의 여왕이다. 참고로 말해, 중국어 변안곡의 제목은 '눈물의 가랑비(淚的小雨)'이다.

이런저런 사정을 볼 때 이 노래야말로 반전 반핵을 표방한 진정한 대중가요가 아닐 수 없다. 동아시인들의 심금을 울린 우리 시대의 명곡이다. 노래가 만들어진 때가 이제 반세기가 되었는데 아직도 동아시아는 평화롭지 못하다. 한반도와 주변국 국가 원수들이 부지런히 외교적인 노력을 기울이는 것 같은데, 잘 알 수가 없다.

과거가 히스토리라면, 미래는 미스터리다. 과거의 사실은 기정사실이기 때문에 움직일 수도, 바꿀 수도 없다. 하지만 미래는 여전히 안개 속과 같다. 안개, 즉 미스트(mist)에 휩싸인 것처럼 모호하기 때문에 특히 이른바 '미스터리(mystery)'란 말이 생겼다. 안개처럼 모호한 미래. 더욱이 한반도의 운명을 결정 지을 북핵의 문제는 시계 제로의 상태이다. 반면에, 현재는 선물이다(이 두 낱말은 영어로 철자가 같다.). 우리에게 현재가 주어진 좋은 기회이기 때문에 선물인 게다.

3

내가 2012년에 머물던 나가사키는 한겨울이었다. 겨울인데도 불구하고, 며칠째 소슬하게 비가 내렸다. 나는 커피숍에 앉아 한때 반전 반핵을 부르짖었던, 그러나 지금은 침묵하고 있는 과거의 386세대를 생각해 보았다. 강토가 핵의 아수라장이 될지 모를 1990년대 후반에 내 바로 밑의 세대인 그들에게 심정적인 동조자로서 공명했었고, 참으로 고맙게 생각했었다. 그러나 우리가 비핵화 선언을 한 1990년대부터 북한은 핵 개발에 혈안이 되었다. 사태가 역전되고 말았다. 시대의 돌아가는 사정도 복잡해졌다. 이때부터 북한의 핵 개발에 침묵한 그들. 일관성이 있네, 없네 하는 문제를 떠나, 내가 북핵 문제에 대한 침묵의 카르텔을 형성한 그들에게 속았다는 생각을 하기에 이르렀다.

그때의 그들은 지금에 이르러 정치적인 기득권 세력이 되었다. 지금도 북핵에 침묵하면서 굳이 반핵(反核)을 주장하지 않는다. 이상하게도, 북한 탈북민이 쓴 소위 탈북 문학은 있어도, 반핵 문학은 딱히 눈에 들어오지 않는다. 일본 문학에는 원폭시라는 장르가 오늘날까지도 건재하고 있다. 이제 탄생 50년이 된 우치야마다 히로시의 노래 「나가사키는 오늘도 비가 내렸다」는 넓은 의미에서 볼 때 일종의 반핵시(反核詩)이거나 나가사키 원폭 회고의 시편이라고 할 수 있다.

누군가 나에게 당신은 우파가 아닌가, 하고 말을 할지도 모르겠다. 이에 관해서라면 나도 할 말이 있다. 강토가 핵의 아수라장이 되는 것을 걱정하고, 남북이 상생할 수 있는 평화 통일을 염원하는 데 좌파가 어디에 있고, 우파가 또 어디에 있나, 라고 말이다. 나는 이 땅의 지식인으로서 소위 북핵을 반대한다. 아닌 게 아니라, 이 반대의 표명은 민족도 민족이지만 모든 인류가 인간답게 생존할 수 있는 권리를 밝히는 사실에 다름없기 때문이다. 나의 시편을 일부 인용해본다.

한 여자를 잊지 못한 사내
그 여름날이 찾아오면,
어김없이 나가사키를 찾던 사내
그때마다 나가사키는 비가 내렸다

당신 혼자에게 걸었던 사랑이여
아나타 히토리니 가케타 고이……

블루스가 흔들린다
부루스가 흐느낀다
색소폰 소리 처연하게
울려 퍼진다

한동안 8월 9일이 되면 애인이거나 아내를 추모하기 위해 산중의 위
령탑을 향해 돌 보도블록을 밟으며 어김없이 찾아가는 사내들이 있었으
리라. 적어도 노래가 세상에 나온 1969년까지만 해도 애도의 행렬은 주
욱 이어졌을 것이다. 지금은 세월이 워낙 흘러 이 행렬이 없어졌겠지만
말이다.

4

나가이 다카시(永井隆 : 1908~1951)는 나가사키 원폭 때 애인이거나, 혹
은 아내를 잃은 수많은 사내 중의 한 사람이었다. 그는 의사로서 피폭자
였다. 그는 구사일생으로 살아남았지만, 아내는 원폭에 의해 살점이 산
산조각 흩어져 앙상한 뼈만 남았었다.

의학박사 나가이 다카시 기념관

　그의 두 아들은 장모와 함께 도심(폭심)으로부터 멀찍이 피해 있어서 겨우 살아남을 수 있었다. 그는 피폭 후 6년에 걸쳐 많은 저술을 남겼다. 그의 십 수 권의 책은 의학, 기록, 문필 분야에서 동시대의 가치를 지금까지 한껏 빛내고 있다. 그는 가톨릭 신자로서 바다 건너의 한국전쟁도 종식되기를 기도하면서 선종하였다. 두 아들에게 남긴 그의 어록은 지금 우리의 가슴을 치게 한다.

　두 아들아, 비록 마지막까지 남더라도, 또 어떤 비난이나 폭력을 받더라도, 우리는 전쟁을 절대로 반대하오, 라는 소리를 단호히 외쳐라. 비록 비겁자라고 멸시를 당하고, 배신자라고 두들겨 맞는 한이 있더라도, 우리는 전쟁을 절대로 반대하오, 라는 외침을 굳건히 지켜야 한다. (……) 사랑의 세계에는 적이 없다. 적이 없으면 전쟁도 일어나지 않는다.

나가이 다카시가 해마다 아내의 안식처를 찾았을 그날이면, 노래의 내용처럼 비가 내렸을까? 하늘에서 비가 내리지 않았어도, 마음속에선 늘 비가 내렸으리라. 넘쳐흐르는 눈물이 마음을 적셨으리라. 그는 반전과 평화와 사랑의 아이콘이었다. 살아생전에도, 또 죽은 후에도, 그는 나가사키의 영웅이었다.

　여기에서 영웅이 누구여야 하는가를 생각하게 한다. 우리가 아는 영웅은 모두 전쟁광이었다. 알렉산더, 테무친, 나폴레옹 등의 정복자가 영웅이 아니라, 간디, 킹, 만델라 등과 같은 평화주의자가 영웅이어야 한다. 이 당위적인 명제는 결코 바꿀 수 없는 내 생각의 고정된 틀이기도 하다.

제5부 메타비평의 시선

환각과 현실을 동시에 살고자 했던 사람들

—김윤식의 『내가 읽고 만난 일본』

1

1978년은 내가 국문과 학생으로 재학하던 해였다. 학기 초에 학생신상카드를 써 내라고 해서 써낸 일이 있었다. 마지막 난은 '가장 감동적으로 읽은 책이 뭐냐?'는 거였다. 다소 짜증스러운 질문이었다. 나는 별다른 의도가 없이 '김윤식의 한국근대문예비평사연구'라고 적었다. 학년 지도교수만이 알고 있어야 할 이 대외비 카드에 적힌 내용이 어떻게 밖으로 새어 나아갔는지 동급생들에게 웃음거리로 인구에 회자되고 있었다. (가장 재미있어한 동급생 중의 한 사람이 지금 동국대학교에 재직하고 있는 벗인 장영우 교수다.) 내 젊은 날의 한 시절에 관해 웃고자 할 거리로서 별로 긴요치 않은 삽화다. 사실은 감동이란 표현보다는 자극이란 말이 내게 맞는 말이었다.

나는 1976년에 대학에 입학할 때 기념으로 구매한 책들이 있었다. 김윤식의 『한국근대문예비평사연구』와 송욱의 『시학평전』 등으로 대표되는 문학연구서 및 비평서였다. 김윤식의 그 책은 2년이 되어도 다 읽지 못한 방대한 책이었다. 더욱이 고등학교를 이제 막 졸업한 지적 수준으로는 너무도 벅찬 책이었다. 그 책은 나에게 실로 우람한 산맥처럼 느껴지던 책이었다.

1978년 4월 27일, 남산 기슭의 국토통일원에서 북한문학토론회가 열렸다. 시인 구상을 비롯한 대여섯 분의 전문가들이 발표자로 참가하였다. 그 때만 해도 북한 문학이라는 미지의 세상이 다소 보일 것 같아서 가슴이 설레었다. 대부분의 발표 내용이 반공으로 기우뚱하는 듯해도 나에게는 매우 실제적이고 유익한 기회였다. 발표자 중에서 마지막으로 발표한 김윤식이 북한의 문학비평을 객관적으로 보려고 한 것은 인상적이었다.

북한문학토론회가 마친 뒤에 발표자, 토론자, 청중 모두가 접대 장소로 초청되었다. 학생의 신분으로는 맛보기 어려운 진귀한 음식들이 많았다. 좀 과장하자면 주먹 크기 정도의 딸기도 식탁 위에 놓여 있었다. 학생들이 발표자 쪽으로 몰려가 말을 걸고는 했다. 나는 그 당시에 마음으로 사숙하던 발표자 김윤식에게 접근해 질문을 했다. 물론 질문의 내용이나 수준이 매우 유치했을 것이다. 기억이 나는 것은 예술과 이데올로기의 모순성, 비타협적인 관계를 들어 북한문학을 싸잡아 비판하려고 했던 것 같다. 그는 한 문장으로 응답했다.

예술도 이데올로기요.

그 말은 내게 둔기를 맞은 것 같은 느낌으로 다가왔다. 입을 반쪽 벌린 채, 나는 고개를 연신 주억거리고 있었다. 얻은 것 이데올로기요, 잃은 것 예술이라고 그 누가 말했듯이, 나는 그 당시에 고등학교 교육식의 이분법에 익숙해 있었다. 그 익숙한 굳은 사고에 한마디로 충격을 가해 준 분이 김윤식이다. 나와 그의 우연한 첫 만남은 그렇게 이루어졌다.

나는 김윤식의 『한국근대문예비평사연구』가 공간된 20년 후인 1993년에 나의 박사학위논문을 더 진전시킨 저서 『해방기 문학비평 연구』를 문학과지성사에서 간행한 바 있었다. 내 저서 『해방기 문학비평 연구』는 일제하 카프 중심으로 이루어진 김윤식 비평사 연구의 뒤를 이어 시기적으로 볼 때 해방기 5년에 걸친 소위 비평사 연구이다. 내 저서는 그의 선행 연구가 아니고서는 결코 이룩될 수 없는 연구 결과였다. 내 저서는 큰 자극에 대한 작은 반응에 지나지 않았던 것이다. 그런데 지금은 내가 『한국근대문예비평사연구』의 첫 페이지를 연 지 36년이 지났다. 이 시점에 이르러 그가 나를 또 다시 압도하고 있는 게 있다. 최근에 간행된 『내가 읽고 만난 일본』이란 제목의 책이 바로 그것이다. 무려 8백 면이 넘는 대저(大著)이다. 또 다시 내 앞에 다가선 우람한 산맥이었다. 그러나 이번에는 2년이 되기를 기다린 게 아니라, 단 며칠 동안에 독파할 수 있다는 것이 다를 뿐이었다.

2

'그린비'라고 하는 이름의 다소 생소한 출판사에서 나온 『내가 읽고 만난 일본』은 문학연구자이면서 문학비평가인 김윤식의 자전적인 경험이 많이 녹아 있는 책이다. 그의 연구자적, 내지 비평가적인 생애가 담겨 있는 내용으로 구성되어 있다는 점에서 우선 눈길이 간다. 그렇기 때문에 이 책에는 저자 김윤식의 반성적 글쓰기의 사유, 자유로움, 다채성(多彩性)이 빛나고 있다.

이 책의 서문을 보면 이 책의 성격을 함축적으로 드러내주는 비유적인 표현이 하나 있다. 즉, 문수보살 없는 선재동자의 편력담이라는 것. 낯선 일본에 가서 고립무원에 직면하면서 무엇인가를 탐색하려고 했던 김윤식의 치열한 의식이 구도자의 고독한 모습과 비슷하다고 여겨진다는 점에서, 그것은 사뭇 적절한 표현이다. 이것뿐만이 아니라, 모든 것이 그랬다. 님이 침묵하는 시대의 가난한 시인들도, 역사를 미신으로 치부하고는 미(美)의 구도자가 되려 했던 고바야시 히데오가 끝내 예술에 절망하면서 기도의 세계, 즉 종교로 도약하려 했던 것도, 또한 한 시대의 의식인 이른바 고아의식이란 걸 부단히 벗어나려 했다가 일종의 뭐랄까, 문학주의적인 색깔의 돌베개의 사상을 통해 마침내 정치적 허무주의로 귀결한 이광수의 사상 편력도 문수보살 없는 선재동자의 편력담이 아니었던가?

김윤식. 그는 누구인가?

김윤식은 잘 알려진 바처럼 경남 김해군 진영읍에서 빈농의 늦둥이 아들로 태어났다. 음력 달력과 동네 동제(洞祭)를 지내는 범속한 농부, 달밤이면 『유충렬전』을 소리 높여 읽으시던 늙은 농부 아버지. 누나의 어깨 너머로 엿보이던 교과서 속의 일본이라는 동화의 세상. 그는 장차 교장 선생님이 되라고 하시던 그 아버지의 염원에 따라 교원 양성 대학으로 입학한다. 그러나 아버지의 염원과 달리, 그는 우리나라 인문학계를 대표하는 최고의 학자로 지금 우뚝 서 있다.

그는 장기 체류를 위해 두 차례 도일했다. 한 번은 1970년 하버드 옌칭의 도움을 받아 동경대 동양문화연구소 외국인 연구원 자격으로 도일한 것이요, 또 한 번은 1980년 일본 국제교류기금의 도움을 받아 동경대학교 교양학부 비교문화연구소 외국인 연구원 자격으로 도일한 것이다. 1970년은 그에게 어떤 의미를 던져 주었던가? 반공을 국시로 하는 분단국가의 교육공무원인 그로서는 마르크스주의 문헌을 읽는다는 것, 동경대학교 정문에서 가까운 곳에 있는 (북한 책 전문 서점인) 고려서점에 눈길을 돌린다는 것은 국사범적인 범법 행위요, 죄의식이요, 공포였을 터이다. 이러한 어지러운 내면 풍경 속에서 마르크스주의 비평가(문학이론가)인 루카치의 명저 『소설의 이론』을 만나게 된다. 별이 총총한 하늘이 갈 수 있고 또 가야만 하는 길들의 지도인 시대, 별빛이 그 길들을 훤히 밝혀 주는 시대는 복되도다, 라고 하는 시적인 문장으로 시작되는 (루흐터한터 사에서 간행한 독일어판인) 그 책. 독일어로 잘 해석이 되지 않으면 전통적인 한자문명권 언어인 일본어 번역의 도움을 받으면서, 그는 그 책을 읽어 나아갔다. 일종의 '부르주아 서사시'라고 할 수 있는 근대 소설 이전에 일원적인 시적 상태에 도달한 서사시의 세계가 선험적으로 놓여 있었고, 루카치가 말한 소설의 주인공인 '문제적 개인'은 헤겔이 말한 '세계사적 개인'에 기원을 두고 있었다.

첫 번째의 도일에서 접한 만남의 기호는 이처럼 루카치였다. 그에게 있어서 루카치는 문학비평 및 문학연구의 기술적인 방법에 큰 영향을 미치지는 않았지만, 의식의 배후에 적잖은 넓이로 차지하고 있었을 터이다. 최근에 간행된 『내가 읽고 만난 일본』에서, 그는 루카치를 가리켜 이렇게 평했다.

환각을 현실 속으로 이끌어 내려 환각과 현실을 동시에 살고자 했다. 그 무기가 바로 비평이었다. 환각도 비평 앞에 무릎을 꿇었고, 현실 또한 그러했다. (……) 비평이라는 무기 하나를 아킬레스의 창처럼 날카롭게 휘두르며 그는 돈키호테 모양 달려가고 있었다. 심지어 망명지인 모스크바에서 스탈린을 상대로 속임수조차 쓸 수 있을 만큼 오디세우스의 영리함을 발휘하기도 했다. (699~700면)

김윤식은 명백하게도 루카치 전공자가 아니다. 세상의 그 어느 루카치 전공자라도 이렇게 말을 할 수가 있을까? 이와 같은 수사적인 표현을 수반한 통찰력이라면, 루카치 사상의 정곡 찌르기를 뛰어넘어선 것이다. 루카치 전공자가 아니면서도 가장 루카치 전공자 같은 발언이야말로 이 인용문인 건 아닐까?

첫 번째의 도일에서 접한 만남의 기호가 이처럼 루카치라면, 또 다른 그것은 일본 문학비평가의 상징인 고바야시 히데오였다. 현실은 물론 환각마저 초월하려고 했던 사람 말이다.

김윤식이 도일한 지 3일 만에 당시에 가와바타 야스나리 이후의 노벨문학상 후보로 유력했던 미시마 유키오가 자위대원을 인질로 잡아두고선 할복자살을 하려는, 하나의 퍼포먼스가 있었다. 결국 한 소설가의 죽음은 세상을 깜짝 놀라게 했다. 김윤식 역시 놀랐으리라. 그 놀람의 충격은 「정치적 죽음과 문학적 죽음」(현대문학, 1971, 5)이라는 비평적인 에세이의 (자인한 바대로) 조급함에 반영되어 있다. 그는 미시마 유키오의 죽음 직후에 미시마 유키오와 고바야시 히데오의 대담 한 장면을 떠올린다. 미시마 유키오는 자신의 예술지상주의적인 작품인 「금각사」가 '아름다운 것은 결국 아무것도 아니다'라고 말한 바 있었던 고바야시 히데오의 예술관에서 영향을 받은 사실을 고백한 바 있었다.

루카치가 실천 운동이랄까, 정치 활동 등의 현실 문제에 깊이 개입했었다면, 고바야시 히데오는 이 문제를 멀리하고, 또 싫어했다. 그의 경구적인 어록을 듣기만 해도 기가 탁 막히는 기분이다. '꽃의 아름다움이란 있지 않고, 아름다운 꽃이 있을 뿐이다.' '과거란 없다. 과거는 과거라고 부르는 신앙의 의미다.' 앞의 인용문은 「당마(当麻)」란 글에, 뒤의 인용문은 「감상(感想)」이란 글에 실려 있다. 그의 미학적인 절대 경지 내지 반(反)역사주의를 사상적으로 잘 집약하고 있는 경인구(epigram)가 아닌가, 한다.

고바야시 히데오는 나라의 법륭사에 있는 백제관음을 보고는 야윈 여자일수록 외설스럽다고 이죽거리며 산으로 도망쳤던 사람. 석불암 대불을 보기 위해 두 차례나 토함산을 방문했던 사람. 그는 문예총후(銃後)운동의 일로 1940년에 반도(조선)에도 왔었다. 문예총후운동이란 일본의 저명한 문인파견단이 조선에 와서 식민지 조선의 문인들을 달래고 고무하는 일종의 전시 국책 사업이었다. 파견단장 격인 기쿠치 히로시(菊池

寬)는 '사변과 무사도'를 강조하며 국책에 적극적으로 호응했다. 그러나 고바야시 히데오는 조선의 문인들에게 사변적인 작품을 써서는 안 된다고 주문한다. 그에 따르면, 문학이란 평화의 일이다. 장래의 평화를 위해 싸우는 게 아니라, 일 그 자체가 평화적이라는 것.

> 고바야시 히데오가 먼저 내게 손짓했다. 아가야, 너의 생명은 단 하나뿐, 너가 할 수 있는 일이란 '마음의 흐름'을 좇는 일이다. 역사가 뭔지 아는가. 죽은 사랑하는 아들을 가진 모친의 감정 위에 어찌 역사 따위가 있을까 보냐. 아가야 또 너는 알아야 한다. 「고린도 후서」 제5장 13절을. 우리가 미쳤다면 하느님을 위한 것이며 우리가 제정신이라도 당신들을 위해서라는 것. 한 인간의 삶이란 아무리 굉장하거나 시시해도 그의 죽음과 더불어 끝장나는 것. (683면)

고바야시 히데오는 식민지 소년 김윤식에게 이렇게 말했다. 물론 김윤식의 환상 속에서였다. 글쓰기의 반성적 사유가 번득인다. 그의 아득함, 무상적인 것의 기준에 의하면, 대동아공영도, 태평양전쟁도, 식민지 조선도, 헛것이요, 허상이요, 환각이다. 김윤식은 비구니 사찰인 엔가쿠지(円覺寺)에 안치된 그의 묘를 찾았다. 그리고 그는 죽은 고바야시 히데오와 가상의 대화를 나눈다. 11면 남짓한 대화록은 이 책의 백미가 아닌가 한다. 후술하겠거니와, 그를 통해 굴절된 김윤식의 비평관이 잘 나타나 있기 때문이다.

김윤식의 제1차 체일(滯日) 성과가 가시적으로 드러난 것은 일본어판 『국화와 칼』을 을유문화사를 통해 번역한 것이었다. 이 책은 자신의 대학 동기인 서양사학자 오인석과 함께 번역해 1974년 2월, 을유문화사에서 초판으로 발행하였다. 지금까지도 백쇄 가까이 판을 거듭하고 있다. 이 책의 저자는 일본에 한 번도 가지 않고 쓴 여성 인류학자 루스 베

일본을 대표하는 문학평론가 고바야시 히데오(1902~1983)의 모습. 그는 비평가로서, 작가론과 작품론, 일본 전통과 서양 근대, 문학과 예술 등의 경계선을 넘나드는 광범위한 비평적인 글쓰기를 시도했다.

네딕트이다. 그는 이 책을 통해 문화의 유형을 두고 죄의 문화와 수치의 문화로 나누었다. 일본 문화는 전형적인 후자의 경우가 된다는 것. 이 부분이 독서대중에게 가장 잘 알려진 것. 나는 지인들과 술자리에서 대화할 때 일본이 역사를 반성하지 못하는 이유와, 기독교가 뿌리를 내리지 못하는 이유를 가리켜 죄의 문화가 아니기 때문이라고 가끔 주장하기도 한다. 죄의 문화는 도덕의 절대 기준을 설명하고 양심의 계발을 의지로 삼는 문화이다. 이것은 고백이란 수단을 통해 고백함으로써 무거운 짐을 내려놓을 수 있다.

반면에 일본의 경우처럼 수치의 문화는 인간은 물론 신에 대해서도 고백의 관습이 없다. 행운을 기원하는 의식은 있으나 속죄의식은 없다. 김윤식은 『국화와 칼』이 고전인 까닭을 스스로 묻고, 또 스스로 답한다. 저자에게 영혼의 거울이 있다는 것. 영혼의 거울이 있다는 것은 자의식의 투영을 말하는 것이 아닐까? 이 책은 아이 낳지 못한 여인의 한(恨)이 배어 있다고 한다. 루스 베네딕트의 자기 소외 때문이라는 것. 매우 섬세한 분석력이다. 루스 베네딕트를 에워싸는 애처로움의 물결처럼 그에게도 애처로움이 물결처럼 에워싸는 것일까? 김윤식은 일본에서도, 한국에서도 고립무원이었다. 그의 인간적인 고독감, 자기 소외의 정체는 어디에서 오는 걸까?

그는 귀국했다. 그리고 박사 학위 논문도 마쳤다.

그러나 그의 근대문예비평사 연구는 미네르바의 부엉이가 아니었다. 끝장 난 황혼기가 아니라, 그건 지금도 진행 중에 놓여 있다. 그는 끊임없이 근대(성)의 숲을 헤매고 있다.

근대는 무엇일까?

근대란 사회의 구조적 모순을 자체 내의 합리적인 힘으로 극복할 수 있는 내적 발전으로서의 근대이며, 그것은 당연하게도 자본제 생산양식과 관련되는 문제였다. 그의 문학사 기술은 정치 및 사회경제사의 중요성을 도입하는 것과 더불어, 18세기 후반으로 소급되는 내적 발전론, 즉 자생적인 근대성의 틀을 통해 문학사적인 식민사관(이식문화론)을 극복하려고 했다. 식민지의 마지막 세대에 해당하는 그가 한글세대인 동시에, 소위 4·19 세대인 김현과 함께 공동으로 저술한 『한국문학사』는 근대(성)을 찾아 헤매는 그의 문학사적인 인식 틀의 소산인 것이다.

하지만 그에게 그를 이중으로 압박하는 근대성의 정체가 또 있었으니, 그건 바로 비평사 인식 체계였던 것이다. 제2의 근대성인 카프 중심의 비평은 현실이면서 동시에 환각이었다. 자유가 결한 현실의 근대성이 옥죄어오면 올수록 자유에의 환각이 커진다. 즉, 황금시대의 근대성인 것이다. 그는 카프 문학 연구를 통해 자유에의 환각을 깨닫는다. 아니, 깨우친다. 그것은 개인적인, 내지 집단적인 원한과 전혀 상관이 없는, 학문을 통한 순수 사유임에도 불구하고 국가의 권력 기관 앞에 자신이 무력해짐을 느끼게 된다.

1974년, 그는 세칭 명동 사건이라는 정치 사건에 휘말린다. 유신 체제를 반대하는 문학인 61인의 정치 선언에 그가 서명한 후에 되돌아온 것은 카프 중심의 그의 비평 연구가 권력에 의해 도마 위에 올리게 된 일. 불법적인 소급 처리는 그 자체로 정치보복이 아니었을까? 그는 중앙정보부와 보안사에 끌려가 정신적인 고초를 겪는다. 그는 이 일로 인해 정신적인 트라우마가 아마도 꽤 깊었을 것이다.

그는 1980년에 이르러 장기 체류를 인한 두 번째 도일을 시도했다. 무거운 이광수 전집을 가방 속에 가득 넣고서 말이다. 고바야시 히데오의 수제자 격인 에토 준이 '소세키와 그의 시대'를 연구의 주제로 삼았던 것처럼, 그 역시 오랫동안 미루어온 연구 주제 '이광수와 그의 시대'를 해결하기 위해서 도일했던 것이다. 이광수를 일본을 통해 탐구해야 한다는 모순과 아이러니도 그의 몫이었던 것이다. 일본의 수도 동경은 그에게 여전히 낯선 곳이다. 그는 여전히 고립무원의 지경에 놓여 있었던 것이다.

　잠 안 오는 밤이 늘어갔다. 갈매기 울음 듣기, 멀리 눈 쌓인 후지산을 멍하게 바라보는 때가 나도 모르게 나를 에워싸는 것이었다. 도쿄 타워 불빛을 보고 있는 나는 무엇인가. 도쿄란 내게 사막에 다름 아니었다. 분주히 왕래하는 사람들은 모조리 이방인이었다. (415면)

　이 같은 철저한 고독과 극한의 자기 소외를 통해 훗날 귀국하여 기획한 『이광수와 그의 시대』 전3권. 그는 마침내 이 책을 공간하기에 이른다. 평전의 형식을 갖춘 작가 연구의 한 성취이다. 원고 분량은 2백자 원고지로 환산하면 무려 8천 매에 이른다. 김윤식의 학문 내지 비평의 생애에 걸쳐 가장 눈부신 성과물로 인정을 받기도 하는 이 연구 결과는 평전 형식의 비평적인 글쓰기가 지닌 한 모범의 사례이다. 대상이 되는 작가의 무의식 세계에까지 파고들면서 평전 글쓰기 주체와 심리적으로 완벽하게 동일시를 성취한다는 것은 가장 높은 경지의 평전을 쓰는 게 아닐까?

　김윤식의 글쓰기는 형식적으로 불안하다. 학문과 비평의 경계가 잘 보이지 않을 수도 있기 때문이다. 그는 자신의 글쓰기를 두고 순수한 연구도, 순수한 비평도 되지 못하는 이중성의 글쓰기라고 했다. 이중성이란 모순을 뜻한다. 그는 이 문제에 관해 번민한 흔적이 많다. 학자도 못 되었고, 그렇다고 이어령의 『저항의 문학』과 같은 비평문 한 줄 쓰지 못했다, 라고 하면서, 그는 스스로 비웃적거린다. 그리곤 내게 만약 학문이 있다면 비평은 도대체 어디에 있느냐고 되묻는다. 학문과 비평은 어떻게 다른가? 작품이 지닌 아득함이 그 경계를 결정한다. 그에게는 이 아득함을 조금이나마 막아보고자 탐색한 한 사람이 고바야시 히데오였다. 고바야시에게 비평이란 무엇인가? 비평은 쓰고 싶어서 쓰는 것이 아니라 다만 쓰고 싶은 것을 썼을 뿐이라는 것. 김윤식의 경우도 마찬가지이다.

정직히 말해 나는 좋은 글, 훌륭한 글, 예술적인 문체 등을 의식해 본 적이 없다. 그냥 썼을 뿐이다. 쓸 것이 너무 많아 다른 것을 고려할 틈이 없었다. (……) 릴케의 말버릇을 잠시 빌린다면, 로댕은 단지 '물건을 만드는 사람'에 지나지 않듯 나는 그냥 글을 썼을 뿐이다. 무슨 물건을 만들었을까. 아름다운 물건을 만든 것은 결코 아니었다. (227면)

요컨대 문학비평이란 무엇일까? 비평은 비평가 자신의 운명 양상이 아닐까? 비평이 비평가의 운명을 반영하는 것이라면, 임화의 경우가 내가 보기에 적례다. 물론 김윤식의 경우도 크게 벗어나는 성질의 것이 아니다. 내가 보기에 『이광수와 그의 시대』는 학문인 동시에 비평이다. 이것이 이 책이 지닌 무한한 장점이요, 미묘한 매력이기도 하다. 이로써 춘원 이광수가 현해탄을 넘나들면서 근대에의 현실과 환각 사이를 배회했던 것처럼, 김윤식도 그 자신에게 부과된 일련의 연구를 통해 때로 현실의 족쇄에 묶이기도 하면서, 때로는 환각의 자유를 한껏 호흡할 수 있었던 것은 아닐까?

3

어느 신문인지 모르겠지만, 또한 어렴풋한 기억이겠지만, 수개월 전에 『내가 읽고 만난 일본』을 두고 한 기자는 다음 세대에게 남긴 유언 같은 저서라고 말한 것 같다. 나는 이 말을 읽고 가슴이 저미어 왔다. 이제 '김윤식과 그의 시대'도 서서히 저물어 가는 게 아닌가해서다.

마지막으로 내 얘기도 좀 해야겠다.

환각과 현실을 동시에 살고자 했던 사람들

나 역시도 일본에 1년간 체류한 적이 있었다. 나는 미리 계약한 대로 체일 기간 중에 연구한 김소월과 이시카와 다쿠보쿠의 비교에 관한 논문을 학술진흥재단에 등재된 학회지에 발표할 수 있었다. 나는 논문과 전혀 별개의 일에 속하는 창작 시를 일본에서 틈틈이 써 왔다. 귀국한 직후에『기모노 여인과 캔커피』(2007)라고 하는, 별 볼 일 없는 한일대역 시집을 만들어낼 수 있었다. 앞으로 내게 허용되는 바가 있다면, 한일관계사를 전제로 하거나 염두에 둔 역사소설을 쓰고 싶다.

어쨌든 나는 김윤식의『내가 읽고 만난 일본』을 내처 읽어가면서 내 자신의 자의식을 투영해보는 계기와 기회도 가져볼 수 있었다. 늘 고독 속에서, 쓰고, 또 써온 그처럼.

곰곰 생각해보니, 나 역시 고립되거나 격절되기는 김윤식보다 더하면 더했다. 늦게 직장을 구했고, 그것도 서울에서 머나먼 지방 학교였다. 나는 조붓한 영역의 서울에 모여 있는 모교, 문단, 학계, 언론계로부터 철저하게 고립되거나 격절되었다. 그나마 다행이었던 것은 이 고립감과 격절감이야말로 내 살아온 것의 숨결이요, 앞으로 내가 살아갈 리듬이며, 또는 나를 비추어주는 거울이었다. 읽어주길 바라지 않는 글쓰기를 해온 지도 벌써 30년이 넘었다.

그래서 1978년 스물 한 살의 나이에, 가장 감동적으로 읽은 책이 뭐냐, 라는 물음에 대해, 나는 그 당시의 기준에서 볼 때 개인적인 인연이라고는 전혀 없었고 앞으로도 물론 없었을 성싶은 김윤식이 쓴『한국근대문예비평사연구』라고 무심코 응답한 것이야말로, 이제야 돌이켜 보니, 바로 내 운명이 아니었나, 생각한다.

뮤즈에게 있어서의 클리오의 의미

─역사소설을 보는 새로운 관점

1. 기억과 망각의 메커니즘

사람은 기억과 망각의 경계선에서 서성거리는 존재이다. 이때 사람은 이 틈서리에서 때로 고통을 겪기도 한다. 기억조차 하기 싫은 일을 기억한다는 것과, 망각해서는 안 되는 일을 망각하는 것은 정말 괴로운 일일 것이다. 기억은 오로지 기억하는 자의 몫이었다. 기억하는 자가 과거의 경험을 어떻게 기억하느냐에 따라 역사라는 이름의 과거의 상은 현재에 비추어질 따름인 것이다. 그런데 망각은 기억에 대한 심리적 거부를 의미한다. 넓은 관점에서 보면 망각 역시 기억의 한 형태이다. 프로이트 정신분석학에서는 인간의 망각하고자 하는 의도가 기억을 억압하려고 한다고 본다.[1]

내 어릴 때 초등학교 국어 교과서에 '세상에서 가장 무서운 것'이 무엇이냐 하는 문제를 놓고 아이들이 해답을 찾아가는 얘기가 있었는데,

---

[1] 최문규 외, 『기억과 망각』, 책세상, 2003, 211면, 참고.

결론은 망각이 세상에서 가장 무서운 것이라고 교과서는 말하고 있었다. 6·25와 같은 역사의 비극을 다시 되풀이하지 않기 위해선 북한의 야만 행위를 결단코 잊어선 안 된다는 암묵적인 교훈이 깔려 있는 것으로 짐작되는 얘기였다.

요컨대 기억이란 과거의 것을 정신 속에 보존하는 일이다. 그러나 기억은 결코 정확하지 못하다. 프로이트는 기억의 부정확성을 인간 심리의 특성에 의해 야기되는 현상으로 보았다. 즉, 기억이 왜곡이나 수정에 의해 이루어지는 꿈의 작업과 유사한 과정으로 본 프로이트에 의존한다면 역사가 진실을 왜곡한다는 것은 어쩌면 불가피할지도 모르겠다. 인간이 기억하는 역사의 상(像)이 불완전한 것이거나 잘못된 것일 수 있다는 데서 역사란 그다지 믿을 것이 못된다고 말할 수도 있을 것이다.[2]

역사철학자 콜링우드는 역사를 과거 경험의 재연(re-enactment)으로 보았다.

사람에게 있어서 과거의 경험이란, 대부분 사라지거나 잊혀진다. 과거와 현재를 이어주는 것이 있다면 그것은 구비전승물, 역사서술, 극(劇), 서사시 등이 될 것이다. 기억(memory)보다 더 적극적인 의미가 부여되는 개념은 상기(recollection)이다. 기억의 내용 가운데 자기가 필요한 것을 찾으려고 하는 의도적인 노력이 상기인 것이다. 문학과 역사는 문자 행위를 통해 과거의 경험을 상기하려고 한다는 점에서 서로 비슷하다고 할 수 있다.

다시 말하면, 과거의 상이 완벽하게 재현되는 것이 아니거나, 과거의 실체가 아예 존재하지도 않다거나 한다는 것이다. 문자 행위 내지 언어의 형태로 담아두는 것이야말로 바로 과거를 기억하는 것으로서의 역사일 따름이다. 역사는 기억과 망각의 심리적 메커니즘으로 이루어진 일

---

2 기억과 망각의 심리적 메커니즘에 관해서는 김현진의 「기억의 허구성과 서사적 진실」(최문규 외, 『기억과 망각』, 책세상, 2003)을 참고하기 바람.

종의 언어 게임이라고 할 수 있다.

이 비평문은 문학과 역사의 관계를 세 가지의 관점에서 바라보려고 하는 데 주안을 두고 있다. 문학과 역사가 서로 대치하거나 반복하는 과정까지도 물론 문학의 역사성이란 큰 개념의 범주 속에 속하는 문제이거니와, 여기에서는 좀 더 섬세한 통찰 속에서 역사문학의 이론적 근거를 밝히기 위해,

문학의 역사성
문학의 반(反)역사성
문학의 탈역사성

으로 개념을 세분화하고자 한다. 이 세분화된 개념의 틀을 하나로 집약할 수 있다면, 이 글의 제목처럼 '뮤즈에게 있어서의 클리오의 의미'가 되겠다. 오늘날 문학 현장에서 역사문학의 새로운 트렌드가 형성되고 있다는 점에서, 좀 외람되게 아전인수의 얘기가 될 수 있을지 모르겠으나, 이 글의 의도는 시의의 적절성을 자명하게 가지고 있다고 할 것이다.

2. 문학의 역사성—뮤즈 속의 클리오

문학의 역사성은 문학의 독자성 논의와 더불어 오랜 역사를 지니고 있다. 문학으로부터 사람들이 교훈을 얻는다면 그것은 역사에 대한 교훈이 많은 부분 차지할 것이다. 예로부터 사람들은 역사를 거울로 비유한 바 있다. 과거의 기억을 오늘의 삶에 비추어보는 것. 거울이 역사로 빗대어지는 것은 꽤 익숙한 관념인 것 같다. "옛것을 거울로 삼으면 흥망을 알 수 있다(以古爲鏡, 可知興替)."라고 한 당태종 이세민의 말을 굳이 인용하지

않는다고 하더라도 역사는 현재의 효용성을 얻어내는 거울인 것인 것이다. 때로 문학도 거울로 비유되기도 한다. 문학 중에서도 리얼리즘 문학관에 의하면, 문학이 현실을 재현하고 반영하는 거울인 것이다.

역사문학의 가장 원초적인 형태는 서사시이다. 서사시가 역사성을 지니고 있다는 건 잘 알려진 사실이다. 그도 그럴 것이 서사시는 집단적으로 공유하는 기억과 회상의 경험이기 때문이다. 호메로스 이래 역사는 서사시의 기초가 되었다. 서사시는 서구의 문학 양식에서 꽃을 피웠다. 동아시아 문학권에서 중국과 일본은 서사시의 전통이 박약하다. 특히 중국은 서사시가 영사시(詠史詩)로 대체된 감이 있다. 서사시라고 하면 영웅과 민족을 강조하는 것인데, 중국은 영웅보다 군자를 이상적인 인간상으로 보는 경향이 있으며, 자신들을 천하의 중심으로 보기 때문에 민족의 개별성을 스스로 주목하지도 않았다.

반면에 우리나라는 서사시의 전통을 가지고 있었기 때문일까? 현대소설에서도 역사문학의 전통이 뚜렷하다. 박경리의 「토지」, 황석영의 「장길산」, 조정래의 「태백산맥」 등의 오늘날 우리의 기념비적 소설 역시 문학의 콘텐츠가 역사의 상상력에 기반을 둔 허구적 기억의 소산이란 점에서 현대판 서사시라고 할 수 있다. 서사시는 예로부터 오늘날에 이르기까지 집단적으로 공유하는 기억의 허구적 소산물이다.

요컨대 문학의 역사성에 관한 논의의 모범적인 답안이 있는 것이라면 머레이 크리그(Murray Krieger)가 자신의 저서 『비평으로 향한 창(窓)』(1974)에서 밝힌 다음의 견해에 매우 적절하게 집약되어 있는 게 아닐까 한다.

문학에 있어서 어떤 모방적인 역할은 부정될 수 없다. 역사는 문학 이전에 존재하고 있기 때문에 문학은 어떤 의미에서 그것을 모방해야 한다. 결국 무(無)로부터 창조될 수 없는 것이 문학의 내용이다. 하지만 문학 속의 작품의 소재로 수용된 역사는 호흡하고 있는 인간이 지니고 있는 것이어서 생생하게 느껴지고, 맥박치는 역사이지 결코 정지된 상태에 놓여 있는 이데올로기의 공식이 결코 아니다. 그래서 문학 속의 역사는 실질적인 힘을 가지고 있다. 반면에 문학 밖에 있는 역사는 이데올로기 속의 제도화된 역사이다.

―『비평으로 향한 창(窓)』(1974) 중에서[3]

인용문을 읽어본다면 잘 알 수 있겠거니와, 문학에는 역사적인 시간의 힘이 강하게 작용하고 있는 것이 사실이다. 물론 문학을 제외한 예술 작품에도 그것이 작용하는 힘을 느낄 수 있다. 그렇지만 문학만큼이나 강렬하지 않다. 이 대목에서 '역사는 예술의 일반적인 개념 아래에 포함되어 있다.'라고 말한 노스럽 프라이의 견해를 적절히 인용할 수 있을 것이다. 인간의 원초적인 지각의 형태를 한 쪽에서 반영하고 있는 그리스 신화에서도 역사의 신 클리오는 여덟 명으로 무리진 시(詩)와 예술을 관장하는 여신인 뮤즈의 일원이었다.

문학의 역사성에 관한 대표적인 논문 가운데 문학비평가이면서 영문학자인 이태동이 쓴 「문학의 역사성」이 있다. 상당한 분량의 이 논문은 서강대 인문과학연구소가 간행한 인문학논총 제 13집 『역사와 문학』(1981)에 실려 있다. 그가 이 논문에서 주장하고 있는 내용의 핵심적인 것은, 문학이 작가의 여러 가지 사회적 경험과 역사적 현실을 융합해서 수용하고 있으나, 그것은 사회사나 정치경제사로부터 독립된 구조를 유지하고 있다는 데 있다. 그러면서도 그는 문학의 역사성을 심미적인 내적 형식의 작품성에 두기보다는 주제로 수용하는 작가의식에 중점을 두고 있다. 그는 이 논문에서 문학의 역사성에 대한 이론을 진지하고도 장황하게 소개한 다음에, 실제비평 부분에서 박경리의 「토지」와 황석영의 여러 소설들을 비평적인 사례와 전범으로 꼽으면서 치밀하게 분석한 바

---

3 서강대학교 인문과학연구실이 간행한 『역사와 문학』(1981) 74면에서 일부의 문장 표현을 수정하여 재인용하였다.

있었다.

고려대 국문학과 교수인 김인환의 저서 『기억의 계단』(2001)의 경우도 문학의 역사성을 지향하고 있는 일종의 비평서이다. 이 책의 부제가 '현대문학과 역사에 대한 비평'인 것도 이러한 맥락에서 이해될 수 있다. 그는 결국 현대성의 주류적인 계보를 문학의 역사적인 성격에서 다 찾았다. 그는 이광수를 소설사의 정통으로 보지 않고 신채호를 정면으로 내세웠다. 그리고 리얼리즘의 창작적 성과를 염상섭과 이기영에서 찾았다. 그는 '염상섭과 이기영의 작가 주석 서술은 한국 소설 문법의 표준 형태를 보여주고 있다.'라고 주장한다. 작가 주석 소설이란, 무엇을 가리키는지 명확하지 않으나, 소설의 목적이 더 나은 삶을 추구하는 데 있다는 작가 의식을 뜻하는 게 아닌가 한다. 그렇다면 역사와 예술이 서로 하나로 묶여진다는 이른바 벨린스키적인 목적론(teleology)과 무관치 않은 이론이다. 1970년대 이래, 기억과 역사의 의미를 총체적으로 구상한 작가들, 예컨대 안수길 · 박경리 · 유현종 · 황석영 · 김주영 · 송기숙 · 이병주 · 홍성원 · 조정래 · 김원일 · 최명희 등이 더 나은 삶에 대한 바람의 형태로서의 목적론적인 바탕 위에서 역사적 사건을 재구성했다고 본 것이다.

역사 인식을 둘러싼 논생의 과정에서 역사가들은 문학 작품을 진지한 대화 파트너로 인정하지 않으려는 속내를 가지고 있다. 미학적 창작물이 비학문적이라는 일종의 불신감이 그들 사이에 확산되어 있기 때문이다. 이와 같은 선입견은 그들이 문학적인 역사 해석의 결과를 인식하는 것을 가로막는 요인이 될 것이다.[4]

그런데 역사학자 중에서도 역사의 문학성을 인정하는 사람들도 있다. 문학 쪽의 사람들이 문학의 역사성을 강조하는 측면이 있다면 역사 쪽

---

4 호르스트 슈타인메츠, 『문학과 역사』, 예림기획, 2000, 15면, 참고.

의 사람들은 이처럼 역사의 문학성을 간과하지 않는다는 것이다. 역사학자의 문학에 관한 논문 중에서 홍이섭의 「채만식의 '탁류'—근대사의 한 과제로서의 식민지의 궁핍화」와 강만길의 「소설 '토지'와 한국근대사(韓國近代史)」가 역사학 논문에 있어서 그러한 성격에 관한 한, 전범을 보여주고 있다고 할 것이다. 이들은 문학 작품도 사료의 보조적인 텍스트로서 훌륭히 수행할 수 있는 가능성이 내포되어 있다고 보고 있다.

채만식은 미두로 망하는 예를 「탁류」에서는 우선 군산에서 찾고 있으나, 이러한 침략과 협잡은 인천이 더욱 긴 역사를 지니고 있으며, (……) 식민지민의 몰락 양상을 미두와 관련시켜 파악하면서 작가는 앞에서 지적한 대로 인천의 미두취인(米豆取引)도 함께 취급하고자 했다.[5]

국사학이 아직 구체적으로 접근하지 못하고 있는 독립 운동 전선의 취약점에 사료로부터의 속박도가 약한 역사문학 쪽에서 오히려 더 접근하고 있는 것이라 말할 수 있으며 이 점에 역사소설로서의 「토지」의 성공이 있다 할 것이다.[6]

1930년대의 식민지민의 몰락 과정이 미두취인에 있다고 본 것은 이 시대의 주요한 특질로서의 황금광 시대를 반영한 김유정의 「금 따는 콩밭」과 상응하는 것이다. 홍이섭이 식민지를 인식하는 시대사적인 과제를 미두취인의 문제점에서 찾은 것은 현실 인식의 정확성을 확보하고 있었음을 반증하는 것이다. 강만길은 역사소설로서의 「토지」의 문학적 성취를, 사료가 부족한 역사학을 보완해주고 있다는 데서 간파해내고 있다.

비교적 최근에 발표된 역사소설 중에서 문학의 역사성이란 관점에서

---

5 이상신 편, 『문학과 역사』, 민음사, 1981, 145면.
6 같은 책, 183면.

논의될 수 있는 성질의 것이 있다면 가장 전형적인 경우가 최인호의 「해신」(2003)이다. 이 작품은 통일 신라 시대의 해상왕으로 잘 알려진 진취적인 인물 장보고의 일대기를 서술한 것. TV드라마로도 제작이 되어 일반 대중에게도 잘 알려진 이 작품의 기저를 이루는 것은 민족주의적인 정조를 자극시키는 데 있다. 역사소설와 민족주의의 상관관계는 가장 익숙한 문학적인 컨벤션이라고 할 수 있다. 이런 점에서 최인호의 「해신」은 진일보한 역사소설이라고 말할 수 없다. 다만 형식적으로는 실제적인 탐방기와 허구의 장치를 혼합하는 형식이라는 점에서 새롭고 흥미로운 형식을 도입하고 있다.

> 그 당시 장보고는 바다의 영웅이었다. 바다를 지배하는 바다의 신이었다.
> 그렇다면.
> 나는 확신에 차서 소리내어 중얼거렸다.
> 폭풍우를 만나 기도를 하던 엔친 앞에 나타난 신라명신의 실체 누구인가는 자명해진 것이다.
> (……)
> ─그렇다.
> 장보고야말로 신라명신, 바로 그 사람인 것이다. 엔친 앞에 나타나서 '나는 신라명신이다. 앞으로 나는 너의 불법을 호지해 줄 것이다.' 라고 말하였던 신라명신은 바로 장보고의 현신인 것이다.
> (……)
> 나는 마음의 안정을 찾을 수 없었다. 흥분상태가 좀처럼 가라앉고 있지 않았다.
> 나는 심호흡을 하면서 천천히 다시 행길을 따라 걸어가기 시작하였다.[7]

---

7 최인호, 『해신 · 1』, 열림원, 2004, 127~128면.

소설의 화자는 최인호 자신이다. 일본의 한 사찰에 공개되지 않는 신 불상인 신라명신이 이 소설의 가장 주요한 모티프이다. 바다의 수호신 으로 오래토록 깊숙이 간직되어 존숭되어온 이것이 장보고의 현신임을 그가 확인해가는 과정을 서술한 것이 역사소설 「해신」인 것이다. 이를 확인한 그는 소위 흥분상태에 빠진다. 이 흥분 상태야말로 민족주의적 인 열정이 아니고 무엇이겠는가? 이 작품은 역사소설의 근대성 기초에 입각하여 쓰인 전형적인 유형의 역사소설인 것이다.

3. 문학의 반(反)역사성 — 뮤즈와 클리오의 맞섬

문학의 역사성을 가장 잘 반영하는 장르는 서사시와 역사소설이라고 할 수 있겠다. 그 다음의 경우가 있다면, 사극 정도가 아닌가 한다. 역사 소설은 역사적으로 실존했던 인물을 형상화한 소설이다. 역사적으로 실 존하지 않았으나, 실존 가능성이 충분히 엿보이는 인물을 주인공으로 삼은 사례 — 이를테면 「토지」의 서희나, 「바람과 구름의 비(碑)」에서의 최 천중 등과 같은 — 의 경우를 두고 준(準)역사소설이라고 부르는 것이 어 떨지 모르겠다. 이것의 문학성은 성취의 결과를 놓고 볼 때 역사소설의 경우보다 질적으로 높은 게 엄연하다고 하겠다.

그러나 소설가가 역사를 다루면서도 상상과 허구의 과잉으로 인해 역 사적인 사실과 전혀 무관하게 취급하는 경우도 있다. 이때 역사가들은 소설가를 가리켜 증명할 수 없는 문제 제기와 주제 의식을 취급한다고 불만을 터트리곤 한다. 그래서 문학은 역사의 진실을 토로하는 허위적 인 행위로 매도되기도 하는 것이다. 그러나 역사와 부합하지 않는 것은 소설에서 불가피한 일이기도 하다. 문학의 반역사성은 동시대의 역사적 의미, 성격, 방향으로부터 벗어날 때 누릴 수 있는 단 하나의 문학의 특권이 된다.

톨스토이의 「전쟁과 평화」는 소설과 영웅서사시를 유기적으로 결합시킨 새로운 장르의 역사문학이다. 특히 전통적인 역사소설의 테두리를 깨뜨렸다는 점에서도 이 작품의 획기적인 의의를 지닌다. 종래의 역사소설가들이 화려하고 기교적인 것, 영웅적인 것, 이상적인 것을 즐겨 묘사한 데 반해서, 톨스토이는 영웅적인 것에서 평범한 것을 발견하고, 기교적인 것을 간결하게 표현하고 이상적인 것을 현실적인 것으로 끌어내렸다. 그는 영웅숭배와 싸우고 모든 기념비적인 위대함과 싸움으로써 종래의 역사소설과는 판이한 '반(反)역사적'인 개념의 국민적인 서사시를 썼던 것이다.[8] 즉, 이 소설은 종래의 위대함을 벗어남으로써 반어적으로 위대한 서사시가 된 것이다.

헤겔의 역사철학에서 볼 때 톨스토이의 나폴레옹관은 반(反)역사적이라고 할 수 있다. 역사가 영웅을 만드는가? 아니면 영웅이 역사를 만드는가? 이 물음은 헤겔의 『법철학』 서문에 제시되어 있다. 또 이 물음은 그의 역사철학을 이해하는 중요한 단서가 되기도 한다. 헤겔과 나폴레옹은 현저한 유사성을 가진다고 평가되고 있다. 그는 나폴레옹이 예나의 거리에서 말을 타고 가는 모습을 직접 보면서 이렇게 말했다. "오늘 아침 황제가 말을 타고 가는 모습을 보았다. 마상에서 세계를 지배하는 한 점에 집중된 그러한 인물을 본다는 것은 신비한 느낌이었다. 그를 찬양치 않을 수 없다." 헤겔에게 있어서의 나폴레옹은 한 마디로 말해 세계정신의 표상이었던 것이다.[9] 이에 반해 나폴레옹을 왜소하고 비열한 희극적인 인물로 묘사한 톨스토이는 소설 「전쟁과 평화」에서 진정한 영웅은 민중이라는 사상으로 귀결한다. 헤겔의 입장에서 볼 때 톨스토이의 나폴레옹관은 극히 반역사적이라고 할 것이다.

---

8 김학수, 「나폴레옹과 '전쟁과 평화'」, 역사문학, 1984, 겨울, 90면, 참고.
9 김희준, 『역사철학의 이해』, 고려원, 1995, 197면, 참고.

톨스토이와 동시대의 작가 중에 빌헬름 라베(Wilhelm Raabe)가 있었다. 19세기 독일 리얼리즘 문학을 대표하는 역사소설가라고 한다. 라베의 역사소설 「오트펠트 평야」(1888)는 역사의 진보에 대한 비관론적인 견해가 반영된 것[10]. 비관주의 역사관은 쇼펜하우어·부르크하르트·니체로 이어져 오면서 하나의 계보를 형성한다. 이에 의하면, 역사는 반복되지도 변화하지도 않는 것, 유형이 존재하며, 때로는 비관적인 것에 지나지 않는 것이다. 이들의 역사관을 헤겔식의 발전론적 역사관에서 볼 때 반역사적인 것이 엄연하다.

톨스토이와 빌헬름 라베의 역사소설이 헤겔주의 사관에 비추어 볼 때 반영웅주의와 비진보개념에 근거했기 때문에 반역사성을 가진 것이라고 말할 수 있다. 그러나 이러한 평가는 어디까지나 상대적이라고 할 수 있다. 포괄적인 의미에서 볼 때 또 다른 역사성의 개념으로 보아야 할 것 같다.[11]

문학을 역사보다 우위에 두게 되면서 나타나게 되는 것도 문학의 반역사성이라고 할 수 있다. 문학의 반역사성은 문학 쪽에서 사용하는 표현이다. 역사 쪽에서는 역사를 가치론의 전제로 삼으면서 역사의식이 부재한 문학을 가리켜 문학의 몰(沒)역사성이라고 표현하곤 한다. 이 두 개의 개념은 어느 쪽에 시각을 두고 있느냐, 어느 쪽에 가치의 무게를 두고 있느냐 하는 문제일 뿐이다. 결국 지향하는 의미는 동일하다. 문학 쪽에서 역사성의 가치를 극단적으로 부정한 경우를, 우리는 김열규의 비평적 에세이 「문학 속의 한국역사 : 그 병동(病棟), 그 수용소 군도」에서 찾을 수 있다.

---

10 빌헬름 라베의 역사소설 「오트펠트 평야」에 관한 국내의 논문으로는 고영석의 「산업화 시대의 비관론적 역사관」(『외국문학』, 1984, 겨울)이 있다.
11 김희준, 앞의 책, 197면, 참고.

역사는 권력과 이권의 투쟁이고 그래서 잔혹하고 앞뒤가 잘 안 맞고 표리가 부동하다는 것을 몸서리치면서 또 이를 갈면서 겪어내었다.

20세기는 물론이고 그 뒤를 이어서 오늘의 새로운 세기에서도 그 점은 추호도 달라진 바 없다. 역사는 뒤틀리고 비트적거리고 그러면서 잔인하고 또 부도덕하다. 필연이 아니라 야합이고 우합(偶合)이다.

요컨대 역사는 인류가 공통으로 마련한 병상(病床)이다. 인간 트라우마의 집산지이다. 어쩌면 아우슈비쯔에 견주어도 과장될 게 없는 죽음의 강제 수용소 같을지도 모른다. 바로 여기서 우리도 문학속의 한국역사를 점쳐낼 수 있을 것이다. 우리들 시대에 있어서 문학은 병원이다.[12]

김열규의 인상비평적인 견해이다. 그는 역사를 인간의 거대한 증후군으로 간주하고 있다. 역사가 인간의 병이라면 문학은 인간을 구원하는 병원이라고 한다. 문학 속의 인간상은 병적인 존재로 설정되는 경우도 없지 않다. 도스토예프스키, 손창섭, 무라카미 하루키 등이 그 대표적인 작가군이라고 하겠다. 이처럼 김열규가 시사하고 있는 문학의 치유적 기능은 문학효용론을 극대화시킨 경우라고 할 수 있다. 사실상 역사에서 오늘의 문제점을 찾겠다고 하는 역사적 현재주의자들의 생각과 극단적인 차이가 여기에 놓여 있는 것이다. 반역사주의에 대한 김열규의 생각은 자신의 철저한 문학관의 결과이다. 그에 의하면 역사가 의혹이며 미신 그 자체이겠지만, 이러한 유의 생각 역시 의혹이며 미신이라는 것으로부터 벗어날 수 없다. 그의 생각이 남을 충분히 설득할 수 있는 이론적 근거가 부족한 주장이기 때문이다.

문학의 반역사성에 관해 어느 정도 이론적으로 체계화한 이는 형식주의 강단비평가로서 한때 정평이 나 있었던 이상섭이라고 생각한다. 김

---

12 김열규의 「문학 속의 한국 역사 : 그 병동(病棟), 그 수용소 군도」, 『경남펜문학』, 2006, 23면.

열규가 신화와 원형의 개념을 도입한 구조주의자라면, 이상섭은 『복합성의 시학』(1987)이란 저서를 통해 평이한 한국어로 뉴크리티시즘의 이론을 집대성한 형식주의자이다. 그의 비평집 『역사에 대한 불만과 문학』(2002)은 문학의 반역사성에 관한 섬세한 원론비평이라고도 말할 수 있겠다. 이에 관한 적지 않은 토픽 가운데서도 놓쳐버리기 쉬운, 그러나 한 번쯤 음미해야 할 것이 있어 이를 인용해본다.

> 일부 역사가들의 허구를 탓할 것이 없다. 좀 더 심각한 문제는 일부 소설가들이 허구의 세상에 아마추어 역사가처럼 많은 것도 드물 터이나, 일부 소설가들은 아예 전문적 역사가 행세를 하는 듯하다. 창작이라는 고유 영역을 떠나 스스로 역사적 사실을 재구성하고 있다고 자부하는 일이다. 그러나 역시 행세를 하는 듯하는 것이니 아마추어로 남아 있게 된다. 아마추어 역사가의 기본 영역은 사실에 대한 불만 해소책 찾기이다.[13]

이상섭은 소설가들에게 있어서의 역사에 대한 아마추어리즘의 한계를 말하는 것 같다. 문학의 역사성이란 알고 보면 별 것 아니라는 것이다. 별 것 아니기 때문에 문학이 역사의 영역을 함부로 건드릴 수 없다는 것도 문제이지만, 어느 정도 타당성이 전혀 없는 것은 아니다. 그의 불만은 소설가들이 현실의 불만을 해소하기 위한 방편으로 역사를 이용한다는 데 있다. 그렇다면 그 문학적인 역사는 대리충족의 역사이거나, 역사의 진실성이 부족한 의사역사(pseudohistory)이거나, 혹평하면 역사의식이 사상된 거짓 역사가 되는 것이다.[14]

---

13 이상섭, 『역사에 대한 불만과 문학』(『문학동네』, 2002), 50~51면.
14 이상섭은 「역사주의의 반성」이란 글에서 역사의 비밀을 독점적, 배타적으로 알고 있다고 주장하는 태도를 '역사주의'로 이름한 칼 포퍼의 말을 인용하면서 역사주의가 필연적으로 전체주의 체제를 강요한다고 지적하고 있다. (이상섭, 같은 책, 32면, 참고.)

그런데 그는 구체적으로 예를 제시하지 않았다. 자신의 견해를 더 이상의 논쟁적 상황으로 내몰고 싶지 않아서일 것이다. 그저 원칙적이고 원론적인 소견만 밝히고 있을 따름이다. 짐작컨대 그의 저서『역사에 대한 불만과 문학』에 관한 전체적인 인상과 맥락을 보게 되면, 동학혁명과 빨치산 투쟁을 소재로 한 소설을 지칭하는 것 같다. 이 소재들에 대한 결과론과 지배 담론에 대한 불만의 형태가 소설로 표출되어진 것은 사실이다.

그러나 나는 이러한 유의 소설이 문학의 역사적 아마추어리즘 내지 반역사성을 지닌다고 볼 수는 없다고 본다. 위의 소재에는 역사를 보는 다양한 시각이 존재하기 때문이다. 심각한 것은, 고원정의「대한제국 일본 침략사」가 1994년 이래 지속적으로 소설책으로 간행되었었는데 소위 대체역사소설이니 가상역사소설이니 하면서 역사 왜곡을 극단적으로 자행한 유의 작품 경향이 유행이 되었다는 데 있다. 김덕호의「조선제국 일본 정벌기」와 윤민혁의「환(桓)제국건국사」등의 판타지물 서사물이 역사의 이름을 내걸고 그 아류로 범람하고 있다. 김진명의 소설 중의 음습한 국수주의풍 작품도 몰역사적인 것을 드러내는 데 있어선 오십보백보라고 생각된다.

물론 문학의 반역사성을 드러낸 것이라고 다 품격이 낮은 것은 아니다. 역사소설 중에서도 반역사성을 내포하고 있으면서도 비평적인 대상이 될 수 있는 작품의 사례는 복거일의「비명을 찾아서」와 김별아의「미실」등을 꼽을 수 있겠다. 전자는 가상의 역사를 설정했다는 사실이 역사를 흥미 위주로 왜곡하거나 현실 불만을 해소하는 것이 아니라 그 설정의 사실이 바로 역사성에 대한 도전이라고 하겠다. 후자는 도가적(道家的)인 섹스관이 시간 개념을 정지시킴으로써 인간을 자연화한다. 이때 시간 개념은 역사를 진공 속에 끌어들임으로써 철저히 무화(無化)되기에 이른다.

4. 문학의 탈역사성 — 뮤즈와 클리오의 거리

문학의 역사성과 반(反)역사성 중간 지점에 탈역사성이 존재한다. 문학의 탈역사성이란, 문학에 있어서의 역사성에 관한 기존의 관점으로부터의 탈각을 의미한다. 소위 탈역사(posthistoire)의 개념이 수면에 떠오르게 된 것은 포스트모더니즘의 등장과도 관계가 있는 것으로 여겨지고 있다. 아닌 게 아니라, 과거는 잔상이나 어렴풋한 기억만으로 존재하기 때문에 문학에서 역사성을 온전히 복원할 수 없다.

이제 포스트모더니스트의 주장이 굳이 아니라고 해도, 역사는 더 이상 진지한 것, 이념적으로 재무장된 것, 민족의 격분을 예술적으로 고양시키는 것이 될 수 없다. 최근의 TV사극, 사극 영화가 가상현실에 의빙하여 눈부신 볼거리로 재구성되어가고 있는 것을 목도할 때, 탈역사성은 기억에 대한 강박적인 몰두가 해체된 시대의 역사적 위기의 증상이 아닌가 생각된다.

사실은 탈역사의 징후가 역사의 위기라기보다 역사학의 위기로 말미암았다. 사극은 기술복제 시대의 역사를 대변한다. 지금의 많은 사람들은 페이퍼를 통해 역사를 향유하는 것이 아니라 시각적인 이미지의 사용 가치를 통해 역사를 향유하고 있다. 이제 역사는 과거의 원본이라는 아우라에 의존하는 실증주의자의 손으로부터 떠나버렸다. 팩션은 대중의 요구에 의해 형성된 시대적 선물인 것이다.

김기봉은 역사가에게 사실이 목적이고 상상은 사실을 구성하는 수단이며 사극 작가에게는 역사적 사실이 수단이고 상상의 이미지가 바로 목적이 된다고 했다.[15]

오늘날 우리 문단에는 팩션형 역사소설이 범람하고 있는데, 이 현상

---

15 김기봉, 『팩션시대, 역화와 역사를 중매하다』, 프로네시스, 2006, 67면, 참고.

역시 우리 시대에 있어서의 문학의 탈역사성 징후가 아닌가 한다. 팩션이란, 1960년대 미국 언론계의 기사작성법에서 유래된 개념이다. 최근 10년간 2000년대의 역사소설은 팩션형이 강세를 이룬 것이 사실이었다. 세계적인 베스트셀러 「다빈치 코드」로 촉발된 팩션 열풍은 국내에서도 인문학적 지식을 바탕으로 한 역사추리 서사물의 유행을 초래했다고 볼 수 있다.

팩트보다는 픽션에 무게 중심을 두게 된다면, 새로운 유형의 역사소설에는 기존의 것이 갖고 있던 집단의식, 이념, 총체적 안목, 거대담론 등이 적잖이 사라지게 될 것이다. 그렇다면, 그 시대의 팩트, 오늘날의 현재성과 관련하여 사회 전반의 그물망 등을 그리겠다는 작가의 야심과 달리, 대신에 역사소설의 중심인물이 겪는 내면 풍경이 중요한 부면으로 부각하게 될 것이다. 실제로 그렇게 되고 있다. 김훈의 일련의 역사소설이나 신경숙의 「리진」 등의 작품이 말할 것도 없고, 이정명 유의 팩션 역시 정통 역사소설로부터 멀찍이 떨어져 있다. 역사적인 실존 인물과 허구적인 인물 사이의 중간에 놓여 있는 심청의 캐릭터를 형상화한 황석영의 「심청」 역시 「장길산」유의 정통 역사소설이 아니라 월경(越境)과 다문화 등의 시대사적인 코드와 맥락을 반영한 것이라고 하겠다.

2000년대 들어와 나타나는 역사소설에서 특징적인 것이 있다면, 이것은 이념의 메가트렌드보다는 스타일과 상상력의 차원에서 미시적인 것으로 전유(專有)되고 있다는 사실이다. 역사소설에서 '역사'라는 집단 기억의 거대서사가 해체되어 사사로운 개인의 미학적 스타일 속으로 흐트러지고 있다는 것이다.[16]

그 대표적인 경우가 김훈일 것이다. 그의 「칼의 노래」와 「남한산성」은 기존의 역사적 지배 담론으로부터 벗어난 것이다. 민족적인 정체성 위

---

16 김영찬, 「경계를 넘어서는 문학들」, 『현대소설연구』, 제40호. 2009. 4, 67면. 참고.

기의 시대에 이순신을 구국의 성웅으로 형상화되곤 하던 시대의 거대 이념을 벗겨내는 것이 작가의식의 새로운 면모를 보이는 것이라고 하겠다. 병자호란이란 초미의 위기에서 군왕 인조가 겪는 고독은 주인공 개인의 시선에 의해 내면화, 사사화(私事化)되고 만다.

기존의 역사적 지배 담론에 의해 만들어진 이순신상과 전혀 다른 과거의 상을 창조한 유사한 사례는 권지예의 경우에서도 나타난다. 「붉은 비단보」는 애최 신사임당을 실명으로 한 것이었는데 소설을 간행할 당시에 화폐의 그림 모델을 놓고 사회적인 논란이 끊어지지 않고 강릉 지역민의 악의에 가득 찬 집단 분노도 표출될 수 있었기 때문에 익명화의 단계를 거치면서 재조정하게 된다. 역사소설 「붉은 비단보」에서 신사임당, 황진이, 허난설헌의 모델이 되는 여인들이 시대적인 차이를 무시하고 함께 등장하고 있다. 물론 신사임당 모델 여인이 주인공이다. 현모양처의 대명사인 신사임당 모델의 그 여인이 젊은 시절의 정인(情人)을 그리워하고 있다는 것은 기존의 가치관을 전복한 것이다. 이념보다는 미의 세계에 침잠함으로써 개인의 내면풍경에 섬세한 무늬를 새겨내고 있다.

지금 고백하자면, 그 소설을 쓰면서 작가로서 무척 고민이 많았습니다. 그것은 역사적 사실과 문학적 진실의 문제였습니다. 이 역사소설은 역사의 이름으로 무엇을 담아야 하는가? 그리고 어떻게 담아야 하는가? 첫 번째 고민은 역사적 사실을 제대로 기록하는 것도 쉽지 않은 일이었지만, 과연 역사적 사실을 그대로 기록만 하는 것은 평전이자 역사적 기록물의 하나일 뿐 문학적 가치를 어떻게 획득할 수 있느냐의 문제였습니다. 누구나 다 안다고 생각하지만 500년 전 생존했던 한 예술가 여인의 삶의 진실은 몇 조각의 자료로 다 복원할 수 있는 것인가. 그것은 일차적으로 '역사적 사실'의 문제였습니다.

그리고 왜 하필이면 500년 전의 신사임당을 불러내야 하는가, 라는 문제가 대두되었습니다. 신사임당은 알다시피 우리나라의 일종의 우상입니다. 하지만 저는 '우상의 눈물'을 보고 싶었습니다. 한 여성 예술가로서 그 중세적 암흑기를 거친 피 흘리는 한 영혼의 절규를 듣고 싶었습니다. 신사임당의 역사적 사실을 기술하기 보다는 이것의 '문학적 진실'은 무엇인가를 고민해야만 했습니다.[17]

신사임당은 이순신에 버금가는 국민의 우상이다. 그는 현모양처의 전형이다. 한국인이라면 대개 누구나 그렇게 믿고 있다. 그런데 실상은 좀 다르다고 한다. 조선 후기의 정치권력의 판도는 이이, 김장생, 송시열로 계승되어 형성된 노론(老論)의 계보가 압도적인 위력을 발휘했다. 당시 정치권력의 지배층은 노론의 정신적 기원인 이이의 어머니를 현모양처라는 이름으로 인격화하지 않을 수 없었다. 노론이 기획한 이미지 조작, 상징 조작은 권력의 인격화를 위해 신사임당 상에 정치적인 정당성을 부여했고, 오늘날까지도 이를 국민의 우상으로 지속적으로 존숭하게 해 온 것으로 판단된다. 요컨대 신사임당의 작가는 노론의 정치적인 음모에 의해 왜곡된 기억으로 정착되었을지도 모를 신사임당이란 과거의 상을 새롭게 창조하려고 노력했던 것이다.

문학의 탈역사성을 지향하고 있는 동시대 역사소설은 우리 소설계의 새로운 트렌드로 자리하고 있다. 이 트렌드는 향후 10년간에 걸쳐 뿌리를 내리고 입지를 다져 가리라고 예상된다. 새로운 역사소설에서 현실의 효용성을 거두어 낼 수 있다고 당분간은 기대를 가질 수가 없다. 문학연구에서 미시사적인 조망이 최근에 한 유행이 되고 있듯이, 문학에 있어서도 미시담론의 역사 재구성이 적잖은 힘으로 작용할 것 같다. 문화소비자인 독자층의 변화된 욕망—이를테면 가상과 현실의 경계를 넘나드는 젊은 세대의 매체관과 무관치 아니한—이 한 몫을 할 수 있게 되

17 이병주기념사업회, 『이병주 문학 세미나 및 강연회』 자료집, 2010. 4. 2, 50면.

리라고도 전망된다.

5. 예술가형 역사소설의 성과에 대하여

최근 10년간의 문단에서 괄목할만한 성취를 보여준 것의 하나는 역사소설 분야라고 할 수 있다. 특히 기존의 역사소설과 거리를 둔 팩션형 내지 예술가형 역사소설은 동시대 문학이 변화의 바람을 일으키는 한 축을 이루고 있었다. 예술가형 역사소설은 현진건의 「무영탑」, 이태준의 「황진이」, 정한숙의 「금당벽화」 등의 경우에서 보듯이 과거에도 있었다. 그러나 대개의 경우가 민족주의적인 파토스 내지 복고취향에서 크게 벗어나지 못했다.

그런데 근래에 이르러 주목을 받은 바 있는 김훈의 「현(絃)의 노래」(2004)와 권지예의 「붉은 비단보」(2008)는 탈민족주의적인 탐미형 역사소설이라고 말할 수 있다는 점에서 독특하다. 이것은 역사 속의 문제적 개인이 감당해야 할 집단의식을 강하게 드러내기보다는 한 개인의 삶의 실존 문제와 예술에 대한 근본적인 질문을 섬세하게 드러내고 있다는 것이 주목된다고 하겠다.

우륵은 금을 무릎에 안았다. 우륵이 오른손에서 맨 윗줄을 퉁겼다. 소리는 아득히 깊었고, 더 깊고 더 먼 곳으로 사라져갔다. 우륵의 왼손이 사라져가는 소리를 들어올렸다. 소리는 흔들리면서 돌아섰고, 돌아서면서 휘어졌다. 우륵의 왼손이 둥근 파문으로 벌어져가는 소리를 눌렀다. 소리는 잔무늬로 번지면서 내려앉았고, 내려앉는 소리의 끝이 감겼다. 다시 우륵이 세 번째 줄을 퉁겼다. 소리는 방울지면서 솟았다. 솟는 소리를 우륵의 왼손이 다시 들어 올렸다가 내려놓았다. 내려놓고 더욱 눌렀다. 소리의 방울이 부서지면서 수많은 잔 방울들이 반짝이며 흘러갔다. 다시 우륵의 오른손이 맨 윗줄을 튕겼다. 깊고 아득한 소리가 솟았다. 솟아서 내려앉는 소리를 우륵의 왼손이 지웠다. 지우면서 다시 우륵의 오른손이 세 번째 줄을 당겼다. 당기면서, 다시 우륵의 왼손이 소리를 들어올렸다. 올리진 소리는 넘실대며 다가왔다.[18]

오늘따라 친척 아이가 연주하는 거문고 소리가 가슴을 쥐어뜯는 것 같았다. 홍시를 베어물자 달콤한 과육이 입안에 밀려들었다. 그때 갑자기 목이 메었다. 눈시울이 뜨거워졌다. 장지문을 바른 한지에 늦가을 빛이 애잔하게 어룽거렸다. 그러나 내 가슴엔 그때 그날처럼 비가 내렸다. 처음으로 준서의 거문고 가락이 비를 타고 내 마음을 울리던 그날처럼. 침침한 눈에 고인 눈물 때문일까. 문살이 엿가래처럼 녹아 흐르는 것 같다. 생각하면 늘 처녀 시절은 느린 거문고 가락에 실려 천천히 가고, 그 이후의 세월은 살처럼 흐른 것 같다. 마흔·다섯 살의 늦가을이 속절없이 흘러가고 있는 것을 나는 망연히 본다.[19]

이 인용문은 김훈의 「현의 노래」에서, 뒤의 인용문은 권지예의 「붉은 비단보」에서 뽑은 것이다. 앞은 가야금 소리를 묘사한 것이며, 뒤는 거문고 소리와 함께 주인공 여성이 인생을 되돌아보면서 젊은 날의 옛 정인을 그리워하는 내용의 글이다. 두 인용문 모두 역사소설에서는 보기 힘들 만큼 이례적으로 심적인 문체를 한껏 발휘하고 있다.

나는 김훈의 「현의 노래」가 새로운 관점의 역사소설을 정립한 기념비적인 작품이라고 본다. 그의 「칼의 노래」와 「남한산성」이 보여준 전쟁에 대한 탈역사적인 성찰보다도, 더 의미가 있는 인간의 근원적인 문제를, 역사 속의 실존한 예술가의 삶으로부터 이끌어내는 데 크게 성공하였다.

---

18 김훈, 『현의 노래』, 생각의나무, 2004, 264면.
19 권지예, 『붉은 비단보』, 이룸, 2008, 339~40면.

가야의 가실왕이 가야 사회를 통합하고자 하는 목적에서 우륵으로 하여금 가야금을 제작하게 하고 12곡을 작곡하게 했을 것이다. 그가 우륵에게 말한 내용 즉 '제국방언각이성음개가일재(諸國方言各異聲音豈可一哉)'라는 『삼국사기』의 기사처럼 말이다. 여러 나라의 방언이 다르다는 것은 문화의 독창성을 의미한다. 이는 곧 분열 상태를 반증하는 것. 이를 극복하기 위해서는 음악이 가장 유효한 활용 수단이었을 것이다.[20]

우륵이 신라로 망명할 수밖에 없었던 일차적인 요인이 예악을 통한 이상 정치의 실현이 불가능해진 대가야의 현실에 있었다. 가야의 음악 수용문제를 놓고 신라의 간신(諫臣)과 진흥왕 사이에 견해의 차이가 있었다. 간신들이 우륵의 음악을 망국지음이라고 했다. 이에 신라의 진흥왕이 가야왕이 음란하여 스스로 멸한 것이지 음악이 어찌 죄가 있는가 하고 반문하였다. 아닌 게 아니라, 대가야의 마지막 왕 도설지(道設智)는 음란하여 자멸한 위인이다. 우륵은 가야금과 함께 대가야의 음악만이라도 구해야 한다는 염원에서 망명이란 최후 수단을 선택했다는 것이 역사학계의 통설이다.[21] 이러한 통설과 상관없이 소설가 김훈은 심리주의와 허무주의의 관점에 따라 우륵의 음악을 재해석하고 옹호했던 것이다.

소설 속의 우륵은 신라 장군 이사부에게 주인 있는 나라에서 주인 없는 소리를 펴게 해 달라고 요청한다. 음악을 위해서 망명한 게 아니라 음악을 할 수 있게 하기 위해 망명한 것이다. 그리고 그는 신라왕에게 '소리는 스스로 스러지는 것'[22]이라고 말을 하고 싶었지만 끝내 말을 삼간다. 음악도 자기소멸에 지나지 않는 것. 김훈이 인터뷰에서 밝힌 바 있었듯이, 소리는 허공을 흔들다 덧없이 소멸하며, 음악은 항상 낯선 시간 속에서만 존재한다.[23]

---

20 노중국 외, 『악성 우륵의 생애와 대가야의 문화』, 고령군대가야박물관, 2006, 31면, 참고.
21 같은 책, 79~80면, 참고.
22 김훈, 앞의 책, 252면.
23 중앙일보, B4면, 2004. 2. 14, 참고.

낭만의 귀환과 문화의 혼종성에 대하여

1

한때 문학비평과 문학연구의 포괄적인 방법론 중에서 내재적인 반(反) 사조의 관점이 상대적으로 우세하였다. 문학에 있어서의 사조란 글자 그대로 사상적인 주조(主潮 : main current)의 축약어이다. 문학을 문학 스스로 이해하거나 인식하지 못하고 문학 바깥에서 이해와 인식을 틀을 가져다 온 것이 바로 문예사조라고 하는 것이다.

사조의 관점에서 문학을 이해하고 인식하는 것은 문학을 자율적인 것으로 보기보다는 타율적으로 보게 될 가능성이 적지 않다. 사조는 19세기적인 근대의 개념과 밀접하게 관련된 개념의 틀이었다. 20세기에 이르러서는 문학의 외재적인 관점은 사조주의보다 문학사회학으로 다소 옮겨간 면이 없지 않다. 물론 20세기 문학사회학 중에서도 가장 강력한 영향력을 행사한 것은 마르크스주의 문학론이다. 이에 대한 대항 이론으로서, 20세기형 형식주의 문학이론도 매우 정치한 이론 체계를 갖추어 있었다. 한동안 내재적인 반사조의 관점은 이 포괄적인 형식주의 이론 계발과 무관하지 않았다. 이 때문에 사조주의는 마르크스주의와 형식주의의 대립각 속에서 큰 목소리를 내지 못했던 것이다.

그런데 최근에 사조의 관점에서 문학의 새로운 면모를 조명한 이론서 두 권이 상재되어 눈길을 끌게 한다. 독문학자와 문학비평가로서 이미 원로의 반열에 오른 김주연의 저술물인 『사라진 낭만의 아이러니』(서강대학교 출판부)와, 부산 지역을 중심으로 중견의 교수-평론가로서 활발한 문단 활동을 펼쳐 나아가고 있는 고현철의 저서인 『재현과 탈식민주의』(국학자료원)가 바로 그것이다. 이 두 책은 거의 동시에 간행되었다. 사조의 관점을 강하게 암시하거나 직접 표방하고 있는 이 책들은 나로 하여금 잃어버린 고향의 언덕을 찾아가는 귀향객의 느낌으로 펼쳐보게 하였다. 내게는, 오랜만에 사조의 관점에서 책을 읽고 글을 쓸 수 있는 기회를 잡은 셈이 된 것이다.

2

김주연의 『사라진 낭만의 아이러니』는 석학 인문학강좌의 강의록을 저본으로 한 책이다. 일반적으로 볼 때 강의록이라고 하면 대중의 흥미를 불러일으키지 못한다. 그럼에도 불구하고, 이 책은 제목부터 눈길을 사로잡는다. 어려운 내용도 술술 읽힌다. 반세기의 오랜 세월에 걸쳐 딱딱한 문학 이론과 문학비평을 일삼아온 대가의 내공이랄까, 무언가 모를 청춘의 감각이 배어 있다. 이 책이 딱딱한 문자주의의 틀을 벗어나고 있는 이유다. 청자지향적인 글쓰기의 울림이 배어 있는 것도 바로 이 때문이 아닌가 한다. 다음의 인용문은 그 대표적인 사례가 아닌가 한다.

낭만, 죽은 듯이 보이는 낭만에의 동경은 반드시 낭만적인 것만은 아니다. 낭만을 배척해온, 그리하여 마침내 압사시키고 있는 것 같아 보이는 '계몽'의 동요, 그 휘청거림의 '낭만'을 다시 불러오고 있는 것이다. 계몽의 동요는 곧 근대의 동요인데 그 휘청거림이 감지되기 시작한 것은 벌써 오래된 일이다. (97면)

18세기 후반의 계몽사상에 대한 대항 이데올로기로 등장한 낭만주의는 직접적인 형태로 격렬하게 표출, 전개되어 왔다. 하지만 그것도 잠시였다. 19세기 중반의 현실주의·과학주의·정치주의는 계몽을 배후의 힘으로 삼으면서 근대의 돌풍을 몰고 왔다. 이때부터 낭만적인 것은 수면 아래로 숨겨진 형태로 잠복하였다. 때로 그것은 간헐성을 띠면서 수면 위로 떠올랐다. 20세기의 거대한 근대성은 계몽적인 합리성이란 주류를 타고 있었다.

김주연은 왜 다시 '낭만'인가 하는 화두를 던진다. 그는 이 대목에 이르러 '죽은 낭만을 되살리는 일의 정당성'이란 표현을 사용한다. 그에게 있어서 근대의 산업사회는 비인간화된 사회이다. 그의 말마따나 인문학의 부활에 낭만성에 대한 새로운 탐구가 긴요한 이유가 바로 여기에 놓여 있다.

그는 인문학의 본질은 '뒤집기'에 있다고 했다. 뒤집기는 전복이다. 낭만주의는 현실을 뛰어넘는 것, 즉 초월이다. 전복과 초월이 서로 통한다면, 오늘날의 인문학이란, 낭만적인 것의 재구성이란 문맥과도 무관하지 않으리라고 보인다.

뒤집기와 뛰어넘기.

이 모두 김주연이 말하는 '낭만적 반어(Romantische Ironie)'와 관련이 있는 개념들이다. 그는 낭만적 반어를 낭만주의의 핵심 개념으로 간주한다. 왜 이게 핵심적인가? 이것은 언어를 통해 파괴와 생성을 거듭하는 원리로 작용하기 때문이다. 낭만적 아이러니는 시인 노발리스(Novalis)의 저 유명한 명제인 '세계는 낭만화되어야 한다.'라는 것의 등가(等價) 개넘이 아니겠는가? 세계의 낭만화란, 다름이 아니라 낭만적인 것의 질적 강화인 것. 김주연의 표현을 따오자면, '훨씬 더 좋은 세상을 향해 끝없이 뒤집는 작업이 계속되는 것'(92면)······. 아쉬운 게 있다면, 『사라진 낭만의 아이러니』에서는 낭만적 반어에 대한 적실한 사례 제시가 부족하다. 그런 대로 한 예를 살펴보면 기형도의 다음 시구이다.

> 가까운 지방으로 나는 가야 하는 것이다
> 이곳은 처음 지나는 벌판과 황혼,
> 내 입 속에 악착같이 매달린 검은 잎이 나는 두렵다
>
> ─「입 속의 검은 잎」에서

이 시는 기형도 시집의 표제시이다. 보다시피 이 시에서 말하고 있는 '가까운 지방'이란, 낯선 곳, 객지, 비현실, 즉 죽음의 이미지가 차갑게 드리운 곳을 은유하고 있다. 이것이 마지막 행에서의 주제 형성에 적절하게 기여한다. 내 입 속에 악착같이 매달린 검은 잎이 나는 두렵다. 죽음의 공포에 대한 강박관념이 이렇게 절실하게 표현된 것이 없다. 김주연 역시, 죽음의 공포인 검은 잎이 매달려 있는 시인의 입이 자유스러운 발언을 봉쇄당하고 있다고 했다.

그러나 기형도의 절망은 시의 질서를 통해 노래된다고 본다. 이 얘깃거리에서, 아이러니는 충분히 정당성을 얻고 있다. 기형도는 자기 시대의 공포와 그 분위기에 짓눌렸으나, 마침내 문학적으로 승리했다. 절망적인 상황 속에서도 절망하지 않고 그 상황을 노래했다. 노래될 수 없는 상황에서 노래한다는 것이 바로 낭만적 아이러니가 아닌가?

김주연은 이 책에서 낭만적 반어을 설명하는 과정에서 환상, 환상적인 것도 강조했다. 그에겐 마법의 성에서의 환상도 현실이다. 환상에도 추동력이 있다. 이렇게 때문에 그것은 낭만적 반어로 변주되는 것이다. 이

기형도 시인의 모습. 1987년 유럽 여행 중에 찍은 사진이다. 비평가 김주연은 그의 대표작인 「입 속의 검은 잎」을 낭만적 아이러니의 관점에서 이해하고 있다.

책의 마지막 면수에 이렇게 씌어 있다.

> 낭만의 핵심은 낭만적 반어에 있으며, 그 정신은 새로움을 거듭하는 끊임없
> 는 진보이다. 오늘날 정치적 용어로 제한된 감이 있는 진보는, 자기 스스로 진
> 보를 자처할 때 이미 진보가 아니다. 진보에게는 머무름이 없고, 그 추동력은
> 낭만적 반어이다. (266면)

3

고현철의 『재현과 탈식민주의』는 대부분 시에 관한 담론으로 진행하

고 있다. 책의 막바지에 이르러 일부 영화를 대상으로 삼는다. 탈식민주의라는 용어는 그다지 익숙한 것은 아니다. 이 용어가 비평의 용어로서 자리를 잡은 지는 꽤 오래되었지만, 더욱이 식민주의를 경험한 우리로서는 상당 부분에 걸쳐 적용 가능성을 가질 수 있었겠지만, 서구적인 원천의 다른 현실로 인해 생소하게 여겨져 왔던 것이 사실인 듯하다.

탈식민주의는 단 하나의 정의가 있을 수 없고 또 정확하게 번역될 수 있는 용어가 아닌 점을 감안할 때 논의의 시작부터 개념의 미궁에 빠질 수 있는, 그렇고 그런 것일 수도 있다. 내가 확인한 정의 중에서 가장 인상적인 것은, 존 맥클라우드의 『탈식민주의 길잡이』(박종성 외 편역, 한울아카데미. 2009) 속에 있었다. 여기에서 그 인상적인 정의를 다음과 같이 따올 수 있다.

식민주의를 전복시킨다는 것은 단지 영토를 빼앗긴 민족에게 그것을 되돌려 주는 것, 즉 제국에 의해 한때 지배받았던 사람들에게 권력을 되돌려주는 행위에 관한 것만은 아니다. 그것은 또한 세상을 바라보는 지배적인 방식을 전복시키고, 식민주의자의 가치관을 복제하지 않는 방식으로 현실을 재현하는 과정이다. (43면)

이와 같이 탈식민주의는 식민주의자에 의한 재현과 가치관을 반대하는 것을 말하고 있다. 우리의 경우라면, 탈식민주의 문학은 여기에만 머무는 게 아닌 것 같다. 일제에 의해 빼앗긴 언어(한국어)를 되찾아 이를 얼마나 문학적인 질량 면에서 계발해야 하느냐 하는 문제도 여기에 포함된다고 하겠다.

어쨌든 고현철의 개별적인 성과로 꼽을 수 있는 것은 「김수영과 김지하 시의 탈식민주의 전략 비교」가 아닌가 한다. 그에게 있어서 김수영의 탈식민주의 전략은 비동일화(dis-identification) 주체의 담론이라고 할 것이다. 즉 지배 이데올로기의 틀에 편승하는 동시에 저항하는 주체들의 양식인 담론이다. 일본식 교육을 받고 영미식 지식을 늘 받아들였던 김수영의 모순적인, 내지 양가적(兩價的)인 감정의 결과인 그의 탈식민주의 전략은 문화적인 혼종성이 두드러지게 나타난다.

> 만지면은 죽어버릴 듯 말 듯 되는 冊
> 가루포루니아라는 곳에서 온 것만은
> 確實하지만 누가 지은 것인 줄도 모르는
> 第二次大戰 以後의
> 긴긴 歷史를 갖춘 것 같은
> 이 嚴然한 冊이
> 지금 바람 속에 휘날리고 있다
>
> ─「가까이 할 수 없는 書籍」에서

고현철의 『재현과 탈식민주의』에 의하면 이 인용시는 "제이차대전 이후 새롭게 등장한 '캘리포니아'로 상징되는 신식민주의의 미국을 상징하는 '책' 앞에서 한국 지식인의 정체성 문제를 고뇌하고 있는 시"(178면)이다. '캘리포니아(california)'를 두고 '가루포루니아'라는 일본식 영어를 우리말로 표기하고 있듯이 그의 시 곳곳에 일본식 영어 및 한자 표기가 난무하고 있다. 말하자면 문화적인 혼종성을 의도적인 전략으로 활용하고 있는 것일까? 의도적인 것과 상관이 없다면, 이는 식민주의-탈식민주의의 명백한 공존이라고 볼 수밖에 없다.

김지하는 피식민지인 자국의 전통 문화 형식을 패러디함으로써 탈식민화 전략이 두드러지게 나타내 보이는바, 지배 담론에 정면으로 반항하는, 이른바 반동일화(counter-identification) 주체의 담론을 지향한다. 즉, 지배 이데올로기에 저항하는 반항적인 주체들의 양식인 담론이다. 탈식

민주의 시의 전략의 즉각적인 반응의 형태라고 할 수 있는 다음의 시를
보자.

> 별것 아니여
> 조선놈 피 먹고 피는 국화꽃이여
> 빼앗아 간 쇠그릇 녹여버린 일본도란 말이여
> (……)
> 조선놈 아주까리 미친 듯이 퍼 먹고 미쳐버린
> 바람이지, 미쳐버린
> 네 죽음은 식민지에
> 주리고 병들어 묶인 채 웨치며 불타는 식민지의
> 죽음들 위에 내리는 비여

— 「아주까리 神風—三島由紀夫에게」에서

1970년 만추. 일본의 대표적인 소설가 미시마 유키오가 자살했다. 그
것도 정통 방식의 사무라이 할복이었다. 그가 마지막으로 외친 것은 그
섬뜩한 광기의 일본의 재무장화. 일본은 물론 외국에서도 큰 반향을 불
러 일으켰다. 우리나라 문인들도 문학적인 반응을 보였다. 당시에 체일
중이던 평론가 김윤식의 산문. 그리고 한국의 젊은 저항시인 김지하의
인용시. 아주까리 신풍은 미시마 유키오가 불고 온 일본의 미쳐버린 바
람이지만 태평양 전쟁기의 막바지에 등장한 가미가제 특공대를 연상하
게 하는 광기의 제국주의에 대한 상징이다.

동성애자, 피·가학증적인 변태성욕자, 미(美)의 절대성에 탐닉한 자,
울트라 국수주의자, 심미적인 이데아의 제국주의자인 소설가 미시마 유
키오의 죽음은 섬뜩하기 그지없다. 그의 스승인 가와바타 야스나리가
악몽 속에서 자살한 제자의 악령에 쫓기다가 견딜 수가 없어 자살했다

고도 한다.

그의 죽음에 대해, 한국의 시인인 김지하가 비판한 풍자적인 인용시는 탈식민주의의 반동일성 주체 담론을 형성하고 있는 대표적인 작품이다. 김지하는 판소리 사설을 시에 도입하고는 했었다. 이 경우는 민요 형식을 통한 탈식민화 전략이다. 판소리든 민요든 우리나라의 구전 전통이다. 탈식민주의 이론에서 말하는 것처럼, 구전 전통을 사용하는 것 자체가 탈식민화 과정에서의 전술적 전략에 해당한다(Ketu K. kattack, 『Decolonizing Culture』, 참고).

고현철은 김수영과 김지하 외에도 작고한 여성시인 고정희의 시에서도 탈식민주의 전략을 발견한다. 고정희의 연작시 「밥과 자본주의」는 탈식민주의의 입장에서 자본의 허구성과 타락상을 파헤친 시인 것으로 짐작된다. 이 중에서 그는 「새 시대 주기도문」을 인용하고 있다.

우리가 알고 있는 「주기도문」이 서구 제국의 지배 이데올로기와 연관되는 담론으로서의 패러디된 텍스트라면, 고정희에 의한 시의 형식인 「새 시대 주기도문」은 그것에 저항하는 피지배 주체의 담론으로 패러디한 텍스트인 것이다. 이것이 우리 시의 탈근대적인 재현 양상의 하나인 것은 두말할 나위가 없다. 고정희 시 가운데 이런 것도 있다.

일어나라 빛을 발하라, 내
사랑하는 필리핀
피묻은 동아시아의 진주여
처절하게 짓밟힌 동방의 옥토여

—「호세 리잘이 다시 쓰는 시」에서

호세 리잘은 역사적인 인물이다. 스페인 제국을 상대로 조국의 독립을 위해 투쟁하다가 죽임을 당한 민족해방운동가, 애국 지도자이다. 이 시의 인용한 부분은 서구 제국인 스페인에 저항하는 피식민지인의 탈식민주의의 인식을 잘 드러내고 있다. 이 시에서 화자는 호세 리잘이다. 극적 독백의 재현 양상도 무척 흥미롭다.

4

새로 인식되어야 할 낭만주의, 재현 양상을 통해 바라봄직한 탈식민주의의 시선들은 사조의 관점에서 문학의 새로운 면모를 조명한 최근 이론들이다. 그 동안 문학비평가들은 사조의 관점을 다소 낮추어보아 온 게 사실이다. 그도 그럴 것이 형식주의와 문학사회학의 정교한 이론 체계가 비교적 오랜 시간에 걸쳐 풍미해 왔기 때문이기도 하다.

낭만주의의 재인식과 탈식민주의의 이론적인 확장은 비단 문학에만 국한되지 않는다. 확연하게 근대 후기로 진입하고 있는 전환기의 지금 상황에서, 그것은 일종의 문화연구 방법론으로도 충분히 유효하게 쓸모가 있어 보이는 이론 체계이기도 한 것이다(이 점에선 일단 김주연의 경우가 고현철의 경우에 비해 더 적극적이었던 같다.).

이런 관점에서 볼 때, 김주연의『사라진 낭만의 아이러니』와, 고현철의『재현과 탈식민주의』는 우리에게 지금-여기에 있어서 뭔가 시사해주고 있는 이론서임에 틀림없어 보인다. 이 두 책은 사조주의에 관한 한 다양한 형태의 담론과 목소리를 낼 수 있는 가능성을 스스로 열어놓고 있다는 점에서, 우리에게 뭔가 유용한 의미와 시사점을 던지고 있다고 본다.

문학으로 가는 길 위의 문학교육

한동안 '석학과 함께 하는 인문 강좌'가 공개적으로 진행된 바 있었다. 초대된 학자들은 서울 시민을 대상으로 공개강좌를 몇 차례 진행하고는 원고를 정리할 충분한 시간을 거쳐 대부분 단행본으로 나왔다. 2011년에는 문학비평가인 유종호가 초대되었다. 그 후에는 단행본 『문학은 끝나는가?』(2015)도 상재되었다.

이 책의 부제는 '반시대적 문학 옹호'이다. 문학(의 전통)을 보수적으로 옹호하는 게 우리 시대의 가치에 반(反)하는 것이라고 할지라도 할 말은 하겠다는 원로의 결기가 담긴 표현이라고 보인다. 비평정신의 엄정함을 여기에서 볼 수 있다. 내용의 대부분이 문학위기론과 정전(正典)의 문제를 둘러싸고 해박하게 응답한 일종의 원론비평이었다. 여기에서 부수적으로 불거져 나온 것은 문학교육에 대한 몇몇의 소견(所見) 및 제언이었다.

대학입시 문제는 중, 고등학교 교육의 방향을 결정하고 있는 것이 현실인 이상 그 문제부터 지적하지 않을 수 없다. 한마디로 말해서 현행 문학교육은 문학에의 초대가 아니라 문학의 기피 현상을 야기하고 있다. 문학은 엄연한 언어예술이고 예술은 본시 매혹의 실체로서 사람에게로 다가온다. 문학의 매혹을 소거하고 따분한 기피 대상으로 만드는 데 학교 교육이 크게 기여하고 있다. 사지선다형을 비롯한 객관적인 문제 일변도의 출제는 실제 작품의 이해 능력 측정과 별 관련이 없는 주변적 사항을 물어서 학생들에게 헛수고를 부과한다.[1]

유종호는 인용문의 내용과 관련해 백석의 시 「고향」과 그리스 신화를 대비해 설명하는 수능 문제의 출제 사례를 제시하고 있다. 한 청중이 질문한 걸 미루어보아서는 실제로 강의할 때는 일본 교토대학의 주관식 출제와 대비한 것으로 보인다. 단행본에는 이 내용이 빠져 있다.

문단의 원로인 그는 어릴 때 받은 문학교육의 경험적인 사례를 충분히 제시한다. 그는 해방 직후에 중학교에 입학해서 미국의 군정청이 만든 『한글 첫걸음』이란 전학년용 얄팍한 간이 교과서로 한글을 배우기 시작했다. 이때 동요와 시와 시조를 접했다. 이 무렵의 경험에 비추어, 그는 문학교육이 '문학 작품 읽기의 권유'로 귀결한다고 보았다. 문학교육이 문학으로 가는 향방이라면, 그에게 있어서 그것의 수단은 두 수레바퀴로 나누어진다. 하나는 말 자체에 대한 예술적인 미감(美感)이며, 다른 하나는 상상력의 계발이다.

일부러 외우려 하지 않더라도 외워지는 시가 좋은 시임을 확인하게 된다. 이 작품이 일단 좋아지면 동시나 시에 대한 관심이 생기고 더 많은 작품을 읽고 싶게 될 것이다. 문학교육은 되풀이하지만 말의 매혹을 감득하게 되고 다른 작품의 읽기로 유도해야 할 것 같다.[2]

---

1 유종호, 『문학은 끝나는가?』, 세창출판사, 2015, 103~104면.
2 같은 책, 202면.

문학은 원초적으로 언어예술이다. 초등학생들에게는 문학을 공부한다는 것은 말의 흥미와 아름다움을 배우는 과정일 것이다. 특히 동시는 극도의 응축성과 언어 경제를 지향하기 때문에 아이들에게 문학으로 인도하는 가장 기본적인 텍스트 수단이 된다. 또 하나의 수단은 상상력이 문학이 갖고 있는 막강한 힘이어서 문학교육은 응당 상상력의 교육이 되어야 한다는 것이다.[3]

그러나 상상력의 계발이라는 건 그리 호락호락한 게 아니다. 아름다움에 감동하기는 쉽다. 하지만 감동된 아름다움을 자기의 것으로 받아들이는 건 어렵다. 문학교육의 목표는 '내면화'이다. 내면화된 미적 감수성이 바로 상상력인 것이다. 문학교육의 현실은 학생들의 상상력을 점화(點火)하는 데 어려움이 없지 않다.

> 문학적 미적 감수성의 계발이 가능한 것인가 하는 근본적인 문제도 간단한 문제는 아니다. 도무지 감식력이 없고 빼어난 시행을 접하고서도 무감한 학생들은 의외로 많다. 반복적인 훈련과 교육을 통해서도 무감한 학생들의 미의식을 일깨우지 못한다……[4]

이렇다고 해서, 포기할 수 없는 게 문학교육이다. 이것은 단시일의 가시적인 성과만으로 이루어지지 않는다. 저간에 제기되고 있는 문학의 위기와, 하나의 제도로서의 문학교육은 불가분의 관계를 맺고 있다. 유종호의 공개강좌를 끝내고, 몇몇의 전문가들과 청중들이 한데 어울려 심도 있는 토론 및 질의응답이 있었다. 문학교육 부분과 관련이 있는 사항을 집약적으로 옮겨본다. 질문은 오생근, 신경숙(소설가가 아니라, 연세대학교에 재직하고 있는 영문학자이다.), 유성호 순으로 구성을 했다.

---

3 같은 책, 205면.
4 같은 책, 225면.

문 : 위기의 문학을 구원하기 위한 방법에 관한 것입니다. 선생님은 이러한 방법 중의 하나로 문학 작품의 문학성을 제대로 인식하고 향유할 수 있게 하는 올바른 문학교육이 필요하다는 것을 강조하셨습니다.

답 : 문학교육을 통해서 문학 위상이 회복된다고는 생각지 않습니다. 문학 위상의 하락에 잘못된 문학교육이 한몫 단단히 하고 있다는 사태를 관여자의 한 사람으로 개탄하는 것일 뿐입니다.

문 : 위기의식이 있었음에도 불구하고 문학은 문학교육이라는 제도를 통해서 지속적으로 영향력을 행해 왔으며, 앞으로도 행하게 되지 않을까요?

답 : 위기의식은 있었지만 문학은 문학교육이라는 제도를 통해서 영향력을 행사해 왔으며 앞으로 그럴 것이란 말씀에는 대범하게 동의합니다. 그러나 (……) 문제는 영향력이 아니라 문학이 가지고 있는 형성력의 쇠퇴입니다.

문 : 예술은 향수자에게 즐거움을 안겨주는 것이 가장 커다란 존재 이유인데, 그 점에서 우리 문학교육은 이른바 '향수의 능력'을 기르지 못했다고 판단합니다.

답 : 좋은 작품을 많이 읽어보아야 감식력도 늘어나고 안목이 생긴다고 생각합니다.

—토론과 질의응답[5]

유종호는 인용문에서 보는 바와 같이, 위기에 처한 문학을 위해 문학교육이 필요하다고 생각하지만 문학교육을 통해서 문학 위상이 회복된

5 같은 책, 230~257면, 참고.

다고는 생각지 않고 있으며, 문학에의 위기의식이 있었음에도 불구하고 문학교육의 영향력이 앞으로도 유지하게 되겠지만 그 영향력이 문제가 아니라 문학이 가지고 있는 형성력의 쇠퇴가 문제라고 보았고, 학생들의 향수 능력을 키우기 위해선 그들에게 좋은 작품을 많이 읽혀야 감식력도 늘어나고 안목이 생길 수 있다는 의견을 내놓았다.

　나는 이상과 같은 전문가들의 질문에 대한 그의 답변보다는 한 청중의 질문에 대한 답변에 더 주목하지 않을 수 없었다. 그 질문은 다름이 아니라 '문학이 앞으로 어떻게 될 것인지, 문학의 미래에 대한 전망을 밝혀달라는' 요청인 것이다. 내가 주목하는 데는, 미래 사회의 글쓰기와 문학, 혹은 문학교육에 대한 총괄적인 응답에 대한 하나의 암시가 드러나 있어서다.

　제트기가 등장하고 경구 피임약이 나온 1950년대에 사람들은 인터넷이 초래한 전자 민주주의 시대를 상상하지 못했습니다. 그러니 어떻게 압니까? 위상이나 위세의 부침은 있어도 문학은 계속 존속하리라고 생각합니다. 거기 대비해서 안목 있는 소수가 건재하도록 문학교육을 계속해야지요. 그러나 그것도 가까운 장래의 얘기지요. 먼 미래는 상상을 초월하는 세계일 테니까요.[6]

　이상으로 보는 바와 같이, 유종호의 문학교육론은 이론적이라기보다 철저히 경험적이다. 문학교육을 바라보는 그의 관점에서, 그는 나에게 적어도 다음과 같은 사고의 성찰을 남기고 있는 것 같다. 문학과 문학교육은 인간을 인간답게 하는 도구로 존재하는 것이다. 문학이 존재하지 않으면, 문학교육도 결코 존재하지 않는다. 문학교육이 제대로 기능함으로써, 문학적인 위상의 하락을 막는 데 기여해야 한다.

---

6 같은 책, 274면.

작가 평전의 새로운 형식

1

　백년 가까운 평생을 두고 자연인으로, 또 시인과 수필가와 영문학자로 살아온 피천득에 관해 평전을 쓴 비평가 정정호는, 그의 수필을 가리켜, 한마디로 말해 운명이요, 존재 양식이요, 무의식이며, 이데올로기라고 말했다. 삶이라는 '운명'과 산문이라는 '형식'이 만난 그의 수필에는 우리를 옥박지르는 억압도, 어떠한 이념적 강권도 없다고 한다. 이 긴요한 사실의 적시는 정정호가 피천득 수필관을 가장 요약적으로 드러낸 평판의 내용이라고 하겠다. 수필가라는 주된 이미지 때문에 가려진 시인으로서의 피천득의 경우도 마찬가지다. 그의 시 역시 삶이라는 '운명'과 운문이라는 '형식'이 만나게 된 글쓰기의 한 소산인 것이다.

　수필은 청자연적이다. 수필은 난이요, 학이요, 청초하고 몸맵시 날렵한 여인이다. 수필은 그 여인이 걸어가는 숲 속으로 난 평탄하고 고요한 길이다. 수필은 가로수가 늘어진 페이브먼트가 될 수 있다. 그러나 그 길은 깨끗하고 사람이 적게 다니는 주택가에 있다.

학창 시절에 읽고 되읽고, 새기고 되새기던 명문 「수필」의 도입 부분이다. 수필로 쓴 수필론이지만 산문시 같이 낭랑하게 읽히는 것은 어쩔수가 없다. 인과가 아닌 병렬의 구문이요, 직선(논리)이 아닌 곡선의 구조이기 때문이다. 피천득의 수필은 이처럼 운문과 산문, 꿈과 현실, 운명과 형식의 중간 지대로 독자를 인도하고 있다는 점에서 사뭇 몽상적이다.

피천득의 수필은 결곡한 시적 정취가 물씬 풍기는 산문이다. 그의 시와 수필은 서로의 경계가 모호해진 합일의 경지를 지향한다. 그에게 있어서의 시와 수필은 서정성을 공통점으로 삼는다. 그의 시에서든 수필에서든 교훈적이고 논설적인 거대담론을 찾아보기 힘들다. 그의 그것들은 작고 소박한 데서 아름다움을 찾는 주정적인 소품일 따름이다. 정정호는 운명이 형식을 규정한다는 루카치의 미학 이론에 기대어 피천득의 시와 수필을 가리켜 '하나의 운명으로서의 형식'(225면)으로 파악했던 것이다. 루카치에 따르면, 시가 운명으로부터 형식을 받아들여 이를 운명처럼 보이게 만드는 것이라면, 에세이(수필)는 형식을 운명 자체가 되게 하는 것이다. 나의 독법이 치명적인 오류를 가지는 게 아니라면, 운명이 세계를 재현하는 관계(망)라면, 형식은 언어를 표현하는 관습이다.

피천득 수필의 운명이 시의 형식을 녹아들게 해 안팎으로 하나가 되게 하는 융합의 형식을 완성해간다. 이 완성된 경지에 수필 「오월」이 놓인다. 이 작품은 시적 산문이거나, 아니면 숫제 산문시와 같은 것이다. 피천득은 산문 같은 시에 서사적인 성격을 도입하기도 하지만, 또한 그의 시 같은 산문에 시의 형식을 적극적으로 반영한다.

2

정정호의『피천득 평전』은 피천득의 생애와 문학과 사상에 관한 세세하고도 다층적인 정보의 총량을 제시하려고 했을 뿐 아니라, 평전적인 글쓰기에 있어서 연대기적 서술의 선(線)형보다는 주제적 접근의 점(点)형을 지향하고 있다는 게 최대의 미덕임을 보여주고 있다. 그러다보니 미시적인 면에서 새로운 비평적인 화제를 적잖이 도출하고 있다.

내게 가장 인상적인 것은 그가 황진이에 대한 문학적인 경애의 감정을 나타낸 부분이다. 점과 점을 연결시켜 한 개인의 새로운 전기적인 사실을 만들어내는 것이 이 평전의 자랑거리다. 피천득은 황진이가 시간을 공간화하고 또 공간을 시간으로 환원하는 데 뛰어난 기량을 발휘하고 있음을 발견했다. 셰익스피어의 소네트에도 없는 기법이라고 한다. 정정호는 이 기법과 피천득의 시「기억만이」가 서로 무관치 않다고 본다. 나는 이「기억만이」야말로 피천득 시편 중에서 가장 주옥같은 명편이라고 생각한다. 우리나라 현대시 가운데 가장 높은 자리에 놓일 명시의 한 편이라고 해도 결코 손색이 없다. 황진이는 거문고를 잘 탔다. 피천득이 평생을 두고 그리워한 요절한 어머니도 거문고를 잘 탔기 때문에 자신의 호를, 거문고에 능한 여인의 아이, 즉 금아(琴兒)라고 했다. 그의 외손자인 스테판 재키브는 유능한 바이올린 주자로서 국제무대에서 각광을 받고 있다.

이와 같은 점묘법의 방식이 주제비평의 관점에서 한 개인의 전기적 사실을 재구성하게 한다. 나는 이 책을 보면서 피천득이 수필가 이전에 먼저 시인으로서 문학적인 성취도를 높였다는 데 놀라워했다. 딴은, 그가 남긴 최초의 저서는 시집인『서정시집』(1947)이 아니던가. 그는 시조도 연시조를 포함해 30편을 남겼다.

수필가 피천득 선생의 젊은 시절 모습

피천득을 소극적 저항주의자로 본 것도 주제적 접근의 평전이 남긴 부산물이다. 평전의 제3부 제3장에 이르러선 18면의 분량에 걸쳐 인간 피천득의 소극적 저항주의를 주목하고 있다. 그가 상해에서 영문학을 공부할 때 연구의 대상을 아일랜드의 민족시인인 예이츠를 선택한 것도 식민지 청년 지식인으로서의 동병상련 때문일 것이다. 정정호가 피천득의 소극적 저항주의를 돌올하게 드러낸 것은 교수신문 기자 최익현이 이미 지적한 바처럼 기존의 평가를 넘어서는 새로운 해석이다.

또 불교와의 관련성을 주목한 것도 뜻밖이었다. 독자 대중에게는 피천득이라고 하면 가톨릭적인 청빈과 무욕의 이미지가 매우 견고하다. 그럼에도 불구하고 그는 일제강점기에 금강산에 입산하여 불경을 공부하면서 승려로 출가하려고 했다고 한다. 적지 않은 분량의 이 평전의 글 가운데 내게 가장 크고도 선명한 울림으로 남아있는 부분은 다음의 인용문이다.

사고무친의 외로운 신세였던 피천득은 금강산에 들어가 장안사의 상월(霜月) 스님을 만나 거의 1년 동안 『유마경』과 『법화경』 등을 배웠다. 웬만하면 그곳에 머물고자 하였으나 그곳의 높은 스님의 친일 행각에 환멸을 느끼고 하산하였다. 이 순간이 그의 인생의 중대한 갈림길이었다. 이때, 이곳에 머물러 승려가 되었다면 그는 고승이 되었을 것이다. (98~9면)

피천득은 늘그막에도 아이 같은 마음을 잃지 않았다. 그의 '엄마'가 돌아가셨을 때 그는 어른으로의 성장을 멈추고 나이를 잃은 영원한 소년이 되었다. 그의 모든 글쓰기는 동심의 발현이나, 사물을 바라보는 심미적 단순성의 극치에 도달한 것이다. 불교의 이른바 선(禪)이라고 하는 것은 다름이 아니라 비이성적, 불합리한 동심이요, 논리의 세계를 넘은 단순성이 아닐까? 고승들의 얼굴을 보면 노경의 피천득 모습과 비슷해 보인다. '자연에 순응하는 미소'(342면)랄까? 고승이 되었을 것이라는 가정은 꽤 개연성이 있어 보인다.

3

마지막으로 남는 말이 내게 세 가지가 있다. 첫째, 피천득이 시인으로서 과소평가를 받았다면, 유족과 제자들이 나서서 연구자들을 위해 낱낱의 시 작품의 개작 과정을 일목요연하게 보여주는 시전집을 간행해야 한다. 물론 원작은 그 당시의 표기와 띄어쓰기를 그대로 살린 것이라야 한다. 둘째, 평전이 더 전문적인 내용을 세목화할 필요가 없었겠느냐 한다. 피천득이 가졌던 우리 말글의 사랑 및 모국어 의식은 주제론의 매우 중요한 세목인데, 논의가 여기저기에 파편화되거나 분산되어 있다. 이런 것은 한 곳으로 모여야 한다. 셋째, 스승인 피천득의 평전을 쓸 것 같으면, 정정호는 자신이 가지고 있는 고유한 체험을 적극적으로 활용했어야 했다. 그럼에도 불구하고, 좀 아쉬운 점이 있다면, 그가 피천득을 지나치게 객관적인 존재(대상)로 파악했다는 것. 그렇기 때문에 일쑤 세평에 기댄 감이 없지 않았고 (자신이 경험한 내용은 다소 반영되어 있지만) 자신의 목소리로 된 평판도 그다지 다채롭지가 못한 것 같다.

피천득 삶의 목적이 '나무되기'에 있었다고 본 것은 적절했다. 그의 영혼은 지금 나무로 성육신(incarnation)화되어 있을지도 모른다. 그렇다면 그는 문학사의 숲에 남아 있는 큰 나무일 것이다.

찾아보기